Britta Strauss

Indigo und Jade

DRACHENMOND VERLAG

Drachenmond Verlag GmbH
Auf der Weide 6
50354 Hürth
http://www.drachenmond.de
E-Mail: info@drachenmond.de

Satz: Marlena Anders
Layout: Astrid Behrendt
Umschlaggestaltung und Illustrationen:
John Akhen unter Verwendung von Bildmaterial von
shutterstock.com (Arman Zhenikeye, Slava Gerj).
Druck: Booksfactory

ISBN 978-3-931989-93-4

Für alle Abenteurer und Träumer,
die niemals damit aufgehört haben,
Tore in phantastische Welten zu durchschreiten.

Vorwort

Ich hatte schon ewig vor, einen High-Fantasy-Roman zu schreiben. Genau genommen, seit ich vor vielen Jahren das erste Mal »Die unendliche Geschichte« gelesen und es seitdem immer wieder getan habe. Wenn ein Buch Zauberkraft besitzt, dann dieses. Jedes Mal entdecke ich neue Dinge. Neue Metaphern und neue Erkenntnisse. Es ist, als würde sich der Pfad durch das Buch jedes Mal ändern, so, wie ich mich von Jahr zu Jahr ein bisschen verändere. Ich wünschte, dieser Roman wäre von mir. Welcher Autor kennt ihn nicht, diesen schriftstellerischen Neid, der einen bei besonders gelungenen Geniestreichen überkommt?

Wie auch immer: Ich liebe »Die unendliche Geschichte«. Und ich liebe die klassischen Reisen in der Fantasy-Literatur, auf die sich der Leser gemeinsam mit den Figuren begeben kann. Warum hat es dann bis zum Jahr 2016 gedauert, ehe ich mit »Indigo und Jade« meinen ersten High-Fantasy-Roman vorlege? Ehrlich, keine Ahnung. Ideen sind unberechenbar und launisch. Sie drängeln sich vor, manipulieren Gedanken, verwerfen alle Pläne und machen mit meiner Kreativität, was sie wollen. Wie kleine Kinder schubsen sie die beiseite, die eigentlich am Anfang der Warteschlange standen, und schreien lauthals »Hier! Schreib mich! Sofort!«

Als ich dann endlich meinen lange gehegten Plan zu »Indigo und Jade« verwirklichte, geschah das, was wohl unvermeidbar war: Meine Ideen passten einfach nicht in ein Buch. Ich konnte es drehen und wenden, wie ich wollte: Für einen Einzelband war diese Welt einfach zu opulent, die Reise meiner Figuren zu weit und die Einfälle zu zahlreich. Die Geschichte war bereits zu ¾ fertig, als mir das Feedback einer Testleserin (an dieser Stelle ein großes DANKE an die Booktuberin Kathalovesbooks) die Augen öffnete. Ich wusste auf einmal, dass die Geschichte um den Magier und das Straßenkind deutlich mehr Raum brauchte. Vieles, was ursprünglich in wenigen Sätzen abgehandelt wurde, schrie förmlich danach, einen würdevolleren Platz zu bekommen. Und so wurde aus dem Einzelband ein Zweiteiler. Aus einer Erzählung entsprangen viele Erzählungen. So geschah es auch in Michael Endes Roman, in dem es oft heißt: »Doch dies ist eine andere Geschichte und soll ein andermal erzählt werden.«

Nun ist es endlich so weit. Vor euch liegt mein erster High-Fantasy-Roman. Ich hoffe, die Reise meiner Helden gefällt euch und entführt euch in eine fantastische Welt.

An dieser Stelle bedanke ich mich bei meinen Testleserinnen Christina, Susanne, Marina und Katharina, die gemeinsam mit mir durch dieses Abenteuer gereist sind und mir mit Rat und Tat zur Seite gestanden haben.

Ich danke meinem Lebensgefährten John für seine unerschöpfliche Liebe, für die nie endende Inspiration und die beiden wunderschönen Cover zu »Indigo und Jade« sowie »Schnee und Orchideen«.

Ich danke Astrid für das Zuhause, das sie meinen Geschichten gegeben hat, und dafür, dass sie ohne mit der Wimper zu zucken »Mach ruhig, ich vertraue dir« gesagt hat, als ich den Einzelband mal eben in einen Zweiteiler verwandelt habe.

Ich danke meiner wunderbaren Familie in Loburg, Lindau und Brietzke sowie unseren Freundinnen Hannah & Christina für … nun ja, einfach für alles.

Möge unser Band unzerstörbar sein und Teil einer unendlichen Geschichte.

1

Orchideenstaub

Alsara

Der Tag, vor dem Alsara sich so lange gefürchtet hatte, war gekommen. Heute Abend galt es, Abschied zu nehmen. Und der Schmerz über seinen Verlust war grenzenlos.

Das Portal zu öffnen, hatte ihr viel Kraft geraubt. Vielleicht zu viel. Zwei Welten miteinander zu verbinden und den dünnen, unsichtbaren Pfad zwischen ihnen aufrechtzuerhalten, verlangte Körper und Seele alles ab. Früher war es einfach gewesen. Aber das Alter nagte an ihren Knochen, machte sie allmählich blind und gab ihr das Gefühl, jeder Herzschlag sei ein weiterer Schritt auf den Abgrund des Todes zu.

Alsaras Finger zitterten heftiger als sonst, als sie die Erdknollen zerschnitt. Sie wusste, dass Indigo ihre Einladung zum Essen abweisen würde. Er würde ihre letzte Begegnung kurz halten, sie wahrscheinlich nicht einmal mehr küssen oder in den Arm nehmen. Trotzdem kochte sie den Eintopf, den er so sehr mochte. Ein letztes Mal würde sie das Portal öffnen und dabei zusehen, wie er hindurch schritt. Dann war es vorbei. Für den Rest aller Zeiten.

Nur einmal noch.

Alsara wischte sich mit dem Ärmel ihrer Bluse eine Träne von der Wange, warf die klein geschnittenen Knollen in den Kessel und nahm den Holzlöffel von der Wand, um die Suppe umzurühren. Der Duft nach Kräutern, Speck und frischgebackenen Honigkeksen erfüllte die Hütte, aber Hunger verspürte sie seit mehreren Tagen nicht mehr.

Heute endete also alles. Was für ein unfassbarer Gedanke. Jahrtausendelang hatte Indigos Volk als rechte Hand jedes menschlichen Herrschers gedient. Fünf Atlanter für fünf Reiche und fünf Könige.

Die Welt würde bluten, wenn sie nicht mehr über die Ernennung der Herrscher und deren Entscheidungen wachten. Alsara gab der Menschenwelt eine Handvoll Monate, ehe das alte Blutvergießen und die alten Feindschaften wieder aufleben würden. Die Weisen von Atlantis ließen ein Volk zurück, das Generation um Generation dieselben Fehler beging und es bis zum heutigen Tage nicht geschafft hatte, daraus zu lernen. War es ein Wunder, dass selbst die geduldigsten und weisesten aller Geschöpfe irgendwann aufgaben?

Als Alsara spürte, wie der Wald den Atem anhielt, wusste sie, dass er zu ihr kam. Es sah ihm ähnlich, dass er seine Reise allein antrat. Einen Tag nach seinen Gefährten. Ihr schweigsamer, nachdenklicher Indigo. Ihr Herzschlag, ihr Atem, ihre Liebe.

Alsara sprach sich selbst Mut zu, legte den Löffel beiseite und öffnete die Tür. Selbst im Sonnenlicht lag der Abschied. Die Wehmut des Spätsommers lag darin, die Erinnerung an laue Nächte und an Blütenduft, an Vergänglichkeit und Sehnsucht.

So viel Sehnsucht.

Indigos unverwechselbare Gestalt trat durch die Strahlen, die die tief stehende Abendsonne durch moosüberzogene Baumstämme warf. Lautlos und schattenhaft bewegte er sich. Wie ein Geschöpf aus einem Traum, das halb Geist und halb Wirklichkeit war. Niemals hörte man einen Laut, niemals hinterließ er eine Spur. Wie besessen hatte sie als junges Mädchen versucht, es ihm gleichzutun, aber ihr menschlicher Körper gab solche Bewegungen nicht her. Irgendetwas raschelte oder knackte immer.

Alsaras Seele schmerzte, als bei seinem Anblick all die Erinnerungen hervorkamen. Unzählige Male hatte sie ihn dabei beobachtet, wie er aus dem grünen Licht des Waldes trat, die Lichtung überquerte und zu ihrer Hütte schritt. Unzählige Male hatte ihr Herz aufgeregt geklopft, sobald der Wald ihr gesagt hatte, dass er auf dem Weg zu ihr war.

Hör auf. Du bist alt geworden. Dein Leben ist verwirkt. Lass ihm sein Schicksal und nimm deines hin.

Wie seine Gefährten zuvor, trug er einen schlichten, steingrauen Reisemantel, dessen Kapuze sein Gesicht verbarg, einen Bogen und einen Köcher voller Pfeile. An Indigos Seite trottete Ischme, das ein-

zige Geschöpf, dem es erlaubt war, sein ständiger Begleiter zu sein. Als die Opalfüchsin sie in der Tür stehen sah, kam das Tier leichtfüßig herbeigetrabt, strich um ihre Beine und gab leise, zwitschernde Geräusche von sich, die mehr an einen Vogel als an ein Raubtier erinnerten. Alsara musste sich nicht bücken, um Ischmes Kopf zu streicheln. Die Füchsin war weit größer als ihre gewöhnlichen Verwandten und konnte ihre Schnauze, wenn sie sich ordentlich streckte, auf der Schulter eines Menschen ablegen. Mit einem Lächeln erinnerte sie sich daran, wie sie als Mädchen einmal auf der Füchsin geritten war. Es hatte Ischme nicht die geringsten Schwierigkeiten bereitet, sie einmal quer durch den Wald und zurück zu tragen. Herrlich schillerte das seidige Fell im Sonnenschein: ein Kaleidoskop aus allen Grün-, Blau- und Violetttönen, die man sich vorstellen konnte. Alsara grub ihre Finger tief hinein und wappnete sich gegen das, was ihr bevorstand.

»Ischme hat dich vermisst«, hörte sie seine leise Stimme sagen. »Genauso wie ich. Tut mir leid, dass ich so lange nicht bei dir gewesen bin. Unsere Entscheidung hat viel böses Blut nach sich gezogen.«

Diese Stimme …

Sie wagte es lange nicht, zu Indigo aufzublicken. Aber was half es? Es führte kein Weg am Abschied vorbei. Nächtelang hatte sie vor Wut und Schmerz geweint, jetzt waren beide Gefühle dumpf geworden. Als sie endlich aufblickte, die Finger noch immer im Nackenfell der Füchsin vergraben, stach der Blick seiner Augen tief in ihr Herz. Es tat immer weh, ihn anzusehen, aber heute war es unerträglich.

»Möchtest du etwas essen, ehe du gehst?« Ihre Frage klang ganz beiläufig. So, als wäre das hier ein ganz normaler Tag und ein ganz normaler Besuch. »Ich habe deinen Lieblingseintopf gekocht. Und Honigkekse gebacken.«

Indigo streifte die Kapuze ab und schüttelte den Kopf. Ein letzter Strahl Sonnenlicht brachte das warme Grün-Gold seiner Augen zum Leuchten und ließ seine sonst rabenschwarzen Locken in jener Farbe schimmern, die ihm ihren Namen geliehen hatte: tiefes, geheimnisvolles Indigo.

»Dann komm wenigstens noch einmal in mein Haus«, bat Alsara. »Sieh dich noch einmal um. Erinnere dich. Ich möchte, dass du … «

»Nein.« Sanft griff er nach ihrer Hand. Seine Haut war warm und zart. Viel zarter als die eines menschlichen Mannes. Und doch wirkte nichts an ihm schwach. Sie wusste, wie mühelos er töten konnte. Wie jämmerlich stets jeder Versuch eines Feindes gewesen war, ihm etwas entgegenzusetzen. »Ich will es nicht noch schwerer machen.«

Alsara schnaubte. »Es kann nicht noch schwerer werden. Aber mach dir um mich keine Sorgen. Der Fluss der Zeit hat mir Frieden geschenkt. Ich mag den Gedanken, dass der lange Schlaf nicht mehr fern ist.«

»Du warst wütend«, stellte er ruhig fest.

»Ja, das war ich.«

»Ich verstehe, warum. Aber die Entscheidung lag nicht in meiner Hand, Alsara.«

Oh, wie sie es liebte, wenn er ihren Namen aussprach. So weich und liebevoll. Unvorstellbar, dass sie es nach diesem Tag nie wieder hören würde.

»Wärst du denn geblieben?« Ihre Kehle schmerzte. Gleich würde sie weinen. Gleich würde sie sich schluchzend an ihn werfen und darum betteln, dass er sie nicht verließ. So sehr hatte sie sich gewünscht, dass es sein Gesicht sein würde, das sie beim letzten Atemzug begleitete. Seine Hand sollte es sein, die sie hielt. Die sie tröstete, wenn ihr irdisches Leben endete. Aber dieser Traum war gestorben.

»Ja«, raunte Indigo mit abwesendem Blick. »Nicht um der Menschen willen, sondern für dich. Aber es ist unmöglich.«

Er schloss die Augen. Alsara starrte auf die Schließe, die seinen Mantel zusammenhielt, um nicht in sein Gesicht sehen zu müssen. Winzige atlantische Schriftzeichen waren in das Mondsilber eingeritzt. Jedes Einzelne kannte sie auswendig. Seine Form, seine Bedeutung, seine Geschichte.

»Ich weiß«, sagte sie dann. »Das Portal verschwindet, so wie es das immer tut, wenn der blaue Vollmond vergeht. Und steht er das nächste Mal am Himmel, werde ich nicht mehr sein. Niemand kann mehr die Welten verbinden. Du wärst gefangen. Für immer und ewig.«

Indigo lächelte. Aber es war ein Lächeln voller Traurigkeit. Der laue Wind roch nach der schwindenden Süße des Sommers, erfasste sein Haar und wehte es ihm ins Gesicht. Indigoblau über Elfenbein. Fast hätte sie laut aufgeschluchzt. Sie sah ihn an, prägte sich jedes Detail ein, brannte seinen Anblick in ihre Erinnerung ein. Mit zwölf Jahren, am Tag ihrer Weihung zur Hüterin des Portals, hatte sie ihn zum ersten Mal gesehen. Und sich unsterblich verliebt. Jetzt, zweiundsiebzig Jahre später, erschien Alsara die seitdem verstrichene Zeit kurz wie ein Wimpernschlag.

»Mein Geschlecht stirbt mit mir aus«, krächzte sie tränenerstickt. »Niemand wird mehr das Portal öffnen können.«

Indigos Daumen strich sanft über ihr Handgelenk. So unerträglich sanft. Er hielt den Blick gesenkt, und ein egoistischer Teil in ihr hoffte, dass er es tat, weil auch er den Schmerz kaum ertrug. »Ich weiß. Und es wird auch nie mehr ein Atlanter einen Fuß in eure Welt setzen. Das Portal bleibt verschlossen. Für immer.«

»Haben wir euch so sehr enttäuscht?«

Er seufzte. Der wunderschöne Spiegel seiner Augen wurde dunkel. »Es endet immer gleich, Alsara. Wir haben alles versucht, aber jedes Mal nimmt das Schicksal den gleichen Weg. Fast wäre einer von uns gestorben. Man hat ihn in Ketten gelegt, als er am schwächsten war, und ihm Zunge und Hände abgeschnitten, damit er keine Magie mehr wirken kann. Und warum? Weil er den alten König um seiner Grausamkeit wegen abgesetzt und einem armen Bauernburschen zur Macht verholfen hat. Das war die Grenze, die die Menschen niemals hätten überschreiten dürfen.«

»Ja«, flüsterte sie. »Wir leiden an vielen Krankheiten. Unser schlimmstes Siechtum ist die Habgier. Du musst mir nichts erklären. Trotzdem wünschte ich, ihr hättet uns nicht aufgegeben.«

»Wir haben alles versucht.«

»Ich weiß. Wird man deinen Gefährten heilen können?«

»In meiner Welt schon.«

Jetzt ergriff er auch ihre andere Hand, hielt beide fest umschlossen und blickte ihr tief in die Augen. »Wenn ich nur könnte, würde ich bei dir bleiben, Alsara. Bis zu deinem letzten Atemzug. Nie war ich glücklicher als in deiner windschiefen Waldhütte. Mit all dem Staub, den Spinnen, dem Wind im Strohdach und deinen Eintöpfen. Bei dir fühle ich mich lebendig. Ich fühle mich glücklich. Aber hierzubleiben, würde bedeuten, meine Heimat für immer aufzugeben. Das Portal kehrt wieder, so wie es immer wiederkehrt, aber es gibt niemanden mehr, der es für mich öffnet.«

»Schschsch …« Sie lehnte ihre Stirn gegen seine und atmete den frischen, klaren Duft seiner Haut ein. Er erinnerte sie an Winter. An fallenden Schnee und kalte, funkelnde Sterne. »Ich weiß, Indigo. Ich weiß. Geh in deine Welt. Lebe dein Leben. Hier wärst du nur in Gefahr. Königin Jamashree wird dich niemals freiwillig ziehen lassen. Sie wird dich um jeden Preis zurückholen wollen. Ohne dich ist sie nur ein gewöhnlicher Mensch.«

Indigo nahm sie in die Arme und zog sie unverhofft an sich. Ganz fest hielt er sie umfangen. Körper an Körper. Alsara glaubte, vor Qual zerspringen zu müssen. Lange standen sie so da. Reglos, starr vor Verzweiflung und doch unsagbar glücklich in ihrer eigenen kleinen Welt, in der für einen Augenblick die Zeit stillstand.

»Sie war eine gute Seele«, flüsterte er irgendwann ganz dicht an ihrem Ohr. »Ein Mädchen mit Träumen und Hoffnungen. Aber kaum stieg ihr die Macht zu Kopf, ging sie den Weg, den alle vor ihr gegangen sind. Es scheint unausweichlich zu sein.«

Alsara sagte nichts. Was hätte sie auch erwidern sollen? Arm in Arm wiegten sie sich in der tiefer werdenden Dämmerung, umschlossen von der zerbrechlichen Hülle ihres Schweigens und dem Willen, jeden Herzschlag bis ins Endlose zu verlängern. Könnte die Zeit doch nur stillstehen. Könnte der Lauf der Gestirne doch für diesen winzigen Fleck Erde nicht mehr gelten, sodass sie auf ewig hier stehen würden.

Aber der Moment, in dem Indigo ihre Umarmung löste, kam mit all seiner Endgültigkeit. Er trat einen Schritt zurück, wandte sich um und blickte in die Finsternis des Waldes hinein, die sich wie eine Kathedrale um sie herum erhob. Ischme spitzte die Ohren. Ein Knurren grollte in ihrem Brustkorb.

»Was ist?«, fragte Alsara.

»Du hattest recht.« Indigo kniff die Augen zusammen. »Jamashree lässt mich nicht ziehen.«

»Woher kennt sie den Weg durch den Nebel? Er ist ein streng gehütetes Geheimnis.«

»Sie hat die letzte Grenze überschritten«, zischte er mit Abscheu in der Stimme. »An ihren Händen klebt Blut.«

»Du glaubst, sie hat …«

»… es einer Kimentaro-Priesterin mit Gewalt entrissen, ja.«

Er spannte sich an, als Jamashree auf einem prächtigen Schimmel aus der Dunkelheit ritt. Wie konnte diese dumme Frau nur glauben, Indigo aufhalten zu können? Die in Lumpen gehüllte Greisin, die neben der Königin auf einem Maultier dahergeritten kam und aus dem letzten Loch pfiff, hatte Alsara noch nie zuvor gesehen. Was sollte das? Warum kam Jamashree in Begleitung einer alten Vettel, anstatt sich mit Jägern und Kriegern zu umgeben? Hoffte sie etwa, auf diese Weise Indigos Mitleid zu erregen?

Und tatsächlich: Die mächtigste Frau des Reiches sah verzweifelt aus. Fremd wirkte ihr prächtiges weißes Reitgewand vor der Kulisse des wild wuchernden Waldes. Ihr Umhang bauschte sich wie eine Gewitterwolke, als sie vom Pferd sprang und auf Indigo zulief. Zitternd blieb sie vor ihm stehen, holte tief Luft und ballte ihre winzigen Fäuste. So aufgewühlt war die Königin, dass sie eine ganze Weile nur unverständliches Zeug schluchzte.

Jamashree war eine beeindruckende Frau, das musste Alsara zugeben. Sie war jung, schön und mächtig. Aber alle drei Vorzüge beruhten allein auf atlantischer Macht. Auf Indigos Willen. Ein paar geflüsterte Worte, eine beiläufige Handbewegung, und er hätte sie ebenso gut zu Asche verbrennen können.

Japsend plumpste die Vettel von ihrem Maultier, zockelte neben ihre Herrin und nahm mit gesenktem Kopf Haltung an, als sei es ihr Schicksal, der Königin als Schatten zu dienen.

»Du wirst nicht gehen«, presste Jamashree schließlich hervor. Dabei wirkte sie nicht wie eine Herrscherin, sondern wie ein verwöhntes Kind, dem zum ersten Mal sein Wille verweigert wurde. »Beharrst du darauf, werde ich dich zwingen, hierzubleiben.«

Alsara erwartete, Indigo lachen zu hören, doch er lächelte nur matt. »Ich gehe. Und du kannst nichts daran ändern.«

Jamashrees Augen weiteten sich. Vor Empörung stand ihr der Mund offen. Doch sie zwang ihren Zorn nieder, ließ ihre Züge weich werden und gab ihrer Stimme einen lockenden, säuselnden Schmelz:

»Wir wären vollkommen, Indigo. Alle Herrscher unseres Landes sind fortan ohne ihre rechte Hand. Sie alle sind nur noch gewöhnliche Menschen. Bleibe bei mir, und wir werden dieser Welt das Licht schenken. Viele Könige bedeuten viele Kriege. Sie kämpfen ohne Unterlass, um ihre Grenzen zu erweitern und ihre Schatztruhen zu füllen. Aber wenn wir beide uns über sie erheben, wird endlich Frieden einkehren. Es gäbe nur noch eine Königin. Ein Reich. Ein Ziel.« Sie legte eine Hand auf Indigos Brust und lächelte verführerisch. »Ist es nicht das, was du immer wolltest? Ein vereintes Reich, das keine Kriege mehr nötig hat, weil es keine Grenzen mehr gibt? Mit dir an meiner Seite wäre ich eine Königin, die diese Welt in eine Ära aus Glanz und Wohlstand führt. Aber wenn du gehst, wird alles, was du lieb gewonnen hast, bald nur noch blutige Asche sein.«

Indigos Lächeln gefror. »Versuchst du gerade, mich zu erpressen?«

Jamashree trat von einem Bein auf das andere und warf der Greisin, die nach wie vor mit gesenktem Kopf dastand, einen Blick zu. Der Königin war klar, auf welch dünnem Eis sie sich bewegte. Umso erstaunter war Alsara, als diese dumme Frau sich noch weiter vorwagte: »Ja, vielleicht tue ich das. Ich bin nicht dumm. Und ich gebe das, was ich einmal gewonnen habe, nicht so schnell auf.«

Indigo sah sie an, wie man ein ungehorsames Kind ansehen würde. Ein wenig mitleidig, ein wenig enttäuscht. Derweil hob die Greisin einen Arm, drehte ihre Handfläche in Richtung des Portals und schloss die Augen. Warum tat sie das? Spürte sie die Energie? Oder hatte die Geste etwas anderes zu bedeuten? Auch Menschen konnten über Zauberkräfte verfügen, aber auch nur, wenn die Atlanter ihnen Gefäße schenkten, die mit Magie gefüllt waren. Alsara sah bei der Vettel weder einen Stab noch ein Medaillon, nicht einmal ein Ring steckte an ihren Fingern. Abgesehen davon war menschlicher Zauber nicht ansatzweise stark genug, um einer so gewaltigen Energie wie der des Portals zu schaden.

Indigo schienen ähnliche Gedanken zu kommen. Er nahm das Tun der Alten mit gerunzelter Stirn zur Kenntnis, schien aber nicht weiter beunruhigt.

»Ich gehe«, beharrte er, wandte sich um und schritt auf das Portal zu. Ischme folgte ihm dichtauf, drehte der Königin demonstrativ das

16

Hinterteil zu und verabschiedete sich mit einem spöttischen Wedeln ihres Schweifes. Alsara schluckte schwer. Für gewöhnliche Augen unsichtbar, flimmerte die Grenze zweier Welten in dem schmalen Spalt zwischen zwei zusammengewachsenen Makoai-Bäumen. So endete es also.

»Öffne es, Alsara. Ein letztes Mal.«

Es erstaunte sie, dass sie keinen Atemzug lang zögerte. Wie von selbst setzte sich ihr Körper in Bewegung und trat an Indigos Seite. Wie von selbst streckte sie ihre Hand nach der Fläche warmer, flimmernder Luft aus. Doch in dem Augenblick, in dem die Energie der Weltenhaut ihre Fingerspitzen berührte, erklang ein furchtbarer Schrei.

Die alte Vettel war zu Boden gestürzt und krümmte sich im Gras wie ein Wurm am Angelhaken. Mit schmerzverzerrtem Gesicht zerfetzte sie sich das Kleid und riss sich mit den eigenen Fingernägeln tiefe Schrammen in die Wangen. Blutiger Schaum quoll aus ihrem Mund.

»Neewa!« Jamashree fiel auf die Knie und packte die Alte bei den Schultern. »Was ist mit dir? Was hast du?«

Als die Greisin nur umso lauter schrie, fuhr die Königin zu Indigo herum: »Hilf ihr! Bitte! Erweise mir diesen letzten Dienst und ich lasse dich ziehen.«

»Du lässt mich ziehen?« Indigo schnaubte. »Wie nobel von dir.«

»Ich flehe dich an. Sie war meine Amme. Du weißt, wie viel sie mir bedeutet.«

»Allerdings.« Indigos Miene verfinsterte sich um eine weitere Schattierung. »Mir ist nicht entgangen, dass Neewa ein Händchen für Küchenmagie hat. Glaubst du, ich habe nicht gemerkt, dass sie mit schwarzen Zaubersprüchen herumexperimentiert? Du bist eine gute Lügnerin, Jamashree. Aber nicht gut genug, um mich zu täuschen.«

»Sie war meine Amme!«

»Das war sie. Aber du brauchst sie nicht, weil du sie liebst. Ihr Talent für Hexereien ist es, auf das du nicht verzichten willst. Umso mehr, weil du nicht mehr auf mich zurückgreifen kannst. Ich sehe in die Seele der Menschen, wie du wissen solltest, und die deiner Amme ist schmutzig. Ihr beide passt gut zueinander.«

»Bitte!« Die Königin heulte wie ein verwundetes Tier. In ihren Armen hatte die Greisin aufgehört zu zucken und starrte aus leeren Augen in den Himmel hinauf. »Rette sie, und ich schwöre dir, dass ich mich an deine Lehren erinnern werde. Nichts, was du mir beigebracht hast, soll umsonst gewesen sein.«

Alsara sah das Misstrauen in Indigos Blick, doch schließlich ließ er sich erweichen. Wortlos ging er zu der Alten, kniete sich nieder und legte eine Hand auf ihren Brustkorb. Kein Atem hob und senkte ihn. Die Vettel war tot. Aber solange ihre Seele noch in der Nähe weilte, konnte der atlantische Zauber sie erreichen.

»Ein letzter Dienst«, sagte er. »Aber ich schenke ihn nicht dir, sondern dem Mädchen von damals, das du vergessen hast.«

»Danke!«, flüsterte Jamashree. »Tausend Dank! Und jetzt hilf ihr, sonst ist ihre Seele fort!«

»Nicht so vorschnell. Schwöre mir zuerst, dass die Hexe niemals wieder in den falschen Büchern herumschnüffelt. Beende ihre Experimente, oder ich rühre keinen Finger für Neewa. Sie spielt mit einem Feuer, das euch allen das Leben kosten könnte.«

Die Königin zögerte. Schließlich nickte sie. »Ich schwöre.«

Indigo schloss die Augen, bewegte lautlos seine Lippen und begann, den Zauber zu wirken. Doch etwas war nicht so, wie es sein sollte.

»Pass auf!«, warnte Alsara. »Ich traue ihr nicht.«

Sie hatte die Worte kaum ausgesprochen, da geschah es. Neewa, eben noch tot und ohne jeden Atem, griff in die Tasche ihres Mantels, holte etwas daraus hervor und blies es Indigo ins Gesicht. Ein helles Funkeln tauchte ihn einen Herzschlag lang in ein schimmerndes Halo. Er blinzelte, schüttelte den Kopf und stemmte sich auf die Beine. Zunächst sah es aus, als sei ihm nichts geschehen. Er schwankte ein wenig, doch sein Blick brannte vor Wut und wirkte klar und wach. Aber dann begann es. Die Beine knickten unter ihm ein, als wäre er von einem Schlag getroffen worden. Sein Körper verkrampfte sich, heisere Schmerzenslaute drangen aus seiner Kehle. Alsara war starr vor Schreck.

Orchideenstaub? War das schwarzer Orchideenstaub?
Bitte alles, nur das nicht!

Hinter ihr heulte Ischme auf. Die Füchsin wollte auf ihren Herrn zustürmen, doch Indigo hob abwehrend einen Arm und zischte ein mühsames »Nein!«.

Das Tier verharrte mit gefletschten Zähnen.

Im nächsten Moment blickte Alsara in die kleine, schwarze Öffnung eines Blasrohrs, das an Jamashrees Lippen lag. Heißes Entsetzen ließ sie zu Stein erstarren. Es tat nicht weh, als sich der dünne Pfeil in ihre Brust bohrte, doch kaum rang Alsara nach Luft, begann ihr Blut zu brennen.

Gift!

Sie stürzte, spürte plötzlich feuchtes, kaltes Moos an ihrer Wange. Keine drei Schritte neben ihr lag Indigo und war dabei, den Kampf gegen die Orchideen-Magie zu verlieren. Alle Haine dieser schrecklichen Pflanzen hatte man auf Anweisung der Atlanter vernichtet. Sie alle waren verbrannt worden. So hatte man es wenigstens erzählt. Doch nun sah sie die furchtbare Wirkung der Gewächse mit eigenen Augen. Kein Gift dieser Welt vermochte das, was diese Orchideen vermochten: eines der mächtigsten Wesen zu vernichten.

Wir sterben beide, dachte Alsara unter Tränen. Wir sterben, Liebster. Hier auf meiner Lichtung. In unserem Wald.

»Es tut mir so leid«, brachte sie flüsternd hervor. Doch Indigo hörte sie nicht mehr. Seine Augen brachen, und an die Stelle des Mannes, den sie mit ganzem Herzen geliebt hatte, trat etwas anderes. Etwas Böses und Grausames aus jenen Abgründen, die jedes fühlende Wesen besaß.

Ischme stieß ein schmerzerfülltes Heulen aus. Jamashree schoss einen ihrer Giftpfeile auf die Füchsin ab, doch das Tier war schneller. Es warf sich herum, bellte noch einmal wütend und floh in die Dunkelheit des Waldes.

»Tu es!« Jamashree warf das Blasrohr beiseite, zerrte die Alte auf die Füße und schleifte sie zu Indigo. »Banne ihn! Sofort!«

Die Vettel gehorchte ohne Zögern. Alsara glaubte ihren Ohren nicht zu trauen, als sie die Worte vernahm, die abgehackt aus Neewas Mund strömten. Jasmah-Isdar. Der grausame Zauber. Eine vertonte Abscheulichkeit des Bösen, verboten seit undenklichen Zeiten und, so hatte sie wenigstens geglaubt, ebenso wie die schwarzen Orchideen längst ausgerottet.

Doch hier und jetzt formte diese tote Sprache einen Fluch aus schwärzester Hexerei. Deshalb waren Jamashree und die Alte allein gekommen. Seit langer Zeit gab es nur noch ein Verbrechen, auf das die Todesstrafe stand: die Benutzung des Jasmah-Isdar, der seine Kräfte aus dem Blut und dem Schmerz reiner Seelen gewann. Magie war allgegenwärtig, seit die Atlanter in die Welt der Menschen gekommen waren, doch diese Form der Hexerei hatte so wenig mit Magie gemein, wie der schleimtriefende Schlund eines Jandri mit warmem Sonnenschein.

Indigo lag vollkommen still. Gelähmt vom tückischen Gift der Orchideen, gab es nichts, das er Neewas Worten entgegensetzen konnte. Starr verlor sich sein Blick im sternengesprenkelten Himmel, und Alsara fühlte die furchtbarste Verzweiflung, die sie jemals empfunden hatte, weil es nichts gab, das sie für ihn tun konnte. Sie beide wurden von Gift zerfressen, sie beide waren dabei, ihr Leben zu verlieren.

Und während Neewa sprach, tat der schwarze Zauber das, was er immer tat: sein Opfer fordern. Jedes gemurmelte Wort grub tiefere Falten in die Haut der Vettel, ließ ihre Augen trüber werden, ihre Gestalt magerer, ihre Hände zittriger.

Langsam schloss Indigo die Augen. Er sah so friedlich aus. Als wäre der Bann nichts weiter als ein Schlaf, nach dem er sich lange gesehnt hatte.

»Weiter!«, befahl Jamashree. »Bring es zu Ende.«

Alsara wusste, was das bedeutete. Und Neewas Ergebenheit kannte keine Grenzen. Sie wirkte ihren Fluch unter Schmerzen weiter, opferte jeden Tropfen Lebenskraft und kettete Indigo an Fesseln, die ihn für den Rest aller Zeiten zu einem Gefangenen machen würden. Schließlich, als das letzte Wort mit einem Röcheln erstarb, sackte Neewa an seiner Seite zusammen und tat ihren letzten Atemzug. Jamashree trauerte nur kurz. Sie schloss die weit aufgerissenen Augen ihrer Amme, wandte sich von ihr ab und umfing mit beiden Händen Indigos Gesicht.

Alsara wusste, dass ihre letzte Chance verstrich. Der Bann war gesprochen. Es gab nichts mehr, das ihn lösen konnte. Nur eines konnte sie noch tun. Neewas Fluch bewirkte, dass Indigo an den

Menschen gebunden wurde, dem er nach seinem Erwachen als Erstes in die Augen blickte. Sie durfte ihn Jamashree nicht überlassen. All seine Magie würde ihr gehören, und was das bedeutete, überstieg Alsaras Vorstellungskraft.

Sich hochzustemmen und auf einen Ellbogen abzustützen, glich einem Akt unmöglicher Anstrengung. Alsara zerbiss sich die Lippe, um nicht zu schreien, denn jetzt, wo sie mit aller Willenskraft gegen das Gift ankämpfte, fraß es sich nur umso brennender durch ihr Fleisch.

Weiter! Weiter!

Kaum drei Schritte trennten sie von Jamashree und Indigo. Eine Entfernung, die unüberwindbar war. Alsara schmeckte Blut. Ihr Körper brannte lichterloh, ein Schleier trübte ihren Blick. Was sie hier tat, war aussichtslos. Es war nicht mehr als ein sinnloses Aufbegehren gegen ihr Schicksal. Selbst wenn sie Jamashree erreichte, was dann? Sie konnte ihr nichts mehr entgegensetzen. Nicht das Geringste.

Trotzdem kroch sie weiter. Bewegte sich, um wenigstens irgend-etwas zu tun. Und sei es nur, dass sie bei ihm war, ganz nah bei ihm, während er sein Leben verlor.

Als Alsaras Körper in sich zusammenfiel, trennte sie nur noch eine Armlänge. Jamashrees Lächeln troff vor kaltem Triumph.

»Stirb endlich!«, zischte die Königin. »Verschließe das Tor für immer, damit diese Welt mir gehört.«

Alsara krallte ihre Finger in die Erde und weinte. Warum kamen die Atlanter nicht zurück? Warum ließen sie Indigo im Stich? Für seinesgleichen waren es nur zwei Schritte, die sie von einer Welt in die andere trugen. Sie gingen den Weg, der für Menschen tödlich war, mit solcher Mühelosigkeit.

»Helft ihm!«, krächzte Alsara in Richtung des flimmernden Tores. »Bitte! Ich sterbe. Das Tor wird für immer verschlossen sein, und er kann nicht zu euch kommen. Helft ihm!«

Alles blieb still. Nichts geschah.

Indigo öffnete die Augen – und blickte in Jamashrees sanft lächeln-des Gesicht.

»Du bist mein«, säuselte sie. »Von jetzt an und für immer. Allein meinem Wort wirst du gehorchen. Unser Band ist ewig, so wie wir ewig sein werden. Herrscher über alles. Götter über die Menschen und unser Reich.« Die Königin wandte den Blick zu Alsara. »Erfülle mir einen ersten Wunsch. Beschleunige ihr Sterben.«

Indigo erhob sich. Sein Gesicht hatte sich nicht verändert, und doch gehörte es nicht mehr zu ihm. Eine schreckliche Kälte hatte Besitz von ihm ergriffen. Sein Blick war schneidend wie Eis, seine Züge wie aus leblosem Kristall geformt. Wunderschön, aber ohne jedes Gefühl.

Er stand auf, zog einen Dolch unter seinem Mantel hervor und kam zu ihr. Der Mann, den sie liebte, war fort. Nichts konnte ihn zurückbringen. Kein Wort, keine Erinnerung. Sein wahres Wesen lag in Fesseln, die von einer Macht jenseits dieser Welt geschmiedet worden waren. Einer Macht, so alt wie die Menschheit, so alt wie der erste schwarze Gedanke und das erste Gefühl von Hass.

Alsara schloss die Augen und erinnerte sich.

Damals, als sie im zarten Alter von zwölf Jahren zur Hüterin zweier Welten ernannt worden war, war sie voller Angst gewesen. Angst vor der Einsamkeit, zu der man sie zwang. Angst vor der letzten Prüfung. Angst vor den ernsten, Ehrfurcht gebietenden Gesichtern der Priesterinnen und Priester und vor den fünf Atlantern, die nur ihretwegen aus den fünf Reichen des Landes in den Wald gekommen waren, um ihrer Weihung beizuwohnen. In jener Nacht hatte sie ihn das erste Mal gesehen. Indigo. Den Atlanter, der zu ihrem Reich gehörte, und damit auch zu jenem Ort, in dem sich das Portal und die einsame Hütte befanden. Langsam war er auf sie zugekommen, hatte ihre Hand genommen und sie angelächelt.

»Keine Angst. Ich werde dir helfen.«

Wie gelähmt war sie gewesen. Heillos verzaubert von seinem Anblick und von seiner Stimme. Das Gefühl der warmen Finger, die sich um ihre schlossen, sein aufmunterndes Lächeln und seine funkelnden Augen hatten sie wie Nymphengesang betäubt.

Mit ihm an ihrer Seite hatte sie sich stark gefühlt. Jede Angst war verschwunden. Gemeinsam hatten sie das Portal verschlossen und wieder geöffnet, sodass die Energie durch ihren Körper fließen konnte und eins mit ihr wurde. Nur dank Indigo hatte sie die schwerste Prüfung ihres Lebens bestanden. Allein er hatte die Einsamkeit ihres

Lebens gemildert, sie in ihrem Haus im Wald besucht, mit ihr gelacht und geweint. Er hatte sie getröstet und aufrecht gehalten, während sie zu einer Frau herangewachsen war. Eines Abends hatte er ihre Sehnsüchte schließlich erwidert. Ihre Küsse und Liebkosungen waren verboten und unendlich süß gewesen, weit magischer als jeder Traum.

Indigo hatte ihr das Leben geschenkt.

Jetzt würde er es ihr wieder nehmen.

»Ich liebe dich«, flüsterte Alsara, als er sich über sie beugte und die Klinge in ihr Herz stach. Der Schmerz war einen Herzschlag lang überwältigend, doch als sie im Moment ihres Todes hinter den Spiegel seiner Augen blickte und sein wahres Ich erkannte, wurde er bedeutungslos. Neewas Fluch war noch grausamer, als Alsara geglaubt hatte. Er fesselte allein Indigos Körper, nicht aber seinen Geist. Bittere Qual brannte in seinen Augen, während er ihr Sterben beobachtete. Doch sein Gesicht blieb kalt. Eine weniger empfindsame Seele würde nur das Ungeheuer sehen. Das Monster, das mit einem Lächeln tötete und nichts dabei empfand.

Wie viele würden hinter den Spiegel sehen?

Wie viele würden die Wahrheit erkennen?

Verzeih mir, flehten seine Augen. *Bitte verzeih mir.*

Alsara konnte noch nicken, dann war es vorbei. Ihre Seele löste sich aus ihrem Körper, stieg auf und wurde vom Leib eines vorbeifliegenden Vogels aufgefangen, der sie sanft mit seinen Federn und seinem kleinen, wilden Geist umschloss und mit sich nahm. Fort von ihm. So weit fort.

2

Die Königin und das Ungeheuer

Jahrhunderte später in der Stadt Jemeshar

Indigo

Ich will ihm nicht wehtun«, schluchzt die Kinderstimme schüchtern. »Bitte! Ich will das nicht, Mutter.«

»Er fühlt schon lange keinen Schmerz mehr.« Jamashrees Stimme hört sich an, als würde Eis splittern. »Es bedeutet ihm nichts. Deine stärkste Waffe muss wissen, zu wem sie gehört. Jeder muss es wissen. Vor allem du selbst!« Wachsender Zorn lässt die Stimme der Königin zittern. »Ich habe viel Lebenskraft geopfert, um die Macht über den Bann mit dir zu teilen. Also enttäusche mich nicht.«

Deine Waffe …

Nichts weiter bin ich. Ein seelenloser Gegenstand. Ich stehe vor dem großen Spiegel und blicke in Scyllas verweintes Gesicht. Ihre Kindlichkeit täuscht, an den zierlichen Händchen hat bereits das Blut vieler Menschen geklebt. Dieses Mädchen mit seinem blonden Lockenkopf und dem schwarzen Seidenkleid hätte es niemals geben dürfen. Aber das Böse hungert nach Abwechslung und hat sich vor acht Jahren dazu entschieden, Jamashrees leergebrannten Körper mit Leben zu füllen. Eine neue Tyrannin hatte das Licht der Welt erblickt, gezeugt von einem der Soldaten, die die Königin damals noch zahlreich in ihr Bett gezerrt hat, ehe sie von der Leere verschlungen worden war.

Jetzt wächst eine neue, zerstörerische Macht heran und verliert mit jedem Tag ein wenig mehr von ihrer kindlichen Unschuld. An Jamashrees Leere kann jedoch selbst das Kind nichts ändern. Tief in meinem Gefängnis fühle ich Genugtuung. Ich habe ihre Wünsche erfüllt. Ich habe ihr all das gegeben, wonach sie sich so sehr verzehrt hat. Unendliche Macht und unendliche Jugend. Aber was hat es ihr gebracht? Sie langweilt sich zu Tode, schlurft wie ein Geist durch ihr Reich und findet an nichts mehr Gefallen. Ihre Seele ist vertrocknet, ihr Körper gefühllos. Die Königin der Menschenwelt ist am Ende ihres Weges angelangt. Es gibt keine Steigerung mehr.

Und sie ist allein.

Meine Miene bleibt starr, während Jamashree und Scylla mich mustern. Aber die Königin hat Unrecht, wenn sie glaubt, dass ich genauso tot bin wie sie. Ich fühle alles. Und mehr als das. Zusammengekauert im Gefängnis meines eigenen Fleisches, empfinde ich jeden Schmerz, jede Emotion und jede Facette meines Daseins mit einer Intensität, die mich in den Wahnsinn hätte treiben sollen. Stattdessen bleibt mein Geist klar.

Noch jedenfalls.

Ja, ich bin noch da. Ganz nah und gleichzeitig Ewigkeiten entfernt. Ich schreie, aber niemand hört auch nur ein Flüstern. Ich renne gegen die Mauern an, kann sie aber noch nicht einmal berühren.

Widerstreitende Gefühle spiegeln sich in Scyllas Augen. Gefühle, die nach und nach sterben werden. Jamashree hat eine letzte Aufgabe gefunden und steckt in deren Erfüllung alle Kraft, die ihr noch geblieben ist. Scylla weiß nicht, was ein Streicheln ist. Sie kennt nur den Schmerz. Mit sechs hat sie zum ersten Mal die Kehle eines Diebes durchgeschnitten, mit sieben das Holz unter dem eisernen Stier in Brand gesteckt, in dessen Inneren zwei Hofdamen lebendig gekocht worden waren. Noch hasst das Mädchen die Todesschreie, noch muss Jamashree sie mit Schlägen und schrillem Gebrüll dazu zwingen, Böses zu tun. Aber das wird sich ändern. Jede Seele kann vernichtet werden. Die eine widersteht lange, die andere nur kurz. Aber am Ende sind sie alle schwarz und faulig.

Wann wird es bei mir so weit sein? Es gibt nicht mehr viel, das ich dem Unvermeidlichen entgegensetzen kann. Die Schwärze hat sich bis zu meinem Gefängnis hindurchgefressen und zehrt das auf, was von mir übrig geblieben ist. Jeden Tag ein wenig mehr. Nicht mehr lange, dann wird meine Seele verlöschen. Und für immer verschwinden.

Die Angst vor dem endgültigen Nichts ist die einzige Angst, die mir geblieben ist.

Verzweifelt hält Scylla das Brandzeichen umklammert, dessen oberes Ende ein verschlungenes S formt. Ich stehe in Jamashrees Zimmer und trage nur ein schwarzes Tuch um die Hüften, das mir bis zu den Knöcheln reicht und noch immer nach den Blumen des Giftgartens riecht. Die Königin hat es einst geliebt, sich zwischen den triefenden, abscheulichen Gewächsen zu wälzen und mir Befehle ins Ohr zu flüstern. Aber inzwischen sind Verzweiflung und Bosheit die einzigen Gefühle, zu denen sie noch fähig ist. Einmal im Monat muss ich ihr noch in den Garten folgen. Wenn überhaupt. Ohne Scylla hätte sich Jamashree zweifellos längst in die Tiefe gestürzt.

Das Mädchen geht einen Schritt auf mich zu. Sie zittert am ganzen Leib, weint und schluchzt. Aber das Gesicht ihrer Mutter bleibt hart. Schon spüre ich die Hitze des Brandeisens an meinem Rücken. Ich starre in den Spiegel. Willenlos. Gleichgültig. Nur im tiefsten Kern meiner Selbst noch lebendig.

»Setze es genau neben meinem.« Ich spüre eine streichelnde Berührung auf meinem Rücken. Jamashree streicht meine Haare beiseite und legt sie mir über die Schulter. Dann liebkost ihre Fingerspitze jenes Mal, mit dem sie sich vor langer Zeit verewigt hat: Ein verschnörkeltes J unterhalb meines Nackens.

»Tu es!« Wieder schneidet ihre Stimme durch das Schweigen und Schluchzen. »Oder du wirst das Zeichen an seiner statt tragen.«

Scylla sieht mich entschuldigend an. Dann huscht ein wütender Trotz durch ihre Augen. Sie streckt sich, macht sich groß – und plötzlich rast ein sengender Schmerz durch meinen Körper. Aber ich bleibe reglos. Nicht einmal ein Augenlid zuckt. Nur tief in meinem Gefängnis kann ich einen Schrei nicht unterdrücken. Das glühende Eisen frisst sich in mein Fleisch. Es qualmt, zischt und stinkt.

Ein zweiter Schrei erklingt, diesmal laut und deutlich. Scyllas Schrei. Jamashree schlägt sie so heftig, dass ihr kleiner Körper zu Boden stürzt.

»Warum hast du das getan?« In den Augen der Königin blitzt der pure Zorn. Sie verpasst ihrer Tochter einen brutalen Fußtritt, zerrt sie an den Haaren auf die Beine und schlägt sie noch einmal zu Boden. »Du undankbare, nichtsnutzige Göre! Du dreimal verfluchtes Miststück!«

Ein Funken Stolz huscht durch Scyllas Augen, als sie sich aufrappelt und den Unterkiefer vorschiebt. Blut rinnt aus ihrer Nase, aber sie zeigt keinerlei Schmerz, geschweige denn eine Träne. Ich sehe die Frau, die sie einst sein wird. Gnadenlos, mächtig und noch kälter als ihre Mutter.

Ihr Buchstabe brennt nicht neben dem J der Königin. Er überlagert es. Und eine neue Ära des Krieges beginnt.

Drei Jahre danach

Mit meiner Gleichgültigkeit ist es auf einen Schlag vorbei.

Jamashrees neue Malerin erkennt mich! Sie starrt mich an und sieht die Wahrheit: Das Monster, das keines ist. Die blutrünstige rechte Hand der Königin, die sich selbst verabscheut.

Eomara ist ihr Name. *Sonnenwärme.* Und warm ist alles an ihr. Das Braun ihrer Augen, das Kupfer ihres Haares, ihre gebräunte Haut und das Lächeln, mit dem sie ihren Schrecken zu verbergen sucht. Nur das Kleid passt nicht zu ihr. Es ist zu schwarz und zu streng für ein Mädchen, in dessen Augen die pure Lebensfreude strahlt.

Jamashree begreift nicht, was geschieht. Sie schert sich nicht um Eomara, sondern sinkt ermattet in ihren Sessel. Bis zum Kinn von einem schwarzen Spitzenkragen zugeschnürt und knochendürr, erinnert die Königin an eine halb verhungerte Krähe, während Scylla im Sessel neben ihr vor Energie strotzt und gelangweilt mit den Augen rollt.

»Warte nur«, krächzt Jamashree. »Die ruhigen Jahre enden bald. Erzählungen sind zu Legenden geworden, und bald wird niemand mehr daran glauben, dass Jemeshar unbesiegbar ist. Einer der eitlen Königssöhne wird beschließen, seine Männlichkeit unter Beweis zu stellen. Ich tippe auf den kleinen Heißsporn aus Scharzad, der glaubt, er wäre ein legendärer Krieger, weil er sich einen Harem aus Harpyien hält. Wahrscheinlich wird er spätestens im nächsten Jahr eine gewaltige Armee aufstellen und sie zu uns schicken. Dieser Dummkopf wird sich stark fühlen. Seine Zuversicht wird groß sein, wenn er auf tausend Speere, Schwerter und Bögen blickt. Und ihm wird nicht klar sein, dass all das nichts weiter ist als unnützer Tand. Es wird Zeit, mein Geheimnis mit dir zu teilen, Tochter.«

Scyllas Augen beginnen zu leuchten. Wie eine Schlange fährt sie zu ihrer Mutter herum. »Welches Geheimnis?«

»Das wirst du früh genug erfahren. Sobald das Gemälde beendet ist, sage ich dir die Wahrheit.«

»Welche Wahrheit?«

»Die Wahrheit über mich. Die Wahrheit über meine Kräfte. All das, worum du mich beneidest, wird bald dir gehören.«

Scylla zittert vor Aufregung und hüpft in ihrem Sessel auf und ab. »Wirklich Mutter? Wirklich? Ich werde genauso stark sein wie du? Genauso zaubern können? Aber wie?«

»Sei geduldig und sitze still.« Trotz der Zappelei ihrer Tochter hebt ein seltenes Lächeln Jamashrees Mundwinkel. »In ein paar Tagen ist es soweit.«

Ihr Blick heftet sich auf mein Gesicht. Erkenne ich tatsächlich einen Hauch Liebe darin? Ja, vielleicht. Aber wenn, dann ist es eine verdorbene Abart dieses Gefühls. Eine Zuneigung jener Art, die sie immer dann empfindet, wenn ich Menschen auf ihr Geheiß hin zu Asche verbrenne, ihre Herzen mit einem geflüsterten Wort zum Stillstand bringe oder sie in kleine Tiere verwandele, die Scylla anschließend mit kindlicher Begeisterung zu Tode quält.

Von welchem Geheimnis redet sie? Sie kann nur den Jasmah-Isdar meinen. Den grausamen Zauber, der Menschen zerstört und auffrisst. Der zu stark für diese Welt ist und doch seit langer Zeit in dieser Frau lebt. Ein Teil in mir ist neugierig und will wissen, woher die Kräfte der Königin stammen und worauf sie beruhen. Doch dieser Teil schmilzt wie Schnee in der Sonne. Ihre Geheimnisse hat Jamashree nie mit mir geteilt und wird das auch niemals tun. Ebenso wenig wie Scylla, wenn sie erst einmal an der Macht ist.

In meinem Gefängnis atme ich den vertrauten, staubigen Geruch meines Reisemantels ein und will schreien vor Wut. Heute Morgen hat die Königin mir befohlen, dieses uralte Kleidungsstück anzuziehen. Ich soll aussehen wie an jenem Tag, an dem Neewa mich gebannt hat. Der weiche atlantische Stoff streichelt meine Haut,

sticht Messer aus Erinnerungen in mein versteinertes Herz und lässt mich mit neuer Verzweiflung gegen meine Fesseln kämpfen.

Vergeblich. Wie immer.

Wie sieht es in deiner Heimat aus? Erinnere dich! Wie hieß die Stadt, in der du geboren wurdest? Welche Farbe hat das Meer vor Atlantis' Küste? Der Strand … wie sah er aus? War der Sand weiß? Oder grau? Und die Segel der Schiffe? Verdammt, erinnere dich!

»Halte deine Augen offen!« Selbst im Zustand völliger Erschöpfung knallt Jamashrees Stimme wie eine Peitsche. »Die Augen sind das Wichtigste an einem Portrait.«

Ich zucke zusammen. Hat mein Körper tatsächlich die Lider gesenkt, um sich besser in Erinnerungen flüchten zu können? War das ein winziger Moment des Ungehorsams gewesen?

Nein. Meine Augen bleiben unerbittlich offen, selbst dann, als sie austrocknen. Ich rühre mich nicht, kann trotz des Schmerzes nicht einmal blinzeln. Erst als Jamashree nach gefühlten Ewigkeiten den Blick abwendet, lässt mich die Lähmung los. Blinzelnd befeuchte ich meine brennenden Augen, kralle die Finger um die Lehne des Sessels und schreie unhörbar meinen Zorn hinaus. Nicht einmal Jamashrees nahender Tod wird mich befreien. Nein, sie hat es geschafft, die Kontrolle über den Bann mit ihrer Tochter zu teilen. Inzwischen gehorcht mein Körper ihren Befehlen ebenso willenlos wie jener der Königin. Es wird keine Erlösung geben. Niemals. Zu keiner Zeit. Das Böse kann von Körper zu Körper wandern und wird das vielleicht bis in alle Ewigkeit tun. Erst Jamashree, dann Scylla. Und an einem fernen Tag die nächste menschliche Bestie, die ich mit meiner Magie füttere.

Eomara hält im Malen inne und sieht mich an. Nach so langer Zeit blickt endlich jemand hinter die Maske des Ungeheuers, das alle im Reich verabscheuen und verfluchen. Aber das Wissen tröstet mich nicht. Im Gegenteil.

Es tut mir leid, sagen ihre Augen. *Ich wünschte, ich könnte dir helfen.*

»Mach weiter«, faucht die Königin. »Ich dulde keine Trödelei!«

Eomara murmelt ein demütiges »Verzeiht mir, Herrin« und nimmt ihre Arbeit wieder auf. Sie weiß, dass selbst der kleinste Fehler ihren Tod bedeuten könnte. Es grenzt ohnehin an ein Wunder, dass

Jamashree Wohlwollen für das Mädchen empfindet. Ihr Talent muss wahrhaft außergewöhnlich sein.

Ich kann nicht mehr zählen, wie oft ich bereits Modell gesessen habe. Jedes Mal endete es auf die gleiche Weise. Jamashree hat einen Blick auf das halbfertige Gemälde geworfen, die Stirn gerunzelt, den Kopf geschüttelt und ihren Dolch in die Kehle des Künstlers gerammt. Ein Mann, dessen Werk sie besonders erzürnt hatte, war öffentlich geviertelt worden. Ich will nicht daran denken, dass Eomara womöglich dasselbe Schicksal blüht. Sie erinnert mich an eine Zeit, die so fern ist, dass ich mir nicht einmal sicher bin, ob ich sie nicht geträumt habe. In ihren Augen strahlt Unschuld und Lebensfreude. Sogar Hoffnung. Die Aura ihrer Seele ist frei von jedem Schmutz, und es erscheint mir wie ein Wink des Schicksals, dass solche Reinheit in einer Welt voll schwarzer Hexerei überhaupt noch existieren kann. Aber wie lange noch? Entweder wird man Eomara nach der Beendigung ihres Auftrages töten oder sie im Palast gefangen halten. Beide Möglichkeiten enden gleich: mit ihrem Tod.

Gedankenversunken verfolgt Jamashree jeden Pinselstrich des Mädchens. Ich warte auf die verhängnisvollen Worte, die bisher das Schicksal jedes Künstlers besiegelt haben: »Dein Bild wird ihm nicht gerecht. Was nützt ein Maler, wenn er das Leben nicht einfangen kann?«

Aber die Königin schweigt. Eomaras Bild scheint ihr tatsächlich zu gefallen. Ja, sie lächelt sogar! Ihre Augen gewinnen ein wenig Glanz zurück, ihr Nicken ist anerkennend. Manchmal regt sich gar etwas im Gesicht der Herrscherin, das alte Erinnerungen anstößt. An ein Mädchen, das vor Jahrhunderten feierlich geschworen hat, eine gute und gerechte Königin zu sein.

Eomara beim Malen zuzusehen, lenkt mich kostbare Momente lang von dem ab, was unaufhörlich an mir frisst. Die sanften Bewegungen ihrer Hände, das träge Blinzeln ihrer Augenlider, wenn sie aufsieht, mich gedankenversunken studiert und den Blick wieder auf ihre Leinwand heftet. Es fühlt sich jedes Mal wie ein Streicheln an. Wie eine körperlose, tröstende Berührung. Jeder andere Künstler hat verkniffen und aus gutem Grund verzweifelt gewirkt, aber Eomara malt, als würde sie träumen. Ihr Kopf ist leicht zur Seite geneigt, ihre

Haltung entspannt. Jedes Mal, wenn sie mich ansieht, fällt ein Lichtstrahl in die Finsternis meines Gefängnisses, und als viel zu schnell der Abend kommt, tut es weh, sie gehen zu lassen. Die alte Verzweiflung fällt über mich her, als sich die Tür hinter dem Mädchen schließt. Mein einziger Trost ist der Geruch nach Farbe, der immer noch in der Luft hängt, und die Gewissheit, dass ich sie am nächsten Morgen wiedersehen werde.

Als Jamashree und Scylla kurz nach Eomara das Zimmer verlassen, ist meine Erleichterung grenzenlos. Die Königin verzichtet sogar darauf, mich zu bannen, sodass ich die wenigen Schritte zum Bett aus eigener Kraft gehen kann. Kaum falle ich auf die seidenen Decken, übermannt mich der Schlaf. Eine solche Erschöpfung zieht mich in die Schwärze, dass ich glaube, nie wieder aufzuwachen.

Wäre es doch nur so.

Aber dann geschieht etwas Seltsames: Eomara kommt zu mir. Wie eine Erscheinung steht sie da, strahlend hell in der Finsternis meines Kerkers, und lächelt mich an. Ihr Anblick ist so viel besser als all die Hässlichkeit, die sonst meine Träume erfüllt.

»Du bist nicht das Monster, von dem alle erzählen«, sagt sie mit weicher, fast noch kindlicher Stimme. »Wer bist du wirklich?«

Ich starre auf die Fesseln, die in der Wirklichkeit unsichtbar sind, im Traum aber tief in das Fleisch meiner Handgelenke schneiden. »Ich weiß es nicht mehr.«

»Doch, du weißt es.«

»Es spielt keine Rolle.«

Ein Funken Zorn huscht durch ihre Augen. »Oh doch! Es gibt immer einen Weg. Immer! Und es wird Zeit, dass du daran glaubst.«

Plötzlich verblasst sie. War das alles? Nur diese paar flüchtigen Momente, sonst nichts? Ich springe auf und greife nach ihr, aber meine Finger fassen durch ihre Gestalt, als bestünde sie aus Nebel. Stattdessen berührt mich etwas Kaltes im Nacken. Jamashree!

Unerbittlich reißt mich die Anwesenheit der Königin aus dem Schlaf und zwingt mich dazu, die Lider zu heben. Dunkelbraune Augen blicken auf mich hinab, während sie Küsse auf meine Stirn haucht. Ihr schwarzes Kleid sitzt wie immer tadellos, das lange blonde Haar ist zu einer komplizierten Frisur hochgesteckt und mit den Federn

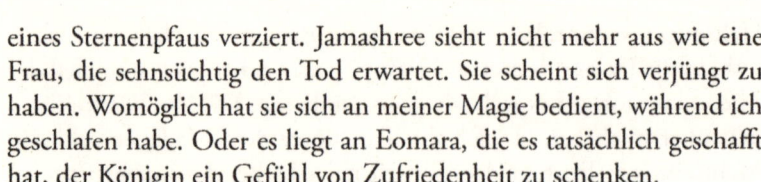

eines Sternenpfaus verziert. Jamashree sieht nicht mehr aus wie eine Frau, die sehnsüchtig den Tod erwartet. Sie scheint sich verjüngt zu haben. Womöglich hat sie sich an meiner Magie bedient, während ich geschlafen habe. Oder es liegt an Eomara, die es tatsächlich geschafft hat, der Königin ein Gefühl von Zufriedenheit zu schenken.

»Zieh dich an«, haucht sie an meinem Ohr. »Die Malerin wird jeden Augenblick kommen.«

Ist die Nacht tatsächlich schon vorbei? Es fühlt sich an, als hätte ich nur Sekunden geschlafen, aber hinter dem Fenster sehe ich die blassen Farben der Morgendämmerung.

Während mein Körper gleichgültig gehorcht, fühle ich im Inneren ein heftiges Sehnen. Ist das etwa Ungeduld? Ja, tatsächlich. Unter meiner toten Hülle bin ich so lebendig wie seit Jahrhunderten nicht mehr, und es gibt nur eine Erklärung dafür. Das Mädchen erweckt mit seiner reinen Seele nicht nur Jamashree zu neuem Leben, sondern auch mich.

Als Eomara mitsamt ihrer Staffelei und der Leinwand in das Zimmer tritt, ist es, als würde nach einem bitterkalten Winter zum ersten Mal wieder die Sonne scheinen. Die Malerin blickt in mich hinein und schenkt mir ein Lächeln. Wie gerne hätte ich es erwidert.

»Endlich versteht jemand sein Handwerk.« Jamashree mustert zufrieden das Gemälde. Sie lässt sich sogar dazu herab, die Schulter des Mädchens zu tätscheln. »Nur weiter so. Ich bin sehr zufrieden mit dir.«

Eomara bedankt sich scheu, nimmt dem herbei eilenden Sklaven die Kiste mit den Farben und Pinseln ab und reiht ihr Werkzeug auf einem kleinen Klapptisch auf. Als Jamashree sich kurz abwendet, um ihren Platz einzunehmen, wirft mir das Mädchen ein weiteres Lächeln zu. Ihre Rehaugen leuchten, während sie mich ansieht, dann färbt eine tiefe Röte ihre Wangen. Und was tue ich? Mein verfluchter Körper ist zu nichts anderem fähig, als mit unbewegter Miene zum Sessel zu gehen, die übliche Pose einzunehmen und in Bewegungslosigkeit zu verfallen.

Aber Eomara ist weder wütend noch enttäuscht. Sie nickt mir kaum merklich zu, nimmt die Holzpalette und taucht ihren Pinsel in

einen noch flüssigen Rest Grau vom Vortag. Dann beginnt sie mit dem Malen, als hätte es den winzigen Augenblick der Nähe zwischen uns nie gegeben. Sie weiß, dass die Kälte meines Körpers nichts mit meiner Seele zu tun hat. Sie weiß, wie gerne ich ihr Lächeln beantwortet hätte.

Jemand reißt die Tür des Zimmers so heftig auf, dass ich zusammenfahre. Scylla kommt hereingetänzelt, gekleidet in ein bauschiges, himmelblaues Kleid, auf dem Blutflecken haften. Sie springt in ihren Sessel, zieht die Beine an und schlingt ihre Arme um die Knie. Ihr Blick trifft mich wie ein Schlag. Eine Grausamkeit liegt darin, die noch schärfer und kälter ist als die ihrer Mutter, und ich fürchte den Tag, an dem ich ihr meine Magie zu Füßen legen muss.

»Der Stoff war teuer«, seufzt Jamashree leidenschaftslos. »Ich habe ihn nur für dich von den Östlichen Inseln des Windes hierherbringen lassen. Fünf Schiffe hat mich das Uferlose Meer gekostet, und wie du weißt, wird es nie wieder eine Seidenlieferung geben. Was hast du angestellt?«

»Mein Zimmermädchen hat mir wehgetan.« Scylla zieht einen Schmollmund. »Sie kämmte mir die Haare und stellte sich ungeschickt an. Du wirst ein neues Mädchen kommen lassen müssen, Mutter.«

Jamashree rollt mit den Augen, aber sie scheint nicht ernsthaft wütend zu sein. »Dein Verschleiß an Bediensteten gefällt mir nicht.«

»Du wolltest doch immer, dass ich so bin wie du.« Scylla lächelt frech. »Glückwunsch, Mutter. Es ist dir gelungen.«

Die Königin verzieht keine Miene. Aber ich sehe, wie ihr ein Schauer über den Rücken läuft. Was ist los mit ihr? Wo bleibt ihr üblicher Stolz auf Scyllas Boshaftigkeit?

»Geh nachher in die Küche und suche dir ein neues Mädchen aus.« Jamashree reibt sich mit einer Hand über die Stirn, als plage sie der Kopfschmerz. Bei jeder Bewegung funkeln und schillern die Federn in ihrem Haar und erinnern mich an Ischmes Fell. Ich denke an die übermütigen Sprünge der Füchsin, die sie immer dann vollführt hatte, wenn es schneite oder regnete. Und ich denke an ihre bissigen Bemerkungen, mit denen sie mich oft auf den rechten Weg zurückgebracht hat. Aber Ischme ist nur noch ein Geist. Ein verhallendes Echo aus einem fast ausgelöschten Leben.

»Ich habe mich schon entschieden.« Scyllas Stimme klingt süß wie der Nektar giftiger Blumen. »Ich will die Malerin. Sie soll mein Zimmermädchen werden, wenn das Bild fertig ist.«

Ich gefriere. Endlose Herzschläge lang ist mein Denken von einem einzigen Wort erfüllt: *Nein!*

Jamashree denkt nach, spitzt die Lippen und seufzt. Ich schreie sie an, ich verfluche sie und zerre wie ein Wahnsinniger an meinem Gefängnis.

Nein! Erlaube es ihr nicht! Wage es nicht, sie ihr zu überlassen!

»Nun gut«, spricht die Königin das aus, was ich befürchtet habe. »Sie soll dir gehören. Aber du musst mir versprechen, sie am Leben zu lassen. Ihr Talent ist einzigartig.«

»Ich werde ihr nichts tun«, verspricht Scylla mit zuckriger Kleinmädchenstimme. »Versprochen.«

Eomaras verzweifelter Blick dringt in den meinen. Für die Dauer eines Herzschlages sind wir in unserem Schmerz und unserer Hilflosigkeit vereint.

»Mach weiter!«, befiehlt Jamashree. »Du träumst mir zu viel, Mädchen. Du bist hier, um ein Bild zu malen. Nicht, um deinen Gedanken nachzuhängen.«

Eomara wischt sich eine Träne aus dem Augenwinkel. Ich kreiere im Geiste tausend Arten, Jamashree umzubringen. Jede einzelne davon ist langsam und schmerzhaft.

»Verzeiht, Herrin.«

Die Königin schnaubt. »Bitte nicht um Verzeihung, sondern arbeite.«

Der Vormittag verstreicht. Hinter dem Fenster des Gemachs sammeln sich die weißen Reiher auf den Ästen des Emekar-Baumes, breiten ihre Flügel aus und lassen sich von der Mittagssonne wärmen. Dann steht Jamashree plötzlich auf, nimmt Scylla an die Hand und verlässt mit ihr das Zimmer.

»Du arbeitest weiter«, sagt sie noch, ehe sie die Tür hinter sich schließt. »Ich bringe dir etwas zum essen mit.«

Plötzlich sind wir allein. Allein mit den Blicken und mit dem Schweigen des anderen. Ich bete dafür, dass Eomara nichts tut, das

die Herrscherin verärgern könnte. Jamashrees Blicke sind dank ihrer schwarzen Hexerei überall. Selbst eine Maus, die sich an den Vorräten bedient, kommt nicht ungeschoren davon.

Eine Zeit lang malt das Mädchen weiter, als wüsste sie, dass niemand in diesem Palast unbeobachtet ist. Aber nach und nach wird ihr Atem schwerer und ihre Blicke häufiger. Eine überwältigende Traurigkeit liegt in ihren Augen. Sie kämpft mit sich, windet sich hin und her. Zweifellos weiß sie, was ihr blüht, wenn Jamashrees Wohlwollen endet, und doch legt sie irgendwann den Pinsel nieder, lauscht eine Zeit lang und steht schließlich auf.

Nein!, flehe ich sie an. *Bleib weg! Sie wird dich sehen! Sie sieht alles!*

Aber Eomara strafft sich, holt noch einmal tief Atem und kommt zu mir herüber. Mit einem leisen Rascheln streicht der Saum ihres Rockes über den schwarzen Marmorboden.

Ich stelle mir vor, wie ich das Mädchen auf Jamashrees Befehl hin töte. Durch meine Magie oder durch jene Klinge, die die Königin an ihrem Gürtel trägt. Ich werde nichts dagegen tun können. Gar nichts. Warum hat diese Närrin keine Angst vor mir? Sie kennt doch die Geschichten. Sie weiß, zu was ich fähig bin.

Unfreiwillig atme ich den Duft ihres Körpers ein, als sie vor mir stehen bleibt. Farbe, Leinsamenöl und unschuldige Weiblichkeit. Ihr ist noch nie etwas Böses widerfahren. Jede Form der Niedertracht ist ihr fremd, kein Gedanke des Hasses trübt ihre Aura. Sie ist pures Licht, und ich will nichts anderes, als mich darin zu wärmen. Aber jeden Augenblick wird die Tür aufspringen. Jamashree wird tobend hereinstürmen, mir den Befehl zur Hinrichtung geben und zusehen, wie ich ihn ausführe.

»Mein Leben ist vorbei.« Das Mädchen geht in den Hocke, sodass ich direkt in ihr Gesicht blicken muss. Sie ist wunderschön. Auf alle Weisen, auf die ein Mensch schön sein kann. »Ich wusste es in dem Moment, in dem Jamashrees Wächter mich holten. Wir lebten glücklich und zufrieden in unserem kleinen Atelier. Mein Vater, mein Bruder und ich. Als die Menschen begannen, sich um meine Bilder zu reißen, dachte ich zuerst, unser Leben würde sich zum Besseren wenden. Aber das war ein Irrtum. Es sorgte nur dafür, dass Geschichten erzählt wurden, und diese Geschichten landeten irgendwann auch bei der Königin. Ich weiß, dass sie mich nicht wieder gehen lassen wird. Wenn ich diesen Palast verlasse, dann nur als Leiche.« Wieder füllen Tränen ihre Augen, aber diesmal wischt sie sie nicht fort, sondern lässt sie über ihre Wangen rinnen. Ich wünsche mir verzweifelt, meine Warnung laut hinausschreien zu können. Ohne Jamashrees Bann wäre es so leicht, sie zu retten. Ein einziger Zauber, ein kleiner Funken Magie hätte genügt, um uns zu befreien. Ich spüre die Macht in meinem Körper vibrieren, stark wie eine entfesselte Naturgewalt, aber ich kann sie nicht herauslassen. Nicht ohne den Befehl der Königin.

»Wir sind beide gefangen. Wir können beide nichts ungeschehen machen.« Eomara sieht mich eine Zeit lang an, dann hebt sie ihre Hand. Ich sehe, wie ihre Finger näherkommen. Wie ihre Wärme meine Haut erreicht. Und dann … dann … berührt sie mich. Lebendige Wärme trifft auf Eis. Ich will erschrocken nach Luft ringen, meinen Blick heben, nach ihrer Hand greifen und meine Finger über ihre legen. Aber ich kann es nicht. Ich kann es nicht! Meine Wange brennt unter Eomaras zartem Streicheln wie Feuer.

Nein! Nein! Nein!

»Was hat Jamashree dir angetan?«, flüstert sie. »Die Geschichten sagen, dass dein Volk unvorstellbar mächtig ist. Weit mächtiger als jeder Mensch. Was ist so stark, dass es euch bannen kann?« Ihre Sanftheit strömt in meinen kalten Leib. Ich will mich im Spiegel ihrer Augen erkennen. Ich will sie retten! Aber alles, was ich zustande bringe, ist die ewig gleiche Bewegungslosigkeit.

»Ist es wahr, dass die Königin den schwärzesten aller Zauber beherrscht? Ist es der Jasmah-Isdar, der dich fesselt?« Noch immer liegt ihre Hand auf meiner Haut. Unerträglich zärtlich streicht Eomaras Daumen über meinen Wangenknochen. »Ja, das muss es sein. Nur solch ein Fluch wäre stark genug, einen atlantischen Magier zu bannen. Aber es gibt einen Weg. Es gibt immer einen. Und ich werde ihn finden.«

Schritte erklingen. Mein Herz bleibt stehen.

Eomaras Hand zuckt zurück, und mit ihr verschwindet jeder Hauch von Wärme. Hastig eilt sie zum Sessel zurück, nimmt den Pinsel wieder auf und führt ihre Arbeit fort. Kaum hat sie sich über

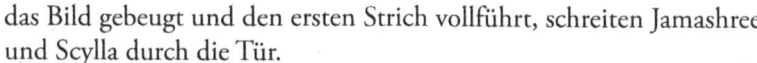

das Bild gebeugt und den ersten Strich vollführt, schreiten Jamashree und Scylla durch die Tür.

Aber kein wütender Befehl erklingt. Stattdessen stellt die Königin höchstselbst einen Teller auf den runden silbernen Tisch, an dem gewöhnlich sie selbst zu speisen pflegt, wenn ihr der Sinn nach Alleinsein steht. Ein ganzer Haufen erlesener Köstlichkeiten türmt sich darauf. Dinge, die sonst allein der Herrscherin und ihrer Tochter vorbehalten sind.

Eomara wirft einen misstrauischen Blick auf das ihr zugedachte Mahl und bedankt sich unterwürfig. Ich will sie so nicht sehen! Ich will sie so nicht reden hören! Aber jederzeit kann Jamashree den Dolch zücken und ihr die Kehle durchschneiden. Oder mir den Befehl geben, sie zu Tode zu foltern. Warum ist die Königin immer noch freundlich zu ihr? Ich glaube nicht daran, dass sie dem Mädchen vertraut. Jamashree vertraut niemandem. War sie vielleicht zu abgelenkt, um Eomara unter Beobachtung zu halten?

Ich kann es nur hoffen.

Bis zur Abenddämmerung sitze ich in meinem Sessel. Unverändert reglos und stumm. Die Erinnerung an die Berührung ist Trost und Folter in einem. Ich hungere nach mehr. Nein, Hunger ist ein zu harmloses Wort. Ich verliere den Verstand vor Sehnsucht.

Viel zu schnell vergeht der Tag, und als die Dunkelheit heraufzieht, schickt Jamashree ihre Tochter und die Malerin aus dem Zimmer. Ein Diener erscheint, bringt zwei üppig gefüllte Teller und verschwindet wieder so lautlos, wie er gekommen ist. Mir gefällt die Lebendigkeit nicht, die in den Augen der Königin leuchtet, denn sie bedeutet, dass die Herrscherin nach Dingen lechzt, die ich fast genauso verabscheue wie das Töten.

»Ich weiß, dass sie dich berührt hat«, flüstert sie mir plötzlich während des Essens zu. »Die kleine Dirne ist vernarrt in dich. Aber ich werde sie nicht dafür bestrafen, falls du das befürchtest. Es ist gut, dass sie in Flammen steht. Denn ihre Leidenschaft fließt in die Farben hinein.«

Ich kann nicht glauben, was ich höre. Jamashree verzeiht der Malerin? Sie lässt Gnade walten? Aber letztlich ist jedes ihrer Gefühle nicht mehr als eine Laune. Ein Aufblitzen flüchtiger Menschlichkeit,

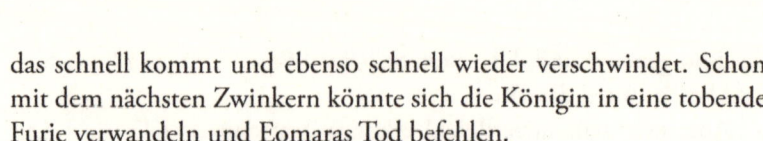

das schnell kommt und ebenso schnell wieder verschwindet. Schon mit dem nächsten Zwinkern könnte sich die Königin in eine tobende Furie verwandeln und Eomaras Tod befehlen.

Meine Seele erstarrt in eiskaltem Schrecken, während mein Körper Jamashrees Willen gehorcht. Später im Bett seufzt und stöhnt sie in mein Ohr, flüstert Zauberformeln und saugt mir wie ein riesiges, Blut trinkendes Insekt die Magie aus den Gliedern. Als sie mit mir fertig ist, fühle ich mich wie eine substanzlose Nebelgestalt. Ausgelaugt liege ich da, spüre die Stunden verstreichen und sehne mich vergeblich nach Schlaf.

Als Jamashree mir schließlich im Morgengrauen befiehlt, die Kleidung anzuziehen, gelingen mir selbst die einfachsten Handgriffe nur mühsam. Mir ist klar, warum die Herrscherin so rücksichtslos ihre Kräfte aufgefüllt hat. Gestern noch hat sie sich danach gesehnt, ihrer Tochter den Thron zu überlassen. Jetzt krallt sie sich wie ein Blutgeier an ihrer Macht fest und hat offenbar beschlossen, ihre Herrschaft um ein paar Jahrhunderte zu verlängern.

Das ewig gleiche Spiel der Menschen.

Ich kann nicht einmal Schrecken über ihre Meinungsänderung empfinden, denn letztlich ist es egal, ob Jamashree oder Scylla meine Kräfte lenkt. Vielleicht ist die alte Königin sogar die bessere Wahl. Ihre Grausamkeit ist mir inzwischen vertraut, Scylla dagegen ist unberechenbar. Ich zweifle nicht daran, dass sie ihre Mutter in mancher Hinsicht noch übertreffen wird.

Als Eomara durch die Tür tritt und zaghaft lächelt, beschleunigt sich mein träger Herzschlag. Sonnenlicht durchdringt meine Dunkelheit, und gleichzeitig wünsche ich mir, das Mädchen nie getroffen zu haben.

Das hier wird nicht gut enden.

Es kann nicht gut enden.

Kein zweites Mal bleibe ich mit der Malerin allein zurück. Jamashree hindert mich sogar am Schlafen, als wüsste sie, dass Eomara mich im Traum besucht. Wenn die Königin nicht über uns wacht, tut es Scylla, und in den seltenen Momenten, in denen beide nicht anwesend sind, stehen zwei nach Verwesung stinkende Untote rechts und links neben der Tür.

Alles, was Eomara bleibt, sind Blicke und verstohlene Gesten. Mein Hass auf Jamashree wächst mit jedem Augenblick, in dem ich ins Leere starre und machtlos ihrem Willen gehorche. Der Zorn füllt mich mit neuer Lebendigkeit und bringt mich gleichzeitig um den Verstand. Würde mein Bann auch nur einen Wimpernschlag lang brechen – bei allen Göttern, ich würde die Königin mit bloßen Händen in Stücke reißen. Und ihre sadistische Tochter gleich mit dazu.

Im Laufe der nächsten Tage verändern sich Eomaras Gesten. Zuversicht flackert in ihren Augen, sie lächelt häufiger und nickt mir immer wieder unauffällig zu. Ich bewundere die geschickte Art, mit der sie die Fertigstellung des Gemäldes hinauszögert und dabei eine solche Feinfühligkeit an den Tag legt, dass nicht einmal Jamashree etwas dagegen sagen kann.

»Nur noch wenige Tage, meine Herrin. Die wahre Lebendigkeit entsteht durch die letzten Schichten aus Licht und Schatten. Euer Auftrag ist etwas Besonderes. Etwas Einzigartiges. Ich möchte ein Bild für die Ewigkeit schaffen, das den Menschen selbst in tausend Jahren noch den Atem raubt. Seht Ihr den Unterschied, meine Königin? Gestern besaßen diese Augen noch keinen Glanz. Aber heute leuchten sie von innen heraus. Sie halten dem Vergleich zur Wirklichkeit stand. Sie sind wahrhaft lebendig.«

Jamashree nickt gönnerhaft. Und so fließen die Tage dahin, vergänglich und kostbar. Doch alles Hinauszögern verhindert nicht, dass der letzte Morgen graut.

Als ich mich zum zwölften Mal in den Sessel setze, um Eomara Modell zu sitzen, ist mir klar, dass dies die letzten Stunden sind, die wir miteinander verbringen dürfen.

Ich kann ihr nicht helfen.

Ich kann nicht das Geringste für sie tun.

Meine Kräfte sind am Ende. Jamashree hat alle Magie aus mir herausgesaugt, der fehlende Schlaf tut sein Übriges dazu. Ich flüchte mich in diese Schwäche und lasse zu, dass sie alles in Nebel hüllt. Dennoch sehe ich Eomaras lichterfüllte Schönheit mit quälender Deutlichkeit und rieche den Duft nach Sommer, der vom Wind durch das offene Fenster getragen wird. Hinter den finsteren Bergen, die

Jemeshar umschließen, sind die Wiesen mit Blumen übersät. Vögel singen. Weiße Wolkenfetzen treiben über einen blauen Himmel. Wie fühlt sich der Sommer an? Wie ist es, mit nackten Füßen durch das Gras zu laufen?

Wie ist es, frei zu sein?

Diesmal trägt Eomara ihre Staffelei und das Bild nicht selbst, sondern hat sämtliches Gepäck zwei Sklavenjungen überlassen. Hastig stellen sie alles an Ort und Stelle, verbeugen sich lächerlich tief und schleichen wieder hinaus, ohne der Königin auch nur einmal in die Augen zu blicken. Doch nicht nur das ist anders an diesem Morgen. Eomara setzt sich nicht auf ihren Stuhl, so wie sie es sonst tut, sondern vollführt einen formvollendeten Knicks und richtet das Wort an Jamashree: »Heute werde ich Euer Gemälde beenden, meine Herrin. Doch um den letzten Hauch Lebendigkeit hinzuzufügen, der das Bild einzigartig machen wird, brauche ich etwas Bestimmtes.«

»Was immer es ist, es soll dir gewährt werden.« Die Miene der Königin strahlt vor Zufriedenheit. Das letzte Mal hat sie so ausgesehen, als ich auf ihren Befehl hin die gewaltige Beduinen-Armee der Knochenwüste zu Asche verbrannt habe. »Deine Arbeit ist erstaunlich, Mädchen.«

Eomara errötet. Ich sehe die vertraute Traurigkeit in ihren Augen – und noch etwas anderes. Sie wirkt wie eine Kämpferin, die kurz davor ist, sich mit geschlossenen Augen und voller Hingabe in das eigene Schwert zu stürzen. Ihre Hände sind merkwürdig vor dem Bauch verschränkt, als hätte sie Schmerzen. Auch der Königin fällt dieses Detail auf.

»Geht es dir nicht gut?«

Eomara lächelt zaghaft. »Mir ist ein wenig unwohl, aber das wird keine Auswirkung auf meine Arbeit haben.«

»Hm«, knirscht Jamashree. »Das will ich hoffen. Ich wäre außerordentlich enttäuscht, wenn du mit deinen letzten Pinselstrichen das Bild ruinierst.«

»Das wird nicht geschehen, Herrin.«

Ein Zittern geht durch den Körper der Malerin. Ja, etwas ist anders heute. Ganz anders. Was hat sie vor? Weshalb lächelt sie mir so furchtlos zu, obwohl ihr klar ist, dass Jamashrees Gunst an einem seidenen Faden hängt?

»Erlaubt mir, dass ich ihn berühre«, sagt Eomara schließlich. »Nur einen Augenblick lang.«

Die Augen der Königin weiten sich. »Du willst ihn berühren?«

»Ja, Herrin.« Sie verneigt sich noch einmal. »Ich muss das Leben in ihm fühlen, um es mit meinen letzten Pinselstrichen einfangen zu können. Seinen Herzschlag. Seinen Atem. Eine kurze Berührung genügt. Lasst mich einen Moment lang die Hand auf seine Wange legen. Mehr verlange ich nicht.«

Jamashree zieht eine Grimasse. Ihre Zufriedenheit erlischt und weicht der Eifersucht. Sie sieht nicht mehr aus wie eine jahrhundertealte, gefürchtete Tyrannin, sondern wie ein schmollendes Kind.

»Also gut«, knurrt sie zu meiner Überraschung. »Tu, was du tun musst, wenn deine Erinnerung an eure letzte Berührung schon so verblasst ist.«

Eomara ignoriert die spitze Bemerkung, als wäre es ihr gleichgültig, dass die Königin sie ertappt hat. In aller Ruhe rafft sie ihren Rock und kommt auf mich zu. So viele Gefühle toben in mir, so viele Worte brennen auf meiner Zunge, aber mein Körper bleibt stumm und versteinert. Wie an allen anderen Tagen.

Unsere letzte Berührung. Der letzte Funken Wärme.

Ich versuche noch, das Unerträgliche zu begreifen, als ein Wunder geschieht. Mein Blick hebt sich, losgelöst von Jamashrees Willen, und taucht in Eomaras Augen ein.

Ich tue etwas, weil ich es will. Zum ersten Mal seit wie vielen Jahrhunderten? Mein Herz scheint stillzustehen. Alles scheint stillzustehen. Was bedeutet das? Wie ist das möglich? Ich höre Jamashrees Keuchen. Oder ist es mein eigenes?

Eomara und ich sehen uns an. Losgelöst von allen Flüchen. Wenigstens einen Wimpernschlag lang.

»Du wirst frei sein«, flüstert sie. »Ich habe die weiße Orchidee gefunden.«

Die weiße Orchidee? Eine Erinnerung wacht auf: Diese Blume ist noch tödlicher als ihre schwarzen Schwestern. Sie weckt nicht das Böse in meinesgleichen, sondern löscht uns aus. Endgültig. Die weiße Orchidee ist unser Tod, aber sie existiert schon seit Jahrtausenden nicht mehr.

»Wach auf«, sagt Eomara, öffnet ihre rechte Hand direkt vor meinem Gesicht und entblößt eine große Blüte. Aber sie ist nicht weiß, sondern schwarz.

Und dann geschieht alles innerhalb eines Herzschlags.

Jamashree packt Eomara und reißt sie von mir fort, gerade in dem Moment, in dem sie in die pollengefüllte Blüte pustet. Ich atme ein, erwische ein wenig des in der Luft verstreuten Blütenstaubes und schmecke sofort eine bittere Süße auf meiner Zunge. Das ist nicht der Staub der schwarzen Orchidee! Er schmeckte bitter, nach Fäulnis und Tod. Dieser hier ist wie mit Honig vermischtes Gift.

»Was hast du getan?« Der Faustschlag der Königin zerschmettert Eomaras Wangenknochen. Mit einer weiteren Handbewegung und einem gezischten Zauberwort verbrennt sie die Orchideenblüte zu Asche. »Was war das gerade, du verfluchtes Miststück?«

»Etwas, von dem du nichts wissen kannst.« Furchtlos blickt das Mädchen ihrem Ende ins Gesicht. »Nur reine Seelen können sie sehen. Für alle anderen ist die Blüte schwarz.«

»Was?« Wieder trifft ein Faustschlag das schöne, zarte Gesicht. Ich will Jamashree von ihr wegreißen, doch noch immer kann ich mich nicht bewegen. So sehr ich auch will. So sehr ich auch kämpfe. Würde ich so sterben? Bis zum letzten Atemzug dem Fluch unterworfen?

»Was hast du angerichtet?«, kreischt die Herrscherin, außer sich vor Wut. »Wie kannst du es wagen?«

Eomara sinkt in sich zusammen und starrt mit glasigem Blick an die Decke. Als sie schließlich antwortet, hat ihre Stimme jede Kraft verloren: »Die weiße Orchidee wird ihn befreien. Du kannst nichts dagegen tun. Ich dachte immer, es gäbe nichts Gutes in dir, aber ich habe mich geirrt. Deine Liebe ist dein Tod, Königin.«

Totenblass weicht Jamashree zurück, zückt ihren Dolch und rammt ihn in Eomaras Herz. Ich schreie innerlich, zerberste und verglühe, aber mein Körper bleibt reglos.

Dann fährt die Königin zu mir herum, bleckt die Zähne wie ein Raubtier und knurrt einen Zauber. Aber in diesem Moment geschieht es. Meine Fesseln zerspringen nicht mit der Wucht jahrhundertelang aufgestauter Wut. Sie zerbersten nicht zornig und laut, sondern lösen sich einfach auf. Als ich meine Hände zu

Fäusten balle, geschieht es so mühelos, als hätte ich meinen freien Willen niemals verloren. Jamashree kreischt sämtliche Zauberformeln, die ihr in den Sinn kommen, aber die Magie prallt zu meiner grenzenlosen Verblüffung wirkungslos an mir ab. Ich fühle mich nicht mehr schwach. Ich bin nicht mehr hilflos. In mir brodelt ein überwältigender Zorn, lässt mich hochfahren und meine Hand um Jamashrees Kehle schließen. Sie kann mir nichts entgegensetzen. Ich presse meine Lippen auf ihren Mund und hole mir das zurück, was sie mir genommen hat. Wie eine reißende Flutwelle strömt die Magie in mich zurück, so überwältigend stark, dass ich zurückzucke und nach Atem ringe.

Die Kräfte sind so gewaltig, dass Jamashrees Haut Blasen wirft. Ihr gelingt ein letzter gurgelnder Schrei, das blutbesudelte Messer fällt klappernd zu Boden – dann zerfällt ihr Fleisch innerhalb eines Wimpernschlags zu weißem Staub und rieselt auf den Marmor. Ihr Kleid fällt zu Boden, ein paar Flocken tanzen noch in der vor Hitze flimmernden Luft.

Jamashree ist tot. Und ich bin frei.

Zwei Tatsachen, die ich nicht begreifen kann.

Ungläubig starre ich auf das, was von der Königin übrig geblieben ist: Ein Kleid, qualmende Schuhe und ein paar Ascheflocken. Scylla ist verschwunden, Eomara liegt tot auf dem Marmorboden. Das schwarze Kleid zerfließt mit dem glatten Stein, während ihr ausgebreitetes Haar von einem Sonnenstrahl getroffen wird und wie flüssiges Kupfer leuchtet.

Die Malerin lächelt. Ihr Gesicht ist beseelt von Frieden und Erlösung, obwohl die Schläge der Königin es böse zugerichtet haben. Ich streichle über ihre Stirn, taste nach ihrer Seele und flüstere ein leises »Verzeih mir«, als ich sie nicht finden kann. Die Worte kratzen ungewohnt in meiner Kehle. Ich kann mich nicht mehr daran erinnern, wann ich das letzte Mal aus freiem Willen gesprochen habe. Dieses Mädchen hat sich für mich geopfert. Sie hat all das nur für mich getan, und ich kann ihr nicht mehr dafür danken. So gerne hätte ich sie befreit, aber jetzt ist es zu spät. Der einzige Trost, den ich habe, ist die Freiheit ihrer Seele. Aber warum bin ich nicht gestorben, so wie die anderen beiden Atlanter, die vor langer Zeit mit der Blume in

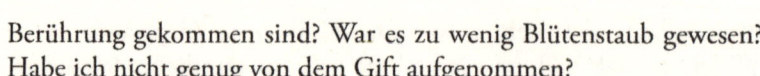

Berührung gekommen sind? War es zu wenig Blütenstaub gewesen? Habe ich nicht genug von dem Gift aufgenommen?

Mit überwältigender Wucht flutet die Magie meinen Körper, bringt das Glas des Fensters zum splittern und bricht sich Bahn, indem es meine Menschengestalt auflöst. Gerade noch rechtzeitig schaffe ich es, mir die Kleider vom Leib zu reißen, als sich auch schon weiße Federn aus meiner Haut schieben. Meine Arme werden zu Schwingen, mein menschlicher Schrei zu dem gellenden Ruf eines Raubvogels. Und dann verschwindet die Dunkelheit des Palastes. Schwarzer Marmor und schwarze Wände werden vom grünen Laub des Emekar-Baumes abgelöst. Geschnitzte Fratzen weichen Sommerwolken.

Ausgerechnet ein weißer Adler?, warnt meine Vernunft. *Das ist viel zu auffällig! Nimm eine andere Gestalt.*

Aber schon der Gedanke an einen Moment des Innehaltens widert mich an. Ich lasse den Tiergeist all mein Denken ausfüllen, reduziere mich auf puren Instinkt und zerteile den Wind mit kräftigen, befreienden Flügelschlägen.

Als ich hoch über den Wolken im Sonnenschein segele, versickert der letzte Funken Menschenverstand wie Wasser im Wüstensand. Es gibt nur noch die Weite des Himmels und den Wind auf meinen ausgebreiteten Schwingen. Der Adler löscht jede Erinnerung aus. Für ihn zählte nur das Jetzt.

Jamashrees verfluchter Wald ist nur ein dunkler Fleck in der Tiefe. Winzig klein ist mein Schatten, der über das Land segelt. Über karge Ebenen hinweg, über Schluchten und Gipfel.

Wohin? Egal.

Nur weit weg.

Meine Seele fliegt mit den Strömungen des Himmels. Dörfer ziehen unter mir vorbei, am Abend erreiche ich Amadors Prärien, die im Licht der untergehenden Sonne wie ein Ozean wogen. Zwei Tage später lasse ich den monsterverseuchten Sgulgi-Wald hinter mir und fliege hinaus in die Ebenen von Koresh. Den Sonnenuntergang des fünften Tages sehe ich über den Gipfeln des Nebelwal-Gebirges aufgehen, und der Anblick der Farben brennt sich mit solcher Schönheit in mein Herz, dass ich nicht bemerke, was unter mir geschieht.

Weder sehe ich die Jäger noch den Bolzen der Armbrust, der auf mich zufliegt. Erst als das Geschoss in meinen Körper einschlägt, begreife ich, was geschehen ist. Die Wucht des Treffers schleudert mich zur Seite, lässt mich hilflos im Wind trudeln und raubt mir einen Moment lang die Sinne. Triumphierende Rufe erklingen, gefolgt von Wutgeheul, als es mir im letzten Augenblick gelingt, die Flügel auszubreiten und den Sturz aufzufangen. Hunde kläffen. Ein Mann mit einem Netz rennt durch das hohe Gras und brüllt mir einen Fluch hinterher.

Sie glauben, dass ich ihnen entkomme. Aber dem ist nicht so. Ich habe mich zu lange in den Körper des Tieres geflüchtet und meine Gedanken betäubt. Die rettende Verwandlung schlägt fehl. Mir entgleitet jede Konzentration. Ich spüre das Holz tief in meiner Brust. Ich spüre das heiße Blut, das meine Federn tränkt.

Und falle erneut.

Scylla

Indigo war fort! Mutter war fort!

Scylla wagte es lange nicht, den Schrank zu verlassen, in dem sie sich versteckt hatte. Und als sie es tat, versagten ihr die Beine fast den Dienst. Ein noch nie empfundenes Gefühl schlang sich wie eine rostige Kette um ihr Herz und presste es zusammen, bis sie kaum mehr Luft bekam. Was sollte sie jetzt tun? Jemanden rufen? Die Wächter losschicken, damit sie den Adler einfingen?

Ohne Mutter konnte sie leben. Ohne Mutter würde sogar alles besser werden. Jamashree konnte ihr keine Schmerzen mehr zufügen. Sie würde sie nie mehr dazu zwingen, sich zusammen mit hunderten von Spinnen und Skorpionen in eine Kiste zu hocken, damit sie ihren Ekel überwand und lernte, das Getier zu kontrollieren. Sie würde nie mehr erniedrigt und geschlagen, angeschrien und gedemütigt werden. Von nun an gehörte der Thron ihr, und damit die Herrschaft über die gesamte Menschenwelt.

Aber ohne den Atlanter war sie nichts.

Ohne ihn war es nur eine Frage der Zeit, bis man sie aus dem Weg schaffte, jetzt, da Jamashree nicht mehr über sie wachte. Seine

Magie war das Wichtigste. Er war ihre stärkste Waffe. Was nützten ihr ein paar schwarze Zaubertricks, wenn sie damit keine Armeen verbrennen und keine Länder unterjochen konnte?

Scyllas Gedanken wirbelten durcheinander. Jamashrees Tod hatte sie befreit, aber alles, was sie fühlte, war eine schreckliche Hilflosigkeit. Man würde sie töten. Man würde sie auf dem Scheiterhaufen verbrennen, den Thron mit irgendeinem dahergelaufenen Bauerntrampel besetzen und das Geschlecht ihrer Familie ausmerzen.

Niemand durfte erfahren, was mit ihrer Mutter geschehen war. Es gab keine Leiche, nicht einmal Blut. Solange Indigo nicht an ihrer Seite war, musste der Tod der Königin ein Geheimnis bleiben.

Wie gelähmt starrte Scylla auf das schwarze, mit Ascheflocken bedeckte Kleid. Dann glitt ihr Blick hinüber zu Eomara, die mit toten, gebrochenen Augen an die Decke starrte.

Rufe die Wächter! Los! Rufe sie!

Aber ihr Körper verweigerte ihr den Gehorsam. So sehr sie sich auch anstrengte, irgendetwas schnürte ihr die Kehle zu und lähmte ihre Glieder. War das Hilflosigkeit? Panik? Einsamkeit?

Mutter war fort. Indigo war fort.

Sie war allein.

Etwas brannte in ihren Augen. Scylla wischte mit ihrer Hand darüber und sah Nässe auf ihrer Haut. Tränen? Waren das wirklich Tränen?

Tu etwas, verflucht! Rufe die Wächter! Sonst ist er über alle Berge!

Und was, wenn sie ihn zurückholen? Was machst du dann? Du bist nicht so stark wie Jamashree. Wie willst du ihn kontrollieren? Der Fluch ist zerstört, und du bist nur ein Mädchen, das ein paar Küchenzauber beherrscht.

Die Beine gaben unter ihr nach. Plötzlich hockte sie wie ein erbärmliches Kleinkind auf dem Boden, heulte und zitterte und wusste weder aus noch ein. Wie jämmerlich! Wie schwach! Jamashree würde sie auspeitschen, wenn sie sie so sah. Ach was, sie würde den eisernen Kamm holen, ihn ins Feuer legen und ihre Haut mit den glühenden Zinken aufschlitzen, nur um die Wunden anschließend mit einem geflüsterten Zauber und einem Streicheln zu heilen.

Aber Mutter war fort. Niemals wieder würde die Königin die Hand gegen sie erheben. Warum griff sie trotz ihres Hasses mit beiden Händen in das Kleid und sog schluchzend seinen Duft ein?

Unzählige Gefühle fluteten über sie hinweg. Alle Empfindungen, die Jamashree ihr ausgetrieben hatte, kehrten zurück.

Doch plötzlich geschah etwas. Die Luft um Scylla herum begann zu flimmern, wurde heiß und energiegeladen. Sämtliche Härchen ihres Körpers sträubten sich, als eine gewaltige Macht über ihre Haut strich. Es war, als stünde sie in der Mitte eines unsichtbaren Gewitters. Aber dieses Gewitter besaß eine Stimme. Die eines jungen Mannes. Sie war verführerisch und sanft und zugleich so machtvoll wie das Rauschen des uralten, uferlosen Ozeans: *Hab keine Angst. Ich bin hier, um dir zu dienen.*

»Wer bist du?«, hauchte Scylla.

Ich bin die Stärke deiner Mutter. Ich bin die ewige Jugend deiner Mutter. Allein durch mich konnte sie Indigos Magie beherrschen.

»Wer bist du?«, wiederholte Scylla. Angst packte ihren Nacken. Aber auch eine Erregung, die ihr bis in die Knochen fuhr. Die Stärke ihrer Mutter? Die ewige Jugend ihrer Mutter? Was hatte das zu bedeuten?

»Sag es mir!« Beseelt von einer neuen Kraft stand sie auf, ballte die Hände zu Fäusten und bezwang ihre Angst. So, wie Jamashree es ihr beigebracht hatte. »Wer bist du?«

Ein Wesen aus einer anderen Welt, flüsterte die Energie. *So, wie die Atlanter einst zu euch Menschen kamen, bin auch ich gekommen. Aber ich brauche einen Körper. Ich brauche einen Herrn, der mir Gestalt und Macht gibt. Diene mir, Kind, und ich lege dir das zu Füßen, was ich deiner Mutter schenkte. Das, und noch mehr, wenn du es willst.*

Die Luft kochte vor Hitze. Aber es tat nicht weh, sie einzuatmen. Nein, es war ein überaus angenehmes Gefühl, denn mit jedem Atemzug nahm sie auch ein Stück der Energie in sich auf. Es fühlte sich aufregend an. Prickelnd und machtvoll. Der Gedanke, diese ungeheure Kraft in sich zu haben, wurde verlockend. Er wurde unwiderstehlich, auch wenn sie nicht einmal ansatzweise verstand, was hier vor sich ging. Jamashree war also niemals einzigartig und außergewöhnlich gewesen. Nein. Sie hatte nur die Mächte zweier Wesen für sich benutzt und alle Welt glauben lassen, sie selbst sei es, vor der sogar die Gewalten der Natur kapitulierten.

»Warum nimmst du nicht einfach Besitz von mir?«, fragte Scylla. »Wenn du so stark bist, warum musst du dann meine Erlaubnis einholen wie ein einfacher Bittsteller?«

Das hier ist nicht meine Welt, hauchte es verführerisch nah an ihrem Ohr. *Ich bin nur stark durch euch. Ihr allein gebt mir die Macht, mit der ich euch dienen kann. Aber du musst dich mir freiwillig hingeben. Du musst mir aus freiem Willen einen Platz in deiner Seele verschaffen.*

»So, wie es meine Mutter getan hat?

Ja. Ich bin der Jasmah-Isdar. Ich bin die Macht des schwarzen Zaubers. Ich bin seine Quelle.

Scylla sog scharf die Luft ein. »Was sagst du da?«

Ich bin der Jasmah-Isdar, wiederholte das Wesen mit der Sanftheit eines Windhauches. *Als ich in den tiefsten Abgründen des Universums erwachte und zu existieren begann, gab es nur zwei Dinge: Dunkelheit und Leere.*

»Aber …« Sie musste mehrmals schlucken. »Aber ich dachte …«

Du dachtest, der Jasmah-Isdar wäre nur ein Gedanke? Eine Ansammlung von Zaubersprüchen? Eine finstere Sprache?

»Ja«, wisperte sie.

Wären wir in meiner Welt, könntest du mich sehen und berühren. Doch hier bin ich nur das, wofür du mich gehalten hast. Ein Gedanke. Ein nicht greifbarer Zauber. Nenne mich Verführung. Nenne mich Macht.

»Wie bist du hierhergelangt? Hat Mutter dich beschworen?«

Beschworen? Die Stimme lachte. Es klang geschmeidig wie schwarzer Samt. *Nein. Ich bin kein Dämon, den man rufen kann. Ich bin etwas weitaus Größeres. Vor langer Zeit erschuf ein Hexer versehentlich einen Riss zwischen den Welten. Er spielte mit Mächten, die nicht für euch Menschen geschaffen sind, und zerstörte durch sein Unvermögen beinahe eure gesamte Existenz. Du ahnst nicht, wie knapp deine Rasse damals dem Tod entronnen ist. Ich nutzte in jenem verhängnisvollen Moment meine Chance und schlüpfte hindurch, weil mich die Neugier packte. Neugier, musst du wissen, ist für ein Wesen wie mich das verführerischste aller Gefühle. Denn meinesgleichen ist zu alt, um noch von irgendetwas überrascht zu werden. Wenn es dann alle paar Jahrtausende einmal geschieht, dass etwas unsere Neugier weckt, können wir nicht widerstehen.*

»Deinesgleichen?«, fragte Scylla. »Was seid ihr?«

Nenne uns Götter. Das trifft es ehesten. Obwohl nicht einmal eure ältesten Legenden der Wahrheit nahekommen.

»Was ist die Wahrheit?«

Du willst viel wissen, Kind. Das gefällt mir. Aber alles hat seine Zeit.

»Ich will es jetzt wissen!«

Alles zu seiner Zeit, beharrte die Stimme geduldig. *Zuerst sollst du meine Geschichte erfahren: Ich ging durch den Riss, um mir eure Welt anzusehen, aber meine übereilte Tat stellte sich als Dummheit heraus. Die Wunde in der Weltenhaut schloss sich hinter mir, verschwand spurlos und ließ mich in einem Reich zurück, in dem ich zur Körperlosigkeit und zur Schwäche verdammt bin. Zum ersten Mal seit unzähligen Äonen war ich überrascht, aber ich fühlte keine Wut und keine Angst. Nein, stattdessen labte ich mich an diesem fast vergessenen Gefühl. Schnell erkannte ich, dass euer Streben nach Macht ein herrliches Spielzeug abgibt. Ich suchte mir starke, ehrgeizige Menschen, bot mich ihnen an und führte sie zu Reichtum und Erfolg. Meine Mächte waren nur noch ein Schatten ihrer selbst. Ich war nur noch ein Schatten meiner selbst. Aber ein wenig Zauber genügte allemal, um die Geschicke der Menschen zu lenken. Es machte beiden Seiten Spaß, aber nur für kurze Zeit. Niemand konnte mir standhalten. Nicht auf Dauer. Sie alle wurden früher oder später von meiner Macht verbrannt. Ständig brauchte ich neue Körper, und ich bin kein Dämon, der mir nichts, dir nichts von Hülle zu Hülle schlüpft. Ein Körperwechsel tötet meinen Wirt und bereitet auch mir große Qualen. Zusehends litt ich unter den Auswirkungen eurer Welt auf meine Existenz, fühlte Schmerz, Erschöpfung und Müdigkeit. Anfangs war auch das spannend, denn Verwundbarkeit war etwas ganz Neues für mich. Aber irgendwann begann ich mich wieder zu langweilen. Alles wiederholte sich. Mit jedem neuen Körper durchlebte ich dieselbe Geschichte. Und ich saß noch immer fest. Meine Wut wurde größer, ebenso meine Verzweiflung. Ich rechnete damit, in eurer Welt zu verfaulen, bis … ja, bis die Atlanter kamen. Fünf ekelerregend reine, magische Kreaturen, die es sich zur Aufgabe gemacht hatten, euch Menschen auf den rechten Weg zu bringen. Oh ja, es war eine schwere Zeit für mich. Aber auch eine äußerst aufregende. Ich fand Mittel und Wege, mich vor ihren abscheulich scharfen Sinnen zu verstecken. Ich spielte mit ihnen und führte sie* an der Nase herum. Trotzdem spürten sie die Früchte meiner Arbeit immer wieder auf und machten sie zunichte. Wir bekämpften einander, ohne dass die atlantischen Magier überhaupt ahnten, gegen was sie zu Felde zogen. Für sie ging es um menschliche Bosheit, um Schwäche und die Verirrungen schwacher Geister. Sie schnitten sozusagen das Unkraut ab, aber vergaßen, die Wurzel mit herauszureißen. Doch ich schweife ab. Du willst sicher wissen, wie ich zu deiner Mutter kam. Nun, eine Zeit lang besetzte ich nur einfache Menschen, weil ich dank des endlosen Kampfes geschwächt war. Mein Feuer erlosch zusehends. So sehr ich das Duell zwischen mir und den Magiern genoss, so unbarmherzig saugte es mir meine ohnehin lächerlichen Kräfte aus. Ich konnte mein Werk nur noch in aller Stille verrichten. Hier mal ein böser Gedanke, hier ein Samenkorn des Hasses. Es war keine Meisterleistung, aber es genügte, um die Menschheit auf Kurs zu halten und die Atlanter zu zermürben. Als ich schließlich Jamashree sah, wusste ich, dass eine neue Ära begann. Sie wuchs heran, ihre Stärke wurde von Tag zu Tag größer. Im Körper der Amme übte ich heimlich meinen Einfluss auf sie aus, gerade so viel, dass der Atlanter an ihrer Seite es nicht bemerkte. Ich erzählte ihr von den Schwächen der Magier, die ich im Laufe der Jahrtausende herausgefunden hatte. Vor allem erzählte ich ihr von den schwarzen Orchideen. Und von den verborgenen Orten, an denen eine Handvoll Blumen den Vernichtungsfeldzug der Atlanter überstanden hatten. Als Indigos scheußliche Rasse eines Tages endlich beschloss, euch aufzugeben, sah ich meine Gelegenheit gekommen. Das Glück war mir hold. Jamashrees hochgeschätzter Magier tat genau das, was ich mir erhofft hatte: Er blieb allein zurück, weil er sich in ein verlaustes Waldmädchen verliebt hatte und sich nicht von ihr trennen konnte. Ich sorgte dafür, dass Jamashree ihn verfolgte. Ich flüsterte ihr ins Ohr, bis sie bereit dazu war, den Weg zum Portal aus den Priesterinnen herauszufoltern. Anschließend setzte ich … wie sagt ihr so schön? … alles auf eine Karte. Ich opferte einen Großteil meiner Kräfte, um das Portal für kurze Zeit zu versiegeln, wenigstens so lange, bis die verdammte Hüterin tot war. Denn wären Indigos Artgenossen ihm zur Hilfe gekommen, hätte es schlecht für mich ausgesehen. Anschließend fesselte ich den Atlanter mit einem Bann, verließ den Körper der Amme und sorgte dafür, dass die Königin ihren Körper mir überließ.

50

»Du hast ihn gebannt?«, flüsterte Scylla. »Du? Nicht meine Mutter?«

So ist es. Dank mir wurde sie zu dem mächtigsten Menschen eurer Welt. Dank mir wurde sie unbesiegbar. Die Magie des Atlanters war eine vorzügliche Nahrung und ein treffliches Spielzeug. Sie schenkte mir, wenn auch indirekt, endlich wieder die göttliche Energie, die ich so sehr vermisst hatte. Alles ist formbar, mein Kind. Selbst das reinste aller Geschöpfe besitzt eine dunkle Seite, die man zum Vorschein bringen kann. Ein Hammer kann dabei helfen, ein Haus zu bauen. Aber er kann auch benutzt werden, um einen Schädel einzuschlagen. Es kommt auf den an, der ihn führt. Doch genug der Rederei. All die Macht, mein Kind, lege ich dir zu Füßen. Du sollst noch größer werden als Königin Jamashree. Du sollst zu wahrer Stärke gelangen. In dir sehe ich das Feuer, nach dem ich so lange gesucht habe, denn ich habe dich erschaffen. Ich sorgte dafür, dass deine Mutter mit dir schwanger wurde. Leider gedeiht atlantischer Samen nicht in irdischem Boden, aber auch wenn dein Vater ein gewöhnlicher Soldat war, hast du all meine Hoffnungen erfüllt. Ich war bei dir, vom ersten Augenblick deiner Existenz an. Du bist meine perfekte Hülle.

Scyllas Mund stand offen. Er war die Quelle des Jasmah-Isdar. Er war der Herr über den mächtigsten und schwärzesten aller Zauber. Und sie war die eine, die ihm standhalten würde.

»Warum hast du nicht Indigo selbst besetzt?«, flüsterte sie. »Warum begnügst du dich mit Menschen, wenn du in den Körper eines Atlanters schlüpfen könntest?«

Der Bann sperrt Indigos Seele in den tiefsten Kerker seines Bewusstseins ein, antwortete die Stimme. *Doch genau das ist der Ort, an dem auch ich meinen Platz beziehe. Niemals könnte ich ihm standhalten. Er würde mich zu Staub verbrennen. Glaube mir, wenn ich stark genug wäre, mir einen Krieg mit seiner Seele zu liefern, würde ich es tun. Aber der Moment, in dem ich seinen Körper in Besitz nehmen würde, wäre der Moment meiner Auslöschung.*

»Also gut.« Sie holte tief Luft, wappnete sich gegen das, was kommen würde, und besiegelte ihr neues Leben mit einem Nicken. »Ich diene dir als Gefäß, wenn du mir dienst.«

So sei es.

Es tat nicht weh. Nicht im Geringsten. Ihr wurde nur heiß und schwindelig, sie schwankte einen Augenblick lang – dann war es vorbei. Die Macht in ihrem Inneren vibrierte, knisterte in ihrem Haar und ließ sie vor Wonne seufzen. Das hier war jenseits aller Vorstellungskraft. Es war uralt und schwarz wie die Tiefen des Universums, füllte jede Faser, jeden Gedanken und jedes Gefühl.

Scylla warf den Kopf zurück und lachte. Die Kraft der Sonne war nichts im Vergleich zu dem, was in ihr leuchtete. Es war herrlich. Es war berauschend. Und kalt wie Eis. Von nun an würde jede Kreatur der Erde, des Wassers und der Luft ihrem Willen gehorchen.

»Was tun wir als Erstes?«, rief sie aufgeregt. »Sag schon!«

Ihn zurückholen. Das hier ist nicht meine Welt. Ich brauche Nahrung. Ich brauche eine Quelle, aus der ich mich erneuern kann. Nur so kann ich dir mit ganzer Kraft dienen.

»Atlantische Magie?«

So ist es.

»Warum hast du Indigo dann entkommen lassen? Wenn du so mächtig bist, hättest du ihn aufhalten müssen.«

Ein paar Momente lang blieb es still in ihr. Dann raunte die Stimme samtweich durch ihr Bewusstsein: *Die Magie der weißen Orchidee war stark. Stärker, als ich erwartet hatte. Sei dir gewiss, dass ich die Entschlossenheit verliebter Närrinnen und die Kraft magischer Blumen nie wieder unterschätzen werde. Nach so langer Zeit begehe ich tatsächlich einen Fehler! Ist das nicht faszinierend?*

»Nein«, antwortete Scylla barsch. »Du hast ihn entkommen lassen! Was, wenn wir ihn nicht wiederfinden? Er ist keine gewöhnliche Jagdbeute, sondern ein Magier!«

Und ich bin ein Gott. Geht Ihr gern auf die Jagd, meine Königin?

Oh, wie wunderbar das klang. »Sag es noch einmal. Bitte.«

Ich möchte wissen, meine Königin, ob Ihr die Jagd liebt.

Scylla ließ sich die beiden süßen Worte auf der Zunge zergehen. Meine Königin. Oh ja. Dann raunte sie zärtlich: »Es gibt nichts, das ich mehr liebe.«

Gut, dann lass uns beginnen.

Jinni

»Nebelwale!«

Dieses eine Wort verwandelte das Dorf in einen wimmelnden Ameisenhaufen, noch ehe sein Echo verklungen war. Alle jagdfähigen Männer und Frauen ließen ihre Arbeit fallen, worin auch immer sie bestanden hatte, stürmten zu ihren Hütten und rafften in aller Eile Waffen, warme Decken und Proviant zusammen. Freudenschreie hallten durch das Tal, Alt und Jung fiel sich in die Arme.

Endlich waren die Wale zurückgekehrt! Endlich gab es neue Hoffnung. Aber Jinni brachte es nicht fertig, wie die anderen zu jubeln. Noch war das Überleben des Stammes nicht gesichert. Die Jagd auf die gewaltigen Tiere war schwer und gefährlich, es stand in den Sternen, ob sie eines von ihnen erlegen würden. Vor fünf Jahren hatte sie das letzte Mal einen Nebelwal erblickt. Einen riesigen, alten Einzelgänger, der durch die Schluchten des Gebirges gezogen war, nachdem sich eine Ewigkeit lang kein einziges der Tiere mehr hatte blicken lassen. Damals war die Jagd auf den Wal gescheitert, und Jinni hatte gleich drei ihrer Blasrohre mitsamt den Pfeilen verloren.

Unglücksbringerin hatte man sie an diesem finsteren Tag genannt. Die Gezeichnete. Die, die lieber heute als morgen von den Klippen stürzen sollte. Obwohl sie sich vom Jagdtrupp ferngehalten und ihr Glück auf eigene Faust versucht hatte, sah jeder Mann und jede Frau die Schuld bei ihr. Bei wem auch sonst? Jinni zweifelte nicht daran, dass man sie längst umgebracht hätte, wenn die Dorfbewohner nicht die Strafe der Großen Mutter gefürchtet hätten. Mord war ein Frevel, für den im Jenseits bitter bezahlt werden musste. Der Einzige, der über einen Menschen richten durfte, war die Große Mutter selbst, aber die schien sich nicht weiter für Jinnis Schicksal zu interessieren.

Diesmal musste die Jagd besser laufen.

Es musste einfach!

»Nebelwale!«, brüllte der Wächter auf seinem Ausguck, der wie ein Vogelnest auf der Spitze des höchsten Gipfels klebte, zum zweiten Mal. »Im Tal des Großen Zahnes. Zwei Bullen, eine Kuh und ein Kalb.«

Jinni ließ den Umhang fallen, an dem sie gerade gearbeitet hatte, rannte in ihre Hütte und öffnete die Waffentruhe. Hastig kramte sie

drei Kisten hervor: eine kleine, die mit getrockneten Eiskäfer-Larven gefüllt war, eine mittlere mit Pfeilen und eine große, in der sich fünf Blasrohre befanden. Vier Jahre lang hatte die Vorratshöhle nur noch Knochensplitter hergegeben, die gerade zum Auskochen für Suppen taugten. Vor acht Monaten war schließlich der Tag gekommen, an dem auch die Knochen ausgegangen waren. Seitdem schliefen Kinder mit vor Hunger aufgeblähten Bäuchen ein, während ihre Mütter und Väter nächtelang zu den Göttern beteten. Sogar die Eislöwen und Frosttrosse waren verschwunden, weil es keine Walkälber und damit keine Beute mehr gab. Keinen Augenblick zu früh war das verzweifelte Flehen des Stammes erhört worden. Einen weiteren Winter hätten sie trotz aller Überlebenskünste nicht überstanden.

Jinni nahm eine Handvoll der kostbaren Larven, zerrieb sie in einem Mörser und tropfte in das entstandene schwarze Pulver vorsichtig Wasser hinein. Der Brei durfte weder zu flüssig noch zu zäh sein, beides konnte die Wirkung des Giftes schwächen.

Mit dem Ergebnis zufrieden, tunkte sie als nächstes die Pfeilspitzen in den öligen Brei, steckte jeweils einen Pfeil in ein Blasrohr und verschloss das untere Ende mit einem kleinen Holzstopfen. Zuletzt schob sie die Waffen in die dafür vorgesehenen Schlaufen ihres Gürtels, legte den Umhang aus Eislöwenfell um und zog ihren langen braunen Zopf aus dem Kragen.

»Lenke mein Schicksal, Große Mutter«, flüsterte sie mit geschlossenen Augen. »Halte deine Hand über mich und meine Gefährten. Erweise uns die Gnade, dein größtes und herrlichstes Geschöpf töten zu dürfen, um den Hunger unserer Kinder zu stillen.«

Jinni atmete noch einmal tief durch, überprüfte den sicheren Halt der Blasrohre und trug zuletzt eine Schicht aus Talg auf jede freiliegende Stelle ihrer Haut auf. Es stank bestialisch, immerhin stammte das Zeug von der letzten erfolgreichen Nebelwal-Jagd, und die war vor fünfzehn Jahren gewesen. Aber es war allemal besser als erfrorene Finger.

Also gut. Los geht's.

In aller Eile schnallte sie sich das Schlittenbrett auf den Rücken und trat ins Freie. Von jetzt an gab es kein Innehalten mehr. Wer seine Waffen bestückt hatte, rannte wie von Eisteufeln getrieben in die vom Wächter bezeichnete Richtung, wohl wissend, dass das Überleben des Dorfes vom Gelingen der Jagd abhing. Es war gut möglich, dass die Nebelwale nicht rasteten, sondern nur vorbeizogen. Mit einem einzigen Flukenschlag überwanden sie Täler und Gipfel und machten jede Verfolgung zwecklos.

Verstohlen sah Jinni sich um, aber niemand beachtete sie. Jeder war mit seinen eigenen Vorbereitungen beschäftigt.

Wir sterben, huschte es durch ihre Gedanken. *Unsere Erinnerungen werden zu Geschichten, und Geschichten werden vergessen. Wir werden vergessen!*

Bilder formten sich in ihrem Kopf. Tiefer Schnee, der im Frühjahr taute und die Ruinen ihres Lebens freigab: ein paar Dutzend Skelette, zusammengebrochene Hütten, verstreute Waffen und Töpfe. Ein wenig Schmuck, ein paar bemalte Lederhäute. Die Überreste der letzten Araschnun.

Nein! Ihre Jagd musste erfolgreich verlaufen. Koste es, was es wolle. Sie würde nicht dabei zusehen, wie einer nach dem anderen verhungerte oder sich in die Schlucht stürzte, weil er den Anblick seiner leidenden Familie nicht mehr ertrug.

Ja, viele Dorfbewohner riefen ihr verletzende Dinge hinterher. Einige zeigten ihr sogar täglich, dass sie nicht dazugehörte. Aber in den Augen der Menschen lag mehr Angst als Hass. Jene Angst, die über Jahre hinweg niemals weniger wird, die den Geist und den Körper zermürbt.

Kaum rannte Jinni los, wirbelte eine Windböe glitzernde Schneeschleier auf und nahm ihr die Sicht. Aber selbst wenn sie blind gewesen wäre, hätte sie gewusst, wohin sie ihre Schritte setzen musste. Schon Augenblicke später drehte der Wind und zeigte ihr zwei Jäger, die vor ihr liefen: Omre, der Sohn des Heilers, und Nobbe, sein jüngerer Bruder.

»Ausgerechnet das Tal des Großen Zahnes«, japste Omre. »Dort gibt es keine Deckung. Sie werden uns von Weitem sehen. Verdammte Schneeteufelei!«

»Uns muss was einfallen.« Nobbe hielt sich die schmerzende Seite. Es tat weh, zu sehen, dass der Hunger seinen Tribut selbst bei den Jungen und einstmals Starken gefordert hatte. »Du weißt, was auf dem Spiel steht.«

»Und was soll mir einfallen? Soll ich den Walen vielleicht zurufen, wo sie sich positionieren sollen? Wir müssen uns … Eisteufel noch mal, was machst du denn hier?« Omre fuhr zu ihr herum, blieb stehen und bedachte sie mit dem üblichen finsteren Blick. Nobbe dagegen sah verlegen aus. Statt ihr in die Augen zu sehen, glotzte er auf seine Stiefelspitzen und scharrte im Schnee herum. »Bleib im Dorf, Unglücksbringerin! Sonst kommen wir wieder mit leeren Händen zurück!«

»Wir kommen mit leeren Händen zurück, wenn nicht jeder jagt, der jagen kann.« Gleichgültig erwiderte sie Omres bösen Blick. »Unser Dorf besteht fast nur noch aus Greisen. Wie viele Jäger sind es im Gesamten? Neun, wenn ich richtig gezählt habe? Mich eingeschlossen?«

Manchmal vergaß Jinni die hässlichen, aufgewölbten Narben, die ihr Gesicht entstellten. Einfach, weil sie schon seit langer Zeit zu ihr gehörten. Aber in Momenten wie diesen schien ihre gesamte Existenz davon kontrolliert zu werden.

»Geh zurück!«, wiederholte Omre.

»Nein! Ich versuche mein Glück bei der Eisschlucht.«

»Bei der Eisschlucht?« Jetzt sah Nobbe sie doch an. Und zwar aus tellergroßen Augen. »Ich nehme an, du hast den Wildpfad ins Auge gefasst, nicht den Zwei-Tages-Marsch über den Grimmhornrücken?«

»Natürlich den Wildpfad. Wir haben keine zwei Tage Zeit.«

Nobbes Augen wurden noch größer. »Bist du wahnsinnig? Du wirst dir den Hals brechen!«

»Na und?« Jinni grinste müde. »Darauf wartet ihr doch nur.«

»Was willst du da?«

»Ihr werdet die Wale erschrecken. Wenn sie im Tal des Großen Zahnes sind, werden sie euch zwangsläufig sehen. Es gibt zwei Fluchtwege. Einer führt in Richtung des Mondgletschers, der andere zur Eisschlucht. Fliehen sie zum Gletscher, können wir zum Dorf zurückkehren und unsere Gräber schaufeln. Fliehen sie aber zur Eisschlucht, kann ich ihnen auflauern. Erinnert ihr euch an den Felssturz vor sechs Monden?«

Omre und Nobbe glotzten wie gequetschte Schneefrösche. Dann ging Letzterem ein Licht auf. »Das Hindernis kennen sie noch nicht! Sie werden davon überrascht werden …«

»… und eine Weile brauchen, um aufzusteigen«, beendete Jinni den Satz. »Das gibt mir genug Zeit, meine Pfeile abzuschießen. Vorausgesetzt, sie kommen nahe genug. Aber das liegt in den Händen der Großen Mutter.«

»Genial!« Nobbe stieß seinem Bruder den Ellbogen in die Seite. »Ihre Idee ist gut, das musst du zugeben. Es wird zwar eine Heidenarbeit, den Wal in der Eisschlucht zu zerlegen und Karren für Karren über den Grimmhornrücken nach Hause zu schleppen, aber die Idee ist trotzdem gut. Verdammt gut sogar.«

»Hm«, machte Omre. »Aber sie wird sich trotzdem den Hals brechen. Der Wildpfad ist Blauaffen und Grimmhörnern vorbehalten.«

Jinni seufzte. »Das lasst meine Sorge sein.«

»Wie du willst. Was glaubst du, wie lange du bis zur Schlucht brauchen wirst?«

»Ungefähr so lange wie ihr zum Tal des Großen Zahnes. Mein Weg ist kürzer, aber schwieriger.«

Omre schnaubte. »An Selbstbewusstsein mangelt es dir nicht.«

Jinni zuckte mit den Schultern. Ohne den Männern ein weiteres Wort zu gönnen, setzte sie ihren Weg fort und stapfte durch den Schnee, hin zu der Abzweigung, an der sich der südliche vom westlichen Pfad trennte.

»Viel Glück!«, rief Nobbe ihr hinterher, als sie letzteren Weg einschlug. »Wir versuchen unser Bestes, sie zu dir zu treiben.«

Es dauerte nicht lange, bis der aufgewirbelte Schnee die Silhouetten der Männer verschluckte. Von nun an war sie auf sich allein gestellt, aber das störte sie nicht. Solange ihre Erinnerung zurückreichte, liebte sie es, allein zu sein. Niemand stellte sie in Frage, niemand gaffte ihre Entstellung an oder schleuderte ihr Vorwürfe an den Kopf. Abgesehen davon, bedeuteten mehr Menschen auch mehr Fehler. Und Fehler durfte es bei dieser Jagd nicht geben.

Ihre erschöpften Glieder zitterten protestierend, als sie den Menschenpfad verließ und in das Reich der Gebirgstiere vordrang. Immer wieder musste sie waghalsige Kletterpartien einlegen, sich wie ein Affe an Felsvorsprüngen hinaufziehen, über tiefe Spalten hinwegspringen und vereiste Passagen überwinden, an denen der Wildpfad gerade einmal so breit wie ihr Fuß war und der einzige Halt darin bestand, die tauben Finger in irgendwelche Spalten und Risse zu krallen.

Auf der Hälfte des Weges entdeckte sie ein struppiges Grimmhorn, das auf einem Vorsprung ruhte und seelenruhig dabei zusah, wie sie sich abplagte. Jinni zog eine frustrierte Grimasse. Was hatte sich die Göttin nur dabei gedacht, solch ein stattliches, fast hirschgroßes Tier mit einer Haut zu versehen, die für Pfeile und Speere undurchdringlich war, und mit Knochen, die selbst bei schlimmsten Stürzen nicht brachen? So viel Fleisch, solch prächtige Hörner! Und beides war unerreichbar. Genauso, wie die Blauaffen unerreichbar waren, wenn auch auf andere Weise. Man konnte sie zwar verletzen, problemlos sogar, denn die Tiere waren faul und träge. Aber ihr Fleisch schmeckte nach alter Pisse und sorgte dafür, dass man tagelang seine eigenen Gedärme erbrach.

»Glotz nicht so!«, fauchte sie das Grimmhorn an. »Du bist nicht der Einzige, der gut klettern kann. Ich werde den Wal erlegen, und dann werden sie mich feiern. Bis an das Ende meiner Tage.«

Das Tier blökte heiser. Es schüttelte seine dicke Halsmähne, stand auf und sprang einfach drauflos. Wie ein Geist flog es die fast senkrechte Wand empor und ließ Jinni staunend zurück. Trotz seiner Größe und seines Gewichts fanden seine Hufe selbst in den kleinsten Rissen Halt und verliehen dem wuchtigen Körper die Schnelligkeit eines Pfeiles.

Beneidenswert.

Sie selbst musste sich Schritt für Schritt vorwärts kämpfen. Stunde um Stunde. Erleichterung und sogar ein wenig Vergnügen boten nur die Abschnitte, in denen sie auf ihrem Schlittenbrett die Hänge hinunterrutschen konnte. Schließlich, als die Sonne schon den westlichen Gipfeln entgegen sank, war es so weit. Ein letzter Felsvorsprung, eine letzte Wand, an der sie sich hochziehen musste – dann lag das Plateau vor ihr. Japsend fiel sie in den Schnee, streckte Arme und Beine aus und tat nichts anderes, als zu atmen.

Weiter! Weiter! Du hast keine Zeit zum Ausruhen.

Nur einen Augenblick noch. Nur noch einen Moment, dann werde ich …

Verflucht!

War sie gerade eingeschlafen? Tatsächlich, die Sonne war schon hinter den Gipfeln verschwunden. Noch war es hell, aber die Dun-

kelheit kam schnell zu dieser Jahreszeit. Jinni sprang auf, schwankte und wäre um ein Haar wieder umgefallen. Verdammte Schwäche! Dann fiel ihr ein, dass sie seit ihrem Aufbruch weder gegessen noch getrunken hatte. Kurz lauschte sie in die Stille hinaus – von Walen war noch nichts zu hören. Entweder bedeutete das, dass auch Omre und Nobbe noch unterwegs waren, oder dass die Wale in Richtung Gletscher geflohen waren.

Jinni würgte ihre Angst hinunter, holte mit zitternden Fingern die Fellflasche hervor, die sie unter mehreren Schichten Wolle und Leder direkt auf ihrer Haut trug, nahm einige tiefe Schlucke und steckte sie wieder zurück. Anschließend aß sie ein Stück steinhartes Schilfwurzelbrot vom letzten Sommer, wölbte ihre Hände vor dem Mund und blies ein paar Mal hinein, bis sie spürte, wie ihre halb erfrorene Haut wieder auftaute. Die dicken Handschuhe in ihrer Tasche wären ein Segen gewesen, aber damit konnte man weder gut klettern noch präzise schießen.

»Gib mir Stärke, Große Mutter.« Jetzt wurde ihr auch noch übel. Bei allen Eisteufeln, sie durfte nicht scheitern! »Lass mich mein Volk retten. Ich flehe dich an!«

Stolpernd bewegte sie sich auf den Abgrund zu. Nebel stieg aus seiner Tiefe auf und verblasste im Abendblau des Himmels. Die Luft war an diesem Nachmittag ungewöhnlich klar, man konnte bis zum Ende des Gebirges blicken und erkannte sogar in der Ferne die goldenen Grasebenen von Koresh.

Wehmut krampfte ihr Herz zusammen. Wie lange war es her, dass das einst so stolze Nomadenvolk der Araschnun durch diese endlose Weite gezogen war? Jeden Frühling und jeden Herbst, immer den Braunhörnern hinterher, die damals in gewaltigen Herden durch das Land gezogen waren.

Fünfhundert Jahre? Fünftausend Jahre?

Es gab viele Geschichten aus dieser Zeit. Die meisten handelten auf irgendeine Weise vom Gefühl des Aufbruchs. Von der freudigen Erregung, die damals jeden Mann, jede Frau und jedes Kind gepackt hatte, wenn die Pferde beladen und die Zelte zusammengepackt wurden. Ihr Volk war einst ein Volk der Wanderer, ihr Zuhause war der Horizont gewesen. Und obwohl Jinni nur Geschichten darüber kannte, fühlte es sich manchmal so an, als wären es ihre eigenen Erinnerungen. Von der Zeit abgeschliffene Glasscherben, die von Freiheit erzählten. Von fröhlichen Tänzen, flackernden Feuern und wilden Jagden.

Sie hatte die Felsen am Rande des Plateaus fast erreicht, als die Rufe erklangen. Es war ein wehmütiges, schwerfälliges Klagen, das das Gebirge bis in seine Grundfesten erschütterte und jedes empfindsame Wesen mit Traurigkeit erfüllte. Es hatte Nächte gegeben, in denen sich Jinni sicher gewesen war, dieses majestätische Lied niemals wieder zu hören.

Die Wale kamen! Große Mutter, sie kamen tatsächlich zu ihr!

Hals über Kopf rannte sie los. Stolperte im tiefen Schnee, stürzte und rappelte sich wieder auf. Hinter den Gipfeln stiegen bereits die Atemfontänen auf.

Schneller! Los!

Dass Jinnis Blick trotz ihrer Hast in die andere Richtung schweifte, war purer Zufall. Kurz betrachtete sie die Stelle, an der ein Felssturz den Durchgang zum Tal des Blauen Schnees versperrt und damit eine perfekte Falle erschaffen hatte. Freilich war sie nicht dafür geeignet, ein solch riesiges Wesen wie einen Nebelwal festzuhalten, aber die Tiere waren, was das Aufsteigen anbelangte, recht träge. Ein paar kostbare Momente lang würden sie angesichts des unerwarteten Hindernisses damit beschäftigt sein, Luft in ihre Körper zu pumpen, und diese Verzögerung galt es auszunutzen.

Moment, was war das?

Jinni beschattete ihre Augen mit einer Hand. Mitten auf der Schneefläche befand sich ein dunkler Fleck. War das ein Felsen, den der Wind vom Schnee befreit hatte? Nein, danach sah es nicht aus. Der Fleck war auch nicht einfach nur dunkel. Er war rot. Blutrot. Und er wurde größer.

»Was zum …«

Jinni änderte ihre Richtung, stapfte auf das Ding zu und erkannte nach ein paar Schritten die Umrisse eines Körpers. Er war so weiß, dass er sich kaum vom Schnee abhob. Ohne das Blut hätte sie ihn zweifellos übersehen. War das nicht ein Vogel? Aber seit wann kamen Vögel hierher? Im Nebelwal-Gebirge überlebten nur Frosttrosse, und die waren zwar von ähnlicher Größe, aber viel schlaksiger. Ihr Hals war lang und dünn, der des Wesens war recht kurz und kräftig. Frosttrosse besaßen rote Beine, das Tier dort vorne trug schwarze.

Nervös warf sie einen Blick in Richtung der Wale. Viel Zeit blieb ihr nicht. Bald würden die Tiere die Eisschlucht passieren und sie unweigerlich sehen, wenn sie weiterhin so schutzlos mitten auf der Schneefläche stand. Aber verdammt, sie musste wissen, was dort lag. Nur ein kurzer Blick, dann würde sie hinter den Felsen in Deckung gehen.

Je näher Jinni dem Leichnam kam, umso deutlicher erkannte sie seine erstaunliche Größe. Ja, es war ein Vogel. Schneeweiß, mit gewaltigen Schwingen und einem schwarzen gebogenen Schnabel.

Sie kam ihm näher. Immer näher. Und dann erkannte sie, um was es sich handelte.

»Ein Adler!« Fassungslos ging sie neben ihm in die Knie und strich über das herrliche Gefieder. »Aber es gibt keine weißen Adler! Wo kommst du nur her? Verflucht, du lebst ja noch!«

Das Wesen öffnete die Augen und blickte sie an.

Die Wale! Denke an die Wale!

Ein Armbrustbolzen steckte tief in der Brust des Tieres. Zu nah am Herzen, um ihn zu entfernen. Noch lebte der Vogel, aber das würde sich bald ändern.

»Es tut mir leid.« In diese tiefschwarzen, verzweifelten Vogelaugen zu blicken, war unerträglich. »Ich kann dir nicht mehr helfen. Ich würde es tun, wenn ich könnte. Das musst du mir glauben.«

Eine Träne lief über ihre Wange und gefror in der eisigen Luft. War denn alles Gute und Schöne in dieser Welt verloren? Gab es keine Hoffnung mehr? Das hier war nicht einfach nur ein sterbender Adler. Es war ein Symbol. Ein Verkörperung der Freiheit, die ein für alle Mal gestorben war. Für ihr Volk, für sie selbst und für dieses Tier. Jeder Atemzug konnte sein letzter sein. Er wollte nicht sterben, so wie kein Wesen vor seiner Zeit sterben wollte, und deshalb begann er, einen aussichtslosen Kampf zu führen. Seine Flügel zuckten erschöpft, Zorn und Verwirrung flackerten in seinen Augen.

»Schschsch …«, flüsterte Jinni. »Ganz ruhig. Ich bin ja da. Keiner tut dir mehr was.«

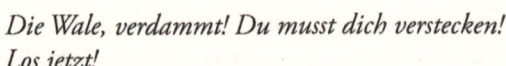

Die Wale, verdammt! Du musst dich verstecken!
Los jetzt!

Aber als sie sich umwandte, erkannte sie, dass es bereits zu spät war. Eine gewaltige Rückenflosse schnitt durch den Nebel der Eisschlucht, kurz darauf tauchte ein berggroßer Kopf auf und stieß eine dampfende Atemfontäne aus. Sofort richteten sich die Augen der Walkuh auf sie. Ihre Jagd war gelaufen. Der Tod des Stammes würde auf ihren Schultern lasten.

Jinni sank in sich zusammen. Am besten stürzte sie sich gleich hier von den Klippen oder rammte sich einen Giftfeil ins Bein. Das war allemal besser, als ihrem Volk beim Verhungern zuzusehen und zu wissen, dass sie die Schuld daran trug.

Doch als sie wieder aufblickte, bewegten sich die Wale immer noch auf sie zu. Zögernd, aber stetig. Immer näher kamen die Tiere. Erst waren es zwei, dann drei. Zuletzt tauchte das Kalb aus dem Nebel auf. Stocksteif kauerte Jinni im Schnee und sah zu, wie vier Nebelwale genau auf sie zukamen. So etwas hatte es noch niemals gegeben! Trotz ihrer Größe flohen die Tiere, sobald sie einen Araschnun auch nur aus der Ferne erspähten.

Wollten die Tiere sie etwa angreifen? Würde sie gleich von einem gewaltigen Sog in eines der Mäuler gezogen werden? Schon erkannte Jinni jede Furche und jede Narbe in den monströsen Leibern, jeden weißen Fleck auf der ölig grauen Haut. Und die Wale kamen noch näher. So nahe, dass die Wärme ihrer Körper den Schnee des Plateaus schmolz und ihre Schnauzen fast den Rand der Klippen berührten.

Der Tag ihres Todes war gekommen. So würde sie also sterben. Eingesaugt von einem Nebelwal. Wie viele Tage sie wohl in einem solch riesigen Magen überleben würde? Keinen einzigen, beschloss Jinni. Sie rappelte sich auf und zog ein Blasrohr heraus. Ehe sie in den Eingeweiden einer gigantischen Kreatur ihr Leben aushauchte, würde sie es selbst beenden. Das Gift der Eiskäferlarven tötete einen Menschen binnen eines Wimpernschlags. Es war allemal die bessere Wahl.

Sie zog schon am Korken, als etwas sie innehalten ließ. Die Wale schienen keinerlei Interesse an ihr zu haben. Friedlich schwebten sie vor ihr in der Luft, als besäßen sie das Gewicht einer Feder und waren bis auf ein leichtes Auf und Ab ihrer Brustflossen regungslos. Keines

der Tiere öffnete seinen Schlund und saugte sie ein. Es geschah einfach … nichts.

Sie sind nicht wegen mir hier!, wurde ihr plötzlich klar. *Sie sehen nicht mich an, sondern den Adler!*

Kaum war ihr diese Erkenntnis gekommen, erwachte die Jägerin in ihr. Ganz gleich, welches Wunder hier gerade geschah, sie durfte nicht ohne Beute heimkehren. Der Winter stand bevor, die Vorratshöhle war leer. Was dort vor ihr den Himmel verdunkelte, bedeutete Nahrung für ein ganzes Jahrzehnt! Einer der beiden Bullen war bereits zu alt, um für Nachwuchs zu sorgen, und so gewaltig, dass sein Fleisch womöglich gar für fünfzehn Jahre reichen würde.

Jinni schätzte die Entfernung zwischen ihr und dem Tier. Ja, er war nah genug. Er war sogar so nah, dass die Schüsse ein Kinderspiel werden würden. Langsam zog sie den Korken heraus, setzte das erste Blasrohr an ihre Lippen und blies mit aller Kraft hinein. Ob der Pfeil steckenblieb, wusste sie nicht. Zu klein war das Geschoss, zu groß der Bulle. Es war nicht viel anders, als würde man eine Nadel in einen Berg stechen. Vermutlich spürte er überhaupt nichts. In schneller Abfolge schoss sie den zweiten, dritten, vierten und fünften Pfeil ab.

Das Tier blieb regungslos. Es stieß eine mächtige Fontäne heißen Dampfes aus, der augenblicklich in der eisigen Luft gefror und als Schnee auf sie herabrieselte. Von nun an lag alles in den Händen der Großen Mutter.

Ich habe dir einen Gefallen getan, redete Jinni gegen ihr schlechtes Gewissen an. *Du wirst es nie erfahren, aber es ist so. Eines nicht mehr fernen Tages wärst du altersschwach vom Himmel gefallen. Die Raubtiere und die Krähen hätten dich gerochen, und dann hätten sie dich bei lebendigem Leib aufgefressen. Ganz langsam.*

Mit tauben Fingern steckte Jinni die Blasrohre in ihren Gürtel zurück und wandte sich zu dem Adler um. Aber da lag kein Vogel mehr! Das weiße Federkleid fiel wie Schnee von ihm ab, rieselte zu Boden und entblößte menschliche Haut. Schwingen wurden zu Armen, Vogelklauen zu Beinen. Der Armbrustbolzen ragte aus der Brust eines Mannes, dessen grüne, schon fast gebrochene Augen zu ihr aufblickten. Grüne Augen! Leuchtendes Grün mit goldenen Splittern!

»Du!«

Jinni kannte seinen Namen. Jeder kannte ihn. Er war eine Legende. Nein, ein Albtraum. Für wie viele Menschen war dieses Gesicht der letzte Anblick ihres Daseins gewesen? Tausende? Ach was, hunderttausende und noch mehr! Ein Gesicht, so schön und schrecklich wie das eines Rachegottes. Und das war er. Ein Gott, der in Blut watete. Der Menschen zu Asche verbrannte und ganze Armeen mit einem geflüsterten Zauberspruch vernichtete.

Beim nächsten Herzschlag lag ihr Messer am Hals des Mannes. Sie durfte seiner Schwäche nicht trauen. Ein Magier starb nicht einfach so, Armbrustbolzen hin oder her.

»Ich kenne dich.« Zitternd vor Wut, drückte sie fester zu. So fest, dass noch mehr Blut floss. Der Drang, die Klinge einfach durch seine Gurgel zu ziehen, wurde unwiderstehlich. »Du bist Indigo. Der atlantische Magier der Königin. Du hast unsere Welt in das Elend gestürzt. Du hast mein Volk fast vernichtet. Dank dir gehen wir alle zugrunde!«

Der Mistkerl versuchte nicht einmal, sich zu wehren. Er starrte nur aus traurigen Augen zu ihr auf, schüttelte trotz der scharfen Klinge an seinem Hals den Kopf und flüsterte etwas.

»Ich habe dich nicht verstanden, Atlanter! Sprich lauter! Aber erwarte nicht, dass ich deinen Lügen glaube.«

Es erforderte alle Selbstbeherrschung, sein Leben nicht einfach zu beenden. Andererseits – was konnte eine Klinge schon gegen einen Magier ausrichten? Vermutlich würde er binnen eines Atemzugs wieder zusammenwachsen, lauthals über sie lachen und ihr Innerstes nach außen zaubern.

»Sprich lauter!«, wiederholte sie. »Was willst du mir sagen? Dass du mich gleich umbringst? Ja, schon klar. Das kann ich mir selbst zusammenreimen.«

»Jamashree ist tot.« Ihm fielen die Augen zu. War seine Schwäche etwa echt? Waren das Blut und der Bolzen nicht nur eine Illusion, um sie in Sicherheit zu wähnen? »Ich habe sie getötet.«

»Was?« Jinni blinzelte. »Und das soll ich dir glauben?«

»Sie ist tot! Und ich bin endlich frei.«

»Die Königin ... Jamashree ist ... tot?«

»Ja.« Mit diesem Wort fiel sein Kopf zur Seite. Blut rann aus seinem Mund, dann erschlaffte sein Körper. Eisteufel noch mal, dieser Mann täuschte nichts vor. Er starb tatsächlich!

»Große Mutter!«, keuchte Jinni. »Was soll ich denn jetzt tun?«

Hektisch sah sie sich um, ohne zu wissen, wonach sie eigentlich suchte. Noch immer schwebten die vier Wale über ihr und ließen den Magier nicht aus den Augen, doch der Bulle begann bereits, in Schräglage zu kippen. Nicht mehr lange, und er würde für immer einschlafen.

Was sollte sie jetzt tun?

Es war eines der heiligsten Gesetze der Araschnun, einem Notleidenden niemals Hilfe zu versagen. Falls dieser Mann Jamashree wirklich getötet hatte, stand jeder Mensch und jedes Tier tief in seiner Schuld. Ihm einen warmen Platz zum Sterben zu geben, war das Einzige, was sie noch tun konnte, aber wie sollte sie ihn zum Dorf schaffen? Der Weg über den Wildpfad war mit einem Verwundeten unmöglich zu bewältigen, und der über den Grimmhornrücken war viel zu weit. Selbst mit einer weniger schweren Wunde würde er die Anstrengung niemals überstehen.

»Ich muss dich hier liegen lassen.« Jinni senkte den Kopf. »Es tut mir leid. Wenn ich nur könnte, würde ich dir helfen.«

Die Lider des Atlanters zuckten. Er war noch bei Bewusstsein, fand aber nicht mehr die Kraft, seine Augen zu öffnen. Wollte er, dass sie seinen Tod beschleunigte? Bat er um Erlösung? Unschlüssig schob sie eine Hand unter ihren Umhang und legte sie auf den Knauf des Dolches.

»Ich kann dir nur noch auf eine Weise helfen«, sagte sie. »Aber das darf ich nur, wenn du mich laut und deutlich darum bittest.«

Der Magier rang mit einem gequälten, rasselnden Atemzug nach Luft. Es schien, als wollte er etwas sagen, aber selbst als sie ihr Ohr an seine Lippen hielt, verstand sie kein Wort.

»Ich darf dir nicht helfen, solange du mich nicht darum bittest.« Verzweifelt raufte sie sich die Haare. »Ich würde mich des Mordes schuldig machen. Aber ich kann dich auch nicht hier liegen lassen. Wie lange braucht ein Magier zum Sterben? Wahrscheinlich viel länger als ein Mensch, denn ein Mensch wäre bereits tot. Was, wenn vorher die Eiskäfer kommen und dich lebendig auffressen?«

Mit einem Mal zuckte die Hand des Atlanters hoch. Und ehe Jinni wusste, wie ihr geschah, klammerten sich weiße, filigrane Finger um ihr Handgelenk.

»He, was …«

Die Worte erstickten in ihrer Kehle. Alles verdrehte zu einem funkelnden Strudel. Es wurde heiß, die Luft begann zu knistern. Gleißende Helligkeit brannte in ihren Augen. Sie hörte den Atlanter stöhnen und spürte seinen erschlaffenden Griff um ihr Gelenk, dann verschwand der Boden unter ihr. Doch ehe sie den Mund öffnen konnte, um zu schreien, fühlte sie wieder Schnee unter sich. Der Augenblick des Fallens hatte kaum einen Herzschlag lang gedauert. Die Hand des Magiers glitt von ihrem Arm, die Welt drehte sich nicht mehr.

»Was zum Teufel …« Jinni schnappte nach Luft. Schwindel übermannte sie, hinter ihrer Stirn pochte ein dumpfer Schmerz. »Was war das gerade?«

Als sie die Augen öffnete, blieb ihr vor Überraschung der Mund offen stehen. Die Nebelwale waren verschwunden, das Plateau war verschwunden. Stattdessen blickte sie hinunter in das Tal des Großen Zahnes.

»Jinni?« Zwei dunkle Schatten standen keine zehn Schritte von ihr entfernt und waren sichtlich von der Lawine erschüttert. Omre und Nobbe. »Wie kommst du hierher?«, knurrte Ersterer. »Und wer zum Eisteufel ist der nackte Kerl?«

»Ich …« Sie rang nach Luft. Ihr wurde schlagartig übel, und jetzt wusste sie auch, weshalb. Der Atlanter hatte sie und sich selbst von einem Ort zum anderen gezaubert. Sie war mit Magie gereist! »Ich glaube, ihr werdet mir nicht glauben.«

»Was nicht glauben? Dass irgendein Trottel ohne Kleidung in den Bergen herumliegt? Allerdings, so viel Dummheit kann es gar nicht geben. Warum atmet er noch?«

Jinni legte eine Hand auf ihre Stirn und atmete ein paar Mal tief durch, um sich nicht übergeben zu müssen. Dann warf sie einen Blick auf Indigo. Der Kraftaufwand des Ortswechsels hatte sein Bewusstsein offenbar endgültig ausgelöscht.

Um Himmels willen, lass bloß deine Augen zu! Im ganzen Menschenreich gibt es nur einen Mann mit grünen Augen. Wenn sie dich erkennen, dann …

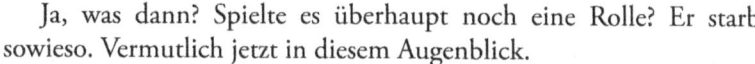

Ja, was dann? Spielte es überhaupt noch eine Rolle? Er starb sowieso. Vermutlich jetzt in diesem Augenblick.

»Ich habe einen Nebelwal erlegt!«, hörte sie sich sagen. »Er dürfte gerade auf den Grund der Eisschlucht sinken und friedlich einschlafen. Oh, und ich habe einen weißen Magier gefunden. Er hat mich innerhalb eines Herzschlags vom Plateau hierher gezaubert. Und er braucht unsere Hilfe.«

Die Brüder setzten sich wieder in Bewegung. Als sie schließlich vor ihr standen und auf den nackten, blutenden Atlanter hinuntersahen, schüttelten beide fassungslos die Köpfe.

»Du hast einen Wal erlegt?«, fragte Omre.

»Du hast einen Magier gefunden?«, brummte Nobbe.

»Ja, habe ich. Bitte helft mir, ihn ins Dorf zu tragen. Er sollte an einem warmen Feuer sterben dürfen.« Noch immer rann Blut über die Brust des Bewusstlosen und gefror, kaum dass es in den Schnee tropfte. Dieser Mann würde tot sein, ehe sie das Dorf erreichten. Andererseits war er ein Magier. Und Magier waren viel zäher als Menschen. »Ich weiß, dass er nicht überleben wird, aber wir können ihn nicht hier draußen sterben lassen. Das wäre ein Frevel gegen unsere Große Mutter.«

»Nein!« Omres Gesicht war hasserfüllt und hart. »Es gibt keine weißen Magier mehr. Nicht mehr, seit die Atlanter verschwunden sind. Und falls der Mistkerl doch einer ist, dann benutzt er schwarze Hexerei.« Plötzlich zückte er ein Messer, stürzte sich auf den Bewusstlosen und drückte ihm die Klinge an die Kehle. »Irgendwer hat der Welt einen großen Gefallen getan, als er ihm einen Pfeil in die Brust gejagt hat. Wir sollten ihn töten, solange er nicht bei Sinnen ist. Denkt ihr wirklich, ein Hexer verreckt so einfach?«

»Sieh ihn dir doch an!«, rief Jinni erbost. »Sieht so ein schwarzer Zauberer aus? Und nimm verdammt noch mal das Messer weg! Willst du wirklich einem Todgeweihten die Kehle durchschneiden? Willst du die Große Mutter so erzürnen?«

»Die Große Mutter schert sich nicht um solchen Abschaum!«, spie Omre ihr entgegen. »Jeder Mensch wäre ohne Kleidung längst tot, also kann er kein Mensch sein. Und woher willst du wissen, wie schwarze Hexer aussehen? Denkst du, sie geben sich auf den ersten

Blick zu erkennen und kommen hässlich und abstoßend daher? Abgesehen davon, kenne ich nur einen echten Magier, der noch existiert. Jamashrees Ungeheuer.«

»Nimm das Messer weg!« Nobbe kniete sich neben seinen Bruder und umfasste sanft dessen Hand. »Denk doch mal nach. Er war mit Jinni alleine auf dem Plateau, aber er hat ihr nichts angetan. Stattdessen hat er sie hierher gebracht. Zu uns. Wenn er ein schwarzer Hexer wäre, hätten sich auch die Nebelwale niemals blicken lassen. Jedes normale Tier nimmt Reißaus vor dem Jasmah-Isdar, allen voran die Wale. Stattdessen flogen sie in die Eisschlucht. Genau dorthin, wo Jinni ihn gefunden hat.«

»Er ist kein Ungeheuer«, fügte sie hinzu. »Bitte, Omre! Er ist nur ein Mann, der stirbt. Siehst du das denn nicht? Die Große Mutter wäre zornig, wenn wir ihn im Stich lassen.«

»Ich werde ihn nicht in unser Dorf bringen«, beharrte Omre, nahm das Messer von der Kehle des Atlanters und steckte es zurück in seinen Gürtel. »Niemals! Und wenn ihr einen Funken Verstand im Kopf habt, sorgt ihr dafür, dass er nicht mehr die Augen aufschlägt.«

Damit stapfte er davon. Nobbe dagegen verharrte an Ort und Stelle, legte wortlos seinen Rucksack ab und zog zwei warme Decken daraus hervor. Jinni holte eine dritte aus ihrer Tasche, dann wickelten sie den Bewusstlosen behutsam darin ein.

»Du hast wirklich einen Wal erlegt?«, fragte er, als sie den Sterbenden warm eingepackt hatten. »Ist das dein Ernst?«

»Ja.« Verbissen kämpfte Jinni gegen die Tränen. »Den großen Bullen. Ich bringe so viel Unglück, dass ich unserem Stamm das Leben gerettet habe.«

»He! Nicht weinen.« Als er sie in seine Arme schloss, einfach so, vergaß sie vor Überraschung sogar ihre Wut. »Alle, die dich einen Unglücksraben nennen, haben keine Ahnung. Ich dachte, dass niemand von uns den Winter überlebt. Ich hatte mich schon damit abgefunden, dass wir alle sterben. Aber du hast uns gerettet. Du allein! Na ja, und irgendwie auch dein Magier. Weißt du, was ich glaube?«

Sie schüttelte den Kopf und wagte kaum zu atmen. Nobbes Umarmung war warm und angenehm. Zu angenehm. Das letzte Mal hatte ihre Mutter sie derart innig berührt, aber das war lange her.

»Ich glaube«, fuhr Nobbe fort, »dass die Tiere wegen ihm gekommen sind. Ich glaube, dass er sie angelockt und damit unserem Volk das Leben gerettet hat.«

»Ja.« Jinni musste plötzlich lächeln. »Es war unglaublich. Sie schwebten ganz ruhig über ihm und haben ihn die ganze Zeit angesehen. So, als wollten sie ihn bewachen.«

»Er ist Jamashrees Atlanter, nicht wahr?«

Jinni zuckte zurück, doch Nobbe lächelte beschwichtigend. »Keine Sorge, ich mache ihm nicht den Garaus.«

»Warum nicht?« Sie starrte ihn entgeistert an. »Du kennst doch die Geschichten über ihn.«

»Erstens weiß ich, dass du einen untrüglichen Instinkt besitzt. Du erkennst eine Lüge, wenn du sie siehst, also muss er dir wohl die Wahrheit gesagt haben. Zweitens werden Nebelwale von weißer Magie angezogen, wusstest du das nicht?«

»Nein.«

»Nun ja, du bist auch selten bei den Geschichtenabenden dabei.«

»Das letzte Mal war ich bei einem dabei, als ich noch ein Kind war. Kurz vor meinem Unfall. Und ich kann mich an keine der Erzählungen erinnern.«

»Die Nebelwale sind die reinsten Geschöpfe unserer Großen Mutter. Wenn sie von diesem Mann angelockt wurden und ihn noch dazu bewacht haben, wird er uns nichts tun. Jamashree beherrscht den Jasmah-Isdar, vermutlich hat sie einen Fluch auf ihn gelegt, damit er ihr dient. Was mich zu unserem großen Problem bringt. Selbst wenn dieser Magier ihr nicht mehr gehorcht, wird die Königin ihn suchen lassen.«

»Jamashree ist tot.«

Nobbes Augen flogen auf. »Was?«

»Er hat sie getötet. Deshalb ist er jetzt frei. Du hattest recht mit dem Fluch. Dieser Mann war niemals ein Monster. Er hat unser Reich befreit! Die Königin ist tot, Nobbe! Nach so langer Zeit hat sie endlich ihre Strafe bekommen.«

Ihm klappte der Mund auf. Eine Weile starrte er sie sprachlos an, dann sagte er leise: »Gut, dass mein Bruder so dumm ist und seine Augen vom Hunger getrübt wurden. Ich wusste sofort, dass das hier kein Mensch ist. Und auch kein normaler Zauberer.«

»Woher wusstest du das?«

»Er hat ohne ein Gefäß Magie gewirkt. Menschliche Zauberer besaßen immer ein Kleinod, aus dem sie ihre Kraft zogen, und dieses Kleinod musste regelmäßig aufgefüllt werden. Deshalb verschwanden mit den Atlantern auch die Zauberer, weil es niemanden mehr gab, der ihre Gefäße füllte. Abgesehen davon, sieht er eben einfach nicht menschlich aus.«

»Ich habe ihn erst erkannt, als ich seine Augen gesehen habe. Sie sind wirklich grün! Leuchtend grün mit goldenen Sprenkeln. Unglaublich, oder?«

»Teufelsaugen.« Sie sah, wie Nobbe schauderte. Entgegen seinen Worten hatte er Angst. Jede Menge Angst. »Darüber gibt es nun wirklich jede Menge Geschichten. Hör zu, ich vertraue dir, Jinni. Und ich vertraue den Walen. Jetzt schaffen wir ihn erst mal in deine Hütte, in Ordnung? Niemand sollte alleine und in der Kälte sterben. Auch nicht Jamashrees Ungeheuer.«

»Das ist unser Ende!« Fassungslos starrte der Heiler auf den leblosen Körper in Nobbes Armen. Jinnis Hoffnung, dass niemand Indigo erkennen würde, war zunichte. »Du wagst es tatsächlich, ihn hierher zu bringen? Den Atlanter der Königin? Das schlimmste Ungeheuer, das jemals die Luft dieser Welt geatmet hat?«

Jinni kümmerte sich nicht um den drohenden Blick des Alten. Sie deutete auf ihr Lager, woraufhin Nobbe den Verwundeten vorsichtig darauf ablegte und zusätzlich zu den Decken noch eines ihrer Felle über ihn breitete.

»Hast du mich gehört, Unglücksbringerin?«, zischte der Heiler gefährlich leise. »Ich dulde nicht, dass …«

»Jamashree ist tot«, schnitt sie ihm das Wort ab. »Er hat uns von dieser Plage befreit.«

»Was sagst du da?«

»Du hast richtig gehört. Die Königin ist tot. Oh, und bevor ich es vergesse: Der Walbulle liegt tot in der Eisschlucht. Für die nächsten fünfzehn Jahre ist unsere Nahrung gesichert. Aber Omre hat das sicher schon verkündet.«

»Hat er«, grunzte der Alte.

»Schön. Und hat er auch erwähnt, dass ich ihn erlegt habe?«

»Natürlich.«

»Schau an. Was sagst du dazu?«

»Was soll ich dazu sagen? Die Wege der Großen Mutter sind unergründlich.«

»Das sind sie wohl.« Jinni starrte dem Alten kampflustig in die Augen. »Da erlege ich doch tatsächlich einen Nebelwal. Ich, die Unglücksbringerin. Die, die Schuld am Elend unseres Dorfes ist. Anscheinend hat die Große Mutter doch etwas für mich übrig.«

»Wir sollten sie feiern«, mischte sich Nobbe ein. »Dank ihr wird unser Volk leben. Unsere Kinder werden satt und wir werden zu neuer Kraft finden. Falls die Göttin Jinni mit den Narben gestraft hat, scheint ihr Zorn nun verraucht zu sein. Sie hat ihr den größten Wal geschickt, den ich jemals gesehen habe. Wahrscheinlich wird sich nicht einmal unsere Älteste an einen größeren erinnern.«

Nobbe schenkte ihr ein Lächeln, und diesmal erwiderte Jinni es, während eine seltsame Hitze in ihrem Magen glühte. Meinte er es wirklich gut mit ihr? Bestand seine Freundlichkeit nicht nur aus Heimtücke? Sie versuchte, in seinem Blick zu lesen, und erkannte nichts als Zuneigung darin. Aber warum? Schön konnte er sie wohl kaum finden.

»Sie feiern?«, fauchte der Alte. »Was nützt uns der Wal, wenn uns dieses Monster zu Asche verbrennt? Die Große Mutter hat ihr gar nichts verziehen. Sie führte Jinni direkt zu Jamashrees Höllenbrut.«

Jetzt platzte ihr der Kragen. Mit geballten Fäusten baute sie sich vor dem Heiler auf: »Er hatte Gelegenheit, mich zu töten. Aber das tat er nicht. Als ich ihn gefunden habe, hat er gesagt, dass er jetzt frei ist. Was glaubst du, was das bedeutet? Jeder weiß, dass Jamashree dem Jasmah-Isdar gebietet. Ein Fluch aus schwarzem Zauber dürfte stark genug sein, um selbst einen Atlanter zu bannen. Wahrscheinlich hat er all die Grausamkeiten nur begangen, weil die Königin ihn dazu gezwungen hat. Und wenn sie wirklich tot ist, wenn die Tyrannin durch seine Hand gestorben ist, dann sollten wir vor ihm auf die Knie fallen!«

Der Alte sah sie an. Unverändert hasserfüllt. »Gut, wie du willst«, zischte er. »Dann sieh ihm beim Sterben zu, wenn dir so viel daran liegt. Sollte diese Wunde echt sein, wird er ohnehin nicht den Morgen erleben. Aber wenn er uns belügt und das Dorf in Schutt und Asche legt, trägst du die Schuld daran.«

Jinni biss sich auf die Lippe, um nicht unflätig zu werden. So behandelte man also die Retterin der Araschnun? Die Erlegerin des Nebelwals? Die Zeiten hatten sich wirklich geändert.

»Das wird nicht geschehen«, presste sie zwischen zusammengebissenen Zähnen hervor. »Sei ganz unbesorgt.«

»Ich will es hoffen. Und jetzt komm, Nobbe. Es gibt jede Menge Arbeit. Umso mehr, da dieses Weib seine Zeit lieber damit verbringen will, ein Monster zu bewachen.«

Nobbe warf ihr einen entschuldigen Blick und eine Halsabschneider-Geste zu, die dem Alten glücklicherweise entging. Als die Männer verschwunden waren, legte Jinni ein paar Dungscheite auf die Feuerstelle, schlug zwei Funkensteine gegeneinander und wartete, bis der getrocknete Mist zu glimmen begann. Dann blies sie vorsichtig in die erwachende Glut. Flammen züngelten empor, wärmten die Hütte und tauten ihren halb erfrorenen Körper auf.

Große Mutter, lass nicht zu, dass ich mich irre. Du hättest mir doch niemals den Wal geschickt und gleichzeitig unseren Tod beschlossen. Nicht wahr? Das würde doch keinen Sinn ergeben.

»Danke«, flüsterte es plötzlich hinter ihr. Jinni zuckte zusammen und starrte in grüne, mit Goldsplittern durchsetzte Augen. »Dein Freund hat recht. Ich werde euch nichts tun. Der Fluch ließ mich …« Sein Gesicht verzog sich vor Schmerz. »Er ließ mich all diese Dinge tun.«

Statt den dicken Eislöwenumhang wie üblich auszuziehen, zog sie ihn bis zu ihrer Nase hoch. »Wir lagen also richtig? Ein schwarzer Bann fesselte dich an Jamashree?«

»Ja. Aber er ist gebrochen.«

»Aha.«

Einen Moment lang sahen sie einander an. Jinni überkam das Gefühl, dass die Hilflosigkeit des Atlanters der ihren in nichts nachstand. Er wirkte ebenso verwirrt wie sie. Ebenso schwach. Ebenso menschlich. Und dann, als ihm die Augen zufielen, konnte sie endlich wieder atmen.

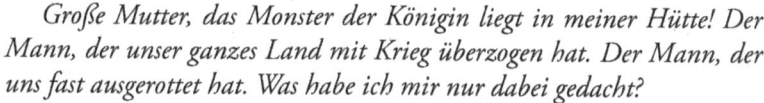

Große Mutter, das Monster der Königin liegt in meiner Hütte! Der Mann, der unser ganzes Land mit Krieg überzogen hat. Der Mann, der uns fast ausgerottet hat. Was habe ich mir nur dabei gedacht?

Unpassende Gedanken huschten durch ihren Kopf: Für jemanden, der aus Jamashrees Palast kam, musste dieser Unterschlupf schlimmer als der königliche Schweinestall aussehen: Eine schiefe, aus Nebelwalknochen und Winterschilf zusammengebaute Kuppel, die gerade das Nötigste enthielt. Ein paar Felle, eine Feuerstelle und Kochgeschirr.

»Wie ist dein Name, Jägerin?«, fragte er. »Ich würde gerne wissen, wer mich gerettet hat.«

Ein wohliger Schauer kroch über ihre Arme. Ohne jede Frage besaß er die angenehmste Stimme, die sie jemals gehört hatte. »Gerettet? Nun ja, so würde ich das nicht nennen. Deine Wunde ist tödlich.«

»Ich sterbe nicht so leicht.« War das ein Lächeln? Tatsächlich! Es erhellte sein bleiches, verschwitztes Gesicht und nahm ihm ein wenig seiner Bedrohlichkeit. »Also, wie ist dein Name?«

»Ich heiße Jinni.«

»Ein schöner Name. Bin ich daran schuld, dass ihr … «, wieder huschte der Schatten des Schmerzes über sein Gesicht und ließ ihn mühsam nach Luft ringen, »dass ihr so tief im Gebirge lebt?«

Sie zuckte mit den Schultern. »Wenn es stimmt, was du sagst, trägt der Fluch die Schuld. Nicht du selbst.«

»Ich wünschte, es wäre so einfach.«

»Was ist am Leben schon einfach? Aber ich will dein Mitleid nicht, verstanden? Ich liebe diese Berge. Ich liebe den Schnee und meine Hütte. Nur das Wegbleiben der Nebelwale hat uns in Schwierigkeiten gebracht. Na ja, und die Tatsachen, dass man Blauaffen nicht essen kann, Grimmhörner unverwundbar sind und die Frosttrosse samt den Eislöwen verschwunden sind. Hier im Gebirge versucht wenigstens niemand, uns umzubringen oder zu versklaven.«

Siedend heiß wurde ihr bewusst, dass der Atlanter ihr Gesicht anstarrte. Errötend legte sie eine Hand über die schlimmsten Narben auf ihrer rechten Wange.

»Hat dir jemand wehgetan?«

»Nein.« Jinni schnaubte frustriert. »Es geschah bei einem Spiel. Wir prügelten uns um einen glitzernden Stein, und ich hatte das

73

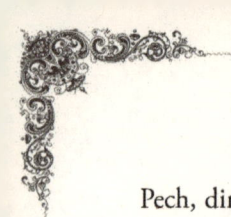

Pech, direkt in das Feuer geschubst zu werden. Jeder glaubt, dass die Große Mutter wütend auf mich war und mich mit diesem Unfall bestraft hat. Die meisten meiden mich, weil sie fürchten, dass dieser Zorn auf sie überspringen könnte. Kein Mann will mich heiraten. Aber das ist gut so. Ich lebe allein und muss mich vor niemandem rechtfertigen. Mein Leben gehört nur mir.«

Jinni sah, dass der Atlanter antworten wollte. Aber in diesem Augenblick verließen ihn erneut die Kräfte. Seine Augenlider fielen zu, sein Kopf sackte zur Seite. Und an der Art seines Atems erkannte Jinni, dass das Leben aus ihm wich. Wahrscheinlich blieben ihm nur noch Augenblicke. Eine Handvoll Herzschläge. Nicht mehr.

Warum überwältigte sie plötzlich die Trauer? Warum wünschte sie sich mit aller Kraft, sein Leben retten zu können? So viel Blut klebte an seinen Händen, so viel Leid hatte er über diese Welt gebracht. Ob es nun ein Fluch gewesen war oder nicht – er hatte jahrhundertelang die Menschheit gequält, sie ausbluten lassen und ins Verderben bestürzt. Falls seine Geschichte auf der Wahrheit beruhte, musste er dem Tod dankbar sein. Denn eine solche Schuld konnte kein Wesen ertragen.

Jinni schob eine Hand unter das Fell und die Decken, legte sie auf seine Brust und fühlte, wie sein Herz kämpfte. Ihre Finger berührten den Bolzen, spürten das harte Holz und das noch immer fließende Blut.

»Ich glaube dir«, raunte sie ihm zu. »Und ich wünsche dir, dass du trotz allem Frieden findest.«

Lange saß sie so neben ihm und wartete auf den letzten Herzschlag. Aber er kam nicht. Selbst als die Morgendämmerung nicht mehr fern war, gab sein Herz nicht auf. Es stolperte, wurde schwächer und flatterte manchmal wie ein verwundeter Vogel, aber es kämpfte unermüdlich weiter. Und weiter.

Bis der Atlanter erneut die Augen aufschlug.

»Es ist Vollmond«, hauchte er zu ihrer grenzenlosen Verblüffung. »Ich kann ihn spüren.«

Jinni runzelte die Stirn. Dass er überhaupt noch reden konnte, grenzte an ein Wunder. »Ja. Der erste Mond ist heute Nacht voll. Warum?«

»Bring mich hinaus.«

»Hinaus?«

»Bitte!«

Sie fragte nicht weiter, griff unter seine Arme und half ihm dabei, aufzustehen. Nur die Götter wussten, woher er in seinem Zustand die Kraft dafür nahm. Vielleicht war es ein tiefes Bedürfnis seiner Rasse, unter freiem Himmel zu sterben. Seine Ungeduld bestärkte ihren Verdacht. Er sammelte seine letzten Kräfte, biss die Zähne zusammen und kämpfte sich Schritt für Schritt voran, ohne dass sie mehr tun musste, als ihn ein wenig zu stützen.

Draußen empfing sie ein ausgestorbenes Dorf. Jeder, der noch im Besitz seiner Kräfte war, befand sich auf dem Weg zur Eisschlucht, um einen Kadaver von der Größe eines Berges zu zerlegen. Bei dem Ausmaß des Bullen und der Entfernung würde es Monate dauern, bis er restlos zerlegt und in die Vorratshöhle geschleppt worden war.

Die Nacht hätte für eine solche Aufgabe nicht besser sein können: Alle drei Monde standen hoch am Himmel und übergossen das Gebirge mit ihrem Licht. Zwei waren fast voll, einer leuchtete kugelrund am Firmament.

Jinni ging einige Schritte, bis der Magier in die Knie sackte. Ob es seine Absicht war oder ob die neu erwachten Kräfte ihn wieder verlassen hatten, wusste sie nicht. Sanft schob er sie von sich, legte den Kopf in den Nacken und schloss die Augen. Er atmete einige Male rasselnd ein und aus, dann schloss er eine Hand um den Armbrustbolzen und riss ihn mit einem kraftvollen Ruck aus seinem Fleisch. Blut strömte hervor. Jede Menge Blut. Der Körper des Atlanters sackte zur Seite, während das Leben aus ihm herausfloss und in der eisigen Luft dampfte.

Aber schon wieder starb er nicht. Sein Brustkorb bewegte sich stur auf und ab, obwohl sich der Schnee um ihn herum in eine Blutpfütze verwandelt hatte. Seine ohnehin blasse Haut wurde noch heller, überzog sich mit einem Netz leuchtender Adern und begann, sogar das Licht des Vollmonds zu überstrahlen.

Geblendet kniff Jinni die Augen zusammen. Das Strahlen wurde so hell, dass sich die Körperkonturen des Magiers auflösten und er nur noch aus Licht bestand. Und dann löschte ein gleißender Blitz die Welt aus. Jinni spürte Schnee unter sich, ohne sich daran erinnern zu können, gestürzt zu sein. Hatte sie das Bewusstsein verloren? War sie tot? Aber sie spürte ihren Herzschlag und ein heißes Knistern, das über ihre Haut kroch und jedes Härchen sträubte.

Magie. Mächtige, atlantische Magie!

Blinzelnd starrte sie in die Nacht hinaus. Alles war wie zuvor, nichts hatte sich geändert. Ausgenommen der Atlanter, der nackt und überirdisch strahlend im Schnee stand und auf sie hinabblickte. Seine Wunde war verschwunden. Ebenso alles Blut auf seiner Haut. Allein die große Pfütze im Schnee verriet, dass sie sich nichts eingebildet hatte.

Hast du wirklich gedacht, er würde sterben wie ein Mensch?

Sprich dein letztes Gebet. Jamashrees Ungeheuer verschont niemanden.

Und genau diesem Wesen blickte sie ins Antlitz. Die Augen des Magiers waren kälter als Eis. Eine höhnische Grausamkeit verhärtete seine Züge und gab ihm die Schönheit eines in Eis gemeißelten Gottes, der hochmütig dabei zusah, wie man zu seinen Füßen Menschen und Tiere abschlachtete. Jinni wusste, wie die Augen eines Mörders aussahen. Und deshalb wusste sie auch, dass das Ende der Araschnun nun gekommen war.

Entschlossen drängte sie ihre Angst beiseite, erhob sich und blickte ihrem Feind direkt ins Gesicht. Er sollte wissen, dass sie sich nicht fürchtete. Wenn es ihr Schicksal war, durch die Hand dieser Kreatur zu sterben, dann würde sie es annehmen. So, wie es jeder Mann, jede Frau und jedes Kind ihres Stammes tun würde.

Deine Schuld, wisperte es pausenlos in ihrem Kopf. *Deine Schuld! Alles deine Schuld! Die Göttin ist zornig auf dich! Du bist eine Unglücksbringerin. Sie hatten die ganze Zeit recht.*

Das Monster hob eine Hand. Zweifellos, um seine Magie zu sammeln und ihr Dorf zu Asche zu verbrennen. Doch als seine Haut bereits ein blau-silbernes Glimmen verströmte und die Luft vor Hitze flimmerte, geschah etwas Seltsames: Ein Zucken durchlief den Körper des Atlanters, er stolperte zurück und krümmte sich stöhnend zusammen.

»Nein!«, keuchte er. »Du bist tot! Du kannst nicht mehr … geh weg! Geh raus aus mir!«

Ehe ihr klar wurde, was sie tat, ging sie auf ihn zu. Der Magier taumelte rückwärts, griff mit beiden Händen in sein Haar und sackte in die Knie.

»Was ist mir dir?«

»Nein!«, knurrte er sie an. »Komm mir nicht zu nahe!«

»Du bist nicht frei, oder? Der Fluch ist nicht gebrochen, nur geschwächt. Du musst kämpfen, hast du gehört? Deine weiße Magie muss stärker sein als die schwarze Pest.«

Ein hilfloser Schmerz verdunkelte seine Augen, als er zu ihr aufblickte. »Es tut mir leid.«

Jinni wusste nicht, was sie darauf erwidern sollte. Unschlüssig blieb sie an Ort und Stelle stehen und ballte die Hände zu Fäusten.

Eine ganze Weile geschah nichts. Ihr Atem und sein Keuchen hallten in der nächtlichen Stille wider, bis sich der Atlanter mühsam auf die Beine rappelte und auf sie zukam. Die Kälte war aus seinen Augen verschwunden, aber wer wusste schon, wie lange? Jinni wollte zurückweichen, aber ihr Körper verharrte stocksteif an Ort und Stelle. Was brachte es auch, vor ihm zu fliehen? Wenn er sie töten wollte, würde er sie töten. Ob sie nun stillstand oder rannte.

»Du hast an mich geglaubt«, sagte er. »Du hast mich gerettet. Dafür will ich mich bedanken.«

Jinni zuckte zusammen, als seine leuchtende Hand ihre Wange berührte. Würde sie gleich zu Staub zerfallen? Würde er sie in irgendetwas Scheußliches verwandeln? Tausend Möglichkeiten schossen ihr durch den Kopf, auf welche Weise ein Magier töten konnte, aber dann floss eine sanfte Hitze aus seinen Fingern und beruhigte sie auf sonderbare Weise. Der Zauber sickerte tief in ihre Haut, breitete sich aus und überzog ihren Körper mit Gänsehaut.

Schließlich, als die Berührung endete, wusste Jinni, dass nichts mehr so war wie zuvor. Sie griff in ihr Gesicht und fand statt aufgewölbter Brandnarben nur glatte, makellose Haut. Er hatte sie geheilt! Jamashrees Ungeheuer hatte sie tatsächlich geheilt!

»Danke!« Mehr als dieses eine atemlose Wort brachte sie nicht hervor. Tränen liefen über ihre Wangen, und als der Atlanter sie in seine Arme schloss, wehrte sie sich nicht dagegen. Eine ganze Weile hielt er sie fest. Stark, magisch und trotz der frostigen Nacht so wunderbar warm.

Schließlich nahm er sie bei den Schultern und schob sie behutsam von sich. »Ich bin noch nicht fertig. Ihr habt lange genug gelitten, weil ich das Land zu dem gemacht habe, was es ist. Meine Magie ist nicht stark genug, um alles rückgängig zu machen. Aber ein wenig kann ich doch für euch tun. Geh zurück. Die Energie wird sehr stark sein.«

Jinni gehorchte und sah zu, wie er die Arme hob und ein blendendes Licht aus seinen Händen strömen ließ. Es war zu hell, um hineinzublicken, und zugleich so herrlich, dass es ihr unmöglich war, sich abzuwenden. Lange, wunderbare Augenblicke lang tauchte sie in ein Feuer aus purer Schöpfungsmacht ein, atmete Magie und spürte, wie das ganze Gebirge unter dem Zauber vibrierte.

Dann war es vorbei. Die Welt, die sie kannte, kehrte zurück. Unverändert auf den ersten Blick. Doch auf den zweiten …

»Was?«, hauchte Jinni. »Wie ist das möglich?«

Indigo lächelte mühsam, ließ seine Arme sinken und blickte auf den Schnee zu seinen Füßen. Schnee, der schmolz, weil die Luft auf einmal so warm war wie im Hochsommer.

»Ein Schutzwall umgibt jetzt euer Dorf«, sagte er dann. »Nichts und niemand wird euch finden. Die Hütten werden erst sichtbar, wenn man die Grenze überschreitet. Sie beginnt an der jeweils letzten Stufe eurer Treppen. Du solltest deinen Leuten also hinterherlaufen und sie vorwarnen. Sonst bekommen sie den Schreck ihres Lebens, wenn sie nach Hause zurückkehren und kein Dorf mehr sehen.«

Jinni riss die Augen auf. Er hatte einen Schutzwall erschaffen, der sie vom Rest der Welt abschirmte? Ungläubig streckte sie die Arme aus und bewegte ihre Hände durch die samtweiche Luft. Kein eiskalter Wind biss mehr in ihre Haut, keine Eiskristalle wurden mehr in ihr Gesicht geweht. Die Nacht war still und warm.

»Der Wall schützt euch auch vor Kälte und Schnee«, fuhr Indigo fort. »Er wird das Leben neu gedeihen lassen und Krankheiten von euch abwenden. Seine Energie wird im Laufe der Jahre schwinden, aber ich werde zurückkehren und den Zauber erneuern. Sollte euch trotz meines Schutzes je ein Leid widerfahren, dann ruft mich. Ich werde euch hören.«

Jinni starrte ihn an. Atemlos. Sprachlos. Die Sanftheit seiner Züge berührte ihr Herz, doch darunter bewegte sich die Bosheit wie eine

Seeschlange unter trügerisch makellosem Wasser. Das Ungeheuer der Königin würde niemals aufgeben. Es mochte schlafen, bezwungen von Indigos Willen, aber keine Macht der Welt konnte es daran hindern, wieder zu erwachen.

Der Atlanter würde zurückkehren. Daran zweifelte Jinni nicht. Aber wer würde er dann sein? Der Magier, der das Volk der Araschnun gerettet hatte? Oder Jamashrees Monster?

»Danke«, flüsterte sie heiser, und dann erblickte sie ein weiteres Mal die Herrlichkeit atlantischer Magie. Ein weißer Adler stieg daraus empor, breitete seine mächtigen Schwingen aus und verschwand im Dunkel des Himmels.

Indigo

Alsaras Hütte gibt es nicht mehr. Natürlich nicht. Jahrhunderte sind vergangen, seit sie gestorben ist.

Seit ich sie getötet habe.

In dem Moment, in dem sich meine Krallen in den Waldboden schlagen, werfe ich die Gestalt des Adlers ab und gehe als Mensch in die Knie. Der Anblick ist mehr, als ich ertragen kann. Und doch atme ich weiter, blicke auf die Überreste eines unendlich fernen Lebens und fühle mich so alt wie die Grundfesten der Erde.

Als ich aufstehe, ist mein Körper gefühllos. Seltsam, wie leicht ich die Gestalt des Tieres hinter mir gelassen habe. Bin ich dort unten in meinem Gefängnis etwa stärker geworden? Hat die Zeit des Leidens meine Magie vervielfacht? Es scheint fast so, denn hinter dem Schmerz, den der Anblick der Lichtung in mir auslöst, fühle ich mich überwältigend stark. Als Tier ist es so leicht, zu vergessen. Die Freiheit schmeckt zu süß, das Leben für den Moment ist zu verführerisch. Die Verlockung, mein eigenes Selbst einfach zu vergessen, ist in diesem Zustand geradezu überwältigend. Wäre da nicht die Tatsache, dass ich in der Gestalt eines Tieres keinerlei Magie wirken kann. Gleichzeitig brennt das Licht meiner Seele unverändert hell, selbst wenn ich die unscheinbarste aller Gestalten annehme. Ein Leuchtfeuer für jeden schwarzen Zauberer. Unübersehbar und leicht zu finden.

Meine nackten Füße streifen den Morgentau vom Gras. Es riecht genauso wie damals nach Kräutern, Blumen und feuchter, fruchtbarer Walderde. Noch hat die Zeit nicht alle Spuren von Alsaras Existenz ausgelöscht. Ich erkenne verrottetes Holz, drei verfaulte Pfähle und etwas, das einer Tür ähnelt. Als ich das von Flechten und Moos überwucherte Ding umdrehe, krampft sich mein Herz zusammen. Ich starre auf den verrosteten Knauf, der aus dem Holz ragt, und plötzlich wird die Last der Erinnerung zu schwer, um sie aufrecht zu ertragen. Ich lasse die Tür ins Gras fallen und gehe in die Knie. Tränen brennen in meinen Augen, aber ich kann sie nicht freilassen. Noch nicht.

Die Macht fließt durch meinen Körper, eisig wie das Wasser eines Gletscherflusses. Ohne dass ich etwas dagegen tun kann oder will, strömt sie aus meinen Fingern, sickert in die Erde und sucht nach dem Echo eines längst vergangenen Lebens.

Ich wage es nicht, die Augen zu öffnen. Warum tue ich das? Was bringt es denn, außer noch mehr Schmerz? Doch die Magie verrichtet ihr Werk unaufhaltsam und mit einer Leichtigkeit, die mich erstaunt. Hat mein willenloser Körper mit derselben Mühelosigkeit gewaltige Armeen verbrannt? Habe ich hunderttausende Leben genommen und ganze Ozeane mit Blut gefüllt, als wäre es eine beiläufige Geste?

Als ich es endlich wage, die Augen zu öffnen, ist es fast schon vollbracht. Aus dem Echo, das jedes Zuhause noch lange Zeit nach seinem Tod verströmt, hat die Magie eine Lüge aus Wirklichkeit geformt. Es ist nicht mehr als ein Konstrukt aus alten Erinnerungen, aber es fühlt sich echt an. Das Holz ist sonnenwarm unter meinen Fingern. Ich rieche den unvergleichlichen Duft, der Alsaras Heim stets erfüllt hat. Eine Mischung aus Kräutern, Feuerrauch und dem ganz eigenen Aroma ihres Körpers. Mein Herz rast, als ich die Tür aufdrücke und den Innenraum betrete.

Endlich kommen sie. Die Tränen.

Alles ist so, als hätte es die Ewigkeit zwischen Alsaras Tod und diesem Moment niemals gegeben. Ein Feuer prasselt im Kamin, darüber hängt ein Topf, aus dem köstlich duftender Dampf aufsteigt. Getrocknete Kräuterbündel hängen von der Decke, weiter hinten baumelt das geräucherte Wildfleisch. Auf dem Tisch in der Mitte

der Hütte steht sogar eine Schale mit jenen Honigkeksen, die sie bei jedem meiner Besuche für mich gebacken hat.

Es ist zu viel! Viel zu viel Erinnerung!

Und doch bringe ich es nicht fertig, die Illusion zu zerstören. Stattdessen falle ich auf das zerwühlte Bett, krieche unter die bunt zusammengeflickten Decken und gebe mich dem Traum hin. Meine Seele reist zurück, verweigert sich dem Jetzt und flieht in das Gestern.

Alsara ist gerade dabei, halbierte Brombeeren in einen Topf mit Haferbrei zu rühren, als ich die Tür öffne. Bei meinem Anblick leuchtet ihr Gesicht vor Freude, und ich kann nicht anders, als zurückzulächeln. Keine Edeldame in Jamashrees Palast kann es mit ihrer Schönheit aufnehmen. Ich liebe ihr mehlbestäubtes Leinenkleid, ihre zerzausten rotblonden Haare und die grob zusammengenähten Schuhe aus abgewetztem Leder. Der kleine Aschefleck auf ihrer Wange reizt mich mehr als jedes Geschmeide, und die ehrliche Zuneigung in ihren Augen ist so viel angenehmer als das besitzergreifende Starren der Königin. Jamashree hasst es, dass ich Alsaras Gesellschaft so oft der ihren vorziehe. Aber ihre Angst vor meiner Magie ist zu groß, als dass sie es gewagt hätte, mich aufzuhalten.

»Was für eine Ehre!« Alsara zwinkert mir spielerisch zu und vollführt einen höfischen Knicks. Ischme währenddessen springt – respektlos wie immer – auf das Bett und rollt sich umständlich darauf zusammen. »Solch königlicher Besuch in meiner bescheidenen Hütte. Habt Dank, dass Ihr mich mit Eurer Anwesenheit beehrt.«

»Hör auf damit. Du weißt, dass ich es nicht mag, wenn du so redest.«

Alsara kichert. »Deswegen rede ich ja so.«

Ich lege Bogen, Köcher und Reisemantel ab, packe alles auf die Truhe neben der Tür und gehe zu meiner Hüterin. »Ich dachte, du wärst erwachsen geworden. Aber ich habe mich wohl geirrt.«

Ihre Wangen röten sich, als sie das mit Brombeersaft getränkte Brett und das Messer auf den Tisch legt. Aber sie wagt es nicht, sich zu mir umzudrehen. Ich höre ihr rasendes Herz, rieche ihre Gefühle und wittere ihre Furcht.

»Es wundert mich nur immer wieder auf's Neue«, murmelt sie mit gesenktem Kopf. »Warum ziehst du eine ärmliche Hütte im Wald einem herrlichen Palast vor? Warum setzt du dich mit mir an einen Tisch und

isst einen Arme-Leute-Eintopf aus Wurzeln und Waldkräutern, anstatt an üppig gedeckten Tafeln zu speisen und Harfenmusik zu lauschen?«

Ich lege meine Hände auf ihre Hüften und zwinge Alsara dazu, sich zu mir umzudrehen. Ihr Herz beginnt zu rasen, als wir uns in die Augen blicken. Schweißperlen glänzen auf ihrer Stirn, sie atmet schwer und schleppend. Aus dem Kind, das ich jahrelang wie meinen Augapfel gehütet habe, ist eine Frau geworden. Eine Frau, die mich liebt. Ich spüre ihre Gefühle, wie ich die Hitze des prasselnden Kaminfeuers spüre, und ich weiß, dass sie langsam beginnen, sie von innen her aufzufressen. Niemals würde sie es wagen, ihre Wünsche auszusprechen. Nicht in tausend Jahren.

Es wird Zeit, sie zu erlösen. Alsara ist nicht länger das Kind, das meinen Schutz braucht. Sie sieht mich nicht mehr als Vater und sich selbst nicht mehr als Tochter.

»Meinst du das ernst?« Ich hebe eine Hand und lege sie auf ihre aschebestäubte Wange. Alsaras Miene wird hart vor bittersüßer Qual. »Wenn du immer noch nicht weißt, warum ich gerne bei dir bin, wirst du es nie wissen.«

Mit einem berauschenden kleinen Seufzer schmiegt sie sich in meine Hand. Ich schiele kurz zum Bett und erkenne, dass Ischme tief und fest schläft. Perfekt. Die Eifersucht der Füchsin ist das Letzte, was ich jetzt gebrauchen kann.

»Um Arme-Leute-Eintopf zu essen«, antwortet Alsara. »Um Kräuter zu sammeln, auf einer Waldwiese zu liegen und mit mir über die Stechmücken zu schimpfen.«

»Ja.« Ich atme tief den Geruch ihrer Haut ein. Unter dem Aroma nach Honig, Brombeeren, Eintopf und Asche rieche ich den verführerischen Duft ihrer unterdrückten Lust. »Und um mit dir im Weiher zu baden, die Sterne anzuschauen und dir ein bisschen Küchenmagie beizubringen.«

Bei meinen letzten Worten greift sie nach dem Mondstein, der an einem schlichten Lederband um ihren Hals baumelt. Er ist gefüllt mit meiner Magie und macht ihr entbehrungsreiches Leben ein wenig einfacher.

»Um zusammen mit Mäusen und Spinnen zu schlafen«, flüstert sie atemlos.

»Um deine köstlichen Kekse zu essen«, füge ich ganz nah an ihren Lippen hinzu. »Und um dich zu küssen.«

Alsara keucht erschrocken auf. Ich hebe auch die andere Hand und umfasse sanft ihr Gesicht. Das Dröhnen ihres Herzschlags übertönt jedes andere Geräusch. Sie zittert, versteift sich und schnappt nach Luft. Aber dann, als ich sie küsse, wird sie ganz weich. Sie fließt mir förmlich entgegen, gibt erstickte Seufzer von sich und schlingt ihre Arme um mich. Die Zeit steht still. Der Eintopf brennt an. Alles, was noch existiert, ist unser verbotener Kuss.

Eine Stimme reißt mich in die Wirklichkeit. Ich zucke zusammen und fahre hoch, gerade in dem Moment, in dem das magische Konstrukt in sich zusammenbricht. Ein letzter Blick auf die Hütte, das Feuer und die Erinnerungen – dann wird alles zu Staub. Einen Herzschlag lang bewahrt er noch das vertraute Bild und wird beim nächsten vom Wind zerfetzt. Ich presse mich nicht mehr an Alsaras erhitzten Körper, sondern kauere im Gras und starre auf die unerbittliche Grausamkeit der Zeit: ein paar Fragmente verfaulten Holzes. Die Überreste einer Tür. Sonst nichts.

Hier bin ich!, flüstert es in meinem Kopf. *Hier drüben. Bist du blind und taub geworden?*

Ich erkenne den Klang, aber das ist unmöglich. Sie kann nicht mehr leben. Nicht nach all der Zeit. Doch als ich mich umdrehe und zum Waldrand blicke, steht sie vor mir.

Ischme.

Ihr Fell schillert nicht mehr, ihre Augen sind trüb und ihre Gestalt nur noch ein Haufen Knochen unter dünner, schrundiger Haut. Und doch ist sie der wunderbarste Anblick seit einer Ewigkeit. Meine alte Freundin lebt!

Starr mich nicht so an, brummt sie mürrisch. *Ich weiß, dass ich nicht mehr die bin, die du zurückgelassen hast.*

Eine unbändige Freude überwältigt mich, als ich die Füchsin endlich in meine Arme schließen kann. Ihr ausgemergelter Körper zittert vor Schwäche, als sie sich an mich presst und leise winselt.

»Wie hast du nur so lange überlebt?«, flüstere ich in ihr Fell. »Ich weiß, dass Opalfüchse alt werden, aber nicht so alt.«

Oh, der Tod hat oft nach mir gefragt. Aber ich habe ihm gesagt, dass er sich zum Jandri scheren soll. Ich wusste nämlich, dass du zurückkommst. Zu jeder Zeit. Tag und Nacht. Immer.

Die Füchsin sinkt in meinen Armen zu Boden. Ihr Atem geht so schwer und rasselnd, dass es mir das Herz zerreißt.

Jetzt ist alles gut. Jetzt sind wir beide frei. Ich kann endlich loslassen.

»Bist du verrückt?« Ich streichle über ihren zitternden Leib. »Jetzt, wo wir uns endlich wiedergefunden haben, willst du sterben?«

Ja. Ich bin müde. Mindestens so müde wie du.

»Ja und? Dann schenke ich dir neue Kraft.«

Nein. Lass mich gehen. Sie seufzt wie ein Mensch, der nach endlosem Kampf endlich loslassen kann. *Ich habe so lange auf diesen Moment gewartet. In deinen Armen will ich sterben. Nirgendwo sonst. Nur in deinen Armen. Gewähre mir diesen Wunsch. Und erzähle mir, während ich einschlafe, wie du entkommen bist.*

Hilflos schüttele ich den Kopf. Wie könnte ich die letzte Bitte meiner Freundin abschlagen? Aber ich kann sie nicht gehen lassen. Nicht jetzt, wo ich um jeden Funken Hoffnung kämpfen muss und die Last meiner Taten mich erdrückt. »Habe ich dir schon mal von der weißen Orchidee erzählt?«, sage ich leise. »Die einzige Blume, die uns töten kann?«

Ja. Ich erinnere mich. Als deinesgleichen die Haine der schwarzen Orchideen vernichtet hat, fanden zwei von euch jeweils eine einzelne schneeweiße Blume. So war es doch, nicht wahr?

»Ja. Und in dem Moment, in dem sie an ihr gerochen haben, sind sie gestorben. Auf der Stelle. Ihre Herzen blieben einfach stehen. In meiner Welt gibt es unzählige Geschichten und Aufzeichnungen darüber. Jede einzelne davon musste ich lesen, bevor man mir erlaubt hat, selbst die Menschenwelt zu betreten. Eine Blume, die Unsterbliche sterben lässt. Das hat damals ganz Atlantis in Atem gehalten. Unsere Forscher waren außer sich vor Wut, weil niemand daran gedacht hat, eine der weißen Orchideen vor dem Feuer zu bewahren. Sie konnten nur die Leichen der beiden Atlanter untersuchen, aber das bisschen Blütenstaub, das sie in ihren Lungen gefunden haben, brachte sie nicht wirklich weiter.«

Aha. Und was hat dieses Gewächs mit deiner Befreiung zu tun?

Ich hole noch einmal tief Luft und beginne, ihr alles zu erzählen. Die endlose Zeit des willenlosen Tötens und Gehorchens zieht wie ein schlechter Traum an mir vorbei, abgehakt in wenigen Sätzen. Erst als ich zu Eomara komme, fließen die Worte leichter über meine Zunge. Ischmes Augen werden groß, während ich ihr von dem Mädchen berichte, von seiner Reinheit und seiner Verzweiflung, von seinem Mut und schließlich von der Blume, die mich befreit hat. Schuld schnürt mir die Kehle zu, als ich daran denke, dass ich Eomaras Körper einfach zurückgelassen habe. Ich hätte ihn fortzaubern sollen, an irgendeinen schönen Ort, der ihr als letzte Ruhestätte hätte dienen können. Aber ich habe mich von der Magie fortreißen lassen. Ich habe zugelassen, dass sie mich überwältigt. Mühsam wische ich den Gedanken fort, konzentriere mich stattdessen auf meine Worte und berichte Ischme als nächstes von dem Armbrustpfeil, der meine Flucht beendet hat, und von der Nebelwal-Jägerin namens Jinni. Als ich schließlich mit dem Errichten des Schutzwalls zum Ende meiner Geschichte komme, fletscht Ischme knurrend die Zähne.

Eomara ist also ihr Name? Sie wollte dich töten, mein Lieber! Dieser Mensch, den du so hoch lobst, wollte dich töten! Ist dir das klar?

»Natürlich.«

Und das stört dich nicht im Geringsten?

»Eomara glaubte, dass es für uns nur einen Ausweg gibt.«

Den Tod?

»Ja. Den Tod.«

Und warum sitzt du dann hier und erzählst mir von diesem schrecklichen Mädchen, das dich vergiften wollte? Warum ist ihr Plan misslungen?

Schreckliches Mädchen? Ich würge an meiner Wut und ermahne mich, dass Ischme aus gutem Grund Menschen verabscheut. Ohne Unterschied und ohne Ausnahme. Es gibt keine treuere Gefährtin als die Füchsin, aber einige ihrer Charaktereigenschaften zerren an meinen Nerven. »Eomara war nicht schrecklich. Sie opferte ihr Leben, um mich zu befreien.«

Um dich zu töten!

»Um mich zu befreien«, beharre ich. »Hätte Jamashree sie nicht beiseitegestoßen, wäre ich jetzt nicht hier. Es muss zu wenig Blütenstaub gewesen sein. Zu wenig, um mich umzubringen. Aber genug, um meinen Geist zu klären und den Fluch zu mildern.«

Zu mildern? Nicht zu brechen?

Ich schüttele den Kopf. »Er ist noch immer in mir, Ischme. Ich kann ihn die ganze Zeit fühlen. Er schabt und kratzt an meinem Schädel und wird wieder stärker.«

Ischme nickt traurig. *Dann wollen wir also beide sterben?*

»Ja«, flüstere ich, presse mein Gesicht in ihr Fell und fühle mich müder als je zuvor. »Aber wir müssen noch eine Weile darauf warten. Ich brauche dich, alte Freundin.«

Wofür?

»Du weißt, wofür.«

Um nicht allein zu sein, während du nach einer weißen Orchidee suchst.

»Um nicht allein zu sein.«

Ischmes graue Schnauze verzieht sich zu einem Fuchsgrinsen. Dann leckt sie mir ein paar Mal zärtlich über die Wange.

Wer hätte gedacht, dass du jemals freiwillig zugibst, Hilfe zu brauchen? Dein neues Ich gefällt mir. Du bist Gut und Böse zugleich. Hast du eine Ahnung, wie menschlich dich das macht?

»Ich will nicht menschlich sein. Ich will das hier beenden, solange ich noch einen freien Willen habe. Jamashree hat es geschafft, ihren Bann mit Scylla zu teilen. Und sie hat ihre Tochter in jeder Hinsicht zu einer perfekten Nachfolgerin erzogen.«

Was? Ist das dein Ernst? Sie hat den Fluch geteilt?

»So ist es.«

Wie?

»Ich habe keine Ahnung. Sie hat mich nicht in ihre Geheimnisse eingeweiht.«

Warum hast du das kleine Ungeheuer dann nicht getötet?

»Scylla ist geflohen, und ich war nicht bei Sinnen. Alles geschah so schnell. Die Magie gehorchte mir plötzlich wieder, ich tötete Jamashree und verwandelte mich in einen Adler. Es gab nur noch den Willen, so weit und so schnell wie möglich zu fliehen. Ich weiß, dass es ein Fehler war. Ich weiß, dass ich es hätte beenden sollen. Endgültig. Aber ich war … ich wollte einfach nur …«

Die Worte ersticken in meiner Kehle. Ich starre auf die Baumwipfel, die sich im Sonnenschein wiegen, und fühle mich wie ein Geist.

Ich weiß, raunt Ischme sanft und schmiegt sich in meine Arme. *Aber du hättest sie finden und aus dem Weg schaffen sollen. So wird alles wieder von neuem beginnen. Das ist dir doch klar?*

»Ja, das ist es. Aber ich werde keinen Fuß mehr in den Palast setzen. Vielleicht beherrscht der Fluch mich wieder, sobald ich zurückkehre und auf Scylla treffe. Wie ich Jamashrees Tochter kenne, sitzt sie schon auf dem Thron, füllt den Platz der Königin aus und terrorisiert ihre Gefolgschaft.«

Dann kann ich nur hoffen, dass wir finden, was wir suchen. Woher weißt du überhaupt, dass das Mädchen recht hat? Eine Blume, die nur reine Seelen sehen können. Das klingt seltsam, findest du nicht?

»Ich habe dir doch vorhin von den Aufzeichnungen meines Volkes erzählt. Darin steht, dass vier der Atlanter zwei weiße Blumen sahen, Namahé aber schwor, sie seien schwarz. So wie alle anderen Orchideen. Es gab eine Menge Diskussionen darüber. Aber niemand kam auf die Idee, dass die Reinheit der Seele darüber entscheidet, welche Farbe man sieht. Natürlich kann ich nicht die Hand dafür ins Feuer liegen, dass es wirklich so ist. Aber mehr haben wir nicht. Es ist der einzige Weg, den wir gehen können.«

Wer war Namahé noch mal?

»Der älteste und ranghöchste Atlanter, der sich damals im Menschenreich befand. Es war sein Befehl, auf den hin die Orchideenhaine vernichtet wurden. Er fand, dass eine zu große Gefahr von ihnen ausgeht. Es gab Proteste von den anderen, aber am Ende wurde Namahés Willen durchgesetzt.«

Da haben wir die Erklärung, warum er eine schwarze Blüte sah. Er besaß keine reine Seele. Immerhin fand er es in Ordnung, einen Vernichtungsfeldzug zu starten. Woher wusste das Mädchen überhaupt von der Blume und ihren Eigenschaften?

»Eomara war Jamashrees Günstling. Wenn die Königin ihr freien Zugang zum westlichen Flügel gelassen hat, war sie vermutlich in der Bibliothek. Dort stapeln sich die alten Schriften. Gut möglich, dass sie dort einen Hinweis gefunden hat.«

Im Ernst?, antwortet Ischme. *Ich kann mir nicht vorstellen, dass Jamashree einfach so Schriften herumliegen lässt, in denen steht, wie man ihrem kostbarsten Schatz das Licht ausbläst.*

»Hör auf, so zu reden.«

Wie denn? Oh, du meinst kostbarster Schatz? Ja, du hast recht. Tut mir leid. Kommt nicht wieder vor. Hast du noch eine andere Idee, woher das Mädchen ihr Wissen haben könnte?

»Nein, habe ich nicht. Eomara hat den Palast während der ganzen Zeit nicht verlassen. Und sie begann erst nach einem Ausweg zu suchen, nachdem ich das erste Mal für sie Modell gesessen habe. Also muss sie die Antwort irgendwo im Palast gefunden haben.«

Hm. Das ist merkwürdig.

»Ja, ist es. Übrigens habe ich auch eine schwarze Blüte gesehen. Genauso wie damals Namahé.«

Na klar, wie hättest du ihre wahre Farbe auch sehen sollen? Du besitzt keine reine Seele mehr.

»Wie habe ich deine Ehrlichkeit vermisst.«

Die Füchsin schnaubt. *Wenn du eine verlogene Heuchlerin willst, die dir Honigreden hält, besorge dir eine menschliche Gefährtin. Weißt du zufällig, woher das Mädchen ihre Blume hatte?*

»Jamashree besitzt zwei Gärten. Einen mit gewöhnlichen Giftpflanzen und einen mit Orchideen.«

Was? Die Hexe hat einen ganzen Garten von den abscheulichen Dingern?

»Nein. Ich meine, ja. Im Palast gibt es einen Garten mit Orchideen, aber sie sind alle schwarz. Jedenfalls in meinen Augen. Und ich erinnere mich, dass Eomara sagte, sie habe *die* weiße Orchidee gefunden. Also muss es sich um eine einzelne Pflanze gehandelt haben. Auch zu Namahés Zeiten gab es jeweils nur eine weiße Blume im ganzen Hain.«

Ischme legt den Kopf schief und sieht mich mit einem Blick an, der sie auf einen Schlag um ein paar hundert Jahre verjüngt. *Ihr ach so fehlerlosen Atlanter seid manchmal ganz schön schlampig, was? Bis zu dem Tag, an dem Neewa dich mit Orchideenstaub gebannt hat, habe ich gedacht, dass ihr die Blumen restlos vernichtet hättet.*

»Das dachte ich auch.«

Und jetzt wächst ein ganzes Rudel davon im Palast. Nun ja, wenn Jamashree damals noch Überbleibsel der Blumen gefunden hat, dann werden wir auch welche finden. Vermutlich gibt es versteckte Orte, an denen die Orchideen überlebt haben. Wir müssen sie nur finden und dafür beten, dass sich irgendwo eine weiße Blume darunter befindet.

»Heißt das, du bleibst bei mir?«

Natürlich. Wie weit kommst du denn ohne mich? Atlantische Magie hin oder her, du brauchst mich. Also mach mich wieder jung. Ischme richtet sich auf und drückt ihre Stirn gegen meine. *Ach ja, und was ich noch sagen wollte: Schön, dass du es endlich zugibst.*

»Was?«

Dass du mich brauchst, mein Lieber.

Ich versuche mich an einem Lächeln, lasse meine Magie fließen und hülle uns beide in eine Wolke aus sanfter Lebensenergie. So oft habe ich den Tod gebracht. So oft gefoltert und zerstört. All das war kalt gewesen. Ermüdend und verzehrend. Aber die Macht der Schöpfung besteht aus purer Wärme und füllt alles, was alt und krank ist, mit neuem Leben.

Als Ischme sich aus meiner Umarmung windet und das Gesicht in die Sonne hält, umgibt ihren Körper eine Aura strahlender Lebendigkeit. Das Fell der Füchsin schillert schöner denn je, ihre Bewegungen schnurren vor Anmut. Abwechselnd springt sie wie ein Reh umher, leckt mir das Gesicht und räkelt sich im Gras. Ich labe mich an ihrem Anblick. Nach all der Dunkelheit und all dem Tod ist so viel Lebensfreude Balsam für meine Seele.

Ich wäre bereit, sagt sie nach einer Weile und baut sich mit stolzgeschwellter Brust vor mir auf. *Wie sieht es mit dir aus?*

»Lass mich noch einen kleinen Zauber sprechen.«

Was für einen kleinen Zauber?

»Schau einfach zu.«

Mit schiefgelegtem Kopf und heraushängender Zunge beobachtet sie mich dabei, wie ich die Hände mit der Handfläche nach unten über den Boden halte und ein paar magische Worte flüstere. Es tut unfassbar gut, wieder Herr über meine Kräfte zu sein, meinen Zauber selbst zu lenken und keinen Befehlen mehr gehorchen zu müssen. Zuerst taucht meine alte Kleidung auf, dann der Köcher mit den Pfeilen, zuletzt der Bogen. Angewidert rieche ich den Gestank von Jamashrees Palast und den Moder der Truhen, in denen mein Hab und Gut aufbewahrt worden war. Und dann, als alles vor mir erschienen ist, zaubere ich ein blaues Feuer herbei und lasse es um meine Hände tanzen, nur um das Gefühl zu genießen, meine Magie wieder kontrollieren zu können. Ich lasse die Flammen ein paar Mal die Farbe wechseln, verwandele sie schließlich in Schnee und beobachtete, wie die Kristalle in der Luft tanzen. Ischme schnappt danach, hüpft wie ein Welpe umher und knurrt begeistert, als ich den Schnee nach einer Weile zu flatternden Vögeln umforme, die ihr um den Kopf kreisen.

Siehst du?, ruft sie aufgeregt. *Jamashree hat dich nicht gebrochen. Sie konnte dich selbst in all der Zeit nicht zerstören. Du machst das hier aus purer Freude. Und du lächelst. Noch ist nichts verloren, mein Freund.*

Augenblicklich fällt der Zauber in sich zusammen. Ich stehe auf, ziehe wortlos Hemd, Hose, Wams und Stiefel an und lege zuletzt meinen geliebten Reisemantel um.

Sei nicht so grausam zu dir selbst, fährt Ischme mich an. *Hör auf, dich zu bestrafen, nur weil du dich einen Moment lang gefreut hast.*

»Sei einfach still, in Ordnung?«

Ich lasse die silberne Schließe des Mantels zuschnappen und schultere zuletzt Köcher und Bogen. Immer wieder sehe ich Eomaras toten Körper vor mir. Jemand wie sie verdient ein langes, von Liebe erfülltes Leben. Aber das Schicksal hat es nicht gut mit ihr gemeint. Ihr war nur eine Gnade zuteil geworden: die eines schnellen Todes, anstatt langsam in der Düsternis und der Grausamkeit des Palastes zugrunde zu gehen.

»Was glaubst du, Ischme?« Ich versuche, die Vergangenheit auszuklammern. Jetzt, im hellen Sonnenschein, gelingt es mir leidlich gut. Aber ich weiß, dass die kommende Nacht mich auffressen wird. »Wo finden wir am ehesten eine reine Seele?«

Was ist mit der Nebelwal-Jägerin? Sie hat genauso wie Eomara deinen guten Kern erkannt.

»Ja, aber ihre Seele ist voll mit Hass und Rachedurst.«

Kannst du es ihr verübeln? Sie ist eine der letzten Frauen der Araschnun. Ohne deinen Schutz wäre ihr Volk zum Aussterben verdammt.

»Und wer ist schuld daran, dass sie fast ausgestorben sind? Ich!«

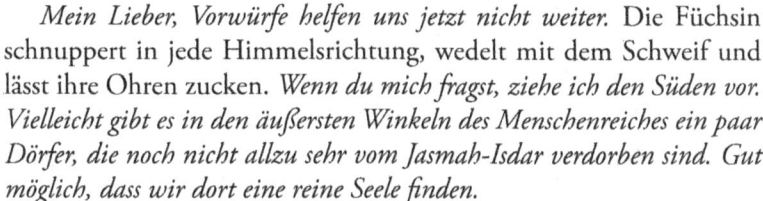

Mein Lieber, Vorwürfe helfen uns jetzt nicht weiter. Die Füchsin schnuppert in jede Himmelsrichtung, wedelt mit dem Schweif und lässt ihre Ohren zucken. *Wenn du mich fragst, ziehe ich den Süden vor. Vielleicht gibt es in den äußersten Winkeln des Menschenreiches ein paar Dörfer, die noch nicht allzu sehr vom Jasmah-Isdar verdorben sind. Gut möglich, dass wir dort eine reine Seele finden.*

»Auf den Östlichen Inseln des Windes könnten wir auch Glück haben. Sie sind schwer zu erreichen und … nein, warte. Ich habe sie vor ein paar Jahren zerstört.«

Was? Warum?

»Jamashree war mit den Handelsbeziehungen nicht zufrieden.«

Und das ist Grund genug, alles Leben auszulöschen?

»Für die Königin war es Grund genug.«

Ich fühle, wie die Schuld mein Herz zusammendrückt. Schreie hallen in meinen Ohren wider. Schreie aus tausenden von Kehlen. Männer, Frauen, Kinder, Greise und Babys. Nicht einmal das Vieh hat Jamashree verschont. Alles und jeden habe ich auf ihren Befehl hin vernichtet.

Sie war es!, faucht die Füchsin. *Sie! Nur sie! Behalte das immer im Kopf!*

»Der Süden also«, weiche ich aus. »Versuchen wir es zuerst auf der Halbinsel Aschkan. Für diesen Landstrich hat sich Jamashree schon lange nicht mehr interessiert.«

Mit einem Mal verbrenne ich fast vor Hass und Wut. Es ist so leicht, ein sterbliches Leben auszulöschen. Eine Handbewegung, eine flüchtige Geste, und schon ist der Körper eines Menschen unwiderruflich zerstört.

Blicke nicht zurück. Ischme drängt sich sanft gegen meinen Oberschenkel. *Blicke nach vorn. Immer nur nach vorn. Wir werden sie finden. Vielleicht dauert es Jahrzehnte. Vielleicht Jahrhunderte. Aber wir werden sie finden.*

3

Der erste Schnee

Jade

Der erste Schnee fällt. Aber diesmal können wir uns nicht darüber freuen. Wir hüpfen nicht im Flockenwirbel umher, fangen die Kristalle nicht mit unseren rausgestreckten Zungen auf und rollen uns nicht lachend auf dem Boden herum.

Denn heute ist der Tag der Eintreibung.

Mehrere Jahrhunderte lang hat das kleine Stück Land am Meer meine Familie gut ernährt. Die Erträge waren gut, niemals gab es schlechte Jahre. Niemals. Bis jetzt.

Alles, was wir Scyllas Soldaten übergeben können, besteht aus einem Sack Getreide, einer kleinen Kiste voll verschrumpelter Erdknollen und zwei Körben mit mickrigem Obst. Das ist nicht einmal ein Viertel der geforderten Menge. Damit werden sie sich niemals zufriedengeben, auch wenn mein Bruder mich vom Gegenteil überzeugen will.

»Vater kann mit Worten umgehen«, redet Aaron auf mich ein, während wir auf dem Ast einer Küsteneiche hocken und auf unseren Hof hinunterblicken. »Er wird es ihnen schon erklären. Wir können doch nichts dafür. Es nicht unsere Schuld.«

Ich zwinge mich zu einem Nicken. Er glaubt nicht an das, was er mir erzählt, aber irgendwie muss ich meine Gedanken beruhigen. Das schilfgedeckte Haus, das kaum zehn Schritt von den Klippen entfernt steht, wirkt aus der Ferne wie ein Seevogelnest. Die dazu gehörenden Äcker und Obstwiesen, die vom Klippenrand bis zum Eichenwald reichen, waren lange Zeit überaus fruchtbar gewesen. Das Getreide und das Gemüse wuchs üppig im frischen Meereswind, die Büsche hingen voller Beeren und die Obstbäume bogen sich in jedem Herbst vor zuckersüßen Früchten.

Aber jetzt?

Jetzt hat eine einzige Nacht alles zunichte gemacht.

»Die Soldaten wissen, was Fressmotten anrichten können«, startet Aaron einen neuen Versuch, mich zu beruhigen. »Jeder weiß das. Im schlimmsten Fall werden sie uns dazu zwingen, unseren Hof zu verlassen und anderswo neu anzufangen.«

Es wird sie nicht interessieren, will ich antworten. *Das sind Scyllas Soldaten. Seit wann zeigen sie für irgendetwas Verständnis? Wahrscheinlich werden sie uns alle festnehmen, in den Kerker werfen und schon morgen früh hinrichten. Oder sie erschlagen uns gleich hier.*

Meine Finger beginnen unkontrolliert zu zittern. Ich grabe sie in den Flor meiner Schafwoll-Weste, atme tief durch und starre auf das, was die Raupen der Fressmotten übrig gelassen haben.

Das war also der Grund, warum unsere Vorfahren so bemerkenswert wenig Geld für dieses Stück Land bezahlt haben. Irgendwann vor vielen hundert Jahren müssen diese Äcker und Obstbäume schon einmal so ausgesehen haben. Auch damals haben sich die Fressmotten an den Pflanzen und Früchten gütlich getan, sich anschließend tief in der Erde vergraben, ihre Flügel abgeworfen und in Puppen verwandelt. Vermutlich hat der Besitzer nicht einmal versucht, die verseuchte Erde zu reinigen. Zu tief graben sich die Motten ein, zu gewaltig ist ihre Zahl. Ein Land, das von den Biestern heimgesucht wurde, ist ohnehin auf Jahre hinweg verdorben. Und es wird zweimal gestraft. Ein erstes Mal von den geflügelten Motten, ein zweites Mal von den Raupen, die irgendeines Nachts ohne Vorwarnung schlüpfen. Vermutlich hat der damalige Besitzer ein paar Jahre lang am Hungertuch genagt, bis sein Grund und Boden wieder Erträge abgeworfen hatte und verkauft werden konnte. Vielleicht hat man ihn auch hingerichtet, weil er seine Abgaben nicht mehr leisten konnte, und das beschlagnahmte Land meinen Vorfahren zu einem verlockenden Preis angeboten.

»Immer gab es heiße Sommer und kalte Winter«, murmelt Aaron. »Immer ist alles gut gegangen. Und dann reicht ein einziger verregneter August, um alles kaputtzumachen.«

Ich nicke nur stumm. Kein Gift hat gegen den Befall geholfen. Keiner der uralten Tricks, mit denen die Bauern ihre Ernte gegen

Ungeziefer zu schützen pflegen. Nicht einmal die Vögel haben sich über die Raupen hergemacht. Körbeweise haben wir sie eingesammelt, Tag und Nacht, aber es wurden immer mehr. Einen kleinen Teil der Ernte haben wir retten können, aber es wird kaum für den ganzen Winter reichen. Noch dazu gehört die Hälfte der Königin. Selbst wenn Scyllas Steuereintreiber uns nicht den Garaus machen, weiß ich nicht, wie wir überleben sollen.

»Nein!« Aaron greift nach meinem Arm, als er spürt, dass ich mich anspanne. »Du weißt, was sie gesagt haben.«

»Ich will nach Hause!«

»Nein! Du bleibst hier.«

Unbändiger Zorn lässt meine Wangen glühen. Mir ist völlig klar, warum unsere Eltern uns hier hoch geschickt haben, und Aaron weiß es auch. Warum versucht er immer noch, mich aufzumuntern? Warum lügt er mir ins Gesicht? Nichts wird gut. Wir sind am Ende.

Ich schüttele seinen Griff ab und starre wie betäubt auf die endlose Fläche des Uferlosen Meeres. Rauschend wirft es sich an die Klippen, nagt mit jeder schäumenden Welle an der Landmasse und tränkt den Wind mit seinem frischen, salzigen Geruch. Möwen segeln über unseren Köpfen, kümmern sich nur um ihren Tanz mit dem Sturm und wissen nichts von Menschendingen.

Wären wir doch nur Möwen geworden. Oder jene wilden, unzähmbaren Kreaturen, deren Schatten unter der Oberfläche des Meeres dahingleiten. Unerkannt, fremdartig und unberührt von den Sorgen dieser Welt.

Ja, unser Leben war ein schönes Leben. Eines, um das uns so manche beneidet haben. Jeden Morgen bin ich mit dem Rauschen des Ozeans aufgewacht, habe den Sonnenaufgang über dem endlosen Wasser beobachtet und bin mit meinem Bruder an den Strand gegangen, um Bernstein und Muscheln für unseren selbstgebastelten Schmuck zu sammeln. Niemals mussten wir Hunger leiden. Im Frühling hielten wir unser Mittagsschläfchen unter blühenden Obstbäumen, im Sommer sprangen wir nach der Feldarbeit in das Meer oder in den nahen Fluss, im Winter wärmten wir uns am Kamin. Da hinten im kleinen Schuppen steht unser Schlitten, der darauf wartet, benutzt zu werden. Mutter bewahrt einen Teil der Äpfel, die

wir gerettet haben, in einer Kiste neben dem Kachelofen auf, damit wir sie an bitterkalten Abenden mit Nüssen und Honig füllen und in die Bratröhre legen können.

Ich will, dass es immer so weitergeht.

Ich will nicht, dass es endet.

»Hier, schau dir das mal an.« Aaron zieht etwas unter seiner Wolljacke hervor und hält es mir entgegen. Einen Moment lang vergesse ich meine Angst, als ich sehe, um was es sich handelt. »Woher hast du die denn?«

Vorsichtig nehme ich das alte Stück Leder in die Hand. Es fühlt sich dünn und samtweich an, besitzt hier und da Flecken und scheint auch schon einmal einem Feuer zu nahe gekommen zu sein. Zumindest prangt auf der Rückseite ein rußiger schwarzer Fleck.

»Das ist die Karte von Urgroßvater«, flüstere ich ehrfürchtig. »Das ist Hendricks Karte, nicht wahr?«

»Ja«, antwortet mein Bruder. »Das ist seine berühmte, extra für unsere Familie gezeichnete Karte.«

Sehnsüchtig lasse ich meinen Blick über die Zeichnungen gleiten. Fast neun Jahre lang war Hendrick zusammen mit einigen anderen Landvermessern im Auftrag des Königs von Newara im Menschenreich unterwegs gewesen, um die detaillierteste und genaueste Karte seiner Zeit zu erschaffen. Das Lederstück, das ich in der Hand halte, ist nicht mehr als Andenken für die Familie, aber es lässt Hendricks Talent für das Kartenzeichnen erkennen.

»Woher hast du die? Vater hat sie doch verloren.«

Aaron grinst. »Ja, und ich habe sie wiedergefunden.«

»Wo?«

»Tja, nach der Sache mit den Fressmotten konnte ich nicht mehr schlafen. Also bin ich auf den Dachboden hoch und habe die alten Kisten durchforstet. Nicht, dass ich etwas Bestimmtes gesucht habe. Ich wollte mich nur ablenken. Na ja, und dabei habe ich Hendricks gutes Stück wieder hervorgezaubert.«

Ehrfürchtig breite ich die Karte auf meinem Schoß aus. Sie muss weit über einhundert Jahre alt sein. Wenn ich mich recht entsinne, ist mein Urgroßvater nicht allzu alt geworden, aber sein genaues Todesdatum kenne ich nicht.

»Da fehlen ein paar Beschriftungen.« Ich deute auf die Halbinsel, auf der wir wohnen. »Hier zum Beispiel. Oder hier. Die Länder des Ostens. Er hat sie nicht benannt. Aber er hat ein Pferd, eine Burg und die Diomeden-Klippen eingezeichnet.«

»Großvater hat erzählt, dass Hendrick kurz vor Fertigstellung der Karte gestorben ist. Erinnerst du dich nicht mehr?«

»Nein.«

»Angeblich hat er sich die letzten Beschriftungen für den nächsten Tag aufgehoben und ist zu Bett gegangen, weil ihm seine Augen den Dienst versagten. Am nächsten Morgen ist er nicht mehr aufgewacht.«

Betrübt streiche ich über die Oberfläche der Karte. Ich hasse das Sterben. Ich hasse den Tod. Er gehört zum Leben dazu, aber ich wünschte, es wäre nicht so.

»Dunai-Halbinsel«, flüstert Aaron, langt zu mir herüber und berührt das Fleckchen, auf dem unser Zuhause eingezeichnet ist, versehen mit der Überschrift *Haus am Meer*. Dann rutscht sein Finger weiter südlich auf die große Halbinsel, die sich östlich neben dem Nebelwal-Gebirge erstreckt. »Das ist die Korinoor-Steppe mit dem Par'Isha. Kendrick hat ihn als Berg eingezeichnet, aber in Wirklichkeit ist es eine Felsformation, die wie eine Hand aussieht. Weißt du, was Par'Isha in der Sprache Korinooren bedeutet?«

»Nein.«

»Die Finger Gottes. Laut den Stammeslegenden bekämpften sich einst zwei Gruppen von Titanen. Niemand weiß, warum sie Krieg führten, aber am Ende starben alle. Die toten Körper der Titanen trieben in der Leere des Alls umher, aber sie verwesten nicht. Im Laufe undenklicher Zeiten zogen ihre Leichname alles an, was in der Leere noch so herum schwebte. Sand, Steine und Staub, Eisbrocken und Asche. Aus jedem Titanenkörper wurde nach und nach eine Welt. Mit Wäldern und Wüsten, Gebirgen und Steppen. Auch die Erde, auf der wir stehen, ruht der Legende nach auf solch einem Titanenkörper. Am Par'Isha schauen noch seine versteinerten Finger heraus.«

Ich schüttele mich. »Ein unheimlicher Gedanke. Nein, es ist sogar ein scheußlicher Gedanke.«

»Irgendwie schon.« Aaron seufzt reumütig. »Vielleicht hätte ich dir lieber eine andere Geschichte erzählen sollen.«

»Was ist das für eine Halbinsel?«, lenke ich ab und deute auf ein Stück Land tief im Süden, das mit einem Löwen und einem Bären verziert ist.

»Das ist Aschkan«, antwortet Aaron. »Eine Wildnis voller Barbaren und Bestien. Ein paar Jahre lang trieb Scylla regen Pelzhandel mit den Stämmen dort, aber irgendwann fand sie keinen Gefallen mehr an den Fellen. Seitdem hat Aschkan das Glück, von der Königin ignoriert zu werden.«

Ich lasse meinen Blick weiter über die Karte wandern, betrachte die Blumensymbole im Süden von Erusch, die vermutlich die ausgerotteten Orchideenwälder darstellen sollen, bleibe am Nebelwal-Gebirge hängen und versuche mir vorzustellen, wie die gigantischen Wale aussehen mögen, die den Geschichten zufolge leicht wie eine Feder durch den Himmel schweben.

»Scharzad«, raunt Aaron verträumt, während seine Finger über das Leder streichen. »Erusch und Newara. Amador und Koresh. Ach, Jade, ich würde mir so gerne einmal alles selbst ansehen. Aber Scylla hält nichts von solchen Reisen. Ein gebildetes Volk ist ihr ein Graus.«

»Spätestens beim Sgulgi-Wald wäre Schluss.« Kalter Meereswind beißt in mein Gesicht. Es hat aufgehört zu schneien, aber weit draußen auf dem Meer sehe ich die grauen Schleier neuer Schneeschauer. »Durch die Passage kommt man nur, wenn man sich vorher einen Hexenzauber kauft.«

»Ja, und die sind unverschämt teuer.«

»Warum?«, frage ich. »Ich meine, warum kommt man nur mit einem Zauber hindurch?«

»Im Wald wimmelt es vor Monstern. Er ist randvoll mit den abscheulichsten Viechern. Nur ein Pfad führt durch den Wald, und der ist ohne Hexenschutz der reinste Selbstmord.«

»Könnte man nicht einfach drumherum gehen?«

»Könnte man. Wäre das Land östlich und westlich vom Wald nicht mit Treibsand bedeckt. Alles sieht ganz harmlos aus, aber alle, die darauf hereinfallen, werden nie wieder gesehen. Dazu kommen noch die Staubwölfe, die Kendrick so hübsch eingezeichnet hat. Sie streifen in großen Rudeln umher und warten nur darauf, dass eine Karawane in den Treibsand gerät.«

»Hast du noch irgendwelche Schauergeschichten auf Lager?«

»Wie wäre es mit den Diomeden?«

»Was sind Diomeden?«

»Drei fleischfressende Stuten, nach denen die Klippen hier benannt wurden. Mordswilde Biester, die beim Geruch von Menschenblut durchdrehen und sogar Eisen zerbeißen. Sie gehören dem König von Newara, der sie liebend gerne mit Kerker-Insassen füttert. Jedes Jahr bekommen die Stuten drei Fohlen, allesamt werden nach Jemeshar gebracht und der Königin übergeben. Man sagt, dass jedes Pferd in Scyllas Stadt von den Diomeden abstammt.«

»Klingt gefährlich.«

»Das ist es auch. Ich habe gelesen, dass vielen Adligen mindestens ein Körperteil fehlt, was auf ihre Vorliebe für Diomeden-Mischlinge zurückzuführen ist. Aber was tun reiche Menschen nicht alles für schöne, kostbare Pferde?« Wieder beugt er sich über die Karte und lässt seinen Zeigefinger wandern. »Auf dem gesamten östlichen Teil herrscht das ganze Jahr über tiefster Winter, wusstest du das? Innerhalb von knapp zweihundert Meilen geht Eruschs Hitze in klirrende Kälte über, aber niemand weiß, warum das so ist. Die Stämme des Ostens sehen furchteinflößend aus und ernähren sich fast ausschließlich von rohem, gefrorenem Fleisch, aber sie sind weit weniger gefährlich als die Buschzwerge in den Wäldern Eruschs, die tausend tödliche Gifte kennen und die schlimmsten davon für ihre Blasrohrpfeile nutzen. Man sagt, das haben sie sich von den ausgestorbenen Koresh-Nomaden abgeguckt, mit denen sie früher Handel getrieben haben. Und hier, die Knochenwüste. Sie soll aus schneeweißem, glitzerndem Sand bestehen, der sich von einem Horizont bis zum anderen erstreckt. Kein Mensch kann darin leben. Die Tage dort sind kochend heiß und die Nächte eiskalt. Nur an ihrem Rand gibt es Leben. Die Stadt hier, Scharzad, besteht ganz und gar aus bunt schillerndem Wüstenglas. Wenn die Sonnenstrahlen sich darin brechen, ist man von der Pracht schier geblendet.« In Aarons Augen leuchten Fernweh und Abenteuerlust. »Wusstest du, dass es von Drachen aus dem Sand der Knochenwüste herausgeschmolzen wird? Ja, von richtigen, echten Drachen! Jedenfalls war das früher so, als es noch welche gegeben hat.«

98

»Ernsthaft?«

»So steht es in den Geschichten.«

»Was du alles weißt. Aber warum sieht das Menschenreich so klein aus? Ist es wirklich nur so winzig?«

»Oh nein, dieses Land ist nicht winzig. Ganz im Gegenteil. Kendrick hat den Verlauf der Küste und die Lage der Details sehr genau gezeichnet, aber die Abstände zwischen den einzelnen Zeichnungen täuschen über die wahre Größe hinweg. Du brauchst allein zehn Tage, um von hier aus zu den Grenzen Amadors zu kommen, und wiederum zwei Wochen, um die Prärien dieses Landes zu durchqueren. Koresh ist eine einzige gewaltige Ebene, die sich über hunderte von Meilen erstreckt. Das Nebelwal-Gebirge ist zweitausend Meilen lang und fünfhundert Meilen breit. Und die Wälder und Sümpfe von Erusch erstrecken sich von der Aschkan-Halbinsel bis zur Grenze von Hamera. Das sind wiederum mehrere tausend Meilen.«

»Hamera?«

»Der gesamte östliche Teil hier.« Aarons Finger umschreibt auf der Karte einen großen Kreis. »Es gibt fünf Reiche. Jemeshar, Amador, Koresh, Hamera und Erusch. Der nördliche Teil der Knochenwüste gehört zu Amador, der südliche zu Koresh. Dunai gehört wiederum zu Amador und die Korinoor-Steppe zu Koresh. Aschkan ist ein Teil von Erusch und das Nebelwal-Gebirge gehört zu keinem Reich. Es ist sowieso lebensfeindlich und bietet keinerlei Kostbarkeiten.«

»Es bietet riesige Nebelwale und Eislöwen.«

»Ja, aber die Wale haben das Glück, eine schwierige Beute zu sein, schon allein durch ihre Größe. Außerdem leben sie in einem unzugänglichen Gebiet und haben einen scharfen Riecher für schwarzen Zauber. Sobald ein Hexer dem Gebirge auch nur nahe kommt, nehmen sie Reißaus. Außerdem soll ihr Fleisch grauenhaft schmecken. Und an die Löwen wagt sich kein normalsterblicher Jäger heran. Scylla wiederum hat kein Interesse an ihren Pelzen. Wahrscheinlich sind sie ihr zu dick, oder sie sind ihr nicht weiß genug.«

Ich nicke und studiere weiter die Karte, um nicht an andere Dinge denken zu müssen. Dann fällt mir etwas auf. »Gab es nicht einmal fünf Städte? Ich sehe nur drei. Jemeshar, Scharzad und Newara. Kam

Kendrick nicht mehr dazu, die anderen beiden einzuzeichnen, oder gibt es nur noch drei?«

»Es gibt nur noch drei. Nachdem Jamashree die Macht ergriff und das Menschenreich einte, verschwanden zwei Städte von den Landkarten. Früher lag Jemeshar hier unten, inmitten der Wälder von Erusch. Es war eine kleine Stadt, eher unbedeutend und nicht besonders schön anzusehen. Die Bewohner hatten alle Hände voll zu tun, die Wälder vom Überwuchern der Häuser abzuhalten. Jamashrees Armeen nahmen vor einigen hundert Jahren die Hauptstadt des Nordens ein, damals hieß sie Sikandar, und benannten sie in Jemeshar um. Das alte Jemeshar wurde verlassen und vom Wald verschluckt.«

»Warum hat sie das getan? Sie hätte doch die alte Stadt vergrößern und verschönern können.«

»Es war die Lage, die Sikandar so interessant machte. Sie könnte für eine Königsstadt nicht besser sein. Siehst du? Von allen Seiten ist die Stadt von unüberwindbaren Klippen und Felsen umgeben, nur ein schmaler Durchlass führt in das Tal.«

»Der Monsterwald.«

Aaron nickt. »Früher wurde er nur von riesigen Wölfen bevölkert, heute platzt er vor lauter Ungeheuern aus allen Nähten. Man sagt, Scylla hätte nicht wenige davon selbst erschaffen. Mit Hilfe des Jasmah-Isdar.«

Mir läuft es kalt den Rücken herunter. »Und die fünfte Stadt?«

»Sie lag hier, östlich vom Gebirge des ewigen Schnees.« Er deutet auf die hohen Berge, die am südlichsten Ende des Menschenreiches die Küste begrenzen. »Ihr Name war Kliffburg. Die Bewohner leisteten Widerstand, als Jamashree die Reiche einte, und da diese Stadt weder über kostbare Handelsgüter noch über sonstige Vorteile verfügte, ließ Jamashree sie ausradieren. Man sagt, sie hätte mit Hilfe des Jasmah-Isdar ein gewaltiges Ungeheuer aus den Tiefen des Uferlosen Meeres beschworen, das Kliffburg mit einem einzigen Schlag seines Schwanzes vom Angesicht der Erde fegte.«

Ich starre auf die Kreaturen, mit denen Hendrick das Uferlose Meer ausgeschmückt hat. »Denkst du, diese Tiere gibt es wirklich?«

»Wir leben am Meer und haben noch nie eines gesehen.«

»Das muss nicht bedeuten, dass es sie nicht gibt. Was ist mit den riesigen Schatten, die wir manchmal unter der Oberfläche gesehen haben? Das waren bestimmt keine Wale.«

»Mag sein. Aber niemals ist eines dieser Viecher aus dem Wasser gekommen. Falls es sie gibt, glaube ich nicht, dass sie böse sind. Sie wollen nur in Ruhe gelassen werden. So wie wir.«

Plötzlich fällt mir auf, dass ich die vernichtete Ernte und die Steuereintreiber völlig vergessen habe. Mein Magen krampft sich zusammen, als die Sorgen wieder auf mich einprasseln. Wäre es doch nur schon überstanden. Nichts ist schlimmer als dieses schreckliche Warten.

»Woher weißt du so viel über das Menschenreich?«, frage ich weiter. »Du klingst ja wie der oberste Gelehrte des Palastes.«

»Weil du lieber Märchen liest und ich nach den Büchern der Wissenschaft greife.«

»Ach?« Ich ramme ihm meinen Ellbogen in die Seite. »Und warum protzt du dann erst jetzt mit deinem ach so klugen Kopf?«

»Erwischt.« Aaron zieht eine Grimasse. »Ich habe mich erst damit beschäftigt, als ich die Karte gefunden habe. All diese Namen klingen so wundervoll, findest du nicht?«

»Du meinst die Monsterwälder, den Treibsand, die fleischfressenden Pferde und die Buschzwerge mit ihren Giftpfeilen?«

Aaron zuckt mit den Schultern. »Ja. Aber es muss wunderschön dort draußen sein.«

»Mag sein, aber es ist Scyllas Reich. Du würdest nach spätestens zehn Meilen den ersten Soldaten in die Hände laufen, die dich im besten Fall wieder zurückschicken. Vielleicht landest du auch im Kerkerbaum, weil du deine Nase verbotenerweise in die Welt hinaus gesteckt hast.«

Aaron knurrt etwas in seinen nicht vorhandenen Bart. Und dann geht ein Ruck durch seinen Körper. Noch bevor ich aufblicke, weiß ich, dass sie kommen. Scyllas Steuereintreiber.

Die Wirklichkeit gefriert. Alles scheint plötzlich stillzustehen.

»Keine Angst, Jade. Vater wird das schon hinbekommen.« Mein Bruder lässt sich vom Ast gleiten und öffnet die Arme, um mich aufzufangen. Als er mich auf dem Boden absetzt, lässt er mich nicht los, sondern zerrt mich noch ein Stück tiefer in den Küstenwald hinein. So weit, bis wir unser Haus gerade noch zwischen den Stämmen sehen können.

Eine abgrundtiefe Verzweiflung quetscht mein Herz zusammen, bis es sich anfühlt wie eine getrocknete, steinharte Frucht. »Wir können sie doch nicht im Stich lassen! Wir müssen zu ihnen.«

»Nein, das müssen wir nicht.«

Wütend zerre ich an Aarons Armen. »Lass mich los. Sofort! Ich will bei ihnen sein.«

»Du hast gehört, was sie gesagt haben.«

»Ja, aber …«

»Schschsch …«, raunt er in mein Ohr und drückt mich an seinen Körper, bis ich mich kaum mehr regen kann. »Alles wird gut, Schwesterherz. Sie werden die Abgaben nehmen und wieder verschwinden. Was würde es ihnen bringen, uns zu töten und das Haus niederzubrennen? Gar nichts.«

Ja, sehen würden es die Eintreiber sofort. Ein Haufen toter Motten und Raupen liegt immer noch auf den Überresten unserer Äcker. Ein paar haben es nicht geschafft, sich zu verwandeln. Andere wurden von der schieren Masse ihrer Artgenossen zerquetscht. Aber trotz zahlloser kleiner Leichen war der Schwarm, der sich von unserem Land erhoben hat, immer noch gewaltig gewesen. Welchen unglückseligen Bauern würden sie wohl als nächstes heimsuchen?

»Alles wird gut.« Panik kribbelt in meinem Kopf. Ich versuche, tief und ruhig zu atmen, aber der Druck auf meiner Brust wird immer stärker. Ich will nur noch rennen. Hin zu meinen Eltern. Hin zu meinem Haus. »Ja, alles wird gut. Wenn es weiter schneit, holen wir heute Abend den Schlitten raus.«

»Das werden wir.« Aaron hält mich unerbittlich fest. Er weiß, dass ich sofort losstürmen würde, wenn er seinen Griff auch nur einen Moment lang lockert. »Und wenn unsere Zehen und Finger vor Kälte abgefallen sind, futtern wir Bratäpfel und setzen uns dick eingewickelt vor den Kamin.«

Ich ringe nach Atem und sehe zu, wie die Reiter von ihren Pferden steigen. Es sind große, stämmige Tiere mit glänzend schwarzem Fell und kurzen Stehmähnen. Den Reitern folgen zwei Karren, die bereits üppig mit allem beladen sind, was die Eintreiber von den anderen Höfen erhalten haben. Ihre Beute kann sich sehen lassen, sie ziehen sogar zehn fette Ochsen und fünf schöne Pferde hinter sich her. Vielleicht haben Scyllas Handlanger nach solch einem erfolgreichen Tag tatsächlich gute Laune.

»Waren das mal Diomeden-Fohlen?«, versuche ich mich abzulenken und deute auf die Reittiere der Soldaten. »Sie sehen ganz normal aus.«

»Ich glaube nicht«, murmelt Aaron geistesabwesend. »Besonders schön und edel sehen sie nicht aus. Eher wie Ackergäule. Aber ich kenne auch nur die Geschichten.«

Mein Bruder kneift die Augen zusammen, als ich zu ihm aufblicke. Die Angst in seiner Miene ist unübersehbar, und seine selbst im Winter gebräunte Haut ist auf einmal leichenblass.

Ich wehre mich nicht mehr gegen seine Umarmung, sondern lasse mich hineinfallen und greife nach dem Halt, den sie mir bietet. Draußen auf dem Meer kommen die Schneeschleier immer näher an die Küste. Wie Wirbelstürme aus funkelndem Weiß tanzen sie über die Wellen und werden vom Wind zerzaust. Im Geiste rattere ich alle Gebete herunter, die ich in meinen achtzehn Jahren Lebenszeit gelernt habe. Gerade, als uns die ersten Flocken erreichen, klopft einer der Reiter an die Tür. Die anderen, insgesamt sind es sechs an der Zahl, warten hinter ihm. Vier weitere Soldaten hocken jeweils zu zweit auf den Pferdekarren, ziehen ihre Schultern hoch und lassen die Köpfe hängen. Keiner der Männer macht den Eindruck, als wäre er auf Ärger aus. Vielmehr wirken sie erschöpft, die Eintreiber vor der Tür klopfen den Schnee von ihren Stiefeln und fahren sich durch die nassen Haare.

Alles wird gut. Alles wird gut.

Vater öffnet, dann verschwinden die Steuereintreiber im Haus. Ich starre auf die geschlossene Tür, hinter der sich nun unser Schicksal entscheidet. Was mögen sie gerade besprechen? Werden Scyllas Handlanger sich erweichen lassen? Oder sind sie gerade dabei, meine Eltern zu töten oder festzunehmen?

Ich balle die Hände zu Fäusten und presse sie gegen meine Schläfen, als könnte ich dadurch das quälende Chaos in meinem

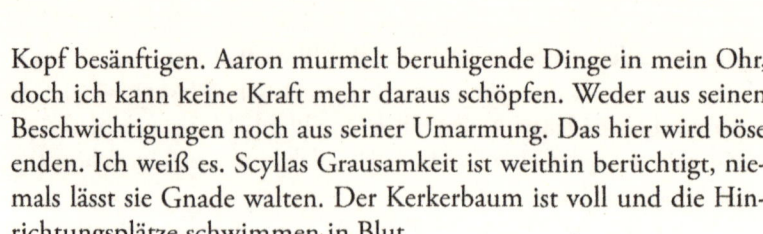

Kopf besänftigen. Aaron murmelt beruhigende Dinge in mein Ohr, doch ich kann keine Kraft mehr daraus schöpfen. Weder aus seinen Beschwichtigungen noch aus seiner Umarmung. Das hier wird böse enden. Ich weiß es. Scyllas Grausamkeit ist weithin berüchtigt, niemals lässt sie Gnade walten. Der Kerkerbaum ist voll und die Hinrichtungsplätze schwimmen in Blut.

Das hier wird böse enden!

Ich weiß es. Ich weiß es.

Nein! Gar nichts weißt du. Hör sofort auf!

Jede Sekunde des Wartens treibt mich näher an den Rand des Wahnsinns. Dicke Schneeflocken treiben in mein Gesicht, ich winde mich in Aarons Griff und flüstere Gebete vor mich hin. Hoffentlich wird der Schneefall nicht noch dichter, sonst können wir das Haus nicht mehr sehen. Verflucht, ich halte es nicht mehr aus. Das alles macht mich verrückt! Es macht mich krank!

Um nicht durchzudrehen, male ich mir aus, wie wir beim Abendessen zusammensitzen, erleichterte Blicke austauschen und uns zulächeln. Ich stelle es mir vor, als wäre es bereits Wirklichkeit, denn das wird es sein. Alles wird gut. Ich muss daran glauben. Ich muss einfach!

Dann geht endlich die Tür auf.

Oh, bitte! Bitte! Bitte!

Die Männer kommen heraus, schreiten die Treppe hinunter und gehen an unseren bereitgestellten Abgaben vorbei. Keiner zückt sein Schwert, niemand legt einen Pfeil auf seine Armbrust. Sie marschieren einfach seelenruhig zu ihren Pferden, steigen auf und reiten davon. Nicht einmal den Getreidesack nehmen sie mit. Keinen Apfel, kein Stück Obst, gar nichts.

Hat Vater unser Schicksal so rührselig geschildert, dass sie uns die Abgaben erlassen? Ich kann nicht daran glauben, aber ich will daran glauben. Vielleicht ist er an einen guten Hauptmann geraten, der seine Menschlichkeit noch nicht in den Dreck getreten hat.

Die Männer auf den Karren schnalzen mit den Zungen, lassen ihre Tiere anziehen und auf der Wiese wenden, bis sie den Pfad in umgekehrter Richtung entlang rumpeln, gefolgt von einer Schar festgezurrter Ochsen und Pferde.

Im Wirbel der dichter werdenden Flocken sind die Gestalten schnell verschwunden, die gewohnte Ruhe kehrt ein. Aber etwas an der Stille fühlt sich seltsam an. Ich spüre keine Erleichterung. Nicht im Geringsten. »Siehst du?«, flüstert Aaron. »Ich sagte doch, dass alles gut wird.«

Langsam laufen wir den Hang hinab und kommen Schritt für Schritt unserem Zuhause näher. Warum kann ich mich nicht freuen? Warum kann ich nicht erleichtert den Hang hinabstürmen, die Tür aufreißen und meinen Eltern in die Arme fallen? Etwas stimmt hier nicht. Ich kann es so deutlich fühlen, als würde eine eiskalte Hand meinen Nacken packen. Ist da nicht ein Rütteln und Stöhnen? Und das da eben? War das nicht ein erstickter Schrei?

Wir lassen den Eichenwald hinter uns und erreichen den Rand des östlichen Feldes, auf dem vor dem Einfall der Motten Rosenkohl, Grünkohl und Sellerie gewachsen war. Alles sieht friedlich aus und wirkt zugleich falsch.

Zerrt nicht jemand von innen an der Tür? Ich glaube, ein Klopfen und Wimmern zu hören. Dann erklingt ein Fluch. Vielleicht ist es auch nur der Wind, der den Schnee vor sich her treibt und in meinen Ohren heult.

»Warum kommen sie nicht raus?« Auch Aaron scheint zu spüren, dass der Frieden täuscht. Seine Muskeln spannen sich an, bis er sich anfühlt wie eine straff gespannte Bogensehne. »Sie wollten uns doch ein Zeichen geben, wenn alles in Ordnung ist.«

Heißkaltes Entsetzen durchfährt mich. »Denkst du, sie haben sie getötet?«

»Nein, ganz sicher nicht.«

»Warum haben sie die Abgaben nicht mitgenommen?«

»Keine Ahnung.«

Wir gehen weiter. Jeder Schritt fühlt sich an wie eine Qual. Es ist, als würde ich mich auf einen Abgrund zubewegen und nicht auf mein Zuhause. Über unseren Köpfen kreist ein Schwarm Möwen. Aber sie landen nicht auf dem Feld, um die Raupen und Motten zu fressen, sondern segeln spielerisch auf den schneefunkelnden Windböen. Ihr Kreischen klingt wie ein böses Omen.

Plötzlich sehe ich eine Gestalt hinter dem Fenster. Sie schiebt die Gardine beiseite und rüttelt am Knauf. Es ist meine Mutter! Mit aller

Kraft zerrt sie, ohne dass sich etwas rührt, obwohl unsere Fenster von innen ganz leicht zu öffnen sind. Ihr Gesicht ist bleich wie das eines Gespenstes, als sie die Hände gegen die Scheibe presst und zu uns hinaufblickt. Ganz langsam schüttelt sie den Kopf. Selbst aus dieser Entfernung kann ich sehen, dass meine Mutter weint.

»Aaron!«, flüstere ich. »Die Männer haben sie eingesperrt!«

»Hexerei!«, haucht er, dann beginnt er zu rennen und zerrt mich hinter sich her. Wir haben gerade das östliche Feld hinter uns gelassen, als die ersten Rauchschwaden unter dem Türspalt hervorquellen. Es ist schwarzer, dicker Rauch, wie ihn ein lichterloh brennendes Feuer ausspuckt. Mehrere dünne Spiralen beginnen aus dem Schilfdach aufzusteigen, und mit jeder Sekunde werden es mehr. Noch ehe ich wirklich begriffen habe, was gerade geschieht, schlagen grelle Flammen aus dem Dach und verschlingen es mit einem hungrigen Zischen.

Meine Mutter trommelt mit den Fäusten gegen die Fensterscheibe und schreit. Mein Vater ist nirgendwo zu sehen.

Oh ihr Götter, nein!

Bitte nicht!

Wir rennen, rennen und rennen. Aaron brüllt aus vollem Hals, während ich nur atemlos keuchen kann. Flammen umzingeln meine Mutter, das Schilfdach verwandelt sich in ein brüllendes Inferno. Wir haben gerade die Hälfte des Weges zurückgelegt, als das Feuer einen tiefen Atemzug nimmt, sich zu einer gewaltigen Säule auftürmt und das Haus in eine lodernde Fackel verwandelt.

Das ist kein normales Feuer!

Kein normales Feuer wächst so schnell!

Wie ein Ungeheuer fällt es über unser Heim her. Es verschlingt meine Mutter, die zu einer zuckenden, brennenden Silhouette wird. Es frisst das Dach auf und streckt seine gierigen Zungen zu den Ställen aus.

Zu spät, schreit es in mir. *Alles zu spät. Sie sind tot. Verbrannt. Ausgelöscht. Tot. Tot. Tot.*

Wir haben gerade die Obstbaumwiese überquert, als uns ein Wall aus brodelnder Hitze zurückwirft und mir die Luft aus den Lungen drückt. Meine Gesicht glüht, jeder Atemzug fühlt sich an, als würde ich kochendes Wasser in mich einsaugen. Weitergehen ist unmöglich.

Ich versuche es, aber Aaron packt mich und zieht mich zurück. Ist das menschliches Gebrüll hinter dem Fauchen der Flammen? Lebt meine Mutter etwa noch? Ich kann sie nicht mehr sehen, alles besteht nur noch aus brüllendem Feuer. Die Fensterscheiben platzen, das Dach bricht krachend in sich zusammen. Inzwischen haben die Feuerzungen auch den Stall erreicht und fallen gierig über ihn her. Gelähmt vor Schreck, sehen wir zu, wie sich unser gesamter Hof in ein Inferno verwandelt.

Auf allen vieren krieche ich vorwärts. Aaron greift nach mir, aber ich schlage seine Hand weg und robbe weiter vorwärts, bis die Luft so heiß wird, dass meine Haut Blasen wirft. Wieder packt mein Bruder zu, erwischt meinen Fuß und will mich zurückziehen, doch ich kralle mich so fest in die Erde, dass er mich keinen Zoll bewegen kann.

»Jade!«, schreit er mir entgegen. »Komm weg da!«

Aber ich kann nicht. Von meinem Zuhause sind nur noch glühende Balken übrig, die qualmend und knisternd in den Himmel ragen. Im Stall verbrennen unsere Tiere, der Heuschuppen ist nur noch ein Meer aus Feuer. Selbst die drei uralten Küsteneichen, die unser Heim bewachen, seit es existiert, werden vom Feuer aufgefressen. Mein Leben stirbt.

Alles stirbt.

Auch ich.

»Jade?«

Mein Bruder redet mit mir. Ich höre ihn, aber ich verstehe ihn nicht. Worte prasseln auf mich ein und sind nur Nebelfetzen, die wie Geister um mich herumschwirren.

Erst als er mich brutal schüttelt, wache ich ein Stück weit aus meiner Betäubung auf. Aber ich will nicht aufwachen. Ich will niemals wieder aufwachen.

»Jade, verdammt! Rede mit mir!«

Ich starre ihn schweigend an. Meine ganze Welt besteht aus seinem roten, verbrannten Gesicht. Es ist nass von Tränen. Eine Weile erwidert Aaron meinen Blick, dann schüttelt er den Kopf und zerrt mich weiter. Wir taumeln durch den Küstenwald, setzen einen Fuß vor den anderen und haben keine Ahnung, wohin wir gehen. Oder warum wir gehen. Irgendwann gibt Aaron es auf, mir Worte an den Kopf zu werfen, und stapft schweigend vorwärts.

Zwischen den knorrigen Stämmen taucht ein Licht im Schneegestöber auf. Es ist das Haus unserer Nachbarn. Die Leute dort mögen uns nicht besonders, vielleicht hassen sie uns sogar. Früher, weil unsere Erde dunkler und fruchtbarer war als ihre, heute, weil wir Unglück bringen. Fressmotten kommen nur zu denen, die es verdient haben. So erzählt man es sich jedenfalls. Womit mögen wir unser Unglück verdient haben? Welcher unserer Taten oder Gedanken hat die Götter erzürnt?

»Komm schon.« Aaron spürt meinen Widerwillen, doch er zieht mich unerbittlich vorwärts. »Wo sollen wir denn sonst hin? Unser Zuhause ist fort und die Küsten hier sind einsam.«

Ja, das sind sie. Deswegen haben wir hier auch so gerne gelebt. Viele Menschen fürchten die Nähe des Meeres. Zu viele Monster hausen in seiner Tiefe, erzählt man sich. Dabei leben die wahren Monster mitten unter uns.

Als Aaron an der Tür pocht, weiß ich, dass wir hier kein Obdach finden werden. Mir ist es gleich. Ich ziehe mich noch tiefer in meinen Nebel zurück und lasse alles an mir abperlen, als wäre ich eine Lotosblume.

Ich fühle nicht einmal Erleichterung, als man uns doch hineinlässt. Der Duft nach Rübeneintopf, geräuchertem Fleisch und Brot steigt mir in die Nase. Ja, so hat es bei uns auch oft gerochen. Aber diesem Heim fehlt etwas, das es bei uns im Überfluss gegeben hat: Wärme und Geborgenheit.

Sieben Menschen wohnen in diesem kleinen, zugigen Haus, in dem die Kälte endloser Streitereien und Sorgen in der Luft liegt. Einer der Bewohner liegt totenbleich in einem Alkoven-Bett, das so klein ist, dass er sich nicht einmal zur Gänze ausstrecken kann, sondern mit angezogenen Beinen darin liegt. Es ist Ben, der älteste Sohn der Familie. Wenn ich mich richtig erinnere, ist er ein Jahr jünger als ich, aber jetzt, da er so blass und ausgemergelt in seinem Krankenbett liegt, wirkt er wie ein alter Mann.

Der Schnee schmilzt in meinen Haaren und rinnt mir über das Gesicht, während ich zuhöre, wie Aaron in kurzen Sätzen das Geschehene umreißt. Es klingt nicht wie die Wirklichkeit. Er erzählt von einem Traum, der jeden Augenblick enden kann.

Ziellos starre ich umher. Ich nehme den Heiler wahr, der an Bens Krankenlager sitzt und ihm Löffel für Löffel einen Trank einflößt. Ich sehe Dampf aus einem Suppenkessel aufsteigen und streife mit meinem Blick den Hund vor der Feuerstelle und die beiden abgezogenen Kaninchen an der Wand neben der Tür. Es ist unerträglich laut. Vier kleine Kinder streiten sich, ein älteres Mädchen weist sie keifend zurecht. Runghild, die Herrin des Hauses, hört sich mit mürrisch zusammengekniffenen Schweinsäuglein die Geschichte meines Bruders an und zeigt nicht die geringste Spur von Mitleid. Ihr spindeldürrer Ehemann sitzt zusammengesunken am Küchentisch und starrt auf seinen kranken Sohn.

Ich sehe, wie uns der Heiler einen traurigen Blick zuwirft, dann packt uns Runghild auch schon bei den Schultern und schiebt uns in Richtung Tür.

»Schert euch weg! Es fehlt gerade noch, dass wir Verurteilte beherbergen.«

»Verurteilte?«, bellt Aaron wütend. »Was meinst du? Niemand hat uns verurteilt.«

»Oh doch.« Runghild schubst uns mit einem wütenden Stoß zur Tür hinaus. »Scylla hat euren Tod beschlossen. Wenn sie herausfindet, dass ihr noch lebt, wird sie ihre Jäger noch einmal herschicken. Ihre Augen sehen alles! Ich beherberge keine Verurteilten. Weg mit euch! Na los! Oder mein Mann macht euch Beine.«

Krachend fliegt die Tür vor unserer Nase zu. Dicke Schneeflocken rieseln aus einem bleigrauen Himmel herab und berühren kalt mein Gesicht. Neben mir stößt Aaron einen verzweifelten Fluch aus. Diesem Fluch folgen noch viele weitere, bis er schließlich aufgibt und seine Hand auf meinen Rücken legt.

»Na wenn schon«, presst er zwischen zusammengebissenen Zähnen hervor. »Es gibt noch einen Hof im Osten. Lass es uns dort versuchen. Wir werden einfach sagen, dass wir … dass unsere …«

»… Eltern bei einem Unfall gestorben sind?«, fließt es aus mir heraus, ohne dass ich entschieden habe, zu sprechen. »Dass ihr Tod ein Zufall war und nichts mit Scylla zu tun hatte?«

109

Aaron nimmt mich bei den Schultern und sieht mich an. Eine Zeit lang tut er nichts anderes, während sich mein Blick irgendwo zwischen meiner Nasenspitze und seinem Gesicht in der Leere verliert. Schließlich seufzt er, nimmt meine Hand und zieht mich mit sich. Wir gehen eine Weile durch das frostglitzernde, schneebestäubte Gras, dann erreichen wir den Küstenpfad und folgen ihm in Richtung Osten. Kälte kriecht durch meine Kleidung und macht meine Schritte steif. Der Winter kommt mit aller Macht, und er kommt ausgerechnet jetzt. In der schlimmsten Nacht meines Lebens.

Wie wandelnde Tote gehen wir weiter. Immer weiter die Küste entlang in Richtung Osten. In der Abenddämmerung lässt der fauchende Wind nach, sodass die Schneeflocken sanft und träge wie Löwenzahnsamen vom Himmel schweben. Eine Zeit lang nehme ich nichts anderes wahr als das friedvolle Tanzen der Kristalle, die sich im gefrorenen Gras oder in den dunklen Tiefen des Meeres verfangen.

Als das Rumpeln eines Karrens hinter uns erklingt, ist es bereits dunkel. Aaron spannt sich an und greift nach seinem Messer, doch ich fühle nur Gleichgültigkeit. Sollen sie uns doch töten. Es ist mir gleich. Aber es sind keine Wegelagerer, die sich Waffen schwingend auf uns stürzen. Es ist der Heiler, den ich zuvor an Bens Bett gesehen habe. Mit hochgezogenen Schultern und schneenassem rotem Haar sitzt er auf dem Kutschbock eines Planwagens, nickt uns zu und vollführt eine auffordernde Geste.

»Steigt ein.«

Wir starren ihn an. Keiner von uns sagt ein Wort.

»Was ist?«, brummt er überrascht. »Ist euch etwa noch nicht kalt genug? Ihr habt euer Zuhause verloren, ich kann euch ein neues geben.«

Immer noch regen wir uns nicht. Zitternd drücken wir uns aneinander, während unsere Blicke zwischen dem Heiler und dem Planwagen hin und her huschen.

»Ihr traut mir nicht«, erkennt er treffsicher. »Kann's euch nicht verübeln. Mein Name ist Mattis. Wie heißt ihr? Runghild wollte mir eure Namen leider nicht verraten. Dieses abergläubische kleine Spatzenhirn.«

Als wir immer noch nicht antworten, wirft er den Kopf zurück und lacht herzhaft. »Sehr vernünftig. Ihr gefällt mir. Heutzutage sollte

man keinem mehr vertrauen. Aber es sieht so aus, Kinder: Ihr könnt heute Nacht am Straßenrand erfrieren, oder ihr steigt auf den Wagen und werdet meine Lehrlinge.«

Jetzt kommt Bewegung in meinen Bruder. »Lehrlinge? Wie meinen Sie das?«

»Nun, ich komme von einer weiten Reise. Will man's ordentlich haben, besorgt man sich seine Sachen am besten selbst. Habe wochenlang im ganzen Menschenreich gesammelt, was ich brauche, jetzt habe ich wieder genug für die nächsten Jahre. Eigentlich wollte ich bei Runghild nur einen kleinen Stopp einlegen und mal wieder in einem ordentlichen Bett schlafen. Daraus wurden dank dem kranken Jungen mal eben zwei Tage. Ich habe getan, was ich konnte, alles andere liegt nun in den Händen der Götter. Aber was ich eigentlich sagen wollte: Mein Geschäft floriert, da kämen mir vier hilfreiche Hände gerade recht. Wie sieht's aus?«

»Wo ist Ihr Geschäft?«, hakt Aaron nach.

»In Jemeshar. Am Fuße des Emekar-Baumes.«

Aaron und ich starren uns an. In Jemeshar, Scyllas legendärer Stadt? Wir waren noch niemals in einer Stadt. Nicht einmal in einer kleinen. Und dann will uns dieser Mann ausgerechnet in die größte und mächtigste des ganzen Menschenreiches mitnehmen?

»Also gut«, seufzt Mattis. »Es gibt etwa zwanzig Meilen von hier eine Siedlung, in der einmal wöchentlich ein Markt für Arbeitskräfte abgehalten wird. Der nächste findet übermorgen statt. Ich kann euch dorthin bringen, wenn ihr wollt, aber seid gewarnt: Wenn ihr euch dort zur Verfügung stellt, spielt ihr mit Dämonen. Wahrscheinlich wird sich für deine Schwester schnell jemand finden, der ihr eine Stelle anbietet. Mädchen verkaufen sich gut, wenn sie hübsch sind. Und ich sage bewusst *verkaufen*, denn etwas anderes ist es nicht. Du, mein Junge, wirst wahrscheinlich auf einem Feld, in einer Juwelenmine oder auf einer Austernfarm enden, wo du bis an dein Lebensende schuften darfst. Das heißt, bis dein Sklavenaufseher genug von dir hat und dir das Licht ausbläst. Deine Schwester wird es bestenfalls in die Betten der Adligen verschlagen, schlimmstenfalls in eines der heruntergekommenen Hurenhäuser. Falls ihr noch immer an das Gute im Menschen glaubt, solltet ihr hier und jetzt damit aufhören. Es gibt keine Rechtschaffenheit mehr in dieser Welt.«

Aaron und ich sehen uns erneut an und erkennen die Gedanken des einen im Gesicht des anderen: Heute morgen haben wir noch zusammen mit unseren Eltern am Frühstückstisch gegessen und heißen Tee getrunken, jetzt wissen wir nicht mehr, wie unser Leben weitergehen soll. Wohin es uns verschlägt und wie wir zurechtkommen sollen.

»Er hat recht«, flüstert mein Bruder. »Wenn wir auf den Markt gehen, werden wir getrennt. Ob wir es wollen oder nicht. Ich habe das Gefühl, dass er es ehrlich mit uns meint.«

»Hast du nicht gehört, was er gesagt hat?«, zische ich zurück. »Es gibt keine Rechtschaffenheit mehr. Was, wenn er uns nur weiterverkaufen will?«

Aaron zieht mich an sich und presst seine Lippen an mein Ohr. »Ich weiß. Aber er ist die beste Chance, die wir haben. Siehst du den Feuerstock in seinem Gürtel?«

»Ja.«

»Er zielt nicht damit auf uns. Hätte er böse Absichten, könnte er sie mit dieser Waffe hier und jetzt umsetzen.«

»Hm.«

»Wir sollten mit ihm gehen. Falls ich das Gefühl bekomme, dass irgendetwas faul ist, verschwinden wir.«

»Was ist mit dem östlichen Hof?«

Aaron schüttelt den Kopf. »Dort wird man uns genauso wegjagen. Niemand kann es sich mehr leisten, zwei Fremde aus reiner Herzensgüte durchzufüttern, und jetzt im Winter gibt es keine Arbeit.«

Ich presse meine Stirn gegen die meines Bruders und nicke. Inzwischen ist uns so kalt, dass wir mit den Zähnen klappern. Der Heiler lässt uns in Ruhe überlegen, weder hält er uns zur Eile an noch wirkt er in irgendeiner Weise unwirsch. Als ich ihm einen Blick zuwerfe, lächelt er warmherzig. Der Blick seiner braunen Augen erscheint mir ehrlich, aber was kann man schon in einem Blick lesen? Mit seinem fülligen Leib, den teigigen Wangen und den roten Locken sieht er nicht wie ein Monster aus, doch was sagt das Äußere schon über das Innere? Was würde Mutter mir jetzt raten? Was würde Vater sagen?

Ob sie uns zusehen? Ob sie irgendwo im Himmel sitzen und etwas schreien, das wir nicht hören können?

Das ist alles nicht wahr.

Ich träume. Ganz bestimmt träume ich.

»Also gut.« Irgendwann löse ich mich von meinem Bruder, klettere wie eine willenlose Hülle auf den Kutschbock und setze mich neben den Heiler. »Wir kommen mit.«

»Gute Wahl«, brummt Mattis. »Ihr werdet es nicht bereuen.«

»Danke«, würge ich hervor.

»Nichts zu danken. Ihr seht aus, als hättet ihr Grips in euren Köpfchen. Auch harte Arbeit scheint euch nicht fremd zu sein. Ich denke, wir werden gut miteinander auskommen.«

Als Aaron sich neben mich setzt und meine Hand nimmt, dringt kein Licht in meine Finsternis. Aber sie fühlt sich etwas weniger kalt an. Eine einzelne Träne rinnt über die Wange meines Bruders. Er holt tief Luft, schließt die Augen und fängt an, haltlos zu schluchzen. Ich halte ihn fest, streichele sein schneebedecktes Haar und versuche, ihm Kraft einzuflößen. Aber woher? Welche Kraft? Ich besitze ja nicht einmal selbst welche. Dass ich noch immer aufrecht sitze, grenzt an ein Wunder. Wenn ich wenigstens weinen könnte, schreien oder fluchen. Irgendetwas. Aber da ist nur Leere. Die Bilder unseres brennenden Hauses geistern durch meinen Kopf, aber sie sind wie ein ferner, hässlicher Traum.

Die ganze Nacht lang folgen wir der Straße. Schlaflos und frierend kauern wir uns unter der Decke zusammen, die Mattis uns gibt, aber selbst die dicke Wolle hält die Kälte des schneefeuchten Windes nicht ab. Zu unserer Rechten rauscht das Uferlose Meer in der Dunkelheit, zu unserer Linken erstreckt sich das sanft gewellte Heideland der Dunai-Halbinsel. Inzwischen gibt es keine Küsteneichen mehr, sondern nur noch violett blühende, niedrige Büsche, krumme Kiefern und struppige Inseln aus Ginster. Ich versuche, nichts anderes wahrzunehmen als das vorbeiziehende Land, den sanft rieselnden Schnee und die hin und her schwingende Kruppe des Pferdes. Es gelingt mir erstaunlich gut. Mein Verstand hat noch nicht begriffen, was geschehen ist, aber irgendwo hinter dem gnädigen Nichts ist mir klar, dass sich das bald ändern wird.

Inzwischen ist Aarons Blick genauso trüb wie meiner. Wir klammern uns wie gefangene Eichkatzen aneinander fest, als würde die Welt zusammenstürzen, sobald sich unser Griff auch nur ein wenig lockert. Und dann, als der Morgen wie graues Blei heraufdämmert, schlafen wir doch noch ein. Träume fallen über mich her wie ein Schwarm Harpyien, fressen meine Seele auf und quälen mich mit Flammen, die sich um die Körper meiner Eltern winden. Ich höre Schreie. Entsetzliche, schrille Schreie. Es riecht nach verbranntem Fleisch. Feuer brüllt. Das Dach stürzt ein. Sich windende Körper greifen nach mir. Noch mehr Schreie. Blasen werfende Haut. Verbrennende Menschen, Kühe, Schweine und Hühner. Alles brennt. Alles stirbt.

Im Traum brülle ich, dass meine Kehle schmerzt, doch als ich erwache, empfängt mich nur Stille. Aaron streichelt mein Haar, der Karren rumpelt monoton über einen steinigen Pfad.

Mein Schlaf muss viele Stunden gedauert haben, denn die Sonne steht blassrot über dem Horizont und beleuchtet ein karges, felsiges Land, das ich noch nie zuvor gesehen habe. Überall liegen schroffe Felsen herum, die sandige Erde der Heide hat sich in schwarzen Staub verwandelt.

Der Planwagen rollt nicht mehr, sondern steht auf einer Art Plateau, von dem aus der Blick in eine schwindelerregende Ferne reicht. Meine Heimat ist endgültig fort. Ich sehe nicht einmal mehr das Meer. Die Stille besteht nur noch aus Stille, es gibt weder Wellenrauschen noch Möwengeschrei. Kurz spüre ich das Brennen von Tränen, aber sie versickern, ehe ich sie weinen kann. Bin ich so kalt geworden? Bin ich gestorben? Warum fühle ich so wenig, obwohl ich so viel verloren habe?

Aaron ist längst nicht so tot wie ich. Er schluchzt und zittert in meinen Armen, vermutlich, weil das Verschwinden des Ozeans das Ende unseres geliebten Lebens endgültig besiegelt hat. Sein Gesicht ist zu einer Maske verzweifelten Schmerzes verzogen, und ich kann nichts tun, um ihm zu helfen.

»Wir rasten hier«, entscheidet Mattis, springt vom Kutschbock und verschwindet hinter dem Wagen. »Könnt ihr beiden mir zur Hand gehen?«

Wortlos gesellen wir uns zu ihm, räumen auf sein Geheiß hin einen Teil der Kisten und Truhen aus dem Wagen und bereiten auf dem entstandenen Platz mit mehreren Decken und flachen Strohsäcken ein Lager. Mattis übernimmt währenddessen das Feuermachen, als wüsste er, dass keiner von uns einen Zündstein in die Hand nehmen will. Wir ertragen nicht einmal den Anblick der Flammen, bleiben lieber im Planwagen und nehmen die Fleischbrühe entgegen, die Mattis uns in verbeulten Blechnäpfen reicht. Hungrig sind wir nicht, aber eng aneinander gekuschelt und vergraben unter mehreren Decken die heißen Näpfe zu umklammern und hin und wieder einen Schluck daraus zu nehmen, besitzt einen Hauch von Trost. Als wir schließlich Arm in Arm in die Dunkelheit hinausblicken, findet Aaron seine Stimme wieder. Sie klingt scharf und hart, als habe er sich dazu entschlossen, von jetzt an genauso tot zu sein wie ich.

»Wir werden sein wie dieser Baum, Schwester.« Er deutet auf ein verkrüppeltes, vom Wind blank geschliffenes Gewächs, das über dem Abgrund hängt und so aussieht, als würde es schon ewig dort ausharren. »Unsere Wurzeln werden eins mit dem Fels. Wir werden nicht fallen. Niemals. Dafür sind wir viel zu stur.«

Ich schmiege meine Wange an seine und nicke. Von jetzt an gibt es nur noch Aaron und mich. Auch wenn Mutter und Vater weit fort sind, will ich, dass sie stolz auf uns sind.

»Wir werden es schaffen«, sage ich zu meinem Bruder. »Ich verspreche dir, dass ich nicht aufgeben werde. Wenn du mir dasselbe versprichst. Wir geben nicht auf. Hast du das verstanden?«

»Niemals«, raunt er mir zu.

»Niemals!«, schwöre ich ihm im Gegenzug.

Tagelang ziehen wir durch das Land. Die Stunden strömen wie Träume an mir vorbei, während die Träume zur Wirklichkeit werden. Nacht für Nacht sehe ich mein Zuhause brennen. Nacht für Nacht sterben meine Eltern. Aaron ergeht es nicht anders, dutzende Male wachen wir auf und klammern uns weinend aneinander fest, bis die Erschöpfung uns erneut in die Schwärze zieht. Schon bald zieht es Mattis trotz der Kälte vor, sein Lager außerhalb des Planwagens aufzuschlagen, um überhaupt ein paar Stündchen Schlaf abzubekommen.

Solange es hell ist, schaffe ich es irgendwie, das Geschehen beiseite zu drängen. Wie eine atmende und mit Herzschlag beseelte
Puppe sitze ich zwischen Mattis und Aaron auf dem Kutschbock und
starre in die düstere Landschaft aus schwarzem, staubfeinem Sand
und bizarren Felsen hinaus. Aber in der Nacht reißen die Träume alle
Schutzmauern ein. Ich beginne, die Dunkelheit zu hassen. Immer
länger bleiben wir wach und erzählen uns die unsinnigsten Dinge,
nur um nicht einzuschlafen. Aber früher oder später siegt doch die
Erschöpfung. Wir nicken ein, träumen, weinen und halten uns aneinander fest. Wieder und wieder.

Irgendwann wird es besser, rede ich mir ein. *Irgendwann heilt die
Zeit unsere Wunden.* Aber jeder Tag erscheint mir wie eine Ewigkeit.
Das Unterwegssein bietet einen gewissen Trost, weil es mich ablenkt,
aber die Momente, in denen mir mein Verlust bewusst wird, werden
immer häufiger und immer schmerzhafter. Das Nichts in meinem
Kopf verschwindet. Ich fange an, zu begreifen.

In der letzten Nacht unserer Reise liegen Aaron und ich hinten im
Planwagen, während Mattis dem Schlaf trotzt und den Wagen über
einen schmalen Gebirgspfad lenkt. Schon am Mittag des kommenden
Tages werden wir Jemeshar erreichen. Die große, mächtige Königsstadt. Was wird uns dort erwarten? Was wird unser neues Leben mit
sich bringen?

Trotz des sanften Schaukelns bin ich hellwach, erst im Morgengrauen kommt der Schlaf zu mir und ist diesmal so gnädig, traumlos
und tief zu sein.

Nein!, reißt mich irgendwann eine Stimme aus diesem wunderbaren Nichts. *Geht nicht in die Stadt!*

Ich fahre hoch, reiße die Augen auf und starre in Aarons Gesicht.
Verwirrt blinzelt mein Bruder unter seiner Decke hervor. »Was ist los,
Jade?«

»Hast du was gesagt?«

»Nein.«

»Aber irgendwer hat gerade …«

Geht nicht in die Stadt!, weht es ein zweites Mal durch meinen Kopf.
Es fühlt sich an wie ein Gedanke. Ein sehr lauter und sehr deutlicher

116

Gedanke, aber er kommt nicht von mir. *Springt vom Wagen. Lauft fort. Seid ihr erst einmal in Jemeshar, kann ich euch nicht mehr helfen.*

Panisch halte ich mir die Ohren zu. Ich höre Stimmen. Geisterstimmen! Ich werde wahnsinnig. Vielleicht ist ein Dämon in mich gefahren, oder eine schlimme Krankheit hat mich befallen.

Aaron packt mich bei den Schultern und schüttelt mich. »Jade! Rede mit mir! Was ist los?«

Lauft weg!, drängt die Stimme.

»Nein! Lass mich in Ruhe.«

In Aarons Augen steht plötzlich die nackte Angst. Sieht er schon den Wahnsinn in meinen Augen? Habe ich mich verändert?

»Sind meine Augen schwarz?«, stammele ich hervor. »Sind sie schwarz? Sag schon?«

»Nein, warum?«

»Ich ... ich habe gehört, dass ... dass sie schwarz werden, wenn ein Dämon ...«

»Jade? Was ist los mit dir?«

Gerade hole ich Luft, um ihm von der Stimme zu erzählen, als der Pferdewagen plötzlich zum Stehen kommt. Draußen ist es nicht mehr still, ich höre vielstimmiges Gemurmel und das Klappern von Stiefeln auf Kopfsteinpflaster. Krähen krächzen. Hunde bellen. Irgendjemand lacht.

»Sind wir schon an der Stadtgrenze, Aaron?«

»Hört sich ganz so an.«

Ohne Vorwarnung wird die Plane des Karrens beiseite gerissen. Wir zucken zusammen, klammern uns aneinander fest und blicken vier dunkelhäutigen Männern in die Augen. Sie sind riesenhaft groß, muskelbepackt und in dunkelrote Rüstungen gehüllt, die auf ekelerregende Weise an gehäutete Körper erinnern.

Zwischen ihnen taucht Mattis auf und grinst bis über beide Ohren. »Das sind meine neuen Lehrlinge«, erklärt er den finster blickenden Hünen, bei denen es sich vermutlich um Stadtwachen handelt. »Ich habe sie unterwegs aufgesammelt, nachdem ich mich von ihren Talenten überzeugen konnte.«

Einer der Soldaten springt auf unseren Wagen, rüttelt an den Kisten, öffnet die eine oder andere, wühlt sich durch sämtliches Gepäck und gesellt sich wieder zu seinen Kumpanen. Zuletzt lässt er sich von Mattis noch irgendein Papier zeigen, dann schließt er die Plane wieder und grollt etwas, das wohl eine Zustimmung sein soll.

Aaron und ich stoßen im gleichen Moment unseren angehaltenen Atem aus. Wir wurden nicht aufgespießt, nicht verprügelt und nicht gefangen genommen. Rumpelnd fährt der Wagen weiter, die Hufe des Pferdes verlassen den unbefestigten Pfad und klappern nun über Kopfsteinpflaster. Kurz darauf wird es dunkel, zwei Herzschläge später wieder hell. Offenbar haben wir gerade das Stadttor passiert.

An Aarons Brust gedrückt, warte ich darauf, dass die Geisterstimme wiederkommt, aber sie schweigt. Vielleicht habe ich doch nur geträumt, und ein Echo dieses Traumes hat sich in die Wirklichkeit geschlichen. Ja, so muss es sein. Ich werde nicht irre und ich verliere nicht den Verstand. All die schrecklichen Nachtmahre der letzten Tage haben mich nur verwirrt und narren meine Sinne.

Als der Stadtlärm immer penetranter wird, halten wir unsere Unwissenheit nicht mehr aus. Schulter an Schulter kriechen wir zur Plane, ziehen sie beiseite und strecken unsere Köpfe hinaus.

Der Dreck der Stadt ist überwältigend.

Er ist furchtbar.

»Aaron?«, krächze ich ungläubig.

»Ja?«

»Hier sollen wir bleiben? Das soll unsere neue Heimat werden?«

»Ist nicht schön auf den ersten Blick.« Mein Bruder zieht eine Grimasse. »Und beim zweiten und dritten wird's bestimmt nicht besser.«

»Hier sollen wir bleiben?«, wiederhole ich.

»Nur so lange, bis uns was Besseres einfällt.«

»Und was, wenn uns nichts einfällt?«

Aaron zuckt nur mit den Schultern. Ich will mich wieder in das Innere des Wagens zurückziehen und nichts mehr von all dem sehen, aber ich kann mich nicht bewegen. Wie gelähmt starre ich auf das Gewimmel, während purer Ekel meine Kehle zusammendrückt. Menschen waten durch knöcheltiefen, mit Unrat verdreckten Matsch. Müll stapelt sich in fast jeder Ecke, alles wirkt hässlich und krank: die geduckten Häuschen, die schiefen Marktstände, das Vieh in den behelfsmäßigen Verschlägen und Käfigen, die Menschen, die sich dicht an dicht drängen.

Stimmen brüllen, fluchen, schimpfen und grunzen. Beim Stand eines Metzgers fließen Ströme von Blut in den Matsch. Einem Schaf wird vor meinen Augen der Kopf abgeschlagen, ein kaum zehnjähriger Junge hält eine Schüssel unter den Halsstumpf und fängt das herausströmende Blut auf. Nebenan verkauft eine Frau mit traurigem Gesicht das frisch zerhackte Fleisch, zu ihren Füßen gackern Hühner in dreckverkrusteten Käfigen. Direkt daneben stapeln sich blutige Felle und Häute, gefolgt von einem Bäckerstand und einem Tuchhändler. Unter einer grellbunten Markise steht ein ausgemergelter Mann und zwingt sein Äffchen zu albernen Tricks, um ein paar Münzen zu ergattern. Vor einem baufälligen Tempel präsentiert eine Handvoll Zigeuner irgendwelchen Hokuspokus, der eine Horde Männer, Frauen und Kinder zum Grölen und Klatschen verleitet. Eine der Zigeunerinnen trägt trotz der Kälte kaum etwas am Leib. Sobald sie der Menge zu nahe kommt, strecken sich gierige Hände nach ihr aus.

Jemeshar übertrifft all meine Fantasien – im schlimmsten Sinne. Gnädigerweise zieht von irgendwoher Nebel auf und hüllt innerhalb kurzer Zeit alles, was weiter als zehn Pferdelängen entfernt liegt, in silbrigen Dunst. Schon bald sehe ich den Grund für den Nebel: Ein Fluss, der mitten durch die Stadt strömt und in der kalten Luft dampft.

Gerade zieht eine Schar bettelnder Kinder am Pferdewagen vorbei und streckt ihre dürren Ärmchen nach uns aus, als ein blassgelber Vogel praktisch aus dem Nichts auftaucht und um meinen Kopf herumflattert. Ich will ihn verscheuchen, aber er stößt blitzschnell vor, reißt mir ein Haar aus und fliegt wieder davon.

»Hä?«, stößt Aaron verblüfft aus. »Hat dir gerade ein Goldfink ein Haar ausgerissen?«

»Sieht so aus.« Ich blicke dem Tierchen nach, doch es ist längst im Nebel verschwunden. »Wahrscheinlich will er sich ein Nest bauen.«

»Jetzt? Im Winter?«

Ich zucke nur mit den Schultern. Was interessieren mich ein Vogel und ein Haar? Quälend langsam kämpft sich der Karren durch das Chaos. All die abgekämpften Gestalten, die rotznäsigen Straßenkinder, die räudigen Hunde, die von Blut triefenden Fleischerstände, das Geschrei und der Gestank dringen durch die Mauer meiner

Betäubung und lassen mich eine Verzweiflung fühlen, die ich mit klarem Verstand nicht ertragen kann. Und doch ist es gerade die Hässlichkeit der Stadt, die den Schleier von meinen Gedanken reißt. Vorbei ist es mit der gnädigen Benommenheit.

Ich erkenne, was geschehen ist. Ich erkenne, wo wir sind. Was niemals wiederkehren wird. Was wir für immer und ewig verloren haben. Ich begreife mein Dasein bis ins letzte Detail und falle in ein Loch, das keinen Boden hat. Plötzlich bin ich nur noch ein wimmerndes, zitterndes Bündel. Was in den nächsten Stunden geschieht, zieht undeutlich an mir vorbei: Aaron trägt mich auf seinen Armen in ein Haus, das direkt am Fluss steht. Mattis gibt ihm Anweisungen, wohin er mich bringen soll. Ich werde eine Treppe hinaufgetragen, dann in ein kleines Dachzimmer hinein.

Im nächsten Moment liege ich auf einem Bett und bin allein. Stille summt in meinen Ohren. Es riecht nach Staub, Feuerrauch, dem Gestank der nahen Stadt und nach wurmstichigem Holz. Neben mir ist ein Schrank. Ein Stuhl, eine Emaille-Schüssel. Ein Krug.

Mehr passt nicht in die Kammer.

Reglos liege ich da und starre auf die dunklen Male in den Holzbalken, wo einmal Zweige und Äste gewesen waren. Es wird dunkel, die Nacht bricht herein. Müdigkeit zerrt an meinem Geist, aber ich will ihr nicht nachgeben. Ich darf nicht! Ich will nicht träumen, ich will das Feuer nicht sehen. Nicht die Schreie hören, nicht die verbrannten Körper riechen.

Aber meine Augen fallen zu. Unerbittlich.

Nicht schlafen! Nicht schlafen! Nicht schlafen!

Ich wälze mich herum, grabe die Fingernägel in meine Unterarme, stehe auf und starre aus dem Fenster. Dort draußen ist nichts, das mich tröstet. Kein Meer. Kein Wellenrauschen. Keine tanzenden Möwen und kein Mond, dessen Licht auf einer Fläche aus endlosem Wasser glitzert. Hier gibt es nur ein Labyrinth aus schiefen, nass glänzenden Dächern, die schwarze Rauchsäulen ausspucken.

Nein, ich ertrage den Anblick nicht! Ich hasse die Stadt. Ich hasse Jemeshar. Weinend setze ich mich auf die Bettkante und vergrabe mein Gesicht in den Händen.

Wach auf! Komm schon, wach auf! Das hier ist nur ein Traum. Eigentlich liegst du in deinem Bett und schläfst. Bitte, ihr Götter! Lasst es nur ein Traum sein.

Ich kippe zur Seite, rolle mich zusammen und schaffe es irgendwie, weiter zu atmen. Wattige Schwere hüllt mich ein. Der Schlaf trägt mich fort und ich kann mich nicht dagegen wehren. Zweimal zucke ich zusammen, zweimal zieht es mich zurück in die Tiefe.

Dann stehe ich auf einmal in warmer, nach Wald duftender Finsternis. Meine Sinne sind merkwürdig dumpf, und als ich einen Schritt gehe, ist es, als würde ich auf einer Wolke gehen.

Du träumst, raunt eine Stimme in der Dunkelheit. Die Stimme, die ich schon einmal gehört habe. Sie scheint zu einem jungen Mann zu gehören und ist so weich und sanft, dass ich keine Angst empfinden kann. *Komm zu mir.*

»Wo bist du?«, flüstere ich mit der Furchtlosigkeit einer Träumerin. »Ich sehe nichts.«

Sieh nach rechts.

Ich gehorche und erkenne einen Lichtfunken. Langsam gehe ich darauf zu, bis ich erkenne, um was es sich handelt.

Ein Feuer.

Du musst dich nicht fürchten, raunt die Stimme mit der Süße von dunklem Honig. *Ich bin hier. Dir kann nichts passieren. Komm zu mir.*

Meine Beine gehorchen, doch mein Herz krampft sich vor Panik zusammen. Es verwandelt sich in einen Stein, der kalt und hart in meiner Brust klopft.

Flammen. Prasselnde Flammen.

Das Feuer ist klein, und die Scheite, die es nähren, formen eine perfekte Pyramide. Daneben sitzt eine Gestalt. Sie trägt einen dunklen Reisemantel und hat sich die Kapuze tief ins Gesicht gezogen.

»Wer bist du?«, frage ich.

Setz dich zu mir.

Ich weiß nicht, warum, aber ich gehorche. Es ist, als hätte sich eine Mauer zwischen mir und dem Feuer aufgebaut, denn ich fürchte es nicht mehr. Da ist nur noch die Erinnerung daran, dass mir die Flammen einst Angst eingejagt haben.

»Wer bist du?«, frage ich noch einmal, blicke unter die Kapuze der Gestalt und sehe nur neblige Schwärze. »Bist du ein Geist?«

Nein.

Dieses Wesen gibt keinen Laut von sich, und doch kann ich es hören. So deutlich, wie ich meine eigenen Gedanken hören kann. »Bist du Wirklichkeit?«

Ich bin so wirklich wie du. Und ich bin hier, um dich zu beschützen.

»Warum?«

Weil du Schutz brauchst. Erinnerst du dich an den Vogel, der dir ein Haar gestohlen hat?

»Ja. Warum?«

Er hat es mir gebracht. Durch dieses Haar kann ich bei dir sein und die Träume von dir fernhalten. Die Träume und alles andere, was dir wehtun will.

»Dann bist du ein Hexer?« Ich sollte Angst empfinden. Oder wenigstens Vorsicht. Aber alles, was ich fühle, ist Verwirrung und Neugier. »Du musst ein Hexer sein, wenn du kein Geist bist.«

Ich bin kein Hexer. Eines Tages werde ich dir erklären, was ich bin. Bis dahin nenne mich einen Geist.

»Haben meine Eltern dich geschickt?«

Nein. Aber sie sind an einem Ort, an dem es ihnen gutgeht. Der Tod ist kein Ende, Jade. Er ist ein neuer Anfang.

»Wie meinst du das?«

Alles kehrt wieder. Nur in einer anderen Form. Jetzt ruhe dich aus und schlafe. Ich halte die Träume von dir fern.

Fast augenblicklich befällt mich eine tiefe, überwältigende Müdigkeit. Kann ich im Schlaf schlafen und im Traum träumen? Meine Gedanken fließen zäh wie Teer, werden immer nebliger, bis ich mich an der Seite des Geistes zusammenrolle und die Augen schließe. Das Feuer wärmt mich, anstatt mir Angst einzujagen. Sein Knistern und das Gefühl von absoluter Sicherheit geleiten mich in den Schlaf.

Ruhe dich aus, umschmeichelt mich die Stimme. *Alles wird gut, Jade.*

Als ich aufwache, scheint eine blasse Wintersonne durch eisblumen-überzogenes Glas. Ich blinzele in das silbrige Licht hinein, klammere

mich am Traum fest und hoffe, dass er mich erneut umfängt. Ich will wieder die Wärme und den Schutz des Feuers spüren. Ich will diese wunderbare Stimme hören. Doch mit jedem Atemzug fällt ein weiteres Stück des Zaubers von mir ab, bis es nur noch die Wirklichkeit gibt. Ich stehe auf, trete an das Fenster und hauche gegen das gefrorene Glas. Mit dem Ärmel meines Hemdes reibe ich ein Loch in die Eisschicht und blicke hinaus.

Ich bin tatsächlich in Jemeshar.

In der Hauptstadt des Menschenreiches.

An diesem Morgen blicke ich wieder auf ein Meer, doch hier besteht es nicht aus schäumenden Wellen, sondern aus Schindel- und Strohdächern. Und darüber ... oh, bei allen Göttern, das muss der Wipfel des legendären Emekar-Baumes sein. Warum habe ich ihn gestern nicht schon bemerkt?

Der Nebel, schießt es mir durch den Kopf. *Er war zu dicht, um etwas so weit Entferntes zu erkennen. Und bevor er kam, hast du nicht einmal nach oben geblickt.*

Überwältigt starre ich auf die himmelhohe Kuppel aus ineinander verschlungenen Ästen, die sich über ganz Jemeshar erstreckt. Der Stamm selbst ist hinter dem Haus verborgen. Auch als ich das Fenster öffne und mich weit hinauslehne, kann ich nicht über das Dach hinwegsehen.

»Hallo, Schwesterherz.« Eine Stimme lässt mich zusammenzucken. Ich blicke hinunter und sehe Aaron mit zwei Wassereimern im Innenhof stehen. »Konntest du ein bisschen schlafen?«

»Ja«, rufe ich zurück. »Sehr gut sogar.« Meine Worte haben wohl zu gelöst geklungen, denn in Aarons Blick tritt ein stummer Vorwurf. »Ich war sehr müde«, rede ich mich heraus. »Zu müde für Träume. Wahrscheinlich habe ich deswegen so gut geschlafen.«

»Na, endlich mal eine gute Nachricht.« Mein Bruder schwingt die Eimer in Richtung einer Pumpe, die am anderen Ende des Hofes steht und dick in Stroh eingepackt ist, damit sie nicht einfriert. »Ich hole nur eben schnell Wasser, dann treffen wir uns in der Küche zum Frühstück. Ach ja, das hier ist übrigens der Ziegenstall.« Er deutet auf das strohgedeckte Lehmgebäude zu seiner Linken, das an ein kleines Gatter angrenzt. Tiere sind jedoch keine zu sehen. »Es gehört von jetzt an zu unseren Aufgaben, sie jeden Morgen zu melken. Und das Häuschen daneben ist der Donnerbalken.«

Frühstück. Wasser holen. Ziegen melken.

Das alles klingt so vertraut und alltäglich. Es ist wie ein Stück unseres alten Lebens, nur dass Mutter und Vater fehlen. Sie sind fort. Für immer fort. Diese beiden hässlichen Worte.

Für immer.

Ich drehe mich um und sehe, dass der Wasserkrug aufgefüllt ist. Daneben liegt ein Handtuch, ein Lappen, ein Stück Seife und ein Stapel frischer Kleidung. Bei dem Gedanken, dass Mattis in das Zimmer gekommen ist, während ich geschlafen habe, rieselt ein Schauer über meinen Rücken. Meine Tür besitzt ein Schloss, also muss es auch einen Schlüssel geben. Ich beschließe, ihn gleich beim Frühstück danach zu fragen.

Schnell ziehe ich mich aus, wasche mich von Kopf bis Fuß und schlüpfe in ein weiches Unterkleid und in eine Unterhose aus bemerkenswert feiner Wolle. Danach streife ich das Gewand über meinen Kopf und genieße das Gefühl, als es wie Wasser über meinen Körper gleitet. Nichts von all dem kratzt, auch nicht die Kniestrümpfe, obwohl sie grob und recht ungeschickt gestrickt sind. Alles ist in schlichtem Braun gehalten, auch der Schnitt entspricht einfacher Magdkleidung. Doch die Wolle ist um vieles kostbarer als alles, was ich bisher getragen habe. Zuletzt lege ich die weiße Schürze um und schlüpfe in die mit Schaffell gefütterten Stiefel, die neben meinem Bett stehen.

Als ich zu guter Letzt einen Blick in den Schrank werfe, sehe ich mehrere Stapel frischer Kleidung. An einer Stange hängen einige einfache Kleider und Schürzen, darunter liegen Strümpfe, Unterwäsche und zwei Sorten Schuhe. Leichte, knöchelhohe Stiefel, wie man sie im Frühjahr und Herbst trägt, und luftige Sandalen für den Sommer.

Frühling und Sommer.

Werden wir wirklich so lange bleiben? Vielleicht gar für immer?

»Gibt es dich wirklich?«, frage ich gedankenversunken, ohne über meine Worte nachzudenken. »Oder bist du nur ein Traum?«

Ich bin kein Traum, flüstert es augenblicklich in meinem Kopf.

Erschrocken fahre ich zusammen. Die Stimme weht wie selbstverständlich durch meine Gedanken und ist mir so nah, als säße die Gestalt aus meinen Traum direkt in meinem Kopf.

»Du ... du ...«

Keine Sorge, ich habe nichts gesehen. Ich bin immer bei dir, aber ich beobachte dich nicht. Vielmehr sind es deine Gefühle, die mich rufen. Ich spüre deine Albträume und befreie dich davon.

»Wo bist du? Ich meine ... wo bist du wirklich?«

Überall und nirgends.

»Wie kannst du bei mir sein?«

Es ist ein Zauber. Aber wie ich dir schon sagte, bin ich kein Hexer. Ein Hexer würde dir nicht helfen, sondern dich in den Wahnsinn treiben.

»Vielleicht willst du das ja. Wer hört denn Stimmen in seinem Kopf? Doch nur Wahnsinnige.«

Hat es sich letzte Nacht so angefühlt, als würde ich dir den Verstand rauben wollen?

»Nein« Ich schlucke. »Nein, das hat es nicht.«

Ich helfe dir, Jade. Nichts anderes ist meine Aufgabe. Aber es wäre mir leichter gefallen, wenn ihr nicht in die Stadt gefahren wärt. Sehr viel leichter.

»Warum?«

Jemeshar ist ein Ort des Bösen. Ein Ort, den ich nicht betreten kann. Ich wollte euch retten, aber als ich euch fand, war es bereits zu spät.

»Uns retten? Warum? Was verbindet dich mit uns? Was soll das Ganze?«

Du wirst es erfahren.

»Ich will es jetzt wissen. Warum hast du dir ausgerechnet uns ausgesucht? Beschützt du auch andere Straßenkinder? Bist du ein Schutzpatron der Glücklosen?«

Nein. Das bin ich nicht.

»Was bist du dann?«

Rufe mich, wann immer du willst, erwidert er ausweichend, aber so betörend sanft, dass ich keine Wut empfinden kann. *Schlafe an meinem Feuer. Bitte mich um Hilfe. Aber stelle keine Fragen mehr.*

»Wie du meinst«, brumme ich vor mich hin und fasse mir im nächsten Moment an die Stirn. Wenn mich jemand so sehen könnte, würde er mich für eine Irrsinnige halten. Für ein wahnsinnig gewordenes Weib, das Selbstgespräche mit Geistern führt. Was, wenn ich wirklich krank bin? Wenn irgendetwas Böses in meinem Kopf heranwächst?

Hab keine Angst, sagt mein Geist. *Du bist nicht krank. Ich bin so wirklich wie dein Bruder. Wie du selbst und wie alle anderen Wesen dort draußen.*

Ich schüttele den Kopf, hebe die Schüssel mit dem benutzten Wasser hoch und verlasse das Zimmer. Ich besitze also einen Geist. Einen unsichtbaren Freund in meinem Kopf, der zu mir spricht und mir schwört, dass ich nicht verrückt bin.

»Da bist du ja, Langschläferin.« Mattis erwartet mich in der kleinen, aber gemütlichen Küche, nimmt mir die Schüssel ab und kippt ihren Inhalt kurzerhand an der Tür zum Innenhof aus. Offenbar ist er gerade erst hereingekommen, denn er trägt noch seine dreckverkrusteten Stiefel. Ich sehe dabei zu, wie er sie auszieht, an den Ofen stellt und unter die Bank greift. Sein Lächeln ist einnehmend, als er mir einen Sack entgegenhält. Etwas bewegt sich darin und fängt an, lautstark zu keifen.

»Unser Frühstück«, eröffnet er mir mit einem Zwinkern.

»Äh, was?« Muss ich meinen Dienst etwa damit beginnen, Eichhörnchen oder Kaninchen zu töten? »Was soll ich machen?«

»Alles braten, was im Sack sind, zusammen mit den Eiern da drüben. Ich gehe derweil in den Laden und kontrolliere die Kisten. Ab morgen bekommen wir ordentlich was zu tun, dann öffnet nämlich meine Apotheke.«

»Ihr seid ein Apotheker?«

»Keine Sorge.« Mattis winkt ab. »Zu mir kommen nur Leute mit einfachen Beschwerden. Husten, Verstauchungen, Dämonenknoten und Schnupfen. Kleinigkeiten eben.«

»Was sind Dämonenknoten?«

»Garstige Gewächse am Hintern«, erklärt der Apotheker mit einem schiefen Grinsen. »Sie sind normalerweise harmlos, können dir aber das Leben zur Hölle machen. Schätze dich glücklich, dass du davon keine Ahnung hast. Viele Jahre lang wollte ich mich am liebsten vor jedem Donnerbalken-Gang bewusstlos schlagen lassen.

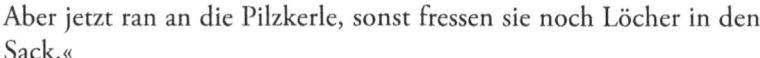

Aber jetzt ran an die Pilzkerle, sonst fressen sie noch Löcher in den Sack.«

»Pilzkerle?«, wiederhole ich ungläubig.

»Jawohl. Mach ihre Hüte ab, vermenge sie mit dem Rührei und lass die kleinen Scheißer wieder frei.«

Ich starre ihn nur wortlos an.

»Hast wohl noch nie Pilzkerlhut gegessen, was?« Mattis lacht und tätschelt seinen Wohlstandsbauch. »Macht nichts, ist ganz einfach. Du bereitest sie wie normale Pilze zu. Schneide sie in kleine Stücke, schmelze etwas Butter und brate sie darin.«

Als ich den Sack entgegennehme, wird das Quieken und Knurren abrupt lauter. Winzige Gliedmaßen drücken sich durch das grobe Leinen. »Ich soll ihnen die Hüte abreißen?«

»Keine Sorge«, beruhigt Mattis mich. »Sie gehen ganz leicht ab. Das ist wie bei den Eidechsen. Hebst du sie am Schwanz hoch, bricht er ab, damit die Tierchen fliehen können. Genauso ist es mit dem Hut der Pilzkerle. Die kleinen Mistviecher können es nicht leiden, wenn man ihren Kopfputz abbricht, aber er wächst innerhalb weniger Tage nach. Es tut ihnen nicht mal weh. Also gräme dich nicht.«

Damit dreht Mattis mir den Rücken zu, verschwindet aus der Küche und lässt mich mit einem Sack voll tobender Pilze alleine.

Unschlüssig stehe ich da, während das Zetern ohrenbetäubend wird. Wo bleibt Aaron? Seine Eimer müssen doch längst voll sein. Ich rufe nach ihm, aber er antwortet nicht. Ein Blick aus dem Küchenfenster zeigt mir eine Pumpe und zwei volle Eimer, aber keinen Bruder. Dann höre ich seine Stimme, kann aber nicht erkennen, woher sie kommt. Vermutlich ist er bei Mattis und hilft ihm beim Kontrollieren der Kisten. Zumindest höre ich gelegentliches Poltern und das Ächzen zweier Männer.

Eine Weile starre ich ratlos auf den zappelnden Sack, dann wuchte ich ihn auf den Küchentresen, ziehe ein Messer aus einem Holzblock und pieke mit dem Zeigefinger in eine Ausbuchtung, die ein Pilzkopf zu sein scheint. Die Antwort ist ein schrilles Quieken.

»Lass dich nicht einschüchtern«, ruft Mattis von irgendwoher. »Du brauchst auch kein Messer. Brich die Hüte einfach ab. Ihr wollt doch etwas zwischen die Zähne, oder?«

Ich seufze, öffne das Band am oberen Ende des Sackes und werfe einen Blick hinein. Dürre Ärmchen recken sich mir entgegen. Die Körper der Pilzkerle sind dürr und ungefähr so lang wie mein Zeigefinger. Zähne blitzen in ihren winzigen, verzerrten Mündern, und in ihren Augen, so klein sie auch sind, erkenne ich blanke Mordlust.

Also gut. Augen zu und durch.

Ich schnappe mir einen der Kerle, ziehe ihn aus dem Sack und verschließe denselben wieder, indem ich das obere Ende ineinander verdrehe.

»Tut mir leid«, sage ich zu dem zappelnden Ding in meiner Hand, greife nach seinem Hut und drehe vorsichtig daran. Tatsächlich löst er sich ohne Probleme vom Körper. Es fließt noch nicht einmal Blut, was den Pilzkerl nicht davon abhält, gottserbärmlich zu kreischen. Seine winzigen Händchen greifen nach dem Hut und zerren daran. Es steckt eine verblüffende Kraft in der Kreatur, sekundenlang liefern wir uns eine Art Tauziehen, ehe ich ihm den Hut entreißen und beiseitelegen kann.

Das Männchen fiept empört. Dann reißt es sein Mäulchen auf, schnappt zu und verbeißt sich in meinem Daumen.

»Autsch!« Der Schmerz ist so scharf, dass ich meine Finger öffne und das Kerlchen fallen lasse. Mit wedelnden Armen rennt es davon, huscht aus der Küchentür und verschwindet irgendwo im Flur.

»Donnerwetter!«, schreit es von irgendwoher, kurz darauf erklingen mehrere dumpfe Schläge und ein panisches Kreischen. Hat Mattis den Pilz etwa erschlagen?

»Tu mir einen Gefallen«, höre ich ihn rufen. »Werfe die Viecher aus dem vorderen Fenster auf die Straße. Sonst bekommen wir heute Nacht ihre Rache zu spüren.«

»Ist er tot?«

»Nein, nein. Ich habe ihn nur verscheucht.«

Ich murmele einen Fluch, greife ein zweites Mal in den Sack und ziehe das nächste Kerlchen hervor. Diesmal bin ich vorsichtiger und greife ihn direkt unter dem Hut, so dass meine Hand sein Gesicht verdeckt und gleichzeitig die Ärmchen fixiert. Das Kreischen des Pilzes klingt erstickt, aber umso wütender.

Wieder löst sich der Hut völlig mühelos. Als ich das Wesen aus dem Fenster ins Freie lasse, rennt es schreiend die Gasse entlang, ohne

sich noch einmal umzusehen. Der dritte Pilz schafft es trotz meiner Vorsichtsmaßnahmen, seine Zähnchen in meine Hand zu graben, der vierte rennt nicht etwa weg, sondern bleibt unter dem Fenster stehen und zieht fürchterliche Wutgrimassen. Der fünfte packt seinen tobenden Kumpan und zerrt ihn mit sich fort, der sechste schlurft wimmernd davon.

Ich fühle mich schlecht. Mein Gewissen wird nicht reiner, als ich die Hüte der Kerlchen in kleine Stückchen schneide, sie in Butter brate und mit dem Rührei vermische. Sie riechen wie Pilze und sehen wie Pilze aus, trotzdem kommt es mir so vor, als würde ich kleine Köpfe zubereiten.

»Gut gemacht«, lobt Mattis, als wir eine halbe Stunde später beim Frühstück sitzen. »Du verstehst etwas vom Kochen.«

Lustlos schiebe ich das Pilzkerl-Rührei auf meinem Teller hin und her. Mein Magen verkrampft sich vor Hunger, doch ich kann mich nicht überwinden, etwas von dem Zeug zu mir zu nehmen. Aaron isst dagegen für drei, füllt sich mehrmals den Teller und schlingt wie ein ausgehungerter Hund.

Irgendwann halte ich es nicht mehr aus. Mein Hunger trägt den Sieg davon, ich nehme einen Bissen und bemerke, dass die kleingeschnittenen Hüte nicht anders schmecken als gewöhnliche Pilze. Ja, sie schmecken sogar besser. Ein wenig nussig, ein wenig buttrig. Zusammen mit dem gut gesalzenen Rührei sind sie schlichtweg köstlich. Mattis grinst, als ich dem Beispiel meines Bruders folge und zwei Teller leere. Er betrachtet uns eine Weile, dann steht er auf, schüttet schwarzes Pulver und heißes Wasser in eine Kanne, gießt das ganze durch etwas, das wie ein Socken aussieht, und füllt damit drei Tassen.

»Schon mal Kaffee getrunken?«

Wir schütteln die Köpfe.

»Dann lasst euch überraschen. Für's Erste solltet ihr ihn mit Zucker und Sahne vermischen. Hier.« Mattis stellt zwei Behälter auf den Tisch und sieht mit leuchtenden Augen zu, wie wir unseren Kaffee zusammenmischen. Der erste Schluck lässt mich staunend zurück, der zweite begeistert. Das Zeug schmeckt süß und bitter zugleich, die Sahne zergeht auf meiner Zunge und die Hitze glüht angenehm in meinem Magen.

»Das ist gut«, kommentiert Aaron. »Wirklich gut.«

»Gewöhnt euch nicht zu sehr daran. Kaffee gibt's nur sonntags. Das Zeug ist schweineteuer.« Mattis wartet, bis wir ausgetrunken haben, dann steht er auf und klatscht in die Hände. »So, dann wollen wir mal. Es gibt noch eine Menge Kisten auszuräumen. Aber vorher muss ich noch etwas tun, das mir nicht gefällt. Tut mir wirklich leid. Wir kommen leider nicht drumherum.«

Er geht zu einer Truhe, die neben dem Ofen steht, nimmt zwei silberne Halsreifen heraus, legt einen davon auf den Tisch und öffnet den anderen, indem er ihn auseinanderklappt.

»Ich fürchte, die hier müsst ihr tragen.«

»Wir sollen was?« Aaron greift nach dem Reif in Mattis' Hand, dreht ihn hin und her und mustert den Pillendreher, der auf einer Art Medaillon eingeprägt ist. Wie der Anhänger eines Hundehalsbandes, baumelt dieses Medaillon an der Vorderseite des Reifes. »Wir sind Lehrlinge, keine Sklaven.«

Der Blick meines Bruders wird misstrauisch. Ich sehe, wie er sich anspannt und den Messerblock ins Visier nimmt.

»Keine Sorge.« Mattis hebt entschuldigend die Hände. »Natürlich seid ihr keine Sklaven. Die Sache ist folgende: Kaum etwas ist Scylla so verhasst wie Straßenkinder und Herumlungerer. Ihre Soldaten nehmen immer wieder wahllos Menschen fest, die kein Zeichen tragen.« Er zieht den Ärmel seines Hemdes hoch und entblößt ein Brandzeichen, das genauso aussieht wie der Käfer auf dem Medaillon. »Das ist das Symbol der Heiler und Apotheker. Es zeichnet mich als das aus, was ich bin. Solltet ihr eure Lehre erfolgreich abschließen, werdet auch ihr dieses Zeichen tragen. Für die Zeit eurer Ausbildung wird jedoch dieser Reif genügen. Seht ihr das besondere Muster auf dem Rücken des Pillendrehers? Die Punkte mit den Spiralen? Es symbolisiert meine Familie. Jeder Heiler und Apotheker trägt ein bestimmtes Muster und ähm na ja, genau genommen zeichnet euch der Reif als mein Eigentum aus.«

Aaron und ich tauschen schockierte Blicke aus.

»Nein, nein«, beeilt sich Mattis zu erklären. »Natürlich sehe ich euch nicht als mein Eigentum an. Ich bin ein guter Mann. Zumindest versuche ich, einer zu sein. Dieser Reif beschützt euch. Niemand

wird Hand an euch legen, solange ihr ihn tragt. Möglicherweise habt ihr Geschichten darüber gehört, was unter Scyllas Herrschaft geschieht?«

Wir nicken beklommen.

»Waren diese Geschichten schlimm?«, hakt er nach.

Wieder nicken wir.

»Gut. Dann stellt euch die Wahrheit hundertmal schlimmer vor. Jeden Tag werden ein paar unglückliche Seelen gefangen genommen und hingerichtet. Wer auch nur den Verdacht erweckt, herrenlos zu sein, landet im Kerker und einen Tag später auf dem Schafott. Macht euch das immer und immer wieder bewusst, habt ihr verstanden? Selbst das kleinste Verbrechen wird grausam bestraft, zumindest, wenn ihr nicht der adeligen Schicht angehört. Also denkt nicht einmal daran, irgendetwas zu stehlen. Nicht einmal einen Apfel, der auf dem Markt vom Stand des Obsthändlers fällt. Nicht einmal eine Nuss, die in irgendeiner Ecke liegt. Scyllas Augen sind überall. Ihre Soldaten mischen sich tagtäglich unter's Volk und überwachen jeden Schritt, den unsereins tut. Habt ihr das verstanden?«

Zum dritten Mal nicken wir. Angst wächst wie ein eisiger Klumpen in meinem Magen, und ich sehne mich so verzweifelt nach unserem friedlichen Leben am Meer, dass mir die Tränen in die Augen schießen. Verstohlen wische ich sie fort, atme tief durch und straffe die Schultern. Willkommen in der Wirklichkeit, Jade.

»Gut, dann wollen wir mal.« Mattis lässt den einen Reif um meinen Hals zusammenschnappen, dann legt er Aaron den anderen um. »Nur der, der ihn euch angelegt hat, kann ihn wieder abnehmen. Es ist verhextes Metall. Keine schöne Sache, aber es ist die einzige Möglichkeit, euch in Sicherheit zu wissen. Solltet ihr euch dazu entscheiden, eure Lehre abzubrechen, werde ich ihn wieder entfernen. Ihr seid nicht meine Gefangenen, verstanden?«

Aaron nickt, sichtlich unzufrieden mit dem Ding, das um seinen Hals liegt. Ich taste über meinen Reif, der sich anfühlt, als wäre er aus Eis geschmiedet. Doch nach und nach nimmt er die Wärme meines Körpers auf und wird leichter, bis ich ihn kaum mehr spüre. So weit ist es schon gekommen. Wir tragen einen Halsreif, der uns als Eigentum eines fremden Mannes markiert.

»Alles wird gut«, flüstere ich meinem Bruder zu, während Mattis den Frühstückstisch abräumt und das Geschirr in einer großen Schüssel stapelt. Dass er es selbst tut, anstatt uns damit zu beauftragen, sehe ich als gutes Zeichen. Offenbar will er uns Zeit zum Eingewöhnen geben. »Wir geben niemals auf.«

»Niemals«, antwortet Aaron, senkt den Blick und ringt sich zu einem Lächeln durch.

»Na, dann kommt mal.« Die fröhliche Stimme unseres neuen Lehrmeisters verursacht mir Übelkeit. Er, der uns gerade den Reif eines Sklaven umgelegt hat, versucht uns aufzumuntern. »Wenn wir es schaffen, heute alles einzuräumen, besorge ich uns als Belohnung einen schönen Braten. Was mögt ihr denn am liebsten?«

»Hühnchen«, sage ich. »Wir mögen Hühnchen.«

»Dann sollt ihr eines bekommen.«

Wir folgen Mattis durch zwei dunkle Flure und betreten einen Laden, der intensiv nach Kräutern riecht. Zwei Wände sind komplett mit verstaubten Regalen bedeckt, die aus zahllosen kleinen Fächern und Schubkästchen bestehen. Eine dritte besteht aus einem verdreckten Schaufenster, vor der vierten steht ein uralter Verkaufstresen aus rotem Dschungelholz und ein weiteres Regal, das über größere Schubladen verfügt. Von der Decke baumeln Kräuterbündel, ein paar getrocknete Fische, zusammengebundene Vogelfedern in den abenteuerlichsten Farben und kleine Schädel.

»Es ist ganz einfach«, erklärt Mattis. »Jedes der kleinen Regale ist beschriftet, ebenso jede Phiole und jeder Behälter in den Kisten. Ihr müsst nur alles richtig sortieren. Hier zum Beispiel.« Er nimmt ein Stemmeisen, öffnet eine der Holzkisten und entfernt eine dicke Lage aus Papier und Wollstreifen. »Das ist Sumpfsilberkraut. Es gehört in das Regal mit der Nummer 56 und der entsprechenden Aufschrift.«

Ich nehme ein Kästchen entgegen, in dem sich zehn Phiolen mit getrockneten Kräutern befinden, gehe zu dem Fach, auf das Mattis zeigt, und reihe die Behälter darin auf.

»Na, das läuft doch schon mal gut«, kommentiert unser Lehrmeister. »Genauso verfahrt ihr mit jeder Kiste. Eigentlich ist alles selbsterklärend, ich achte immer auf korrekte und eindeutige Beschriftungen.

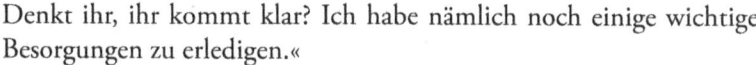

Denkt ihr, ihr kommt klar? Ich habe nämlich noch einige wichtige Besorgungen zu erledigen.«

»Sicher.« Aaron kann kaum die Finger von seinem Reif lassen. Meinen spüre ich kaum mehr, seiner scheint ihm wie Feuer auf der Haut zu brennen. »Wir machen das schon.«

Mattis lächelt, klopft uns auf die Schulter und verschwindet aus dem Laden.

»Komisch, dass er uns so schnell vertraut.« Skeptisch beobachte ich ein Bündel Vogelschädel, das von einem wurmstichigen Deckenbalken baumelt. Dieses Haus muss uralt sein. Allein sein Gebälk sieht aus, aus hätte seit sechshundert Jahren niemand mehr die Spinnweben entfernt. »Wir könnten auch seinen Laden leerräumen und verschwinden.«

»Hm«, macht Aaron. »Das könnten wir. Aber ich glaube, dass die Halsreifen nicht nur unserer Sicherheit dienen.«

Ich greife nach dem Medaillon und streiche mit dem Zeigefinger über den Panzer des Pillendrehers. »Du meinst, sie verhindern auch eine Flucht?«

»Das glaube ich.«

»Vielleicht kann er uns durch sie immer und überall aufspüren. Oder sie verbrennen uns, sobald wir ohne seine Erlaubnis aus dem Haus gehen.«

»Vielleicht.« Aarons Gesicht verfinstert sich. »Mattis ist freundlich zu uns, aber ich traue ihm nicht über den Weg. Noch nicht jedenfalls.«

»Wir kennen ihn ja auch kaum. Aber hier ist es besser als da draußen. Hast du die Straßenkinder gesehen?«

Mein Bruder nickt, fischt mehrere Kästchen mit Sumpfsilberkraut aus der Kiste und beginnt, sie in die drei Fächer mit der Nummer 56 einzusortieren. Ich nehme kurzerhand das Stemmeisen und öffne eine zweite Kiste, in der sich jeweils zehn Kästchen mit Mondmantel, Feenkirschen und Arzneikümmel befinden. Wofür diese Pflanzen wohl gut sein mögen?

Mondmantel hilft bei Verstauchungen und Prellungen, weht es sanft wie eine Sommerbrise durch meinen Kopf. *Feenkirsche vertreibt dunkles Gemüt, Arzneikümmel beseitigt Verdauungsprobleme aller Art.*

133

Bei allen Göttern, ich muss wahnsinnig sein! Ein Geist beantwortet meine Fragen! Ein Geist in meinem Kopf. Und auf irgendeine seltsame Weise, gegen die ich mich weder wehren kann noch will, vertreibt er die Dunkelheit in meiner Seele. Allein der wunderbar weiche Klang seiner Stimme betäubt meine Gedanken, sodass ich nicht allzu viel über die Vergangenheit und die Zukunft nachdenken kann. Wie mag der Mann aussehen, zu dem diese Stimme gehört? Er muss jung sein, zumindest klingt er jung. Und falls er nur halb so schön ist wie seine Stimme …

Lass das, Jade! Hör auf, über solchen Unsinn nachzudenken.

Kopfschüttelnd sortiere ich die Phiolen mit dem Mondmantel, dem Arzneikümmel und den Feenkirschen ein und widme mich der nächsten Kiste. Es ist still in meinem Kopf. Bis ich die Aufschrift auf den Gefäßen lese.

Getrocknete Hänflingsherzen, kommentiert mein Geist mit unüberhörbarer Abscheu in der Stimme. *Sie sollen kalte Seelen in Liebe entbrennen lassen, wenn man sie dem oder der Angebeteten zermahlen ins Essen streut. Und die Schmerlenbarteln da unten sorgen angeblich für überschäumende Manneskraft.*

»Warum?«, spreche ich laut aus, ohne darüber nachzudenken.

»Was?« Aaron hebt den Kopf. »Was meinst du mit *warum*?«

»Schmerlenbarteln.« Ich halte ihm das Kästchen mit den Phiolen entgegen. Verdammt, ich muss besser aufpassen. Wenn herauskommt, dass ich mit Geistern spreche, ist mein Schicksal vermutlich besiegelt. »Wozu sollen die bloß gut sein?«

»Keine Ahnung.« Aaron widmet sich wieder seiner Kiste. »Frage Mattis. Er ist der Apotheker.«

Schmerlen vermehren sich außergewöhnlich schnell, raunt mein Geist. *Vermutlich kommt daher die Annahme, sie könnten beim Menschen für einen ähnlichen Effekt sorgen.*

Und das hier?, frage ich, indem ich die Worte einfach denke. Tatsächlich antwortet die Stimme fast augenblicklich: *Das willst du nicht wissen. Es ist ein wenig … nun ja, ekelhaft.*

Unwillkürlich muss ich grinsen. Wir unterhalten uns allen Ernstes mit der Kraft unserer Gedanken. Mit unseren Gedanken, bei tausend heulenden Dämonen!

Doch, antworte ich. *Erzähle es mir.*
Das ist Milchfrucht-Extrakt.
Was ist daran eklig?
Weil es gar keine Frucht ist. Das, was ihr als Milchfrucht bezeichnet, ist das Leuchtorgan der männlichen Glimmerkröte. Jedes Tier besitzt eine Art Knolle auf seinem Rücken, die während der Paarungszeit leuchtet. Daher rührt ihr Name. Irgendwer kam irgendwann auf die Idee, den Inhalt dieser Beulen auszuquetschen und als Aphrodisiakum zu nutzen.

»Iih!«, platzt es aus mir heraus. »Ist das dein Ernst?«

Aarons Kopf zuckt hoch. »Was ist denn nun schon wieder los?«

»Ach nichts.« Verdammt, ich muss besser aufpassen. »Das Zeug hier sieht nur scheußlich ... ähm, schleimig aus.«

Aaron grunzt, schüttelt den Kopf und räumt weiter seine Kiste aus. Ich tue es ihm gleich, verstaue den Milchfruchtextrakt, die Hänflingsherzen und die Schmerlenbarteln in den dafür vorgesehenen Fächern und platze fast vor Neugier, als ich die nächste Kiste öffne.

Bis zum Abend weiß ich, dass so ziemlich jede Spezies aus den Dschungeln von Erusch zermahlen und als Liebeszauber verkauft wird, dass Splitter uralter Nymphenknochen Brüche heilen sollen, dass man bei besonders hartnäckigem Husten ein bis zwei Nacktschnecken aus bestimmten Heilquellen schluckt und bei Durchfall, der länger als drei Tage anhält, zwei Feenkirschen in eine Kotkröte steckt und diese Kröte anschließend in Richtung der untergehenden Sonne wirft, während man bestimmte Gebete murmelt.

Was?, stoße ich erschrocken aus, als mein Geist mir zu guter Letzt erläutert, wozu die eingelegten Fischschwimmblasen benutzt werden. *Ist das dein Ernst?*

Ist es.

Männer ziehen sich das über ihre ... ihre ...

Es ist zumindest sicherer als das Schlucken von in Essig eingelegten Kaulquappen.

Mir sträuben sich die Haare. Besagte Kaulquappen stehen auf dem Verkaufstresen, weil ich nirgendwo ein Regal oder eine Schublade mit der entsprechenden Beschriftung gefunden habe.

Als Mattis schließlich schwer bepackt nach Hause kommt, sind sämtliche Kisten leergeräumt und ihre Inhalte in den entsprechenden

Fächern verstaut. Wir haben sogar die leeren Behältnisse fein säuberlich im Flur aufgestapelt, das dreckige Schaufenster geputzt und den
Boden gewischt.

»Da brat mir doch einer 'nen Blaubackendrüsling!« Der Apotheker dreht sich ein paar Mal mit staunend geweiteten Augen um die
eigene Achse. »Habt ihr das alles an einem Nachmittag geschafft?«

Ich grinse Aaron an. Er grinst gequält zurück.

»Beeindruckend.« Mattis lacht und zerwuschelt uns das Haar.
»Wirklich beeindruckend. Dann mal los, meine fleißigen Helfer.
Dafür habt ihr euch ein knuspriges Hühnchen verdient.«

Schon am dritten Tag stehe ich gemeinsam mit meinem Bruder das
erste Mal hinter der Verkaufstheke der Apotheke, während Mattis
still in einer Ecke sitzt und unser Tun beobachtet. Anfangs bereiten
mir die Waage und das Abrechnen Schwierigkeiten, doch Aaron, dem
Zahlen weit sympathischer sind als mir, stellt sich als Naturtalent
heraus. Er schafft es, mir innerhalb eines Nachmittags die Geheimnisse der Händlerrechnerei zu erklären, und schon am nächsten Tag
bediene ich zu Mattis' Freude die Waage und die Kasse, als hätte ich
nie etwas anderes getan.

Am fünften Tag unserer Lehre erscheint ein alter Mann mit einer
faustgroßen Beule an seiner Schulter und fleht Mattis um Hilfe an.
Der Apotheker schert sich nicht darum, was wir aushalten können
und was nicht. Kurzerhand werden wir zu seinen Assistenten ernannt
und halten unseren Patienten fest, während Mattis die Klinge eines
Messers über einer Kerzenflamme erhitzt und damit die schmerzende
Beule aufschneidet. Absurd viel Eiter quillt aus der Wunde, so viel,
dass die Schüssel, die Mattis darunter hält, kaum ausreicht. Aaron
wendet den Blick ab und würgt, während mich das Zeug völlig kalt
lässt. Es ist nicht schlimmer, als ein Huhn zu köpfen und auszuneh-
men. Anfangs wehrt sich der Mann so heftig, dass wir ihn kaum
festhalten können, doch als sich die Beule zunehmend leert und zu
schrumpfen beginnt, sinkt er mit einem Seufzer der Erleichterung in
sich zusammen.

Nachdem uns der Patient unter vielen Dankesworten verlassen
hat, ist es meine Aufgabe, den Behandlungsraum zu säubern, während

Aaron mit der Bedienung eines neu eingetroffenen Kunden betraut wird. Das Putzen ist keine angenehme Aufgabe. Dank der Gegenwehr des Mannes ist nicht alles in der Schüssel, sondern ein guter Teil auch auf dem Boden gelandet. Ich ignoriere den Gestank, schrubbe die Dielen sauber, koche das Messer und die Schüssel in einem Topf ab und verstaue beides wieder an seinem Platz.

»Gut gemacht«, lobt Mattis, als ich mich zu meinem Bruder hinter den Tresen geselle. »Hast dich besser gehalten als dieses Mannsbild hier.«

Mein Bruder zieht eine säuerliche Grimasse. Noch immer ist der Grünstich in seinem Gesicht nicht ganz verschwunden, vermutlich, weil noch immer der Gestank des Eiters in der Luft liegt.

»Keine Sorge«, tröstet ihn der Apotheker. »Solche Operationen sind die Ausnahme. Lass sie vielleicht zwei- oder dreimal im Monat vorkommen. Höchstens. Ich bin nur Apotheker und Gelegenheitsheiler, um die groben Sachen kümmern sich normalerweise die Wundärzte.«

Doch entgegen Mattis' Äußerung hält schon zwei Tage darauf die nächste Ausnahme Einzug, und wir erfahren, was es mit Dämonenknoten auf sich hat.

Wieder ist es ein älterer Mann, der im Laden erscheint, mit Mattis sein Problem bespricht und von ihm in den Behandlungsraum neben dem Laden geführt wird.

»Ziehen Sie Hose und Unterhose aus, werter Herr. Dann positionieren Sie sich bitte auf der Liege. Und zwar auf allen Vieren.«

Der Mann wirft mir einen betretenen Blick zu und knetet seine schweißfeuchten Hände. »Ist es denn notwendig, dass sie dabei ist?«

»Machen Sie sich keine Gedanken«, beschwichtigt ihn Mattis. »Mein Lehrmädchen hat schon ganz andere Dinge gesehen. Sie sind nur einer unter vielen, dessen Dämonenknoten wir ausbrennen.«

Der Mann gehorcht widerwillig, zieht sich aus, kauert sich auf allen Vieren auf die Liege und kneift die Augen zusammen, während sein Gesicht die Farbe einer überreifen Tomate annimmt.

»Gut.« Mattis klatscht in die Hände. »Dann wollen wir mal. Jade, nimm den Brennstab und lege ihn ins Küchenfeuer. Sobald er glüht, bringe ihn wieder her. Derweil sehen wir uns Ihr Problem an, werter Herr.«

Ich nehme das eiserne Instrument, das er mir reicht, gehe in die Küche und lege es ins Feuer. Als sich die Spitze rot verfärbt, kehre ich in den Behandlungsraum zurück und übergebe Mattis den Stab. Inzwischen ist unser Patient in Schweiß gebadet und wimmert leise vor sich hin.

»Sehr gut.« Der Apotheker tätschelt dem Mann beruhigend den Rücken, während ich wie gebannt auf das blanke, faltige Hinterteil starre. »Aaron, ziehst du bitte seine Backen auseinander? Und Jade, du reichst mir gleich die Salbe in dem hölzernen Döschen.« Er deutet auf den kleinen Tisch neben der Liege, auf dem mehrere Gefäße stehen. Nur eines davon besteht aus Holz. Ich nehme es, weiche zwei Schritte zurück und beobachte, wie Mattis vorsichtig den Brennstab in Richtung Hintern bewegt. Kurz bevor er die Haut berührt, zögert er einen Moment, konzentriert sich und drückt das glühende Metall mit kurzem, leichtem Druck auf die rot-bläulichen Knoten, die das Fleisch des armen Mannes verunstalten.

Das Gebrüll unseres Patienten lässt meine Ohren klingeln. Ein weiteres Mal drückt Mattis zu, wieder schreit unser Patient aus vollem Hals. Dann ist es überstanden. Ich reiche dem Apotheker den Salbentiegel und trete wieder zurück, während der Gestank nach verbranntem Fleisch in meine Nase steigt und mich erstarren lässt. Der Eiter hat mir nichts ausgemacht, auch nicht das Blut. Aber dieser Geruch ist unerträglich. Ich versuche, so flach wie möglich zu atmen, kralle meine Finger in den Rock und lenke meine Gedanken ab. Ich stelle mir mein geliebtes Meer vor, die heranrollenden Wellen und die tanzenden Möwen. Aaron trifft der Geruch nicht weniger heftig als mich. Mit einem Keuchen reißt er das Fenster auf, hängt sich hinaus und atmet in tiefen Zügen.

»So, es ist überstanden, werter Herr.« Behutsam verteilt Mattis die Salbe auf den Wunden. »Sie können sich wieder anziehen. Ich gebe Ihnen diese Salbe mit sowie ein Päckchen mit zehn Phiolen. Davon trinken Sie bitte täglich eine. Das Öl wird Ihnen die Notdurft erleichtern, bis die Wunden abgeheilt sind.«

Wir reißen uns zusammen, helfen dem Mann beim Aufstehen und Anziehen, packen seine Medikamente ein und verabschieden ihn mit einem Lächeln und ein paar freundlichen Worten.

»Da brat mir doch einer 'ne Glimmerkröte«, kommentiert Mattis, als sich die Tür hinter unserem Patienten schließt. »Man könnte meinen, ihr würdet schon seit Jahren hier arbeiten. Gut gemacht. Wirklich gut. Und entschuldigt die Sache mit der verbrannten Haut. Ich habe nicht daran gedacht, was das bei euch … ich meine …«

»Schon gut«, murmelt mein Bruder. »Wir kommen damit klar.«

»Wirklich?«, hakt Mattis nach.

Aaron und ich sehen uns an und nicken. Ein winziger Hoffnungsfunke leuchtet im Blick meines Bruders. Er lächelt mir zu und drückt kurz meine Hand, ehe wir wieder unseren Platz hinter dem Verkaufstresen einnehmen.

Eine Woche nach der anderen vergeht. Unser Leben ist wie ein Fluss, der sich beharrlich durch den Lauf der Dinge windet. Am Tage lenkt mich die Arbeit ab, am Abend, wenn die Dunkelheit kommt, verdränge ich den Schmerz mit der Wärme des Feuers, an dem mein Geist auf mich wartet.

Wenn ich seine Stimme höre, versinken alle Ängste und Gedanken in Bedeutungslosigkeit. Ich weiß, dass mir hier, an diesem Ort und in diesem Traum, nichts geschehen kann.

»Kannst du auch meinem Bruder helfen?«, frage ich ihn in einer dieser Nächte, in denen wir gemeinsam am Feuer sitzen. »Er ist manchmal wütend, weil ich besser klarkomme als er. Dabei schaffe ich das nur deinetwegen.«

Tut mir leid, Jade, antwortet mein Geist. *Ich würde es, wenn ich könnte. Aber das ist unmöglich.*

»Warum kannst du es nicht? Du brauchst ein Haar von ihm, stimmt's? Dann schick noch einmal den Vogel.«

Ein Haar ist das kleinste Problem. Das Band zwischen mir und dir besteht aus einem Zauber. Einem kleinen, unauffälligen Zauber, aber innerhalb von Jemeshars Grenzen ist auch das schon ein Risiko. Wenn ich noch ein zweites Band zu deinem Bruder herstelle, wird der Zauber stärker und seine Spur deutlicher. Scylla könnte ihn aufspüren, und dann wird sie euch festnehmen.

Ich senke den Kopf und fühle selbst durch die Magie des Traumes hindurch den nagenden Schmerz meiner Sorgen.

139

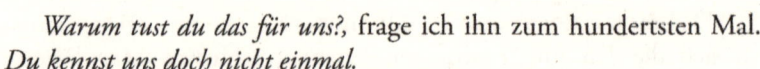

Warum tust du das für uns?, frage ich ihn zum hundertsten Mal. *Du kennst uns doch nicht einmal.*

Ich spüre die Zerrissenheit meines Geistes. Seine Gefühle wehen wie ein flüchtiger Nebelstreif durch meine Wahrnehmung, aber es ist nichts Kaltes oder Böses darin.

Nimm es einfach hin, Jade, erwidert er irgendwann. *Noch kann ich deine Fragen nicht beantworten.*

Wann wirst du es können?

Bald, wie ich hoffe.

»Und Aaron?«, frage ich leise. »Ist er stark genug? Wird er es schaffen?«

Er wird es schaffen. Dein Bruder ist einer dieser Menschen, die außen schwach und innen stark sind. Sei für ihn da. Gib ihm von deiner Kraft ab. Dann wird alles gut.

Nach diesem Traum erwache ich mit einem Gefühl der Zuversicht, das fortan mein treuer Begleiter wird. Und während die Tage vorbeiströmen, findet auch Aaron sein Lächeln wieder. Nicht dieses mühsame Verziehen seines Mundes, mit dem er mich beruhigen will, sondern sein echtes Lächeln. Die Momente, in denen er gedankenverloren über einen meiner Scherze lacht oder in dem das vertraute Licht in seine Augen zurückfindet, sind für mich kostbarer als jeder Schatz.

Mattis' Laden läuft besser als je zuvor, was er zu einem großen Teil uns anrechnet. Wir gehen völlig in unserer Arbeit auf, können bald ohne Hilfe Wunden vernähen, Abszesse aufschneiden, Schultern einrenken und Nesselwürmer entfernen. Nur das Ausbrennen von Dämonenknoten bereitet uns Schwierigkeiten, zumindest, sobald der Geruch ins Spiel kommt. Immer wieder steht mir mein Geist hilfreich zur Seite, wenn es darum geht, Mischungen für bestimmte Wehleiden zusammenzustellen. Heimlich ergänze ich die Rezepte, die Mattis mir aufschreibt, um all jene Zutaten, die mein Geist mir zuflüstert.

Weniger von dem Sumpfsilberkraut, dafür zwei Sonnenblüten mehr. Und ersetze das Pfefferkraut gegen eine Messerspitze Karakula.

Mein unsichtbarer Beschützer scheint etwas von Medizin zu verstehen. Fast täglich erscheinen Menschen in Mattis' Laden und sprechen ihm ihren Dank aus. Seine Mischungen seien das reinste Wunder, sagen sie. Zweifellos könnten sie mit den Mittelchen aus der berühmten Apotheke von Emerald, dem königlichen Heiler, mithalten. Bald

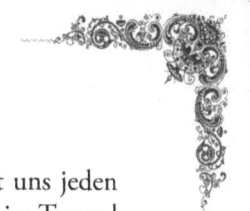

grinst Mattis ununterbrochen. Er betet für uns, verwöhnt uns jeden Tag mit Köstlichkeiten vom Markt und bringt sogar Opfer im Tempel dar, um den Göttern für uns zu danken.

Über meinen Geist verliere ich in all der Zeit kein Wort. Auch wenn es Momente gibt, in denen mir seine Existenz einen Schauer über den Rücken jagt, wächst er mir von Tag zu Tag mehr ans Herz. Er ist das Licht, an dem ich mich wärme. Er ist der Fels in der Brandung, an dem ich mich festhalte. Weine ich, stillt er meine Tränen. Bin ich einsam, bringt er mir all die schönen Erinnerungen zurück und hüllt mich in einen Mantel aus wunderbaren Träumen. Kann ich einen von Mattis' Zetteln nicht entziffern, auf denen er die Bestellungen für bestimmte Kunden notiert hat, flüstert er mir die richtigen Worte zu: *Das heißt Trollhanf, nicht Tigersand. Der Kerl sollte deutlicher schreiben. Das erste lindert eitrigen Ausschlag, das zweite verpasst dir welchen, wenn du es nicht auf eine bestimmte, sehr komplizierte Art vorbereitest. Oh, und wo du schon dabei bist: Gib deiner Kundin Weißen Mondmantel mit. Das verhindert, dass die Entzündung zurückkommt. Und diesen Tee dort drüben. Er reinigt ihr Blut.*

Ich tue, was mein Geist mir rät. Einige Tage später bringt die Frau, deren Ausschlag gänzlich verschwunden ist, einen riesigen Kuchen vorbei.

»Ihr Lehrmädchen ist ein Geschenk der Götter«, flötet sie überglücklich. »Nichts hat je so gut gegen mein Leiden gewirkt wie die Mischung, die sie mir zusammengestellt hat. Sehen Sie sich mein Gesicht an! So gut habe ich mich seit Jahrzehnten nicht mehr gefühlt. Behandeln Sie sie gut, Herr Apotheker. Auf Goldstücke wie dieses Mädchen muss man aufpassen. Gerade in der heutigen Zeit.«

An diesem Abend trägt Mattis ein Festmahl auf und löchert mich mit Fragen. Woher ich gewusst habe, dass der Tee bei dieser Sorte Krankheit hilfreich ist, und was die Sache mit dem Mondmantel sollte. Ich rede mich heraus, indem ich ihm allerlei Lügen auftische. Von Zufallsfunden in irgendwelchen Büchern, die ich vor dem Einschlafen lese, von Instinkten und logischen Schlussfolgerungen. Mattis gibt sich glücklicherweise damit zufrieden, tätschelt mir den Kopf und nennt mich einen Glücksgriff.

Aaron und ich schlagen uns an diesem Abend die Bäuche voll, bis wir kugelrund gemästet in unsere Zimmer schlurfen. Ich bin so müde, dass ich kaum noch die Augen offen halten kann. Doch gerade, als ich ins Bett schlüpfe, klopft es an der Tür.

»Jade?« Es ist Mattis' Stimme. »Kann ich kurz mit dir sprechen?«

»Ich bin wirklich todmüde. Können wir das auf morgen früh verschieben?«

»Ich würde gerne jetzt mit dir reden, wenn das in Ordnung ist.«

Etwas an seiner Stimme bereitet mir Sorgen. So verlockend die warme Decke auch ist – ich muss wissen, was ihm auf dem Herzen liegt. Murrend schäle ich mich aus dem Bett, tausche das Nachthemd gegen ein Kleid und trotte schlaftrunken die Treppe zu Mattis' Zimmer hinauf. Als ich die Tür öffne, steht er mitten im Zimmer, hat einen gottserbärmlichen Blick aufgesetzt und streckt mir seine Hände entgegen.

Wie erstarrt stehe ich da, während er mehrmals vergeblich nach Worten ringt. Es muss eine schlechte Nachricht sein, die er mir beichten will. Will er uns etwa hinauswerfen? Muss er sein Geschäft schließen? Hat Scylla ihm den Stand des Apothekers genommen? Ich habe gehört, dass ein falsches Wort genügt, um enteignet zu werden.

»Ich muss dich etwas Wichtiges fragen, Jade.« Mattis greift nach meinen Händen und umschlingt sie mit seinen nassgeschwitzten, speckigen Fingern. »Du bist eine einzigartige junge Frau, und mich beschleicht das Gefühl, dass dir das gar nicht bewusst ist.«

Meine Panik verwandelt sich in Ratlosigkeit. Was soll das? Warum sieht er mich so an? Und warum wird der Griff seiner Hände immer fester?

»Ich bin kein Mann vieler Worte«, presst er mühsam hervor. »Daher mache ich es kurz: Ich will dich bitten, meine Frau zu werden.«

Ich starre ihn nur an. Was hat er gerade gesagt? Habe ich richtig gehört? Das kann doch nicht sein Ernst sein. Er erlaubt sich einen Scherz. Einen wirklich miesen Scherz. Alles in mir schreit danach, mich ihm zu entziehen, aber mein Körper ist ebenso gelähmt wie meine Gedanken.

»Ich weiß, dass kommt überraschend«, haspelt er herunter. »Aber lass mich dir erklären, was sich dadurch für euch verändern wird.«

142

Nein, ich will das alles nicht hören. Ich will in mein Bett und so tun, als wäre das hier niemals geschehen. Stattdessen stehe ich da, lasse Mattis meine Hände kneten und höre zu, wie er atemlos plappert: »Eine Heirat würde dich zu einer vollwertigen Bürgerin Jemeshars machen und nicht nur dich in den Stand der Heilergilde erheben, sondern auch deinen Bruder. Ihr würdet dieselben Rechte und Privilegien besitzen, die ich besitze. Ihr wärt Teilhaber an meiner Apotheke und erlangt das Recht, meinen Besitz eines Tages zu erben, sobald die Götter mich zu sich rufen. Ich bringe euch alles bei, was ich weiß, damit ihr irgendwann in meine Fußstapfen treten könnt. Ich weiß, dass ich ein alter Mann für dich bin. Der Gedanke an eine Heirat mag dich vielleicht sogar ekeln, denn du bist gerade erst zur Frau geworden und ich … nun ja, ich habe die besten Jahre schon eine Weile hinter mir. Aber ich schwöre dir, ein guter Ehemann zu sein. Es soll dir und deinem Bruder an nichts fehlen. Ich gebe euch eine sichere Zukunft und ein Vermögen, das sich sehen lassen kann. Seit du … ich meine, seit ihr bei mir seid, fällt mir das Glück in den Schoß. Ich denke schon seit Tagen über das Angebot nach, das ich dir gerade gemacht habe. Und ich habe nächtelang dafür gebetet, dass du einwilligst. Bitte, Jade. Erfülle mir diesen Wunsch. Dann werde ich dafür sorgen, dass ihr niemals wieder Angst haben müsst. Sobald wir verheiratet sind, kann ich Aaron als meinen Sohn annehmen. Damit wärt ihr beide geachtete Bürger mit allen Privilegien.«

Ich bin wie versteinert. Meine Vernunft erkennt die Wahrheit in seinen Worten, doch mein Herz weiß nur eine Antwort: *Niemals!* Ich will es aussprechen. Ich will Mattis' irrsinnige Hoffnungen zerstören, aber aus meinem weit geöffneten Mund dringt kein Wort.

»Denke darüber nach, Jade.« Endlich lässt er mich los und weicht vor mir zurück. »Lass dir Zeit. Rede von mir aus auch mit deinem Bruder. Die Menschen haben es schwer unter Scyllas Herrschaft. Sie überzieht das Land mit Hass und Grausamkeit. Jeder kämpft darum, in diesem stürmischen Meer an der Oberfläche zu bleiben und nicht zu ertrinken. Die meisten, die nach Halt suchen, finden keinen. Doch mir liegt euer Glück am Herzen, das musst du mir glauben. Eine Heirat wäre der einzige Weg, euch beide in Sicherheit zu wissen. Das verstehst du doch, oder?«

Ich presse die Lippen zusammen und nicke. In meinen Augen brennen Tränen, mein Hals zieht sich zu einem schmerzenden Klumpen zusammen.

»Gib mir Zeit«, würge ich hervor. »Ein paar Tage.«

»Natürlich.« Mattis versucht sich an einem Lächeln. »Ich gebe dir alle Zeit, die du brauchst.«

Und damit endet unser schicksalhaftes Gespräch. Ich taumele aus dem Zimmer, stolpere die Treppe hinunter und schließe mich in meinem Zimmer ein. Den Rest der Nacht weine ich. Mein Herz kämpft mit meinem Verstand, mein Widerwillen mit dem Wissen, dass Mattis recht hat. Ich wäre die Frau eines geachteten Apothekers, und eines nicht mehr fernen Tages, wenn Mattis stirbt, würde uns der Laden gehören. Aaron und ich, Inhaber einer stadtbekannten Apotheke. Keine Zukunftsängste mehr, keine Geldsorgen mehr.

Ich wäre Mattis' Frau.

Ich müsste das Bett mit ihm teilen.

Und Aaron wäre nicht nur mein Bruder, sondern zugleich der adoptierte Sohn meines Mannes.

Meine Gedanken kreisen und kreisen, an Schlaf ist in dieser Nacht nicht zu denken. Stunde um Stunde sitze ich auf dem Fensterbrett und starre über das Labyrinth aus Dächern, die sich eingeschüchtert unter die Krone des Emekar-Baumes ducken. Das Geflecht aus Ästen und Zweigen verdeckt den Schein des Vollmondes, so wie das schwarze Chaos meiner Gedanken jeden Funken der Freude erstickt. Vorhin war mein Leben noch geordnet gewesen, ja, ich hätte es vielleicht sogar als glücklich bezeichnet. Wir mussten keinen Hunger leiden, wir besaßen ein warmes Bett, eine Aufgabe und einen Herrn, der es gut mit uns meinte. Jetzt ist all das noch immer da, aber ich fühle mich so elend wie an jenem Tag, an dem mein Zuhause verbrannt ist.

Jade?, flüstert mein Geist. *Willst du mit mir reden?*

Nein, antworte ich. *Nicht jetzt.*

Ich verschließe meine Gedanken vor ihm und presse die Stirn gegen das kalte, frostüberzogene Glas. Bei diesem Problem kann er mir nicht helfen. Das ist eine Entscheidung, die ich ganz allein treffen muss.

Als schließlich der Morgen dämmert, gehe ich hinunter in die Küche und bereite das Frühstück vor. Kaum erfüllt der Duft nach gebratenem Speck das Haus, lässt Aaron nicht lange auf sich warten. Mein Bruder sieht glücklich aus. Zu glücklich, um das zarte Geflecht seiner neu gewonnen Kraft zu zerstören. Ich tue so, als wäre alles gut, und es gelingt mir erschreckend gut.

Mattis plaudert an diesem Morgen über seine neuesten Geschäfte, als hätte unser nächtliches Gespräch niemals stattgefunden. Auch im Verlauf des Tages spricht er mich nicht darauf an und gibt mir durch nichts zu verstehen, dass er auf eine Antwort wartet. Aaron und ich erledigen unsere Arbeiten, räumen Kisten ein und aus, verkaufen Medikamente, erledigen Besorgungen und halten das Haus in Ordnung. Die Tage gehen weiter, als wäre nie etwas geschehen, und irgendwann beginne ich zu glauben, dass Mattis aufgegeben hat.

Ungeachtet dessen liege ich nächtelang wach und versuche, eine Entscheidung zu treffen. Kann das Leben wirklich von mir verlangen, mein Glück gegen eine Zukunft in Sicherheit und Wohlstand einzutauschen? Könnte ich ein Dasein als Mattis' Frau ertragen? Könnte Aaron es ertragen?

Mein Bruder drängt mich von Tag zu Tag mehr, den Grund für meine Schweigsamkeit zu verraten, doch ich bringe kein Wort hervor. Wie wird er reagieren? Wird er Mattis hassen? Wird er mir nahelegen, das Angebot anzunehmen? Ist seine Angst davor, wir könnten in der Gosse oder gar auf dem Schafott enden, größer als sein Drang, mich vor Mattis zu beschützen?

Jeden Morgen schwöre ich mir, eine Entscheidung zu treffen. Jeden Abend gehe ich ins Bett, ohne es über mich gebracht zu haben.

Doch nach und nach beginnt sich Mattis' Verhalten zu verändern. Zuerst sind es nur flüchtige Berührungen, die ich noch auf ein Versehen schieben kann: eine Hand, die mich beim Vorbeigehen streift. Ein dankbares Schulterklopfen. Ein Streicheln über mein Haar, wenn ich an einem Tag besonders viel verkauft habe. Doch allmählich ändert sich die Natur dieser Berührungen. Mattis macht keinen Hehl mehr daraus, dass er mir nahekommen will. Eines Morgens, als ich die Ziege melke, steht er plötzlich hinter mir und knetet meine Schultern. Später will ich einen Schinken aus der Vorratskammer holen, als Mattis dazukommt und sich mit mir in die enge Kammer quetscht. Vorgeblich, um einen Sack Mehl vom Regal zu hieven, doch statt nach eben jenem Sack zu greifen, schlingt er meinen Zopf um sein Handgelenk und schnuppert daran. Kein Wort kommt aus ihm heraus, doch ich höre, wie sein Atem schwerer geht und sein Körper einen eigenartigen Geruch ausdünstet.

Beim Abendessen liegt plötzlich seine Hand auf meinem Knie, und als ich am Abend zu Bett gehe und meine Tür abschließe, wache ich mitten in der Nacht von Mattis' Keuchen auf. Eine Ewigkeit lang steht er vor meiner Kammer, ehe er sich endlich davonstiehlt.

Niemals werden seine Berührungen grob, nie hält er mich zurück, wenn ich mich ihm entziehe. Ich sehe keine Wut und keinen Vorwurf in seinem Blick. Nur ein Drängen, das von Tag zu Tag deutlicher wird.

Beende das!, verlangt mein Geist mit einem schneidenden Zorn in der Stimme. *Sofort, Jade! Je länger du schweigst, umso schlimmer wird es. Du musst ihm sagen, was du fühlst.*

Ja, antworte ich immer wieder. *Ja, ich weiß.*

Und doch tue ich nichts. Rein gar nichts. Obwohl die Wut meines unsichtbaren Beschützers und meine Wut auf mich selbst beständig größer wird.

»Ist alles in Ordnung?«, fragt Aaron mich immer wieder. »Geht es dir gut? Warum bist du so still geworden?«

Jedes Mal versichere ich ihm, dass mir nichts fehlt. Doch mein Widerstand wächst. Still und heimlich, aber unaufhaltsam. Eines Morgens, als die Frühlingssonne durch die frisch belaubten Zweige des Emekar-Baumes leuchtet, bin ich damit beschäftigt, gewaschene Bettwäsche aufzuhängen. Und in einem Augenblick des Innehaltens, in dem ich mein Gesicht in das Sonnenlicht halte, wird mir klar, dass mein Geist recht hat: Ich muss die Sache klarstellen. Ich muss dem ein Ende bereiten.

Heute. Jetzt.

So verlockend die Aussicht auf endgültige Sicherheit auch ist, ich kann Mattis nicht heiraten. Niemals. Allein der Gedanke macht mich krank. So krank, dass ich seit seinem Antrag keinen Hunger verspüre und kaum noch schlafe. Er mag ein guter Mann mit einem rechtschaffenen Herzen sein, aber das Bett mit ihm teilen?

Nein! Unmöglich!

Aaron würde es genauso wenig ertragen wie ich. Mattis glaubt, seine Idee wäre das Beste für uns, aber das Gegenteil ist der Fall. Wenn ich seinem Drängen nachgebe, wird nur eines geschehen: Es wird uns zerstören.

Ich hänge das letzte Laken auf, trage den Korb zurück in den Waschkeller und beschließe, die Hoffnung des Apothekers endgültig auszuradieren. Ich muss die richtigen Worte finden. Worte, die ihn nicht verletzen und ihn nicht wütend machen. So viel hängt von seiner Gunst ab, aber nicht genug, um ihm mein Leben und meinen Körper zu Füßen zu legen.

Ich atme tief durch, streiche mein Kleid glatt und steige die Treppe zu Mattis' Zimmer hinauf. In letzter Zeit schläft er lange, vermutlich wird er noch im Bett liegen. Aaron ist nirgendwo zu sehen oder zu hören, wahrscheinlich ist er auf dem Markt und erledigt Besorgungen. Soll ich besser warten, bis mein Bruder wieder da ist? Nur für den Fall? Nein, Mattis würde niemals die Hand gegen mich erheben. Er weiß, was er an uns hat.

Ich atme noch einmal durch, steige die Treppe empor und fühle in dem Moment, in dem ich anklopfen will, die Anwesenheit meines Geistes.

Warte, zischt er mir zu.

Ich lasse meine Hand über dem Holz schweben. Merkwürdige Geräusche werden laut. Angestrengtes Ächzen und Japsen, vermischt mit heiserem Keuchen. Hat Mattis etwa Schmerzen? Ist ihm etwas geschehen?

Nein!, huscht es durch meinen Kopf, als ich mich entschließe, die Tür zu öffnen. *Warte noch.*

Warum?, frage ich. *Irgendetwas ist mit ihm.*

Nein, diesem Mistkerl geht es gut.

Das klingt aber nicht so.

Glaub mir. Es geht ihm gut. Vielleicht solltest du lieber später zu ihm gehen. Jetzt erscheint mir der Augenblick denkbar ungeeignet.

Nein!, protestiere ich. *Kein Warten mehr! Ich habe den ganzen Mist lange genug aufgeschoben.*

Die Geräusche enden mit einem bellenden Keuchen. Etwas raschelt, dann folgt ein lautes *Rumms*, als hätte Mattis seine Faust gegen etwas Hartes gerammt.

Ich nehme allen Mut zusammen und klopfe.

Einige Momente lang bleibt es still. Mein Herz dröhnt in der Stille und drückt sich meinen Hals hinauf. Alles pocht und kribbelt, mein Mut schrumpft zur Größe einer gedörrten Traube zusammen.

»Ja?«, krächzt es schließlich.

»Kann ich mit dir reden, Mattis? Oder soll ich …«

»Nein, nein. Komm ruhig rein.«

Ich öffne die Tür und trete ins abgedunkelte Zimmer. Die Luft stinkt nach Schweiß und fauligen Ausdünstungen, sie ist so dick, dass man sie zerschneiden könnte. Mattis sitzt auf der Bettkante, lässt die Schultern hängen und atmet keuchend.

»Alles in Ordnung?«, frage ich vorsichtig.

»Ja ja«, kommt es brummend zur Antwort. »Hast du dich entschieden? Bist du deswegen gekommen?«

Ich kralle meine Finger in den Rock, flehe die Götter um Hilfe an und kratze allen Mut zusammen. »Es tut mir leid, Mattis. Aber ich kann das nicht.«

»Du kannst nicht meine Frau werden?« Seine Stimme klingt ungewohnt kalt und abweisend. »Ist das dein letztes Wort?«

»Ich bin dir sehr dankbar«, stammele ich hervor. »Wir sind dir sehr dankbar. Du hast so viel für uns getan und … es tut mir leid, aber … ich kann es einfach nicht.«

Mir fällt ein Stein vom Herzen. Es ist ausgesprochen. Es ist vollbracht. Was jetzt noch kommt, ist mir gleich, denn ich habe die Sache klargestellt und die Last von meinen Schultern genommen.

Mattis nickt, steht auf und schlurft zur Tür. Erst jetzt sehe ich, dass sein weißes Nachthemd verräterisch ausgebeult ist. Durch den dünnen Stoff kann ich sogar seine hoch aufgerichtete Männlichkeit sehen, die bei jedem Schritt auf und ab wackelt.

Jade!, zischt mein Geist. *Verschwinde! Sofort!*

Ich blinzele verwirrt.

Verschwinde!

Hastig werfe ich mich herum und will nach der Klinke greifen, doch Mattis ist schneller. Mit einem wütenden Knall schlägt er die Tür vor meiner Nase zu, dreht den Schlüssel herum und wirft ihn in die nächstbeste Ecke. Ungläubig starre ich auf seinen Rücken.

148

Schweißdurchtränkt klebt das Nachthemd an seinen Schulterblättern.

»Was soll das?« Seltsamerweise fühle ich nur Wut und keine Angst. »Lass mich raus! Sofort!«

Mattis erwidert nichts. Sein Atem geht schleppend und schwer, er presst die flachen Hände gegen die Tür, atmet tief durch und fährt zu mir herum. Der sanfte Mann, den ich kennengelernt habe, ist verschwunden. In seinem Blick brennt eine Verzweiflung, die an Wahnsinn grenzt.

»Ich ertrage es nicht länger, Jade.« Seine Pranken greifen nach meinen Schultern und packen so fest zu, dass ich vor Schmerz aufkeuche. »Ich halte es nicht mehr aus. Du musst zustimmen. Du musst meine Frau werden. Wenn du nicht willst, werde ich dafür sorgen, dass du keine andere Wahl hast.«

Plötzlich geht alles so schnell, dass ich keine Zeit für irgendeine Reaktion habe. Er packt das Oberteil meines Kleides, reißt es mit einem brutalen Ruck auf und bleckt die Zähne wie ein Tier. Kalte Luft berührt meine entblößten Brüste. Ich will sie mit meinen Armen bedecken, doch Mattis packt meine Handgelenke und hält sie mit eisernem Griff umfangen. Sein Blick klebt auf meiner nackten Haut. Er geifert wie ein tollwütiger Hund, leckt sich mit der Zunge über die Lippen und beginnt zu hecheln.

Dann drängt er mich zum Bett. Schritt für Schritt. Ich zerre und rüttele mit aller Kraft, um freizukommen, doch seine Umklammerung ist unerbittlich. Mattis ist alt, aber groß und breit und um vieles stärker als ich.

Als sich das Fußende des Bettes gegen meine Beine drückt, schreie ich aus voller Kehle: »Nein! Lass mich los!«

»Lärme herum, so viel du willst. Dein Bruder ist auf dem Marktplatz und meine Nachbarn sind diskret. Du bist immer noch mein Lehrmädchen und damit dein Eigentum. Hast du den Reif schon vergessen?«

Er stößt mich auf das Bett, wirft sich auf mich und schiebt seine Hand unter meinen Rock. Ich wehre mich aus Leibeskräften, schreie und schlage, trete und kratze. Ich reiße ihm sogar ein Büschel Haare aus, aber er stört sich nicht daran, sondern schnappt sich erneut meine Handgelenke, nimmt sie in einer seiner Pranken zusammen und zwingt meine Arme nach oben, bis er sie über meinen Kopf in die Decke drücken kann. Während er mich auf diese Weise festhält und das Gewicht seines Körpers mir die Luft aus dem Brustkorb presst, wandert seine freie Hand erneut unter meinen Rock. Japsend und stöhnend hechelt er mir seinen Atem ins Gesicht, presst seine nassen Lippen auf meinen Mund und tastet sich zu meiner Unterhose vor.

»Nein!«, kreische ich so laut, dass meine Kehle schmerzt. »Nein, bitte! Hör auf!«

»Ich hätte dir alles zu Füßen gelegt«, bellt er mir zwischen zwei widerlich feuchten Küssen ins Gesicht. »Ich hätte dich auf Händen getragen. Hast du eine Ahnung, wie viel Glück ihr beiden hattet? Niemand sonst hätte sich für euch Ratten interessiert. Monatelang habe ich euch durchgefüttert, habe euch alles anvertraut und euch wie meine eigenen Kinder behandelt. Und dann schlägst du das beste Angebot aus, das ein heimatloses Mädchen wie du erwarten kann. Aber sei es drum. Wenn erst einmal meine Brut deinen Bauch füllt, wirst du keine andere Wahl haben. Ohne meine Gunst erwartet euch dort draußen nur der Tod. Habt ihr das noch nicht begriffen? Du wirst meine Frau, Jade, und wenn ich dich und deinen Bruder in Ketten legen muss.«

Seine Hand packt meine Unterhose und zerreißt den dünnen Stoff so mühelos, als bestünde er aus Spinnenseide. Währenddessen drückt sein ersticktendes Gewicht meine Beine auseinander. Schnaufend wie ein Wildschein schiebt Mattis meinen Rock höher, ohne den Griff seiner Pranke um meine Handgelenke auch nur einmal zu lockern. Dann, als er den Stoff um meine Hüften zusammengerafft hat, fummelt er an seinem Nachthemd herum.

Sein Körper scheint immer schwerer zu werden. Ich ringe nach Atem und winde ich mich wie ein Wurm in seinem Griff, schlage meine Stirn mit voller Kraft gegen seinen Kopf und ernte doch nur ein höhnisches Lachen.

»Wehr dich nur, kleine Katze. Wehr dich! Hast ordentlich Feuer unter'm Hintern, was?«

Sein Nachthemd ist hochgeschoben. Er greift zwischen seine Beine, grinst triumphierend und …

Das Gewicht verschwindet abrupt von meinem Körper. Ich sehe Mattis wie eine Stoffpuppe davonfliegen und mit voller Wucht gegen die Wand krachen. Er stößt einen pfeifenden Laut aus, als ihm der Aufprall die Luft aus den Lungen presst, dann kracht er zu Boden und bleibt reglos auf dem Rücken liegen.

Was war das? Wer hat ihn von mir fortgerissen? Ich sehe niemanden, nur einen leeren Raum.

Egal!

Hastig schiebe ich den zusammengeknüllten Rock über meine Beine, halte das zerrissene Oberteil mit beiden Händen vor meinen Brüsten zusammen und springe auf.

Da erscheint neben dem Bett eine Gestalt. Ich schreie auf und presse mich gegen die Wand, doch im nächsten Moment erkenne ich sie: Schlank und dunkel, gehüllt in einen Reisemantel, dessen Kapuze ein nebelhaft schwarzes Gesicht verhüllt.

Es tut mir leid, sagt mein Geist. *Ich wünschte, ich hätte eher bei dir sein können. Warum hast du nicht auf mich gehört, Jade? Müsst ihr Menschen immer sehenden Auges in euer Verderben rennen?*

Er ist hier! Er ist tatsächlich hier und steht leibhaftig in Mattis' Schlafzimmer. Ich sehe das Auf und Ab seines Brustkorbs und seine blassen, schlanken Hände, die über der schwarzen Wolle des Mantels unwirklich hell leuchten.

In diesem Augenblick kommt Bewegung in die reglose Gestalt des Apothekers. Stöhnend rappelt er sich auf, schiebt sich an der Wand empor und glotzt den Eindringling ungläubig an. Noch immer hängt das Nachthemd zusammengeknüllt um seine Hüften, oben gehalten vom aufragenden Gemächt.

»Was suchen Sie hier?«, presst er mit schmerzverzerrtem Gesicht hervor und hält sich die Seite. »Was fällt Ihnen ein? Scheren Sie sich raus!«

Er stolpert zum Nachtschrank, zieht eine Schublade auf und holt einen Feuerstock hervor. Mein Blut gefriert. Noch ehe ich eine Warnung ausstoßen kann, beginnt die Waffe zu glühen, verbrennt Mattis' Hand und fällt klappernd zu Boden. Der Apotheker brüllt vor Schmerz, und als sein Blick zu seiner Körpermitte wandert, plärrt er noch lauter: Was gerade noch steif und hart nach oben geragt hat, fällt plötzlich mitsamt Anhängsel zu Boden und löst sich in Luft auf. Mattis verstummt vor Schreck. Mit beiden Händen rafft er sein Nachthemd und tastet panisch über das Stück glatter Haut, das nun anstatt eines Geschlechtsteils seine Körpermitte ziert.

»Mach, dass du wegkommst!«, knurrt mein Geist laut und deutlich. »Solltest du ihr noch einmal zu nahe kommen, lasse ich dich im Ganzen verschwinden. Oder ich verwandele dich in eine Kotkröte. Was ist dir lieber?«

Mattis entscheidet sich schnell: Er hebt den Schlüssel vom Boden auf, stürmt zur Tür, schließt hastig auf und poltert die Treppe hinunter. Sekunden später ist er verschwunden. Ich höre noch, wie die Haustür zugeknallt wird, dann kehrt Ruhe ein.

Als ich mich umdrehe, erwarte ich ein leeres Zimmer. Doch mein Geist ist noch da, so lebendig und greifbar, dass ich an meinem Verstand zweifele. Wie im Traum, ist sein Gesicht von schwarzem Nebel verhüllt und lässt mich nicht einmal seine Züge erahnen.

Ich hätte schneller sein müssen, spricht er in Gedanken zu mir. *Aber Jemeshar ist eine Festung aus schwarzem Zauber. Der Bann ist zu stark. Ich muss wieder verschwinden, Jade. Sonst wird sie dich finden.*

»Nein!« Ich greife nach ihm, doch meine Finger erhaschen nur Luft. Innerhalb eines Blinzelns ist er verschwunden, nur ein Hauch seines Duftes bleibt zurück.

Wald und Frost.

Ich starre auf die Stelle, an der er eben noch gestanden hat. Mein Geist hat mich gerettet. Er hat Mattis vertrieben und ihn verhext.

Ich bin kein Hexer, flüstert es in meinem Kopf.

Aber du hast ein Körperteil verschwinden lassen, widerspreche ich. *Das muss Hexerei sein!*

Nein, muss es nicht. Jetzt geh, Jade. Verschwinde von hier. Vielleicht kommt er zurück. Ich weiß nicht, ob ich Scyllas Zauber noch einmal durchdringen kann.

Seine Worte rütteln meinen Verstand wach. Ich haste die Treppe hinunter und will gerade in meinem Zimmer verschwinden, als Aaron aus der Küche kommt. Ein Blick genügt, um ihn begreifen zu lassen, was geschehen ist. Hass flackert in seinen Augen auf. Und ein an Wahnsinn grenzender, lodernder Zorn.

»Ich werde ihn umbringen«, flüstert er, kalt wie Eis. »Ich werde ihm seinen verdammten Schwanz abhacken. Wo ist er?«

»Verschwunden.« Ich schlüpfe durch die Tür und knalle sie meinem Bruder vor der Nase zu. »Wir müssen weg. Ich ziehe mich nur schnell an.«

»Vorher werde ich ihn umbringen!« Aarons Faust kracht gegen die Wand. Einmal, zweimal, dreimal. »Ich werde ihm seine verlogene Zunge herausschneiden und seine dreckigen Eier zerquetschen.«

»Es ist nichts geschehen«, rufe ich durch die Tür. »Mattis ist abgehauen, ehe etwas passiert ist.«

»Aber dein Kleid!«

»Ja, er hat es zerrissen. Aber ich habe so laut geschrien, dass er Angst bekommen hat.«

Mein Bruder flucht und schlägt noch einmal gegen die Wand. »Beeil dich, Jade. Sonst steht er gleich mit einem Feuerstock in der Tür.«

Ich reiße mir das zerfetzte Kleid vom Leib und ziehe hastig eine alte Hose, ein Hemd und dicke Socken an. Zuletzt schlüpfe ich in eine Fellweste, lege mir den Wollumhang über und steige in die dicken Winterstiefel. Kaum öffne ich die Tür, packt Aaron meinen Arm und zerrt mich unsanft vorwärts. Den Flur entlang, durch die Küche und aus dem Haus. Im Vorbeigehen schnappt er sich zwei Taschen, dann sind wir auch schon draußen.

Nach links, flüstert es in meinem Kopf.

Kurzerhand ziehe ich meinen Bruder in die Richtung, die mein Geist mir vorgibt.

»Was soll das?«, protestiert er. »Wir sollten in Richtung der Tore laufen.«

»Nein, das sollten wir nicht. Bitte vertraue mir.«

So schnell uns unsere Beine tragen, rennen wir die Straße entlang. Immer geradeaus, bis ich erneut die Stimme höre. *Da, in die Gasse hinein. Dann den zweiten Pfad rechts nehmen.*

Im Augenwinkel sehe ich Aaron verwirrtes Gesicht, doch er lässt sich widerstandslos von mir mitziehen. Als wir unter einer schmalen Brücke hindurch gelaufen sind, zischt ein scharfes *Duckt euch!* durch meine Sinne. Wir springen hinter einen abgestellten Karren und entgehen gerade rechtzeitig den Blicken einer Wachpatrouille, die die Gassen und Straßen nach Herumlungerern absucht. Atemlos warten wir, bis die drei Männer weitergezogen sind.

»Woher wusstest du das?«, zischt Aaron. »Du kannst sie unmöglich gesehen haben. Sie sind erst aufgetaucht, nachdem wir hinter dem Karren saßen.«

»Vertrau mir«, weiche ich aus. »Bitte vertraue mir einfach.«

»Du musst mir das erklären, Jade.«

»Ich kann es nicht erklären, verstanden? Es ist … ich weiß es selbst nicht.«

»Bist du adoptiert? Ist dein wahrer Nachname Kimentaro?«

»Hä?«

»Aus dem Stamm der Kimentaros stammten damals die höchsten Priesterinnen. Sie verfügten über seherische Gaben und galten als unfehlbare Orakel, weil sie gleichzeitig die Vergangenheit, die Gegenwart und die Zukunft sahen. Anscheinend hast du ähnliche Talente.«

»Aha.« Immer noch glüht der Zorn in Aarons Augen. Ich weiß, dass er nur plappert, um nicht nachdenken zu müssen. »Nein, ich bin kein Orakel. Es ist nur ein Instinkt.«

»Hat Mattis dich wirklich nicht angerührt?«, fragt er leise. »Ist dir nichts geschehen? Bitte sag mir die Wahrheit!«

»Nein, mir ist nichts geschehen. Mattis geht es schlechter als mir, das kannst du mir glauben.«

»Hast du ihm ordentlich eine runtergehauen?«

»Ja, das habe ich.«

»Sehr gut.« Er klopft mir auf die Schulter. »Das ist meine Schwester. Mögen ihn die Aaswürmer fressen!«

Ich grinse müde. Mattis' Blick, als seine stolze Männlichkeit abgefallen ist, werde ich nie vergessen. Hexerei bedeutet niemals etwas Gutes, und doch hat mein Geist mich gerettet. Nicht einmal, sondern zweimal. Ohne ihn wären wir der Patrouille in die Arme gelaufen und im Kerkerbaum geendet. Was bedeutet das alles nur? Warum wacht mein Geist über uns und warum sagt er mir nicht die Wahrheit?

Weiter, flüstert es durch meinen Kopf. *Die Luft ist rein.*

Wir rennen los, erreichen einen kleinen Marktplatz und drücken uns dicht an den Häuserwänden entlang. Nirgendwo sind Soldaten

154

oder Wächter zu sehen, nur einfache Leute, die über den Platz schlendern oder ihre Waren an den Mann bringen.

Siehst du die beiden Mädchen dort drüben in der Hausnische?, fragt mein Geist. *Die Ecke gleich hinter dem Tuchstand?*

Ich blicke in besagte Richtung und sehe zwei dunkelhäutige, kaum fünfzehnjährige Kinder, die sich ängstlich aneinanderdrängen. Ihre krausen, zu unzähligen dünnen Zöpfchen geflochtenen Haare und die Tätowierungen auf ihren Gesichtern zeichnen sie als Waldleute aus, vermutlich aus den Dschungeln von Erusch. Beide sind zart und schön wie Onyxschwalben. Ihre riesigen schwarzen Augen fixieren zwei Wächter, die gerade aus einem Toreingang kommen und ihre Kontrollrunde beginnen.

Geht zu ihnen, raunt mein Geist. *Sie werden euch helfen. Und falls sie sich sträuben, werde ich ein wenig nachhelfen.*

Kurzerhand ziehe ich Aaron hinter mir her. Die Mädchen zucken zusammen, als wir vor ihnen auftauchen, werfen einen Blick auf unsere Halsreife und atmen mit sichtbarer Erleichterung aus.

»Ihr seid auf der Flucht«, erkennt die Größere der beiden. »Hat euer Herr euch etwa geschlagen? Oder euch vergewaltigt? Oder beides?«

Wir lassen uns neben den Mädchen auf den Boden fallen, als die Blicke der Wächter in unsere Richtung gehen. Der Stand des Tuchhändlers bietet uns glücklicherweise Deckung, wenn auch keine besonders gute.

»Woher kommt ihr?«, fragt die Kleinere.

»Dunai-Halbinsel«, antworte ich. »Scyllas Steuereintreiber haben unsere Eltern umgebracht. Ein Apotheker hat uns mit nach Jemeshar genommen, aber es ist nicht gut geendet.«

»Er war wohl nicht der rechtschaffene Mann, für den er sich ausgegeben hat, was?«, mutmaßt die Größere. »Mein Name ist Metena. Das da ist meine Schwester Aja. Wir kommen aus Erusch und waren bis vor einigen Monaten noch die Sklavinnen eines Adligen. Können wir euch trauen?«

»Das könnt ihr.« Ich halte Metenas und Ajas durchdringenden Blicken stand, weil ich spüre, dass sie ein Urteil über uns fällen. »Wir haben noch nie auf der Straße gelebt und wissen nicht, wohin wir gehen sollen.«

»Verfolgt euch euer Herr?«, fragt Aja. »Hat er eine Schar Soldaten losgeschickt?«

»Nein.« Ich schüttele den Kopf. »Er hat gerade anderes zu tun.«

»Dann weiß er noch gar nicht, dass ihr verschwunden seid?«

»Keine Ahnung. Wir sind einfach … losgerannt.«

Metena nickt und tauscht mit ihrer Schwester ein paar geflüsterte Wörter aus. Immer wieder schweifen die Blicke der Mädchen zu uns, während wir zusammengekauert in der Nische kauern und auf ihre Entscheidung warten. Wird mein Geist dem Vertrauen der beiden auf die Sprünge helfen? Bedeutet das, dass er sie verzaubert, so wie er Mattis Körpermitte verzaubert hat?

Schließlich wendet sich Metena wieder mir zu und lächelt. »Wenn man eines auf der Straße lernt, dann ist es das Unterscheiden zwischen Gut und Böse. Ihr könnt mir uns kommen. Wir brauchen euch, so wie ihr uns braucht.«

»Warum braucht ihr uns?«, fragte Aaron argwöhnisch. »Ihr kennt uns doch gar nicht.«

»Weil ihr nicht so seid wie die anderen«, erwidert Metena mit einer Stimme, die nicht zu einem so jungen Mädchen passen will. »Hier geht es um das nackte Überleben. Gnade und Mitleid gibt es nicht mehr. Ihr beide habt das noch nicht begriffen, deswegen glaube ich, dass wir Freunde werden können. Los jetzt, die Wächter sind weg, aber sie werden gleich wiederkommen.«

Im nächsten Moment rennen wir auch schon zu viert durch die Gassen. Metena und Aja führen uns jedoch nicht in die verwinkelte Innenstadt, sondern in Richtung des Emekar-Stammes.

In Richtung Palast.

Keine Angst, flüstert mein Geist. *Die beiden besitzen das perfekte Versteck.*

Aaron wirft mir einen warnenden Blick zu, doch ich drücke aufmunternd seine Hand und forme mit den Lippen ein lautloses *Vertrau mir*. Mein Bruder kapituliert mit einem Kopfschütteln, während wir in wildem Zick-Zack durch immer enger und steiler werdende Gassen rennen. Schließlich stehen wir vor einem Gitter. Metena und Aja quetschen sich zwischen den Stäben hindurch, wir folgen ihnen nach kurzem Zögern.

Als nächstes huschen wir einen Kanal entlang, der sich schrauben-förmig um den Stamm windet und unterhalb des Palastes zu enden scheint. Der Gestank ist kaum zu ertragen. Unrat mischt sich mit den Ausscheidungen der Stadtbewohner und den Abfällen der Schlachter. Ratten huschen fiepend umher, zeigen keinerlei Angst und streifen uns sogar mit ihren dicken, pelzigen Körpern.

Hinter einer eingestürzten Brücke lotst Aja uns nach rechts, hinein in einen Gang, der so eng ist, dass nur Kinder und sehr schlanke Erwachsene hindurchpassen. Aaron ist kurz davor, steckenzubleiben, Schritt für Schritt arbeitet er sich vorwärts und flucht ununterbro-chen. Schließlich bleibt Aja vor einem Schacht stehen und schiebt mit dem Fuß dessen hölzerne Abdeckung beiseite.

»Da runter!«, erklärt sie freudestrahlend. »Aber passt auf. Die Stre-ben sind alt und glitschig.«

Aaron zögert keinen Moment. Er scheint heilfroh zu sein, der Enge des Ganges zu entkommen, auch wenn das bedeutet, in stin-kende Schwärze hinabzuklettern.

Aja ist als Nächste an der Reihe, danach folge ich. Alles in mir zieht sich zusammen vor Ekel, als ich die schmierigen Leiterstreben umfasse. Es stinkt überwältigend nach Ausscheidungen, und was da gerade zäh und schleimig meine Finger verklebt, möchte ich nicht wissen.

Sprosse für Sprosse steige ich abwärts, bis nach ein paar Metern zwei Hände nach mir greifen. »Du hast es geschafft, Schwesterherz.«

Ich schmiege mich an Aarons Körper und starre in eine undurch-dringliche Schwärze hinein. Ohne die bleierne Erschöpfung, die meine Gedanken betäubt, hätte ich mir tausend Abscheulichkeiten ausgemalt, die in solch einer Finsternis hausen.

Es ist nicht schön, sagt mein Geist. *Aber hier seid ihr sicher. Keiner wird auf die Idee kommen, dass hier unten Menschen leben.*

Das glaube ich ihm sofort. Allein der Gestank und die Dunkelheit bieten genügend Abschreckung.

»Urteilt nicht vorschnell«, höre ich Aja in der Dunkelheit sagen. »Unser Versteck ist viel angenehmer, als ihr es euch gerade ausmalt.«

»Warum zeigt ihr es uns?«, wirft Aaron ein. »Woher wisst ihr, dass wir euch nicht verraten? Ehrlich gesagt finde ich das verdammt unvorsichtig von euch.«

»Weil ihr genauso seid, wie wir damals gewesen sind«, erwidert Metena hinter mir. »Ich habe Lügner und Betrüger kennengelernt, Schläger und Mörder. Menschliche Monster in jeder Form. Wenn man nur noch von Schlechtigkeit umgeben ist, fällt einem Unschuld sofort ins Auge.«

»Wir sehen also unschuldig aus?«, hake ich nach.

»Ihr seht aus wie jemand, der Hilfe braucht. Aber jetzt los, ich habe Hunger. Passt auf eure Füße auf und lasst auf keinen Fall los.«

Metena umschließt meine linke Hand, während ich meinen Bruder mit der rechten festhalte. Dann tauchen wir in die Finsternis ein.

»Zwanzig Schritte geradeaus«, höre ich Aja sagen. »Dann fünf nach links und dreißig nach rechts. Anschließend balancieren wir über einen schmalen Sims, der über den Abwasserkanal führt, und zuletzt müssen wir noch einmal zehn Schritte nach links. Am besten merkt ihr euch den Weg so schnell wie möglich.«

Aaron stöhnt auf. »Jetzt verstehe ich, warum ihr hier unten so sicher seid. Wahrscheinlich verlaufen sich sogar die Ratten.«

»Ach ja«, fügt Aja verschmitzt hinzu, »die Spinnennetze sind der Teil, den ich am meisten hasse. Egal, wie oft wir sie kaputt machen, die Mistviecher spannen sie ganz schnell wieder neu auf.«

»Spinnen?«, keuche ich.

»Du wirst dich daran gewöhnen«, kommt es diesmal von Metena. »Die Spinnen hier sind euer kleinstes Problem. Weder ist ihr Biss giftig, noch sind sie von Scylla abgerichtet. Es sind einfach nur Spinnen. Ganz normale, widerliche, harmlose Spinnen.«

»Von Scylla abgerichtet?«, fragt Aaron. »Wie meint ihr das?«

»Es gibt nur ein einziges Gesetz auf der Straße«, meldet sich Aja zu Wort. »Vertraue niemandem. Absolut niemandem. Gut, uns könnt ihr trauen, aber ansonsten ist jeder Mensch und jedes Tier euer Feind. Scyllas Augen sind überall. Sie benutzt sogar Käfer und Krähen, um die Stadt zu überwachen.«

Aaron schnaubt. Und dann setzt Schweigen ein. Schritt für Schritt bewegen wir uns durch die Finsternis, während in meinem Kopf jene Bilder ablaufen, die ich bisher erfolgreich verdrängt habe. Mattis' erstickend schwerer Körper auf mir, sein Schweißgestank, seine grapschenden Hände, sein hechelnder Atem.

Danke, dass du mir geholfen hast, flüstere ich in mich hinein. *Und es tut mir leid, dass ich nicht auf dich gehört habe. Wenn ich seine Hoffnungen von Anfang an beseitigt hätte, wäre das alles vielleicht nie passiert.*

Ich hätte früher kommen müssen, antwortet er nur.

Du bist rechtzeitig gekommen. Nur das zählt.

Seine Nähe ist wie ein warmer Windhauch. Es ist, als würde sich eine Hand sanft auf meine Schulter legen, und plötzlich fühle ich wieder Hoffnung.

Tiefer und tiefer dringen wir in die Kanalisation ein. Immer wieder spüre ich, wie einer von uns stolpert. Nur mein Schritt ist so sicher, als wäre ich den Weg bereits hunderte Male gelaufen. Als wir schließlich über einen schmalen Sims balancieren, rutscht Aaron aus und kann nur durch unseren gemeinsamen Einsatz davor bewahrt werden, im Kanal zu landen.

»Sag mal«, flüstert Metena mir zu, »wie oft bist du hier schon langgegangen?«

»Zum ersten Mal.«

»Wirklich? Du stolperst nicht, du rutschst nicht aus. Du stößt dich nirgendwo an. Sogar Aja und ich schaffen das nicht, dabei wohnen wir schon seit acht Monaten hier.«

»Ich … hm … keine Ahnung.«

»Naturtalent, was?«

»Sieht so aus.«

Ich schließe die Augen und lausche nach meinem Geist.

Bist du das?

Ja, antwortet er. *Ich habe versprochen, auf dich aufzupassen.*

Das schließt auch ein, dass du meine Schritte lenkst?

Macht dir das Angst?

Ich weiß nicht. Kurz denke ich darüber nach. *Ein wenig, ja. Vielleicht bist du ja doch ein Hexer und verschweigst mir etwas.*

Einen Hexenzauber würdest du spüren, erwidert mein Geist. *Er ist kalt wie Eis. Fühlst du Kälte, wenn ich bei dir bin?*

Nein. Aber du musst ein Hexer sein.

Ich bin keiner. Das schwöre ich dir.

Was bist du dann? Warum sagst du es mir nicht einfach?

Eines Tages werde ich es dir sagen. Aber nicht heute.

»Endlich«, höre ich meinen Bruder aufatmen. »Ist das da vorne euer Lager? Bitte sagt mir, dass es das ist.«

Ich beuge mich ein wenig zur Seite und sehe einen Hauch von Licht in der Schwärze.

»Ja«, erwidert Aja. »Das ist unser Lager.«

Wir kommen dem Licht näher und näher, bis sich der Gang zu einem kleinen Gewölbe öffnet. Der Gestank verflüchtigt sich, es wird bemerkenswert warm. Ja, es wird sogar wunderbar warm.

»Das sind die Mauern«, erklärt Aja stolz. »Der Heizungskeller des Palastes ist genau über uns. Da drin brennen Tag und Nacht gewaltige Feuer.«

»Der Palast ist ganz nah?« Aaron scheint der Gedanke ebenso wenig zu gefallen wie mir. »Ist das nicht gefährlich?«

»Ach was«, beschwichtigt Metena. »Niemand kommt auf die Idee, dass hier unten jemand leben könnte.«

Ich mustere die behelfsmäßige Feuerstelle und den verbeulten Kessel, der darüber hängt. Eine Laterne steht auf einem gemauerten Sims und verströmt das Licht, das uns hierher geführt hat. Die Schlafstätten der Mädchen bestehen aus ein paar zerknüllten Decken und dreckigen Strohmatratzen, sonst gibt es nichts.

»Wir haben ein schlechtes Gewissen, wenn wir an all die frierenden Obdachlosen denken«, sagt Metena. »Aber was würde geschehen, wenn wir einigen Wenigen von diesem Zufluchtsort erzählen? Es gibt immer einen, der sein Wissen weiterträgt. Immer mehr Menschen würden hier Obdach finden wollen, und sie würden Streit mitbringen. Die Größten und Stärksten würden die Macht an sich reißen und die Schwachen vertreiben. So ist es immer.«

»Dieser Ort ist ein Geheimnis und muss es bleiben«, löst Aja ihre Schwester ab. »Wenn man auf der Straße lebt, kann man sich keine Moral leisten. Besser, ihr lernt das so schnell wie möglich. Ist jemand freundlich zu euch, bedeutet das nichts Gutes. Will dir jemand etwas schenken, nimm es nicht an. Und Jade, sobald dich ein Mann auch nur ansieht, renne, was das Zeug hält.«

»Ich weiß«, kommt es wie Gift über meine Zunge. Und plötzlich wird alles gleichgültig. Ich wickele mich in eine der stinkenden Decken, ohne es zu entscheiden. Ich starre in das Feuer, das Aja ent-

facht. Ich esse trockenes Brot und kann nicht sagen, wie es schmeckt. Niemand sagt ein Wort. Aaron stopft die karge Mahlzeit in sich hinein und trinkt einen Krug Wasser, die Mädchen starren uns neugierig an.

»Wollt ihr reden?«, fragt Aja irgendwann.

Mein Bruder und ich schütteln die Köpfe. Gedanken prasseln auf mich ein. Mutter ist fort. Vater ist fort. Sie werden niemals wiederkommen. Ich bin von nun an ein Straßenkind, und alles, was mir von meinem geliebten Leben geblieben ist, besteht aus meinem Bruder und aus der alten Fellweste, die ich am Leib trage.

Irgendwann zaubert Metena von irgendwoher eine Zange her und deutet auf meinen Hals. »Wir sollten die Reifen entfernen. Sie bieten euch keinen Schutz mehr, ganz im Gegenteil. Da euer Herr wahrscheinlich nach euch suchen lässt, ist es besser, wenn man euch nicht allzu leicht als Eigentum eines Apothekers erkennt.«

Aaron runzelt die Stirn. »Aber Mattis sagte, dass nur er selbst die Reifen entfernen kann.«

»Das stimmt.« Metena zwinkert ihm zu. »Er kann sie entfernen, weil er solch eine Zange besitzt. Wir haben sie unserem Herrn gestohlen, als wir geflohen sind. Halt still.«

Ein kurzes Rütteln, und scharfes Klacken, dann fällt mein Halsreif zu Boden. Kurz darauf ist auch Aaron das verhasste Metall los. Sichtlich erleichtert reibt er sich die Haut, auf der so lange das verhexte Silber gelegen hat.

Wir sind wieder frei. Aber gibt es in der Welt, in der wir nun leben, überhaupt so etwas wie Freiheit?

An diesem Abend weine ich mich in den Schlaf. Erst als in der Dunkelheit das vertraute Flackern des Lagerfeuers erscheint, lichtet sich die Finsternis in meiner Seele. Ich renne darauf zu, sehe meinen Geist und stürze mich in seine Arme. Diesmal greife ich nicht durch ihn hindurch. Er fängt mich auf, drückt mich an sich und hält mich mit seinen warmen, starken Armen fest. Haltlos weine ich in den Stoff seines Mantels. Er riecht so wunderbar nach Winter und Wald.

Ich will nicht wieder aufwachen. Ich will nicht wieder in die Wirklichkeit hinaus. Aber ich muss. Schon wegen Aaron.

Verzweifelt lasse ich mich in das Gefühl unserer Umarmung fallen, weine den ganzen scheußlichen Schmerz heraus und taste mit den Fingern über den Rücken meines Geistes. Er ist keine Einbildung. Er war niemals eine gewesen. Ich höre seinen Atem und spüre seinen Herzschlag mit quälender Deutlichkeit.

»Jade«, flüstert er meinen Namen mit einem seltsamen Staunen in der Stimme. »Ich hole euch da raus. Irgendwie.«

»Wann?«, krächze ich. »Wie?«

»Ich werde kommen«, schwört er mir. »So bald wie möglich.«

Oh, wenn ich ihn doch nur sehen könnte! Wenn ich endlich in sein Gesicht blicken und die Wahrheit darin erkennen könnte.

»Siehst du die Krähen da oben?« Aja stößt mir den Ellbogen zwischen die Rippen. »Die da, auf dem Dachfirst?«

»Ähm, ja.«

»Jade, wo bist du bloß mit deinen Gedanken?«

»Tut mir leid. Ich … es ist nur so …«

»Laut, dreckig und scheußlich?« Aja seufzt. »Ja. Aber daran musst du dich gewöhnen, fürchte ich.«

Ich nicke und drücke mich an Aarons Körper. Zu viert haben wir uns hinter einer ausrangierten Kutsche versteckt, blicken auf ein wimmelndes Meer aus Körpern und haben den Stand eines Obsthändlers ins Visier genommen. Es ist keineswegs das Chaos und der Gestank, die mir die Konzentration rauben. Nein, meine Gedanken kreisen unentwegt um meinen Geist und verheddern sich immer rettungsloser. Ich denke an seine Umarmung, an seine Worte und seinen Geruch. Niemals war er so wirklich gewesen wie in der letzten Nacht. Niemals hat er mit solcher Macht mein Leben beherrscht.

»Jade!« Erneut bohrt sich ein Ellbogen in meine Seite. »Hast du gehört, was ich gesagt habe?«

»Die Krähen.« Ich nicke zum Dachfirst hinauf, wo drei solcher Tiere hocken und sich das Gefieder putzen. »Ich muss auf sie aufpassen.«

»Ja«, antwortet Aja. »Und warum sollst du das?«

»Sie … ähm …«

»… gehorchen Scylla«, kommt Aaron mir zuvor. »Sie sitzen dort, um Diebe aufzustöbern. Wir müssen aufpassen, dass sie uns nicht sehen.«

»Wenigstens einer hört mir zu.« Aja straft mich mit einem vorwurfsvollen Blick. »Ein Fehler kann dich das Leben kosten, Jade. Das weißt du hoffentlich. Gleich morgen zeige ich euch den Hinrichtungsplatz, damit euch klar wird, was auf dem Spiel steht. Heute ist übrigens ein guter Tag für uns Diebe. Scyllas Spione sind nicht allzu zahlreich vertreten, und die paar, die hier sind, haben anscheinend andere Sachen im Kopf. Wahrscheinlich ist die Königin außer Haus. Das kommt selten vor, deswegen sollten wir die Gelegenheit beim Schopf packen. Und jetzt schaut zu. Schaut ganz genau zu.«

Aja und Metena drängeln sich an uns vorbei, tauchen in die Menschenmenge ein und schleichen auf den Obsthändler zu. Die Art, wie sie Gelassenheit vortäuschen, muss selbst einem Blinden merkwürdig vorkommen.

»Bei allen Göttern«, kommentiert Aaron das Treiben der beiden. »Die beiden sind schlecht. Wirklich schlecht.«

Am Stand angekommen, beugt sich Metena über eine Schale mit Stachelfrüchten und prüft deren Reife, indem sie mit dem Zeigefinger in die Schale drückt. Aja wendet sich derweil dem Nachbarstand zu und studiert das Aushängeschild.

Eine Zeit lang lässt der Obsthändler Metena gewähren, bis ihm ihr Gegrabsche zu bunt wird.

»Lass das gefälligst«, herrscht er sie an. »Niemand kauft gequetschtes Obst, und du verdirbst mir gerade den ganzen Korb.«

»Eure Früchte sind unreif.« Unbeeindruckt dreht das Mädchen eine Stachelfrucht in ihrer Hand. »Sie sind ja noch ganz hart.«

»Unsinn«, empört sich der Händler, während Aja hinter seinem Rücken zwei Äpfel unter ihr Hemd steckt. »Sie hingen ganze zwei Wochen länger am Baum als das minderwertige Zeug, das Lutz anbietet.«

»Ach wirklich?« Metena zieht eine Grimasse, legt die Frucht wieder zurück und widmet sich dem Orangenkorb. Doch ehe sie dazu kommt, hineinzulangen, hält der Händler schützend seine Hände darüber.

»Verschwinde, respektloses Balg! Und zwar sofort.«

Metena hebt entschuldigend die Hände, lächelt und wendet sich zum Gehen. Derweil huscht Aja im Zick-Zack-Kurs durch die Menschenmenge, springt zu uns hinter die Kutsche und übergibt uns zwei Äpfel, drei Stachelfrüchte und eine Gurke.

»Nicht schlecht«, kommentiert Aaron reumütig. »Ihr habt es wirklich drauf.«

»Packt das Zeug in den Sack.« Aja lächelt geschmeichelt. »Wir schauen, ob wir noch an Käse und Wurst herankommen. Dann gibt es heute Abend eine kleine Willkommensfeier.«

Mir gefällt der Gedanke nicht, dass sich die Mädchen in solche Gefahr bringen, nur um uns etwas zu bieten. »Uns reicht das Obst«, flüstere ich Aja zu. »Lasst uns verschwinden, in Ordnung? Jetzt sitzen nämlich schon acht Krähen da oben.«

»Ach was.« Aja zwinkert unternehmenslustig. »Ich sagte doch schon, dass die Viecher heute mit anderen Sachen beschäftigt sind. Solche Tage kommen selten vor, wir müssen sie ausnutzen.«

Tatsächlich achtet keine der Krähen auf das Menschengewühl: Zwei Vögel sind gerade dabei, sich zu paaren. Drei weitere zerrupfen ein erbeutetes Stück Fleisch, der Rest prügelt sich um etwas, das wie ein halbes Brötchen aussieht. Und ehe wir es uns versehen, sind die Mädchen wieder in der Menge verschwunden.

»Kalt«, murrt Aaron, schlingt die Arme um mich und pustet mir seinen warmen Atem in die Haare. »Schweinekalt, um genau zu sein. Dabei haben wir gestern noch geschwitzt.«

»Hm«, mache ich und blinzele in den Himmel hinauf. Inzwischen ist die Sonne hinter den Zweigen des Emekar-Baumes verschwunden und lässt das frische, mit Raureif überzogene Laub glitzern. Der Winter verschlingt noch einmal den Frühling, es wachsen sogar wieder Eiszapfen an den Dachrinnen.

Ich weiß nicht, warum ich plötzlich in nördliche Richtung blicke. Dorthin, wo die Häuser dicht an dicht gedrängt am Stamm des Baumes emporwachsen. Mein Blick durchdringt die wimmelnde Menge und sieht … ihn.

Ja, er ist es. Meine Gewissheit ist so unerschütterlich, als wäre mein Leben nur auf diesen einen Augenblick hinausgelaufen. Wie ein Geist

bewegt er sich durch die Menge, aber er ist kein Geist mehr. Seine Gestalt ist nicht von einem Nebel umgeben, sein Gesicht nicht ein Fleck schwindelerregender Schwärze. Noch immer kann ich es nicht sehen, doch nur, weil es im Schatten einer Kapuze verborgen liegt.

Er kommt näher.

Und erkennt mich.

Folgt mir!, flüstert er in meinem Kopf. *Ich bringe euch fort.*

Plötzlich ist mein Geist nur noch drei Schritte entfernt. Seine mit schwarzem Leder überzogene Hand streckt sich nach mir aus.

»Komm!«, zische ich Aaron zu, greife nach seinem Arm und versuche, ihn hochzuziehen. Doch er stiert mich nur verwirrt an. »Was? Aber wir sollen hier warten!«

»Nein! Du musst mir vertrauen.«

»Was? Spinnst du?«

»Vertrau mir einfach.« Wieder greife ich nach seiner Hand und ziehe, doch er bewegt sich nicht. »Verdammt, Aaron, komm mit!«

»Was hast du vor?«

Ein schrilles Kreischen bringt den Himmel zum Klirren. Ich habe keine Ahnung, was es bedeutet, doch die Menschen um mich herum scheinen es zu wissen. Innerhalb von Sekunden bricht Panik aus.

Wie aufgeschreckte Kaninchen beginnen sie auseinanderzustürmen, kriechen unter ihre Stände, verstecken sich in Häusern, in Schuppen, unter Schubkarren und sogar in Fässern. Eine Gruppe davonlaufender Menschen verschluckt meinen Geist und spuckt ihn kurz darauf wieder aus – ein ganzes Stück von uns entfernt.

Schnell!, ruft er mir zu und beginnt zu rennen. *Bitte, Jade!*

Er will gerade nach uns greifen, als etwas Glänzendes aus dem Himmel herabstürzt und sich vor seinen Füßen in die Erde bohrt. Eine Feder? Tatsächlich! Sie glänzt in metallischem Grün-Blau, so dass ich zuerst glaube, sie bestünde aus Gnomenerz, doch dann sehe ich den zarten Flaum, der sich im Wind bewegt.

Das Kreischen wird plötzlich so infernalisch, dass ich vor Schmerzen schreie und die Hände über meine Ohren schlage. Ein Vogelschwarm fliegt über die Dächer hinweg, aber es sind keine Krähen. Nein, es ist etwas ganz anderes. Sie ähneln stahlblauen Reihern, doch ihre Klauen sind weit größer als die eines Reihers. Immer wieder verharren die Wesen wie jagende Falken in die Luft, schütteln ihre Flügel und schießen Federn ab, die wie Pfeile herabsausen. Mehrere treffen die Erde vor den Füßen meines Geistes, der im letzten Moment zur Seite ausweicht. Ganze fünf Federn bohren sich in die Brust der Marktfrau, die sich direkt neben uns hinter ein Fass gekauert hat, sechs weitere spicken das Holz der Kutsche. Ich sehe, wie die getroffene Frau zuckend nach hinten kippt. Ihre Haut verfärbt sich in rasender Geschwindigkeit schwarz, ihre Augen quellen aus den Höhlen, Blut rinnt aus Nasenlöchern und Ohren.

Innerhalb von Sekunden ist sie tot. Ich starre in ihre blicklosen Augen, während die Welt um mich herum in Chaos ausbricht.

Jade!

Zum ersten Mal höre ich meinen Geist schreien. Wieder will er nach mir greifen, doch einer der Vögel stürzt sich auf ihn, hackt ihm seinen langen Schnabel in den Rücken und kreischt, dass mir fast die Ohren platzen. Ein weiterer Vogel flattert über ihm, schüttelt seine Schwingen und schießt mehrere Federn auf ihn ab. Eine trifft meinen Geist ins Bein, den anderen weicht er durch einen Sprung zur Seite aus. Und dann fällt der Vogel, der eben noch auf ihn eingehackt hat, mit gebrochenem Genick zu Boden.

Kurz ist mein Geist frei.

Ehe sich ein ganzer Schwarm auf ihn stürzt.

Es tut mir leid, Jade. Es tut mir so leid.

Mit diesen Worten wirft er sich herum und verschwindet. Er verschwindet! Und ich kann nichts tun, außer ihm hinterherzustarren.

Die Vogelwesen sammeln sich und nehmen die Verfolgung auf, als hätte sich all ihre Aufmerksamkeit von Anfang an nur auf ihn gerichtet.

»Schnell!« Plötzlich zerrt Aja an meinem Arm, während Metena sich Aaron schnappt. Im nächsten Augenblick rennen wir durch die Gassen, japsend und keuchend, huschen durch das Labyrinth der Stadt und steigen schließlich in die schützende Dunkelheit der Gewölbe.

Mein Geist ist fort. Es ist zu spät, ich habe ihn verloren. Wie betäubt lasse ich mich von Aja durch die Gänge ziehen, während in meinem Kopf eine Leere herrscht, die sich endgültig anfühlt.

Bist du da?
Nichts.
Es tut mir leid. Ich wollte dir folgen, aber mein Bruder, er ... dieser verdammte Kerl hat mir nicht vertraut.
Nichts.
Haben die Vögel ihn umgebracht? Reicht eine Feder, um ihn wie die Marktfrau zu töten? Warum haben es die Viecher auf ihn abgesehen? Was waren das für Kreaturen?

Hand in Hand rennen wir weiter und hasten durch die Dunkelheit zum Licht. Als ich endlich auf mein Lager falle, brennen die ersten Tränen in meinen Augen. Ich spüre, wie sich eine ganze Sturmflut sammelt. Ein Unwetter aus hervorbrechenden Gefühlen, das ich nicht mehr umschiffen kann.

»Was waren das für Viecher?«

Ich erschrecke über die Wut, die Aarons Stimme in mir auslöst. Hätte er sich nicht gewehrt, säßen wir jetzt nicht hier. Mein Geist hätte uns in Sicherheit gebracht. Ja, er hätte uns geholfen. Aber dieser verdammte Sturkopf musste sich ja unbedingt sträuben.

»Stymphalen«, japst Metena. »Vögel mit tödlichen Giftfedern. Scylla hält sich einen Schwarm davon. Ich frage mich, warum sie zum Marktplatz gekommen sind. Normalerweise nutzt sie sie nur zur Jagd.«

»Was mögen sie wohl gejagt haben?«, überlegt Aja. »Habt ihr irgendwas gesehen?«

Aaron und Metena schütteln den Kopf, ich kann nur starr ins Leere blicken. Giftfedern! Tödliche Giftfedern! Und mindestens eine davon hat meinen Geist getroffen.

Bitte!, schreie ich meine Gedanken hinaus. *Sag mir, ob du noch lebst! Sag irgendetwas! Bitte!*

Und dann höre ich sie. Drei Worte.

Flüsternd und voller Traurigkeit: *Verzeih mir, Jade.*

4

Das Lied des Perlenvogels

Jade

Die Perlenvögel in ihrem winzigen Käfig schweigen. Ihr Gesang, der in unzähligen Legenden als der wunderbarste aller Klänge angepriesen wird, ist vom Gefängnis aus goldenen Stäben erstickt worden.

Vorsichtig linse ich unter dem Tisch des Händlers hervor und betrachte die bedauernswerten Geschöpfe, deren Gefieder wie das Innere einer Sternmuschel schillert. Die Körper der Vögelchen sind kaum größer als mein Daumen. Sie besitzen einen wundervollen langen Schweif aus zarten Federn und eine ebenso schöne Haube auf ihren Köpfen. Zu gerne hätte ich mich vorgebeugt, um einen besseren Blick auf sie zu haben, doch es ist helllichter Tag und damit die schlechteste Zeit, Aufmerksamkeit auf mich zu ziehen. Man würde mich auf den ersten Blick als das enttarnen, was ich bin: ein zerlumptes Straßenmädchen, mit dem jedermann tun und lassen kann, was er will. Also ziehe ich den schwarzen Schal über mein Gesicht, bis nur noch die Augen frei liegen, mache mich noch ein wenig kleiner und warte.

Gerade ist ein ebenso reicher wie fettleibiger Herr dabei, um einen der Vögel zu feilschen. Und während er sich mit dem Händler streitet, hüpft sein kaum zehnjähriges, ebenfalls fettleibiges Söhnchen wie eine Kugelspinne herum und streckt seine Wurstfinger nach dem Käfig aus.

»Zehn Achaten?«, knurrt der feine Herr. »Für diese abgemagerten Jammergestalten? Dafür kann ich drei prächtige Feste ausrichten lassen. Samt Tänzern und Huren.«

Der Händler wirft seine Arme empor und stößt ein lautes Wehklagen aus. »Ich habe sie erst in der letzten Vollmondnacht fangen lassen«, intoniert er aufgebracht. »Ein Vermögen hat es mich gekostet! Diese Wesen leben nur im Sgulgi-Wald, wie Ihr höchstwahrscheinlich wisst. Drei Sklaven hat es mich gekostet, die Fallen zu leeren.«

»So ein Unfug.« Der Herr winkt schnaubend ab. »Erzähl meinem Sohn deine Märchen von menschenfressenden Ungeheuern, aber nicht mir.«

»Es ist alles wahr!« Der Händler läuft dunkelrot an. Diesmal ist es keine gespielte Empörung, die sonst dabei hilft, den Geldbeutel störrischer Kunden zu lockern, sondern echter Zorn. Obwohl ich üblicherweise keinem dieser geldgierigen Affen auch nur ein Wort glaube, bin ich gewillt, diesmal eine Ausnahme zu machen. Niemals würde ich freiwillig einen Fuß in den Sgulgi-Wald setzen. Nicht einmal für ein ganzes Vermögen. Und auch nicht, wenn hinter dem Wald das verlockendste aller Abenteuer wartet.

»Zehn Achaten für solche Ware ist nicht zu viel verlangt«, klagt der Händler mit zum Himmel ausgestreckten Armen. »Glaubt mir, edler Herr. Nichts zieht Glück und Wohlstand so magisch an wie der Gesang der Perlenvögel.«

»Aber sie singen gar nicht«, bemerkt der feiste Knabe treffsicher.

»Das ist wohl wahr.« Vermutlich stellt sich der Verkäufer gerade vor, die Tigerfische im Stadtgraben mit dem Kleinen zu füttern. »Daran könnt Ihr erkennen, mein kleiner Herr, dass diese Vögel noch kaum begriffen haben, was ihnen geschehen ist. Vor fünf Tagen flatterten sie noch zwischen giftigen, fleischfressenden Blumen und tranken den Nektar des Glücks.«

Langsam ziehe ich das Messer aus meinem Gürtel und warte auf den richtigen Moment. Er ist nah. Ich kann es fühlen.

»Der Nektar des Glücks«, wiederholt der reiche Herr in einem Tonfall, als würde er selbst nicht an das glauben, was er sich vom Kauf eines Perlenvogels erhofft.

»Ganz recht«, erklärt der Händler eilfertig. »Seit undenklichen Zeiten zahlen die Menschen wahre Reichtümer für diese Geschöpfe. Sie sind nicht nur eine Wohltat für das Auge, ihr Gesang ist zudem wie der herrlichste aller Träume. Wie eine nie endende Glückseligkeit, wie die Milchfrucht aus den fernen Tälern des Lichts. Im Übrigen, mein werter Herr, eine solche Kostbarkeit kann ich Euch ebenfalls

169

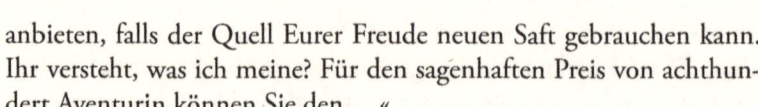

anbieten, falls der Quell Eurer Freude neuen Saft gebrauchen kann. Ihr versteht, was ich meine? Für den sagenhaften Preis von achthundert Aventurin können Sie den ...«

»Du vergisst zu erwähnen«, unterbricht der reiche Herr den Redeschwall, »dass kein Perlenvogel länger als einen Monat überlebt.«

Beinahe fällt dem Händler das geschäftsmäßige Lächeln aus dem Gesicht. Beinahe. Aber er ist ein Meister seines Faches, räuspert sich ein paar Mal, strafft die Schultern und zwingt sich zu einem Nicken. »Das ist wohl wahr. Doch segnet Euch das Tier in dieser kurzen Zeit mit einem solchen Maß an Glück, dass es für den Rest Eures Lebens reicht. Drei Perlenvögel schenkte mir der Sgulgi-Wald, und das auch nur gegen große Opfer. So schnell werdet Ihr nirgendwo anders diese Wesen kaufen können. Zweifellos wisst Ihr, wie viel Glück es braucht, um auch nur einen Blick auf diese Tiere zu erhaschen.«

»Das weiß ich. Und nur deshalb bin ich bereit, den unverschämten Preis von sieben Achaten zu zahlen. Sieben Achate, und keinen mehr.«

Der Händler legt beide Hände wie zum Gebet zusammen. Seine Leidensmiene gereicht dem königlichen Prunk-Theater zur Ehre. »Fünf Achate habe ich allein für die Sklaven bezahlt, die die Jagd nach den Vögeln mit ihrem Leben bezahlt haben, mein hoher Herr. Solche Geschäfte ruinieren mich. Habt Erbarmen. Meine Kinder sind zahlreich und haben Hunger.«

»Fünf Achate?« Der reiche Herr schüttelt sich vor Lachen. »Eine erlesene Schönheit oder einen starken Arbeiter bekommt man für fünfhundert Aventurin. Also erzähle mir nichts! Und hör auf, mich an der Nase herumzuführen. Ich mag selten mein Haus verlassen, aber ich weiß trotzdem gut über die Welt des Handels Bescheid. Sieben Achate, oder ich verzichte auf das Glück. Wie du sehen kannst, besitze ich auch so schon genug davon.«

Ich höre den Händler stöhnen und rechne schon damit, dass der Kauf nicht zustande kommt, doch schließlich werden Hände geschüttelt, Münzen abgezählt und Glückwünsche ausgesprochen. Jeder Anwesende, auch das dicke Kind, ist vom Käfig abgelenkt.

Da ist er. Mein Moment.

Einen Herzschlag lang schließe ich die Augen und rufe nach meinem Geist, aber er kommt nicht. Natürlich nicht. Seit jenem ver-

hängnisvollen Tag auf dem Marktplatz habe ich nichts mehr von ihm gehört. Kein Wort. Kein Traum. Gar nichts. Und das seit Monaten.

Egal! Ich werde es auch allein schaffen. Er hatte mich verlassen, vermutlich für immer. Und ich werde niemals sein Geheimnis lüften.

Bring mir Glück!, bitte ich ihn dennoch, nur für den Fall, dass er mir immer noch zuhört.

Zwei schnelle Schnitte mit dem Messer durchtrennen das Seil, das den Käfig verschlossen hält. Mit einem hauchfeinen Quietschen schwingt das goldene Türchen auf.

Die Vögel rühren sich nicht.

»Verschwindet.« Ich wedele möglichst unauffällig mit meiner freien Hand. »Na los, worauf wartet ihr noch?«

Gleich wird der Händler das Malheur entdecken. Oder der feine Herr. Oder dessen wurstfingriges Söhnchen.

»Haut ab!«

Die Vögel erschrecken. Sie beginnen zu flattern, dass die Federn nur so fliegen, kreischen ohrenbetäubend und krachen in ihrer Panik mehrmals gegen die Stäbe, ehe sie begreifen, dass die Tür offen steht. Der Händler grapscht nach dem Käfig und reißt ihn an sich, doch da ist es schon zu spät. Die Vögelchen fliehen aus ihrem Gefängnis, entschwinden in den Himmel und verschmelzen mit dem Licht der Nachmittagssonne.

»Da, Vater!« Ich erstarre. Das dicke Kind zeigt auf mich. Sein Leib bebt wie ein übergroßer Pudding, als es zu hüpfen beginnt. »Sie war's! Sie hat die Vögel rausgelassen! Ich hab's genau gesehen!«

Verflucht! Ich springe auf, entwische den zupackenden Händen im letzten Augenblick und schlage einen Haken. Wie ein Hase husche ich zwischen Kisten und Säcken hindurch, bringe ein wackliges Konstrukt aus leeren Käfigen zum Einsturz, ramme den Stand eines Obsthändlers und werfe eine Apfel-Pyramide um, sodass eine Flut aus Früchten über das Pflaster kullert. Während der Händler lauthals jammert, wird der feine Herr sämtliche Beleidigungen los, die sich seinesgleichen für niedere Menschen ausgedacht hat. *Räudige Ratten* und *verlaustes Pack* sind noch die höflichsten Umschreibungen.

Ich hebe im Vorbeirennen drei der heruntergefallenen Äpfel auf, schnappe mir einen Korb mit Stachelfrüchten, lasse vom Bäckerstand ein halbes Weißbrot mitgehen und schaffe es im losbrechenden Chaos sogar, dem Milchbauern ein Glas voll Karamell zu stibitzen. Dutzende Hände schnappen nach mir, doch niemand ist schnell genug. Selbst als ich bepackt wie ein Maulesel vorwärtsstürme und die Gassen steiler werden, winde ich mich wie ein Aal durch die Menge, tauche unter zupackenden Armen weg und weiche mit tänzerischer Leichtigkeit jedem Hindernis aus.

Es gibt nicht viel, in dem ich gut bin. Aber was das Stehlen angeht, macht mir niemand mehr etwas vor. Nicht einmal die alteingesessenen Diebe, die seit Generationen in den Höhlen unterhalb des heiligen Emekar-Baumes hausen, stellen sich besser an als ich. Anscheinend habe ich meine Bestimmung gefunden. Mein einzig wahres Talent. Ich bin eine geborene Diebin.

Wunderbar.

Kurz halte ich inne und staune darüber, wie gewaltig der Baum ist. Immer dann, wenn ich die Gassen hinaufhetze und dem gigantischen Stamm kaum näherzukommen scheine, jagt mir dieses monströse Gewächs einen Schauer über den Rücken. In den letzten Wochen hat sich der Wipfel fast ununterbrochen in Nebel gehüllt, doch heute streckt er sein Laub in ganzer Pracht über den makellos blauen Winterhimmel. Südlich von Jemeshars Mauern kann ich sogar den Zwilling des Emekar-Baumes sehen. Er ist noch ein Stück größer als der Wächter der Stadt und so alt, dass selbst die Legenden seine Entstehung vergessen haben, doch er fault bereits seit Jahrtausenden vor sich hin und dient dem Reich lediglich als Gefängnis. Will man den Geschichten glauben, geschehen dort unbeschreibliche Grausamkeiten. Königin Scylla liebt den Tod. Es vergeht kein Tag, an dem auf Jemeshars Marktplatz keine Hinrichtungen stattfinden. Unzählige Menschen haben bereits ihr Blut auf dem Pflaster vergossen. Unzählige Male hat Scylla ihren Einfallsreichtum unter Beweis gestellt, wenn es darum geht, ein möglichst grausames Exempel zu statuieren. Sobald ich mich bei einer Unvorsichtigkeit ertappe, rufe ich mir in Erinnerung, dass mir ein ebensolches Schicksal blüht, wenn man mich erwischt. Diebstahl ist das Verbrechen, das am härtesten bestraft wird. Ein Adliger kann ein Dutzend Mädchen ermorden und zehn Häuser abfackeln, ohne mehr als eine Geldstrafe fürchten zu müssen. Doch stiehlt ein

Straßenkind einen Apfel oder gar ein Glas mit Karamell, landet es auf dem Hinrichtungsplatz. Egal, wie alt es ist. Innerhalb einiger Monate habe ich so viel über Jemeshars Gesetze und Abgründe gelernt, dass ich das Gefühl habe, schon Jahre hier zu sein. Aber was habe ich für eine Wahl? Ich muss stehlen, um nicht zu verhungern. Aaron geht es von Tag zu Tag schlechter, und das Talent der Schwestern, was das Stehlen angeht, hat sich praktisch in Luft aufgelöst. Seit sie im Sommer nur knapp den Soldaten entkommen sind und schon mit einem Bein im Kerker saßen, trauen sie sich nichts mehr zu. Sobald sie einen Wächter nur von Weitem sehen, brechen sie in Panik aus. Also muss ich gut in dem sein, was ich tue. Und im besten Fall jeden Tag dazulernen.

Schwer bepackt erklimme ich die immer steiler werdenden Gassen. Wie Schwalbennester kleben die Häuser am heiligen Emekar-Baum. Je höher sie liegen, umso üppiger sind die Geldbeutel ihrer Besitzer gefüllt. Ganz oben, unterhalb des Wipfels, befindet sich der von außen nicht sichtbare Palast der Königin, hineingebaut in den ausgehöhlten Stamm. Ein blutgetränktes Labyrinth aus Juwelen, Elfenbein und Abscheulichkeiten, von dem die Menschen nur flüsternd sprechen.

Eines Tages, schwöre ich mir, werde ich dort einbrechen. Und mit Taschen heimkehren, die vor Schätzen nur so überquellen. Es wird genug für ein neues Leben sein. Genug für uns alle.

Endlich kommt das Absperrgitter in Sicht. Ich quetsche mich zwischen den Stäben hindurch und husche den Kanal entlang. Wieder einmal ist der Gestank kaum zu ertragen. Ratten huschen fiepend umher, so träge und fett gefressen, dass sie es nicht einmal für nötig halten, mir auszuweichen. Ein paar Tiere schubse ich einfach mit dem Fuß beiseite, sodass sie mit einem lauten Platsch und einem empörten Quieken im Kanal landen.

Aaron wird seinen Augen nicht trauen, wenn ich ihm all die Kostbarkeiten zeige. Er liebt Karamell. Und er liebt frisches Weißbrot, das so viel besser schmeckt als die trockenen Krumen, die wir sonst zwischen die Zähne bekommen. Das gute Essen wird ihn wieder auf die Beine bringen. Ja, das wird es ganz bestimmt.

Erinnerungen kommen hoch. An meine Mutter, die das Frühstück zubereitet. Die das Abendessen kocht und mit dick behandschuhten Händen einen duftenden Kuchen aus dem Ofen holt.

173

Nein! Hör sofort auf damit!

Ich wische die Bilder fort und balanciere am Rand des Kanals entlang, weiche dem Unrat aus und behalte zugleich die Luken über mir im Auge, falls einer der Laugenkocher oder Metzger auf die Idee kommt, seine Abfälle ins Freie zu kippen.

Schritt für Schritt arbeite ich mich vorwärts, erreiche schließlich den Schacht und schiebe mit dem Fuß die Abdeckung beiseite. In die Schwärze hinunterzuklettern, gleicht immer noch einem akrobatischen Akt. Vor allem, wenn man ein Karamell-Glas und einen Früchtekorb mit beiden Armen umschlossen hält und im Hosenbund noch ein paar Äpfel und ein halbes Brot transportiert. Stufe für Stufe balanciere ich die Leiter hinunter, bis meine Füße endlich den Grund berühren. Jetzt fehlt nur noch der Teil, den ich am meisten hasse. Und diesmal sind es besonders große und fette Netze, die mir im Gesicht hängen.

Los, weiter! Denke nicht dran.

Ich beiße die Zähne zusammen und wische mir die klebrigen Fäden von der Haut. Große, fette Netze von großen, fetten Spinnen! Wahrscheinlich hängen schon zehn oder zwölf davon in meinen Haaren.

Blödsinn! Geh weiter!

Zwanzig Schritte geradeaus, fünf nach links, dreißig nach rechts. Dann über einen schmalen Sims balancieren, der über den großen Abwasserkanal führt, und zuletzt noch einmal zehn Schritte nach links. Endlich erfüllt ein Hauch von Licht die Schwärze.

»Aaron!«, rufe ich. »Metena, Aja! Ihr werdet nicht glauben, was ich euch mitgebracht habe!«

Ich biege um die letzte Ecke und sehe unser Zuhause vor mir. Wenn ich daran denke, wie es am Tag unserer Ankunft ausgesehen hat, ist der jetzige Anblick das reinste Paradies: Im Feuerschein hocken Aaron, Metena und Aja und winken mir erleichtert zu. Ein behelfsmäßiges Kochgestell aus verrosteten Eisenstreben samt einem Kessel hängt über den Flammen, rings um die Feuerstelle türmen sich Unmengen an zerschlissenen Decken und Kissen, die wir aus den Müllbergen der Reichen gefischt haben. Es gibt sogar ein paar gerahmte Landschaftsbilder, die ich im Hinterhof eines reichen Tuchhändlers erwischt habe,

und eine Handvoll Laternen aus Kupfer und Buntglas, die von den Rohren baumeln und heimelig leuchten.

Schnell häufe ich meine Schätze neben der Feuerstelle auf, nehme den Schal ab und schüttele mein Haar aus. Wie ich befürchtet habe, plumpst eine fette Spinne vor meine Füße, rollt sich zusammen und stellt sich tot. Ich schüttele mich vor Ekel. Ratten sind mir egal, Mäuse und Würmer ebenso. Aber diese Viecher sind nicht auszuhalten. Schaudernd kicke ich das Tier in den Kanal und schüttele mich noch einmal.

»Lass mal sehen.« Metena kommt herbeigehuscht und untersucht mich von Kopf bis Fuß. »Keine Sorge, da ist nichts mehr.«

»Wirklich?«

»Wirklich.« Das Mädchen starrt das Essen an, als befürchte es, all die Leckereien könnten sich in Luft auflösen. »Jade! Wo hast du all das her? Gab es wieder eine Hinrichtung, oder warum waren die Händler so abgelenkt, dass du ihre Stände leer räumen konntest?«

»Reines Glück.« Ich sehe, dass Aaron mir zulächelt. Krank und fiebernd liegt er unter seinen Decken, aber er lächelt. Immerhin etwas. »Es war eben ein guter Tag.«

»Sag schon«, drängelt Aja. »Was hast du veranstaltet? Das reinste Chaos, nehme ich an? Dass du dich überhaupt alleine bei Tag hinauswagst! Es ist doch viel zu gefährlich.«

»Der Markt beginnt bei Sonnenaufgang und endet vor Sonnenuntergang. Was bleibt mir für eine Wahl? Nirgendwo kann man so gut stehlen wie dort.«

»Ja.« Aja seufzt. »Aber gefährlich ist es trotzdem. Das hast du doch an uns gesehen. Um ein Haar hättest du dabei zusehen können, wie sie uns rädern oder vierteilen. Die Nacht ist unser Freund. Der Tag bringt dich früher oder später auf den Richtplatz.«

»Gut, dass ich ein wenig zuversichtlicher bin als du.«

Die schwarzen Augen des Mädchens funkeln so lebendig, als hätte niemals etwas Böses ihre Seele berührt. Doch ich weiß inzwischen, dass Aja ebenso wie ihre Schwester Metena die Hölle durchgemacht hat. Niemals haben die beiden über das geredet, was ihnen in der Sklaverei widerfahren ist, doch meine Fantasie genügt, um das Schweigen der Mädchen mit furchtbaren Bildern zu untermalen. Die

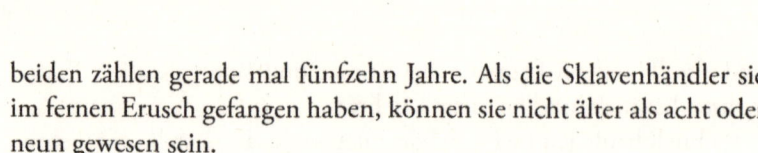

beiden zählen gerade mal fünfzehn Jahre. Als die Sklavenhändler sie im fernen Erusch gefangen haben, können sie nicht älter als acht oder neun gewesen sein.

»Macht euch keine Gedanken. Mir passiert schon nichts.« Ich setze mich neben meinen Bruder und streiche ihm über das schweißfeuchte Haar. »Wie geht es dir? Ist dir immer noch schlecht?«

Aaron lächelt tapfer. Bilde ich es mir nur ein, oder sehen seine Augen klarer aus? Die Haut wirkt auch nicht mehr so blass wie gestern, und … ich erstarre, als ich eine Hand auf seine Stirn lege. Bei allen Göttern, er glüht förmlich!

»Metena!«, fauche ich. »Gib mir den Obstkorb und das Brot.«

Das Mädchen gehorcht, reicht mir beides und versucht sich an einem Lächeln. *Es tut mir leid,* sagt ihr Blick. *Du weißt, dass er sterben wird. Das weißt du doch, oder?*

Ich beiße die Zähne zusammen. Nein, mein Bruder wird leben. Er wird wieder zu dem jungen Mann, der mit dem Mut eines Drachen gegen jeden Schicksalsschlag kämpft.

»Hier.« Ich ziehe mein Messer, teile eine Stachelfrucht in zwei Hälften und löse das rote Fleisch heraus. »Iss das. Es gibt nichts Gesünderes. Das wird dich wieder auf die Beine bringen.«

Schweigend tut er mir den Gefallen, obwohl ich weiß, dass er keinen Hunger hat. Mein Bruder leidet Schmerzen. In jeder Sekunde seines Daseins. Irgendeine hässliche Krankheit, von deren Symptomen wir noch nie etwas gehört oder gelesen haben, zerfrisst seit Wochen sein Inneres, lässt ihn Blut husten und übersät seinen fiebernden Körper mit Ausschlag. Leib und Leben habe ich beim Stehlen diverser Medizin riskiert, zweimal bin ich sogar des Nachts in Mattis' Apotheke eingebrochen. Aber nichts erzielte die erhoffte Wirkung. Kein Pulver, keine Kräuter, kein Zauber, keine Pillen und keine Talismane. Im besten Fall rappelt er sich für ein paar Stunden auf, ehe die Krankheit erneut zuschlägt. Mit jedem Tag wird er müder. Gestern ist er sogar nur einmal wach geworden.

Beim stinkenden Maul des Jandri, wenn es doch nur einen Weg in den Palast hinein gäbe! Ich habe Gerüchte gehört. Flüstereien über eine Wundermedizin in Form von schillernden Steinen, die Scyllas Günstlingen und Hofdamen ein unnatürlich langes Leben und eine

unerschütterliche Gesundheit verleihen. Ich habe keine Ahnung, wie viel davon wahr ist, aber ich wünsche mir verzweifelt, wenigstens nach ihnen suchen zu können. Dummerweise gibt es keinen verborgenen Weg in den Palast. Jedenfalls keinen, von dem ich bisher erfahren habe. Die Abwasserrohre sind die einzige Verbindung in den Palast, aber sie enden im Stadtgraben und werden von riesigen Tigerfischen umkreist, die eine Schwäche für Menschenfleisch haben. Aber selbst wenn ich die Fische irgendwie überlisten kann, wäre die Sache aussichtslos. Die Rohre verlaufen gut zweihundert Meter senkrecht am Baum entlang und wimmeln von Aaswürmern, die sofort unter meine Haut kriechen und mich von innen nach außen auffressen würden.

Ich habe meine Eltern verloren. Ich habe mein Zuhause verloren. Der Geist hat mich verlassen, und wenn ich jetzt auch noch meinen Bruder gehen lassen muss …

Nein! Der Gedanke ist unerträglich! Ich darf ihm nicht nachgeben. Zu keiner Zeit! Wütend beiße ich mir auf die Lippe, so fest, dass der Schmerz meine Tränen besiegt. Vorsichtig löse ich das Fruchtfleisch aus der zweiten Hälfte und reiche es ihm.

Aaron sieht mir so verteufelt ähnlich. So wie er hätte ich ausgesehen, wäre ich als Junge zur Welt gekommen. Sein Antlitz ist so rund und blass wie das meine, und obwohl wir vor einem Monat neunzehn geworden sind, wirken wir immer noch kindlich. Seine Augen sind nussbraun wie meine, umkränzt von schwarzen, langen Wimpern. Wir besitzen dasselbe rotbraune Haar, das vollkommen glatt ist und sich nur bei Regen oder Nebel wellt. Während er seines inzwischen kurz geschnitten trägt, ist meines mittlerweile hüftlang und zu zahllosen Zöpfchen geflochten, die mit einem Lederband zusammengehalten werden. Aja liebt es, nach der Tradition ihres Volkes Perlen und kleine Federn hineinzuwirken. Vermutlich sehe ich inzwischen aus wie ein exotischer Vogel.

»Was ist das?« Aaron horcht auf. Ein dünner roter Faden läuft ihm aus dem Mundwinkel. Diesmal ist es kein Blut, sondern nur der Saft der Stachelfrucht. »Es klingt wie …«

»… ein Vogel«, ruft Metena mit vollem Mund. »Hört nur! Wie schön er singt.«

Tatsächlich. Ein süßer, lieblicher Klang strömt durch die modrigen Gänge und Schächte, schwillt auf und ab, tänzelt durch die Lüfte und scheint von überall und nirgends herzukommen. Ich erstarre, denn er sticht wie ein Messer in mein Herz. Sehnsucht überwältigt mich, schmerzende Liebe und die Gewissheit, mein Zuhause für immer verloren zu haben.

Zuhause …

Ja, genau danach klingt dieser Gesang. Er erinnert mich an unseren letzten Winter, den wir in der warmen Geborgenheit unserer Familie verbracht haben. An zärtliche Gesten und sanfte Worte. Es lässt den Ort, an dem Aaron und ich so glücklich gewesen waren, wieder lebendig werden. Ich höre das Spinnrad meiner Mutter klappern, rieche den Duft getrockneter Kräuter und geräucherten Schinkens. Ich sehe den Schnee vor dem Fenster unseres Hauses fallen und kuschele mich in das Schaffell, während die Katze auf meinem Schoss zufrieden schnurrt. Vater setzt einen seiner Briefe auf. Das leise Kratzen der Feder auf dem Pergament besitzt etwas wunderbar Beruhigendes. Im Sessel neben mir sitzt Aaron und stopft seine Socken. Mutter besteht darauf, dass er es selbst tut, denn sie hat genug mit dem Spinnen und dem Weben zu tun.

Erschrocken zucke ich zusammen. Die Vision zerplatzt und lässt mich zurück in die Wirklichkeit stürzen. Aaron weint. Metena und Aja stehen wie erstarrt da, vergessen das kostbare Essen und lauschen mit offen stehendem Mund.

Das Singen kommt näher. Es tanzt munter umher, weht durch die Dunkelheit auf uns zu und wird zu einem kleinen, schillernden Federball, der direkt auf mich zu flattert.

Ist das nicht einer der Perlenvögel? Tatsächlich! Ich erkenne die Haube aus langen, zarten Federn und den fächerartigen Schweif, strecke instinktiv den Arm aus und sehe dabei zu, wie das zarte Wesen zur Landung ansetzt. Winzige Krallen graben sich in den Ärmel meines Hemdes, und plötzlich hockt es da. Auf meinem Arm. Vertrauensselig und so selbstverständlich, als hätte es schon immer zu mir gehört.

»Ein Perlenvogel!«, kreischt Aja. »Bei den Göttern, ein Perlenvogel!«

»Fang ihn ein!« Metenas Augen werden tellergroß. Sie wirft das Stück Brot beiseite, an dem sie gerade gekaut hat, und schnappt sich eine Decke. »Schnell! Ehe er wieder wegfliegt.«

»Ich werde ihn nicht einsperren.« Mit dem ausgestreckten Zeige-finger berühre ich die Brust des Vögelchens. Es bleibt ruhig sitzen, plustert sich auf und sieht so reizend aus, dass mir vor Rührung das Herz überquillt. »Dann sind wir nicht besser als die Monster, die uns hierhergebracht haben.«

Metena und Aja sehen sich an. Schließlich nicken die Schwes-tern, setzen sich wieder und beobachten das Tierchen mit verklärten Blicken.

Während ich ihm die daunenweiche Brust kraule, seine aufge-stellte Haube berühre und zuletzt sacht gegen den Schnabel tippe, werde ich den Eindruck nicht los, dass der Vogel etwas von mir will. Aber was?

»Habt ihr eine Ahnung, wie viel wir für ihn verlangen können?« Metena scheint der Gedanke keine Ruhe zu lassen. »Ich weiß, dass es nicht richtig ist. Aber wir könnten ein Jahr lang sorglos leben. Min-destens!«

»Ja, ein Jahr«, antworte ich. »Aber wie schnell ist ein Jahr um? Strengt eure Köpfe an! Wenn wir ihn verkaufen, ist das Geld schnell ausgegeben. Aber gewinnen wir ihn als Freund, bleibt er freiwillig bei uns. Ihr wisst, was man über seinen Gesang erzählt.«

»Ihn als Freund gewinnen?« Metena kaut auf ihrer Unterlippe herum. »Wie stellst du dir das vor? Er wird nicht unser Freund. Er wird wegfliegen und nie wiederkommen. Das ist ein wilder Vogel.«

»Warum ist er dann zu mir gekommen?« Ich hebe das Tierchen hoch und streiche mit der Nasenspitze über seine Federn. Ein feiner, pudriger Duft geht von ihm aus. »Warum sitzt er hier auf meinem Arm und sieht mich an, als würde er …«

»Als würde er was?«, brummt Metena.

»Als würde er mir etwas sagen wollen. Ich glaube, er will sich bedanken. Seinesgleichen bringt Glück, das weiß doch jedes Kind. Was, wenn er gespürt hat, dass wir unseres verloren haben?«

»Bedanken?«, fragen beide Mädchen gleichzeitig. »Wofür?«

Ich antworte ihnen nicht. Wie gebannt blicke ich in die Augen des Vogels, und plötzlich keimt eine Idee in mir auf. Eine wahnwit-zige, völlig verrückte und unwiderstehliche Idee. Kommt sie von mir oder hat das Tierchen sie mir eingepflanzt? Ich weiß es nicht, aber ich weiß, dass ich meinem Instinkt folgen muss. Aaron und die Schwestern runzeln die Stirn, als ich nach meiner Werkzeugtasche greife. Darin – und in dem Gürtel, den ich trage – befindet sich alles, was ich für einen gelungenen Einbruch brauche.

»Zilp!«, macht der Vogel und flattert auf. »Zilp! Zilp! Zilp!«

»Da siehst du's«, schimpft Metena. »Er haut ab.«

»Nein, das tut er nicht. Er will, dass ich ihm folge.«

Das Tier fliegt in einen der Gänge, dreht sich in der Luft und beginnt, auf der Stelle zu flattern. Die Botschaft ist eindeutig. Und ich treffe eine Entscheidung.

»Folgt mir nicht, habt ihr verstanden? Folgt mir auf keinen Fall! Bleibt einfach hier und wartet auf mich.«

Aja, Metena und Aaron glotzen ungläubig, als ich die Tasche schultere, den Schal um meinen Kopf wickele, mir eine der brennenden Kerzen schnappe und dem Tier folge. Zwitschernd hüpft es in der Luft auf und ab und freut sich ganz offensichtlich über meinen Entschluss.

»Jade!« Die matte Stimme meines Bruders lässt mich innehalten. »Was tust du da?«

»Einem Instinkt folgen.«

»Einem Instinkt folgen? Bist du verrückt? In diesem Vogel lebt Magie, und Magie fordert immer Opfer.«

»Schwarze Hexerei fordert Opfer«, erwidere ich. »Aber weiße Magie besteht aus Licht und Sanftheit. Sie will nichts als Freude bereiten. An diesem Vogel ist nichts Böses. Ich weiß, dass er uns helfen will.«

»Warum sollte er uns helfen wollen?«

»Vielleicht, weil ich ihn befreit habe?«

»Was?«

Ich seufze. »Eigentlich wollte ich euch nichts davon erzählen. Ich habe auf dem Markt einen Käfig mit Perlenvögel entdeckt. Sie taten mir leid, also habe ich sie freigelassen.«

»Du hast … « Aaron ist sprachlos. Er öffnet und schließt ein paar Mal seinen Mund, ehe er wieder Worte findet. »Ist dir klar, dass du dich eines Schwerverbrechens schuldig gemacht hast? Wenn sie dich wegen so etwas erwischen, dann … Jade! Ich will mir gar nicht vorstellen,

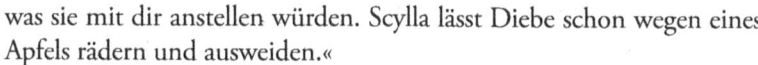

was sie mit dir anstellen würden. Scylla lässt Diebe schon wegen eines Apfels rädern und ausweiden.«

»Irgendwann wird jeder ernten, was er gesät hat. Ich komme mit reicher Beute zurück, Bruder. Und davon kaufe ich dir die beste Medizin aus Emeralds Adelsapotheke. Vielleicht finde ich sogar einen dieser Wundersteine. So oder so werde ich dich heilen. Jawohl, das werde ich.«

»Jade!« Sein Blick ist voller Verzweiflung. »Bitte tu das nicht. Schon gar nicht für mich.«

Ich atme tief durch und lächele. In meiner Brust glüht Zuversicht, aber ist das wirklich Grund genug, solch ein Wagnis einzugehen? Ja, ist es, verflucht noch mal! Ich lasse meinen Bruder nicht sterben!

»Alles wird gut«, verspreche ich ihm. »Wir können nicht ewig im Abwasserkanal hausen. Ein Perlenvogel ist an meiner Seite. Und ich glaube, er will mir einen Eingang zeigen.«

»Einen Eingang wohin?«, fragen die Mädchen und Aaron im gleichen Augenblick, doch ich antworte ihnen nicht. Stattdessen wende ich mich dem finsteren Gang zu, flüstere ein Gebet und folge dem Vogel.

»Das ist nicht dein Ernst!«

Skeptisch starre ich auf den Eingang zu einem engen Schacht. Einem sehr engen Schacht! Heißer Dampf quillt aus ihm heraus und riecht angenehm nach Seifenlauge. »Ich soll da hinein? In dieses Loch?«

»Zilp! Zilp!« Der Vogel flattert aufgeregt in der Öffnung herum. Ich kann seine Aufforderung förmlich hören, auch wenn sie nur die Gestalt eines wortlosen Gedankens besitzt. Auf verrückte Weise spricht dieses Wesen mit mir. Oder ich drehe langsam durch.

»Zilp! Zilp! Zilp!«

Ich lege eine Hand auf meine Stirn und atme tief durch. Das ist definitiv verrückt! Das ist überhaupt das Verrückteste, das ich jemals getan habe. Aber wenn ich den Geruch richtig interpretiere, endet dieser Schacht in der Wäscherei des Palastes und dient den Mägden als Ablauf für das Wasser. Damit ist er ein Weg in Scyllas Reich. Ja, er ist wirklich ein Weg. Und nicht mal ein besonders unangenehmer, wenn ich an die gefräßigen Tigerfische im Stadtgraben und an die Aaswürmer in den Rohren denke.

Merkwürdig ist nur, dass er nicht von einem Gitter abgesperrt wird. Andererseits – wer kommt schon auf die Idee, tief in die stinkenden Eingeweide der Stadt einzudringen, sich dort häuslich einzurichten und auch noch das Wagnis einzugehen, in einen solch engen Schacht zu kriechen?

Ich gehe in die Knie und stecke den Kopf in die Finsternis. Was der flackernde Schein meiner Kerze enthüllt, verknotet meinen Magen. Eng ist gar kein Ausdruck! Es grenzt an ein Wunder, wenn ich nicht stecken bleibe und jämmerlich verrecke. Ganz zu schweigen von all den Spinnen, die in einem solchen Loch hausen.

»Vergiss es!« Ich stehe wieder auf und schüttele den Kopf. »Ich kann das nicht! Das ist Selbstmord.«

Der Vogel starrt mich eindringlich an. Und wieder hätte ich schwören können, dass Worte durch meinen Kopf geistern: *Du musst. Du musst. Du musst.*

»Ach ja?«, fauche ich. »Woher soll ich mir sicher sein, dass du mich nicht ans Messer lieferst? Eines habe ich auf der Straße gelernt: Dankbarkeit ist ausgestorben. Eine Krähe hackt der anderen sehr wohl ein Auge aus.«

Der Vogel sieht mich immer noch an. Seine Federhaube wippt aufgeregt auf und ab. So klein ist das Geschöpf, dass ihm das dünne Rinnsal aus Seifenwasser bis zum Bauch reicht.

»Was?«, knurre ich.

»Zilp!«, antwortet das Tierchen.

»Mehr hast du mir nicht zu sagen? Woher weiß ich, dass ich dir trauen kann? Wie lang ist der Schacht? Wird er am anderen Ende bewacht? Wenn er auch nur ein Fingerbreit enger wird, bleibe ich stecken. Und was ist mit Spinnen? Ich hasse Spinnen! Wahrscheinlich wimmelt es da drin nur so vor Spinnen.«

»Zilp!«

»Ach, halt doch den Schnabel.« Ich presse meine Stirn gegen die Steinwand und versuche, eine Entscheidung zu treffen. Wie sehr mir mein Geist in solchen Momenten fehlt. Ich vermisse sein sanftes Flüstern, das meine Fragen beantwortet, das mich tröstet und mir Mut

zuspricht. Wenn die Stymphalen nicht gekommen wären, hätte er uns befreit. Dessen bin ich mir sicher.

Oh, verflucht! Ich vermisse ihn derart, dass es wehtut. Seit er fort ist, sitzt mir bei jedem Atemzug die Angst im Nacken. Ich fühle mich überfordert und allein, manchmal sogar abgrundtief hilflos. Und trotzdem mache ich weiter. Ich überlebe, ich stehle und ich entkomme. Irgendwie. Aaron, Metena und Aja halten mich immer noch für stark. Sie bewundern mich, weil ich einfach so mit der Situation klarkomme und durchhalte. Einfach so. Dass ich nicht lache! Sie haben keine Ahnung, wie es in mir aussieht, und das ist auch besser so.

»Zilp!«, bringt sich der Vogel wieder in Erinnerung. Ich würge an meinen Tränen und werfe einen weiteren Blick in den Schacht. Allein der Gedanke an die Enge, an die Finsternis und die Ungewissheit verursacht mir Übelkeit. Und doch ist da dieses Gefühl. Diese Ahnung: *Du musst. Wenn du dich nicht traust, wirst du es für den Rest deines Lebens bereuen. Du hast die ganze Zeit nach einem Eingang gesucht. Bitte, hier ist er. Ohne Tigerfische und ohne Aaswürmer. Stattdessen bekommst du sogar Seifenduft dazu. Und denke an die Steine! Wenn es sie wirklich gibt, kannst du Aaron retten.*

»Also gut!« Ich wische mir mit dem Hemdsärmel über die schweißnasse Stirn, ziehe den Schal von meinem Kopf und wickele ihn mir um die Taille. »Ich tu's. Aber nur, weil mein Bruder stirbt. So sieht's aus. Alles, was ihn noch retten kann, sind entweder Scyllas Steine oder Emeralds Medizin. Bei Ersteren weiß ich nicht, ob es sie überhaupt gibt. Und was das Zweite angeht: Dieser Raffgeier verkauft seine Pillen für so viel Geld, dass ich ein Leben lang sparen könnte, ohne auch nur die Hälfte zusammenzukratzen. Ein königlicher Schatz wäre genau das Richtige. Schwörst du mir, dass ich nicht in den sicheren Tod krieche?«

Das Vögelchen nickt. Es nickt allen Ernstes! Und dann beginnt es, eine leise Melodie zu zwitschern. Sie ist so zart und wundersam, so sonnendurchflutet und hoffnungsvoll, dass mir schon wieder die Tränen kommen. Und ehe ich weiß, wie mir geschieht, krieche ich in den Schacht.

Bei allen Göttern! Oh, bei allen Göttern!

Es ist eng. Es ist beklemmend. Aber nicht ekelhaft. Weder entdecke ich Spinnen noch sonstigen Unrat. Stattdessen umwölkt mich frischer Seifen- und Waldlilienduft.

Natürlich. Hier wird regelmäßig gespült. Du warst in letzter Zeit an viel schlimmeren Orten.

Moment! Gespült? Wie oft wird im Palast gewaschen? Doch sicher nicht jeden Tag. Und schon gar nicht am Abend. Oder?

Weiter! Weiter!

Ich ziehe mich vorwärts. Armspanne für Armspanne. Hinter dem Schein meiner Kerze ist das Vögelchen nur als blasses Schillern zu erkennen, das spielerisch auf und ab flattert.

Stetig führt der Schacht nach oben, biegt nur ein einziges Mal nach links ab und wird gottlob nicht enger. Dennoch komme ich an einen Punkt, an dem es nicht mehr weitergeht.

Meine zuvor fokussierten Gedanken drehen sich plötzlich nur noch um eines: die Enge. Und je mehr ich darüber nachdenke, wo ich mich befinde, umso enger ziehen sich die Steinwände um mich zusammen. Das Atmen fiel mir schwer. Eine immer größer werdende Last drückt mich gegen den Boden.

Weiter! Kriech weiter! Los!

Ich kann nicht! Ich kann nicht!

Mein Herz rast. Oh verdammt! Immer gnadenloser quetscht der Stein meinen Körper zusammen. Ich komme hier niemals raus. Ich bin gefangen. Kann mich nicht mehr bewegen. Komme weder vor noch zurück. Stecke fest.

Oh ihr Götter, ich sterbe!

Atme! Atme!

Nein, ich darf nicht aufgeben. Ich muss weiter. Tränen brennen in meinen Augen. Panik krampft meinen Brustkorb zusammen.

Da erklingt leiser Gesang. Unendlich sanft und lieblich, ein Klang voller Geborgenheit, Wärme und Hoffnung.

Reiß dich zusammen! Kriech weiter, schleich dich in den Palast, bring den Schatz deines Lebens heim. Du kannst euch ein neues Zuhause kaufen. Ein Haus in einem sonnendurchfluteten Tal. An einem glitzernden Bach. Oder am Meer. Ein Haus, in dem wir wieder eine Heimat finden.

Zoll für Zoll krieche ich weiter. Konzentriere mich auf die Kerze und das flatternde Vögelchen. Die Last auf meinem Körper verschwindet, Luft strömt wieder in meine Lungen.

Ja, gut so. Einfach weiter. Immer weiter.

Der Schacht scheint kein Ende zu nehmen. Doch jetzt, mit dem Bild einer neuen Heimat im Kopf, fällt mir das Vorwärtskriechen leichter. Ich habe ein Ziel gefunden. Nein, noch viel mehr als das.

Einen Traum!

Endlich schimmert in der Ferne ein Licht. Geschafft! Ich blase die Kerze aus, lege sie ab und krieche vorsichtig weiter, immer auf Schatten achtend, die mir möglicherweise verraten, dass der Ausgang bewacht wird. Doch das Glück ist mir hold. Es gibt weder Wächter noch Gitter. Vermutlich gehen die Palastbewohner davon aus, dass ohnehin nichts Größeres als eine Katze durch den Schacht passt. Falsch gedacht. So zahlt sich im Nachhinein die Zeit des Hungerns und Leidens doch noch aus.

Zehn Armspannen, fünf, drei.

Als ich bereits einen Blick auf einen wassergefüllten Bottich erhaschen kann, erklingen leise Stimmen. Erschrocken presse ich mich gegen den Stein und rühre mich nicht. Das Vögelchen dagegen denkt nicht ans Verstecken. Fröhlich zwitschernd fliegt es aus dem Schacht heraus und kreist mit lautem »Zilp! Zilp!« um den Deckenleuchter. Die Waschfrauen kreischen entzückt.

»Ein Perlenvogel! Kimi, ein Perlenvogel! Schnell, wirf ein Laken!«

Sofort bricht Tumult los. Etwas scheppert, Flüche werden laut. Unter aufgeregten Quietschen und Gackern nehmen die Waschweiber die Verfolgung auf und hüpfen wie dicke Kürbisse umher. Eine Frau jagt das Vögelchen gar mit einer Schöpfkelle und bemerkt in ihrem Eifer nicht einmal, wie nutzlos ihre Waffe ist. Es sei denn, sie will die fedrige Kostbarkeit erschlagen.

»Da ist er! Schnell, Ilsebill! Schnell! Nein, da drüben! Mehr nach links, Gertrud! Ja! Nein! Oh, verdammt!«

Ich zucke zusammen, als es einer der Jägerinnen beinahe gelingt, ihr Laken über das Tier zu werfen. Währenddessen tanzt der Perlenvogel so unbekümmert in der Luft herum, als wäre die Jagd nur ein Spiel. Pausenlos treibt er die japsenden Frauen von einer Ecke in die andere, bis er unvermittelt durch einen offenstehenden Türspalt entschwindet. Kreischend und Laken schwingend rennen die Weiber hinterher.

Der Weg ist frei.

Ich drücke meine Tasche fest an mich, krieche aus dem Schacht und warte mit angehaltenem Atem. Erst als der Lärm der Waschfrauen verklingt, wage ich es, den Raum zu durchqueren und jene Tür zu passieren, durch die der Vogel und seine Verfolger verschwunden sind.

Zur Hölle, ich bin im Palast! In Scyllas Palast! Aber nichts ist so, wie ich es erwartet habe. Luxus umringt mich freilich. Es gibt Kübel voller duftender Waldlilien, die in verschwenderischen Mengen der Seifenlauge beigemischt werden. An den Leinen hängen kostbare Kleider, Bettwäsche aus schimmernder Seide und Tücher in allen Regenbogenfarben. Selbst die Unterwäsche der Palastbewohner besteht aus Stoffen, die für gewöhnliche Menschen unerschwinglich sind, und tragen teils absonderliche Muster. Doch spätestens, als ich den Gang betrete, überkommt mich Enttäuschung. Nackte Steinwände und schmutziger Boden? Ist das wirklich alles?

Und doch bin ich hier. In Scyllas Palast. Aaswurmdreck! Wenn sie mich hier erwischen, ist der Tod mein geringstes Problem.

Ich denke an Aarons ausgezehrtes Gesicht, setze einen Schritt vor den anderen und versuche, meinen Herzschlag durch langsames Atmen zu beruhigen. Auf leisen Sohlen folge ich dem unspektakulären Gang und komme in ein ebenso unspektakuläres Treppenhaus. Von fern höre ich das aufgeregte Juchzen der Waschfrauen, vermischt mit männlichen Stimmen. Vermutlich haben sich andere Bewohner des Palastes der Jagd angeschlossen. Oder die Frauen sind erwischt worden und kassieren ihre Standpauke.

Hoffentlich landet der Kleine nicht gleich im nächsten Käfig.

Ich wünsche ihm im Stillen Glück und wähle den Gang, der geradeaus führt, anstatt die Treppe hinunterzugehen. Es ist besser, nicht allzu komplizierte Wege zu nehmen. Wenn ich mich hier verlaufe, ist mein Leben zu Ende. Und je eher ich verschwinden kann, desto besser.

Zu meiner großen Enttäuschung bleibt der Gang schmucklos. Zwar ist der zuvor kahle Boden inzwischen mit schwarzen Teppichen bedeckt, aber das Alter hat sie verschlissen und ihnen jeglichen Wert geraubt. Wie hätte ich mit solch einem Ding auch durch den Schacht passen sollen?

Der Schacht! Ich stöhne innerlich auf. Der Weg hinein ist mir schon endlos vorgekommen, aber ich muss auch wieder zurückkriechen.

Nein, nicht daran denken. Eins nach dem anderen.

Bei jedem Atemzug quellen weiße Wolken aus meinem Mund. Eisige Kälte weht durch den Gang, kriecht in meine Haut und macht meine Finger steif. Immer wieder wölbe ich meine Hände vor den Mund und blase hinein. Gefühllose Finger sind das Letzte, was ich gebrauchen kann. Warum ist es nur so kalt und finster? Der Steinboden hebt sich farblich kaum von den Teppichen ab. Die Wände aus Marmor sind ebenso düster und werden, je weiter ich dem Gang folge, immer mehr vom Holz des Emekar-Baumes durchzogen. Bald sieht es so aus, als hätte das gewaltige Wesen den Palast ganz und gar durchdrungen. Wie dicke Adern zieht sich sein Holzgeflecht durch den Stein und hat ihn an manchen Stellen regelrecht gesprengt. Wurzeln sprießen aus dem Marmor, kriechen in absonderlichen Windungen über den Boden und haben gewiss schon viele Unachtsame zu Fall gebracht.

Warum gibt es keine Pracht in diesen Gewölben? Keine Seidentapeten, kein Gold, keine Gemälde? Hier und da ragen schwarze, abscheulich verschnörkelte Kerzenhalter aus den Wänden, aber sie erinnern mehr an monströse Spinnen als an Zierrat und würden Käufer eher abschrecken, anstatt sie anzuziehen. Nur in jedem dritten dieser Halter brennen Kerzen. Entsprechen die Gerüchte also doch der Wahrheit? Entstammt Scylla einem Geschlecht schwarzer Hexen, die sich dem Jasmah-Isdar verschrieben haben und es lieben, in Vollmondnächten auf mit Kinderhaut bespannten Trommeln zu spielen?

Mach, dass du hier wegkommst!, schreit mein Instinkt. *Am besten sofort!*

Aber ich kann ihm nicht gehorchen. Noch nicht. Angespannt bleibe ich stehen. Alles in mir wehrt sich gegen einen weiteren Schritt, aber meine Hoffnung, Aaron retten zu können, ist größer. Unentschlossen blinzele ich in das unheilschwangere Dämmerlicht des

Ganges, höre das angstvolle Klopfen meines Herzens und rieche das modrige Aroma halbverfaulter Teppiche. Ist es vielleicht doch besser, im unteren Stockwerk nach Schätzen und Steinen zu suchen?

Zweimal drehe ich mich um meine eigene Achse. Dann sehe ich es: ein verheißungsvolles Funkeln im Gewirr des Wurzelgeflechts, das sich wie eine Masse schwarzer Schlangen über die Wand zu meiner Rechten zieht.

Vorsichtig strecke ich eine Hand danach aus. Es fühlt sich wie ein glatter Stein an, der nicht allzu fest im Holz steckt. Schnell ziehe ich ein Messer aus meinem Gürtel, hebele das Ding heraus und halte es in den Schein einer Kerze.

Bei allen Göttern, es ist ein Opal! Groß wie ein Augapfel und in den abenteuerlichsten Farben schillernd. Atemlos drehe und wende ich den Stein, streichele seine makellose Oberfläche und fühle, wie eine sonderbare Wärme von ihm ausgeht. Aber das ist nicht das einzig Seltsame. Er zittert auch noch. Ja, er vibriert. Ganz leicht, aber spürbar. Als wäre in seinem Inneren ein surrendes Insekt.

Ist das etwa einer der heilenden Steine?

Ganz bestimmt!, jubelt es in mir. *Du kannst es doch fühlen. Kein normaler Stein ist warm und vibriert!*

Aber selbst wenn er nicht magisch ist, würde jeder Juwelier für einen solchen Stein töten. Noch dazu sieht es ganz danach aus, als würden sich im Holz des Emekar-Baumes weitere Schmuckstücke verbergen.

Oh, ihr heiligen Mütter aller Götter! Habt Dank! Tausend Dank!

Hastig stecke ich den Opal in meine Tasche, bohre das Messer zwischen zwei Wurzeln und drücke sie auseinander. Tatsächlich! Ein zweiter, noch größerer Stein kommt zum Vorschein, ebenfalls warm und hauchfein zitternd. Keine Handbreit daneben schimmert ein dritter unter einer dünnen Schicht aus Rinde. Fieberhaft arbeite ich mich an der Wand entlang, lasse meine Finger über das Labyrinth aus Holz und Marmor gleiten und juchze vor Freude. Innerhalb kürzester Zeit finde ich vier weitere Opale. Drei sind kaum größer als mein Daumennagel, der letzte jedoch, den ich unter einer besonders dicken Holzader hervorhole, macht einem Hühnerei Konkurrenz.

Das ist unsere Rettung!

Das ist unser Weg in die Freiheit!

Ich bin so aufgeregt, dass ich kaum noch das Messer führen kann. Aaron wird nicht sterben. Unser Leben auf der Straße ist vorbei. Endlich wird alles wieder gut. So gut es eben werden kann, nach allem, was wir erlebt haben.

»Zilp!«, piepst es auf meiner Schulter.

Ich fahre erschrocken zusammen. Im Palast ist es so still geworden, dass selbst ein so leises Geräusch wie der Gruß eines Vogels laut erscheint. Plötzlich wird mir klar, wie unachtsam ich gewesen bin. So kostbar die Schätze des Baumes auch sein mögen, sie sind es nicht wert, dass ich bei der Jagd nach ihnen jede Vorsicht in den Wind schlage.

»Den Göttern sei Dank, du bist wohlauf.« Sanft stupse ich mit meiner Nasenspitze gegen den Schnabel des Tierchens. Es antwortet mit einem leisen Zirpen. »Ich hoffe, du hast deine Jäger abschütteln können. Nicht, dass sie gleich hier auftauchen.«

Der Vogel nickt erneut. Wie seltsam, solch menschliche Reaktionen bei einem Tier zu sehen.

»Dann ist es ja gut. Schau mal, Kleiner. Du hast mir wahrhaft Glück gebracht. Mit diesen Steinen kaufe ich uns ein Haus am Meer. Eines, das nicht neben einem Fressmotten-Nest steht.«

Die schwarzen Knopfaugen des Vogels mustern den hühnereigroßen Opal ohne große Begeisterung. Lachend kraule ich ihm die Brust, lasse den Stein in meine Tasche gleiten und taste mich weiter an der Wand entlang. Doch mit einem Mal durchzuckt mich ein Instinkt.

»Nein!« Entschlossen stecke ich das Messer zurück und reibe mir die steif gefrorenen Hände. »Gier bringt nur Unheil. Ich habe genug gesammelt. Wir gehen, Kleiner.«

Ich wende mich um – und erstarre. Mitten im Gang stehen drei Schatten. Reglos, mit hängenden Armen und vermummten Gesichtern. Ganz in Schwarz gekleidet heben sie sich kaum vom Boden und den Wänden ab. Allein der flackernde Schein der Kerzen macht ihre Gestalten sichtbar.

Bei den Göttern, nein!

Nein! Nein! Nein!

Meine Gedanken rasen. Die Gestalten tragen keine sichtbaren Waffen, doch aus irgendeinem Grund macht mir das noch mehr

Angst, als es Schwerter und Armbrüste getan hätten. Warum stehen sie so still? Warum hört man keine Atemgeräusche? Und woher sind sie so plötzlich gekommen?

Ich versuche, mehr zu erkennen, doch das Licht der wenigen Kerzen enthüllt lediglich Silhouetten. Verwesungsgestank steigt mir in die Nase. Alles in mir gefriert, als mir klar wird, dass dieser Geruch von den Schatten ausgeht. Ich spüre ihre Blicke wie Fesseln aus eiskaltem Eisen, die sich um meine Gedanken wickeln und sie zu ersticken beginnen.

»Srrriiiii!«, kreischt der Vogel. Er stößt sich von meiner Schulter ab und flattert den Gang entlang, weg von den gespenstischen Wächtern, die noch immer nichts weiter tun, als bewegungslos dazustehen.

»Srrrriiiii!«

Ich werfe mich herum und renne. In wildem Zickzack fliegt der Perlenvogel voraus, während ich den Gang entlang sprinte und spüre, wie die Panik meinen Körper betäubt. Mehr denn je wünsche ich mir meinen Geist zurück, und heftiger denn je wird mir bewusst, dass er verschwunden ist. Wahrscheinlich für immer.

Mehrmals stolpere ich über eine Wurzel, stürze, schlage mir die Knie auf und stürme weiter. Der Gang besitzt keinerlei Abzweigungen, nicht einmal Türen. Stattdessen scheint er sich schraubenförmig immer höher zu winden. Wie das Innere einer Schnecke.

Das Gefühl, mit jedem Schritt tiefer in das schwarze Herz des Palastes einzudringen, beginnt meine Schritte zu lähmen. Wo endet dieser Gang? Was soll ich tun, wenn es nicht mehr weitergeht? Kälte und Dunkelheit nehmen zu, inzwischen brennen nur noch in jedem vierten Halter Kerzen. Hart schlägt das Herz gegen meinen Brustkorb. Ich fühle mich wie im Schlund eines Ungeheuers. Das hier ist nicht das Werk eines Menschen. Das sind die verhexten Eingeweide einer boshaften, teuflischen Kreatur.

Und plötzlich liegt es vor mir. Das Ende des Ganges. Eine monströs große Tür beendet meine Flucht und damit mein Leben. Sie ist schwarz, glänzend und geschuppt wie die Haut eines Drachen. Etwas Kaltes rieselt über meinen Rücken, als ich bemerke, dass diese Tür nur angelehnt ist.

Was jetzt? Was soll ich tun? Alles in mir sträubt sich, dem Eingang zu nahe zu kommen, doch hinter mir spüre ich bereits die Anwesenheit der Schatten. Kein Laut erklingt, kein Atem rasselt. Und doch weiß ich, dass sie näher kommen. Näher und näher. Der Perlenvogel landet auf meiner Schulter. Sein winziger Körper schlottert wie Espenlaub. Und anstatt mir einen Rat zu geben, blickt er ängstlich zu mir auf.

»Ich dachte, du bringst Glück? Was für Glück ist das hier? Du weißt also auch nicht weiter?«

»Zilp!«, piepst er verschüchtert.

»Brechspinnenkotze! Was machen wir denn jetzt?«

Die Schatten tauchen aus der Dunkelheit auf. Ohne jede Hast schlurfen sie auf uns zu. Es müssen Hexenkreaturen sein, lebende Tote, erschaffen vom Jasmah-Isdar. Wahrscheinlich hat Scylla sie höchstpersönlich aus dem Grab heraufbeschworen. Sie werden mir die Haut abziehen und ihre teuflischen Zaubersprüche darauf schreiben. Mit Tinte aus Perlenvogelblut. Warum bin ich hierhergekommen? Warum bin ich nicht einfach bei Aaron geblieben? Das war so eine blöde Idee. So eine unglaublich blöde Idee!

Ich werde hier nicht lebend rauskommen. Mein Bruder wird in Angst und Einsamkeit sterben und niemals Gewissheit über mein Schicksal erlangen.

Plötzlich fliegt der Vogel auf und huscht durch die offen stehende Tür. Keine zwei Atemzüge später vernehme ich ein aufforderndes »Zilp!«.

»Bist du dir sicher?« Panisch wische ich mir den Schweiß von der Stirn. Gleich wird mein Herz stehenbleiben. Gleich! »Oh, bei allen Göttern, das hier kann kein gutes Ende nehmen. Also gut. Tu es! Dir bleibt sowieso keine Wahl.«

Ehe ich weiß, wie mir geschieht, bin ich durch die Tür geschlüpft und drücke sie hinter mir zu. Für ihre enorme Größe lässt sie sich bemerkenswert leicht bewegen. Als ich den armlangen Riegel vorschiebe und atemlos gegen das lederbespannte Holz sinke, durchfährt meinen Körper ein sonderbares Gefühl. Was ich da berühre, ist Drachenhaut. Ohne jeden Zweifel. Noch immer lebt ein Echo jener uralten Macht darin, die die Wüstendrachen einst zu Königen unter ihresgleichen gemacht hat. Doch gegen den teuflischen Jasmah-Isdar waren selbst sie machtlos. Inzwischen teilen sie das Schicksal der Atlanter, der Nymphen, Phönixe und Opalfüchse. Sie alle leben nur noch in Legenden weiter.

Langsam hebe ich meinen Blick. Vor mir liegt etwas, das ich nach all der kargen Düsternis nicht erwartet habe: Ein gemütliches, von einem Kaminfeuer erwärmtes Zimmer – zu meinem großen Glück verwaist. Es ist klein und perfekt rund. Durch ein ovales Fenster blickt man direkt in die gewaltige, vom Sonnenuntergang erleuchtete Krone des Emekar-Baumes, in der unzählige Silberreiher nisten und mit ihren ausgebreiteten Flügeln die letzten Sonnenstrahlen einfangen. Was für ein unglaublicher Anblick! Es wundert mich, dass ausgerechnet Silberreiher hier ihre Heimat gefunden haben und keine blutrünstigen Stymphalen, Harpyien oder Wolfsgeier.

Ein paar Sekunden lang bestaune ich die Aussicht auf das Tal, denn so habe ich Jemeshar noch nie erblickt: Finstere, zerklüftete Berge rahmen den Horizont ein, davor glitzert ein Labyrinth aus schmalen und breiten Wasserläufen, die in rauschenden Kaskaden ineinander übergehen. Auf den Felsinseln dazwischen quetschen sich Häuschen aneinander, Tempel thronen auf anmutig geschwungenen Brücken und am nördlichen Ende des Tales, wo sich der abgestorbene Zwilling des Emekar-Baumes befindet, liegt der Hinrichtungsplatz. Selbst von hier aus kann ich die Vogelschwärme sehen, die sich an den Toten gütlich tun. Zu Dutzenden hängen die Leichen in den Ästen des Gefängnisbaumes, einige bestehen nur noch aus abgenagten Gerippen.

Wenn ich mich nicht beeile, werde ich bald das Schicksal dieser armen Menschen teilen. Gehetzt sehe ich mich im Zimmer um und suche nach einem Ausweg. Ein aus schwarzem Elfenbein geschnitztes Bett ist über und über mit Pelzen und seidenen Decken übersät. Es gibt Kissen in allen erdenklichen Blautönen, kostbare Wandteppiche, einen Tisch aus schwarzem Marmor und mit Saphiren besetzte Sessel aus silbernem Samt. Mitten im Zimmer liegt das schwarz-blau gestreifte Fell eines überaus seltenen Kadašman-Hirsches, das als unbezahlbare Kostbarkeit gehandelt wird. Offenbar hat es zu einem Weibchen gehört, denn ich sehe nirgendwo das mächtige, bizarr verzweigte

Geweih, dass die Männchen dieser Gattung tragen. Ähnlich wertvoll sind die Federn des Sternenpfaus, die zu Dutzenden eine Bodenvase füllen und wie Diamanten glitzern.

Nicht jeder Teil von mir ist von der Angst gelähmt, denn die unverbesserliche Diebin in mir überschlägt hastig die Möglichkeiten, welche Schätze ich mitgehen lassen kann. Das Hirschfell kann ich vergessen. Selbst zusammengerollt ist es zu groß, um durch den Schacht zu passen. Die Federn wiederum sind zu empfindlich. Eine grobe Berührung genügt, um sie zu zerstören. Aber die Saphire im Samt der Sessel schreien geradezu danach, ausgelöst und eingesteckt zu werden.

Mit angehaltenem Atem lausche ich in die Stille hinein. Meine Kostbarkeiten habe ich gefunden, noch mehr mitzunehmen, wäre unvernünftig. Vermutlich haben sich die untoten Wächter längst auf dem Weg zur Königin gemacht und Alarm geschlagen. Wie soll ich dieses Zimmer wieder verlassen? Im Gang laufe ich nur den Schatten in die Arme und habe keine Möglichkeit, mich zu verstecken. Es scheint keinen zweiten Ausgang zu geben und vor dem Fenster klafft eine schwindelerregende Tiefe.

Na und? Du bist eine gute Kletterin. Die Rinde eines so alten Baumes bietet genug Scharten und Risse, um sich daran festzuhalten. Die Sonne geht schon unter. Wenn es noch ein bisschen dunkler wird, kannst du es wagen. Falls man dich nicht vorher erwischt.

Den Emekar-Baum hinunterklettern? Das ist vermutlich eine dieser Sachen, die einfach klingen, es aber nicht sind. Zweifellos wimmelt es dort draußen vor Wächtern und Jägern, menschlichen wie tierischen. Andererseits bin ich klein, dürr und flink. Mit meiner schwarzen Diebeskleidung werde ich einfach mit der Nacht verschmelzen.

Nervös beobachte ich den Stand der Sonne. Verfluchte Helligkeit! Ich kann doch nicht einfach herumsitzen und warten, wenn jeden Augenblick die Tür aufgehen kann. Mit zitternden Fingern taste ich nach dem Tiegel in meiner Tasche, in dem sich mein widerwärtigstes Hilfsmittel befindet: Aaswurm-Schleim. Er schreckt effektiv jedes Tier ab, sei es auch noch so hungrig und mordlüstern, und überdeckt nebenbei meinen Geruch. Ob er auch gegen schwarze Hexen hilft, werde ich hoffentlich nie herausfinden müssen.

193

Mit klopfendem Herzen tupfe ich etwas von dem Schleim auf meine Kleidung und suche nach einem guten Versteck, in dem ich auf die Dunkelheit warten kann. Eine mit einem Vorhang versehene Nische erscheint mir passend. Ich will darauf zugehen, als mein Blick auf ein Gemälde fällt, das neben der Tür hängt. Und zwar so, dass man vom Bett aus direkt darauf blickt. Als Erstes registriere ich den kostbaren goldenen Rahmen, der die runde Leinwand umfasst und mit erlesenen Verzierungen versehen ist. Das Ding ist ohne Frage ein Vermögen wert! Doch als ich das Gesicht erblicke, das vom Bild aus auf mich hinunterblickt, setzt mein Herz einen Schlag aus. Alle Diebesgedanken sind vergessen.

Wer immer der Künstler war, der dieses Gemälde erschaffen hat: ihm ist ein Meisterwerk gelungen. Weiche Farben fangen das Gesicht eines Mannes so vollkommen ein, dass er zu leben scheint. Jung ist er, und begnadet schön. Mit feinen Gesichtszügen und leicht geöffneten Lippen, auf denen eine unausgesprochene Frage zu liegen scheint. Seine Haare werden von einer grob gewebten Kapuze bedeckt, die womöglich zu dem Gewand eines Mönches gehört. Aber ich bezweifele, dass es sich bei diesem Mann um einen Diener der Kirche handelt. Nein, er ist etwas ganz anderes. Magisch grün schillern seine Augen, durchsetzt mit goldenen Funken, als wären sie ein Spiegelbild des Sommerwaldes. Niemand in diesem Land besitzt grüne Augen. Es gibt nur Braun und Schwarz, sonst nichts.

Lange stehe ich da und kann nichts tun, außer diesen Mann anzustarren. Alles an ihm strahlt Magie aus, lässt mein Herz brennen und entfacht das quälende Bedürfnis, ihn zu berühren. Ihn zu sehen. Atmend und lebendig. Ob er überhaupt noch existiert? Höchstwahrscheinlich nicht, und falls doch, muss er ein Greis sein. Es gibt zwar kein Datum und keine Signatur auf dem Gemälde, doch der Firnis ist vom Alter vergilbt und mit feinen Rissen durchzogen.

Ich denke weder an meine Angst noch daran, wo ich mich befinde. Es fühlt sich an, als ob dieses Geschöpf – denn ein Mensch kann es unmöglich sein – unmittelbar in meine Seele blickt und mir eine Frage stellt. Eine sehr bedeutsame Frage.

Als der Vogel mit einem leisen Flattern auf meiner Schulter landet, kümmere ich mich nicht darum. Erst sein schrilles »Srrriiii!« lässt mich herumfahren.

Zum zweiten Mal an diesem Abend werde ich überrumpelt. Eine Frau sitzt mir gegenüber. Eine Frau, die eben noch nicht dagewesen ist, und doch thront sie so entspannt in dem silbernen Sessel, als hätte sie die ganze Zeit dort gesessen.

Das kann nur Hexerei sein!

Stinkender Jandri-Mist, ist das etwa Scylla? Aber sie ist so jung. Eine steinalte Königin, die gerüchteweise seit beinahe zweihundert Jahren das Land regiert, habe ich mir anders vorgestellt. Mehr wie ein weiblicher Drüsentroll. Andererseits soll sie eine Zauberin sein, und besitzen solche Hexenweiber nicht auch einen Spruch für ewige Jugend?

»Er ist bezaubernd, nicht wahr?« Der Blick der Frau ruht auf dem Gemälde und ist beseelt von einer ekelerregenden Begierde. »So lange ist es her, dass er als weißer Adler aus diesem Fenster flog, befreit von einer vernarrten Dirne. Beinahe zweihundert Jahre.«

Sie ist es. Scylla höchstpersönlich. Ohne jeden Zweifel. Ich ringe nach Luft, als sie mit einer fließenden Bewegung aufsteht und das Licht der Kerzen die ganze Pracht ihres mitternachtsblauen Kleides enthüllt. Doch abgesehen von diesem kostbaren Gewand trägt die Herrscherin keinerlei Zierrat. Ihr blondes, lockiges Haar fällt offen herab und reicht ihr bis zu den Oberschenkeln. Es gibt keine Ketten, kein Diadem, keine Ringe. Nicht einmal einen Armreif. Nur milchweiße, makellose Haut.

Stocksteif begegne ich dem Blick schwarzer Mandelaugen. Es gibt unzählige Geschichten darüber, wie die grausame Herrscherin des Menschenreiches aussieht, doch keine verrät, dass ihr Gesicht weich und gütig ist, blass wie Elfenbein und von feinen Fältchen gezeichnet. Selbst ihr Lächeln besitzt die Sanftheit einer herzensguten Mutter, doch ich habe gelernt, tiefer zu blicken. Ein Jahr auf der Straße hat gereicht, um mir die Fähigkeit zu verleihen, hinter das Offensichtliche zu sehen. Und was ich in Scyllas Seele erkenne, saugt mir das letzte Fünkchen Mut aus der Seele.

»Er diente meiner Mutter Jamashree mehrere hundert Jahre lang«, fährt die Königin fort. »Er machte sie zur größten Herrscherin der Menschenwelt und legte ihr alles zu Füßen, was sie sich wünschte. Es gab keinen Feind, der ihr gefährlich werden konnte. Wer immer es wagte, Jamashree den Thron streitig zu machen oder auch nur ein respektloses Wort an sie richtete, wurde von ihm zu Asche verbrannt.«

Ich schlucke. Jeder Funke kann Scylla in eine Feuersbrunst verwandeln. Jedes falsche Wort kann mein Leben beenden.

»Wer ist er, Hoheit?«, frage ich mit gesenktem Blick und wünsche mir, meine verräterische Tasche möge sich in Luft auflösen. Irgendwie muss es mir gelingen, das Rädern und Ausweiden zu umschiffen. Vielleicht kann ich eine Saite in der Königin zum Klingen bringen. Irgendetwas, das ein Fünkchen Gnade in ihr weckt. Noch erkenne ich keine Wut in Scyllas Antlitz. Ja, noch nicht einmal Verärgerung. Ist das gut oder schlecht?

Die Königin! Bei allen Göttern, du stehst vor der Königin! Schlimmer hätte es gar nicht kommen können. Oh verdammt, verdammt, verdammt!

»Er ist ein Atlanter«, sagt die Herrscherin. »Der Letzte, der in unserer Welt verblieben ist.«

»Aber ich dachte …« Ich krümme die Zehen in meinen mottenzerfressenen Stiefeln zusammen und lasse sie wieder locker. Viel mehr Bewegung gibt mein Körper nicht her. Auch das Vögelchen auf meiner Schulter ist starr vor Angst. Ich spüre, wie sein winziger Körper auf meiner Schulter schlottert. »Ich dachte, das wäre nur eine Legende.«

»Was meinst du?«

»Der Atlanter der Königin. Ich dachte, es wäre nur ein Märchen.«

»Wie schnell deinesgleichen aus einer wahren Geschichte eine Legende spinnt.« Scylla schnaubt geringschätzig. »Ja, meine Mutter beherrschte einen Atlanter. Er war ihr zu Willen, auf jede nur erdenkliche Weise. Als das Portal auf ewig verschlossen wurde und sein Volk die Menschheit verließ, sprach meine Mutter einen Jasmah-Isdar-Zauber aus und fesselte ihn an unsere Welt. Fortan gehörte der letzte Atlanter zu ihr. Er erhob sie über jeden anderen Herrscher und machte sie zur alleinigen Königin. Es war ihr Schicksal, unvorstellbar mächtig zu sein. Und es wird auch meines sein, sobald ich ihn zurückgeholt habe.«

Scylla seufzt und sieht zum Fenster hinüber, hinter dem sich ein Schauspiel aus herrlichen Farben über den Himmel ergießt. Der kurze Wintertag endet und geht in eine glasklare Dämmerung über. Auf den Ästen des Baumes kauern sich die Silberreiher in langen, schim-

mernden Reihen zum Schlafen zusammen und interessieren sich nicht für das, was ganz in ihrer Nähe geschieht. Ich schaudere, als ich an die finsteren Wälder jenseits des Tales denke. Diese wuchernde, vor Ungeheuern nur so wimmelnde Hölle, in die Scylla regelmäßig Leichen und Gefangene bringen lässt. Vielleicht auch bald mich? Nein, für eine Diebin, die in den Palast eingedrungen ist, hat sie zweifellos etwas besonders Fantasievolles auf Lager. Ich will mir nicht ausmalen, was es sein könnte. Sonst verliere ich den Verstand.

»Was weißt du über die Atlanter?«, fragt die Königin sanft. »Na los, mach den Mund auf.«

»Ich …«

Scylla wedelt mit einer Hand. »Nur zu. Ich habe eine Schwäche für mutige Mädchen.«

»Sie … ähm …« Ich balle meine Hände zu Fäusten und versuche krampfhaft, nicht ohnmächtig zu werden. »Sie sollen große Zauberkräfte besitzen. Sie sind ewig jung, vertragen weder irdisches Essen noch irdisches Trinken und ernähren sich stattdessen von Licht. Bevorzugt das Licht der Vollmonde.«

»Das ist nicht ganz richtig«, wirft die Königin ein. »Sie können essen und trinken, müssen es aber nicht. Ihnen reicht die Energie der Gestirne. Sie trinken sie wie Bäume das Sonnenlicht, doch ihre Kräfte benötigen das Licht der Vollmonde. Nur so bleiben sie stark. Sperrt man sie ein und hält sie davon fern, werden sie schwach und verlieren ihre Magie. Weiter, Mädchen. Was weißt du noch?«

Ich schlucke ein paar Mal. Meine Kehle fühlt sich an wie Sandpapier. »Sie … ähm … standen vor langer Zeit hinter den menschlichen Herrschern, festigten deren Macht und wachten über das Schicksal unserer Welt. Aber dann kam der Tag, an dem sie beschlossen, uns zu verlassen. Das ist schon lange her. So lange, dass viele Menschen nicht mehr wissen, ob es wirklich geschehen ist.«

»Ja, die Atlanter kehrten zurück. Alle, bis auf einen.« Scyllas Blick heftet sich auf mich. Nichts Gütiges ist mehr darin. Stattdessen blicke ich in die Augen eines Reptils. »Er versteckt sich vor mir. Aber ich werde ihn finden. Sehr bald schon. Der Jasmah-Isdar hat fast jeden Winkel dieser Welt ausgefüllt und wird bald die letzten unberührten Flecken erreichen. Früher oder später kann er sich nicht mehr verkriechen. Jeder Mann, jede Frau, jedes Kind und alle Tiere der Erde, der Luft und des Wassers werden dem schwarzen Zauber dienen.«

»Ihr wollt ihn zurückholen?« Bei allen Göttern, Scylla ist bereits als gewöhnlicher Mensch eine grausame Herrscherin, die das Land bluten lässt. Was wird geschehen, wenn ihr ein Atlanter zu Willen ist? Die Welt wird zur Hölle werden, ohne jede Frage. Und selbst das Wort *Hölle* wird die Zustände nicht annähernd beschreiben können.

»Meine besten Jäger, Hexer und Fährtensucher durchsuchen seit Jahren jedes Reich«, säuselt die Königin. »Der Jasmah-Isdar gehorcht meinem Wort, seine Macht fließt in meinem Blut. Ich spüre, dass ich Indigo ganz nahe bin. So nahe, dass er schon meinen Atem in seinem Nacken spüren muss.«

»Indigo«, flüstere ich. »Das ist sein Name?«

»Ja.« Scylla leckt sich über die Lippen. »Du bist so wunderbar ahnungslos, kleine Straßendirne. Ich kann es deinen Eltern nicht verübeln, dass sie dir die Geschichten niemals erzählt haben. Was Indigo getan ist, ist wahrlich nichts für Kinderohren. Manche glauben immer noch, Atlanter seien reine und gütige Wesen, sanft bis auf den Grund ihrer Seele. Aber Indigo hat ganze Armeen mit seiner Magie verbrannt. Er hat mit einem einzigen Gedanken und einem geflüsterten Wort getötet. Er hat gequält und gefoltert, betrogen und massakriert. Das ganze Land ertrank in Blut, wenn Jamashree ihn aussandte, um eine feindliche Armee zu zerschlagen. Sie brauchte keine Soldaten, keine Krieger. Ihr genügte dieser eine Mann, denn er war grausam genug für Zehntausend. Und jetzt …«, die Königin hebt ihre Stimme, »schafft mir diese räudige Diebin aus den Augen.«

»Aber …« Ich taumele zurück. »Bitte … ich … bitte!«

»Weg mit ihr!«

Eine zuvor unsichtbare Tür neben dem Bett öffnet sich und spuckt drei Schatten aus. Der Perlenvogel ergreift die Gelegenheit beim Schopf, flattert wie ein schillernder Blitz durch das Zimmer und huscht an den Kreaturen vorbei ins Freie.

Plötzlich bin ich allein. Mein vermeintlicher Glücksbringer hat mich auf das Schafott geführt und im Stich gelassen.

Jade! Du götterverdammte Idiotin!

»Dein kleiner Freund hat wohl begriffen, dass er keine Chance hat.« Scylla lächelt affektiert. »Wie kommt eine Gossenratte wie du überhaupt an einen Perlenvogel?«

Ich starre sie schweigend an. Mein Hals ist ausgetrocknet. Meine Zunge ein Stück Leder. Das hier ist mein Tod. Mein Tod. Mein Tod.

Scylla rollt mit den Augen und fährt zu den wartenden Schatten herum. »Na los, ergreift sie endlich. Das ganze Zimmer stinkt schon nach ihrem dreckigen Straßendirnenkörper.«

Die Untoten schlurfen auf mich zu. Im Licht des Kaminfeuers erkenne ich, dass sie tatsächlich keine Augen besitzen. Über den schwarzen Tüchern, die die Gesichter der Kreaturen bis zur Nase verhüllen, klaffen Löcher in schleimig roter Haut.

Was jetzt? Helft mir, ihr Götter. Bitte helft mir!

Ich will mich herumwerfen und flüchten, doch etwas fesselt meine Glieder und macht sie bewegungsunfähig. Scyllas schwarzer Zauber! Ein Wächter legt seinen dürren Arm um meine Taille, grapscht nach meinen Beinen und hebt mich mit einem Ruck empor. Da sind Knochen unter dem Stoff. Blanke Knochen! Verwesungsgestank beißt in meine Nase, als der Atem des Schattens über mein Gesicht hechelt. Bei den Göttern, es sind tatsächlich lebende Tote! Rohes Fleisch klebt an ihren Schädeln, Blut verkrustet ihre fauligen Gewänder.

»Gebt mir ihre Tasche«, befiehlt die Königin. »Und werft sie in den Wald. Aber bringt sie weit hinaus, dort, wo die großen Bestien warten. Der Vollmond ist nahe, sie werden hungrig sein.«

Was hat sie gerade gesagt? Ich entgehe der Folter und werde stattdessen Monsterfutter? Aaron, Metena und Aja werden also nie erfahren, was mit mir geschehen ist. Ist das ein besseres Schicksal, als meiner Hinrichtung zusehen zu müssen?

Nein! Ich will nicht sterben!

Ich will nicht sterben!

»Ich flehe euch an!«, würge ich hervor, während mein schlaffer Körper in den Armen des Schattens hängt und so nutzlos ist wie ein Sack voll Mehl. »Bitte tut das nicht! Ich flehe Euch an! Bitte! Habt Erbarmen!«

»Vielleicht lasse ich dich gehen.« Scylla lässt sich wieder in ihrem Sessel nieder und schlägt ein Bein über das andere. »Wenn du mir verrätst, wie du hier hereingekommen bist.«

Meine Gedanken überschlagen sich. Ich darf nichts von dem Abfluss in der Wäscherei erzählen, denn wenn ich das tue, werden Scyllas Schergen zwangsläufig das Tunnelsystem durchforsten und auf unser Versteck stoßen.

Denk nach, verflucht!

Aber denken ist schwer, wenn man seinem Tod ins Auge blickt. Verzweifelt suche ich nach einer Lüge, und schließlich glaube ich, eine passende gefunden zu haben.

»Es war ein Karren«, platze ich heraus. »Ich klammerte mich unter einem Karren fest. Es tut mir leid. Ich hatte Hunger, und mein Bruder ist todkrank. Ich habe gehofft, dass ich … es tut mir leid.«

Scyllas Miene bleibt unverändert. Was hatte ich erwartet? Dass ihr bei der Erwähnung meines kranken Bruders die Tränen der Rührung in die Augen schießen?

»Die Wächter kontrollieren jeden Karren sehr gewissenhaft«, erwidert die Königin. »Keine Maus kommt ungesehen in meinen Palast.«

»Es war ein Karren«, beharre ich. »Eure Wächter arbeiten gewissenhaft, aber ich bin klein und schnell. Ich weiß, wie man sich versteckt. Wüsste ich das nicht, wäre ich längst verhungert oder läge erstochen auf einem Misthaufen.«

»Offenbar waren sie nicht gewissenhaft genug.« Scylla nimmt die Tasche vom Schatten entgegen und wühlt darin herum. Mir wird abwechselnd heiß und kalt, während ich in den Armen der stinkenden Leiche hänge. Noch immer ist der Gedanke an meinen nahenden Tod fern und unwirklich, aber das wird sich schnell ändern. Übelkeit drückt sich meinen Hals hinauf. Das darf alles nicht wahr sein! Ich will endlich aufwachen und feststellen, dass alles nur ein Traum ist. Es kann doch nur ein Traum sein, oder?

»Nehmt die Wächter fest«, murmelt die Königin gedankenversunken, während sie weiter in meiner Tasche herumfischt. »Anschließend bereitet ihr für morgen früh ihre Hinrichtung vor. Taugenichtse, die eine Diebin unter einem Karren nicht entdecken, haben hier nichts verloren.«

»Nein!« Mir gelingt ein Zucken. Als Antwort bohren sich die Knochenfinger des Schattens in mein Fleisch. »Nein, das dürft ihr nicht! Sie können nichts dafür!«

Scylla holt eine Handvoll Opale aus der Tasche und betrachtet die schillernden Steine. Aarons letzte Chance ist vertan. Meine letzte Chance ist vertan. »Schafft das diebische Balg fort! Mag es draußen weiter schreien, während die Biester ihm das Fleisch von den Knochen reißen.«

Der Schatten schleppt mich aus dem Raum. Hin zu meinem Tod. Alles vorbei! Ich sterbe, mein Bruder stirbt. Das war's. Mit jedem Schritt, den die Leiche vollführt, fühle ich mich hilfloser.

Das darf nicht sein!

Das darf doch alles nicht sein!

Ich will schreien, aber meine Kehle besteht aus zerhackten Disteln. Ich will um mich schlagen und treten, aber meine Muskeln versagen mir den Dienst. Ein ganzes Jahr lang habe ich gekämpft. Tag für Tag habe ich versucht, stark zu sein. Für meinen Bruder und für die Schwestern. Kein Wagnis war mir zu groß gewesen, kein Diebstahl zu gefährlich. Ich hatte mich als frischgebackenes Gossenkind sogar mit den finstersten Trunkenbolden angelegt und reichen Herren die Taschen geleert, wohl wissend, dass die Strafe für Letzteres der grausamste aller Tode ist.

Überraschung, Jade. Jetzt kriegst du die Quittung.

Verzweifelt höre ich in mich hinein, in der idiotischen Hoffnung, noch einmal die Stimme meines Geistes zu hören. Natürlich ernte ich nur Stille. Kein sanftes Flüstern, keine tröstende Nähe, die auf geheimnisvolle Weise durch mein Bewusstsein weht.

Ebenso langsam wie unaufhaltsam, schleppt mich die Leiche eine Treppe hinunter, dann einen zweiten Gang entlang und schließlich durch eine Art Empfangshalle, in der gewaltige Teppiche voll grausamer Bilder von den Steinwänden hängen. Körper werden darauf zerrissen. Menschliche wie tierische. Abscheuliche Untiere metzeln sich durch ein Dorf und töten alles, was ihnen zwischen die Zähne und unter die Klauen kommt. Dann weht mir plötzlich frische Nachtluft entgegen. Ich hebe den Kopf, sehe zuerst ein Tor über mir und dann den sternengesprenkelten Himmel. Nur ein blasser Wintermond hängt tief über dem Horizont, sodass kaum etwas das Strahlen der Gestirne mildert.

Das ist also die Nacht, in der ich sterben werde. Ich werde unter einem besonders schönen Sternenhimmel gefressen. Danke, Schicksalsgötter. Ich fühle mich geehrt.

Grelle Farben flammen in der Dunkelheit auf. Die Leiche hat mich auf eine gemauerte Plattform dicht unterhalb des Wipfels geschleppt, und dort, wo diese endet, windet sich ein riesiger Arryx in seinen Ketten. Offenbar steht er auf einer weiteren, tiefer gelegenen Plattform, denn er bäumt sich verzweifelt auf, schüttelt seinen Kopf und versucht, mit seinen gefesselten Flügeln zu schlagen.

Nie zuvor habe ich einen Arryx aus der Nähe gesehen. Unten in der Stadt sieht man oft ihre Silhouetten vom Wipfel aufsteigen, denn die Begünstigten der Königin und Scylla selbst pflegen auf den gewaltigen Raubvögeln zu reisen. Das Federkleid des Arryx leuchtet in grellen Feuerfarben: gelb, orange und rot in sämtlichen Abstufungen. Der Knochenkamm auf dem Kopf des Tieres glimmt hingegen in dunklem Purpur, während der gebogene, scharfe Schnabel ein glänzendes Schwarz besitzt. Jedes Mal, wenn sich der Arryx schüttelt und aufbäumt, ist es, als brenne er lichterloh. Doch es sind nur die irisierenden Farben seiner Federn, die in der aufsteigenden Dunkelheit den Eindruck lebendigen Feuers vermitteln.

Dieses wilde Geschöpf wird mich also in den Tod tragen? Ich starre auf den schwarzen Sattel und das ebenso schwarze Zaumzeug mit dem scharfen Gebiss, das die Schnabelhäute des Tieres zerfetzt hat. Um den Hals des Raubvogels ist ein mit Nägeln besetzter Riemen gewickelt, der der armen Kreatur große Schmerzen bereiten muss, sobald man an den Zügeln zerrt.

Schwungvoll wuchtet mich der Schatten auf den Sattel, setzt sich hinter mich und stößt einen Pfiff aus. Ketten klirren, Schlüssel klappern. Irgendjemand befreit den Arryx, der augenblicklich seinen Kopf in den Nacken wirft und flammende Schwingen ausbreitet. Ein lautes Rauschen, ein heftiger Ruck – dann verschwindet der Emekar-Baum und die Plattform in der Tiefe.

Ich kann nicht einmal schreien. Ganz im Gegensatz zum Arryx. Er kreischt, dass mir die Ohren schmerzen. Blut tropft aus seinem Schnabel und von seinem Hals, als der Schatten mit aller Kraft an den Zügeln reißt und ihm seinen Willen aufzwingt. Noch dazu trägt der Untote scharfe Stacheln an den Hacken seiner Stiefel, die er dem Vogel wieder und wieder in den Leib treibt. Das gepeinigte Tier brüllt

seinen Schmerz hinaus, durchpflügt mit rauschenden Flügelschlägen den Wind und gleitet über das Tal hinweg.

So dunkel ist die Nacht, dass ich kaum etwas erkenne. Nur die weiße Gischt der Wasserfälle und die Feuer der Stadt bieten einen Anhaltspunkt. Irgendwo dort unten stehen Aaron, Metena und Aja schreckliche Ängste aus. Ob sie schon nach mir suchen? Gewiss sorgen sie sich furchtbar, und morgen früh, wenn sie erkennen, dass sie immer noch alleine sind, werden sie es wissen.

Es tut mir leid. So schrecklich leid! Ich fliege gerade über euch hinweg. Auf einem Arryx. Stellt euch nur vor! Er fliegt mich in die Wälder. Und dort … dort werden sie mich …

Jeder Gedanke gefriert. Denn plötzlich liegt sie unter mir. Die Wildnis. Endlos, lichtlos und monsterverseucht. Ich kann die Kreaturen hören. Ihr Heulen und Knurren, ihr Rufen und Winseln.

Tränen rinnen über meine Wangen. Ich wünsche mich nach Hause. Einfach nur nach Hause. Unter das Schaffell. Zu der schnurrenden Katze. Zu dem Klappern des Spinnrades und dem Kratzen einer Feder auf Papier. Zu Vater, Mutter und Aaron.

Der Arryx gleitet tiefer. Bald streifen seine Klauen über die Spitzen der Bäume. Hinter einer Bergkuppe setzt er schließlich zur Landung an, malt mit seinen Schwingen einen Regen aus Funken und Flammen in die Finsternis und kracht mit voller Wucht auf den Boden. Der Aufprall treibt mir die Luft aus den Lungen. Wieder reißt der Untote an den Zügeln, wohl aus Wut über die grobe Landung. Doch diesmal bleibt der Feuervogel still, obwohl er inzwischen so heftig blutet, dass dampfende Rinnsale in das Gras tropfen.

Betäubt von Angst, sehe ich mich um.

Schwarze Bäume ragen zu allen Seiten der Lichtung auf, Felsen glänzen feucht im Sternenschein. Dazwischen wogt hohes Gras im Wind. Alles wirkt so trügerisch friedlich.

Die Krallenfinger des Schattens wuchten mich herum. Ich starre in leere Augenhöhlen, denen jegliche Lebendigkeit fehlt. Kreaturen wie diese kennen weder Gnade noch Mitleid. Kein Wunder, dass Scylla auf sie schwört.

Als der Untote seine Fingernägel in meine Brust rammt und mit einem Ruck nach unten zieht, kommt der Schmerz verzögert.

Zuerst spüre ich nur das warme Fließen von Blut, dann ein Gefühl von Druck. Es sickert dumpf durch meine benommene Wahrnehmung, doch kaum schnappe ich nach Luft, verbrennt die Pein jeden Nerv. Ich schreie. Kalte Nachtluft streicht über meine aufgeschlitzte Haut, Blut tränkt mein Hemd. Die Bestien in den Wäldern heulen vor Begierde.

Und dann falle ich. Achtlos wirft der Schatten mich vom Rücken des Arryx, als sei ich nichts weiter als Unrat. Ein zweites Mal wird mir die Luft aus den Lungen gepresst. Ich falle und falle, Gras rast auf mich zu. Dann kommt der Aufschlag. Noch mehr Schmerz peitscht durch meinen Körper. Ich ringe nach Atem, doch mein Brustkorb fühlt sich an wie ein Felsklotz. Panik übermannt mich. Der Arryx verschwindet im Himmel, eine sich windende und kreischende Silhouette aus Flammen, die von der Schwärze verschlungen wird.

Verzweifelt ringe ich nach Luft, grabe meine Finger in den triefend nassen Boden und japse mit weit aufgerissenem Mund.

Endlich zerbricht das Band um meinen Brustkorb.

Hustend stemme ich mich auf die Knie, übergebe mich und huste weiter. Dann – endlich – strömt mein Atem wieder ungehindert. Gierig fülle ich meine Lungen mit Luft, atme mit tiefen, rasselnden Zügen und übergebe mich ein zweites Mal.

Ich bin im Wald. Bei den Bestien. Blut tränkt meine Kleidung und verklebt meine Hände: Eine Einladung zum Fressen für alles, was hier kreucht und fleucht.

Etwas in mir will aufgeben, will sich weinend zusammenkrümmen und auf den Tod warten. Aber das ist nicht die Jade, zu der ich geworden bin. Nein, ich werde nicht aufgeben. Ich werde nicht untätig im Gras kauern und wie ein Lamm auf den Schlachter warten. Wenn ich schon sterben muss, dann im Kampf.

Keuchend rappele ich mich auf. Noch immer fühlt sich mein Körper taub an, aber er gehorcht endlich wieder meinem Willen. Mit der Entschlossenheit einer Todgeweihten ziehe ich ein Messer aus meinem Gürtel, halte es ausgestreckt vor mich und warte auf das, was aus der Dunkelheit heraus auf mich zukommt.

5

In den Wäldern

Aller Mut verlässt mich, als ich die ersten Bewegungen in der Finsternis ausmache. Er strömt aus meinem Herzen wie Wasser aus einem lecken Gefäß und lässt blanke Verzweiflung zurück. Ich will nicht sterben! Ich darf nicht sterben!

Augen funkeln in der Schwärze. Sternenlicht fängt sich in struppigem Fell. Die Nacht wird lebendig, beginnt zu stöhnen, zu knurren und zu zucken, kriecht auf Geisterfingern vorwärts und klebt auf meiner Haut, in meinem Haar, in jedem Atemzug. Kurz erhasche ich einen Blick auf Stacheln, die aus schleimiger Haut sprießen. Ein Schweif zuckt über das Laub. Atem rasselt. Krallen kratzen über Äste und Rinden. Überall schnüffelt und schnaubt, grollt und gurgelt es. Schlangen gleiten über das Moos. Insekten wühlen sich aus dem Boden. Alles schwarze Leben in diesem Wald strömt auf mich zu. Angezogen vom Geruch frischen Blutes.

Genüsslich zögern die großen Bestien den Moment des Zuschlagens hinaus. Sie halten sich gerade so weit entfernt, dass ich nur Bruchstücke ihrer Gestalt erkennen kann, und sind doch nahe genug, um mich ihren beißenden Gestank wahrnehmen zu lassen. Einige dieser Biester sind groß wie Pferde. Und meine einzige Waffe besteht aus einem lächerlichen Messer.

Kannst du mich hören?, flehe ich meinen Geist an. *Bitte! Wenn du mir noch zuhörst, dann hilf mir!*

Schweigen.

Ich brauche dich! Bitte rede mit mir! Wo bist du?

Schweigen.

Ich heule und fluche, aber in mir bleibt es still. Plötzlich verwandelt sich meine Sehnsucht in Hass. Warum hat er sich monatelang in mir eingenistet? Warum hat er mich durch so viele Nächte gerettet, wenn er mich im dunkelsten Moment im Stich lässt?

Schließlich, als mir nichts Besseres einfällt, fange ich an zu beten: »Ihr Götter! Helft mir! Ich flehe euch an. Nehmt von mir, was ihr wollt. Ich zahle jeden Preis. Wollt ihr, dass ich Tag und Nacht bete? Dann tue ich das. Wollt ihr, dass ich euch Opfer in den Tempel bringe? Die könnt ihr haben! So viel, wie ihr wollt. Aber bitte lasst mich zurückkehren. Sie brauchen mich. Und ich brauche sie. Bitte!«

Die Götter schweigen. Anstatt mir zu helfen, senden sie noch mehr Bestien. Natürlich. Diebe und Straßenkinder sind nicht nur unter Menschen verhasst. Das vielstimmige Lärmen der Kreaturen erinnert auf scheußliche Weise an menschliches Gekicher.

Geschmeidige, hochbeinige Körper tauchen zwischen den Bäumen auf. Kalam-Duk! Ein ganzes Dutzend. Sie ähneln großen Hunden, sind jedoch schuppenbedeckt und besitzen riesige Schädel mit aufgewölbten Stirnen, die an die Köpfe missgebildeter Kälber erinnern. Ich weiß nicht viel über diese Kreaturen, aber ich kenne ihre bevorzugte Tötungsmethode: Während eine Handvoll Kalam-Duk die Beute festhalten, beginnt das ranghöchste Weibchen in aller Ruhe mit dem Zerteilen und Ausweiden. Selbst hartgesottene Jäger berichten voller Schrecken von solcherlei Szenen und darüber, wie lange es dauert, bis ein Opfer der Kalam-Duk vom Tod erlöst wird.

Schritt für Schritt rücken die Biester näher. Geifer tropft aus ihren zähnestarrenden Kiefern. Das größte Weibchen hält sich im Hintergrund und wartet darauf, sein Werk verrichten zu können. Wie gelähmt starre ich auf die schimmernden Zähne des Tieres. Jene Zähne, die mich zerreißen werden. Langsam und genüsslich. Stück für Stück.

Schlagartig rückt alles in die Ferne. Mein Bewusstsein verschwindet in zäher Finsternis, und als ich wieder zu mir komme, renne ich blindlings durch den Wald. Unter meinen Stiefeln zerknacken die Panzer großer Insekten. Immer wieder trete ich auf etwas, das sich windet und nach mir schnappt, aber ich kümmere mich nicht darum. Ich springe, klettere und flanke über Äste und Stämme, Wurzeln und Felsen. Zerreiße mir Kleider und Haut, keuche und wimmere.

Wohin renne ich eigentlich? Egal. Einfach nur weg. Der Monsterwald ist nicht besonders groß, irgendwo muss er aufhören.

Hoffentlich.

206

Das Rudel heftet sich an meine Fersen. Wieherndes Gelächter erfüllt den Wald. Die Wunden, die Scyllas Häscher gerissen hat, schmerzen nicht mehr. Aber ich weiß, dass sie tief sind. Meine Existenz konzentriert sich auf den verzweifelten Willen, lebend hier herauszukommen. Als eine riesige Eiche den Weg versperrt, reagiert mein Körper instinktiv, springt in die Höhe, ergreift den nächstbesten Ast und zieht sich daran hoch.

Können Kalam-Duk klettern?

Egal!

Ich ziehe mich höher und höher, bis meine Kräfte schwinden. Noch ein Ast. Noch einer und noch einer. Dann ist es vorbei. Mein Körper gibt auf. Zitternd klammere ich mich fest, drücke meine Stirn gegen die harte Borke und starre mit weit aufgerissenen Augen in die Dunkelheit hinab.

Winselnd umkreisen die Kalam-Duk den Baum. Einige schlagen frustriert ihre Klauen in die Rinde, andere springen am Stamm hinauf und versuchen, den unteren Ast zu erreichen. Vergeblich. So geschmeidig sie auch wirken, die steinharten Schuppen ihres Panzers machen sie zu schwer, um höher als zwei Armlängen zu springen.

»Aaron«, schluchze ich. »Metena. Aja.«

Hoffnung liegt in ihren Namen. Und Wut. Ganz viel kostbare Wut. Ich werde das hier schaffen. Irgendwie. Ich werde zurückkehren!

Das Gekicher und Geheule der Ungeheuer schwillt an. Eine an Wahnsinn grenzende Gier schwingt darin mit. In Ermangelung zuckenden, lebendigen Fleisches graben die Kalam-Duk ihre Fänge in die Borke, reißen große Stücke heraus und schütteln ihre Schädel, bis die Holzfetzen nur so fliegen. Ganz gemächlich trotten die großen Bestien aus dem Dunkel heran. Zottelige Berge aus fleischgewordener Dunkelheit, so abscheulich, dass ich über ihren Anblick fast den Verstand verliere.

Lenk dich ab! Denk nach! Wie würdest du die Mistviecher beschreiben? Aaron wird alles ganz genau wissen wollen. Sie sind struppig und stinken zum Himmel, der räudige Pelz ist wie von Schleim verklebt, die freiliegende Haut borkig und schrundig. Sie haben Kiefer von der Länge zweier Armspannen und Eckzähne, die so lang sind, dass sie links und rechts herausragen. Was noch? Ah ja, ekelhafte Glubschaugen. Übergroße,

207

spitze Ohren. Wie eine Mischung aus krankem Hund und Ochse, nur viel hässlicher, als ein Hund oder ein Ochse jemals sein könnte.

Wenn ich das hier überlebe, werden meine Geschichten die Sensation sein. Jede Menge durchwachter Nächte stehen mir bevor. Stundenlange Erzählungen. Immer wieder und wieder.

Oh ja! Ich werde mir den Mund fusselig reden.

Krach!

Ich zucke zusammen. Was ist geschehen? Warum brüllen plötzlich alle Viecher, als hätte sie der Wahnsinn gestochen?

Krach!

Ein zweiter Aufprall. Und dann sehe ich es: Die größte der Bestien nimmt Anlauf, galoppiert los und kollidiert zum dritten Mal mit dem Stamm. Sabber fliegt in dicken Fäden umher, Borkensplitter rieseln zu Boden. Ein viertes Krachen, ein fünftes. Triumphierende Schreie martern meine Ohren und ich sehe, wie riesige Holzstücke vom Baum bröckeln.

Scheiße!

Beim sechsten Aufprall erzittert der ganze Baum. Ein Knirschen und Stöhnen dringt aus den Tiefen seines Stammes, als leide er wie ein atmendes Wesen Schmerzen.

Und dann … bewegt sich die Eiche.

Sie kippt.

Ganz langsam.

Krach! Krach!

Die Kalam-Duk jaulen voller Vorfreude. Sie werden mich bei lebendigem Leib auffressen! Sie werden mich zerreißen und ausweiden! Wahrscheinlich sind die Schmerzen schlimmer als alles, was ich bisher habe aushalten müssen. Wenn mir das Glück im Unglück zur Seite steht, werde ich schnell ohnmächtig.

Wenn nicht …

Nein! Denk nicht mal darüber nach!

Verflucht, ich hasse das Schweigen meines Geistes. Ich hasse das Schweigen der Götter. Nichts und niemand schert sich darum, dass ich hier sterbe. Und in dem Augenblick, in dem ich an meiner Angst zu ersticken glaube, wird mir endgültig klar, dass es keine Hoffnung mehr gibt. Meine Muskeln werden gefühllos, mein Verstand löst sich

in Nebel auf. Das ist also das Letzte, was ich in meinem Leben fühle. Grenzenlose Verzweiflung.

Es tut mir so leid, Aaron. Bitte werde wieder gesund und kümmere dich um die Schwestern. Hab keine Angst um mich. Ich gehe zu Mutter und zu Vater.

Schicksalsergeben schließe ich die Augen. Genau daran werde ich denken, wenn der Schmerz kommt. An Mutter und Vater, die weinen vor Freude, weil sie mich wieder in ihre Arme schließen können. Die meine Erinnerungen fortküssen und mich für lange, lange Zeit einfach nur festhalten.

Krach!

Das Ächzen des Baumes übertönt selbst das Lärmen der Kreaturen. Widerspenstig lösen sich die mächtigen Wurzeln aus dem Erdreich. Gleich ist es vorbei. Gleich wird mein Leben vorbei sein. Ich wappne mich gegen den Schmerz. Beiße die Zähne zusammen. Bete noch ein letztes Mal und denke an ihre lächelnden Gesichter.

Mutter ... Vater ... ich komme.

Ein Sirren erklingt. Gefolgt von einem dumpfen Aufschlag. Ein zweites Sirren. Ein drittes. Es klingt, als würde jemand Pfeile abschießen. Pfeile, die die Bestien treffen.

Ungläubig reiße ich die Augen auf. Die Welt ist gekippt, der Baum hängt in der Schräge und reckt seine Äste in den sternengesprenkelten Himmel, als würde er die Götter um Hilfe anflehen. Unter mir liegen zwei große Bestien und ein Kalam-Duk.

Tot!

Ich wage kaum zu glauben, was ich sehe. Da ragen tatsächlich Pfeile aus ihren Körpern!

Wieder ein Sirren und ein Aufschlag. Ein zweiter Kalam-Duk haucht sein Leben aus, als das Geschoss ihn mitten in die Stirn trifft. Nur einen Wimpernschlag später bohren sich zwei Pfeile in den Hals eines großen Monsters. Der dritte durchschlägt sein Rückgrat und bringt es zu Fall. Der vierte ins Auge tötet es.

Jäger? Aber wie kann das sein? Niemand geht bei Nacht in diesen Wald, schon am helllichten Tag grenzt es an Selbstmord. Und doch schälen sich drei Gestalten aus der Nacht. Menschliche Gestalten! So viel Glück fühlt sich unwirklich an. Wie ein Trugbild, dem ich nicht trauen darf. Einer der Männer ist erstaunlich groß, während der zweite kaum größer ist als ein Zwerg und so verwachsen wie eine Knorpelbirke. Der dritte von gewöhnlicher Größe trägt einen Reisemantel, der mich an den meines Geistes erinnert, und hat sein Gesicht unter einer Kapuze verborgen. Sein Bogen und seine Pfeile sind es, die ein Monster nach dem anderen töten, bis nur noch zwei Kalam-Duk übrig sind und winselnd die Schwänze einkneifen.

Kann es sein? Bin ich wirklich gerettet?

Noch zwei präzise Schüsse – dann fallen auch die letzten Bestien. Gerade treten meine Retter unter den Baum und legen die Köpfe in den Nacken, als ein scheußliches Heulen und Bellen losbricht. Es ist, als würde jede einzelne Kreatur in diesem Wald ihren Schlachtruf ausstoßen und bittere Rache für jene schwören, die gefallen sind. Zum zweiten Mal sehe ich, wie die Nacht zu wimmelndem Leben erwacht. Die Finsternis wird zu Körpern: kriechenden und schleimglänzenden, glatten und struppigen, schuppenbedeckten und stachelübersäten.

»Ich denke, du solltest es drauf ankommen lassen«, spricht plötzlich eine hohe, weiche Stimme. Zu meiner großen Überraschung ist es der Riese, zu dem sie gehört. »Anders kommen wir hier nicht raus.«

»Du denkst?« Jetzt ist es der Zwerg, der spricht. Er grunzt so tief vor sich hin, dass ich in einer weniger bedrohlichen Situation gelacht hätte, weil dieser Kontrast einfach zu absurd ist. »Ich denke, wir haben gar keine Wahl. Es musste ja so kommen! Ich hab's euch doch gesagt. Ich sagte von vornherein, dass das hier eine dumme Idee ist. Aber nein, ihr seid sturer als mein bockigster Esel. Zum Teufel mit euch!«

»Jehan hat keine dummen Ideen«, piepst der Hüne. »Wenn er etwas tut, dann nur, weil ein tieferer Sinn dahinter steckt.«

Ich blinzele. Streiten sich diese Fremden allen Ernstes, während ganze Horden von Monstern auf uns zukriechen? Es müssen Wahnsinnige sein. Geflohen aus den tiefsten Tiefen des Gefängnisbaumes.

»Ein tieferer Sinn?«, grollt der Zwerg. »Was hat es für einen tieferen Sinn, wenn wir alle gefressen und verdaut wieder ausgeschissen werden? Nur wegen dieses kleinen Flohs da oben?«

»Seid still!« Eine dritte Stimme. Die des Bogenschützen. Und als ich sie höre, verliere ich um ein Haar das Gleichgewicht. Sie ist volltö-

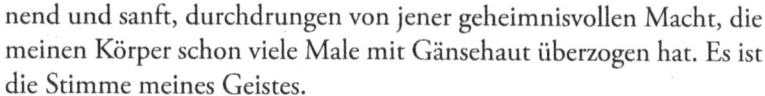

nend und sanft, durchdrungen von jener geheimnisvollen Macht, die meinen Körper schon viele Male mit Gänsehaut überzogen hat. Es ist die Stimme meines Geistes.

»Er hat recht«, höre ich ihn sagen. »Wir haben keine Wahl.«

»Bist du dir sicher?«, brummt der Zwerg. »Scylla wird es spüren. Du musst uns schnellstmöglich von hier wegzaubern. Das wird dich alle Kraft kosten, die du noch hast.«

Wegzaubern? Was meint der Zwerg mit wegzaubern? Und was wird Scylla spüren? Ich lehne mich noch weiter vor und sperre die Ohren auf, um kein Wort zu verpassen.

»Was, wenn du zu schwach bist?«, bemerkt der Große. »So ein großer Zauber ist gefährlich. Du weißt das doch am besten, Jehan.«

Jehan. Das also ist der Name meines Geistes. Dass er mich gerettet hat, kann nur eines bedeuten: Er hat niemals aufgehört, mir zuzuhören. Aber warum hat er nicht mehr geantwortet? Aus welchem Grund? Ich beuge mich noch weiter vor, aber die Nacht ist zu dunkel, um Einzelheiten zu erkennen.

»Du schmeckst mir!«, knurrt der Zwerg. »Stehst daneben und rührst keinen Finger, während Jehan die ganze Arbeit erledigt. Und jetzt sorgst du dich darum, dass er zu schwach sein könnte.«

»Du Sohn eines mutterlosen Aaswurms!«, fiept der Riese. »Streng deinen verschrumpelten Schädel an! Das hier ist Scyllas Wald, also sind es auch Scyllas Kreaturen, die uns ans Leder wollen. Seine Pfeile können sie verletzen, meine Messer nicht. Schwarze Hexerei, du verstehst?«

»Genug!« Jehan bringt seine Gefährten mit einer harschen Geste zum Schweigen. Er legt den Bogen ab, zieht seine Handschuhe aus und hebt die Arme. Augenblicklich strömt ein helles Licht aus seinen Händen und fließt wie eine Meereswelle durch den Wald. Zuerst ist es nicht mehr als ein weißes Schillern, doch schnell wächst es zu einer Sturmflut heran, die über die Finsternis hinwegspült und jede Schwärze mit sich reißt.

Weiße Magie! Bei allen Göttern!

Ich starre in die gleißende Helligkeit hinein, ohne davon geblendet zu werden. Wie kann Weiß so warm sein? So friedvoll? Eine sonderbare Ruhe erfüllt mein Herz. Ich richte mich auf, öffne weit die

Augen und blicke in das wunderbare Strahlen hinein, das alle Umrisse auflöst und verschluckt.

Es ist, als würde ich in das Licht sehen, das Sterbende im Augenblick der Erlösung zum Lächeln bringt, weil es ihnen alle Schmerzen nimmt und sie durch Hoffnung ersetzt.

Doch das Leuchten teilt das Schicksal aller schönen Dinge: es vergeht viel zu schnell. Wie Morgennebel in den ersten, warmen Sonnenstrahlen schmilzt es dahin, nur dass ihm nicht die Helligkeit des Tages folgt, sondern tiefe Nacht.

Stille summt in meinen Ohren. Die Bestien und alles wimmelnde Getier sind verschwunden. Nicht das leiseste Geräusch ist zu hören. Nichts, nur mein Atem und mein Herzschlag. Der Wald liegt so friedlich vor mir, als hätte er niemals etwas Böses ausgespuckt. Ungläubig starre ich auf Jehans schlanke, aufrechte Gestalt. Mein Geist ist ein weißer Magier! Bei allen Göttern, wie ist das möglich? Schon vor langer Zeit sind diese auserwählten Menschen ausgestorben, denn ohne Atlanter kann die weiße Magie nicht bestehen. Keine Atlanter, keine magischen Gefäße, keine menschlichen Zauberer. So steht es in den Geschichten. Woher nimmt dieser Mann also seine Kräfte?

»Komm runter, Mädchen!«, ruft der Hüne. »Du bist in Sicherheit. Wir tun dir nichts.«

Ich rühre keinen Finger. Warum zum Teufel interessiert sich ein Magier für mich? Doch sicher nicht aus reiner Herzensgüte. Plötzlich kommen mir all die Geschichten in den Sinn, in denen seinesgleichen als Lügner und Verführer bezeichnet werden. Viele Erzählungen berichten von der Grausamkeit seiner Rasse, aber es gibt auch ebenso viele, die sie als Verkörperung des Guten sehen. Zu welcher Sorte gehört mein Geist? Was will er von mir? Wenn er wirklich ein Magier ist – und wer sonst könnte solch ein Licht aussenden –, muss er unweigerlich unter Scyllas Befehl stehen. Und falls es nicht so ist, wird die Königin Himmel und Hölle in Bewegung setzen, um diesen Fehler zu korrigieren.

»Komm runter!«, brummt der Zwerg.

Noch immer kann ich mich nicht rühren. Das alles ist zu unwirklich. Zu seltsam. So oft habe ich mich nach meinem Geist gesehnt. So oft habe ich mit ihm am Feuer gesessen, seinen Worten gelauscht

und mich in seinem Schutz ausgeruht. Doch jetzt kann ich ihm nicht mehr vertrauen.

»Ich sagte, komm runter!« Der Zwerg klingt zunehmend gereizt. »Sofort! Wir haben keine Zeit mehr.«

Endlich löst sich meine Zunge: »Was wollt ihr von mir?«

»Beim Gestank aus dem Schlund dieses Ochsen«, der Zwerg schlägt seinem dicken Gefährten auf den Bauch, »komm endlich vom Baum runter, du sturer Floh!«

»Wollt ihr mich ausliefern?«

»Ausliefern?« Der Kleine gluckst. »Ha! Das ist ja wohl das Höchste! Als hätten wir irgendetwas mit diesem verdammten Weib zu schaffen. Pinkeln werde ich auf ihre Leiche, sobald die Gerechtigkeit zuschlägt. Aber gut. Bleibe von mir aus da oben sitzen. Die Bestien lassen sich nicht lange vertreiben. Sie werden dich fressen, und wir kommen endlich an unser Feuerchen zurück, müssen unsere Suppe nicht mit dir teilen und können uns noch ein paar Stunden aufs Ohr hauen, bevor der neue Tag beginnt.«

Ich winde mich hin und her. Aaswurmdreck, was soll ich tun? Wem kann ich trauen?

Niemandem!, flüstert mein Verstand. *Nur dir selbst.*

»Woher weiß ich, dass ihr die Wahrheit sagt?«, rufe ich zu den Männern hinunter. »Die meisten Monster sehen wie normale Menschen aus. So wie ihr.«

»Weise Worte«, lobt das Kerlchen. »Und die Antwort ist: Du weißt nicht, ob du uns trauen kannst. Und wir können es dir schlecht beweisen, während du auf deinem Ast hockst. Aber ich wüsste gerne, was du dir als Alternative vorgestellt hast?«

Ich reibe mir die Stirn. Ja, was habe ich für eine Wahl? Ich muss zurück zu Aaron, Metena und Aja. Alles andere ist unwichtig. Doch hinabzusteigen bedeutet, mich der Gnade dieser Männer auszuliefern. In den vergangenen Monaten habe ich gelernt, mich meiner Haut zu erwehren, aber kein Trick hilft gegen einen Magier. Die meisten Kerle werden von dunklen Gedanken beherrscht. Vor allem in Gegenwart eines Mädchens. Was, wenn ich hinunterklettere, mein Geist sich als Lügner entpuppt und einen Fesselzauber über mich legt? Andererseits könnte er das auch, während ich hier oben sitze. In dem Fall müsste er mich nur auffangen, während ich herunterfalle wie ein überreifer Apfel.

»Warum warst du in meinem Kopf?«, spreche ich Jehan direkt an. »Warum hast du mir geholfen?«

Ich warte auf seine Antwort, doch sie kommt nicht. Reglos steht er da, hält den Bogen schussbereit gespannt und gibt keinen Laut von sich.

»Ich komme erst runter, wenn …«

Kratz! Kratz!, macht es direkt über meinem Kopf. Ich blicke hoch und sehe, wie ein Stück Borke lebendig wird. Acht haarige Gliederbeine setzen sich in Bewegung und heben einen Körper an, der so groß ist wie meine Hand.

Eine Brechspinne!

Ich kreische, springe auf, verliere das Gleichgewicht und stürze. Die Krone des Baumes rast von mir fort.

Zusammenkugeln! Abrollen! Und dann …

Kein Aufschlag. Kein gebrochener Rücken. Stattdessen fangen mich zwei Arme auf und bremsen meinen Sturz so sanft wie eine Wolke. Meine Finger tasten über den samtigen Wollstoff eines Reisemantels.

Es ist Jehan.

Oh, ihr Götter im Himmel!

Ich reiße die Augen auf, blicke unter seine Kapuze und sehe nichts als Schwärze. Mein Herz setzt einen Schlag aus. Scyllas Schatten! Bei den Göttern, was … nein, halt. Das ist nicht die Fratze einer lebendigen Leiche. Die gesichtslose Schwärze beruht auf einem Schal, der zusätzlich zu der Kapuze das Antlitz meines Geistes fast vollständig bedeckt.

Seine Augen sind pechschwarz, so viel kann ich erkennen, und seine jugendlich glatte Haut von einem gespenstischen, durchscheinenden Weiß. Ich starre ihn fassungslos an, während eine atemberaubende Macht unter meinen Fingern vibriert. Viele Legenden erzählen, dass weiße Magie sanft ist. Voller Liebe und Freude. Aber das, was diesem Mann entströmt, gleicht einem Abgrund aus Dunkelheit und Geheimnis. Kein Mensch darf so viel Macht besitzen. Ein falsches Wort, eine falsche Geste – und er könnte mich verbrennen. Er könnte

jeden verbrennen, der sich ihm in den Weg stellt. Was unterscheidet ihn von Scylla?

Seine schwarzen Augenbrauen ziehen sich zusammen. Er mustert mich einen Moment lang und scheint ein Urteil zu fällen, dann höre ich leise Worte. Es ist eine Sprache, die ich nicht kenne. Sie klingt auf nicht fassbare Weise uralt, als wäre sie am Anfang aller Zeiten erschaffen worden, aber ich komme nicht dazu, weiter darüber nachdenken.

Denn alles um mich herum löst sich auf.

Ich sehe nur noch funkelnde Helligkeit und einen wirbelnden Strudel aus Licht. Magie strömt in mich hinein, lässt mich fallen und fängt mich eine Sekunde später wieder auf. Schmerzen pochen hinter meiner Stirn. Mir wird übel, ich verliere jedes Gefühl für Oben und Unten. Dann hört es abrupt auf. Mein Schädel brummt unverändert und die Übelkeit ist überwältigend, aber ich kann wieder Jehans Arme spüren. Verwirrt reiße ich die Augen auf. Da ist der Wald, die Bäume und … was?

Ein Pferd?

Tatsächlich! Ein zottiges Zigeunerpferd steht neben einem beladenen Karren, ein Lagerfeuer knistert und ein Kessel dampft vor sich hin. Das hier ist nicht mehr der Monsterwald. Wir sind zu einem anderen Ort gereist.

Wir sind mit Magie gereist!

Kaum schießt mir der Gedanke durch den Kopf, passiert es schon wieder. Diesmal ist es noch heftiger. Das Licht ist heller, der Strudel wilder, der Schmerz bohrender. Als die Welt sich wieder zusammensetzt, kann Jehan mich gerade noch rechtzeitig absetzen, als sich auch schon mein gesamter Mageninhalt in das Gras ergießt. Eine ganze Weile würge und spucke ich und fühle mich hundeelend, bis er mich sanft an der Schulter berührt. Augenblicklich sind Schmerz und Übelkeit verschwunden.

Schon wieder Magie.

Oder ist es Hexenzauber?

Losgelöst von meinem Willen, drehe ich den Kopf und verfange mich in Jehans schwarzem Blick. Erkenne ich Sorge darin? Triumph? Heimtücke? Oder ist er einfach nur ausdruckslos? Mein Geist gibt mir keine Gelegenheit, eine Antwort auf diese Frage zu finden.

Wortlos weicht er vor mir zurück, hebt Bogen und Handschuhe auf – die er offenbar einfach mitgezaubert hat – und geht hinaus in die Nacht. Sein Gang ist merkwürdig unsicher. Er schwankt, hält zweimal inne und scheint nach Luft zu ringen. Dann verschlingt ihn die Dunkelheit.

»So ist er«, fiept der Große. »Sagt nie ein Wort zu viel.«

»Eigentlich sagt er meistens gar nichts.« Der Kleine legt den Kopf schief und mustert mich. Eine ganze Weile taxierten wir uns gegenseitig. Er sieht tatsächlich wie ein verkrüppeltes Bäumchen aus, aus der Nähe betrachtet ist der Vergleich sogar noch naheliegender. Seine schlohweißen Haare stehen nach allen Seiten ab und das runzelige Gesichtchen ähnelt einem zu lange gegarten Bratapfel. Ebenso merkwürdig sind die wollenen Kleider des Kauzes. Sie sehen aus, als hätte er sie wahllos aus einem Abfallhaufen gefischt. Mottenzerfressen und viel zu groß schlackern sie um seinen dürren Leib.

»Geht es ihm gut?«, frage ich leise. »Hat er uns wirklich gerade weggezaubert? Uns, das Pferd und den Wagen?«

»Ja«, bestätigt der Kleine. »Und dummerweise hat Scylla einen fantastischen Riecher für weiße Magie.«

»Er ist also wirklich ein Magier? Und nicht etwa ein Hexer?«

»Oh nein. Schwarze Hexerei hätte die Biester nicht vertrieben, sondern sie angelockt. Wir mussten Hals über Kopf verschwinden, weil weiße Magie für Scylla wie ein Leuchtfeuer ist. Deswegen ist unser Freund auch gerade dabei, aus den Latschen zu kippen. So ein Wegzauber-Ding ist nämlich anstrengend. Sehr anstrengend sogar, wenn es mehrere Personen, ein Pferd und einen Karren betrifft. Aber keine Sorge. Er kommt schon wieder zu Kräften. Hoffentlich, bevor uns Scylla einen Schwarm Monster auf den Hals hetzt.«

Ich ringe mühsam nach Luft. Erst jetzt erinnere ich mich wieder an die Wunden, die mir der Schatten zugefügt hat. Sie tun nicht weh, aber ich spüre, dass es ernst ist. Mein Blick trübt sich. Alles wirkt seltsam dumpf. »Er ist also wirklich ein Magier. Ein echter Magier.«

»Oh ja.« Der Zwerg lächelt stolz. »Und was für einer! Aber jetzt sehen wir zu, dass wir dich verarzten.«

Die Welt beginnt sich erneut zu drehen, aber diesmal ist keine Magie im Spiel. Ich strecke noch die Arme aus, um das Gleichgewicht zu halten, dann wird alles schwarz.

Und ich falle.

Weiches Schafsfell schmiegt sich an meine Wange. Ich spüre Wärme und höre das Knistern eines Feuers. Ah, nur ein böser Traum. Den Göttern sei Dank. Aber warum fühlt sich mein Brustkorb wie ein Panzer an? Warum ist meine Kehle ausgetrocknet und warum riecht es so merkwürdig? Ich schnuppere im Halbschlaf: Fell, Pferd und Rauch. Das ist nicht das Gewölbe! Das ist nicht mein Schlafplatz!

»Du bist mir ein komischer Floh«, grunzt eine Stimme neben mir. »Hockst mucksmäuschenstill auf deinem Ast, während die abscheulichsten Biester um dich herum kreisen. Aber kaum siehst du eine Spinne, schreist du den ganzen Wald zusammen. Komm, trink was. Du musst ja staubtrocken sein.«

Jemand hebt mich an und hält mir einen Becher an die Lippen. Eine kühle, nach Kräutern schmeckende Flüssigkeit rinnt meine Kehle hinab und tut so gut, dass ich ohne nachzudenken mehrere tiefe Schlucke nehme.

»Gut so«, lobt die Stimme. »Trink aus, Floh. Ist gute Medizin.«

Ich leere den Becher und werde behutsam wieder auf das Lager zurückgelegt. Doch plötzlich kommt die Erinnerung zurück. Ohne Vorwarnung und mit aller Macht ist sie einfach da. Ich fahre hoch und werde von einem gewaltigen Schmerz wieder zurückgeworfen.

»Bist du nicht ganz bei Trost?«, schimpft das Kerlchen und rauft sich den weißen Schopf. »Ich habe mir solche Mühe mit den Nähten gegeben. Fehlt nur noch, dass du sie wieder aufreißt! Lieg still, hast du verstanden?«

Ich kneife die Augen zusammen und atme. Langsam und tief. Bis der schlimmste Schmerz vorbei ist. Dann taste ich unter mein Hemd und entdecke einen dicken Verband.

Das hier ist kein Traum. Die Monster sind real. Alles ist real. Ich bin irgendwo in der Wildnis. Weit weg von der Stadt. Gemeinsam mit einem Zwerg, einem Riesen und – ein heißer Stich fährt in meine Eingeweide – mit meinem Geist, der sich als weißer Magier entpuppt hat.

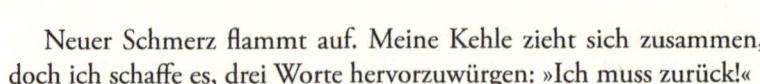

Neuer Schmerz flammt auf. Meine Kehle zieht sich zusammen, doch ich schaffe es, drei Worte hervorzuwürgen: »Ich muss zurück!«

»Nein, das musst du nicht.« Das Kerlchen vollführt im Sitzen eine äußerst merkwürdige Verbeugung. »Gestatten? Mein Name ist Timotheus. Eunuch und ehemaliger Gärtner in Scyllas Kloake.« Er räuspert sich. »Entschuldigung, Palast.«

Ich schnappe nach Luft, doch Timotheus hebt beschwichtigend seine dürren Ärmchen: »Ich sagte *ehemalig*, also keine Bange! Mit der Königin haben wir schon lange nichts mehr zu schaffen. Wenn sich deine Grimasse allerdings auf das Wort Eunuch bezogen hat, dann folgende Erklärung: Allen männlichen Bediensteten in den unteren Rängen wird der Quell der Aufsässigkeit entfernt. Das macht sie gefügig und sanftmütig. Jedenfalls sollte es das. Ich persönlich fühle mich in keiner Weise sanftmütig. Was den Garten anbelangt: Der liegt tief verborgen in den Eingeweiden des Emekar-Baumes. Aber stell ihn dir nicht als gewöhnlichen Garten vor. Vielmehr ist er ein ekelerregendes Labyrinth aus den abscheulichsten Gewächsen, die du dir vorstellen kannst. Im Gegensatz zu gewöhnlichen Pflanzen, brauchen sie weder Sonne noch Zuneigung, um zu gedeihen. Lauter giftiges Zeug und die schlimmsten fleischfressenden Unkräuter, die der Schoß der Natur je ausgespuckt hat. Ein paar davon musste ich mit Kühen füttern. Lebendigen. Es war ekelerregend.«

Bedeutungslos prallen die Worte an mir ab. Ich sehe mich um, während das Kerlchen weiterschnattert, und erkenne im Dunkeln ein paar karge Felsen und eine Art Plateau, auf dem die Männer ihr Lager aufgeschlagen haben. Jenseits des Plateaus gibt es nichts als Weite: Ein endloses, bergiges Land unter dem fahlen Schimmer der Monde, das mir vage bekannt vorkommt. Ich wühle in meiner Erinnerung und werde schnell fündig. Ja, genau hier sind wir vorbeigekommen, als wir auf Mattis' Karren nach Jemeshar gereist sind. Dort drüben wächst das verkrüppelte Bäumchen, das seine Wurzeln in den Fels krallt und erbittert dagegen ankämpft, in die Tiefe zu stürzen.

Wir werden sein wie dieser Baum, Schwester. Unsere Wurzeln werden eins mit dem Fels. Wir werden nicht fallen. Niemals. Dafür sind wir viel zu stur.

218

Oh ja, ich werde auch diesmal zu stur sein. Zu stur, um aufzugeben. Zu stur, um zu sterben.

Links neben mir seufzt jemand auf. Ich zucke herum und sehe den Hünen, der gerade gedankenverloren in einem verbeulten Kessel herumrührt. Als er bemerkt, dass ich ihn beobachte, verzieht er seine Lippen zu einem schüchternen Lächeln. Ich zwinge mich dazu, die Geste zu erwidern.

Besser, ich verärgere keinen der drei.

Das nächste, was ich im Schein des Feuers sehe, ist das zottelige Zigeunerpferd, dessen dunkles Fell nahezu mit der Nacht verschmilzt. Mit hängendem Kopf steht es neben dem Karren, auf dem sich allerlei Dinge stapeln. Unweit davon liegt etwas Großes, Schwarzes im Gras, allem Anschein nach ein Hund. Aber was für ein Hund! Er ist groß wie ein Kalb, besitzt ein dickes Fell und spitze Ohren. Kaum kneife ich die Augen zusammen, um mehr Details seiner Gestalt zu erkennen, hebt das Tier den Kopf und blickt zu mir herüber. Nein, das ist kein Hund. Sein Gesicht ist zu spitz, sein Schweif zu buschig. Es ähnelt vielmehr einem riesigen …

»Darf ich vorstellen?«, unterbricht Timotheus meine Grübeleien. »Das ist Ischme. Ein Opalfuchs.«

Mir klappt der Mund auf. »Ein Opalfuchs? Das ist unmöglich!«

»Ja, sie sind ausgestorben. Fast jedenfalls. Nur dieses eine Exemplar ist noch übrig. Es gehörte einst zu einem Atlanter.«

»Etwa zu Indigo?«, platzt es aus mir heraus.

Timotheus hebt die Augenbrauen. »Du kennst seinen Namen? Interessant. Die meisten nennen ihn nur *Monster* oder *Abschaum*. Jedenfalls die, die noch an ihn glauben.«

»Ich habe ihn auch für ein Märchen gehalten. Jedenfalls bis vorhin. Es gibt ihn wirklich, nicht wahr?«

»Oh ja.«

»Ich habe ein Bild von ihm in Scyllas Gemach gesehen.« Jedes Wort jagt einen stechenden Schmerz durch meinen Brustkorb. Warum hat mein Geist mich nicht geheilt, wenn er schon über Magie verfügt? Haben seine Kräfte nicht mehr dafür ausgereicht? »Ich habe es gesehen, als ich versuchte habe, sie zu bestehlen. Scylla hat mich erwischt und erzählte mir von ihm. Was man eben so tut, bevor man jemanden zum Sterben in den Wald wirft.«

219

»Dieses Miststück«, faucht das Kerlchen, spuckt aus und schüttelt sich. Als nächstes beginnt es zu kichern wie ein tollwütiges Eichhorn. »Du wolltest sie bestehlen? Wirklich?«

Ich nicke nur. Wahrscheinlich bekomme ich gleich zu hören, wie selten dämlich ich bin. Im Nachhinein klingt meine Tat tatsächlich wie purer Wahnsinn. Bin ich wirklich in einen Abwasserschacht gekrochen, um eine schwarze Hexe zu beklauen?

»Das ist ja wohl das Schärfste überhaupt«, grölt der Zwerg. »Du bist noch verrückter, als ich dachte. Scylla bestehlen!« Er schlägt sich auf die dürren Schenkel und gackert noch lauter. »Du marschierst einfach in ihren Palast und streckst deine Langfinger nach ihrem Flitterkram aus. Herrlich! Ich hätte zu gerne ihr blödes Gesicht gesehen. Komisch, dass sie dich nur an die Bestien verfüttern wollte. Normalerweise erleiden Diebe ein ganz anderes Schicksal.«

»Wahrscheinlich war sie von deinem Mut beeindruckt«, fiept der Hüne dazwischen. »Sie respektiert nicht viel, aber auf Tapferkeit hält sie große Stücke. Jedenfalls war das zu meiner Zeit so. Ich nehme an, dass sie dir auf ihre verdrehte Art Respekt gezollt hat.«

»Indem sie auf die übliche tagelange Folter verzichtet hat?«, grunzt Timotheus. »Na, das ist mal wirklich verdreht.«

»Was Scylla tut oder nicht tut, ist mir egal«, knurre ich wütend. »Sie ist abscheulich. Weiter nichts.«

»Da hast du völlig recht«, seufzt der Hüne.

Nach diesen Worten wird es für eine Weile still. Vergeblich versuche ich zu begreifen, was geschehen ist. Ein paar Mal kneife ich mir in der irrsinnigen Hoffnung, doch nur zu träumen, in den Arm. Aber nichts geschieht.

»Wie kommt ihr eigentlich an einen Opalfuchs?«, frage ich in die Runde. »Ich habe noch nie davon gehört, dass jemand so ein Tier gezähmt hat.«

Timotheus kratzt sich am Kinn. »Keine Ahnung. Das hat uns Jehan nie erzählt. Als er uns vor sechzehn Jahren gerettet hat, war Ischme schon seit vielen Jahren seine Gefährtin.«

»Dann ist es wahr, dass Opalfüchse steinalt werden?«

»Sie gehören zu den Geschöpfen, die am Anfang aller Zeiten erschaffen wurden. Also ja, ihre Lebensspanne ist erstaunlich. Vor der

Ausrottung hat sie das aber nicht geschützt. Opalfüchse können getötet werden. Genauso leicht wie ein normaler Fuchs. Ich glaube, es gibt in diesem Land kein Königsthron, auf dem nicht ein mottenzerfressenes Opalfuchsfell liegt.«

Ungläubig betrachte ich das riesige Tier. Erst werde ich von einem weißen Magier gerettet, jetzt treffe ich einen Opalfuchs. Zwei der seltensten und magischsten Wesen der Menschenwelt sitzen mit mir an diesem Feuer. Oder besser gesagt: Eines sitzt mit mir am Feuer.

»Wo ist Jehan?«

Timotheus deutet auf Ischme und grinst. »Er liegt hinter ihr, deswegen kannst du ihn nicht sehen. Die beiden sind unzertrennlich. Sobald er sich zum Schlafen legt, rollt sie sich neben ihm zusammen. Diese Füchsin ist schlimmer als jede Schmusekatze. Jedenfalls, wenn es um ihr Herrchen geht. Alle anderen bekommen ihre Launen zu spüren. Also sei vorsichtig, wenn sie dir um die Beine streicht. Wahrscheinlich überlegt sie in dem Fall nur, wo sie dich beißen soll.«

Ich schüttele den Kopf. Was tue ich hier nur? Jeder Augenblick, in dem ich seelenruhig daliege und diesem Kerl zuhöre, muss für Aaron und die Schwestern eine Qual sein. Die drei kommen wahrscheinlich um vor Sorge. Ich muss zurück. Sobald wie möglich. Am besten, sobald es hell wird.

»Du kannst nicht zurück«, errät Timotheus meine Gedanken. »Wenn Scylla dich erwischt, wird sie dir unaussprechliche Dinge antun.«

»Sie wird mich nicht finden. Ich muss zu meinem Bruder.«

»Und wie sie dich finden wird, mein Kind. Durch den Wald kommst du nicht, die Bestien würden dich schneller fressen, als du blinzeln kannst. Und die einzige Straße, die in die Stadt führt, wird von Dutzenden Kriegern bewacht. Jedes Gesicht, das diese Männer sehen, sieht auch die Königin. Kommt ihr irgendetwas seltsam vor, wird derjenige sofort festgenommen und zu ihr gebracht. Jehan hat uns mit weißer Magie gerettet, das weiß inzwischen auch Scylla. Und sie wird diesen Vorfall mit dir in Verbindung bringen.«

»Das klingt nach viel Arbeit für eine Königin. Sie kann unmöglich jedes einzelne Gesicht überwachen.«

»Doch, das kann sie. Jemeshar versorgt sich zum größten Teil selbst. Das müsstest du als Bewohnerin dieser Stadt eigentlich wissen. Scylla sorgt dafür, dass das Kommen und Gehen so gering wie möglich gehalten wird. Die Menschen, die täglich die Stadtgrenze passieren, kann man an einer Hand abzählen. Wie habt ihr es eigentlich damals geschafft?«

»Woher weißt du, dass wir nicht in Jemeshar aufgewachsen sind?«

»Ganz einfach. Du sprichst wie jemand von der Dunai-Halbinsel. Ihr habt so eine bestimmte Art, gewisse Buchstaben zu verschlucken.«

»Ach? Haben wir?«

»Ja. Also sag schon, wie habt ihr es angestellt?«

»Ein Heiler hat uns bei sich aufgenommen. Er wollte uns ausbilden. Ein paar Monate lang hat er das auch getan.«

»Aha.« Timotheus tippt sich an die Schläfe. »War dieser Heiler zufällig der Mann, dem Jehan die Kronjuwelen weggezaubert hat?«

Ich starre den Zwerg ungläubig an. »Was? Woher weißt du davon?« Im nächsten Atemzug wird mir die Dummheit meiner Frage klar. »Hat er euch etwa davon erzählt?«

»Bruchstückhaft. Sehr bruchstückhaft.« Timotheus zieht verlegen den Kopf zwischen die Schultern. »Wir wissen nur, dass Jehan mit dir gesprochen hat, ehe Scylla auf ihn aufmerksam wurde. Und dass er irgendeinen notgeilen Kerl auf die einzig richtige Weise bestraft hat. Aber ich schwöre dir, dass wir keine Einzelheiten wissen. Jehan ist ein Meister im Schweigen. Das meiste haben wir uns selbst zusammengereimt.«

Ich ziehe das Schaffell bis zu meiner Nase hoch und wünsche mir, unsichtbar zu werden. Drei Kerle wissen, was damals in Mattis' Schlafzimmer geschehen ist. Besser gesagt: Einer weiß es, zwei reimen es sich zusammen.

»Du musst dich nicht schämen, Floh.« Timotheus tätschelt mir freundschaftlich die Schulter. »Der einzige, der das tun sollte, ist der Heiler. Er war ein schlechter Mensch. In jeder Hinsicht. Ich hoffe, er hat seinen Verlust nicht überlebt.«

»Warum hat Jehan mich beschützt?«, fahre ich ihn an. »Er will etwas von mir, habe ich recht? Ein Magier wacht doch nicht einfach nur aus Herzensgüte über ein Straßenmädchen. Und was meinst du damit, dass Scylla auf ihn aufmerksam geworden ist? Hat er sich deswegen nicht mehr gemeldet? Hätte er mich und sich selbst damit in Gefahr gebracht?«

222

Ich will mich aufrichten, aber es ist vergebens. Der Schmerz macht selbst die kleinste Bewegung zur Qual. So werde ich Jemeshar niemals erreichen.

»Warum er über dich gewacht hat, muss er dir selbst sagen«, antwortet der Zwerg. »Und was deine andere Frage betrifft: Ja, er hätte sich selbst und auch dich in Gefahr gebracht. Du weißt inzwischen, dass die Königin ein Gespür für weiße Magie besitzt. Als Jehan versucht hat, dich und deine Freunde zu retten, hat er dummerweise ihre Aufmerksamkeit auf sich gezogen. Wenn er noch einmal zu dir gekommen wäre, und sei es auch nur als Stimme in deinem Kopf, hätte sie dich gefunden. Und damit auch ihn. Scylla mag ein Scheusal sein, aber eines muss man ihr lassen: Sie lernt aus ihren Fehlern.«

»Aber warum?« Meine Augen füllen sich mit Tränen. »Warum hat er das für mich getan?«

»Er wird es dir sagen«, beharrt der Zwerg. »Gib ihm etwas Zeit.«

»Ich verstehe das alles nicht.« Mir wird heiß. Mir wird schlecht. Ich ringe nach Luft und spüre, wie mir das Herz bis zum Hals schlägt. »Aber es ist sowieso egal. Ich muss zu Aaron. Ich muss zurück!«

»Das kannst du nicht.« Timotheus hält mich an den Schultern fest und drückt mich sanft gegen den Boden. »Scylla gebietet über schwarzen Hexenzauber, das solltest du inzwischen wissen. Nicht erst seit dem Zwischenfall mit den Stymphalen muss Jehan einen Großteil seiner Kraft dafür aufwenden, uns vor der Königin und ihren Häschern zu verstecken. Er verausgabt sich Tag und Nacht, um unsere Anwesenheit zu verschleiern. Er kann noch nicht mal richtig schlafen, weil das bedeuten würde, dass sein Schutz geschwächt wird. Hast du auch nur ansatzweise eine Ahnung, mit wem du dich anlegen willst?«

»Er schläft nicht? Was macht er dann gerade?«

»Es ist mehr ein Ausruhen. Weißt du, wie Wale schlafen?«

»Nein.«

»Eine Hälfte ihres Bewusstseins ist ausgeschaltet, die andere hält Wache. Wir können nicht auf diese Weise ruhen, aber Jehan kann es. Glücklicherweise. Wie auch immer, wenn du nach Jemeshar zurückkehrst, wird sie dich finden. Scylla kennt dich jetzt. Sie hat deine Seele berührt, und das meine ich im schlechtesten aller Sinne. Es wäre das Todesurteil für dich und für deinen Bruder, wenn du zurückkehrst.«

Verbissen kämpfe ich gegen die Tränen an. Ich bin zu stur, um aufzugeben! Zu stur, um zu sterben!

»Nein!«, fauche ich ihn an. »Du verstehst das nicht. Ich muss zurück. Er ist krank. Sehr krank!«

Timotheus seufzt niedergeschlagen. »So leid es mir tut, aber du kannst deinem Bruder nur noch helfen, indem du ihm fernbleibst. Ich weiß, wovon ich spreche. Auch ich glaubte, ihr entkommen zu können. Gemeinsam mit Palili wagte ich die Flucht, aber Scylla fand uns, noch ehe wir die Stadt verlassen konnten, folterte uns und warf uns den Bestien zum Fraß vor. Es war pures Glück, dass Jehan zufällig in der Nähe war. Und bevor du mich fragst, wer er ist und woher er kommt: Wir können es dir nicht sagen. Das ist allein seine Aufgabe. Tut mir sehr leid, Floh, aber so ist es.«

Ich starre ins Leere, überwältigt von einer Verzweiflung, die meinen Atem erstickt. Nein, ich muss fliehen. Koste es, was es wolle. Wenn ich in Jemeshar nicht mehr bleiben kann, dann muss ich eben fortgehen. Zusammen mit Aaron und den Schwestern. Irgendwo gibt es eine neue Heimat, weit weg von Scyllas Palast. Ein Zuhause, an dem wir gemeinsam existieren können. Ich habe gelernt, schnell und unauffällig zu sein. Ich habe gelernt, wie eine Maus die kleinste Lücke zu nutzen, um zu entkommen.

Irgendwie muss es mir gelingen, zurückzukehren. Ich kann nicht ohne Aaron leben. Niemals! Aber solange die Wunden mich quälen, ist eine Flucht unmöglich. Erst muss ich heilen, wieder zu Kräften kommen und einen Plan aushecken. Es gibt immer einen Weg. Selbst in einer türlosen Mauer finden die Tapferen immer noch ein Schlupfloch, während der Rest davor sitzen bleibt und resigniert.

»Du hast Palili erwähnt«, frage ich. »Ist das sein Name?«

Ich deute auf den Hünen, der noch immer gedankenverloren im Kessel herumrührt, und betrachte ihn zum ersten Mal genauer. Die schwarzen, spiralförmigen Tätowierungen auf seiner dunklen Haut erinnern mich schmerzhaft an Metena und Aja, obwohl das Muster ein anderes ist und eher auf die wilden Länder des Ostens hindeutet. In Palilis ausgeleierten Ohrläppchen stecken kleine Vogelschädel, seine fast hüftlangen, mit Henna gefärbten Haare sind zu verfilzten Strähnen verdreht.

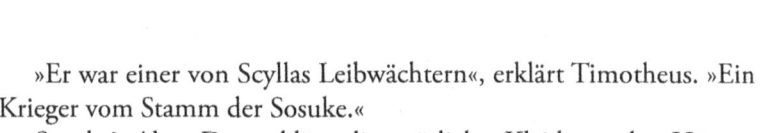

»Er war einer von Scyllas Leibwächtern«, erklärt Timotheus. »Ein Krieger vom Stamm der Sosuke.«

Sosuke? Aha. Das erklärt die spärliche Kleidung des Hünen. Angeblich trotzen diese Menschen jeglicher Kälte, was bitter nötig ist, denn in ihrer Heimat gibt es nur eine Jahreszeit: tiefsten Winter. Vermutlich empfindet er selbst diese kalte Novembernacht als äußerst angenehm. Deswegen genügen ihm auch eine dünne Wollhose, ein mit Messern und Wurfklingen gespickter Gürtel und ein dünnes, ärmelloses Wams, das seine muskelbepackten Arme betont. Trotz seiner Größe und furchterregenden Aufmachung erweckt er vielmehr den Eindruck eines sanftmütigen Ochsen als eines angriffslustigen Kämpfers.

»Man sagt, die Sosuke können auf dreihundert Schritt Entfernung eine Hummel treffen«, murmele ich vor mich hin. »Noch dazu mit verbundenen Augen und mitten in einem Schneesturm.«

»Wer schießt denn auf Hummeln?« Timotheus grunzt. »Ich meine, Scylla traue ich alles zu, aber … nun ja, ich habe mal gesehen, wie eine ihrer Pflanzen einen Kolibri gefressen hat. Er wollte die Blüte nur bestäuben, wie das Kolibris eben so tun, und was macht das undankbare Stück Dreck? Es beißt ihm den Kopf ab. Hummeln dagegen mögen sie gar nicht. Die Dinger sind ihnen wohl zu pelzig. Wenn sich eine Pflanze doch mal vertut, spuckt sie sie in hohem Bogen wieder aus. Aber einmal, kurz bevor mir das Malheur mit dem Schleimveilchen passiert ist, da …«

»Hör auf zu schnattern«, knurrt Palili über seinen Kessel gebeugt. »Davon bekomme ich Kopfschmerzen.«

»Einer muss ja mit dem Floh reden«, gibt das Kerlchen zurück. »Ihr beide seid doch nicht besser als Steine. Sich mit euch zu unterhalten, ist, als führe man Selbstgespräche.«

»Dafür schwatzt du Tote aus ihren Gräbern heraus.«

Ich schließe die Augen, während Palili und Timotheus weitere Nettigkeiten austauschen. Noch einmal taste ich über den Verband und spüre, wie perfekt er angelegt ist. Der Zwerg versteht etwas von seinem Handwerk. Ob er schon immer als Gärtner gearbeitet hat? Mir gehen tausend Gedanken durch den Kopf, und als der halbherzige Streit der Männer beendet ist, tue ich etwas, was ich schon viel früher hätte tun sollen: »Ich habe mich noch gar nicht bei euch bedankt. Dafür, dass ihr mir das Leben gerettet habt. Also: Danke!«

»Gern geschehen.« Timotheus verzieht sein Bratapfelgesicht zu einem Grinsen. »Tut es noch sehr weh? Zwei Schnitte waren tief, ich musste sie nähen.«

»Es geht.« Eine glatte Lüge. Aber je weniger er sich um mich sorgt, umso eher würde ich Gelegenheit finden, mich davonzustehlen. »Nur wundert mich eine Sache. Wenn Jehan ein weißer Magier ist, hätte er die Wunden doch mit einem Fingerschnippen heilen können, oder nicht?«

»Du gehst geschickt vor, Floh!« Jetzt grinst das Kerlchen so breit, dass die Zahnstummel in seinem Mund zu voller Geltung kommen. »Versuchst durch das Hintertürchen, ein bisschen mehr herauszufinden. Ja, er hätte deine Wunden heilen können, aber wie ich dir schon sagte, ist der Arme völlig am Ende. Nicht nur, dass er uns pausenlos mit einem Schutzwall umgeben muss, er durfte uns auch noch von einem Ort zum anderen zaubern. Da blieb schlicht und einfach keine Energie mehr übrig. Er ist leergebrannt. Und die Phase ist noch dazu sehr ungünstig.«

»Welche Phase?«

»Magier verfügen nicht immer über dasselbe Maß an Kraft. Sie ist nicht unerschöpflich und muss sich erneuern, so wie wir essen müssen, um bei Kräften zu bleiben. Am hilfreichsten ist das Licht des Vollmondes, aber der nächste findet erst in ein paar Tagen statt. Einen weiteren Zauber wird er nicht verkraften, fürchte ich. Jedenfalls keinen, der über ein bisschen Hokuspokus hinausgeht. Du musst also bis zum Vollmond aus eigener Kraft heilen.«

»Was bedeutet *nicht verkraften*? Stirbt er dann?«

»Ja. Ich meine, nein. Er stirbt, aber nicht dauerhaft.«

»Hä?«

»In all den Jahren, in denen wir ihn schon begleiten, haben wir es noch nicht erlebt. Aber wenn es passiert, müssen wir ihn ausziehen, nackt in das Licht des Vollmonds legen und warten, bis er wieder aufsteht. Das Heikle an der Sache ist, dass wir in dieser Phase ohne seinen Schutz auskommen müssen. Wenn wir Pech haben, spürt Scylla ihn auf. Und damit auch uns.«

Ich starre ihn nur an und weiß nicht, was ich sagen soll. Das ist alles zu viel. Zu seltsam. Zu verrückt. Doch dann fällt mir plötzlich etwas ein: »Moment! Scylla hat mir erzählt, dass Atlanter sich von Mondlicht ernähren.«

»So ist es.« Timotheus zuckt kurz zusammen und wirft einen Blick auf Ischme. Oder auf Jehan, der dahinter liegt. »Weiße Magier können … ähm … ungefähr dasselbe tun, wenn sie ihre Kräfte aufgebraucht haben.«

»Ich dachte, menschliche Magier brauchen immer ein Gefäß.«

»Ja. Mehr oder weniger. Also … hm, keine Ahnung.«

»Du ziehst seit sechzehn Jahren mit ihm herum und hast keine Ahnung?«

Timotheus wirkt mit jedem Wort verkniffener. »Magier sind schweigsam. Sie behalten ihre Geheimnisse eben für sich.«

»Hat er denn ein Gefäß?«

»Ja. Aber ich weiß nicht viel darüber.«

»Warum funktioniert es überhaupt noch? Die Atlanter sind doch schon vor langer Zeit verschwunden, also kann es niemand mehr auffüllen. Obwohl … warte, einer ist ja noch übrig. Sag mir jetzt nicht, dass er Indigos Kraft spazieren trägt.«

»Wie kommt es, dass Opalfüchse ausgestorben sind, wir aber gerade mit einem am Feuer sitzen?«, antwortet Timotheus ausweichend. »Etwas Großes und Mächtiges verschwindet niemals ganz. Irgendwo bleibt immer ein Echo übrig, und aus diesem Echo entsteht manchmal etwas Neues. Ischme und Jehan sind Relikte. Ihr Herzschlag hält zwei Spezies am Leben, die es nicht mehr geben dürfte. Wenn du mich fragst, sind sie nicht zu beneiden. Stell dir vor, die Menschen würden von ihnen erfahren.«

»Ischmes Fell würde auf Scyllas Thron landen. Und Jehan müsste ihr für den Rest seines Lebens dienen.«

»Oder die Menschen werfen ihn auf den Scheiterhaufen, bevor Scylla an ihn herankommt.« Timotheus senkt seine Stimme, als befürchte er, Jehan könnte ihn hören. »Jede Frau und jeder Mann in diesem geknechteten Land weiß, was ein Magier in Scyllas Händen anrichten würde. Natürlich würden einige nach der Belohnung hecheln, die Scylla für die Ergreifung solcher Kostbarkeiten ausgesetzt hat, aber deren Zahl ist gering geworden. Die meisten wissen, dass unsere Herrscherin weder Gnade noch Großzügigkeit kennt. Sollte unser Versteckspiel irgendwann auffliegen, wird Jehan im Feuer enden. Sie werden seine Asche im Uferlosen Meer verstreuen und wochenlang Rituale abhalten, nur um ganz sicherzugehen.«

Schaudernd blicke ich zu Ischme hinüber, die sich schützend um ihren Herrn zusammengerollt hat.

Was willst du von mir?, frage ich meinen Geist. *Warum tust du das alles? Bitte sage es mir!*

Doch er antwortet nicht. In meinem Kopf herrscht nichts als wattige Leere.

»Du hast meine Frage noch nicht beantwortet«, sage ich zu dem Zwerg. »Was ist mit seinem Gefäß?«

»Das muss er dir selbst beantworten.«

»Warum?«

»Weil es eben so ist.«

Wir schweigen eine Weile und tauschen finstere Blicke aus.

»Glaubst du«, frage ich irgendwann, »dass Scyllas schwarze Hexerei stärker ist als seine weiße Magie?«

»Eigentlich ist sie das nicht. Aber auf gewisse Weise ist sie es doch.«

»Wie meinst du das?«

»Ganz einfach. Die Königin kennt keine Skrupel und keine Tabus. Menschen wie Scylla sind die gefährlichsten, weil es keine Gefühle gibt, die ihren Plänen im Weg stehen. In einem fairen Kampf würde Jehan ohne Zweifel siegen, aber Scylla hat noch niemals fair gekämpft.«

»Aber auch ihre Kräfte können leerbrennen, oder nicht?«

»Nein, denn Scylla ist keine Magierin. Sie hat einen Pakt mit dem Jasmah-Isdar geschlossen. Schon ihre Mutter benutzte diesen ekelhaften Zauber und schaffte es damit sogar, einen Atlanter zu bannen. Natürliche Magie bezieht ihre Kraft aus dem Licht der Gestirne, schwarze Hexerei kann alles Mögliche als Energie benutzen. Schmerz, Angst, Hass und Gier. Im Grunde ernährt sie sich von allem, das schlecht ist. Als Indigo damals Jamashrees Fluch gehorchte, ertrank das Land in Blut. Wenn du glaubst, dass es uns heute schlimm ergeht, ist das nichts im Vergleich zu den finsteren Zeiten damals. Fast zweihundert Jahre ist es her, dass er Jamashree entkommen ist, und diese

228

zweihundert Jahre haben gereicht, um die Wahrheit zu verwässern. Es war schlimm damals. Unvorstellbar schlimm.«

Ich versuche, mir die Welt unter einer noch mächtigeren Scylla vorzustellen. Einer Scylla, die nicht nur schwarzen Hexenzauber, sondern auch einen Atlanter beherrscht. Es gelingt mir nur ansatzweise. »Wie fing das alles überhaupt an?«

»Gerüchten zufolge fand Jamashrees Amme einst ein uraltes Buch, mit dessen Hilfe sie sich ein paar schwarze Hexensprüche angeeignet hat. Aber Genaues weiß niemand. Es existieren nur Legenden darüber, und jede sagt etwas anderes. Ich habe auch gehört, dass die Königin nach und nach an Kraft verliert. Sie altert, sie wird krank und leidet. Es macht sie wahnsinnig. Ich denke, sie hat inzwischen gemerkt, dass der Jasmah-Isdar niemals Glück bringt. Er frisst, er verzehrt und tötet. Selbst die, die ihn beherrschen. Oder besser gesagt: die ihn zu beherrschen glauben. Schwarzer Hexenzauber hat nichts, aber auch gar nichts mit der Magie zu tun, die die Atlanter einst in unser Reich gebracht haben. Den Jasmah-Isdar gibt es schon seit undenklichen Zeiten. Damals haben die Atlanter auf alle möglichen Weisen versucht, ihn auszurotten. Die Höchststrafe wurde auf seine Benutzung ausgesetzt, sie bekämpften ihn, wo auch immer er ihnen begegnete. Aber das Böse ist schlimmer als Unkraut. Egal, wie gewissenhaft man es ausreißt, irgendwo schlägt es seine Wurzeln aufs Neue in den Boden. Als die Atlanter begriffen, dass sie den schwarzen Zauber nicht endgültig vernichten konnten, machten sie es seinen Anhängern so schwer wie möglich. Wo auch immer jemand diese abscheuliche Hexerei benutzte, schritten sie gnadenlos ein. Und tatsächlich gelang es ihnen im Laufe vieler Generationen, die alte Hexensprache aus dem Gedächtnis der Menschen zu tilgen. Irgendwann galt sie als ausgestorben, womit auch der Jasmah-Isdar seine Macht verloren hatte. Dumm nur, dass er in irgendeinem Winkel dieser verkommenen Welt trotzdem weiterlebte und seinen Weg zu Scyllas Mutter fand. Die Hexe bannte Indigo, schnitt ihn für immer von seiner Welt ab und verwandelte ihn in ein Monster. Seit jenem Tag verfault die Menschenwelt mit jedem Tag ein Stückchen mehr. Das Böse breitet sich aus. Dem Atlanter ist zwar die Flucht gelungen, aber der Jasmah-Isdar wächst trotzdem weiter. Wo auch immer er benutzt wird, stirbt früher oder

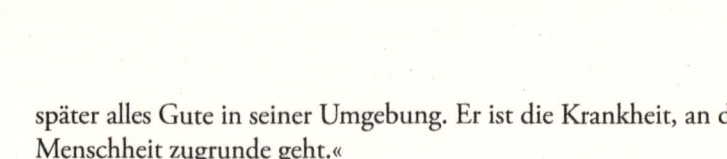

später alles Gute in seiner Umgebung. Er ist die Krankheit, an der die Menschheit zugrunde geht.«

»Aber könnten die Atlanter nicht wieder zurückkehren? Könnten sie uns nicht retten, so wie schon einmal?«

»Nein.« Timotheus schüttelt den Kopf. »Das Portal kann nicht mehr geöffnet werden. Es wurde für alle Zeit verschlossen. Auch weiß niemand mehr, wo es sich befindet, abgesehen von Indigo selbst.«

»Er wandert also noch immer durch unsere Welt und versteckt sich vor Scyllas Schergen.« Der Gedanke, dass der Mann auf dem Gemälde noch lebt, fasziniert mich. Ich könnte ihm also jederzeit über den Weg laufen. Vielleicht sind wir uns auch schon begegnet. Eine vermummte Gestalt, die an mir vorbeihuscht. Ein Mann mit einer tief ins Gesicht gezogenen Kapuze. »Und Scylla reißt sich die Haare aus, weil sie ihn nicht finden kann.«

»Ja«, antwortet der Zwerg. »So ist es. Aber allein kann er uns nicht retten. Egal, wie mächtig er sein mag.«

Timotheus mag recht haben, trotzdem empfinde ich einen Hauch von Hoffnung. Wenn ein solch altes und mächtiges Wesen unter uns weilt, bedeutet das, dass der reinste und hellste aller Zauber noch lebendig ist. Es gibt einen Gegenpol zur Finsternis. Wo mag Indigo jetzt sein? Was tut er gerade? Verbirgt er sich mitten unter den Menschen oder hat er sich an einen einsamen, unzugänglichen Ort zurückgezogen?

»Ob er noch genauso aussieht wie auf dem Gemälde?«, frage ich nachdenklich. »Sind Atlanter nicht unsterblich?«

»Ja, das sind sie. Aber träume dir keine falschen Hoffnungen zusammen, Floh. Indigos Volk hat sich von den Menschen abgewandt. Endgültig. Sie haben jahrtausendelang versucht, uns zu heilen. Ohne Erfolg. Dass sie irgendwann die Nase voll hatten, kann ich ihnen nicht verübeln.«

Nach diesen Worten herrscht quälendes Schweigen. Neunzehn Jahre lang habe ich in dieser Welt gelebt, ohne zu ahnen, wie tief die Abgründe wirklich sind, auf denen Scyllas Reich erbaut ist. Krampfhaft klammere ich mich an dem Hoffnungsfunken fest, den Timotheus' Worte in mir geweckt haben: Indigo lebt noch. Irgendwo dort draußen. Ein mächtiger atlantischer Magier trotzt dem Jasmah-Isdar, wenn auch nur, indem er ihm Tag für Tag aufs Neue entkommt.

»Ich will wissen, warum Jehan über mich gewacht hat.« Flehend blicke ich zu dem Zwerg auf. »Er war mir manchmal näher als mein eigener Bruder, weil irgendetwas von ihm ausging, dass … ach verdammt, ich will es einfach nur wissen. Verstehst du das?«

»Ja, aber ich habe dir schon gesagt, dass er dir diese Frage selbst beantworten muss. Frage ihn, wenn er aufwacht.«

Ich falle wieder auf mein Lager und presse die Lippen zusammen. Es sollte mir gleich sein, was diese Kerle wollen. Ich werde ohnehin verschwinden, sobald es mir besser geht. Andererseits nagt die Frage an mir, was ein Magier mit einem Straßenmädchen zu schaffen hat. Niemand in diesem Land handelt allein aus Mitleid, jeder hechelt nach irgendeinem Vorteil. Was also ist Jehans Vorteil? Soll ich etwa für ihn stehlen gehen? Ach was, wozu braucht jemand wie er ein Menschenmädchen, um etwas zu klauen? Er kann sich doch selbst alles herbeizaubern.

Dann huscht ein neuer Gedanke durch meinen Kopf: Möglicherweise braucht er mich für ein Ritual. Das Blut einer Jungfrau ist eine kostbare Zutat, aber seit wann praktizieren weiße Magier Blutrituale? Solche Abscheulichkeiten sind dem Jasmah-Isdar vorbehalten. Aber was weiß ich schon über Zauberer?

Eine gewaltige Last drückt mein Herz zusammen. Kann eine solche Geschichte überhaupt ein gutes Ende nehmen? Gibt es eine Chance, gemeinsam mit Aaron, Metena und Aja neu anzufangen, wenn eine solche Finsternis über unser aller Leben herrscht?

Am Himmel scheint sich die Zahl der Sterne verzehnfacht zu haben. Tränen laufen über meine Wangen, während ich in das vielfarbige Funkeln hinaufblicke. Einen solchen Himmel habe ich das letzte Mal zu Hause auf unserem Hof gesehen. Genau zu dieser Zeit, zwischen den Herbststürmen und dem ersten Schnee, geht der größte Mond direkt über dem Wohnhaus auf. Aber das Wohnhaus gibt es nicht mehr. Es existiert nur noch in meiner Erinnerung.

Also erinnere ich mich.

Rauch steigt aus dem Schornstein auf. Meine nackten Füße frieren. Der erste Frost knistert unter meinen Schritten. Ich mag es, vor Kälte zu schlottern, in die Sterne hinaufzustarren und den Monden beim Wandern zuzusehen. Je kälter mir ist, umso schöner wird es sein, sich am

Kamin aufzuwärmen. *Die Fenster leuchten hell und warm. Es riecht nach gebratenen Äpfeln.*

»Magst du ein Süppchen, Kind?« Unsanft reißt Timotheus mich aus meinen Träumen. Eine Schale mit dampfendem Eintopf schwankt vor meiner Nase hin und her. Als das Kerlchen sieht, wie ich gegen die Schmerzen ankämpfe, schiebt er einen Arm unter meine Schultern, hebt mich an und hält das Schälchen an meine Lippen. Es ist entwürdigend, aber ich murmelte ein leises »Danke« und nehme einen Schluck. Der Eintopf schmeckt widerwärtig, wie ausgekochtes Gras mit Schafsdung. Aber er ist warm.

»Palili ist ein miserabler Koch«, flüstert Timotheus. »Aber sag ihm das bloß nicht, wenn dir dein Leben lieb ist.«

Ich zwinge mich, einen zweiten Schluck zu nehmen. Dann einen dritten. Um ein Haar spucke ich das ekelhafte Zeug wieder aus, aber ich muss zu Kräften kommen. Je schneller mir das gelingt, umso schneller kann ich fliehen.

Geduldig stützt mich das Kerlchen, bis ich die Schale geleert habe. Dann wirft es das Gefäß in eine Tonschüssel und zieht sich zurück, um seinerseits zu Abend zu essen.

Lange liege ich regungslos da und versuche, mir Klarheit über mein Schicksal zu verschaffen. Keinem der Männer vertraue ich, auch nicht meinem Geist, und doch besitzt es etwas Beruhigendes, ihnen zuzuhören. Das Klappern der Löffel in den Schalen, das Grunzen und Schmatzen. Es ist sogar beruhigend, Ischme dabei zuzusehen, wie sich ihr schimmernder Pelz bei jedem Atemzug auf und ab bewegt.

Ein Opalfuchs und ein weißer Magier.

Vielleicht wird es Zeit, wieder an Wunder zu glauben.

»Seid ihr Wanderer?«, stelle ich eine weitere Frage. »Habt ihr ein Zuhause oder zieht ihr immerzu herum?«

»Wanderer trifft es ganz gut«, antwortet Timotheus mit vollem Mund. »Und nein, wir haben keine Heimat.«

»Auch kein Ziel?«

»Nicht wirklich.«

Kein Ziel. Keine Heimat. Ist dieser Gedanke schön oder beängstigend? Während meine Augenlider trotz der Schmerzen schwerer und schwerer werden, male ich mir ein Leben aus, in dem Aaron, die

Schwestern und ich umherwandern. Wie wir von einem Dorf zum anderen ziehen, Wälder und Wüsten durchqueren und nach Abenteuern suchen. Irgendwo. Irgendwann. Egal, wohin.

Ja, der Gedanke gefällt mir. Wozu eine neue Heimat suchen, wenn wir überall zu Hause sein können? Am besten im Süden, dort müssen wir die kalten Winter nicht fürchten und können jahrein, jahraus im Freien schlafen. Außerdem wären wir weit weg von Scylla.

Zeitlos wandern die Monde über den Himmel. Zwei sind golden, der dritte, der als Erster seine volle Größe erreichen wird, leuchtet in einem blassen Violett-blau. Unbemerkt gleitet der Schlaf über mich, befreit meine Seele eine Zeit lang von allen Gedanken und Gefühlen und wird mit einem brutalen Ruck wieder von mir fortgerissen. Mein Brustkorb steht in Flammen, Blut durchtränkt den Verband. Ich glaube, jeden einzelnen Faden in meinem Fleisch zu spüren. Die Schnitte spannen und drücken, als würden Klauen darin stecken, die sie auseinanderziehen.

Im vergangenen Jahr habe ich einige schlimme Schmerzen aushalten müssen. Immer bin ich stumm geblieben und habe selbst in den dunkelsten Momenten gelächelt, um Aaron und die Mädchen nicht zu beunruhigen. Doch jetzt gibt es niemanden, der mich zur Tapferkeit zwingt. Die Einsamkeit quält mich ebenso sehr wie der Schmerz, und beides zusammen ist unerträglich. Ich versuche, leise zu weinen. Eine Zeit lang gelingt es mir, doch irgendwann schütteln Schluchzer meinen Körper. Keiner der Kerle scheint es zu hören, alle liegen unter ihren Decken und rühren sich nicht. Nur der Fuchs hebt den Kopf und spitzt die Ohren.

Ich erinnere mich an Timotheus' Worte über Jehans Schlaf und bete dafür, dass mein Geist mich trotzdem nicht hört. Oder dass er wenigstens so höflich ist, mein Heulen zu ignorieren.

Instinktiv will ich mich zusammenrollen, doch die Wunden machen es unmöglich. Hilflos liege ich auf dem Rücken und weiß weder aus noch ein. Wie soll ich es durch den Wald schaffen? Selbst bei Tag wimmelt er vor Monstern, immerhin ist er erschaffen worden, um Feinde jeder Art von Jemeshar fernzuhalten. Über die Straße kann ich erst recht nicht gehen, und ein Plan will mir einfach nicht in den Sinn kommen. Wie soll ich es mit einer schwarzen Zauberin aufnehmen? Wie soll ich meinen Bruder und meine Freundinnen in Sicherheit bringen? Vor mir liegt eine unüberwindbare Kluft, und trotzdem werde ich es wagen, über sie hinwegzuspringen.

Ich schließe die Augen und bin dem Schmerz für seine Heftigkeit dankbar. Solange er da ist, sind meine Gedanken betäubt.

Dieser verdammte Vogel! Ich hoffe, er schmort in irgendeiner Pfanne. Verflucht soll er sein. Nein, verflucht soll ich sein, weil ich so dumm gewesen bin, ihm einfach hinterherzulaufen.

Irgendwann vernehme ich das leise Rascheln von Stoff. Und als ich aufblicke, traue ich meinen Augen kaum: Jehan kommt auf mich zu. Die Kapuze seines Reisemantels hat er nach hinten gezogen, aber es gibt immer noch den Schal, den er nach Art der Beduinen um sein Gesicht gewickelt hat. Alles, was ich erkennen kann, sind seine schwarzen Augen und ein wenig blasse Haut.

Lautlos setzt er sich neben mich, zieht einen Handschuh aus und greift nach mir. Ich bin zu verblüfft, um zu reagieren. Sogar zu verblüfft, um ein Wort hervorzubringen. Obwohl seine Haut die Farbe frisch gefallenen Schnees besitzt, ist sie wunderbar warm. So sacht hält er meine Hand, dass ich kaum einen Druck verspüre. Ebenso gut hätte mich eine Daunenfeder berühren können. Jehans dunkler Blick ruht auf mir, als würde er mich stumm um Erlaubnis fragen, und als ich regungslos bleibe, beginnt das weiße Licht aus seinen Fingern zu strömen. Es glüht und strahlt nicht wie zuvor, als er die Bestien vertrieben hat. Nein, es ist ganz sanft, kaum mehr als ein Schimmern, aber es erfüllt mich mit Frieden und löscht meine Schmerzen aus.

»Ich will dich sehen«, flüstere ich matt. »Du hast dich so lange vor mir versteckt. Bitte zeige mir dein Gesicht. Wer bist du? Warum hast du mich beschützt?«

Jehan schweigt und webt seinen Zauber. Vergeblich wehre ich mich gegen den Schlaf. Wie ein weiches Tuch legt er sich über mich, kaum dass die Qualen aufhören, und zwingt meine Lider mit einem sanften Streicheln nieder. Ich denke noch darüber nach, wie zart sich seine Haut anfühlt, dann gleitet mein Bewusstsein in wunderbare Schwärze hinab.

Für Stunden.

Nein, für eine Ewigkeit.

Denn als ich die Augen wieder aufschlage, fühlt es sich an, als wäre ich in einem neuen Leben aufgewacht. Weit entfernt von allem, was ich kenne. Noch immer befinde ich mich auf dem Felsplateau. Die Nacht verblasst in der Morgendämmerung, das Feuer ist längst ausgebrannt.

Ich drehe mich ein wenig zur Seite und spüre augenblicklich das Ziehen der Wunden. Jehan hat mich nicht geheilt, sondern nur den Schmerz fortgenommen. Alles Geschehene erscheint mir fern wie ein Traum, doch im Gegensatz zu den Fantasiegebilden der Nacht, rückt die Erinnerung an gestern nicht von mir fort, sondern kommt näher. Mit jedem Atemzug ein Stückchen näher.

Timotheus und Palili schlafen noch immer, aber Jehans Platz ist leer. Auch Ischme ist fort. Ich sehe mich um und erblicke meinen Geist vor dem Abgrund. Reglos wie eine Statue blickt er in die Ferne, nur sein Mantel bewegt sich im kalten Wind. Noch immer schimmern die drei Monde am Morgenhimmel, fahl und ausgeblichen vom Licht der aufgehenden Sonne, das sich mühsam durch die im Osten aufziehenden Wolkenberge kämpft. Und während ich den Magier beobachte, wie er so still und versunken in das Land hinausblickt, wird meine Frage immer drängender: Wer ist er?

Langsam kriecht der Sonnenball über den Horizont und wird allzu schnell von dunklen Wolken verschlungen. Alles hüllt sich in trübes Dämmerlicht. Schließlich dreht Jehan sich um, schreitet auf mich zu und geht vor mir in die Hocke. Mir stockt der Atem. Noch immer habe ich nicht vollständig begriffen, dass er echt ist. Mein Geist. Mein Licht in den dunkelsten Nächten. Seine Ellbogen ruhen auf den Knien, seine schwarz behandschuhten Finger berühren fast das Fell, unter dem ich liege. Ich versuche mir vorzustellen, wie sein Gesicht aussieht, aber es will kein Bild in meinem Kopf entstehen.

»Du fragst dich, was ich von dir will«, höre ich seine vertraute Stimme. »Die Antwort ist leicht. Ich will, dass du eine Orchidee für mich findest. Eine weiße Orchidee.«

Ich blinzele perplex. »Was?«

»Eine weiße Orchidee. Sie ist die einzige Pflanze, die einen Atlanter töten kann. Und zwar endgültig.«

Ich schüttele den Kopf. »Es gibt keine weißen Orchideen. Nur Schwarze.«

»Die Schwarzen töten Indigo nicht.« Jehans pechschwarze Augen verengen sich zu Schlitzen. Plötzlich sind sie kalt wie Eis. Nein, noch kälter. Wenn sein Gesicht zu diesen Augen passt, dann ist es gut, dass er es versteckt. »Sie wecken nur das Dunkle in seiner Seele. Sie versklaven ihn und nehmen ihm seinen Willen. Aber eine weiße Orchidee macht allem ein Ende. Sie ist die einzig wirksame Waffe.«

»Du verfolgst ihn also?«, platzt es aus mir heraus. »Du willst ihn auslöschen?«

»Stell keine Fragen!«, faucht er ungehalten zurück. »Finde die Blume und ich lasse dich gehen.«

Ich zittere unter seinem finsteren Blick, aber ich halte ihm stand. Und speie ihm ein zorniges »Finde sie doch selbst!« entgegen.

Einen Moment lang wirkt Jehan verblüfft. Er zögert kurz, ehe er sich vorbeugt und leise sagt: »Glaubst du, ich würde ein dahergelaufenes Straßenmädchen fragen, wenn ich diese Orchidee selbst finden könnte? Nur eine reine Seele vermag sie zu sehen. Eine Seele ohne Schmutz, die sich die Unschuld bewahrt hat.«

Mir entgleisen die Gesichtszüge. Hat das gerade mein Geist zu mir gesagt? Mein Geist, der mich so oft getröstet und aufgemuntert hat? Der mich vor dem lüsternen Heiler gerettet und durch so viele dunkle Nächte begleitet hat? Der stets sanft, liebevoll und geduldig gewesen war?

»Ich und unschuldig?«, schreie ich ihn an. »Das ist doch nicht dein Ernst! Ich bin eine Diebin, ein dahergelaufenes Straßenmädchen, wie du so schön gesagt hast. Wenn du eine reine Seele willst, dann suche dir jemand anderen. Und falls das der Grund war, aus dem du mich die ganze Zeit begleitet hast, dann kann ich dir nur sagen: Pech gehabt, du Vollidiot! Deine Mühen waren umsonst.«

Sein leises Lachen klingt spöttisch und facht meine Wut nur umso mehr an. Ich hasse mich für die Tränen, die über meine Wangen rinnen, und für das Zittern, das mich von Kopf bis Fuß schlottern lässt. Aber Jehan lässt das völlig kalt. Mein Geist ist nicht mehr mein Geist. Er ist nur noch ein Stück Jandri-Scheiße.

»Hast du vergessen, wer ich bin?«, flüstert er mir zu. »Ich sehe in die Seelen der Menschen. Ich sehe in ihr Herz. Du bist rein, Menschenmädchen. In dir gibt es keine Schwärze, keine Grausamkeit und

keine Selbstsucht. Hast du eine Ahnung, wie besonders dich das in einer Welt wie dieser macht? Tut mir leid, aber ich lasse dich nicht gehen.«

»Es ist mir egal, was du willst oder nicht willst.« Wütend bäume ich mich auf und stöhne vor Qual, als die Wunden meine Bewegung mit einem höllischen Reißen beantworten. »Ich habe keine Zeit, dir zu helfen. Schon gar nicht bei der Suche nach dieser dämlichen Blume. Merkst du eigentlich, wie bescheuert das klingt? Eine Orchidee, die nur reine Seelen sehen können. Was für ein Unsinn. Ich muss zu meinem Bruder.«

Jehan packt mein Handgelenk. Der Druck seiner Finger verrät eine Kraft, die mir mühelos die Knochen brechen kann. »Du kannst nicht zurück!«, zischt er mir ins Gesicht. »Bist du so dumm, dass du das nicht begreifst? Setze einen Fuß auf Jemeshars Grund, und du bist tot. Laufe zu deinem Bruder, und er stirbt ebenfalls. Es gibt keinen Weg zurück. Nicht, solange Scylla dieses Reich regiert. Ob du es willst oder nicht, für uns alle beginnt heute eine weite Reise.«

»Niemals«, schreie ich ihm in das verhüllte Gesicht. »Niemals! Lass mich los, du Auswurf eines vaterlosen Drüsentrolls!«

Kurzerhand packt Jehan auch mein anderes Handgelenk und drückt nun beide gegen den Boden. Es ist unmöglich, sich gegen ihn zu wehren. So sehr ich auch zappele, er bewegt sich kein Stück. Nebel zieht sich vor meinen Blick. Als ich schließlich erschlaffe und unkontrolliert zu heulen beginne, wird Jehans Griff lockerer.

»Ich werde Indigo töten«, sagt er zu mir. »Ein für alle Mal. Und du, Menschenmädchen, wirst mir dabei helfen.«

6

Der Baum der Seelen

Mit jeder verstreichenden Minute wird es schwerer, die Schmerzen still zu ertragen. Rumpelnd kämpft sich der Pferdekarren durch das unwegsame Gelände und wirft mich wie einen Sack Kartoffeln hin und her. Immer wieder stoße ich gegen Kisten, Töpfe und Truhen, die Palili und Timotheus abenteuerlich gestapelt und neu festgezurrt haben, um den Wagen in ein Krankenlager zu verwandeln. Die Felle, in die sie mich gehüllt haben, richten nicht viel gegen die unangenehmen Stöße aus. Auch der flache Strohsack nicht, der mir als Unterlage dient. Bei jedem Ruckeln beiße ich die Zähne zusammen, um nicht aufzuschreien. Und zu den ohnehin quälenden Schmerzen meiner Wunden gesellt sich der Schock darüber, was mein Geist zu mir gesagt hat. Wie er es gesagt hat. Nein, Jehan ist nicht länger mein Geist. Er ist ein Idiot, von dem ich nichts mehr wissen will.

Timotheus trottet neben dem Wagen her und wirft mir besorgte Blicke zu, Palili starrt mit den Zügeln in der Hand stur geradeaus. Um mich von der wachsenden Pein abzulenken, konzentriere ich mich auf die rot schimmernden Zöpfe des Sosuke-Kriegers und beobachte, wie sie im Rhythmus des schwankenden Karrens hin und her baumeln. Wie mag es Aaron ergehen? Ist er noch am Leben? Was machen Metena und Aja? Wo sind Jehan und Ischme? Und warum bei tausend heulenden Dämonen denke ich immer noch über den Mistkerl nach? Wahrscheinlich zieht er es vor, Abstand zu halten. Mit Sicherheit ist es unter seiner Würde, zusammen mit Menschen, einem klappernden Karren und einem Zigeunerpferd zu reisen.

Ich verwünsche ihn. Ich verfluche ihn. Und vermisse ihn so sehr, dass es kaum auszuhalten ist. Meinen Geist, nicht den groben Klotz, der mich zu Boden gedrückt und angeknurrt hat. Ein idiotischer Teil in mir hofft noch immer, dass der Mann aus Fleisch und Blut nichts mit ihm zu tun hat. Ich sehne mich danach, die Augen zu schlie-

ßen und wieder seine wunderbare Stimme zu hören. Ich sehne mich nach dem Lagerfeuer in meinen Träumen, an dem ich so viel Mut geschöpft habe.

An einer geschützten Stelle zwischen mehreren großen Felsbrocken legen die Männer eine Rast ein, die Timotheus dazu nutzt, mir kalte Suppe vom Vorabend und mit Honig gesüßten Tee einzuflößen. Gerade noch rechtzeitig gibt er mir eine Tonschüssel, ehe ich beides wieder erbreche. Und als der Zwerg mir kurz darauf auch noch bei der Notdurft hilft, indem er unter die Felle greift, meine Hose herunterzieht und eine flache Schüssel unter mein Becken schiebt, will ich nur noch sterben.

»Mach dir keinen Kopf.« Timotheus lächelt warmherzig. »Ich habe schon vielen Kranken bei solcherlei Dingen geholfen. Dass ich meine Laufbahn als Arzt gegen Scyllas Garten eingetauscht habe, war keine freiwillige Wahl. Mein Händchen für Pflanzen aller Art hat sich ein bisschen zu erfolgreich herumgesprochen.«

Ich presse die Lippen zusammen und hechele, als eine neue Welle aus Schmerz über mich hinwegspült. Jandri-Mist, ich klinge wie eine Schwangere, die ein Kind aus ihrem Leib herauszupressen versucht. Als ich mir im Sommer ein Messer ins Bein gerammt habe, war der Schmerz gewaltig gewesen. Aber gegen das pochende Reißen, das mir gerade den Atem raubt und sogar meine Scham in Bedeutungslosigkeit versinken lässt, kommt er nicht einmal ansatzweise heran. Ich nehme nicht wahr, wie Timotheus sich zurückzieht. Erst als die Schmerzen abflauen und einen neuen Angriff vorbereiten, wird mir bewusst, dass der Pferdewagen bereits weiterrollt.

Weiter. Immer weiter.

Weg von Jemeshar. Weg von meinem Bruder.

Zum ersten Mal in meinem Leben bin ich allein. Gänzlich allein. Und dieses Bewusstsein ist noch schlimmer als der körperliche Schmerz.

Im Laufe des Tages wird die karge Landschaft zu einem Spiegelbild meiner wachsenden Verzweiflung. In dieser Einöde wächst kein Baum, nicht einmal ein Strauch. Es gibt nur eine endlose, deprimierende Weite aus schroffen Felsen und schwarzem Sand, die am Hori-

zont in eine Bergkette übergeht. Und diese Berge sehen nicht einfach wie Berge aus. Nein, sie gleichen scharfen, gebogenen Klingen, die in die Wolken stechen wie Schwerter in graues Fleisch.

Weit und breit ist kein Wanderer zu sehen. Keine Karawane, keine Tiere. Ich versuche einen Orientierungspunkt zu finden, aber nichts erscheint mir vertraut. Der Pfad, dem wir folgen, ist kaum als solcher zu erkennen, und immer wieder zweigen weitere Wege von ihm ab, die kaum mehr als Wildwechsel zu sein scheinen. Sind wir damals mit Mattis nicht auf einer Straße gefahren?

Den Rastplatz habe ich erkannt. Gut. Und wohin sind wir damals gefahren? Aus welcher Richtung sind wir gekommen? Streng dich an! So lange ist das doch nicht her!

Aber egal, wie verzweifelt ich nach Einzelheiten unserer damaligen Reise mit Mattis suche, sie ist und bleibt ein nebelhafter Traum. Ich erinnere mich an das violette Leuchten der Winterheide, die wir durchquert haben, aber nirgendwo am Horizont sehe ich einen Schimmer von Farbe, der darauf hindeutet, dass sich irgendwo in der Ferne diese Heide befindet.

Das Pochen der Schnitte wird immer heftiger. Ist das etwa Wundbrand? Nein, dafür ist es zu früh, aber wer weiß schon, ob die Klauen eines Untoten nicht irgendeine Form von Gift besitzen? Quälende Hitze steigt mir zu Kopf. Ich ziehe die Felle beiseite, um meinen Körper zu kühlen, aber Timotheus deckt mich mit einem tadelnden Kopfschütteln wieder zu.

»Du musst dich warmhalten, Kind. Wenn du dir auch noch eine Erkältung holst, dauert deine Heilung nur umso länger. Tut es noch sehr weh?«

Entschlossen presse ich die Lippen zusammen und schüttele den Kopf. Aber das Kerlchen scheint meine Lüge zu durchschauen, kneift misstrauisch die Äuglein zusammen und legt eine Hand auf meine Stirn.

»Bei Palilis Spatzenhirn!«, spuckt es erschrocken aus. »Du glühst ja förmlich! Hey, du Esel, halt sofort an.«

Ruppig zieht der Hüne an den Zügeln. Kaum ist der Karren zum Stillstand gekommen, greift Timotheus nach den Fellen, zieht sie beiseite und stößt einen kummervollen Laut aus, als er sieht, was darunter liegt. Zögernd folge ich seinem Blick.

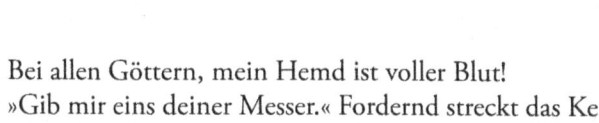

Bei allen Göttern, mein Hemd ist voller Blut!

»Gib mir eins deiner Messer.« Fordernd streckt das Kerlchen seine Hand nach Palili aus. »Na los, du dummer Ochse.«

Der Sosuke bleckt in einer stummen Drohung die Zähne, zieht eine Klinge aus seinem Gürtel und reicht sie dem Zwerg. Ich schnappe nach Luft, als Timotheus die Holzknöpfe meines Hemdes öffnet, den Verband ein wenig anhebt und ihn aufzuschneiden beginnt. Mit jedem Atemzug werden die Schmerzen reißender. Bald werde ich die Schreie nicht mehr zurückhalten können.

»Bei den Göttern, das sieht nicht gut aus. Floh, was machst du bloß? Hättest du nicht eher Bescheid geben können, dass du dich in deine Bestandteile auflöst?«

Mir entweicht ein hilfloses Schluchzen. Die Art, wie der Zwerg mich ansieht, ist mir so schrecklich vertraut: Eine mühsam aufrechterhaltene Ruhe, hinter der die bittere Erkenntnis liegt, dass der Kampf verloren ist. Ob Aaron mich ebenso leicht durchschaut hat?

»Das Gift des Untoten war stärker als meine Medizin.« Timotheus dreht sich um und scheint nach etwas zu suchen. »Dreimal verfluchter Trollarsch, warum passiert das ausgerechnet jetzt? Der erste Vollmond kommt erst in fünf Tagen. Bis dahin bist du tot.«

»Hast du nicht noch eine andere Medizin?« Palilis Blick ist derart mitleidvoll, dass ich mich noch eine Spur schlechter fühle. »Deine Kästchen und Gläser quellen doch fast über.«

»Ich habe Mittel gegen Schnupfen und Halsweh, gegen Prellungen und Zerrungen, gegen Brüche und Schwermut. Aber bei Untotengift hilft nur weißer Feenpilz. Dachte ich jedenfalls. In ihrem Fall war die Vergiftung wohl schon zu weit fortgeschritten.«

»Du kannst sie doch nicht sterben lassen! Wo bleibt Jehan? Ich weiß, er ist schwach. Aber vielleicht reicht es noch für eine Heilung.«

»Ja. Vielleicht.« Timotheus rauft sich die Haare. »Die Nächte waren klar, es gab jede Menge Sternenlicht. Einen Versuch sollten wir wagen, auch wenn mir der Gedanke nicht gefällt, dass wir unseren einzigen Schutz vor Scylla verlieren könnten.«

»Ich sehe keinen Arryx weit und breit«, erwidert Palili. »Keine Stymphalen und keine Kalam-Duk. Wir schlagen unser Lager da drüben unter dem Felsüberhang auf, tarnen es so gut wie möglich

und schmieren uns mit Aaswurm-Schleim ein. Dann warten wir auf den ersten Vollmond.«

»Hast du noch Aaswurm-Schleim?«

Palili deutet auf eine schwarze Kiste zu meinen Füßen. »Zwei Tiegel. Einer voll, einer halb voll.«

»Gut, das dürfte reichen.« Timotheus holt Luft und schreit die nächsten Worte mit ohrenbetäubender Lautstärke hinaus: »Jehan? Wo steckst du? Wir brauchen dich, und zwar sofort!«

Eine geisterhafte Stille liegt über dem Land. Nichts regt sich. Niemand antwortet.

Nicht sterben. Ich wiederhole die Wörter wieder und wieder, als wären sie ein Anker, der mich in dieser Welt hält. *Nicht sterben! Nicht sterben! Nicht sterben.*

Minuten vergehen. Kein Magier kommt, um mich zu retten. Timotheus schimpft vor sich hin, wird zunehmend lauter und speit schließlich eine Salve an Flüchen aus, die jedem Gossenjungen die Sprache verschlagen hätte. Palili dagegen bleibt stumm. Sein Kopf sackt mit jedem Atemzug ein wenig tiefer auf seine Brust, und als ich einen Blick auf seine Augen erhasche, wird mir klar, dass er weint. Etwa um mich? Eine Fremde? Nein, unmöglich. Es muss eine wachgerüttelte Erinnerung sein. Irgendeine dunkle Scherbe aus einem zersprungenen Winkel seiner Kriegerseele.

Die Schmerzen kommen und gehen, jedes Mal rückt der Tod ein wenig näher. Ich spüre seine Nähe wie ein Wispern und Singen, das an meiner Seele zieht. Er verspricht mir ein Ende aller Qualen. Er streichelt und tröstet mich und wiegt mich langsam in den Schlaf.

Diese kahle Einöde ist also dazu bestimmt, meine letzte Ruhestätte zu werden. Ich male mir aus, wie Timotheus und Palili mich irgendwo hier draußen vergraben, ein Weilchen betroffen auf den aufgehäuften Hügel blicken und schließlich weiterziehen. Zurück bleiben nur graue, staubfeine Erde zwischen dunklen Felsen und leblose Stille. Kein Vogel wird über meinem Grab singen, keine Pflanze es schmücken. Ich werde einfach im Nichts verrotten und von aller Welt vergessen werden. Seltsam, wie viel Trost in diesem Gedanken liegt.

»Da bist du ja endlich, beim nässenden Ausschlag auf Palilis Hintern!« Unvermittelt wirft das Kerlchen seine Arme empor und

schwingt sie wie Dreschflegel. »Wo hast du dich nur wieder herumgetrieben? Es ist fast zu spät. Komm schon! Komm schneller!«

Jehan taucht zwischen den Felsen auf. Der Wind öffnet seinen Reisemantel und enthüllt die schwarze Kleidung eines Kriegers: ein Hemd aus feinem Stoff, Hose und Wams aus kostbarem Leder, dazu ein geflochtener Gürtel, an dem zwei Dolche und mehrere Beutelchen hängen. In der einen Hand hält er seinen Bogen, in der anderen zwei fette Nebelhühner, deren Köpfe schlaff hin und her baumeln. Neben Jehan trabt Ischme. Das Fell der Füchsin schillert in seidigen Grautönen und lässt ihren Körper für jeden flüchtigen Blick mit der Umgebung verschmelzen. Jetzt, da ich das Tier zum ersten Mal bei Tag sehe, macht seine Erscheinung mich sprachlos. Von den gewöhnlichen Vertretern ihrer Art unterscheidet sich Ischme ebenso sehr wie ein Spatz von einem Arryx. Ihre Größe entspricht der eines stattlichen Schneewolfes, ebenso die Länge der Fangzähne und der Krallen. Eine würdige Begleiterin für einen arroganten, gefühllosen und dreimal verfluchten weißen Magier. Beide Geschöpfe bewegen sich auf eine Art, die schwer zu begreifen ist. Sie gleichen jenen Visionen, die nur auf der dünnen Grenze zwischen Schlaf und Wachen existieren. Sie sind halb Wirklichkeit, halb Traum, und weder in der einen noch in der anderen Welt zu Hause.

»Starr ihn nicht so an«, flüstert Timotheus. »Das ist nämlich eine Sache, die er gar nicht leiden kann.«

»Was glaubst du, was ich alles nicht …« Ich komme nicht dazu, meinen Satz zu beenden. Nach einem viel zu kurzen Moment des Aufatmens rollt eine gewaltige Welle aus Schmerz über mich hinweg und raubt mir den Verstand. Es ist, als fräße sich Säure durch mein Fleisch, als wühlen schartige Krallen in meinem Brustkorb herum und fetzen mir das Herz aus dem Leib. Farben explodieren unter meinen zugekniffenen Augenlidern. Jede einzelne ist grell wie ein Blitz. Während ich unkontrolliert zittere, entfernt jemand den Verband und wirft ihn beiseite.

»Du lieber Himmel«, krächzt Palili. »Dass sie überhaupt noch atmet! Seht mal, da drin ist es schon ganz schwarz!«

Ich blinzele mit letzter Kraft. Nebelhaft wie Geister, schweben Timotheus', Palilis und Jehans Gesichter über mir. Alle drei starren auf meine entblößten Brüste, ziehen ihre Augenbrauen zusammen und tauschen finstere Blicke aus. Oh, wie ich sie hasse. Wie ich mich selbst hasste, weil ich keinen Finger rühren und nur noch weinen kann. Da ist keine Hoffnung mehr. Nicht einmal der kleinste Funken Zuversicht. Ich bin nur noch ein jämmerlicher, außer Kontrolle geratener Körper, der vor Schmerzen wahnsinnig wird.

»Das Gift bringt sie ja um«, faucht Jehan. »Ich dachte, du hättest ihr weißen Feenpilz gegeben?«

»Das habe ich auch«, blafft der Zwerg. »Aber es war zu spät. Ich habe getan, was in meiner Macht stand, alles andere übersteigt meine Fähigkeiten.«

Die schwarzen Augen des Magiers blicken mich an, als würde er mit seinem Zauber ein Loch in meine Seele brennen wollen. Wenn ich die Kraft dazu hätte aufbringen können, wäre meine Faust in seinem Gesicht gelandet. Stattdessen liege ich nur da und kämpfe um Atem. Tückisch kriecht die Kälte des Todes durch meine Adern. Hinunter in meine Beine, hinauf in meinen Kopf. Lange wird es nicht mehr dauern.

Bitte!, will ich flehen. *Bitte hilf mir. Ich darf nicht sterben. Ich muss zu meinem Bruder. Ich darf nicht sterben! Lass das nicht zu!*

Doch kein Wort kommt über meine Lippen, so sehr ich mich auch bemühe. Es ist, als könnte ich niemals wieder sprechen.

Jehan zieht einen Handschuh aus, beugt sich über mich und berührt meine Stirn. Die Kühle seiner Finger lässt mich aufseufzen, auch wenn ich ihm keines seiner Worte verziehen habe. Augenblicklich flaut die Qual ab, doch mehr als zwei tiefe, erleichterte Atemzüge sind mir nicht vergönnt. Viel zu schnell lässt er von mir ab, und als er seine Hand zurückzieht, streichen seine Fingerspitzen ganz sacht über meine Haut.

»Versprichst du, nicht zu fliehen, wenn ich deine Wunden heile?«, fragt er mich leise.

Ich beiße die Zähne zusammen und nicke. Der Schmerz kehrt mit voller Wucht zurück, als hätte er nur darauf gelauert, dass Jehans magische Berührung endet. Meine Lungen ziehen sich zu trockenen Klumpen zusammen. Ich kann kaum mehr atmen, höre mein eigenes jämmerliches Röcheln und spüre, wie das Gift meinen Hals erreicht. Gleich werden meine Sinne schwinden. Gleich wird es enden.

»Wirst du das schaffen?«, zischt Timotheus. »Es ist kein einfacher Zauber. Du wirst viel Kraft brauchen.«

»Wir haben keine Wahl.« Warum nur hat seine Stimme diesen Klang, der mir so viel bedeutet? Warum ist sie sanft wie ein Streicheln? So sanft, dass ich mir wünsche, er würde unaufhörlich weitersprechen. »Ich werde nicht darüber nachdenken, ob ich es schaffe oder nicht.«

Ohne Vorwarnung kommt die Panik. Mit aller Kraft kämpfe ich um Luft – vergeblich. Das Gift erreicht meine Seele. Es verbrennt meine Nerven und löst meinen Körper auf. Durch einen Schleier rotglühender Pein sehe ich, wie Jehans harter Blick plötzlich weich wird und Verzweiflung widerspiegelt. Hat er etwa Angst um mich? Um mich, das dahergelaufene Straßenmädchen?

Er zieht den zweiten Handschuh aus, reicht beide an Timotheus weiter und legt seine Hände auf meinen Körper. Eine auf die Stirn, die andere auf die nackte Haut meiner Brust. Worte fließen über seine Lippen. Laute einer fremden, uralten Sprache, die in meinen Körper dringen und Wärme hinterlassen. So viel Macht, so viele uralte Geheimnisse, vertont in geflüsterten Formeln, die durch seine Finger in meinen Leib fließen und mich alles vergessen lassen.

Schon nach wenigen Augenblicken wird der Schmerz erträglich. Das Eisenband um meinen Brustkorb lockert sich, herrlicher Atem strömt in meine Lungen. Ich wimmere vor Erleichterung, denn es ist, als würden sich rostige Fesseln lösen, die seit einer Ewigkeit in mein Fleisch geschnitten haben.

Als das letzte Zauberwort gesprochen ist, knöpft er mein Hemd zu und bedeckt mich wieder mit den Fellen. Eine verwirrende Fürsorglichkeit liegt in diesen Gesten und passt nicht zu dem Mann, der mich festgehalten und angeknurrt hat. Jetzt liegt eine verblüffende Verletzlichkeit in seinem Blick. Menschliche Verletzlichkeit. Keine Spur von Macht strömt mehr von ihm aus. Kein magischer Zauber. Da ist nur noch die nackte, traurige Verwundbarkeit eines Menschen, der eine gewaltige Last auf seinen Schultern trägt.

»Es sind keine Narben geblieben«, sagt er zu mir. »Schon wieder hast du Glück gehabt, Menschenmädchen. Aber denke an dein Versprechen. Ich kann dich nicht noch einmal retten. Der nächste Zauber wird mich umbringen, verstehst du das?«

Ich nicke und sauge gierig die wunderbare Luft in meine Lungen. Habe ich den Zustand der Schmerzlosigkeit jemals für selbstverständlich gehalten? Eine überwältigende Müdigkeit zieht an meinem Geist und verführt dazu, ihr nachzugeben.

Schlafen. Ausruhen. Vergessen.

Nein!, ermahne ich mich. *Du musst zurück. Sie brauchen dich. Schöpfe Kraft und dann renne, was das Zeug hält.*

Timotheus umfasst Jehans Schultern, besorgt wie ein Vater, der um die Gesundheit seines Sohnes fürchtet. »Wie geht es dir? Kannst du noch laufen?«

»Ja«, ist die knappe Antwort. Doch im nächsten Moment stößt Jehan den Zwerg von sich, geht in die Knie und übergibt sich in das Gras. Zumindest würgt und hustet er verzweifelt, aber nichts kommt aus ihm heraus. Seine ohnehin blasse Haut ist plötzlich kreideweiß, ihm bricht der Schweiß aus. Und während sich seine Finger krampfhaft in die Erde krallen, krümmt er sich vor Schmerzen. Hat er womöglich einen Teil meiner Qualen in sich aufgenommen? Ist das ein Teil des Zaubers? Hilflos beobachte ich sein Leiden und fühle, wie mich das schlechte Gewissen packt. Obwohl er mich entführt hat. Obwohl er mich grob behandelt und enttäuscht hat.

»Du siehst nicht gut aus«, grummelt das Kerlchen und berührt den stöhnenden Magier an der Schulter. »Gar nicht gut. Los, ab auf den Wagen mit dir.«

Doch Jehan winkt ab, rappelt sich zur Überraschung aller wieder auf und stolpert ein paar Schritte vorwärts. Ischme ist sofort bei ihm und drückt ihre Schnauze gegen seinen Oberschenkel.

»Ich sage es nicht noch einmal!«, schimpft das Kerlchen. »Nimm Palilis Platz ein! Dem alten Fettsack tut es gut, zur Abwechslung mal selbst zu laufen.«

»Hüte deine Zunge, alter Knochensack«, brummt der Hüne. »Glaubst du ernsthaft, unser Freund würde sich freiwillig auf einen Karren setzen? Eher fliegen dir kleine Elfen aus dem vertrockneten Hintern.«

»Sieh ihn dir doch an!«, schnappt der Zwerg zurück. »Er ist ja schon halb tot. Also los! Du gehst runter und du gehst rauf. Hopp hopp!«

Jehan verdreht die Augen. Er nimmt dem wutschnaubenden Timotheus die Handschuhe ab, streift sie über und geht mit schwankenden Schritten zu der Stelle, an der sein Bogen und die toten Nebelhühner im Sand liegen. Beides muss er an Ort und Stelle fallen gelassen haben. Etwa, weil er sich um mich gesorgt hat?

Trotz Timotheus' andauerndem Protest schleppt sich der Magier gemeinsam mit seinem Opalfuchs davon. Zu dritt sehen wir zu, wie beide hinter einer Felsansammlung verschwinden.

»Dieser dreifach verfluchte Sturkopf!«, brummt das Kerlchen. »Verrückt wird man mit ihm! Das sage ich euch! Aber du ruhst dich gefälligst aus, mein Kind.« Er wirft mir einen drohenden Blick zu und unterstreicht seine Forderung mit erhobenem Zeigefinger. »Dem Tod von der Schippe zu springen, ist eine anstrengende Sache. Es reicht, wenn einer mich in den Wahnsinn treibt.«

Erst in der Abenddämmerung kommt die Erinnerung. Weder habe ich daran gedacht, als das Sonnenlicht über den Horizont gekrochen ist, noch in irgendeiner anderen Minute des Tages. Doch jetzt füllen Scyllas Worte all mein Denken aus. Jedes einzelne davon ist wie ein Hieb, und als ich gänzlich begreife, wie endgültig und furchtbar die Konsequenzen meines gescheiterten Diebstahls sind, zerspringe ich ein weiteres Mal in tausend Scherben. Meine Verzweiflung ist so groß, dass ich nicht einmal weinen kann.

»Hey, Floh!« Timotheus streicht mir beruhigend über den Rücken. Durch die Schaffelldecke, die um meine Schultern liegt, spüre ich seine Berührung kaum. »Was ist los? Denkst du an deinen Bruder? He, na komm schon. Sag's dem alten Kerl, sonst findet er keinen Schlaf.«

Ich schweige und starre benommen in die Nacht hinaus. Schlaf findet heute sowieso niemand, abgesehen von Jehan, der wie ein Toter unter seinen Decken liegt und mir den Rücken zugedreht hat. Timotheus und Palili sind nervös, halten ihre Waffen stets griffbereit und schauen ängstlich in die aufziehende Nacht hinaus. Nebenbei dreht der Sosuke mit verbissener Miene das Gestell, an dem ein Nebelhuhn über den Flammen brät. Selbst Ischme zittert vor Anspannung, hockt da wie eine Sphinx und hält die Ohren gespitzt.

Offenbar ist das passiert, was Timotheus befürchtet hat: Wir haben Jehans Schutz verloren, weil er mich vor dem Tod gerettet hat. Gegen gewöhnliche Raubtiere mögen wir uns noch wehren können, aber was ist mit all den Kreaturen des Jasmah-Isdar? Was sollen wir ohne Magie gegen eine Horde Kalam-Duk ausrichten? Gegen einen Schwarm Stympalen oder gegen Untote, die uns auf riesigen Feuervögeln angreifen?

Das Licht der Flammen tanzt auf den Stämmen uralter Bergkiefern, die verkrüppelt und vom scharfen Wind zerschunden rings um uns aufragen. Unter einem dieser Bäume steht das Pferd, hat sein Maul in einem Heuhaufen vergraben und peitscht mit dem Schweif hin und her.

Gerade erst habe ich meine geklauten Kostbarkeiten vor Metena, Aja und Aaron auf dem Boden ausgeschüttet, habe das nass geschwitzte Haar meines Bruders gestreichelt und Zukunftspläne geschmiedet. Jetzt hocke ich hier. Weit weg von den dreien. Ich denke an all die Träume, in denen ich zusammen mit meinem Geist am Lagerfeuer gesessen habe, aber jetzt, da dieser Traum Wirklichkeit geworden ist, fühlt er sich wie eine Lüge an.

»Rede mit mir, Floh!« Sanft drückt Timotheus seinen Ellbogen in meine Seite. »Was ist los? Welcher Stinkdrüsling hat dir die Leber verschleimt?«

»Sie hat die Wächter getötet.« Ich hefte meinen Blick wieder auf die Flammen und versuche, nichts weiter zu sehen als das flackernde Spiel aus Gelb- und Rottönen. Aber schon nach wenigen Augenblicken sehe ich kein Feuer mehr, sondern das blutbefleckte Gefieder eines misshandelten Arryx, auf dessen Rücken ein Untoter sitzt. »Sie sind meinetwegen gestorben.«

»Welche Wächter?«

Ehe ich überhaupt begreife, was ich tue, kommen die Worte über meine Lippen. Meine Stimme ist so leise, dass der Zwerg wahrscheinlich nur die Hälfte versteht, aber er hört mir schweigend zu und nickt, wann immer ich einen Satz beende. Es ist, als würde ich von einem Traum erzählen. Einem, der mich vor vielen Nächten heimgesucht hat. Und je mehr ich erzähle, umso nebliger werden meine Gedanken. Ist das alles wirklich geschehen? Es klingt wie eine Geschichte,

die man im Winter am Kamin erzählt, um sich zu gruseln. Und um jedem – vom adligen Steuereintreiber bis zum Kesselflicker – Furcht vor Scylla einzubläuen.

»Ich verstehe«, murmelt der Zwerg, als ich schließlich verstumme. »Du gibst dir die Schuld an allem. Ist dir schon mal aufgefallen, dass das alle tun, die reinen Herzens sind? Die Schuldigen dagegen gehen zufrieden ins Bett und stehen zufrieden wieder auf. Gute Menschen tragen die Last der Bösen auf ihren Schultern, sie sorgen sich für die Sorglosen und erleiden den Schmerz, den andere verdient hätten.«

Ich seufze und fühle mich so ausgehöhlt wie das Nebelhuhn auf dem Spieß. »Ich war so unglaublich dumm, Timotheus«, würge ich hervor. »Wie konnte ich nur glauben, unbehelligt in den Palast und wieder hinauszukommen? Perlenvogel hin oder her, so viel Glück bringt nicht einmal ein magisches Wesen. Die Wächter würden noch leben, wenn ich …«

»He!« Timotheus legt einen Arm um meine Schultern und zieht mich an seinen klapprigen Körper. Selbst durch die Decke hindurch spüre ich die Knochen, die durch seine Haut stechen. »Anstatt dich in deinem Leid zu ersäufen, beantworte mir ein paar Fragen. Warum hast du das Wagnis auf dich genommen? Was ließ dich so unfassbar mutig sein, dass es an Dummheit grenzt?«

»Mein Bruder.« In mir bricht ein Damm. Ich schluchze auf, schniefe, wische mir ein paar Tränen von der Wange und schluchze noch einmal. In der Stille der nächtlichen Bergwelt scheinen die Geräusche bis zum Horizont und wieder zurück zu hallen. Palili blickt traurig drein, Ischme dreht die Ohren in meine Richtung. Nur Jehan rührt sich nicht. Diesmal ist sein Bewusstsein vermutlich nicht zur Hälfte, sondern gänzlich ausgeschaltet. Ich fühle Dankbarkeit, grenzenlose Verwirrung und immer noch diese bittere Enttäuschung, die seine Worte in mir ausgelöst haben. Was soll ich nur von ihm halten? Warum rettet er mir einerseits das Leben und bezeichnet mich im nächsten Moment abfällig als dahergelaufenes Straßenmädchen?

»Ich dachte, ich könnte ihn heilen.« Wieder muss ich aufschluchzen. Meine Kehle schmerzt, als wäre sie mit Disteln gefüllt. »Es gibt Geschichten über schillernde Wundersteine in Scyllas Palast, die alle Krankheiten und selbst den Tod heilen. Und dann gibt es da noch

diesen Apotheker. Er macht die beste Medizin des Reiches, aber wir
können sie uns nicht leisten. Ich habe schon versucht, sie zu klauen,
aber der Laden ist mit haufenweise schwarzen Zauberern geschützt.
Seine Schlösser lassen sich nicht aufbrechen und seine Scheiben lassen
sich nicht einschlagen. Nur der Adel besitzt genug Geld, um seine
Medizin in dieser Apotheke zu kaufen. Ich dachte, ich würde vielleicht
die Wundersteine finden. Und falls nicht, dann zumindest irgendwelche Schätze. Die Zeit läuft mir davon. Es geht ihm mit jedem Tag
schlechter. Er stirbt, Timotheus. Vielleicht ist er auch schon tot. Jeder
Atemzug kann sein letzter sein. Und er hat furchtbare Schmerzen.
Das heißt, er hatte sie. Jetzt ist er nur noch müde. Manchmal glaube
ich, dass ein Teil von ihm schon tot ist.«

Noch mehr Tränen kommen. Ich schluchze, bis ich endgültig die
Kontrolle verliere, meine Nase in Timotheus' Haarwust stecke und all
meine Gefühle hinausheule. Lange hält der Zwerg mich fest, tätschelt
meinen Rücken und murmelt beruhigende Dinge, bis er mich irgendwann behutsam beiseiteschiebt.

»Du musst etwas essen, Floh.« Er greift neben sich in einen Weidenkorb, nimmt einen Teller heraus und reicht ihn Palili, der eine
große, knusprige Nebelhuhnbrust darauflegt. »Und wage es ja nicht,
etwas übrig zu lassen.«

Nachdem Timotheus mir das Fleisch gereicht hat, fischt er etwas
aus seiner Manteltasche und drückt mir verstohlen ein winziges Beutelchen in die Hand. »Das ist Salz«, flüstert er. »Nebelhuhn schmeckt
köstlich, aber nur, wenn man es würzt. Der alte Sack ist in vielen
Dingen gut, aber als Koch taugt er nichts.«

»Warum lasst ihr ihn dann kochen?« Ich streue etwas von dem Salz
über das duftende Fleisch und gebe es an Timotheus zurück. Hunger
verspüre ich keinen, aber wenn ich nach Jemeshar zurückkehren will,
brauche ich Kraft. »Du könntest doch auch kochen. Oder Jehan.«

Das Kerlchen prustet los. Es wirft den Kopf zurück, gackert aus
vollem Hals und fällt schließlich mit einem schnaufenden Geräusch
in sich zusammen. »Jehan und kochen? Herrlich. Das würde ich zu
gerne mal sehen.«

»Ist er sich etwa zu fein für solche Tätigkeiten?« Es tut gut, zu reden.
Alles ist besser, als nachzudenken. Darüber, dass Menschen wegen mir

gestorben sind. Darüber, welch grausame Hinrichtungsart sich Scylla wohl für die Wächter ausgedacht hat. »Weißt du, ich verstehe ihn nicht. Erst beschützt er mich monatelang und wird zu meinem besten Freund, dann knurrt er mich an, tut mir weh und schimpft mich ein dahergelaufenes Straßenmädchen. Kurz darauf opfert er den letzten Rest seiner Magie, um mich zu retten, und nimmt auch noch meine Schmerzen auf sich. Was soll das?«

»Ach, Floh.« Timotheus nimmt einen zweiten Teller von Palili entgegen, wartet, bis der Hüne in eine andere Richtung blickt, und streut sich das restliche Salz auf das Fleisch. »Jehan tut gerne so, als würde ihn nichts etwas angehen. Er hat es sich angewöhnt, keine Gefühle zu zeigen, und wenn es ihm doch mal passiert, dann ärgert er sich. Nicht über dich. Nicht über uns oder über irgendwen. Nur über sich selbst.«

»Warum?«

Timotheus seufzt. »Das Übliche eben. Eine schmerzhafte Vergangenheit. Jede Menge Enttäuschungen. Zu viele Verluste.«

»Was ist ihm geschehen?«, bohre ich weiter. »Warum ist er so dumm, Indigo zu verfolgen? Denkt er ernsthaft, er könnte einem Atlanter das Handwerk legen? Klar, er beherrscht weiße Magie, aber zwischen einem Atlanter und einem menschlichen Magier ist immer noch ein gewaltiger Unterschied, oder etwa nicht? Ich kenne auch nur die Geschichten, aber so ist es doch, oder?«

»Oh nein!« Timotheus hebt den Zeigefinger und wackelt damit vor meinem Gesicht herum. »Wenn ich anfange, aus dem Nähkästchen zu plaudern, hängt er mich kopfüber am nächsten Baum auf und verwandelt mich in einen Tannenzapfen mit Frisur. Aber um wenigstens deine erste Frage zu beantworten: Nein, er ist sich nicht zu fein. Oder doch? Keine Ahnung. Genau genommen hat er einfach noch nie gekocht. Jehan ist für andere Dinge da. Er jagt für uns, er beschützt uns und rettet uns in regelmäßigen Abständen das Leben. Es ist nämlich meine und Palilis Spezialität, in Schwierigkeiten zu geraten. Gibt es auch nur einen Jandri-Schlund im ganzen Land, kannst du dir sicher sein, dass mindestens einer von uns hineinfällt. Aber kochen und abwaschen? Nein, da lässt er die Finger von.«

»Aha.« Ich beiße in die Keule und stöhne unwillkürlich auf. Das Fleisch zergeht zart, salzig und saftig auf meiner Zunge. Was hätte ich

dafür gegeben, diese Köstlichkeit mit Aaron, Metena und Aja teilen zu können.

»Die Menschen werden böse und kalt«, nuschele ich mit vollem Mund. »Selbst die mit den guten Herzen haben irgendwann die Nase voll und hauen in die gleiche Kerbe. Du hast recht. Es ist wie eine Seuche.«

»Kannst du es ihnen verdenken?«, erwidert Timotheus. »Jeder erträgt nur ein bestimmtes Maß an Leid. Die einen stecken mehr weg, bevor sie aufgeben, die anderen weniger. Aber irgendwann ist jeder am Ende. Versteck dich lang genug unter Wölfen, und du wirst selbst zum Wolf, um nicht ständig um dein Leben fürchten zu müssen.«

»Jehan ist ein Magier«, denke ich laut nach. »Er könnte so viel verändern. Er könnte die Dunkelheit mit seinem Licht bekämpfen. Nicht in aller Öffentlichkeit, das ist klar. Aber er könnte doch heimlich sein Werk verrichten. Hier und da jemanden retten, das Böse zum Guten wenden, die Dinge wieder geradebiegen.«

»Und anschließend in Scyllas Fängen landen? Oder auf dem Scheiterhaufen? Nein, Floh. Das Böse hat bereits zu viel Macht über unsere Welt erlangt. Ein einzelner weißer Magier steht auf verlorenem Posten. Dass Jehan so ist, wie er ist, rettet ihm das Leben. Und unseres auch, nebenbei bemerkt.«

Ich senke den Kopf. Den Rest meines Abendmahls esse ich schweigend, während in meiner Fantasie immer wieder dieselben Bilder kreisen: das blutige Pflaster auf dem Marktplatz, die abscheulichen Folterwerkzeuge, der triefende Altar. Wahrscheinlich hat Jemeshars Volk den Tod der Wächter bejubelt, nur um nicht selbst auf dem Hinrichtungsplatz enden zu müssen. Wie viele dieser Menschen sind wirklich böse? Wie viele versuchen nur, ihr eigenes Leben und das ihrer Familie zu schützen, indem sie zu Monstern unter Monstern werden?

Ich stehe auf, lege den leeren Teller in den Weidenkorb und lehne mich an den Stamm einer Kiefer, die Schaffelldecke bis zum Kinn hochgezogen. Wie friedlich die Nacht ist. Wie wunderschön der Sternenhimmel. All die unendlich weit entfernten Seelen blicken auf die leidende Welt hinab und schweigen über ihre Geschichten. Woher kommen sie? Wohin gehen sie? Es gibt tausend Legenden über die Sterne. Genauso wie über Atlanter und weiße Magier.

»Möchtest du noch etwas?«, reißt Timotheus mich aus meinen Gedanken und deutet auf das halb aufgezehrte Huhn. »Es ist noch genug übrig.«

»Nein.« Ich nicke zu Jehan hinüber. »Was ist mit ihm? Will er denn nichts essen?«

Der Zwerg zuckt mit den Schultern. »Nein. In erster Linie braucht er jetzt seinen Schlaf. Du kannst also gern die zweite Brust haben. Ist mir sowieso zu trocken.«

»Nein, danke.«

»Du solltest ordentlich essen, Floh. Magische Heilung hin oder her, du musst wieder zu Kräften kommen.«

»Ich bin satt. Wirklich.«

»Ist das dein Ernst? Nach nur einer Keule?«

»In den letzten Monaten ist mein Magen zur Größe eines Daumennagels zusammengeschrumpft. Wenn ich mehr esse, wird mir schlecht.«

Das Kerlchen sieht mich betroffen an, zuckt mit den Schultern und reicht Palili seinen Teller. Als der Hüne ihm ein besonders großes Stück darauf legt, strahlt er über das ganze Bratapfelgesicht.

»Sind wir jetzt ohne Indigos Schutz?«, frage ich den Zwerg. »Hat er seine ganzen Kräfte für mich aufgebraucht?«

»So ziemlich«, seufzt Timotheus. »Aber sein Schutzzauber scheint noch einigermaßen intakt zu sein. Anderenfalls würde es hier vor Arryx-Reitern und Stymphalen nur so wimmeln.«

Angst drückt meinen Magen zusammen. Ich möchte nicht weiter darüber nachdenken, doch mein Gehirn geht seine eigenen Wege. »Was ist, wenn uns etwas anderes angreift? Etwas, vor dem er uns mit Magie beschützen muss?«

»Bete dafür, dass das nicht passiert. Ein weiterer Zauber würde unser Schicksal besiegeln.«

Ich krieche noch tiefer unter mein Schaffell und starre ins Leere. Schweigend vertilgen die beiden Männer ihr Abendessen, schmatzen und rülpsen und werfen Ischme das eine oder andere Stück zu. Als Gefangenenaufseher sind sie nicht ernst zu nehmen. Die einzigen, die meine Flucht ernsthaft gefährden, sind Jehan und Ischme. Obwohl sich der Magier seit Stunden nicht gerührt hat, zweifele ich daran,

dass er tatsächlich nichts mitbekommt. Und die Sinne der Füchsin sind ... nun ja, eben die Sinne einer Füchsin. Zweifellos wird sie ihren Herrn warnen, wenn sie bemerkt, dass ich Fersengeld gebe.

Erschöpft lehne ich meinen Kopf gegen den Stamm. Bei aller Kargheit beginne ich dem Land etwas Schönes, ja fast Majestätisches abzugewinnen. Hier, in geringerer Höhe, ist es nicht mehr ganz so öde wie zuvor. Es gibt mickrige, krumme Kiefern, ein paar robuste Sträucher und verwittertes Totholz, das vor dem sternengesprenkelten Himmel die absonderlichsten Schattenrisse formt.

Bald wird der erste Schnee fallen. Ich kann ihn bereits in der Luft riechen. Wehmütig denke ich an all die langen, dunklen Winternächte, die wir gemeinsam am Feuer des Kamins verbracht haben, und diese Erinnerungen sind so übervoll mit Geborgenheit und Liebe, dass sie für ein ganzes Leben reichen. Ob Aaron den ersten Schnee dieses Jahres noch erleben wird?

Geduld ist schwer, wenn drei Leben von meiner Rückkehr abhängen. Doch ich zwinge mich zur Ruhe und beobachte das Pferd, das mit hängendem Kopf und angewinkeltem Hinterbein ganz in meiner Nähe steht. Ob es wohl als Fluchttier taugt? Nein, besser nicht. Wenn es scheut und alle mit seinem Wiehern weckt, bin ich geliefert.

Irgendwann schließe ich die Augen und lasse meinen Kopf ein wenig zur Seite sacken, ganz so, als übermanne mich der Schlaf. Kühl streicht der Wind über mein Gesicht. Hin und wieder gibt der Zwerg ein Brummen von sich, während der Hüne kieksende Laute ausstößt. Es ist, als würden sich die beiden wortlos wie Tiere unterhalten, und als ich endlich das Rascheln von Decken höre, tun mir schon alle Muskeln vom Stillhalten weh.

»Nacht«, flötet Palili.

»Selber Nacht«, grollt Timotheus.

Ein paar Minuten lang höre ich nur das Knistern des Feuers. Ich wage es gerade, die Augen zu öffnen, als der Zwerg wutschnaubend aufspringt.

»Du faules Stück! Hast vergessen, Holz nachzulegen. Sollen uns die Staubwölfe fressen? Los, pack ein paar Scheite drauf!«

Palili rührt sich nicht. Er liegt unter seinen Decken wie ein atmender Felsklotz. »Pack sie doch selber drauf. Du stehst ja schon.«

Timotheus reißt vor Empörung den Mund auf und schnappt ein paar Mal nach Luft. »Du bist einen Meter größer und zehn Mehlsäcke schwerer als ich! Damit fällt das Schleppen schon vom Grundsatz her in deinen Aufgabenbereich. Ich bin nur ein alter Mann. Und mein Herz ist auch nicht mehr das Gesündeste. Ich kann jeden Augenblick tot umfallen, und dann wirst du keinen Schritt mehr laufen können, ohne vom schlechten Gewissen gewürgt zu werden.«

»Du bist gesund genug«, entgegnet Palili, »um die ganze Nacht von Frauen zu träumen und mit den Hüften zu zucken.«

Timotheus flucht, tritt dem Sosuke mit Schwung in den Hintern und stapft zum Karren, um kurz darauf mit viel Getöse und Gejammer zurückzukehren. Einen Scheit nach dem anderen wirft er auf das Feuer und freut sich, wenn ein glimmendes Holzstück auf Palili fällt. Der bleckt die Zähne, wischt die Glut von seiner Decke und hebt jedes Mal mit wachsender Wut seinen baumstammdicken Arm. Doch statt dem Zwerg einen Schlag zu verpassen, steht er nach dem sechsten Scheit auf, schlägt sein Lager ein gutes Stück vom Feuer entfernt auf und dreht Timotheus den Rücken zu.

»Recht so!«, feixt der Zwerg. »Friere dir den Rest der Nacht den Arsch ab. Verdient hast du es!«

Ein zweites Mal geht er zum Karren, bringt noch einen Armvoll Holz und stapelt es neben dem Feuer auf. Dann kriecht er unter seine Decke, wälzt sich grummelnd von rechts nach links und schimpft in drei verschiedenen Sprachen. Als ich schon glaube, dass das Kerlchen die ganze Nacht lang Radau veranstalten wird, dreht es sich auf den Rücken und bewegt sich nicht mehr. Stattdessen klappt sein Mund auf und entlässt ein dröhnendes Schnarchen, das sich mit dem Fiepen des Hünen und dem Schnaufen der Opalfüchsin mischt. Der einzige, der lautlos schläft, ist Jehan.

Falls er denn schläft.

Was wird er wohl tun, wenn er mich bei der Flucht erwischt? Wer wird mir dann gegenüberstehen? Der mitleidlose Entführer, der mich anknurrt und zu Boden wirft? Oder der Magier, der all seine Energie opfert, um mich vor dem sicheren Tod zu retten? Umbringen wird er mich nicht, dessen bin ich mir sicher. Wer so viel opfert, um meine Wunden zu heilen, hegt wahrscheinlich kein Interesse daran, mir neue zuzufügen. Immerhin soll ich diese idiotische Blume für ihn finden. Eine weiße Orchidee, die nur von reinen Seelen gesehen werden kann. Was für ein Quatsch.

Mit weit geöffneten Augen starre ich in die Nacht hinaus. Ein Mond ist bereits untergegangen, die beiden anderen schweben über dem Horizont. Wie weit mag sich die Prärie von Amador hinter den Bergen erstrecken? Was folgt dieser unermesslichen Weite? Ich versuche mich an die Karte zu erinnern, aber mein Gehirn ist mit Nebel gefüllt. Nur eines weiß ich noch: Die farbenprächtigen Wälder von Erusch sind so weit entfernt, dass selbst ein Reiter mit einem schnellen Pferd wochenlang unterwegs ist. Genau dort haben vor langer Zeit die Orchideenhaine geblüht. Wer in sie hinein geriet, kam nie wieder heraus, und wer sich am Rande der Haine schlafen legte, der schlief für immer. Es gibt Gerüchte über unzugängliche Täler, in denen einige dieser Blumen überlebt haben sollen. Aber niemals hat jemand einen Beweis erbracht. Möglicherweise sucht Jehan nach einem Geist. Nein, nicht nur möglicherweise. Denn von einer weißen Orchidee, die mächtig genug ist, einen Unsterblichen zu töten, habe ich noch nie gehört.

Und führt der Weg in den Süden nicht auch durch den gefürchteten Sgulgi-Wald? Wenn ich mich richtig an Aarons Worte erinnere, gibt es nur diesen einen passierbaren Weg zwischen den beiden Ländern Amador und Koresh, weil das Land östlich und westlich davon mit tückischem Treibsand bedeckt ist. Noch ein Grund mehr, all meine Energie in die Flucht zu stecken.

Palili und Timotheus schnarchen aus Leibeskräften, auch der Opalfuchs scheint tief und fest zu schlafen. Aber Jehan? Was ist mit ihm? Wartet er nur darauf, dass ich die Flucht ergreife? Würde er mich mit dem letzten Rest seiner aufgezehrten Magie in eine Warzenkröte verwandeln? Ich studiere ihn genauestens, achte auf jedes Detail und beobachte, wie sich sein Brustkorb hebt und senkt. Alles deutet darauf hin, dass er noch immer dem Schlaf der Erschöpfung ausgeliefert ist.

Aus reiner Gewohnheit taste ich nach meinem Gürtel, an dem gestern noch all die kleinen Hilfsmittel festgezurrt waren, die ich für den Alltag in Jemeshars Abgründen gebraucht habe. Aber jetzt finde ich nur leere Täschchen und Schlaufen. Die Mistkerle haben mir

nicht einmal die kleine Steinklinge gelassen, die gerade dazu taugt, einen Apfel zu schälen.

Brechspinnenkotze!

Waffenlos die Flucht zu ergreifen, ist purer Wahnsinn. Ich brauche ein Seil, ein Messer und einen Tiegel Aaswurm-Schleim. All das befindet sich auf dem Wagen.

Also gut. Noch einmal tief Luft holen, und dann los!

Niemand regt sich, als ich mich unter größter Vorsicht aus der Decke schäle. Timotheus, Palili und Ischme schnarchen in aller Ruhe weiter, Jehan bleibt regungslos. Unbehelligt schleiche ich zum Karren, öffne die Tasche, auf die Palili bei dem Stichwort *Aaswurm-Schleim* gezeigt hat, und fische den erstbesten Tiegel heraus. Volltreffer! Mein glückliches Händchen hat nicht den halb leeren, sondern den vollen erwischt.

Schnell zurre ich ihn am Gürtel fest, lasse meinen Blick über all die Kisten, Beutel und Truhen schweifen und entdecke zwischen dem aufgestapelten Kram mehrere zusammengerollte Seile. Ich nehme das längste, klemme es mir unter den Arm und suche als nächstes nach einem Messer. Mehrere Taschen durchforste ich erfolglos. In einer Ledermappe befindet sich allerlei Werkzeug, aber keine Klinge. Schließlich, als meine Suche trotz aller Mühe nichts Brauchbares zutage fördert, ziehe ich die beiden größten Feilen aus der Werkzeugmappe und stecke sie in die Schlaufen meines Gürtels.

Besser als nichts. Und jetzt los.

Kurzerhand ändere ich meine Pläne und schleiche zum Pferd hinüber, für den Fall, dass es nicht festgebunden ist. Tatsächlich gibt es weder einen Strick noch eine Fußfessel, aber kaum strecke ich die Hand nach der Mähne aus, wirft das Tier den Kopf hoch und rollt mit den Augen.

»Schon gut, schon gut!« Am liebsten möchte ich mir in den Hintern treten, weil ich nicht auf meinen Instinkt gehört habe. »Bloß nicht schnauben, ja?«

Das Pferd bleibt glücklicherweise ruhig, während ich auf spitzen Zehen in das Dunkel hinausschleiche. Niemand folgt mir. Ein kurzer Blick zurück zeigt drei schlafende Männer und einen zusammengerollten Fuchs.

257

Weiter! Na los doch! Alles, was zählt, sind Aaron, Metena und Aja.

Trotz meiner Aufregung zwinge ich mich dazu, jeden Schritt mit Bedacht zu setzen. Ein losgetretener Stein ist das Letzte, das ich gebrauchen kann, und jetzt, da auch der zweite Mond untergegangen ist, breitet sich eine schier undurchdringliche Finsternis zwischen den Felsen aus. Immer wieder muss ich mich blind vorantasten und werde allein von meinem Instinkt geführt, dem einzigen Teil von mir, dem all die Monate des Überlebenskampfes gutgetan haben. Alle paar Meter halte ich inne und lausche auf verdächtige Geräusche. Aber es bleibt still. Kein knirschender Sand unter heimlichen Schritten, kein Flüstern und kein Knurren. Nichts. Nur die tote Stille eines toten Landes.

Ich will kopflos davonstürmen. Ich will so schnell rennen, wie ich kann. Aaron stirbt vielleicht in dieser Nacht, und die Schwestern stehen furchtbare Ängste aus.

Langsam! Langsam! Wenn du es jetzt versaust, werden sie dich fesseln und knebeln und nie wieder aus den Augen lassen.

Vorsichtig schleiche ich voran. Studiere jeden Schritt, ehe ich ihn vollführe, und verharre immer wieder mit angehaltenem Atem.

Nach endlosem Herumirren öffnet sich das zerklüftete Felsenlabyrinth endlich dem Hang eines Berges. Das Licht des letzten blassen Mondes taugt kaum dazu, die Landschaft zu erhellen, aber es ist besser als die zähe Finsternis zwischen den Felsen. Schneller komme ich trotzdem nicht voran, denn das lockere Geröll straft jeden Schritt mit einer kleinen Lawine aus kullernden Steinen.

Stück für Stück arbeite ich mich den Hang hinab. Jedes Mal, wenn meine Füße einen Steinrutsch auslösen, kauere ich mich flach auf den Boden und warte, bis die Stille zurückkehrt. Jede Sekunde zieht sich zu einer quälenden Ewigkeit auseinander. Bald wird der Morgen dämmern, und ich bin kaum eine Meile weit gekommen.

Als wieder einmal prasselnd Steine in die Tiefe rollen und ich mich flach auf den Rücken lege, fällt mir auf, wie kalt und gleichgültig die Sterne aussehen. Sie sind zu weit entfernt, um vom Schicksal der Menschen berührt zu werden. Vermutlich gilt für die Götter dasselbe, trotzdem beginne ich zu beten, als ich meinen Weg wieder aufnehme. Mal in Gedanken, mal flüsternd. Und meistens heiser vor Wut.

Als ich endlich den Fuß des Berges erreiche, wird es bereits hell. Was jetzt? Soll ich dem Grund der Schlucht folgen oder ist es besser, den nächsten Berg zu erklimmen? Wir sind südwärts gezogen, also muss ich mich nach Norden wenden. Aber wo ist Norden? Wahrscheinlich ist es am vernünftigsten, den Berg hinaufzuklettern und im Licht des Sonnenaufgangs nach dem richtigen Weg zu forschen. Andererseits werde ich hier unten im Schutz der Schlucht nicht so schnell entdeckt werden.

Verflucht, wäre ich doch nur in einem Wald! Dort ist es einfach, sich zu orientieren, denn Moos wächst nur auf der nach Norden gerichteten Seite eines Baumstammes. Hier gibt es zwar Kiefern, aber kein Moos. Ich zerbreche mir den Kopf und entscheide schließlich, unten zu bleiben. Zumindest so lange, bis ich eine gute Wegstrecke zurückgelegt und meine Verfolger hoffentlich abgeschüttelt habe. Falls man mich überhaupt verfolgt. Vielleicht zuckt Jehan auch nur mit den Schultern, sucht nach der nächsten reinen Seele und entführt sie vom Fleck weg.

Mein Geist. Mein Seelentröster.

Das war es also mit uns.

»Schwester!«

Ich erstarre. Habe ich da gerade eine Stimme gehört?

»Schwester! Ich bin hier.«

Alles Blut sackt aus meinem Gesicht. Das ist Aarons Stimme! Unverkennbar Aarons Stimme! Aber das kann nicht sein! Das ist unmöglich! Er ist in Jemeshar und kommt ebenso wenig ungesehen hinaus, wie ich ungesehen hineinkomme. Scylla verabscheut Straßenkinder. So wie sie alle verabscheut, die in der Hackordnung des Lebens ganz unten stehen. Die Wachen würden ihn sofort festnehmen und in den Kerkerbaum werfen.

Fieberhaft sucht mein Gehirn nach einer Erklärung und findet schließlich eine. Vielleicht hat er einem feinen Herrn die Kleidung gestohlen und irgendeine Möglichkeit gefunden, die Wachen zu täuschen. Mein Bruder ist klug. Ihm muss irgendein Trick eingefallen sein.

»Aaron?« Tränen des Glücks rinnen über meine Wangen. Blindlings stürme ich drauflos. »Aaron? Ich komme! Wo bist du?«

»Hier drüben! Bitte hilf mir.«

Da ist so viel Angst und Verzweiflung in seiner Stimme. Wie auch immer er es geschafft hat, mich zu finden, seine Kräfte sind am Ende. Vielleicht ist er verwundet. Abgestürzt von einem Bergpfad, eingeklemmt unter Felsen, angegriffen von einem Raubtier.

»Aaron, ich komme! Ich bin gleich bei dir.«

»Mach schnell, Schwester.«

Verdammt, warum ist es noch so dunkel? Immer wieder stolpere ich über irgendwelche Steine und breche mir fast das Genick, als meine Beine sich in dem Seil verheddern. Kurzerhand werfe ich es beiseite und renne weiter. Aarons Stimme ist ganz nah. Er muss hier irgendwo sein. Wie ist er bloß mit heiler Haut hierhergekommen? Wie hat er in seinem Zustand überhaupt eine solch weite Strecke zurücklegen können? Sind Metena und Aja bei ihm? Der Gedanke, dass sie alle drei auf mich warten, lässt mich jede Vorsicht vergessen.

»Schwester!«, stöhnt es schmerzerfüllt. »Bitte komm schnell.«

»Ich bin gleich bei dir! Wo bist du? Ich sehe dich nicht.«

Die Schlucht verengt sich. Nach wenigen Schritten streifen meine Schultern an Felswände. Staub füllt die Luft. Wo zum Teufel steckt er?

»Hilf mir«, flüstert es schwach.

»Wo bist du?« Ich drehe mich hin und her. Die Stimme ist so nah. So nah! Er muss hier sein. »Aaron, ich sehe dich nicht.«

»Hier.«

»Wo?«

»Hier hinten.«

Kopflos renne ich weiter, hin zu einem Leuchten, das plötzlich über den dunklen Stein kriecht. Aber es ist kein Sonnenlicht. Vor mir taucht ein enges, kreisförmiges Tal auf, das sich so abrupt öffnet, als hätte es ein Riese aus dem Fels gestanzt. Und mitten in diesem Tal steht ein Baum. Seine krummen, dornigen Äste strecken sich dem Himmel entgegen und sind von langen, zierlichen Gefäßen behangen, denen goldenes Licht entströmt.

Überwältigt bleibe ich stehen. Was ist das für ein Baum? Wo ist mein Bruder? Und was bedeutet dieses seltsame Leuchten?

»Aaron?«

Keine Antwort.

»Aaron, bist du hier?«

Wieder antwortet nur Schweigen. Ich gehe einen Schritt – und laufe in ein dickes, klebriges Spinnennetz hinein, das wie aus dem Nichts vor mir auftaucht. Hektisch wische ich über mein Gesicht, zerreiße die Fäden und stolpere weiter. Doch das Netz scheint sich wie ein lebendiges Wesen um meine Beine zu schlingen.

Nur keine Panik! Bleib ruhig! Schneide es durch und lauf weiter.

Mit zusammengebissenen Zähnen ziehe ich eine der Feilen aus meinem Gürtel und beginne zu schneiden. Vergeblich. Das Zeug wickelt sich nur noch fester um meine Glieder. Für jeden Strang, den ich durchtrenne, scheinen drei neue aufzutauchen. Welche Spinne webt solche Netze?

»Aaron?« Aufkeimende Panik zittert in meiner Stimme. »Wo bist du? Antworte mir!«

Nichts.

Ich zerre und ziehe, fluche und keuche. Plötzlich reißen die Fäden vom Felsen ab und lassen mich vorwärts stolpern, direkt in das nächste Netz hinein. Dessen Fäden sind noch dicker und triefen, als wären sie mit Leim getränkt. Ein widerwärtiges Kribbeln zieht durch meinen Kopf und sickert bis in die Fingerspitzen. Jeder Atemzug bringt mich der Panik näher, aber ich darf nicht in Panik verfallen. Auf gar keinen Fall. Denn wenn das passiert, ist mein Leben verwirkt.

Ich drehe den Kopf. Verflucht, die gesamte Schlucht hängt voller Netze! Dort, wo ich eben noch entlanggelaufen bin, ist alles voll davon. Vor mir, hinter mir. Überall.

Und dann wird der Fels lebendig.

Zuerst beginnt das Krabbeln über meinem Kopf. Als nächstes lösen sich unzählige haarige Körper vom Boden und kriechen aus sämtlichen Spalten und Rissen. Tausende widerwärtige, handteller-große Spinnen scheinen nur ein Ziel zu kennen.

Mich!

Schon spüre ich ihre Beine auf meinem Rücken, auf meinen Armen, in meinen Haaren. Mehrere lassen sich mit einem dumpfen *Plumps* einfach auf mich fallen. Ich schlage kreischend um mich, zerre an meinen Fesseln, pralle gegen den Felsen und falle zu Boden, eingewickelt von klebrigen Spinnenfäden. Je mehr ich mich wehre, umso fester schließen sich die Netze um mich.

Hunderte haarige Beine tappen über meinen Körper. Kriechen auf mein Gesicht zu. Wuseln in meinen Haaren.

Ich schreie mit zusammengepressten Lippen. Überall sind Spinnen! Ich bin bedeckt von Spinnen! Begraben unter einem Berg aus Spinnen! Das Sirren der Mandibeln schwillt zu einem Orkan heran und übertönt selbst mein Kreischen. Gleich werden sie ihr Gift in mich hineinpumpen. Literweise. Und dann werde ich bei lebendigem Leib verdaut.

Plötzlich hebt mich jemand hoch. Eine Flutwelle aus Spinnen purzelt von mir herunter. Ich zappele und schlage um mich, bis eine Stimme mir direkt ins Ohr schreit: »Hör mir zu, Jade! Nichts hiervon ist wirklich! Nichts ist echt! Sie wollen nur deine Angst.«

Keines der Worte erreicht meinen Verstand. Überall wimmelt und wuselt es, überall bewegen sich hässliche, haarige Beine.

»Sieh mich an!«

Ich schüttele den Kopf. Mehrere Spinnen versuchen, in meinen Mund zu gelangen. Mit aller Kraft drücken sie ihre Mandibeln zwischen meine Lippen und quetschen sich unbarmherzig in den Spalt. Mein Herz rast. Schneller, immer schneller. Gleich wird es stehenbleiben.

»Tu, was ich sage!« Erst jetzt erkenne ich die Stimme. Es ist die meines Geistes. »Sieh mich an.«

Seine Hand wischt über mein Gesicht und vertreibt die Spinnen. Doch die nächsten kriechen bereits an meinem Hals empor.

»Sieh mich an!«

Ich gehorche. Und blicke in Jehans verhülltes Gesicht. Er hat mich auf seine Arme gehoben, seine fest zupackenden Finger drücken sich in meinen Oberarm und in meinen Schenkel. »Sie sind nicht echt, verstehst du? Die Geister ernähren sich von deiner Angst, also sorgen sie dafür, dass du sie fütterst.«

Nicht echt? Mein ganzer Körper pocht und glüht. Ich spüre die klebrigen Fäden und das Krabbeln auf meiner Haut, unter meinen Kleidern, in meinem Haar. Überall.

Nicht echt? Nicht echt?

Mein Herz rast. Es rast beinahe bis zum Stillstand.

»Hör auf damit!«, knurrt er. »Oder du wirst sterben.«

Schlotternd schüttele ich den Kopf. Hunderte Spinnen. Tausende Spinnen. Überall. Wimmelnd und krabbelnd und abscheulich.

»Alles, was du siehst, erschaffst du selbst, Jade! Du kannst sie verschwinden lassen. Es sind nur Träume. Nur Hirngespinste.«

»Aber ich spüre sie. Überall! Wie können sie nicht echt sein, wenn ich sie spüre?«

»Sieh den Baum an«, befiehlt er. »Sieh dir die Gefäße an, die an seinen Ästen hängen. Was glaubst du, warum sie leuchten?«

Ich drehe den Kopf. Tastende Spinnenbeine berühren mein Kinn. Dann meine Wange.

Nicht echt! Nicht echt!

»In den Gefäßen werden Seelen aufbewahrt.« Seine Stimme wird sanft und weich. Sie umschmeichelt auf vertraute Weise meine Sinne und beruhigt mein rasendes Herz. Eine Spinne nach der anderen tritt den Rückzug an, als würden sich die Tiere plötzlich vor mir ekeln. Zuerst verschwinden sie von meinem Gesicht, dann seilen sie sich aus meinen Haaren ab. »Es sind boshafte, abscheuliche Geister. Sie dienen der schwarzen Hexerei als Energiequellen, aber kein Hexer würde auf die Idee kommen, solche Kreaturen in seiner Nähe aufzubewahren. Den Grund dafür hast du am eigenen Leib gespürt. Sie treiben dich in den Wahnsinn und nähren sich von deiner Angst, egal, ob du stark oder schwach bist. Also werden die Seelengefäße an einsamen Orten wie diesem aufbewahrt.« Er fängt meinen Blick ein und hält ihn gnadenlos fest. Durch das Schwarz seiner Augen huschen grüne Funken. »Ich habe dich gewarnt, Menschenmädchen. Versuche noch einmal, vor mir zu fliehen, und ich komme dir nicht mehr zu Hilfe. Hast du das verstanden?«

Ich schiebe den Unterkiefer vor und hole tief Luft, ehe ich hervorwürge: »Ja, verstanden.«

Zorn überflutet meine Angst. Je mehr das eine Gefühl das andere überlagert, umso schneller verschwinden die Spinnen. Bis es keine Beine mehr gibt, die über meinen Körper tappen und in meinen Haaren wühlen. Die Netze verschwinden, die wimmelnden Tiere verschwinden.

»Gut gemacht. Euch Frauen muss man nur wütend machen, damit ihr alles andere vergesst.« Um Jehans Augen bilden sich kleine Fältchen. Lächelt er etwa? »Du hast viele Tugenden, Menschenmädchen. Die Kontrolle über deine Angst gehört noch nicht dazu. Aber wir arbeiten daran.«

»*Wir* arbeiten daran?«, krächze ich. »Was heißt hier *wir*? Es gibt kein *wir*. Ich will nur eins: zurück zu meinem Bruder! Danke, dass du mich gerettet hast. Mal wieder. Aber ich muss zurück, und es ist mir egal, wie gefährlich es ist.«

»Wie gefährlich?« Jehan schnaubt. »Lass es mich mal so sagen: Selbst wenn du bis an die Zähne bewaffnet wärst, würdest du es nicht lebend bis zur Stadt schaffen. Wie weit bist du denn jetzt gekommen? Eine Meile? Zwei Meilen?«

Ich verkneife mir jeden weiteren Kommentar. Ist mein sehnlichster Wunsch wirklich so unmöglich? Helfen mir nicht einmal mehr Mut und Entschlossenheit weiter?

»Ich will dich sehen.« Mir ist nicht klar, warum ich das ausgerechnet jetzt sage. Die Worte strömen wie von selbst über meine Lippen und kommen aus einem Teil meiner selbst, über den ich keine Kontrolle besitze. Jedenfalls nicht in diesem Moment. »Bitte lass mich dich sehen.«

»Warum? Mein Gesicht sollte dir egal sein.«

»Das ist es aber nicht. Du hast mich gefunden, du hast mich ein weiteres Mal gerettet, und du wirst mich nicht noch einmal fliehen lassen. Wenn mein Leben schon in deiner Hand liegt, will ich wissen, wie du aussiehst.«

»Es könnte dich erschrecken.« Furcht flackert in seinen Augen auf. Warum Furcht? Was hat er zu verbergen? Ich bin seine Gefangene. Ein dahergelaufenes Straßenmädchen, das für ihn nützlich, aber ansonsten unbedeutend ist.

»Das glaube ich nicht«, entgegne ich. »Fast ein Jahr habe ich auf der Straße gelebt. Mir ist jede Form von körperlicher und seelischer Hässlichkeit vertraut. Also zeige mir dein Gesicht.«

Lange sieht er mich an. Zweifelnd und unsicher. Bringe ich etwa gerade einen Magier in Verlegenheit?

»Wie du willst«, sagt er schließlich. »Aber es wird nicht das sein, was du erwartest. Und du gerätst in Gefahr. Zu wissen, wer ich bin, kann dich das Leben kosten.«

»Jetzt übertreibe mal nicht.« Nervös greife ich nach dem Schal, ziehe das festgesteckte Ende heraus und beginne, ihn abzuwickeln. »So schlimm wird es schon nicht sein.«

Jehan schließt die Augen. Mit jeder Stoffschicht, die ich abwickle, enthülle ich mehr vom Gesicht meines Geistes, doch keine Verstümmelung kommt zum Vorschein. Keine Hässlichkeit.

»Bei allen Göttern!«

Ich habe mit allem gerechnet. Mit Narben, einem ausufernden Muttermal, einer fehlenden Nase oder einem schrecklichen Ausschlag. Aber nicht damit! Mit offenem Mund halte ich den Schal in meiner Hand und starre auf Jehans entblößtes Gesicht.

»Das kann nicht sein! Du kannst unmöglich … aber …«

»Ich habe dir gesagt, dass es dich erschrecken wird.« Als er seine Augen öffnet, sind sie nicht mehr schwarz. Nein, sie sind grün und golden. Wie ein magischer Sommerwald, der von Sonnenlicht durchflutet wird. Niemand in der Menschenwelt besitzt grüne Augen. Aber das vor mir ist kein Mensch.

»Du bist … du bist …«

»Der Atlanter auf dem Gemälde«, knurrt er mürrisch. »Timotheus hat mir erzählt, dass du es gesehen hast.«

»Indigo«, flüstere ich.

»Das war mein Name. Vor langer Zeit.«

Ich vergesse meinen Zorn. Ich vergesse alles um mich herum. Das Gemälde mag perfekt sein, doch es wird ihm nicht gerecht. Denn es fängt nicht seine Lebendigkeit ein, nicht sein Strahlen und nicht das Leuchten in seinen Augen, das tanzt und flimmert wie ein Nordlicht und meine Sinne narrt. Aus irgendeinem Grund habe ich mir Atlanter mit glatten, hellen Haaren vorgestellt. Blond vielleicht, oder sogar weiß. Doch seine sind zerzaust und so blauschwarz wie das Indigo, das ihm seinen Namen geliehen hat. Ein Lederband hält es in seinem Nacken zusammen, doch ein paar Strähnen haben sich aus dem Zopf gelöst und umrahmen ein elfenbeinweißes Gesicht, dessen Haut so hell schimmert wie Eis im Mondlicht.

»Du … du …«

»Sag nichts«, unterbricht er mein Stammeln. »Sag einfach gar nichts, in Ordnung?«

»Du hast gesagt, du willst Indigo töten.«

»Das stimmt.«

»Heißt das, du … du willst dich selbst … «

»Sei still!« Er dreht sich mit mir auf den Armen herum und beginnt zu laufen. Nirgendwo hängen mehr Netze, nirgendwo krabbeln Spinnen. Zwischen den hoch aufragenden Felswänden liegt nur noch die geisterhafte Stille des Todes.

Schlägt mein Herz noch? Atme ich noch? Alles rückt in die Ferne, während ich ihn anstarre. Mein Geist ist Indigo! Der legendäre Atlanter, der in tausend Geschichten lebt. Der Atlanter, den ich für ein Märchen gehalten habe. Ich muss träumen. Das hier kann unmöglich wahr sein. Mit offenem Mund beglotze ich seine blasse Haut, das Grün-Gold seiner Augen, die vom Schal zerzausten Haare mit ihrem nachtblauen Glanz und die eisig zarten Züge seines Gesichts, das sich mit menschlichen Worten nicht beschreiben lässt, weil es weit mehr als nur schön ist. Es liegt so viel mehr darin. Eine ganze Welt aus Geheimnissen und Mythen. Im Laufe der Zeit haben sich die Atlanter in den Sagen von strahlenden Weisen zu grausamen Ungeheuern und wieder zurück verwandelt. Inzwischen weiß niemand mehr, in welchem Märchen das Körnchen Wahrheit liegt.

Hinter meiner Fassungslosigkeit tauchen Fragen auf. Mein Geist ist also ein Atlanter. Der letzte im Reich der Menschen. Und ich bin diejenige, auf die er es abgesehen hat.

»Was willst du wirklich von mir?«, flüstere ich. »Es geht dir doch nicht um eine Blume, oder etwa doch?«

Indigo antwortet nicht. Den Blick starr geradeaus gerichtet, trägt er mich durch die Schlucht, wendet sich schließlich nach rechts und erklimmt jenen steilen Hang, den ich vor kurzem hinabgeklettert bin. Keine Steinlawine löst sich unter seinen vorsichtigen Schritten, nur ein feines Knirschen stört die Stille des Morgens.

»Ich muss zu Aaron«, sage ich geradeheraus. »Mein Bruder ist das Wichtigste in meinen Leben, verstehst du das? Ich kann nicht ohne ihn sein.«

»Ich weiß. Aber du kannst nicht zurück.« Indigos Stimme ist wie streichelnder Samt. Es ist die Stimme meines geliebten Geistes, und ihr Klang treibt mir die Tränen in die Augen. »Es ist unmöglich,

Menschenmädchen. Jeder von uns hat mehr Erfahrungen mit Scylla gemacht, als ihm lieb ist.«

»Oder mit ihrer Mutter«, platzt es aus mir heraus.

Der Atlanter straft mich mit einem Blick, der kalt genug ist, um eine Wüste mit Eis zu überziehen. Vorbei ist es mit der ruhigen, schmeichelnden Stimme. Jetzt schneidet sie wie eine scharfe Klinge und lässt mich zusammenzucken: »Erwähne ihren Namen, und ich verwandele dich in einen Aaswurm! Ist das klar?«

»Deine Magie ist aufgebraucht, oder nicht?«

»Nun, ich könnte dir die Lebenskraft aussaugen. Das gäbe genug Energie für ein paar kleinere Zauber.«

»Das kannst du nicht.« Ich versuche, irgendein Gefühl in seinem Gesicht zu lesen. Aber da ist nichts. Absolut gar nichts.

»Oder doch?«, füge ich unsicher hinzu.

»Hm«, macht Indigo. »Die Versuchung ist groß. Aber ich brauche dich und deine reine Seele.«

»Du lügst! Ich habe noch nie davon gehört, dass Atlanter sich an der Lebenskraft anderer Geschöpfe bedienen. Ihr benutzt weiße Magie, und die ist von Natur aus nicht dazu bestimmt, anderen Wesen zu schaden.«

Indigo lächelt wölfisch. »Willst du es herausfinden?«

Als ich hilflos schweige, wird sein Gesicht wieder eine Spur weicher. »Hör zu, Menschenmädchen. Dass dir dein eigenes Leben nicht viel bedeutet, ist mir klar. Aber was ist mit dem Leben deines Bruders? Wenn Scylla dich findet, findet sie auch ihn. Und dann ist seine Krankheit euer kleinstes Problem.«

»Nein!«, beharre ich. »Ich finde einen Weg in die Stadt hinein, und ich finde einen Weg hinaus. Es gibt immer eine Möglichkeit. Alle glauben, niemand käme ungesehen in den Palast. Aber ich bin ungesehen hineingekommen.«

Indigo spöttisches Schnauben lässt mich rotsehen. »Was ist?«, schreie ich ihn an. »Findest du das lustig? Nennst du mich eine Lügnerin?«

»Ich glaube dir, dass du in den Palast eingedrungen bist. Aber von ungesehen kann keine Rede sein. Scylla hat es in dem Moment gewusst, in dem du den Boden ihres Reiches berührt hast. Von da an hat sie dir Lügen vorgegaukelt. Du bist keineswegs die Erste, die dort eingebrochen ist. Dem einen erschien der Palast wie ein verwilderter Garten, der andere irrte durch ein düsteres Labyrinth. Wieder andere sahen unvorstellbare Pracht. Was hat sie dir gezeigt? Karge Mauern, Edelsteine, Drachenhaut? Was es auch war, es hat dich direkt in ihr Zimmer geführt. Das dürfte übrigens das Einzige gewesen sein, das du so gesehen hast, wie es wirklich war.«

Mir bleibt die Erwiderung im Hals stecken. Es war von Anfang an ein Spiel gewesen? Ein Zeitvertreib für die gelangweilte Königin? Ich hatte niemals auch nur den Hauch einer Chance, mit heiler Haut davonzukommen?

»Was hätte ich denn tun sollen?«, heule ich ihn an. »Meinem Bruder beim Sterben zusehen? Irgendwann musst du doch auch einmal geliebt haben, und für diesen Menschen hättest du alles getan. Oder etwa nicht?«

Wieder huscht sein Blick für die Dauer eines Herzschlags zu mir. Flimmernd und kalt wie das Nordlicht. Dieser eine Moment genügt, um jedes einzelne Härchen auf meiner Haut zu sträuben. Meine Hände liegen auf Indigos Schultern, ich fühle die Hitze seines Körpers selbst durch Wolle und Leder hindurch.

Er ist Jamashrees Atlanter, bei allen Göttern! Er ist der mächtigste Magier des ganzen Menschenreiches. Und ich liege in seinen Armen.

»Deine Liebe ist ehrlich und bedingungslos«, sagt er schließlich. »Deswegen habe ich dich ausgewählt. Aber Scylla hat jetzt ein besonderes Interesse an dir. Du bist das Mädchen, das von mir gerettet wurde. Das Mädchen, mit dem ich reise. Was glaubst du, was das bedeutet?«

Ich starre ihn fassungslos an. Mir wird heiß und kalt, Panik kribbelt in meinem Kopf. Ich bin das Mädchen, das vom Atlanter gerettet wurde. Von nun an gehöre ich gleich nach ihm zu dem meistgesuchten Wesen der Menschenwelt.

»Ich bin nirgendwo mehr sicher«, spreche ich die furchtbare Tatsache aus. »Sie wird mich genauso jagen wie dich.«

»So ist es.«

»Warum hast du mir das angetan?«

»Das habe ich dir schon gesagt. Ich will mich befreien, ehe ich eure Welt erneut ins Verderben stürze.«

268

Ich höre mich lachen und klinge wie eine Wahnsinnige. »Das bedeutet also, dass ich mich nirgendwo mehr blicken lassen kann. Wie konntest du mir das antun?«

»Ich werde eine Lösung finden. Du vergisst, was ich bin. Ehe ich diese Welt verlasse, gebe ich dir dein Leben zurück.«

»Wie denn?«

»Das lass meine Sorge sein. Zuerst müssen wir eine weiße Blume finden.«

»Dann zaubere uns doch einfach nach Erusch. Das kannst du doch ganz wunderbar. Zaubere uns hin, dann suche ich diese verdammte Orchidee für dich. Und anschließend zauberst du mich wieder zurück. Am besten direkt in das Gewölbe unter den Palast.«

»Denkst du wirklich, dass es so einfach ist?«

»Ja«, fauche ich. »Warum denn nicht? Du hast es doch schon einmal getan. Uns weggezaubert, meine ich.«

»Wenn ich mich recht erinnere, hat Timotheus dir gesagt, wie anstrengend es für mich war, euch alle verschwinden und an einem anderen Ort wieder auftauchen zu lassen.«

»Hat er. Aber ich dachte, es wäre anstrengend gewesen, weil du gerade schwach bist.«

»Es ist immer verflucht anstrengend. Abgesehen davon, kann ich auf diese Weise nur kurze Strecken zurücklegen, und meine Magie wäre innerhalb einer Stunde aufgebraucht, wenn ich mit euch von Ort zu Ort springe. Ich könnte uns nicht mehr vor Scylla und nicht mehr vor den unzähligen Monstern schützen, die nur darauf warten, uns das Fleisch von den Knochen zu reißen. Nein, solche großen Zauber sind für Notfälle da. Und ich meine echte Notfälle.«

Darauf weiß ich nichts zu erwidern. Ein paar Momente lang starren wir uns gegenseitig wütend an.

»Und warum ich dich nicht zurück zu eurem Versteck zaubere«, sagt er schließlich, »werde ich nicht noch einmal erklären. Was hattest du eigentlich vor? Ein Seil und ein Tiegel Aaswurm-Schleim? Lass mich raten. Du wolltest dich an den Felsen abseilen?«

»Vielleicht«, knurre ich tränenerstickt.

»Dachtest du ernsthaft, dass Scylla sich gegen solche Ideen nicht abgesichert hat?«

»Falls du denkst, dass ich irgendetwas auf die leichte Schulter nehme, dann irrst du dich.« Verzweifelt ramme ich ihm meinen Stiefelabsatz in die Seite, ohne dass er auch nur mit einer Wimper zuckt. »Ich habe auf der Straße gelebt. Ich habe mich aus eigenen Kräften durchgeschlagen und weiß, wie gefährlich das Leben unter Scyllas Herrschaft ist. Was bildest du dir ein, über mein Leben zu entscheiden? Wenn ich nach Jemeshar will, dann ist das meine Sache. Du hast dich nicht in meine Entscheidungen einzumischen. Ich danke dir für die Rettung meines Lebens. Ich würde dir auch etwas dafür zurückgeben. Etwas, das keine monatelange Reise in weit entfernte Länder erfordert. Aber ich habe nichts. Absolut nichts. Also muss dir meine Dankbarkeit genügen. Jetzt setz mich runter und lass mich meine eigenen Entscheidungen treffen. Sofort!«

»Hast du mir gerade nicht zugehört?«

»Doch, das habe ich.«

»Deine Entschlossenheit ist beeindruckend.« Seinem Blick nach zu urteilen, meint er das tatsächlich ernst. »Aber bei allem Mut weißt du hoffentlich auch, dass Scylla allerlei Kreaturen herangezüchtet hat, die ihre Stadt beschützen. Kreaturen, die sich nicht durch Aaswurm-Schleim täuschen lassen und von denen die meisten in den Spalten und Höhlen jener Felswände hausen, an denen du dich abseilen wolltest.«

Ich schweige und beiße mir auf die Unterlippe. Schon wieder steigen mir die Tränen in die Augen. Ich beiße noch ein wenig fester zu, bis der Schmerz alles ausfüllt.

»Und was ist mit dir?«, frage ich bissig.

Indigo kneift die Augen zusammen, ohne mich anzusehen. »Was soll mit mir sein?«

»Du hast dich vor ihr versteckt. Du hast deine Anwesenheit verschleiert und sie an der Nase herumgeführt. Scylla hat dich gespürt, aber sie konnte dich nicht finden. Bitte tu dasselbe für mich. Bitte! Ich kann nicht ohne meinen Bruder leben! Ich kann es nicht. Er ist alles, was mir geblieben ist. Er könnte uns doch begleiten. Er und die Mädchen. Sie könnten uns helfen und …«

Indigo unterbricht mich mit einem harten »Nein!« und wirft mir einen Blick zu, der eines unmissverständlich klarmacht: Er wird nicht mit sich reden lassen. Unermüdlich stapft er weiter. Sein Atem geht kaum schneller, als wir den Kamm des Berges erreichen. Nicht einmal Schweiß bildet sich auf seiner Haut. Offenbar hat er seine Kraft zurückerlangt. Zumindest die seiner Muskeln.

Schließlich halte ich unser Schweigen nicht mehr aus. »Was ist?«, knurre ich ihn an. »Du bist ein Atlanter. Solche Zaubereien müssten für dich doch ein Kinderspiel sein. Ich bin schnell. Es würde keine Stunde dauern, in das Gewölbe hinein- und wieder hinauszukommen. So lange könntest du mich doch verschleiern, oder nicht? Und dann könntest du die Wachen ablenken und …«

»Hör auf!«, fährt er mich mit plötzlicher Wut an. »Ich dachte, Timotheus hätte dich aufgeklärt.«

»Worüber?«

Er verdreht die Augen und stöhnt. »Gerade die Zauber, die man nicht sieht, sind die stärksten und schwierigsten. Uns alle für Scylla unsichtbar zu machen, ist schon jenseits von Jemeshars Mauern eine gewaltige Kraftanstrengung. Eure Königin ist auch ohne mich mächtig genug, um die Welt im Dunkeln zu halten. Sie hat überall ihre Spione. Fast jeder Winkel der Welt ist vom Jasmah-Isdar verseucht. Auch wenn du es nicht siehst, wirke ich ununterbrochen Magie. Würde ich das nicht tun, hätte Scylla leichtes Spiel. Und die Kraft, die ich nicht für die Verschleierung verbrauche, muss ich sparsam verwenden. Zum Beispiel dafür, uns Monster aller Art vom Leib zu halten. Oh, und wenn du dich erinnerst: Meine Kraft ist für diese Mondphase so gut wie aufgebraucht. Genau genommen könnte ich gerade höchstens eine Fliege unsichtbar machen.« Er holt tief Luft und sieht aus, als würde er sich über sich selbst wundern. Vermutlich ist er nicht daran gewöhnt, so viel auf einmal zu sagen.

»Dann warten wir eben auf den nächsten Vollmond«, erwidere ich. »Dann bist du wiederhergestellt, oder nicht?«

»Ich kann nicht warten.«

»Warum nicht? Du bist unsterblich. Was kommt es da auf ein paar Tage mehr oder weniger an?«

Indigo stößt einen grollenden Laut aus. »Scylla weiß, dass ich dich mit weißer Magie befreit habe. Was meinst du, was sie gerade tut?«

Ich schluchze und lege eine Hand über meine Augen. Ja, ich bin naiv. Ja, ich renne irrsinnigen Hoffnungen hinterher. Aber ich kann

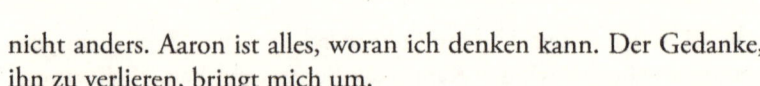

nicht anders. Aaron ist alles, woran ich denken kann. Der Gedanke, ihn zu verlieren, bringt mich um.

»Sie wird alles durchsuchen lassen und alles überwachen«, würge ich hervor. »Sie wird jeden einzelnen ihrer Schatten losschicken. Sie wird jeden Stein umdrehen und dafür sorgen, dass wir ihr nicht noch einmal entwischen.«

»Genau so ist es.«

Ich atme tief durch und spüre trotzdem, wie mich der Zorn überrennt. »Du verdammter atlantischer Mistkerl! Du hast die letzten Überreste meines Lebens zerstört, ist dir das klar? Du hast mir das Liebste weggenommen. Deinetwegen sehe ich Aaron nie wieder. Deinetwegen wird mein Bruder sterben und nie erfahren, was mit mir geschehen ist. Ich hasse dich. Nein, warte! Hassen ist noch untertrieben. Ich verabscheue dich!«

Er ignoriert mich. Und zwar gänzlich. Fassungslos glotze ich ihn an, ehe ich meine Taktik ändere und aus Leibeskräften zu zappeln beginne. Den Atlanter stört es nicht. Er hält mich fest, als wäre ich ein wehrloses Zicklein, und als ihm mein Gezappel zu bunt wird, wirft er mich über seine Schulter und schleppt mich den Rest des Weges wie einen Mehlsack.

In meiner Verzweiflung heule und schreie ich, bis meine Stimme versagt. Ich schlage auf ihn ein, ohne ihm auch nur die kleinste Reaktion zu entlocken, und als ich denke, gleich ohnmächtig zu werden, hievt er mich mit Schwung nach vorne, fängt mich wieder auf und legt mich zwischen Timotheus und Palili ab. Die beiden Männer fallen bei unserem Anblick aus allen Wolken.

»Ja, sie weiß es«, beantwortet er die unausgesprochene Frage der beiden und reißt mir den Schal aus den Händen. Dann geht er zu dem Pferdekarren, wühlt in einer Truhe herum und scheint mehrere Dinge zusammenzusuchen.

Schniefend wickele ich mich in meine Schaffelldecke. Eine blasse Wintersonne kriecht über den Horizont, überhaucht das Land mit silbrigem Schimmer und bringt den Frost auf den Steinen zum Glitzern. Es ist ein eisiger Morgen, aber ich spüre die Kälte nicht. Für Zorn bin ich inzwischen zu erschöpft. Alles, was ich noch empfinde, ist Sehnsucht. Unbändige Sehnsucht nach Aaron, Metena und Aja.

Als Indigo zum Feuer zurückkehrt und sich zwischen mich und Timotheus setzt, trägt er wieder den Schal und hat seine Augen in die eines Menschen verwandelt. In der einen Hand hält er eine Phiole, ein Stück Papier und einen Kohlestift, in der anderen ein kleines Messer mit silbernem Griff.

»Ich helfe deinem Bruder«, sagt er ruhig. »Aber dafür verlange ich ein Versprechen, das du diesmal einhalten wirst.«

»Helfen?« Ich kralle mich an der Decke fest, als könnte das Stück Wolle mich vor allem beschützen. »Was meinst du damit?«

»Versprich mir, nicht mehr zu fliehen. Im Gegenzug rette ich deinen Bruder.«

»Wie willst du ihn retten?« Ich halte seinem Blick stand. Wenn er denkt, dass er mich mit irgendeinem atlantischen Zauber einwickeln kann, hat er sich geschnitten. »Ich nehme an, du meinst damit nicht, dass du mich nach Jemeshar bringst?«

»Nein.«

»Was dann? Schleppst du eine Wundermedizin mit dir herum?«

»Vielleicht.« Seelenruhig legt er Phiole, Papier, Stift und Messer vor sich auf den Boden. »Also, was sagst du?«

Ich schniefe in meine Decke und fühle mich restlos leergebrannt. Doch dann schleicht sich ein Funken Hoffnung heimtückisch in meine Seele.

»Also gut«, nuschle ich. »Versprochen.«

Indigo nickt. »Dann schildere mir jetzt die Krankheit, an der er leidet. Und zwar so genau wie möglich.«

»Nässender Ausschlag am ganzen Körper, hohes Fieber, starke Gliederschmerzen, Übelkeit. Außerdem ist sein Hals geschwollen. Hier. Man kann dicke Knoten ertasten.« Ich drücke Zeige- und Mittelfinger in die weiche Stelle unterhalb meines Kinns. »Ach ja, noch etwas. Seine Zunge ist blau. Und letztens hat er zwei Zähne verloren. Sie sind ihm einfach ausgefallen.«

»Sehr gut«, kommentiert er meine Beschreibung.

»Bitte? Was ist daran gut?«

»Gut ist, dass es sich um eine gewöhnliche Krankheit handelt, nicht um einen schwarzen Zauber. Sie ist unbehandelt tödlich, aber nicht so schlimm wie manch anderes Siechtum, das Scylla heraufbeschwört. Hat er schon schwarze Beulen im Gesicht bekommen?«

273

»Nein.«

»Auch das ist gut. Denn erst, wenn die Beulen kommen, geht es zu Ende.«

»Dann kannst du ihm wirklich helfen?«

»Das kann ich.«

»Aber deine Magie ist leergebrannt, oder nicht?«

»Um deinen Bruder zu heilen, braucht es keinen Zauber.« Indigo zieht den Korken aus der Phiole, legt ihn auf seinem Knie ab und nimmt das Messer. Ehe mir klar wird, was er damit vorhat, drückt er die Spitze der Klinge in sein Handgelenk. Blut quillt hervor. Ganz gewöhnliches rotes Blut.

Ich muss wohl einen verdutzten Laut von mir gegeben haben, denn er wirft mir einen Blick zu, der fast amüsiert wirkt. Dann legt er das Messer ab, hält die Phiole unter die Wunde und wartet, bis sie zur Hälfte gefüllt ist. Neugierig rücke ich näher. So gewöhnlich ist dieses Blut doch nicht, denn ich erkenne silbrige Schlieren darin. Es schillert aus einem bestimmten Blickwinkel, als hätte jemand den Federstaub eines Sternenpfaus hineingemischt.

Ist das die Essenz weißer Magie?

»Schreibe deinem Bruder eine Nachricht.« Indigo setzt den Korken wieder ein, zieht ein Band aus der Tasche seines Reisemantels und deutet auf den Zettel. »Sage ihm, er soll den Inhalt der Phiole trinken und sich ein paar Tage lang schonen, auch wenn er am nächsten Morgen glauben wird, einen Eichenwald mit bloßen Händen ausreißen zu können. Sage ihm meinetwegen auch, dass es dir gut geht und dass du ihn liebst. Aber nicht mehr.«

Ich greife nach Zettel und Stift und starre beides überrumpelt an.

»Soll ich für dich schreiben?«, bietet Palili an. »Im Gegensatz zu Timotheus, wohnt in meinem Schädel nämlich ein gebildeter Geist.«

»Tzzz«, macht das Kerlchen, enthält sich jedoch eines weiteren Kommentars.

»Schon gut. Ich kann schreiben.« Ich setze den Stift an, schlucke ein paar Mal und versuche, die richtigen Worte zu finden:

Liebster Bruder, liebste Schwestern,

bitte verzeiht mir, dass ich euch ohne Nachricht zurückgelassen habe. Seid euch gewiss, dass es mir gut geht. Ich kann euch nicht sagen, wo ich bin oder warum ich euch fernbleibe, nur so viel sei verraten: Wir sehen uns wieder! Bitte vertraut mir einfach, was das angeht. Es tut mir leid für all den Kummer, den ich euch bereitet habe, und für all die Angst, die ihr ausstehen musstet. Trinke den Inhalt des Fläschchens und die Krankheit wird verschwinden. Aber ich muss mal wieder den Zeigefinger erheben: Schone dich ein paar Tage lang, auch wenn du dich gut fühlst. Passt aufeinander auf, seid immer vorsichtig und glaubt daran, dass wir uns wiedersehen. Schon bald, wie ich hoffe. Ich liebe euch!

Eure Jade

»Eines frage ich mich.« Ich reiche Indigo den Zettel und warte gespannt auf seine Reaktion. Falls er meine Nachricht zerreißt, weil ich darin das Versprechen meiner Rückkehr gegeben habe, stehen meine Chancen denkbar schlecht. »Warum hast du mich nicht mit deinem Blut geheilt, wenn es solche Wunder bewirkt?«

Er nimmt meine Nachricht entgegen, liest sie aufmerksam und hat zu meiner großen Überraschung keinen Einwand dagegen, auch wenn er zweimal mürrisch die Stirn runzelt.

»Weil du durch den Jasmah-Isdar vergiftet wurdest«, antwortet er. »Gegen diesen Fluch richtet atlantisches Blut nicht viel aus, wenn er schon zu weit fortgeschritten ist. Zweimal habe ich es dir gegeben, ohne dass es dir geholfen hatte. Du hast es nicht bemerkt, weil du bewusstlos warst. Timotheus' Feenpilz war unsere größte Hoffnung. Zuerst sah es so aus, als würde er anschlagen, aber wie du am eigenen Leib erfahren hast, war das ein Irrtum. Also blieb nur noch echte Magie. Die sternklaren Nächte waren dein Glück.«

Ich kneife ein Auge zusammen. »Hä?«

»Sternenlicht kann mich ernähren. Jedenfalls ein Stück weit. Auch ein Mensch überlebt eine Weile, indem er nur Wasser trinkt. Aber schwach wird er trotzdem, und irgendwann ist er mit seiner Kraft am Ende.«

Ich schlucke ein paar Mal. »Das heißt, du hast mir zweimal dein Blut gegeben? Ich habe atlantisches Blut in mir?«

»Es löst keine Veränderungen aus, falls du das befürchtest. Du bleibst genau so, wie du bist.«

Plötzlich lässt mich ein lautes Krächzen zusammenfahren. Etwas Schwarzes stürzt auf mich nieder, schlägt lautstark mit den Flügeln und landet in der Nähe des Feuers. Timotheus reißt die Augen auf, kriecht hinter Palilis Rücken und murmelt etwas, das wie »verdammtes Viehzeug« klingt.

»Er mag keine Vögel«, erklärt Indigo. »Besser gesagt, er verabscheut sie.«

»Er verabscheut Vögel?« Ich weite staunend die Augen. Der Rabe, der vor uns hockt, ist beeindruckend groß. Sein Gefieder schillert in denselben Farbtönen wie das Haar des Atlanters. »Soll er etwa die Nachricht überbringen?«

Statt einer Antwort rollt Indigo den Zettel zu einem dünnen Röhrchen zusammen, verknotet ihn mit der Phiole und wirft dem Vogel einen Blick zu. Wie ein folgsamer Hund kommt der Rabe angehüpft, was Timotheus dazu veranlasst, seine Finger in Palilis Wams zu krallen und einen Schwall Flüche über das Tier zu ergießen. Der Rabe ignoriert ihn einfach. Seelenruhig lässt er sich die Nachricht ans Bein binden, legt den Kopf schief und heftet seinen Blick auf mich.

»Beschreibe ihm den Weg«, verlangt Indigo.

»Was?«

»Erkläre ihm den Weg.« Er vollführt eine auffordernde Geste. »Na los. Er wird dich schon verstehen.«

Ich starre auf das Tier, das mich auffordernd anschaut. »Er ist ein Vogel und ich bin ein Mensch. Wie soll er mich verstehen?«

»Beschreibe ihm den Weg«, beharrt Indigo. »Und zwar so detailliert wie möglich.«

Ich seufze und tue, was er verlangt. Der Rabe krächzt einige Male wie ein Mensch, der höfliche »Aha's« und »Ja's« in ein Gespräch einwirft, um seinem Gegenüber zu zeigen, dass er ganz bei der Sache ist. Während ich ausführlich den Weg beschreibe, den ich tagtäglich genommen habe, um vom Marktplatz zurück zum

Unterschlupf zu gelangen, fühle ich mich wie eine Irrsinnige. Ich spreche mit einem Vogel und verrate jedem Anwesenden, wo unser Versteck liegt.

All das für einen Funken Hoffnung. Für die Aussicht auf eine Zukunft, die ich wahrscheinlich nie erleben werde.

»Ich habe keine Ahnung«, schließe ich meinen Vortrag, »wie du als Vogel die hölzerne Abdeckung aufbekommen sollst. Am besten wartest du, bis …«

Der Rabe unterbricht mich mit einem Schrei, breitet seine stattlichen Flügel aus und schwingt sich in den Himmel. Binnen kurzer Zeit ist er im dunstigen Wintermorgen verschwunden.

»Wird Scylla die weiße Magie im Blut nicht spüren?«, frage ich Indigo. »Was, wenn der Vogel sie direkt zu uns führt?«

»Keine Angst.« Er zwinkert er mir zu. Er zwinkert mir tatsächlich zu! »Dafür ist es viel zu wenig. Vertraue mir. Du bekommst dein Leben zurück.«

»Dir vertrauen? Das soll wohl ein Witz sein.« Ich lege eine Hand auf meine Stirn. Alles wirbelt um mich herum, alles ist verwirrend und unwirklich wie im Fieber. Ich bekomme keinen Gedanken mehr zu fassen. Kein Gefühl. Und als ich zur Seite kippte, fängt mein Geist mich auf.

»Schlaf, Menschenmädchen«, raunt er mir zu. »Du hast es dringend nötig.«

Als ich erwache, ist meine Welt für flüchtige Momente vollkommen. Ehe ich wahrnehme, wo ich mich befinde, spüre ich eine sonderbare Energie durch meinen Körper fließen. Ich fühle mich stark und leicht, als wäre ich von einem inneren Licht erfüllt, doch kaum rekele ich mich unter diesem wohligen Gefühl und kuschele mich tiefer in die Schaffelldecke, kommen die Erinnerungen.

Abrupt reiße ich die Augen auf. Über mir erstreckt sich ein marodes Schindeldach, Regen prasselt darauf nieder und tröpfelt in funkelnden Kaskaden auf den Boden.

Neben mir sitzt Palili, gänzlich unbeeindruckt von dem kalten Wintersturm, der durch die Bretterritzen pfeift, und starrt mit geistesabwesender Miene vor sich hin. An seiner Seite liegt der schlafende, in mehrere Decken eingewickelte Timotheus, und weiter hinten, wo ich in der Schwärze kaum mehr etwas ausmachen kann, erkenne ich die Silhouetten von Indigo und Ischme.

Der Atlanter, der dafür gesorgt hat, dass die gesamte schwarze Hexenwelt hinter mir her ist, hat sich gegen die Bretterwand gelehnt. Sein Fuchs liegt eingerollt neben ihm und schnarcht. Auch den Karren und das Pferd haben sie in den Schuppen gebracht. Gleichmütig steht das Tier genau dort, wo mehrere Regenrinnsale durch das Dach tropfen, und kaut auf einem Bündel Heu herum.

An diesem Abend brennt kein Feuer. Der Wind, der von dem verfallenen Gebäude kaum abgehalten wird und an meiner Decke zerrt, hätte es jeder Flamme schwer gemacht. Oder bei der nächsten Böe alles in Brand gesteckt.

In meinem Kopf toben die Gedanken. Wieder und wieder lasse ich die letzten Tage Revue passieren und schlittere von einer Fassungslosigkeit in die nächste. Ob mein Bruder wirklich geheilt ist? Ob der Rabe überhaupt bis zu ihm durchgedrungen ist?

Unruhig wälze ich mich hin und her, bis jemand sanft an meiner Schulter rüttelt. Palili. Er lächelt auf mich hinab und reicht mir etwas, das wie eine Scherbe aussieht. »Hast du schon mal von den Spiegeln der Atlanter gehört?«

»Nein.« Ich ziehe einen Arm unter dem Schaffell hervor und greife nach der Scherbe. Sie sieht gewöhnlich aus und fühlt sich gewöhnlich an. »Was soll ich damit?«

»Blicke hinein. Dann wirst du es sehen. Übrigens war es Indigos Idee, sie dir zu geben. Er ist nicht das Ungeheuer, für das du ihn hältst. Die Geschichten über ihn sind schlimm, aber er hat all das nicht aus freiem Willen getan.«

»Ich kenne sie sowieso nicht. Meine Eltern beschränkten sich auf die schönen Legenden. Die, die einem Hoffnung geben.«

»Dann hast du gute Eltern.«

Ich würge an dem Kloß in meinem Hals. Palili sieht die Wahrheit in meiner Miene, wendet sich ab und lässt die Schultern hängen. »Verstehe. Auch meine Familie gibt es nicht mehr. Scyllas Soldaten haben sie vor meinen Augen getötet. Ohne Indigo und Timotheus wäre ich allein.«

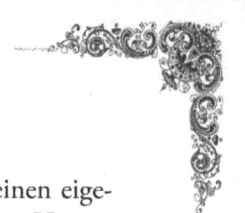

Wir tauschen schweigende Blicke aus. Ich erkenne meinen eigenen Schmerz in Palilis Augen und weiß, dass auch in seinem Herzen ein Loch klafft. Dort, wo einst ein Zuhause gewesen ist.

»Wie hast du das gerade gemeint?«, frage ich. »Ich meine, dass ich in die Scherbe blicken soll. Was soll ich darin sehen, außer mich selbst?«

»Sie wird dir deinen Bruder zeigen.«

Ich runzele die Stirn. Diese Scherbe soll mir Aaron zeigen? Zweifelnd blicke ich hinein und sehe nur mein eigenes Gesicht.

»Habe Geduld.« Palili fährt damit fort, ins Leere zu starren. Als er weiterspricht, klingt seine ohnehin zerbrechliche Stimme noch verwundbarer: »Man sagt, die Atlanter brachten diese Spiegel in unsere Welt, um die guten von den schlechten Seelen zu unterscheiden. Wer immer hineinblickt, sieht das, wonach er sich am meisten sehnt. Oder was er am heftigsten begehrt. So konnten sie in die Seele eines Menschen blicken und erkennen, was ihn im Leben vorantreibt: die Liebe oder die Gier.«

Ich drehe das funkelnde Fragment misstrauisch hin und her. »Woher stammt diese Scherbe?«

»Aus Scyllas Palast. Die atlantischen Spiegel wurden schon vor langer Zeit zerstört, aber im Keller fand ich diesen Überrest. Zuerst dachte ich, es sei eine normale Glasscherbe. Aber dann … nun ja, ich sah meine Familie.«

Palili hebt seine bratpfannengroßen Hände und verbirgt sein Gesicht darin. Ich spüre, dass er dabei ist, die Beherrschung zu verlieren, und beschließe, ihn in Ruhe zu lassen. Verwirrt blicke ich in die Scherbe und warte auf das, was geschehen wird. Zunächst sehe ich nichts Ungewöhnliches, nur mein blasses Gesicht mit den dunklen Augen, umrahmt von mit Perlen und Federchen gespickten Zöpfchen. Aja hat gute Arbeit geleistet. Trotz allem, was geschehen ist, habe ich kaum etwas von meinem Haarschmuck eingebüßt. Ob ich jemals wieder die Finger des Mädchens spüren werde, wie sie in meinen Haaren herumfuhrwerken? Einen ganzen Abend und die halbe Nacht lang hat es gedauert, die zahllosen Zöpfchen zu lösen, zu waschen und wieder neu zu flechten. Wie sehr habe ich das Gefühl der flinken, sanften Finger geliebt. Das Kitzeln und Kribbeln, das verschwörerische Kichern und Tuscheln.

Noch immer zeigt mir die Scherbe nichts Ungewöhnliches. Doch gerade, als ich mir sicher bin, dass die Magie des Spiegelsplitters nicht existiert, beginnt sich mein Spiegelbild zu verändern. Es verschwimmt, wird nebelhaft und beginnt sich vom Rand her aufzulösen. Dahinter tritt etwas anderes hervor. Eine gemauerte Wand, dampfende Rohre, prasselnde Flammen und ein Kupferkessel, der darüber hängt. Fast meine ich, den Geruch des Eintopfes wahrzunehmen, der gerade darin köchelt.

»Bei allen Göttern!«

Dort sind sie! Aaron, Metena und Aja! Schulter an Schulter an der Feuerstelle sitzend und aufgeregt diskutierend. Ein Rabe ist nicht zu sehen, aber in Aarons Fingern entdecke ich die leere Phiole.

»Es hat funktioniert!« Tränen schießen mir in die Augen. Zum wievielten Mal in den letzten Tagen? »Er lebt. Palili, er lebt! Mein Bruder ist … oh ihr Götter, es geht ihm gut! Zeigt die Scherbe denn wirklich die Wahrheit? Ist das kein Lügenzauber?«

Der Hüne schüttelt den Kopf, ohne sich umzudrehen. An dem Beben seiner Schultern erkenne ich, dass er schon wieder weint. Ihm zeigt die Scherbe keine lebendige Menschen, sondern tote. Menschen, nach denen er sich verzehrt, obwohl sie längst gegangen sind. Ihm ist nichts von seiner Familie geblieben, ich habe wenigstens noch Aaron. Verfluchte Königin! Wie viele Wunden hat sie inzwischen gerissen? Wie viel Leere in den Menschen hinterlassen?

Ich berühre die glatte Fläche der Scherbe mit den Fingerspitzen, während mir Tränen der Erleichterung über die Wangen laufen. Aaron ist gesund! Seine Haut besitzt das vertraute, warme Hellbraun, seine Augen glänzen, seine Wangen sind nicht mehr eingefallen. Gerade zieht er das schmutzstarrende Hemd hoch und zeigt Metena und Aja seine makellose Haut, auf der keine Spur des hässlichen Ausschlags mehr zu sehen ist. Die Schwestern weinen und lachen, schütteln die Köpfe und reichen meine Nachricht herum. Einer nach dem anderen liest sie, betastet sie, dreht sie hin und her und schnuppert sogar daran.

Bis zu diesem Augenblick habe ich nicht gewusst, dass Glück und Schmerz so nah beieinanderliegen können. Wie mein Bruder in der Welt hinter der Scherbe, lache und weine ich zur gleichen Zeit und

schüttele den Kopf. Ungläubig über das, was ich sehe, und zum ersten Mal seit Langem wieder hoffnungsvoll.

Ich küsse die Scherbe, dann schließe ich sie fest in meine Hand ein, stehe auf und gehe zu Indigo. Die Füchsin hebt den Kopf und starrt mich mit gespitzten Ohren an, als ich mich neben ihren Herrn setze. Ob freundlich oder drohend, vermag ich nicht zu sagen. Der Atlanter selbst hat die Augen geschlossen, doch ich glaube zu spüren, dass er nicht schläft.

»Danke.« Vorsichtig berühre ich Indigos Schulter. »Danke, dass du ihn gerettet hast.«

Er öffnet die Augen und sieht mich an. Sein Blick ist ebenso schwer zu deuten wie der seines Fuchses, und während ich ihn ansehe, wechselt das Schwarz seiner Iriden in funkelndes Grün-Gold.

»Du hilfst mir und ich helfe dir«, sagt er müde.

Ich schlucke zweimal, ehe ich weitersprechen kann. »Du willst also, dass ich die Blume für dich finde. Also gut, ich werde tun, um was du mich bittest. Bittest, verstehst du? Nicht befiehlst.«

Indigo nickt wortlos.

»Gut. Dann sage mir die Wahrheit.« Fest blicke ich ihm in die Augen. Ihr unmenschliches Glimmen gibt mir das Gefühl, in ein fernes Universum zu blicken. »Nimm den Schal ab, sieh mich an und sage mir die Wahrheit. Geht es wirklich nur um diese Blume? Und wirst du mir dabei helfen, meinen Bruder und meine Freundinnen zu retten, wenn das hier vorbei ist?«

Der Atlanter tut eine Weile nichts. Er studiert mich schweigend, ohne selbst etwas nach außen zu kehren. Schließlich greift er nach dem Stoff, der sein Gesicht verhüllt, wickelt ihn ab und lässt ihn in seinen Schoß fallen. »Es ist die Wahrheit. Ich bitte dich darum, eine weiße Orchidee zu finden. Und ja, ich werde für dich tun, was immer ich tun kann.«

Ich starre in dieses eisige, unverschämt schöne Gesicht, das mir so fern ist wie die Sterne am Himmel und doch zu dem Wesen gehört, das über mein Leben bestimmt. So sehr ich mich auch bemühe, ein Zeichen der Lüge zu finden, ist alles, was ich sehe, die pure Wahrheit. Entweder sind Atlanter begnadete Schauspieler oder Indigo schleppt mich tatsächlich durch die halbe Welt, um eine Blume zu finden.

»Diese Orchidee kann dich also töten?«, bohre ich weiter.

Er nickt stumm.

»Das ist also dein Ziel? Du willst dich umbringen?«

Wieder schweigt der Atlanter und gibt mir durch seinen Blick unmissverständlich zu verstehen, dass er kein Wort über dieses Thema verlieren wird.

»Warum können nur reine Seelen diese Pflanze sehen?«, stelle ich eine andere Frage. »Ich höre so etwas zum ersten Mal.«

»Naturmagie«, antwortet er. »Sie ist so alt, dass niemand mehr weiß, zu welchem Zweck sie erschaffen wurde. Nicht jeder Zauber, der in eurer Welt existiert, wurde von meinem Volk zu euch gebracht. In der Naturmagie gibt es viele Elemente, die mit Reinheit und Unschuld zu tun haben. Drachen zum Beispiel. Reine Seelen können sie zähmen, für alle anderen sind es blutrünstige Ungeheuer.«

»Oder Nymphen?«

»Oder Nymphen. Bist du unschuldig, werden sie dir nichts Böses tun. Bist du es nicht, ziehen sie dich auf den Grund ihres Sees und fressen dein Fleisch.«

»Gäbe es sie noch, hätten sie jede Menge zu fressen.«

Indigo lächelt matt, während er seiner Füchsin den Kopf streichelt. Jeder andere dort draußen hätte das Tier getötet und gehäutet, um eine satte Belohnung zu kassieren. Wann habe ich das letzte Mal jemanden gesehen, der einem Tier Freundlichkeit entgegengebracht hat? Die Menschen haben ja nicht einmal Freundlichkeit für ihresgleichen übrig. All die Grausamkeiten, die in Jemeshar jeden Tag geschehen, gehen mir durch den Kopf. Und während ich Indigo und die Füchsin beobachte, spüre ich ein zartes Pflänzchen der Sympathie aufkeimen. Vorerst beschließe ich, es nicht auszureißen.

»Warum ist diese Orchidee so tödlich?«, frage ich weiter. »Für mich klingt das nach schwarzer Hexerei.«

»Der Tod ist nicht böse, Menschenmädchen. In meinem Fall bedeutet er Frieden.«

»Bist du so hoffnungslos?«

»Ich bin müde.«

»Du willst also, dass ich dir beim Sterben helfe? Das ist meine Aufgabe?«

»Ja.«

»Aber warum kannst du diese Blume nicht sehen? Immerhin bist du ein atlantischer Magier.«

»Meine Seele ist schon lange nicht mehr rein. Du hast doch die Geschichten gehört. Über das, was ich getan habe.«

»Nicht du hast das getan, sondern Jamashree.«

»Von meinen Händen tropfte das Blut«, widerspricht er mir. »Ich habe zehntausende, wenn nicht sogar hunderttausende Leben genommen. Der Gedanke, dass ich es nur tat, weil Jamashree meine Seele gestohlen hat, macht die Last nicht leichter.« Er schüttelt den Kopf und krallt seine Hand in das Nackenfell der Füchsin. »Genug davon! Und wage es nicht, die Frage zu stellen, die auf deiner Zunge liegt.«

»Welche Frage?«

»Wie ich die Dunkelheit besiegt habe.«

»Jetzt hast du sie gestellt, nicht ich.«

Seine Mundwinkel zucken. »Also gut. Wenn du es unbedingt wissen willst: Ich habe sie nicht besiegt. Ich bin immer noch der, der das Land in Blut ersäuft hat.«

Verwirrt runzele ich die Stirn und reiße meinen Blick von seinem Gesicht los. Stattdessen sehe ich Ischme an, die aus wachen, schwarzen Augen zurückstarrt. Ist Indigo noch immer ein Monster? Eine Kreatur, die mich mit einem geflüsterten Wort verbrennen oder mein Innerstes nach außen stülpen könnte, nur weil ich eine Frage zu viel gestellt habe? Etwas Unberechenbares geht von ihm aus. Eine verborgene Finsternis, die mir die Nackenhaare aufstellt, sobald ich in seine Augen blicke. Aber sehe ich ein Ungeheuer? Nein.

»Du kannst mich nicht erschrecken«, sage ich geradeheraus. »Ich habe in Jemeshar die echten Monster kennengelernt. Menschen, die nur Grausamkeit kennen. Sie haben Spaß am Quälen. Schlicht und einfach Spaß! Dieser Abschaum tötet Menschen wie Tiere aus reiner Freude. Einen anderen Grund gibt es für sie nicht. Ich habe in viele solche Augen geblickt. Ich weiß, wie Ungeheuer aussehen. Du bist keines davon.«

Indigos Kopf sackt wieder gegen die Bretterwand. »Aber ich kann wieder eines werden. Jederzeit. Ich kämpfe nicht nur gegen Scylla, ich kämpfe vor allem gegen mich selbst.«

»Du bist immer noch verflucht?«

Er schließt die Augen und nickt. In diesem Moment wirkt er so müde und verwundbar, dass ich den Wunsch verspüre, ihm eine Umarmung zu schenken. Trotz allem, was er angerichtet hat.

»Also gut.« Ich besiegele den neuen Pfad meines Schicksals mit einem Nicken. »Wir müssen also nach Erusch reisen, nehme ich an? Zu den Orten, an denen früher die Orchideenwälder wuchsen?«

»Ja. In den tiefsten Süden bis ans Uferlose Meer.«

»Das ist eine lange Reise.«

Bei den Göttern, ich werde das ferne Erusch sehen. Metenas und Ajas Heimat. Ein Labyrinth aus Wäldern, Sümpfen und berauschenden Farben. Im Laufe der letzten Monate habe ich dank der Schwestern unzählige Geschichten über dieses Land gehört. Seltsam, dass ich nun dorthin reisen werde, während die Mädchen, obwohl sie sich mit solcher Verzweiflung nach Erusch zurücksehnen, in Jemeshars Abgründen ihr Dasein fristen.

»Der Weg ist gefährlich.« Ich kralle meine Finger um Palilis Scherbe. »Ziemlich gefährlich, habe ich recht?«

»Erfülle dein Versprechen«, antwortet Indigo, »und ich erfülle meines.«

»Wirst du mir wirklich helfen? Alleine kann ich meinen Bruder und meine Freundinnen niemals retten. Ich komme nicht in die Stadt hinein und ich komme nicht hinaus.« Prasselnd trommelt der Regen auf das Dach. Er tröpfelt und rauscht und füllt die Nacht mit seinen funkelnden Kaskaden. »Du bist meine einzige Hoffnung.«

Indigo teilt mit seinen Fingern das Fell der Füchsin. Er denkt eine Ewigkeit lang nach, dehnt die Sekunden ins Unerträgliche und blickt schließlich wieder zu mir auf. »Ich kann nicht nach Jemeshar. Du weißt, was geschehen ist, als ich es das letzte Mal versucht habe.«

»Die Stymphalen.«

»Ja. Innerhalb der Stadtgrenzen ist Scyllas Zauber so stark, dass ich ihm nicht lange widerstehen kann. Sie wird meinen Schutzwall durchbrechen, und was dann passiert, weißt du. Das Menschenreich ist schon einmal in Blut ertrunken, weil ich ihrer Mutter dienen musste. Dreihundert Jahre lang.«

»Aber … «

284

»Es gibt kein Aber. Einmal habe ich den Fuß hinter die Stadtmauern gesetzt und bin nur dank eines Zufalls wieder hinausgekommen. Mir würde nicht annähernd genug Zeit bleiben, um euch alle in Sicherheit zu bringen. Wärst du wirklich bereit, drei Leben gegen Tausende aufzuwiegen? Viele glauben, dass Scylla das Land bluten lässt. Ja, das tut sie. Aber es ist nichts im Vergleich zu dem Grauen, das euch erwartet, wenn ich ihr als seelenlose Hülle diene. Wenn ich sie unsterblich und ihre Macht grenzenlos mache.«

Ich finde keine Worte. Das Elend schnürt mir die Kehle zu. Doch ehe ich wieder zornig werden kann, fährt Indigo mit sanfter Stimme fort: »Zwei Wünsche hast du frei, Menschenmädchen. Einen habe ich dir bereits erfüllt, den anderen werde ich erfüllen.«

»Was meinst du damit?«

»Du wünschst dir, dass ich deinen Bruder und deine Freundinnen rette. Das kann ich auch, ohne einen Fuß in die Stadt zu setzen.«

»Wie?« Mein Herz vollführt einen Hüpfer. »Was willst du tun?«

»Jeder Zauber beruht auf dem richtigen Klang, der eine bestimmte Form von Energie einfängt und verstärkt. Ich kann dich in die Lage versetzen, dir selbst zu helfen. Du bist ein Mensch, deine Existenz lässt sich leichter verbergen als meine. Ein weiterer Vorteil ist, dass von Menschen gewirkte Magie eine unauffälligere Spur hinterlässt als mein Zauber. Möglicherweise ist sie unauffällig genug, um von Scylla übersehen zu werden. Aber dieser Plan braucht Zeit. Viel Zeit. Ich muss ein Gefäß mit ausreichend Magie füllen, und du musst den richtigen Klang finden. In Milliarden von Möglichkeiten gibt es nur eine, die auf genau diesen Zauber und damit auf dich abgestimmt ist.«

»Du willst mir das Zaubern beibringen? Ist das dein Ernst?«

»Ich werde dir zeigen, wie du dich selbst verschleiern kannst. Sobald der Vollmond am Himmel steht, fülle ich ein Gefäß mit Energie. Damit kannst du üben. So, wie es damals die Menschenmagier taten.«

Ich bin fassungslos. Ich bin überwältigt. Von Kopf bis Fuß zittere ich vor Aufregung. »Und dann kann ich die Wächter täuschen und bleibe unsichtbar für Scylla?«

»Du wirst für alle unsichtbar sein. Genauso wie deine Freunde, wenn du es schaffst, die Magie zu beherrschen. Es wird nicht einfach sein. Eure Körper sind verwundbar und atlantische Magie ist stark. Mehr als einen kurzen Unsichtbarkeitszauber wirst du nicht ertragen, aber du bist schnell und geschickt. Ich glaube, dass du es schaffen wirst.«

»Ich kann mich unsichtbar machen? Und ich kann Aaron und die Mädchen unsichtbar machen?«

»Eine Zeit lang zumindest. Sobald du den Zauber gewirkt hast, musst du schnell sein. Sehr schnell. Die Verschleierung wird nicht lange halten.«

»Wirst du in der Nähe sein, wenn ich es tue?«

»Ich werde am Waldrand auf euch warten und in Gedanken bei dir sein. Das kennst du ja inzwischen schon.«

»Ja!« Ich weine schon wieder. Aber diesmal vor Freude. »Oh ja.«

»Aber du musst begreifen, wie gefährlich das ist.«

»Das ist mir klar. Wann bin ich soweit?«

»Du wirst während der gesamten Reise üben. Es ist mühsam, das wirst du bald merken. Und ich kann nicht versprechen, dass du in der Lage sein wirst, die Energie zu lenken. Nicht wenige Menschen, die wir damals in unsere Ausbildung genommen haben, sind an der Zauberei gescheitert. Dir muss auch bewusst sein, dass du nur so lange über Magie verfügst, wie Energie im Gefäß ist. Hast du alles aufgebraucht, ist es nur noch eine nutzlose Hülle. Ich kann dir nicht beibringen, wie man Energie aus Mond- und Sternenlicht zieht. Du bist und bleibst ein Mensch.«

Die Möglichkeit zu scheitern ziehe ich gar nicht erst in Betracht. Ich werde erfolgreich sein, weil ich erfolgreich sein muss.

»Schwörst du es?«, flüstere ich atemlos. »Bei allem, was dir heilig ist? Was ist euch Atlantern eigentlich heilig?«

»Das Meer.«

»Gut. Schwöre auf das Meer, dass du mir das Zaubern beibringst. Und dass du uns hilfst.«

Nach alter Sitte legt er die rechte Hand auf sein Herz. Dann antwortet er leise: »Ich schwöre es.«

7

Im Sgulgi-Wald

»Zilp!« Ein vertrautes Geräusch weckt mich aus tiefem Schlaf. Hell und lieblich dringt es durch traumlose Schwärze.

»Zilp! Zilp!«

Wieder verharre ich für die Dauer einiger flüchtiger Augenblicke in der schwerelosen Sorglosigkeit des Halbschlafes, ehe mir ein weiteres Mal klar wird, wo ich bin. Was geschehen ist. Und warum es geschehen ist. Aber diesmal folgt dem Schrecken ein Hoffnungsschimmer. Ich greife danach, öffne die Augen und klammere mich an ihm fest.

Indigo wird mir helfen. So, wie ich ihm helfen werde.

Es ist die einzige Chance, die ich habe.

Palili und Timotheus liegen unter einem Berg aus Decken und grunzen vor sich hin, Ischme schnauft leise, Indigos Kopf ist auf seine Brust gesackt. Es ist nach wie vor dunkel und regnet immer noch, aber die Tropfen prasseln nicht mehr wie ein Sturzbach vom Himmel, sondern plätschern sanft vor sich hin.

Plötzlich sehe ich etwas Weißes auf meinem Schaffell hocken. Einen verwirrten Moment lang kann mein Gehirn mit dem Geschöpf nichts anfangen, dann erkenne ich die aufgestellte Haube und den wippenden Fächerschwanz.

»Du!«

Der Perlenvogel piepst schüchtern. Ich starre ihn mit offenem Mund an und kann nicht fassen, dass er einfach wieder da ist. Was für ein Mistvieh! Hockt mir nichts, dir nichts auf meinem Bauch und zwinkert mich mit seinen niedlichen Knopfaugen an, als wolle er sagen: *Na? Wie geht's? Hast du die Flucht auch so gut überstanden wie ich?*

Meine in zahllosen Diebstählen geschulten Finger sind flink. So flink, dass der Perlenvogel gar nicht weiß, wie ihm geschieht. Einen

287

Wimpernschlag später steckt er in meiner Faust und zilpt erschrocken.

»Hab ich dich!«

Ich halte ihn so dicht vor mein Gesicht, dass die Spitze des winzigen Schnabels fast meine Nase berührt. »Hast du mir nichts zu sagen, du kleine Ratte? Vielleicht etwas wie: *Oh, es tut mir so leid, dass ich dich ins Verderben gelockt habe? Und es tut mir noch viel mehr leid, dass ich dich im Stich gelassen habe?*« Ich empfinde nicht übel Lust, ein wenig fester zuzudrücken. Aber ich tue es nicht. Wahrscheinlich, weil das kleine Drecksvieh immer noch reizend aussieht, und weil es schwach und hilflos ist. »Wieso werde ich den Eindruck nicht los, dass du mich absichtlich in den Palast gelockt hast? Hast du gewusst, dass Scylla nicht zu täuschen ist? Hast du mich bewusst in die Falle gelockt?«

Der Vogel zappelt in meiner Hand. Seine seidigen Flügel drücken sich mit überraschender Kraft gegen meine Finger.

»Srriiii!«, schimpft er aufgebracht, während sein Häubchen auf und ab wippt. »Sriiii! Sriiii!«

»Danke! Das hatten wir schon mal. Rupfen und braten sollte ich dich. Deinetwegen habe ich Aaron, Metena und Aja verloren. Deinetwegen wäre ich fast gestorben! Deinetwegen …«

»Ist das ein Perlenvogel?« Timotheus richtet sich auf und blinzelt schlaftrunken. »Bei meiner Treu, es ist einer! Ein echter Perlenvogel! Wie bist du denn an den geraten?«

»Ich habe ihn auf dem Markt in Jemeshar gefunden«, knurre ich. »Ein Händler war gerade dabei, ihn zu verkaufen, als ich seine Pläne durchkreuzt habe.«

»Du hast den Vogel befreit?«

»Ja.«

»Sehr löblich. Jeder andere hätte ihn an der nächsten Ecke weiterverkauft. Gib mal her.«

Ich kneife ein Auge zusammen. »Warum?«

»Keine Sorge.« Die Zwergenaugen funkeln vor Begeisterung. »Ich tue deinem Freund nichts.«

»Er ist nicht mein Freund!«

»Das habe ich schon gemerkt. Aber bevor du ihn zu Sülze zerdrückst, solltest du einmal über die verdrehten Wege des Schicksals nachdenken. Wenn dir ein Blumenkasten auf den Kopf fällt, empfindest du das als Pech. Aber was, wenn du durch diese ungeplante Verzögerung einer Kutsche entgehst, die dich ansonsten platt gefahren hätte?«

»Was? Willst du mir sagen, dass das Mistvieh mir doch Glück gebracht hat? Nur auf eine verdrehte Weise?«

»Wer weiß, wer weiß. Na los, gib mal her.« Das Kerlchen streckt eine Hand aus und wackelt auffordernd mit den Fingern. Ich runzele die Stirn, zögere einen Augenblick und reiche ihm schließlich den Vogel. Natürlich versucht das Tier, die Gelegenheit beim Schopf zu packen, doch ehe es überhaupt die Flügel ausstrecken kann, ist es bereits in Timotheus' Fingern gefangen. Ein paar Mal dreht er es hin und her, bewundert offenbar das Schillern des kleinen Wesens und nimmt schließlich eine der langen Schwanzfedern zwischen Daumen und Zeigefinger. Ein schneller Ruck, ein empörtes Kreischen – und der Vogel ist um ein schmückendes Beiwerk ärmer.

»He!« Ich greife nach dem Tier und winde es dem Zwerg wieder aus den Fingern. »Was sollte das? Du hast gesagt, dass du ihm nichts tust.«

»Es ist nur eine Feder.« Timotheus schnuppert an eben jener, als ginge von ihr der köstlichste Wohlgeruch aus. »Und wenn ich dein Geschimpfe richtig interpretiere, hat diese kleine Laus es redlich verdient, dass man sie ein bisschen zwickt.«

»Zwick ihn noch einmal«, erklingt es finster aus der hintersten Ecke, »und du kannst deine eigenen Haare gleich mit in deinen Glücksbringerbeutel stecken.«

Indigos Blick ist in der Dunkelheit nicht zu erkennen, aber ich spüre ihn wie einen eisigen Stachel in meinem Nacken. Timotheus schluckt, verstaut die Feder mit reumütiger Miene in einem Beutel, den er unter seinen Lumpen am Gürtel trägt, und räuspert sich ein paar Mal.

»T'schuldigung. Ein alter Mann wie ich kann jedes Quäntchen Glück gebrauchen. Wann kommt es schon mal vor, dass man einen Perlenvogel erwischt?«

»Du rührst ihn nicht noch einmal an«, grollt Indigo. »Hast du das verstanden?«

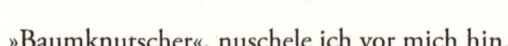

»Baumknutscher«, nuschele ich vor mich hin.

»Was hast du gesagt?« Natürlich sind Indigos Ohren scharf wie die eines Luchses. Ach was, noch schärfer. »Kannst du das noch einmal wiederholen?«

Er klingt nicht wütend. Eher ungläubig. Vermutlich ist er spitze Bemerkungen auf seine Kosten nicht gewohnt. »Dieser Vogel hat mich in die Falle gelockt«, knurre ich. »Jetzt hat er im Gegenzug eine Feder verloren. Ich würde sagen, das ist ausgleichende Gerechtigkeit.«

»Du hast mich einen Baumknutscher genannt.«

Ich schiele zu Indigo hinüber und sehe zu meiner Überraschung ein schiefes Lächeln auf seinem Gesicht, das ihn unglaublich jung und menschlich wirken lässt. Er hat darauf verzichtet, sich wieder hinter einem Schal zu verstecken, und ich frage mich, was das wohl bedeutet.

»Ist das ein Kompliment?«, hakt er nach.

»Na ja, gewissermaßen. Meine Mutter hat meinen Vater damit betitelt.«

»Warum?«

»Er liebte Blumen, Vögel und sonnige Tage. Das ganze Heile-Welt-Zeug eben. Er war wie ein großes Kind und viel zu gut für diese Welt.«

Indigo sieht mich schweigend an und scheint über meine Worte nachzudenken. Dann schüttelt er mit einem missbilligenden »Hm« den Kopf, schließt die Augen und lehnt seinen Kopf gegen die Bretterwand.

»Es war nur eine Feder!«, flüstert Timotheus neben mir. »Nur eine! Der Vogel hat bestimmt schon wieder vergessen, dass sie ihm fehlt. Kommt nicht wieder vor. Will jemand Frühstück?«

»Ich!« Bei dem Stichwort *Frühstück* rappelt sich der Sosuke auf, streckt seine baumstammdicken Arme und gähnt, dass die Wände wackeln. »Was gibt's denn Schönes? Einen heißen Kaffee, will ich hoffen?«

»Willst du hoffen?«, brummt Timotheus. »Wir hatten in dieser Nacht kein Feuer, du Käsehirn. Alles Holz weit und breit ist durchnässt.«

»Ah ja. Stimmt.« Palili reibt sich den Schlaf aus den Augen. Dann entdeckt er den Vogel in meiner Hand. Der Hüne starrt ein paar

Herzschläge lang, schüttelt den Kopf, blinzelt und starrt noch einmal. »Ein Perlenvogel? Ist das wirklich ein …«

»Ja!«, unterbricht ihn der Zwerg. »Es ist einer. Und jetzt hör auf, dich zu wundern und schau, dass du was zu essen zusammensuchst. Ich fülle unser Wasser auf. Habe draußen eine Tonne gesehen. Die läuft vor lauter Regenwasser bestimmt über.«

»Fülle alle Gefäße, die wir haben«, erklingt wieder Indigos Stimme. Sie fließt ruhig und träge wie dunkler Honig. »Heute Mittag passieren wir die Grenze zu Amador. Dort gibt es abseits der Wege keinen Brunnen und keine Quelle.«

»Amador?« Ich horche auf. Selbst der Vogel in meiner Hand wird mucksmäuschenstill. »Sind wir schon so weit gekommen?«

»Du hast lange geschlafen«, erwidert der Zwerg, stakst zu den Taschen hinüber und schnürt die größte davon auf. »Immerhin hattest du das Gift eines Untoten in deinen Adern. Da haut es den stärksten Kämpfer aus den Schnürsandalen.«

»Wie lange?«, frage ich nur.

»Ein paar Tage.«

Ich schlucke. So viel verlorene Zeit! So eine große Entfernung zwischen Aaron und mir.

Aaron!

Plötzlich fällt mir die Scherbe wieder ein. Dieses wunderbare magische Artefakt, mit dessen Hilfe ich ihm jederzeit nahe sein kann. Ich werfe den Perlenvogel in die Luft – mag das kleine Mistvieh machen, was es will – und wühle in meinem Lager nach dem Spiegelsplitter. Tatsächlich! Da liegt er. Aber als ich hineinblicke, sehe ich nur mich selbst. Selbst nach langen, stillen Minuten verändert sich das Bild nicht.

»Du hast ihn die halbe Nacht lang angestarrt, nicht wahr?« Palili schlägt ein Stoffbündel auf und enthüllt zwei kleine, dunkle Brote. Der Zwerg wiederum rafft mehrere Amphoren und Wasserschläuche zusammen und schlurft grummelnd nach draußen. »So ging es mir auch. Wochenlang. Bis ich merkte, dass es nicht gut ist, der Vergangenheit zu sehr nachzuhängen.«

»Ja«, gebe ich zu. »Aber er funktioniert nicht mehr.«

»Keine Angst, die Scherbe muss nur neue Kraft schöpfen. Lass sie ein paar Stunden unberührt in deiner Tasche, dann wirst du deinen

Bruder heute Abend wiedersehen. Der Zauber lebt von Sehnsucht. Sie ist für ihn das, was für Magier der Mondschein ist.«

»Nahrung.« Ich stoße meinen angehaltenen Atem mit einem Seufzer aus. Den Göttern sei Dank, es liegt nicht an mir. Oder daran, dass ich versehentlich die Magie des Splitters zerstört habe. »Willst du ihn nicht zurück?«

»Nein.« Palili schüttelt entschlossen den Kopf. »Es wird mir guttun, ein paar Tage ohne seinen Zauber auszukommen. Pass auf, dass du ihn nicht verlierst, ja? Er ist alles, was mir geblieben ist.«

Ich nicke, streichele noch einmal über das silbrige Glas und stecke die Scherbe in meine Hosentasche. Ihre Kanten sind stumpf und abgeschliffen, so, als hätte der Splitter lange Zeit im Wasser gelegen. Demnach besteht nicht die Gefahr, dass er den Stoff zerschneidet.

»Zilp!« Ich fahre erschrocken zusammen, als der Perlenvogel auf meine Schulter flattert und mit dem Schnabel gegen meine Wange tippt. »Zilp! Zilp! Zilp!«

»Was willst du noch?«

»Zilp!«

»Ich verstehe dich nicht. Und ich habe keine Ahnung, was du von mir willst. Also lass mich in Ruhe.«

»Er will, dass du ihm verzeihst.« Wieder jagt mir diese ruhige, weiche Stimme einen Schauer über den Rücken. »Es tut ihm leid, aber er musste es tun.«

»Er musste es tun?« Ich kann mir ein bitteres Lachen nicht verkneifen. Palili reicht mir einen Teller, ich nehme ihn entgegen und stutze über das reichhaltige Frühstück, das darauf liegt: Ein Stück Brot, goldgelber Käse, ein paar Reste vom Nebelhuhn und getrocknete Früchte, die ganz nach Honigbeeren aussehen. »Warum musste er es tun? Hat er das auch gesagt?«

»Nein«, antwortet der Atlanter. »Aber er meint es gut mit dir.«

»Gut?« Ich schnaube. »Wärst du so freundlich, mir die Fähigkeit zu verleihen, mit Tieren zu sprechen? Ich würde gerne ein Vieraugengespräch mit diesem Vogel führen.«

»Das kann ich nicht.«

»Zu schade.«

»Es ist kein Zauber. Wäre es einer, würde ich deinen Wunsch erfüllen. Auch wenn du mich nach spätestens einem Tag anflehen würdest, ihn wieder wegzunehmen.«

»Würde ich das?«

»Oh ja.« Wieder lächelt er mich an. Ich wünschte, es würde mich kaltlassen, aber das tut es nicht. »Allein schon, um nicht mehr zu hören, was Ischme über deinesgleichen denkt.«

»Was denkt sie denn über uns?«

»Was würdest du über die Spezies denken, die deine Art ausgerottet hat und danach giert, auch dir das Fell über den Kopf zu ziehen?«

Ich räuspere mich und bin froh, als Indigo seinen Schal aufnimmt und ihn wieder um seinen Kopf wickelt, bis nur noch die Augen frei liegen. Ja, so ist es besser. Sehr viel besser. Schweigend kaue ich auf einem Stück Käse herum und starre ins Leere, bis der Vogel auf meiner Schulter zu zwitschern beginnt. Sein zauberhafter Gesang treibt mir erneut die Tränen in die Augen, stößt Erinnerungen an und füllt mich mit trügerischer Zuversicht.

»Hör auf!«, zische ich ihn an. »Ich will das nicht!«

Das Tierchen verstummt. Es schüttelt sich, plustert sich auf und rückt ein wenig näher an meinen Hals heran. Aus dem Augenwinkel sehe das enttäuschte Gesicht von Palili, aber er verkneift sich einen Kommentar.

»Du hast nicht vor zu verschwinden, oder?«, murmele ich zwischen zwei Käsehappen. »Du willst wirklich mit uns kommen?«

»Zilp!«, piepst das Tierchen, ohne die Augen zu öffnen.

»Warum?«

»Zilp!«

»Ein Tipp von mir, wenn ich so frei sein darf.« Timotheus trottet in den Schuppen, stellt die vollen Wassergefäße auf dem Boden ab und wirft Palili einen finsteren Blick zu.

»Denk nicht einmal dran«, kiekst der Sosuke, noch ehe der Zwerg eine Bemerkung ablassen kann. »Du hast die Arbeiten selbst eingeteilt. Ich sollte das Essen zusammensuchen und du wolltest Wasser holen. Ich lasse dir nur deinen Willen.«

»Ja«, grummelt das Kerlchen. »Schon gut. Ich brauchte frische Luft. Also, ein Tipp von mir, Floh: Wenn dich ein Perlenvogel begleiten will, dann lass ihm seinen Willen. Es wird uns allen nützen.«

293

»Bist du dir sicher?« Ich stehe auf und helfe dem Zwerg, die Gefäße auf den Pferdekarren zu laden. »Vielleicht spioniert er uns aus und macht mit Scylla gemeinsame Sache.«

»Nein.« Timotheus schüttelt energisch den Kopf. »Der Vogel hat nichts mit Scylla zu tun. Nicht das kleinste bisschen. Ich bin ein alter Mann, und ich weiß aus Erfahrung, dass Glück nicht von Anfang an als solches zu erkennen ist. Vertraue mir. Eines Tages wirst du ihm dankbar sein.«

»Dankbar?« Ich binde den letzten Wasserschlauch am Karren fest. »Da bin ich aber mal gespannt. Und du da hinten in der Ecke, du hättest uns ruhig mal helfen können. Ist es für dich in Ordnung, einen alten Mann und ein Mädchen schleppen zu lassen, während du keinen Finger rührst?«

Indigo sagt nichts. Aber ich sehe ein Funkeln in seinen Augen, das entweder auf Wut oder auf Belustigung hindeutet.

»Wieso schaust du so? Ich habe doch recht, oder nicht?«

»Mädchen!«, zischt der Zwerg.

»Was denn? Ist es etwa verboten, seine Hilfe einzufordern?«

»Nein, aber …«

»Sie hat recht«, ergreift der Atlanter das Wort. »Das nächste Mal werde ich Wasser holen.«

Timotheus' Unterkiefer klappt nach unten. Er blinzelt wie eine Eule, sieht von mir zu Indigo und wieder zurück, kratzt sich schlussendlich am Kopf und nimmt seinen Platz neben Palili ein.

Auf den Lippen des Sosuke liegt ein Grinsen. Sein Blick zollt mir Anerkennung, als ich mich setze und nach meinem halb leer gegessen Teller greife.

Männer! Einer allein ist schon schlimm genug, aber drei auf einmal sind eine Herausforderung. Dass man mir noch nicht Löffel, Kelle und Putzlappen in die Hand gedrückt hat, grenzt an ein Wunder.

Gedankenverloren kaue ich auf meinem Brot herum und frage mich, was der neue Tag bringen wird. Bei tausend heulenden Dämonen, wenn wir schon heute Mittag die Grenze zu Amador überqueren, rückt auch der Sgulgi-Wald immer näher. Ist das mein sogenanntes Glück? Von einem monsterverseuchten Wald in den nächsten zu stolpern? Ich versuche, mich mit dem Gedanken an meinen anstehenden

Zauberei-Unterricht abzulenken, doch die Angst sitzt hartnäckig in meinem Magen.

»Keine Sorge«, interpretiert Timotheus meinen Gesichtsausdruck völlig richtig. »Vor finsteren Kreaturen musst du bald keine Angst mehr haben. Sobald der Vollmond aufgeht, haben wir wieder den besten Schutz, den es gibt. Also wirf ihm nicht so viele Garstigkeiten an den Kopf.«

Der Zwerg nickt vielsagend zu Indigo hinüber. Noch immer gesellt sich der Atlanter nicht zu uns, sitzt stumm im Dunkeln und streichelt den Kopf seines Fuchses.

Weiße Schäfchenwolken segeln über einen herrlich weiten Himmel. Jetzt, da meine Schmerzen verschwunden sind, beginnt ein Teil von mir, das Unterwegssein zu genießen. Aber kaum finde ich Gefallen an dem sanften Schaukeln des Pferdewagens, an dem Sonnenschein auf meinem Gesicht und an der grandiosen Weite des Landes, erinnert mich eine innere Stimme daran, dass es keinen Grund zur Freude gibt. Nicht, ehe ich Aaron und die Mädchen wieder in meine Arme schließen kann.

Noch immer sind Indigo, Timotheus und Palili die Männer, die mich gegen meinen Willen zu einer weiten Reise zwingen. Noch immer bringen sie mich von Jemeshar fort und treiben mich einem ungewissen Schicksal entgegen. Zweifellos ist unser Weg voller Gefahren. Allein der Sgulgi-Wald bietet unzählige Möglichkeiten, grausam zu sterben. Dann sind da noch die giftigen Orchideen, deren Staub Seelen auslöscht, blutgierige Kalam-Duk, Gnieselprieme, Jandris und Staubwölfe. Schuppenhunde, Eichenspinnen, Stymphalen, Harpyien und all die anderen Monster, die die Wälder und Wüsten bevölkern. Selbst wenn Indigos Versprechen aufrichtig ist, steht es in den Sternen, ob wir die Dschungel von Erusch überhaupt lebend erreichen. Und falls wir es bis dorthin schaffen, bleibt immer noch die Tatsache, dass wir den gesamten Weg in umgekehrter Richtung ein zweites Mal zurücklegen müssen.

Plötzlich erscheint mir diese Reise als unüberwindbare Mauer. Dennoch zwinge ich mich dazu, ruhig weiter zu atmen. Still zu bleiben. Die Nerven zu bewahren. Ohne Palilis Scherbe würde mir das nicht gelingen. Unaufhörlich taste ich durch den Stoff hindurch über das abgeschliffene Stück Glas und beruhige mich mit dem Wissen, dass ich Aaron und die Schwestern heute Abend wiedersehen werde. Wenigstens ein Lichtblick ist mir geblieben. Nein, eigentlich sind es zwei. Falls wir unsere gefährliche Reise überstehen, wird Indigo sein Versprechen halten. Dann sind wir frei. Endlich frei.

Ich vermisse Aarons Stimme. Ich vermisse das Lachen der Mädchen und ihre Angewohnheit, sich beim Schlafen an mich zu kuscheln, als wäre ich ihre Mutter. Der Gedanke, dass wir womöglich jahrelang unterwegs sein werden, wächst wie ein Eissplitter in meinem Herzen heran und nimmt mir fast den Atem.

Jahre! Unzählige Nächte, die ich allein verbringen muss. Endlose Monate, Tage, Stunden, Sekunden.

»Hätte ich euch bloß nie entdeckt!« Ich werfe dem Perlenvogel einen zornigen Blick zu. Das Tierchen, das ich inzwischen auf den naheliegenden Namen Zilp getauft habe, hockt neben mir auf einer der Kisten und gleicht das Schaukeln des Pferdekarrens mit gelegentlichem Flattern aus. »Eine halbe Stunde später, und ihr wärt längst verkauft gewesen. Ich wäre immer noch in Jemeshar bei denen, die ich liebe.«

Doch dann huschen Gedanken durch meinen Kopf. Ohne den Vogel wäre ich niemals dem Atlanter begegnet. Er hätte Aaron niemals das Heilmittel geschickt. Mein Bruder wäre immer noch todgeweiht, und ich hätte ihm nicht helfen können.

Hat der Vogel mir vielleicht doch Glück gebracht? Hat er mir den einzigen Weg zur Freiheit in die Hände gespielt? Muss ich die Reise und all ihre Gefahren in Kauf nehmen, weil alles im Leben einen Preis besitzt?

Ich nehme eine Tasche, stopfe sie zwischen die Holzwand und meinen Rücken und lehne mich dagegen. Tausend Gedanken kommen und gehen, während ich die dahinsegelnden Wolkenfetzen beobachte. Indigo wird meine Bitte erfüllen, daran zweifele ich nicht. In jeder Legende halten Atlanter ihr Wort, ganz gleich, ob sie als sanftmütige Weise oder als Ungeheuer dargestellt werden. Womöglich wird er mir auch erlauben, noch eine Nachricht zu verschicken. Oder sogar mehrere. Auf diese Weise kann ich die drei über meine lange Abwesenheit hinwegtrösten.

»Indigo?« Ich entscheide mich, hier und jetzt Nägel mit Köpfen zu machen. Der Atlanter, der ein paar Armlängen neben dem Karren läuft, wendet sich mir zu. Seine Augen strahlen so hellgrün wie zwei Smaragde, in denen sich das Sonnenlicht bricht. Anscheinend hält er es in einem solch einsamen Land nicht für nötig, sie mit einem Zauber zu belegen. Oder ihm fehlt inzwischen selbst für solche Kleinigkeiten die Kraft.

»Darf ich meinem Bruder noch eine Nachricht schicken?« Direktheit kann nicht schaden. Die meisten Männer schätzen es, wenn man direkt auf das Wesentliche zu sprechen kommt, und Atlanter stellen vermutlich keine Ausnahme dar. »Ich möchte ihn nur wissen lassen, dass … nun ja, es würde mir helfen.«

Eine Weile sagt Indigo nichts. Er wendet den Blick wieder ab, krault den Kopf seines Opalfuchses und scheint intensiv nachzudenken, ehe er endlich antwortet: »Eine noch. Heute Abend. Aber danach keine einzige mehr. Jede Nachricht könnte abgefangen werden und Scylla auf unsere Spur bringen.«

»Gut. Nur noch eine.« Ich schlucke, hole tief Luft und schiebe ein leises »Danke« hinterher.

Indigo wirft mir einen Blick zu. Er ist flüchtig und so intensiv, dass mein Herz aus dem Takt gerät. Plötzlich ertappe ich mich bei dem Wunsch, noch einmal sein Gesicht zu sehen. Wenigstens für einen Augenblick. Selbst ohne seine Magie geht ein beängstigender Zauber von ihm aus und legt sich wie ein Netz um meine Gedanken. Es ist nicht gut. Nein, ganz und gar nicht. Zwischen dieser unsichtbaren Macht und dem Flüstern der Geister, das um ein Haar meine Seele aufgefressen hätte, besteht kein großer Unterschied. Das eine wirkt schnell, das andere langsam.

Ich reiße den Blick von Indigo los und starre in die grenzenlose Weite Amadors hinaus. Das Land scheint ganz und gar aus weiten, sanft gewellten Grasebenen zu bestehen, über die sich der Himmel wie eine gewaltige Glaskuppel spannt. Golden schimmernde Ähren wiegen sich im Wind, dessen schmeichelnde Wärme einen fast vergessen lässt, dass anderswo längst der Winter Einzug gehalten hat. Nach der klirrenden Kälte der Berge fühlt sich dieses Land unwirklich an, wie ein melancholischer Traum von einem Sommer, der längst gestorben ist. Insektenschwärme tanzen im Sonnenlicht, hoch oben im Himmel zwitschern Vögel. Und manchmal sehe ich in der Ferne die Silhouetten zottiger Braunhörner, die grunzend die Flucht ergreifen, kaum dass sie uns entdecken.

Wären mein Bruder und die Mädchen hier gewesen, hätte ich Glück empfunden. Das Schaukeln des Karrens und die warme Sonne lullen mich in einen wunderbaren Dämmerzustand. Um mich herum rauscht das Gras, es riecht nach Sommer und Freiheit. Immer wieder nicke ich ein, träume Dinge, die ich gleich wieder vergesse, und spüre bei jedem Aufwachen, wie mein Körper spürbarer nach Bewegung verlangt.

Irgendwann, als mir vom Herumsitzen schon alle Muskeln wehtun, springe ich kurzerhand vom Wagen und gehe neben dem Zigeunerpferd her. Genau so eines habe ich mir als Kind gewünscht. Ein großes nachtschwarzes Tier mit puscheligen Fellsocken an den Beinen, einem Kinnbart und einer Mähne, die ihm bis zu den Knien reicht. Leider hat die Ausbeute unseres Hofes niemals für ein Pferd gereicht. Selbst gewöhnliche Tiere ohne edles Blut sind unerschwinglich teuer, nur die großen Höfe in den besten Lagen können es sich erlauben, Pferde zu halten.

»Wie ist sein Name?«, frage ich den Sosuke und streiche dem Tier über die glänzende Kruppe. »Er hat doch einen, oder?«

»Ja«, antwortet Palili. »Ich habe sie Amra getauft. Sie war mal ein Wildpferd aus der Korinoor-Steppe. Ich habe sie selbst gefangen und gezähmt.«

»Sie?« Ich bücke mich und werfe einen Blick unter den Bauch des Pferdes. »Tatsächlich. Ich habe mich vom Bart täuschen lassen.«

»Amra bedeutet *Bärin* in der Sprache meines Volkes.« Palili wirft mir ein verschmitztes Lächeln zu. »Vor Amra reisten wir mit einem Maultier, aber eines Tages ist es einfach umgefallen. Seine Zunge schwoll an und wurde schwarz. Dann tat es seinen letzten Atemzug.«

»Das tut mir leid.«

»Es war schrecklich verfressen. Und dann kam eben der Tag, an dem es vom falschen Busch genascht hat.«

Eine Weile gehe ich neben Amra her und kämme mit den Fingern durch ihre Mähne. Wie gut es tut, durch dieses hohe Gras zu laufen. Es reicht mir bis zu den Knien, besitzt wunderschöne fedrige Ähren

und duftet genauso wie das Heu, das im Schuppen meiner Eltern gelagert worden war.

In dir fließt jetzt das Blut eines Atlanters. Kannst du es spüren? Ist es immer noch da?

Ich lausche in mich hinein. Ja, ich fühle mich anders. Leicht und stark zugleich, energiegeladen und gesund. Es ist, als hätte Indigos besondere Medizin jede Faser meines Körpers gereinigt und auf Hochglanz poliert. Falls ich eine Krankheit oder ein Gebrechen in mir getragen habe, ist es jetzt vermutlich ausgelöscht.

»Bekomme ich meinen Gürtel zurück?«, versuche ich die gelöste Stimmung ein zweites Mal auszunutzen. »Ich fühle mich ohne ihn nicht wohl.«

Zu meiner Überraschung antwortet der Atlanter ohne Zögern: »Er liegt in der hellen Tasche. Die, auf der du geschlafen hast.«

Ich glotze ihn verblüfft an. Ist es so einfach? Kein mürrischer Blick, keine Zurechtweisung? Ich bedanke mich mit einem Lächeln, springe auf den Wagen und fische meinen Gürtel aus der Tasche. Direkt daneben ist eines der tönernen Wassergefäße festgebunden. Ich löse das Band, ziehe den Korken heraus und nehme ein paar tiefe Züge. Ja, das tut gut! Und wieder durchzuckt mich das schlechte Gewissen, weil ich innehalte und den Augenblick genieße. Ist es wirklich erst ein Jahr her, dass wir alles verloren haben? Es kommt mir vor, als hätte ich eine Ewigkeit lang nicht mehr die Sonne und den Wind auf meiner Haut gespürt. Nach all den finsteren Monaten in Jemeshars Eingeweiden erscheint mir dieses weite, sonnendurchflutete Land wie ein göttliches Geschenk.

Ich kann endlich wieder atmen. Richtig atmen.

Als ich meine Wanderung wieder aufnehme, streiche ich mit den Fingern über meinen zurückergatterten Schatz. Es fühlt sich gut an, wieder mein eigenes Werkzeug und vor allem meine eigenen Waffen zu besitzen. Alles ist komplett, sogar das große Messer steckt dort, wo es hingehört. Fast könnte man es Glück nennen, das mich durchströmt, als ich im Abendlicht durch das Gras stapfe und über meine vertrauten Utensilien taste.

»Ich hoffe, du nimmst nicht wieder Reißaus.« Indigos Stimme klingt liebevoll. Ja, liebevoll. Ein anderer Begriff fällt mir dazu nicht ein. Und plötzlich ist er wieder der, den ich so lange vermisst habe.

»Werde ich nicht. Keine Sorge.«

»Was ich zu dir sagte, meinte ich ernst.« Wieder trifft mich ein Blick aus grün-goldenen Augen. »Ich kann gerade noch so eben den Schutzzauber aufrecht halten, aber mehr auch nicht. Dieses Land birgt seine ganz eigenen Gefahren, auch wenn es friedlich wirkt. Wenn du einer davon in die Klauen läufst, muss ich den letzten Rest meiner Kraft opfern. Danach gibt es keinen Schutzwall mehr, der uns vor dem Jasmah-Isdar abschirmt. In kürzester Zeit werden uns die Arryx-Reiter und die Stymphalen aufstöbern, und hier gibt es weit und breit nichts, wo wir uns verstecken können.«

»Ich werde nicht fliehen«, verspreche ich. »Darauf hast du mein Wort.«

»Gut.« Indigo zupft an seinem Schal, als wäre ihm der Stoff lästig. Gespannt warte ich darauf, dass er ihn abnimmt, aber den Gefallen tut er mir nicht.

»Sind das dort Schweißtropfen?« Ich deute auf seine Stirn.

»Schwitzt du etwa? Wie ein normaler Mensch?«

»Offensichtlich«, gibt er zerknirscht zurück.

»Dann zieh den Schal aus. Niemand außer uns wird dich sehen.«

»Nein.«

»Warum nicht? Du hast ihn doch vorhin auch abgelegt.«

»Trink, Floh«, mischt sich plötzlich Timotheus ein, hüpft an meine Seite und hält mir einen Wasserschlauch entgegen. »Du siehst ganz ausgetrocknet aus.«

»Ich habe getrunken. Gerade eben.«

»Aber nicht genug«, beharrt das Kerlchen. »Der Marsch durch Amadors Prärien ist anstrengender, als er sich anfühlt. Viele merken nicht, dass sie langsam austrocknen. Außerdem musst du Kräfte sammeln. Immerhin bist du frisch von den Dreiviertel-Toten auferstanden.«

Ich gebe nach, trinke ein paar Schlucke und reiche Timotheus den Schlauch zurück. Es ist offensichtlich, dass sich das Kerlchen keine Sorgen um meinen Wasserhaushalt macht, sondern mich von weiteren Fragen abbringen will.

»Ja«, zische ich ihm zu. »Schon verstanden.«

Timotheus grinst, tippt sich an die Stirn und flüstert: »Braves Mädchen.«

Die untergehende Sonne taucht das Land in sanfte Töne aus Violett und Rot. Wie gebannt starre ich in das glühende Farbenspiel, während eine gewaltige Sehnsucht mein Herz zusammendrückt.

Könntet ihr das nur sehen! Oh, was würdet ihr für Augen machen. Eines Tages zeige ich es euch. Dann wandern wir gemeinsam durch das Gras und sehen uns den Sonnenuntergang an.

Eine Berührung streift meinen Oberschenkel. Ischme. Mit hängendem Kopf und schon halb schlafend trottet die Füchsin neben mir her und scheint nicht einmal zu bemerken, wie nah sie mir gekommen ist. Doch mit der Müdigkeit des Tieres ist es vorbei, als ich eine Hand nach dem schillernden Fell ausstrecke. Ischme zuckt zusammen, fletscht die Zähne und schnappt nach meiner Hand.

»Hey!« Instinktiv springe ich einen Schritt zur Seite. »Sag mal, spinnst du? Ich wollte dich nur streicheln!«

Jemand lacht leise. Ist das etwa Indigo? Ja, ganz offensichtlich. Um seine Augen bilden sich kleine Fältchen, während er auf das Gras zu seinen Füßen starrt und vor sich hin gluckst. Dieser Mistkerl lacht mich aus. Er amüsiert sich königlich über den Beinahe-Verlust meiner Hand.

»Findest du das witzig?«, fauche ich ihn an.

Der Atlanter wirft mir einen seiner undefinierbaren Blicke zu. Oh, wie ich es hasse, rein gar nichts in seinen Augen lesen zu können. Bei diesem verfluchten Mann versagt all meine Menschenkenntnis.

»Ja«, erwidert er trocken. »Ein wenig.«

»Schön. Es freut mich, dass ich dich so gut unterhalten kann.«

»Mädchen!«, zischt Timotheus. »Sei nicht immer so kratzbürstig.«

»Kratzbürstig? Wäre ich nicht so schnell gewesen, hätte Ischme mir ein paar Finger abgebissen. Wenn nicht sogar die ganze Hand.«

Der Zwerg starrt mich an, während die Fältchen um Indigos Augen noch tiefer werden und seine Schultern verdächtig zucken.

»Hör auf, dich über mich lustig zu machen!« Ich empfinde nicht übel Lust, ihm meine Faust in die Rippen zu stoßen. »Ich lasse meinen Bruder und meine Freundinnen für dich im Stich. Du und dein Fuchs, ihr könntet ruhig ein bisschen netter zu mir sein.«

Indigo seufzt und holt tief Luft. »Du hast recht. Hör auf zu schnappen, Ischme.«

Mein Blick wandert vom Atlanter zur Füchsin, die gleichmütig vorwärts trabt und durch keine Geste zu erkennen gibt, dass sie ihren Herrn verstanden hat.

»Nur zu.« Indigo vollführt eine auffordernde Handbewegung. »Streichle sie.«

»Sie wird mir die Hand abbeißen und damit wegrennen.«

»Vielleicht.« Er senkt den Kopf und räuspert sich. »Nein, entschuldige. Sie wird dir kein Haar krümmen.«

Ich starre ihn an. Hat er sich gerade entschuldigt? Ja, das hat er. Ein merkwürdiges Kribbeln breitet sich in meinem Bauch aus. »Ich kann sie wirklich streicheln?«

»Ja, das kannst du.«

Timotheus' skeptischer Blick huscht zwischen der Füchsin und mir hin und her. Wenn ich seine Miene richtig interpretiere, ist es alles andere als üblich, dass Ischme sich von jemand anderem als Indigo berühren lässt.

Also gut. Versuch es einfach.

Wir alle bleiben stehen. Auch Palili bringt den Wagen zum Stillstand und sieht zu, wie ich in die Knie gehe, beide Hände ausstrecke und mich langsam dem Fell der Füchsin nähere. Ischme knurrt nicht. Sie fletscht nicht die Zähne und legt nicht die Ohren an, doch in ihrem Blick erkenne ich einen kalten Zorn.

»Warum hasst sie mich?«

»Sie hasst dich nicht«, sagt Indigo. »Sie ist eifersüchtig.«

»Eifersüchtig?« Ich pruste unwillkürlich. »Auf mich? Was hätte sie für einen Grund?«

Der Atlanter antwortet nicht. Ach, sei es drum. Schon fühle ich die feinen Spitzen der Haare auf meiner Haut. Und dann graben sich meine Finger tief in den schillernden Pelz. Er ist sogar noch weicher als in meiner Fantasie. Er ist himmlisch! Alle Farben der Natur scheinen sich darin zu vereinen, spielen und tanzen miteinander und bilden immer wieder neue Muster, je nachdem, wie ich die Finger hindurchgleiten lasse. Ich streichle einen Opalfuchs! Das glaubt mir kein Mensch, wenn ich es erzähle.

Verzückt beuge ich mich vor, schmiege mein Gesicht in das Fell und versinke in seiner Weichheit. Vom üblichen Fuchsgestank ist

nichts wahrzunehmen, vielmehr entströmt Ischme ein leichter Duft nach Moschus und Wald. Wie wunderbar muss es sein, die Freundschaft eines solchen Wesens zu besitzen. Vorsichtig versuche ich herauszufinden, was die Füchsin mag. Ich kraule sie am Bauch, streichele ihren Kopf, drücke meine Finger sanft in den Nacken und bewege sie kreisend. Der Hund, mit dem ich von Geburt an gemeinsam aufgewachsen bin, hat solche Streicheleinheiten geliebt. Aber Ischme lassen sie kalt. Stocksteif lässt die Füchsin meine Berührungen über sich ergehen und zuckt allenfalls ein wenig mit den Ohren.

»Wir müssen weiter.« Kaum wendet sich Indigo zum Gehen, befreit sich die Füchsin aus meiner Umarmung und trabt ihm hinterher. Doch diesmal schreitet sie nicht direkt neben ihrem Herrn. Nein, sie hält mit wütend peitschendem Schweif drei Armlängen Abstand, als ob sie ihn für die Schmach bestrafen will.

Eifersüchtig?

Ich schüttele den Kopf. Was für ein Unsinn!

Scylla

Der Hexer war vollkommen ahnungslos.

Er lächelte geschmeichelt und verneigte sich mehrmals, ehe er näher herantrat. Und noch näher. Selbst als Scylla die Hand auf seinen Kopf legte und begann, ihm die Kraft zu entziehen, begriff er noch nicht, was geschah. Demütig verharrte in der Pose und klammerte sich mit lächerlicher Naivität an dem Gedanken fest, dass er nur hierher gerufen worden war, um eine neue Aufgabe entgegenzunehmen. Erst als es zu spät war, erkannte er den Ernst seiner Lage. Der Hexer sprang zurück, öffnete den Mund zu einem ungläubigen O und riss die Augen auf.

»Was?« Scylla seufzte wohlig, als das Vibrieren der Energie durch ihren Körper floss und ausgetrocknete Fasern neu belebte. »Ich habe mir nur das zurückgeholt, was ich dir geliehen habe. Es war meine Kraft, nicht deine.«

»Aber ... aber ...« Der Hexer schüttelte dümmlich den Kopf. Er hob die Hände und plapperte Zauberworte, aber seinen Fingern entströmte nicht der kleinste Funke. Die letzten Momente seines Daseins verbrachte er als gewöhnlicher Mensch. Schwach und hilflos wie alle anderen Würmer da draußen.

»Nichts aber.« Scylla bannte ihn mit einem Fesselspruch und trat vor ihn. Süße Angst füllte seine Augen. Er schlotterte und winselte, glotzte ihr wie eine Eichkatze entgegen und wusste, dass er sterben würde. Hier und jetzt. »Du hattest eine klare Aufgabe. Aber in neun Jahren hast du es nicht geschafft, sie zu erfüllen.«

»Er ist zu stark, Herrin«, jammerte der Nichtsnutz. »Es geschieht selten, dass er unaufmerksam ist, und wenn es passiert, dann dauert es nur einen Moment. Ehe ich seine Spur aufnehmen kann, hat er sich schon wieder verschleiert.«

»Du bist gescheitert.« Scylla legte eine Hand auf die Stirn des Hexers und ließ sein Herz stillstehen. Ein letzter Seufzer entwich seinen Lippen, dann fiel er wie eine Puppe in sich zusammen. »Und meine Geduld ist nicht endlos. Schaff ihn weg.«

Ein Untoter trat vor, hob den Leichnam auf seine Arme und verließ das Gemach. Scylla schloss die Augen, als die Tür ins Schloss fiel. Jetzt fühlte sie sich ein wenig besser, aber die zurückgewonnene Energie richtete nichts gegen die Angst aus, die sich wie ein Knoten aus Giftschlangen in ihrem Bauch eingenistet hatte. Und sie half auch nicht gegen das Gefühl, dass ihre Zeit ablief.

Meine Macht schwindet, raunte es in ihrem Kopf. *Sie hat angefangen, sich selbst aufzuzehren.*

»Ich tue, was ich kann.« Scylla presste die Fäuste gegen ihre Schläfen. Was würde sie dafür geben, einmal allein zu sein. Und sei es nur einen Atemzug lang. Einfach nur allein. »Mehr liegt nicht in meiner Macht.«

Deine Kreaturen taugen nichts. Ein ganzes Rudel hat es nicht geschafft, ihn aufzuhalten. Sie haben es nicht einmal geschafft, das Mädchen zu fangen. Oder einen seiner Begleiter.

»Du tust so, als wäre es meine Schuld. Dein Zauber hat die Monster erschaffen! Dein Zauber schlägt fehl! Ich bin nur deine Hülle.«

Er war so nah, und doch ist er entkommen. So, wie er auch damals entkommen ist. Du konntest ihn nicht einmal festhalten, als er in deine Stadt spaziert ist. Hunderte Stymphalen! Arryx-Reiter! Hexer und Zau-

berbanne! Alles habe ich dir gegeben, aber du schaffst es trotzdem nicht, ihn zurückzuholen.

»Was soll ich denn tun?«, schrie Scylla, außer sich vor Zorn. »Was? Sag es mir!«

Eine List finden.

»Das Mädchen war unsere List, aber wie du siehst, sind wir gescheitert.«

Finde eine neue. Berichte den Hexern, was ihnen passiert, wenn sie weiterhin scheitern. Mache deutlich, was auf dem Spiel steht. Suche nach neuen Zaubern, anstatt den Großteil des Tages zu verschlafen.

»Ich bin müde.«

Du bist müde, weil ich müde werde. Ich brauche Nahrung. Und zwar sehr bald! Die Hexer sind unsere Augen und Ohren im Land, ich kann nicht alle leer saugen. Aber das werde ich müssen, wenn du nicht bald Erfolg hast. Wusstest du, dass der Atlanter darüber nachgedacht hat, in Esnunna zu bleiben? Wenn das geschieht, ist er für uns verloren.

»Das wird er nicht tun.«

Was macht dich da so sicher?

»Seine Seele würde sich in Esnunna verlieren. Und ihm ist nichts wichtiger als seine Seele. Glaube mir, das ist das Letzte, was er tun wird.«

Aber vielleicht kommt er langsam an einen Punkt, an dem er bereit ist, den letzten Ausweg zu gehen. Wir müssen das verhindern. Um jeden Preis.

»Ich versuche es ja.« Bohrende Schmerzen pochten in ihrem Schädel. Was sollte sie denn noch tun? Was, bei allen Schlünden der Hölle? Indigo war ein Geist, der sich in Luft auflöste, kaum dass man im Augenwinkel seine Silhouette erblickte. Er war ein Traum, der beim Aufwachen verschwindet. Ein Verhöhnung aus Fleisch und Blut. So nah war sie ihm gewesen! Zum greifen nahe. Und wieder war er ihr entwischt.

Scylla trat an das Fenster, lehnte die Stirn gegen die Scheibe und starrte in die Nacht hinaus. Irgendwo dort draußen versteckte er sich. Zusammen mit dem Straßenmädchen und seinen zerlumpten Menschenfreunden.

»Ich weiß, was du von ihr willst«, hauchte sie gegen das Glas. »Ich weiß, wonach du suchst. Aber ich lasse das nicht zu. Niemals!«

Was willst du dagegen tun?, zischt die Stimme boshaft. *Wenn er dir weiterhin entkommt, wird er früher oder später in Esnunna verschwinden oder eine neue weiße Orchidee finden. Das Mädchen wird ihn zu ihr führen, und dann ist alles verloren. Er wird verschwinden, ich werde verschwinden. Jeden Tag ein wenig mehr. Niemals wieder wird ein Atlanter diese Welt betreten, und niemals wieder wird sich ein Riss öffnen, durch den ich fliehen kann.*

»Dann such dieses verdammte Buch!«, knurrte Scylla.

Was für ein Buch?

»Der, der den Riss erschaffen hat, muss irgendeinen Zauber gewirkt haben. Einen Zauber, der vermutlich in irgendeinem Buch steht. Finde es, dann mache ich einen neuen Durchgang für dich.«

Die Stimme in ihrem Kopf lachte spöttisch. *Glaubst du, das habe ich nicht schon längst versucht? Ich habe überall danach gesucht. In jedem Winkel der Erde. Der, der mich in diese Welt gelassen hat, ist zu Asche verbrannt. In dem Moment, in dem er die Haut zwischen den Wirklichkeiten verletzt hat. Alles, was ich von ihm wahrgenommen habe, ist ein Echo gewesen. Und falls er ein Buch besessen hat, ist auch das verbrannt. Nein, Scylla. Dieses Wissen ist vernichtet. Kein Krümel ist mehr davon übrig geblieben. Ich werde niemals erfahren, wie es einem Menschen gelingen konnte, einen Riss zu verursachen. Wahrscheinlich war es nur Zufall. Eine Art kosmischer Unfall. Eine irrsinnige Unmöglichkeit, die einmal in zehn Milliarden Jahren geschieht.*

Einen Moment lang war es still, ehe die Stimme mit einem Hauch von Erstaunen hinzufügte: *Du würdest mich also freilassen, wenn du es könntest?*

»Ich weiß es nicht.«

Du würdest auf das verzichten, was ich dir schenke?

»Manchmal.«

Scylla schloss die Augen und versuchte, nichts mehr wahrzunehmen. Leere dröhnte in ihrem Kopf, aber sie brachte keine Erlösung. Eine Weile stand sie so da, nickte im Stehen ein und schwebte in einem flüchtigen, kostbaren Nichts, als etwas ihre Sinne berührte.

Es war nur ein Funken. Ein blasses Aufglühen von Licht in der Schwärze. Aber sie erkannte die Natur dieses Lichtes in dem Moment, in dem sie die Augen aufschlug und in die Ferne starrte.

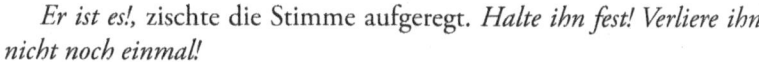

Er ist es!, zischte die Stimme aufgeregt. *Halte ihn fest! Verliere ihn nicht noch einmal!*

»Ich versuche es.« Scylla griff mit der Verzweiflung einer Ertrinkenden nach dem Licht des Atlanters. Seine magische Wärme erfüllte sie mit einem gewaltigen Hunger und brachte ihr ausgedörrtes Herz zum Rasen. Es war, als wäre ein Funke des Lebens in ihren toten Körper zurückgekehrt, und für das, was sich plötzlich mit aller Gewalt um ihr Herz wickelte, fand sie nur ein Wort: Sehnsucht.

Halte ihn fest!, wisperte die Stimme. *Halte ihn um jeden Preis!*

Und Scylla griff mit aller Kraft zu.

Indigo

Schon wieder lasse ich mich von Jade einfangen. Ich hätte ihr den Rücken zudrehen und schlafen sollen, stattdessen bohre ich das Messer, das ohnehin schon zu tief in meiner Brust steckt, noch ein Stück tiefer hinein.

Erschöpfung macht jede ihrer Bewegungen schleppend und mühsam. Schon halb schlafend lehnt sie sich gegen die Stute, schmiegt ihr Gesicht in das Pferdefell und tastet mit einer Hand über ihre Hosentasche. Sie wird erst schlafen gehen, wenn die Scherbe ihr jenen Menschen zeigt, nach dem sie sich so sehr verzehrt, und dann wird sie stundenlang unter ihrer Schaffelldecke liegen und ihn anstarren. Jades Sehnsucht ist sogar noch größer als ihre Angst vor dem Sgulgi-Wald, der gut fünfzig Pferdelängen entfernt einer finsteren Mauer gleich in den Himmel ragt und bedrohlich im Nachtwind rauscht, als wittere er die frische Beute, die sich unweit seines Dickichts niedergelassen hat. Hat das Mädchen anfangs noch unentwegt auf diese düstere Welt aus Gestrüpp, knorrigen Bäumen und waberndem Nebel geblickt, drehen sich ihre Gedanken inzwischen nur noch um Aaron.

Noch eine Nacht und einen Tag, dann werde ich endlich meine volle Kraft zurückgewinnen. Bleibt nur zu hoffen, dass Timotheus, Palili und Jade nicht wieder ihr Talent für brenzlige Situationen ausreizen und dafür sorgen, dass ich vor meiner Zeit leer brenne.

Du hast nicht das Recht, ihr das anzutun!

Siehst du nicht, wie sehr es sie quält?

Ja, ich habe kein Recht dazu. Und die Gewissheit, dass Jade Tag für Tag leiden muss, lässt mich nicht einen Herzschlag lang Ruhe finden. Während der letzten Nächte habe ich ihr wie ein sentimentaler Narr beim Schlafen zugesehen, meine Hand ganz sacht auf ihre Stirn gelegt und den letzten Rest Magie zusammengekratzt, um ihr schöne Träume zu schenken. Ein paar liebevolle Erinnerungen. Ein paar tröstende Hoffnungen. Kleine Geschenke als Gegenleistung für das, was ich ihr aufbürde.

Ich erinnere mich an den Abend, an dem Jade mit dem Perlenvogel auf ihrer Schulter die Nachricht für Aaron geschrieben und währenddessen wie ein nervöses Kind auf ihrer Unterlippe herumgekaut hat. Ihr zartes Gesicht ist zu den erstaunlichsten Mienenspielen fähig. Niemals wird es langweilig, sie zu beobachten. Ob sie nun mit ihrem geflochtenen und federverzierten Haar spielt, grübelnd ins Leere schaut oder über irgendetwas staunt: In jedem Detail ihrer Existenz liegt eine blühende Lebendigkeit, die selbst Jemeshars Elend nicht ausgelöscht hat. Und als die Eule, die ich gerufen habe, mit wildem Flügelschlag und lautem *Schuhu* vor ihr gelandet war, hat Jade einen spitzen Schrei ausgestoßen und ist wie ein umgestoßener Kegel zur Seite gekippt. Ihr kleiner Anfall von Plumpheit hat mich zutiefst gerührt, aber noch faszinierender war der böse Blick gewesen, den sie mir zugeworfen hat. Und erst ihre vor Empörung zitternden Finger, als sie die Nachricht am Bein der Eule festgebunden hat. Oder ihre Angst davor, dass der Vogel auf die Idee kommen könnte, seinen beeindruckenden Schnabel einzusetzen. Den Rest meines Lebens könnte ich damit verbringen, sie zu beobachten. All ihre Gesten, ihre Blicke, das Wechselbad der Gefühle in ihrer Miene. Und dann auch noch der Perlenvogel, der sie ständig umflattert. Zwei verletzliche, wunderschöne und reine Wesen auf einmal.

Jades Tapferkeit erinnert mich an die weißen Frettchen im Gebirge des ewigen Schnees, die umringt von gewaltigen Raubtieren ihr Dasein bestreiten und nur zwei Waffen besitzen, um sich ihrer Haut zu erwehren: Einen starken Willen und unerschütterlichen Mut. So, wie diese Frettchen notfalls einem Eislöwen ins Gesicht springen, um ihre Jungen zu verteidigen, hätte sich Jade mit Scylla und ihrem schwarzen Zauber angelegt, um die zu retten, die sie liebt. Allein dafür werde ich ihr bis an mein Lebensende Respekt zollen.

Ich schaudere vor Kälte – eine Schwäche, die mich wieder daran erinnert, wie mühsam sich die Menschen durch ihr Leben kämpfen müssen – und beobachte mit bis zur Nase hochgezogener Decke, wie Jade ein weiteres Mal die Scherbe aus ihrer Hosentasche zieht. Sie blickt hinein, wartet eine Weile und seufzt enttäuscht, als noch immer nichts zu sehen ist. Frustriert steckt sie sie wieder zurück, lehnt sich gegen das Pferd und streichelt gedankenverloren seinen Hals. Palili und Timotheus schlafen längst, der Perlenvogel hockt in der Nähe des Feuers im Gras und hat den Kopf unter einen Flügel gesteckt. Sogar Ischme ist der Erschöpfung der langen Wanderung erlegen und schmiegt sich schnarchend an meinen Rücken, obwohl sie vorhin noch geschworen hat, mich für den Rest ihres Daseins zu ignorieren. Nur das Mädchen und ich trotzen noch dem Schlaf.

Ob ich noch ein wenig Magie aufbringen kann, um den Zauber der Scherbe aufzuwecken? Einen Versuch ist es wert. Ich schließe die Augen und lausche in mich hinein. Aber da ist nur Leere. Verbissen suche ich weiter, dringe tiefer und tiefer in meine Seele vor. Und dann finde ich ihn. Einen winzigen, vergessenen Lichtschein. Der letzte Tropfen Magie.

Ich warte, bis das Mädchen gedankenverloren die Augen schließt, dann ziehe ich eine Hand unter der Decke hervor, halte sie vor mein Gesicht und lasse das Licht durch mein Blut fließen. Die feinen Adern unter meiner Haut leuchten nur schwach, aber für solch einen kleinen Zauber wird es hoffentlich genügen. Leise flüstere ich die Worte, vereine die Energie ihres Klanges mit der meines Körpers und lasse sie in den ausgebrannten Zauber der Scherbe fließen.

Alles, was Jade spürt, ist Wärme. Sie stutzt, zieht das Stück Silberglas hervor und blickt hinein. Ein schwaches Leuchten umgibt den Splitter, aber sie denkt nicht weiter darüber nach, woher dieses Licht stammt, wischt über ihre nassen Wangen und starrt auf das, was das Spiegelfragment ihr zeigt.

Es tut mir leid, Menschenmädchen.

Kälte sickert in meine Knochen, gefolgt von einer überwältigenden Müdigkeit. Warum hat es ausgerechnet Jade getroffen? Warum ein Mädchen, das sich mit solcher Leichtigkeit in mein Herz stiehlt und es beherrscht, als hätte es schon immer dort hinein gehört?

Die Schwäche will meine Augenlider niederzwingen, aber ich gebe ihr nicht nach. Noch nicht. Stattdessen beobachte ich, wie Jade zu ihrem Lager geht, sich unter ihre Decke kuschelt und das Schaffell bis zum Kinn hochzieht. Dann legt sie die Scherbe in ihre hohle Hand, hält sie dicht vor ihr Gesicht und gibt sich dem trügerischen Zauber hin. Ich sehe ihre Tränen fließen. Höre ihre leisen Schluchzer. Und fühle mich wie ein Ungeheuer.

Ja, ich könnte sie gehen lassen. Ich könnte mein Versprechen ohne Gegenleistung erfüllen und mir eine andere reine Seele suchen. Aber wie lange würde das dauern? Wie lange würde ich dem Fluch noch standhalten? Er frisst an mir, zehrt mich von innen her auf und lässt eine schreckliche Verlockung in mir heranwachsen: Was, wenn ich einfach aufgebe? Was, wenn ich mich einfach fallenlasse?

Meine Zeit läuft ab. Wenn es erneut zweihundert Jahre dauert, bis ich eine reine Seele finde, wird das mein Ende sein. Und das Ende der Menschenwelt. Wie ein Giftstachel krallt sich der Jasmah-Isdar in meinem Fleisch fest und kratzt am Schutzzauber, den ich mit jedem Tag mühsamer aufrechterhalte. Scylla wird mich finden. Bald schon. Der Jasmah-Isdar überzieht das Land mit einem Netz, dem ich eines nahen Tages nicht mehr entwischen kann. Verflucht, ich brauche Jade. Es gibt keine andere Möglichkeit. Und deshalb darf ich dem, was in mir heranwächst, nicht noch mehr Nahrung geben. Jede Berührung macht es schlimmer. Jede Stunde, in der ich ihr beim Schlafen zusehe, stärkt die Fesseln, die schon längst begonnen haben, sich um meine Seele zu wickeln.

Ich will nicht an den Abend denken, an dem es geschehen ist. Doch unerbittlich taucht er in meiner Erinnerung auf. In dem Spiegelsplitter, den sie gerade so verzweifelt umklammert hält, habe ich sie das erste Mal gesehen. Das Mädchen, das alles verloren hat. Alles, bis auf ihren geliebten Bruder. Und doch ist ihre Seele rein und hell geblieben. So wunderbar unverdorben und voller Liebe.

Liebe. Das fast vergessene Gefühl.

In einer Welt, die sich dem Schmutz und der Verdorbenheit verschrieben hat, leuchtet Jades Licht so hell, dass es mich blendet. Alle verlorenen Gefühle hat sie in meine Seele zurückgebracht. Ihretwegen habe ich die Gefahr in den Wind geschlagen und mich in Jemeshars

Abgründe geschlichen. Beinahe wäre alles anders gekommen. Beinahe wäre das Land erneut in Blut ertrunken, und ich hätte tausende Leben gegen eines aufgewogen.

Im Nachhinein erscheint es mir wie ein Wunder, dass ich Scyllas Stymphalen entkommen bin. Zwei Federn haben mich erwischt. Eine mehr, und die lähmende Schwärze ihres Giftes hätte mich zu Fall gebracht.

Lass es nicht zu, flüstert mein schlaftrunkener Verstand. *Halte Abstand. Tu nur das Nötigste, und dann beende es. Ein für alle Mal.*

Die Müdigkeit wird so überwältigend, dass ich ihr nichts mehr entgegensetzen kann. Niemals habe ich mich so erschöpft gefühlt. So leer gebrannt in Körper und Seele. Meine Augenlider fallen zu, Dunkelheit umfängt meine Sinne.

Sich zu schützen, ist unmöglich.

Unmöglich …

Und Scylla spürt es.

Ihr Geist kommt als Nebel, hüllt mich still und heimlich ein und kriecht an mir empor. Die Beine hinauf, über meine Brust und den Hals bis zu meinem Gesicht. Es ist, als würde ich langsam von einem Panzer aus Eis eingeschlossen werden. Harte Krallenfinger schieben den Schal beiseite und kratzen dabei über die Haut meiner Wangen. Dann streicht ihr kalter Atem über meine Haut. Gefolgt von seidigen Lippen, die sich an meine schmiegen und ein hauchzartes Flüstern in den Kuss weben.

Gib auf. Höre auf zu kämpfen. Ruh dich aus. Schlafe.

Ihr Wispern ist unwiderstehlich, das Streicheln des Nebels wie eine Liebkosung. Selbst die Kälte des Eises, die mich immer fester umschließt, besitzt etwas Friedvolles.

Ruh dich aus. Höre auf, zu kämpfen. Schlafe … schlafe.

Mit sanftem Schmerz bohren sich die Krallen in meine Haut und tasten nach meiner Seele. Eisfinger. Schwarze Hexerei. Wie Honig tropft der geflüsterte Fluch in meine ausgelaugte Seele.

Wach auf!

Sofort!

Im nächsten Augenblick stehe ich aufrecht. Heulende Böen wehen mir Schneeflocken in das Gesicht und beißen in jedes freilie-

gende Stückchen Haut. Mein Herz rast. Es rast so schnell, dass mir schwindelig wird und meine Beine nachgeben. Taumelnd kippe ich zur Seite, werde aufgefangen und an einen warmen, weichen Körper gedrückt.

»Was ist los?« Palilis entsetztes Gesicht schwebt über mir. »Was hast du? Was war das gerade?«

Benommen starre ich in die wirbelnden Flocken hinauf. Noch immer spüre ich das Brennen der Krallenspuren auf meinen Wangen, noch immer kriecht das Eis ihrer Berührung durch meinen Körper. Der Schal verhüllt mein Gesicht nicht mehr. Er liegt irgendwo im Schnee. Und an dem Blick des Sosuke erkenne ich, dass der feine Schmerz der Kratzer nicht nur auf einem Traumecho beruht.

»Was um Himmels willen ist das?« Neben Palili taucht Timotheus auf und reißt erschrocken die Augen auf. »Wer hat das getan?«

Ehe die Finger des Zwerges mein Gesicht berühren können, schlage ich sie beiseite. »Wir müssen weiter! Sofort!«

»Weiter?«, fragen beide wie aus einem Mund. »Sofort?«

»Sofort.« Die nächsten Worte schmecken wie Gift auf meiner Zunge: »Scylla hat mich gefunden.«

Die Gesichter der Männer entgleisen. Blanke Panik tritt in ihre Augen. In einem schreckensstarren Moment malt sich jeder der beiden die grauenvollen Todesarten aus, die die Königin für Abtrünnige wie sie aufzuheben pflegt.

»Scylla?«, krächzt Timotheus.

Ich nicke benommen. Mein Körper ist schwer wie ein Felsklotz, jede Bewegung fühlt sich an, als stemme ich ein halbes Gebirge.

»Konnte sie sich mit dir verbinden?«, fragt Palili. »Hat sie deine Spur gefunden?«

»Nein. Ich weiß es nicht. Es war nur ein kurzer Moment. Zu kurz, hoffe ich.« Ich seufze und lege eine Hand auf meine schmerzende Wange. Wo ist mein verdammter Schal? Ah ja, da hinten im Schnee. »Sie weiß, wo wir uns ungefähr befinden, aber die Zeit war nicht lang genug, um ein Band herzustellen.«

»Falls sie es doch geschafft hat«, knurrt der Zwerg, »können wir auch gleich in den nächsten Jandri-Schlund springen. Dann findet sie uns nämlich überall.«

»Ich weiß.« Hätte ich doch nur schon die Orchidee. Könnte ich nur endlich ihren süßen Staub einatmen und dieser Welt den Rücken kehren. »Wir müssen los. Sofort.«

»Aber du bist schwach«, protestiert Palili. »So können wir uns nicht in den Wald wagen.«

»Wir haben keine Wahl.« Ich winde mich aus den Armen des Sosuke und stemme mich mit einer gewaltigen Kraftanstrengung auf die Beine. Allein die Mühe, aufrecht stehen zu bleiben, treibt mir den Schweiß auf die Stirn. »Nehmt eure Waffen, haltet die Augen auf und bleibt auf dem Pfad. Er ist unsere einzige Chance, am Leben zu bleiben.«

Jade

Etwas Furchtbares ist geschehen. Nicht nur, dass Amadors Sommer binnen eines Wimpernschlags in Winter übergegangen ist, irgendetwas versetzt die Männer noch dazu in helle Aufregung. Und ich bezweifele, dass es sich dabei um das Wetter handelt.

Timotheus' und Palilis Gesichter sind starr und kalkweiß. In aller Hast raffen sie inmitten des Schneegestöbers das Gepäck zusammen, zurren es am Wagen fest und tauschen geflüsterte Worte aus, die ich nicht verstehe. Am meisten beunruhigt mich jedoch der Ausdruck in Indigos Augen. Zum ersten Mal sehe ich Furcht darin. Reine, menschliche Furcht, die seine sonst so ruhigen und fließenden Bewegungen fahrig macht und Ischme derart verunsichert, dass sie winselnd um seine Beine streicht. Merkwürdigerweise trägt er keinen Schal, denn der liegt, wie ich kurz darauf sehe, ein Stück abseits vom Lager im Schnee. Und als wäre all das nicht schon seltsam genug, verunstalten vier blutige Kratzer seine Wangen. Zwei auf jeder Seite.

Ich stehe da, starre auf das Geschehen und weiß nicht, was ich tun soll. Wortlos stapft Indigo an mir vorbei, hebt seinen Schal auf und wickelt ihn sich um den Kopf.

Was ist geschehen? Warum brechen wir mitten in der Nacht auf? Und weshalb redet niemand mit mir? Hat ein Tier das Lager angegriffen? Nein, das hätte ich bemerkt. Da ist kein Laut gewesen, kein Knurren und kein Hecheln, nur Indigos Schrei, als er plötzlich auf-

313

gesprungen ist und nach einem unsichtbaren Gegner geschlagen hat. Vor Schreck ist mir die Spiegelscherbe aus der Hand gefallen, in deren Anblick ich mich trotz der Müdigkeit geflüchtet habe.

Werden Atlanter wie Menschen von Albträumen gequält? Aber Albträume hinterlassen keine Wunden. Und sie treiben nicht drei Männer, die schon unzählige haarsträubende Abenteuer bestanden haben, zu einem solch hastigen Aufbruch.

»Was ist los? Warum ... «

Indigo tritt vor mich und schneidet mir mit einer herrischen Geste das Wort ab. »Steig auf den Wagen. Sofort.«

Ohne Widerworte klettere ich hinauf, wische den Schnee von einem flachen Sack und setze mich darauf. »Warum warten wir nicht, bis du deine Kräfte zurückbekommen hast? Ist es nicht viel zu gefährlich im Wald?«

»Weil uns keine Zeit bleibt«, antwortet er mürrisch. »Hier, nimm den Mantel. Er ist uralt, aber er hält immer noch warm.«

Der Atlanter fischt etwas aus einem Sack, der an der Seite des Karrens baumelt, und hält es mir entgegen. Es ist ein zottiges, schneeweißes Ungetüm von einem Mantel und so wunderbar weich, dass ich staunend darüber streiche.

»Was ist das für ein Fell?«

»Eislöwe. Eines der dicksten und wärmsten Felle eurer Welt. Es war ein Geschenk der Araschnun.«

»Du meinst die Nomaden der Koresh-Ebene? Aber die sind doch schon vor langer Zeit ausgestorben.«

»Bete dafür, dass die Welt das weiterhin glauben wird.«

»Dann leben sie noch? Wo?«

»Im Nebelwal-Gebirge.«

»Aber niemand kann dort leben. Es ist zu kalt. Die Stürme dort töten Menschen innerhalb kürzester Zeit.«

»Die Araschnun waren schon immer Überlebenskünstler. Sie haben sich an einem Ort versteckt, den jeder für eine Todeszone hält. Deshalb wurden sie bis heute nicht entdeckt. Und das wird hoffentlich auch so bleiben.«

Ich schlüpfe in den Mantel, schließe die großen Holzknöpfe und fühle fast augenblicklich, wie die Wärme meinen ausgekühlten

Körper umfängt. Wie viel Geld solch ein Kleidungsstück auf dem Markt bringen würde, liegt jenseits meiner Vorstellungskraft. Wahrscheinlich ähnlich viel wie ein Opalfuchs.

»Danke«, nuschele ich in den streng riechenden Flor. »Aber wie in aller Welt erlegt man einen Eislöwen? Sie sind doch ungeheuer groß und stark.«

»Er wurde nicht erlegt«, antwortet Indigo. »Die Araschnun verehren die Eislöwen. Stirbt einer aus ihrem Volk, wird er zu den Löwen gebracht und dient ihnen als Futter. Stirbt ein Löwe, haben die Araschnun im Gegenzug das Recht, seinen Pelz zu nehmen.«

»Verrückt.« Ich spüre, wie immer mehr Angst die Luft erfüllt. Fast kann ich sie auf der Zunge schmecken. »Warum müssen wir jetzt schon los? Bitte sag mir, was geschehen ist. Wer oder was hat dich verletzt?«

Zu meiner Überraschung antwortet Indigo ohne Zögern: »Scyllas Ungeheuer sind auf dem Weg zu uns. Jetzt, in diesem Augenblick. Sie hat mich im Traum heimgesucht und dabei ihr Mal hinterlassen.«

Er legt eine Hand auf seine Wange, während ich unfähig bin, auch nur ein Wort hervorzubringen. Scylla? Sie hat uns gefunden? Ihre Schergen sind auf dem Weg hierher? Das kann nicht sein! Das darf nicht sein! Wenn die Königin uns erwischt, ist der Tod unser kleinstes Problem.

»A-a-aber …«, stottere ich. »Aber w-w-wenn … sie darf uns nicht finden!«

Indigo sieht mich einen Moment lang an. Dann tut er etwas, das mich völlig überrascht. Er legt seine Hand auf meine, sucht meinen Blick und hält ihn fest. Ich spüre das samtige Leder der Handschuhe, darunter die Wärme seiner Haut.

»Was auch immer passiert«, raunt er mir zu, »bleibe auf dem Wagen. Tue, was ich sage, Menschenmädchen. Laufe auf keinen Fall in den Wald. Selbst dann nicht, wenn wir angegriffen werden und alles in dir danach schreit, wegzurennen. Hast du das verstanden?«

Ich schlucke. Fest schließen sich seine Finger um die meinen und flößen mir neuen Mut ein. Ob es ein Zauber ist? Aber ich fühle kein Prickeln, keine Magie und kein Knistern auf meiner Haut.

»Ja«, presse ich hervor.

»Wir werden es schaffen.« Das Schwarz seiner Augen weicht funkelndem, glasklaren Grün, das umso mehr an ein Nordlicht erinnert, weil es in der Dunkelheit zu leuchten beginnt. »Es ist nicht das erste Mal, dass wir diesen Wald durchqueren.«

Ich presse die Lippen zusammen und nicke. Dann endet seine Berührung. Er weicht zurück, holte die Sehne aus dem Köcher hervor und spannt sie auf den Bogen. Ischme steht neben ihm und sträubt die Nackenhaare, während sie auf das Dickicht des Waldes starrt. Was ihre Fuchsaugen in der Schwärze wohl erkennen?

»Zilp?«, rufe ich. »Wo bist du?«

Gehorsam flattert das Tierchen aus dem Gras auf und kommt zu mir geflogen. Diesmal setzt es sich nicht auf eine der Kisten, sondern nimmt seinen Platz auf meiner Schulter ein.

»Hallo, Kleiner.« Ich kraule ihm die fedrige Brust. »Es gibt viel zu tun. Wenn du wirklich Glück bringst, musst du dich jetzt anstrengen. Dieser Wald ist doch deine Heimat, nicht wahr? Du weißt, was dort auf Menschen wartet.«

Zilp piepst nichtssagend. Ein paar Mal atme ich tief durch, dann lehne ich mich gegen eine der Kisten, ziehe das größte Messer aus meinem Gürtel und betrachte die scharfe Klinge, ohne dass der Anblick mir in irgendeiner Weise hilft. Mit jeder verstreichenden Minute wird der Schneefall heftiger, treibt mir die Flocken in die Augen und rieselt in den Kragen meines Mantels.

Timotheus befestigt die letzten Schnallen und Riemen an Amras Geschirr, Palili klettert auf den Kutschbock und greift nach den Zügeln. Die Ruhe der Männer ist dahin. Haben sie sonst jeden Handgriff mit stoischer Miene verrichtet, liegt nun eine Heidenangst in ihren Augen.

Haben wir überhaupt eine Chance, wenn Scylla weiß, wo wir sind? Zweifellos schickt sie ihre Arryx-Reiter los, und diese Monster sind schnell. Viel schneller als wir. Indigo kann uns nicht mehr wegzaubern, unser Karren ist langsam und alle Waffen, die wir noch einsetzen können, bestehen aus Messern, Wurfklingen und Pfeilen. Ich lege eine Hand auf meinen Brustkorb und fühle selbst durch die dicke Kleidung, wie heftig mein Herz dagegen hämmert. Noch ist der Horizont hinter uns dunkel und wolkenverhangen, aber das kann sich jederzeit ändern.

Oh verdammt!

Ich mache mich so klein wie möglich und beobachte den Atlanter. Aus irgendeinem Grund gibt Indigo mir Kraft, wie er da steht und mit zusammengekniffenen Augen die Spitzen seiner Pfeile prüft. Selbst ohne Magie strahlt er eine Stärke aus, die mir das Gefühl vermittelt, eine Chance zu haben. Selbst im berüchtigten Sgulgi-Wald.

Immer wütender treibt mir der Wind die Schneeflocken in das Gesicht. Inzwischen ist das Grasland, das heute Nachmittag noch von der Sonne verwöhnt worden war, unter einer Schicht aus glitzerndem Weiß begraben. Wie können Sommer und Winter so schnell und heftig ineinander übergehen? Liegt es an der Nähe des gefürchteten Waldes? Ist es der schwarze Hexenzauber, der die Kälte und den Frost verursacht?

Timotheus klettert neben Palili auf den Kutschbock, der Sosuke schnalzt mit der Zunge und lässt die Zügel auf Amras Kruppe klatschen. Die Stute schnaubt widerwillig. Sie sträubt sich gegen den Befehl und regt sich nicht, bis Indigo neben sie tritt und ihr etwas in das zuckende Ohr flüstert.

Amra ist immer noch nicht begeistert. Aber sie zieht gehorsam an und setzt den Karren mit einem knirschenden Ruck in Bewegung.

Vor uns liegt der Sgulgi-Wald, hinter uns rücken Scyllas Monster mit jedem Atemzug näher. Bei allen Göttern, werde ich noch einmal einen Sonnenaufgang sehen?

Ich sehne mich so sehr danach, in die Scherbe zu blicken. Aber der Zauber ist bereits verblasst. Zu lange habe ich wach gelegen und dabei zugesehen, wie Aaron und die Schwestern beieinandergesessen und geredet haben. Ich habe ihre Erleichterung über meine zweite Nachricht ebenso wie ihren Kummer gesehen und mir sehnlichst gewünscht, sie nicht nur sehen, sondern auch hören zu können. Immer noch erscheint mir Aarons Genesung wie ein Wunder, und im Grunde ist sie auch eines. Natürlich hat er nicht auf mich gehört, was das Schonen angeht. Das haben mir die frisch gestohlenen Köstlichkeiten bewiesen, die mir die Scherbe gezeigt hat. Wie ich meinen Bruder kenne, ist er gleich am nächsten Morgen nach seiner Heilung auf Diebestour gegangen.

Indigo läuft neben dem Wagen her und ist nur eine Armlänge von mir entfernt. Ein Pfeil liegt schussbereit auf der Sehne seines Bogens, in seinem Blick liegen wieder die altbekannte Kälte und Entschlossenheit. Timotheus und Palili hocken Schulter an Schulter auf dem Kutschbock, drehen immer wieder die Köpfe zur Seite und mustern angstvoll den Himmel.

»Indigo?«, flüstere ich dem Atlanter zu.

Er sieht mich an und hebt fragend eine Augenbraue. »Ja?«

»Könntest du … nun ja, könntest du ein wenig auf meinen Bruder und die Mädchen aufpassen? So, wie du auf mich aufgepasst hast? Du weißt schon. Ein paar kleine Hilfen hier und da?«

»Das tue ich schon die ganze Zeit«, antwortet er gleichmütig. »Ich habe ein Haar von Aaron und eines von Aja auf deinen Sachen gefunden. Aber ich kann nicht mit ihnen sprechen. Und ich kann auch nur kleine Hilfen leisten. Alles, was darüber hinausgeht, würde Scylla spüren.«

»Du hast sie die ganze Zeit beschützt?« Ich blinzele fassungslos. »Du warst bei ihnen?«

»Ein wenig zumindest. Aaron hat übrigens nicht getan, was du ihm geraten hast. Natürlich nicht. Kaum konnte er aufrecht gehen, ist er wieder klauen gegangen.«

Ich grinse kläglich. »Das ist mein Bruder.«

»Ihr seid euch sehr ähnlich.«

»Das habe ich schon oft gehört. Du hast ihm also bei seinen Diebstählen geholfen?«

»So gut, wie es eben ging.«

»Danke. Wirklich. Vielen Dank! Er ist ein mieser Dieb, aber das sieht er natürlich nicht ein.«

»Dann hoffe ich, dass er bis zum Vollmond keine langen Finger mehr macht. Ich kann ihm erst wieder helfen, wenn ich meine Kräfte zurück habe.«

»Wie es aussieht, hat er genug für eine ganze Woche geklaut.« Schon wieder schießen mir die Tränen in die Augen. Verflucht noch mal, hört das denn gar nicht mehr auf? »Noch mal danke, dass du ihn beschützt hast.«

Indigo zuckt mit den Schultern. »Ich habe dir die ganze Sache schließlich eingebrockt.«

»Ja, das hast du. Aber du hast auch meinen Bruder geheilt. Und du hast mir Hoffnung gegeben. Deswegen bin ich wütend *und* dankbar zur gleichen Zeit.«

»Vielleicht wäre es besser, wenn du mich hasst.«

»Das würde ich gerne«, gebe ich zu. »Dummerweise hast du zwei Seiten. Eine, die ich verstehe und der ich dankbar bin. Und eine, die ich zum Jandri wünsche.« In diesem Augenblick schießt mir ein Gedanke durch den Kopf. »Warte mal. Hast du auch mich noch weiter beschützt, nachdem du verschwunden bist?«

»Ich war in jeder Sekunde bei dir.«

Eine Gänsehaut rieselt über meinen Körper, die nichts mit der Kälte zu tun hat. Ich ziehe den Eislöwenmantel eng um meinen Körper und weiß nicht, was ich fühlen soll. Indigo hat so viel zerstört und mir gleichzeitig ebenso viel geschenkt. Ich will ihn hassen, ihm auf Knien danken, ihn küssen und ihn schlagen. Alles auf einmal. Alles gleichzeitig.

»Du bist die geschickteste Diebin, die ich je gesehen habe«, fügt er noch hinzu. »Dein Talent beruht nicht auf meiner Hilfe, falls du das denkst. Na ja, vielleicht ein wenig. Aber das meiste hast du allein geschafft. Du bist unglaublich stark, Jade. Das solltest du dir immer bewusst machen. Jeder andere wäre an deiner Stelle zerbrochen.«

»Nein.« Mit entweicht ein bitteres Schnauben. »Ich bin nicht stark. Hast du gemerkt, wie oft ich in letzter Zeit geheult habe?«

»Warum seht ihr Menschen Tränen als Schwäche an?«, erwidert er sanft. »Ihr weint nur, wenn ihr zu viele oder zu starke Gefühle habt. Sieh es nicht als Zeichen von Schwäche an. Weinen ist nur eine andere Form von Starksein. Zerstörte Menschen haben keine Tränen mehr. Sie sind tot. Du bist das genaue Gegenteil, Jade.«

Ich schlucke. Meine Wangen glühen, ich setze ein paar Mal zu einer Antwort an und schließe am Ende doch unverrichteter Dinge den Mund. Das alles ist zu viel auf einmal. Jeden Augenblick kann die Dunkelheit in Flammen aufgehen. Gequälte Schreie könnten erklingen und brennende Vögel mit ihren Reitern auf uns niederstürzen, um unser Schicksal zu besiegeln.

Indigo wacht über Aaron und die Mädchen. Das ist erst einmal das Wichtigste. Er ist für sie da, solange ich es nicht sein kann. Alles wird gut. Ja, irgendwann wird alles gut.

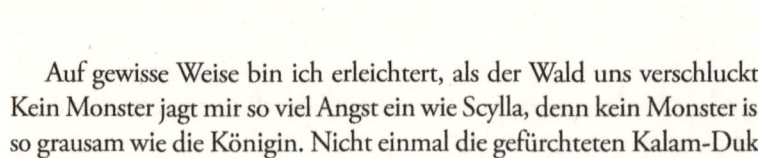

Auf gewisse Weise bin ich erleichtert, als der Wald uns verschluckt. Kein Monster jagt mir so viel Angst ein wie Scylla, denn kein Monster ist so grausam wie die Königin. Nicht einmal die gefürchteten Kalam-Duk.

»Bleibt auf dem Pfad«, beschwört Indigo uns erneut. »Ganz gleich, was passiert. Jenseits davon seid ihr innerhalb eines Herzschlages tot.«

Der sogenannte Pfad ist kaum als solcher zu erkennen. Vielmehr ist er ein Streifen Schwärze inmitten noch tieferer Schwärze. Doch als meine weit aufgerissenen Augen sich der Dunkelheit anpassen und beginnen, Details zu erkennen, wird es nicht besser. Nein, ganz im Gegenteil.

Das vor Nässe tropfende Gestrüpp scheint lebendig zu sein. Zweige, Dornen, Wurzeln und Äste verschlingen sich miteinander, kriechen über- und untereinander und knarzen leise, als würden sie sich etwas zuraunen. Abrupt hört der Schneefall auf, denn durch die undurchdringlichen Kronen der Bäume fällt nicht einmal die kleinste Flocke. Dass man überhaupt etwas sehen kann, ist den sonderbaren, grün leuchtenden Flecken zu verdanken, die hier und da an der Borke der Bäume kleben. Und als der Karren an einem dieser Flecken vorüberzieht, erkenne ich, dass es sich um eine Gruppe kleiner, glühender Pilze handelt.

Auf meiner Schulter beginnt Zilp zu zittern. Der Vogel rückt ganz dicht an mich heran, bis sich sein kleiner Körper an die Beuge meines Halses schmiegt.

»Was ist denn?«, flüstere ich. »Das hier ist doch dein Zuhause. Warum hast du Angst?«

»Weil die Kreaturen dieses Waldes nicht gut auf ihn zu sprechen sind«, antwortet Indigo. »Perlenvögel leben im Schutz der giftigen Orchideen. Außerhalb der Haine sind sie nicht weniger in Gefahr, als wir es sind.«

»Wo sind diese Orchideenhaine?«

»Tief im Wald. Von diesem Pfad aus müsstet du einen guten Tagesmarsch zurücklegen, ehe du den nächstgelegenen erreichst.«

»Wie kam der Händler dann an seine Perlenvögel? Niemand kann einen Tagesmarsch mitten durch das Dickicht überleben, oder doch?«

Indigo schnaubt geringschätzig. »Der Händler wird sie kaum in diesem Wald gefangen haben. Alle paar Jahre verlassen die Vögel ihre

Heimat. Sie ziehen nach Süden, um sich in den Tälern des Lichts zu paaren. Warum, weiß niemand.« Er wirft mir einen kurzen Blick zu, der mein gerade abgekühltes Gefühlschaos neu entfacht. »Zilp ist dir sehr dankbar. Ohne deine Hilfe wären er und seine Gefährten gestorben. Kein Perlenvogel erträgt die Gefangenschaft.«

»Ja, ich ... ähm ...« *Langsam, Jade, langsam!* »Diese ... ähm ... Orchideen in diesem ... ähm ... Wald haben wahrscheinlich nichts mit denen zu tun, die du suchst?«

»Nein. Hier wachsen nur gewöhnliche Giftblumen.«

Indigo fährt herum. Sein Pfeil zielt auf etwas, das ich nicht sehe, doch Augenblicke später lässt er den Bogen wieder sinken. Überall wispert und kratzt, schabt und raschelt es. Aber da ist kein Knurren oder Hecheln wie in Scyllas verfluchtem Wald, kein Heulen und Winseln. Nein, die Geräusche hier sind von anderer, heimlicher Natur.

Nässe tropft von den Flechten, die wie zottige Bärte von den Ästen der Bäume hängen. Dicke Moosteppiche schmatzen unter den Hufen des Pferdes. Selbst im hellsten Sonnenschein muss unter diesem wuchernden Dach aus Laub ewige Dämmerung herrschen.

Ich recke gerade den Hals, um eine merkwürdige Wurzel in Augenschein zu nehmen, die über und über mit den Leuchtpilzen überwuchert ist, als etwas mit einem dumpfen Geräusch auf die Ladefläche des Karrens klatscht. Ehe ich mein Messer danach werfen kann, durchbohrt Indigos Pfeil das Geschöpf. Es quietscht, streckt alle zwölf Beine aus, schüttelt noch einmal sein borstiges Fell und erschlafft. Ich mustere das Vieh genauer ⊠ und kauere im nächsten Moment auf der größten Kiste. Ist das eine Spinne? Eine verdammte, kürbisgroße Spinne mit Zähnen?

»Ruhig!«, ruft Palili, als Amra zu steigen beginnt. »Das Ding ist tot. Alles gut. Ruhig, mein Mädchen, ruhig.«

Die Stute schnaubt und schlägt wütend mit dem Schweif, aber sie trottet gehorsam weiter. Vermutlich hält allein Indigos Nähe das arme Tier davon ab, komplett durchzudrehen.

»Was ist das?« Mir wird schlecht vor Ekel. Um ein Haar wäre ich nicht auf die Kiste, sondern direkt in Indigos Arme gesprungen. In seine Arme, bei allen Göttern! Oh ja, er hätte sich die ganze Nacht lang über mich amüsiert. Über das kreischende Mädchen, das sich beim Anblick eines Spinnenmonsters in seine Arme wirft, damit er sie vor dem Untier beschützt.

»Das ist ein Gnieselpriem«, antwortet er, legt einen neuen Pfeil auf die Sehne und schreitet gelassen weiter, als wäre es nichts besonderes, dass sich kürbisgroße Spinnen aus den Bäumen herabstürzen. »Er ist bei Weitem nicht das Schlimmste, was hier herumkriecht. Sein Biss tut weh, aber er tötet nicht.«

»Ein Gnieselpriem?« Ich versuche, gelassen zu klingen. *Er ist bei Weitem nicht das Schlimmste.* Ernsthaft? »Das ist ein Gnieselpriem?«

»Wie hast du sie dir denn vorgestellt?«

»Keine Ahnung. Irgendwie kleiner und weniger … ähm, spinnenähnlich. Was ist das überhaupt für ein bescheuerter Name?«

»Das darfst du mich nicht fragen. Ihr Menschen habt ihn euch ausgedacht.«

Ich zwinge mich dazu, den Kadaver zu mustern. All die dürren, haarigen Beine, der borstige Körper und die Stielaugen, die immer noch hin und her zucken! Dieses Vieh ist sogar noch hässlicher als die Kalam-Duk.

»Gibst du mir mal den Pfeil?« Indigo streckt eine Hand nach mir aus. »Möglichst, bevor das Eingeweidegift ihn zersetzt?«

»Den Pfeil?« Ich ziehe eine Grimasse. »Ich soll ihn rausziehen?«

»Genau.«

Also gut. Ich atme ein paar Mal tief durch. Vor diesen Kerlen werde ich mir keine Blöße geben, also klettere ich so würdevoll wie möglich von meiner Kiste, stelle einen Fuß auf den Kadaver und ziehe den Pfeil mit einem beherzten Ruck heraus. Weißlicher Schleim quillt aus der Wunde und tropft auf das Holz.

»Bitte schön.« Mit einem schiefen Grinsen reiche ich Indigo den Pfeil. Wieder erkenne ich ein Lächeln in den Augen des Atlanters. Oh, dieser elende Mistkerl! Vermutlich weiß er genau, wie fürchterlich ich mich vor allem ekle, was auch nur annähernd spinnenartig ist. Natürlich weiß er es! Immerhin war er monatelang mein Schutzgeist.

»Wirf den Kadaver ins Gebüsch«, setzt er noch einen drauf. »Sonst schleimt er uns den ganzen Karren voll.«

Ich erdolche ihn mit einem Blick, hole aus und kicke das Vieh mit Schwung von der Ladefläche.

»Mist!« Eine ganze Ladung Glibber bleibt an meinem Stiefel kleben. »Brechspinnenkotze!«

Auf dem Kutschbock fangen Timotheus und Palili an zu glucksen. »Wenn du das eklig findest«, grummelt der Zwerg, »hast du noch nie bis zu den Schultern in einem Gmork-Wurm gesteckt. Das ist widerlich! Und du bist noch nie unter einem Neschnim aufgewacht, der gerade dabei war, dir auf sehr eindrückliche Weise zu zeigen, was er von dir hält.«

»Was ist ein Neschnim?« Ich zische einen Fluch, kauere mich wieder zusammen und krieche so tief wie möglich in meinen Eislöwenmantel.

»Ein riesiger Pflanzenfresser aus dem tiefen Süden«, erklärt Timotheus. »Sieht ein bisschen aus wie eine Mischung aus Wurm und Schwein, nur mit langem Hals und einem unverhältnismäßig kleinen Kopf, der aussieht wie eine zerkochte Kartoffel.«

Ich versuche vergeblich, aus der Beschreibung des Zwerges ein Bild zu kreieren. »Aha. Und was meinst du mit *sehr eindrücklich*?«

»Das will ich dir sagen! Normalerweise sind Neschnims harmlos, aber sie mögen keine Menschen. Falls sie also auf einen treffen, zeigen sie ihm das auf ganz besondere Weise. Wir schliefen damals nichtsahnend auf einer Wiese, als uns dieser Neschnim aufstöbert. Und was macht dieses Mistvieh? Es hockt sich über uns und fängt an zu scheißen.«

»Uuh!«, mache ich.

»Allerdings! Stell dir vor, du wirst von einem dröhnenden Furz geweckt, schlägst die Augen auf und starrst in ein gigantisches Arschloch von der Größe einer Regentonne, aus dem sich gerade ...«

»Genug!« Palili stößt dem Zwerg einen Ellbogen in die Seite. »Ich glaube nicht, dass Jade sich für die Details interessiert.«

»Ich versuche nur, sie abzulenken.«

»Mit riesigen Neschnim-Arschlöchern. Wirklich, ganz toll!«

»Indigo entging natürlich dem Schlamassel«, fügt Timotheus mit einem Augenroller hinzu. »Er war gerade unterwegs, um unser Frühstück zu schießen. Als er wiederkam, steckten wir bis zum Hals in Neschnim-Mist. Das war das erste Mal, dass ich ihn aus vollem Hals lachen gehört habe. Ich meine so richtig. Bis er sich auf dem Boden herumgerollt hat.«

Ich werfe einen Blick auf den Atlanter. Wieder graben sich kleine Fältchen in die Haut um seine Augen. Wie es wohl klingt, wenn er lacht? Richtig lacht, nicht spöttisch, nicht sarkastisch, sondern einfach, weil er irgendetwas schrecklich lustig findet und sich nicht mehr beherrschen kann? Gerade beginne ich, mich ein wenig zu beruhigen, als im Dickicht gelbe Augen aufglimmen. Mit einem Mal scheint sich der gesamte Wald zu bewegen. Beleuchtet vom gespenstischen Schein der Pilze, kriechen zahllose Kreaturen über den Boden und durch das Geäst. In all dem Gewimmel ist es schier unmöglich, die Größe und Art der einzelnen Wesen herauszufinden. Nur eine Gestalt glaube ich zu erkennen: ein schwarzes Einhorn mit langer, lockiger Mähne.

»Habt ihr das gesehen?«, zische ich in die Runde.

»Was?«, fragt Indigo.

»Ein Einhorn!«

»Das kann gut sein. Dank des Jasmah-Isdar haben sie eine Vorliebe für Menschenfleisch entwickelt.«

»Ernsthaft?«

Indigo nickt.

»Sie fressen Menschen?«

»Sie fressen alles und jeden. Sogar ihresgleichen, wenn sie die Gelegenheit dazu bekommen.«

Menschenfressende Einhörner! Tausend heulende Dämonen, ich habe wahrlich keine Ahnung von dieser Welt. Entgeistert starre ich in die Dunkelheit und bemerke, dass sich keines der Ungeheuer auf den Pfad wagt. Sie alle bleiben im Dickicht, als gäbe es eine unsichtbare Grenze, die sie nicht zu überschreiten wagen. Offenbar schafft es Indigo immer noch, den Schutzwall trotz des Ansturms aufrechtzuhalten. Zweimal erhasche ich noch einen Blick auf das Einhorn, dann verschwindet es im hechelnden und geifernden Gewusel.

»Pass auf«, ruft Indigo plötzlich. »Der Hügel rechts von dir!«

Palili reißt an den Zügeln und zwingt die Stute nach links. Ununterbrochen wimmernd klammert sich der Zwerg an ihm fest.

»Ein Jandri-Schlund«, keucht Timotheus. »Du lieber Himmel, pass bloß auf, dass Amra nicht hineintritt.«

»Was?«, blaffe ich ihn an. »Hast du gerade Jandri gesagt?«

»Habe ich.«

»Meint ihr das ernst?«

»Oh ja«, winselt das Kerlchen. »Der ganze Wald wächst auf einem einzigen, riesigen Jandri-Monster. Wusstest du das nicht?«

»Nein.« Mir wird schlagartig übel. Ich sinke in mich zusammen und schließe die Augen, um all das Grauen um mich herum nicht mehr wahrnehmen zu müssen. Nicht einmal das leise Zwitschern, das Zilp auf meiner Schulter von sich gibt, lindert meine Angst. »Das wusste ich nicht.«

»Siehst du die komischen Hügel?« Widerwillig öffne ich die Augen. Der Zwerg deutet in den Wald hinaus, wo sich ein gutes Dutzend solcher Gebilde unter dem Moosteppich abzeichnet. »Unter jedem davon verbirgt sich ein Schlund. Sie alle enden in einem gewaltigen Magen. Und der befindet sich genau unter uns. Oder besser gesagt, genau unter dem Wald.«

»Warum sagst du mir das?« Ich würge an einem großen Klumpen Panik. »Es gibt Dinge, die ich nicht wissen will.«

»Es gibt Dinge, die du wissen solltest!«, widerspricht Timotheus. »Sieh nach links. Wir fahren gleich an einem vorbei.«

Ich beuge mich vor und erkenne einen Hügel, der kaum eine Armlänge vom Wagen entfernt ist und plötzlich beginnt, sich zu bewegen. Ein gurgelndes Geräusch erklingt, gefolgt von einem Schmatzen. Anfangs pulsiert das Gebilde nur, dann öffnet es sich wie eine ekelerregende Blüte und entblößt mehrere Reihen triefender Zähne in einem Maul, dessen Schlund sich tief im Grund des Waldes verliert.

»Bei allen Göttern!«

Ich zucke zurück. Mache mich noch kleiner. Halte mein Messer verzweifelt umklammert. Ein Jandri! Ein riesiger, monströser Jandri! Und wir rollen mit einem Pferdekarren über ihn hinweg. Plötzlich glaube ich, die Bewegungen des Ungeheuers zu spüren. Das langsame Auf und Ab seines Atems, seine unendlich langsamen Zuckungen, sein Winden und Grollen tief in der Erde. Gerüchteweise besitzt eine solche Kreatur hunderte Schlünde. Das Verdauungssystem dieses Viehs muss den ganzen Waldboden wie ein Labyrinth durchziehen.

»Der Wall ist fast aufgelöst«, höre ich Indigos Stimme. »Ich kann ihn nicht mehr lange halten.«

»Du musst!« Als ich sein verschwitztes, kreideweißes Gesicht erblicke, lähmt mich die Angst. Er sieht aus, als würde er jeden Augenblick bewusstlos werden. »Wie weit ist der Weg noch?«

»Noch etwa zwanzig Meilen.«

»Wirst du das schaffen?«

Indigo gibt keine Antwort. Mit zusammengekniffenen Augen läuft er weiter, ohne mir einen Blick oder ein weiteres Wort zu gönnen.

Plötzlich rumpelt der Wagen über eine Wurzel. Die Gefäße und Kisten schlagen polternd aneinander, eine der Wasseramphoren rutscht aus ihrer Halterung und zerspringt auf dem Waldboden. Ob ein Jandri gute Ohren hat? Hat er überhaupt Ohren? Starr vor Angst lausche ich auf ein titanisches Brüllen aus der Tiefe, aber nichts geschieht. Warum sind Amras Hufe nur so groß wie Suppenteller? Jeder Tritt des Tieres erscheint mir laut wie ein Donnerschlag.

Ich muss irgendetwas tun. Irgendetwas, das mich von all dem ablenkt.

»Gab es diesen Wald damals schon?«, frage ich die Männer auf dem Kutschbock, nehme das Messer in die linke Hand und wische die schweißfeuchte rechte an meinem Mantel ab. »Ich meine, bevor der Jasmah-Isdar alles verseucht hat?«

Zu meiner Überraschung antworten weder Timotheus noch Palili, sondern Indigo: »Ja. Es gab ihn schon immer.«

»Mit all seinen Monstern?«

»Der Sgulgi-Wald war schon immer gefährlich. Viele gefürchtete Kreaturen haben hier ihre Heimat.«

»Warum habt ihr ihn nicht gesäubert, wenn er damals schon so gefährlich war?«

»Weil wir kein Urteil über seine Lebewesen gefällt haben.« Es scheint, als spräche Indigo aus demselben Grund wie ich: Um auf andere Gedanken zu kommen. Sein Gang wird zunehmend unsicher, inzwischen klebt der schweißdurchtränkte Schal wie eine zweite Haut an seinem Gesicht. Wie lange wird er noch durchhalten? Und was wird geschehen, wenn der Wall zerbricht?

»Wir unterscheiden nicht zwischen Gut und Böse«, fährt er fort. »Nicht zwischen schädlich und nützlich. Auch die Kreaturen, die ihr Monster nennt, streben nach demselben wie ihr: Überleben.«

»Und was ist mit den Kalam-Duk und all den anderen Biestern, die du getötet hast?«

Indigo wirft mir einen Blick aus schillernden Kristallaugen zu. »Das ist etwas anderes. Diese Wesen stammen nicht aus der Natur. Sie wurden vom Jasmah-Isdar erschaffen. Ihr Ursprung liegt in einem kranken Universum, das tief unter dem unseren liegt. Unvorstellbar tief.«

»Und der Jandri?«

»Er ist ein Monster, das schon immer zur Menschenwelt gehört hat. Solange du vorsichtig bist und nicht in einen seiner Schlünde fällst, wird er dir nichts tun.«

Ich seufze. Na wunderbar. Wenn es nur darum geht, still zu sitzen und nichts zu tun, werde ich die Sache mit Bravour bestehen. Ob ich überhaupt in der Lage bin, zu kämpfen? Die Angst lähmt mich viel zu sehr, und mir will einfach nicht einfallen, warum das so ist. Mein Leben war so oft in Gefahr. Ich habe mich durch Jemeshars Abgründe gekämpft und jedes Hindernis überwunden. Warum fühle ich mich jetzt wie ein geschlagenes Kind, das nur noch eines will: sich verstecken?

Mit weit aufgerissenen Augen starre ich in die Dunkelheit. Die Zahl der Jandri-Schlünde nimmt zu, bis nahezu der gesamte Waldboden davon bedeckt ist. Offenbar bewegen wir uns gerade über den Mittelpunkt des Monsters.

Denk an was anderes! Denke an … an die Bäume! Jawohl, an die Bäume.

Wie alt mögen sie sein? Manche Stämme sind dicker als tausendjährige Eichen, formen die absonderlichsten Gestalten, wuchern ineinander und ähneln knorrigen Toren, Kathedralen und Brücken. Irgendetwas bewegt sich auf ihren Ästen. Etwas Flinkes und Schwarzes, das immer näher kommt und plötzlich über unseren Köpfen dahinhuscht.

Gnieselprieme! Dutzende davon!

Indigo spannt seinen Bogen und zielt auf eines der Wesen, das unseren Köpfen bedrohlich nahe kommt. Mit seinen zwölf borstigen Beinen hangelt es sich über einen tief hängenden Ast, kriecht bis zu seiner äußersten Spitze und …

Ein großes, schwarzes Wesen stürzt aus dem Gebüsch und verbeißt sich in Indigos Schulter. Das Einhorn! Sein Pfeil schnellt von der Sehne und verschwindet irgendwo im Gebüsch. Noch ehe ich begriffen habe, was geschehen ist, stürzt sich Ischme auf das Einhorn, springt in seinen Nacken und schlägt ihm die Zähne ins Fleisch. Aber es lässt nicht los. Auch nicht, als Indigo ein Messer aus seinem Gürtel zieht und es bis zum Heft in den Hals der Kreatur rammt. Ich werfe kurz hintereinander zwei Klingen, beide treffen. Doch das Einhorn lässt nicht los. Indigo stürzt zu Boden, ein hässliches Reißen erklingt. Meine letzten beiden Klingen rammen sich in den Körper des Wesens, drei weitere kommen von Palili. Inzwischen blutet das Einhorn aus vielen Wunden, doch seine Raserei lässt nicht nach. Panisch taste ich über meinen Gürtel. Ich muss etwas tun! Ich muss Indigo helfen, aber wie? Palili wirft seine letzten beiden Messer, auch sie bringen das Biest nicht zu Fall. Ich greife nach der nächstbesten Amphore, um sie nach der Kreatur zu werfen, als zwei Kalam-Duk fauchend aus der Nacht springen und ihrerseits das Einhorn angreifen. Von der Wucht des Aufpralls wird es zur Seite gerissen und gibt Indigo frei.

Wie durch ein Wunder entgeht Ischme den Kiefern der Kalam-Duk, bringt sich mit einem gewaltigen Satz in Sicherheit und steht plötzlich mit gesträubtem Nackenfell auf der Ladefläche des Karrens.

Trotz seiner Verwundung reagiert der Atlanter blitzschnell und erledigt einen dritten Kalam-Duk, indem er ihm einen Pfeil zwischen die Augen schießt. Ein vierter springt aus dem Dickicht und wird von Ischme abgefangen, die sich wie eine Naturgewalt vom Karren heraus auf das Untier stürzt. Ein fester Biss, ein brutales Rütteln, und das Genick der Kreatur bricht wie ein trockener Zweig. Das nächste Tier wird im Sprung von Indigos Pfeil getötet. Aber es ist kein Kalam-Duk, sondern eine Art Wolf. Mit dem Unterschied, dass er keinen Schweif und kein Fell besitzt, sondern ganz und gar von ledriger, schwarzer Haut überzogen ist.

Zwei weitere Pfeile töten die beiden Kalam-Duk, die sich über das Einhorn hergemacht haben, dann kehrt gespenstische Stille ein. Unser keuchender Atem hallt in einem Wald wider, der wie ausgestorben wirkt. Doch uns bleibt keine Zeit zum Aufatmen.

»Palili! Pass auf!«

Indigos Warnruf lässt den Sosuke zusammenzucken. Ein Gnieselpriem lässt sich fallen und landet direkt auf seinem Schädel, noch ehe er ausweichen kann. Zwei knöcherne, triefende Kiefer schnappen auf und zu wie eine Bärenfalle, die widerlichen Borsten verheddern sich in Palilis Haar und machen es dem Sosuke unmöglich, das Vieh von seinem Kopf zu schlagen.

»Halt still!« Indigo hat bereits einen Pfeil auf die Kreatur angelegt, doch solange der Hüne aus Leibeskräften zappelt und um sich schlägt, wagt er es nicht, zu schießen. »Halt still, verdammt, sonst töte ich am Ende noch dich!«

Palili hört nicht auf ihn. Brüllend zerrt er an der Kreatur auf seinem Kopf, die sich nur umso fester in seine Zöpfe krallt. Klackernd schnappen die Kiefer nach seinen Fingern, schlagen sich in seine Kopfhaut und reißen tiefe Wunden. Blut fließt über das Gesicht des Kriegers. Ströme von Blut.

Ich taste instinktiv nach meinen Messern und finde nur leere Schlaufen. Alle meine Klingen stecken im Einhorn, das zerfetzt auf dem Pfad liegt – viel zu weit entfernt. Da greift Timotheus hinter sich, schnappt sich eine Amphore und schlägt sie mit aller Kraft auf den zappelnden Gnieselpriem. Das Vieh kreischt, Palili kreischt noch lauter.

Fast lautlos durchschlägt Indigos Pfeil den Körper der Kreatur, fliegt noch ein gutes Stück in den Wald hinein und bohrt sich in einen Baumstamm. Der Gnieselpriem stößt ein schrilles Quieken aus. Er zuckt mit seinen Spinnenbeinen, verspritzt eine Salve aus Schleim und erschlafft. Verzweifelt versucht Palili, den Kadaver aus seinem Haar zu reißen, rutscht immer weiter zur Seite und beginnt zu kippen.

»Nein!« Timotheus versucht noch, nach ihm zu greifen, doch es ist zu spät. Palili verliert das Gleichgewicht und kippt vom Kutschbock. Einen Augenblick später verstehe ich die Panik des Zwerges: Dem dumpfen Aufschlag folgt ein vertrautes Schmatzen und Saugen. Ein Jandri-Schlund!

»Nein! Nein! Nein!« Timotheus springt vom Karren, ich springe kurzerhand hinterher. Der Anblick, der sich mir bietet, überfordert meinen Verstand. Bis zur Hüfte ist der Sosuke in den schleimigen Schlund gerutscht, der sich pulsierend und saugend um ihn schließt.

Timotheus reißt ihm den Gnieselpriem aus den Haaren, packt ihn bei den Schultern und zerrt, ohne das Geringste ausrichten zu können. Auch Palilis mächtige Arme, die sich gegen den Boden stemmen, sind machtlos. Zoll für Zoll stülpt sich das Maul des Jandris über ihn, zerrt ihn in die Tiefe seines Rachens und bohrt hunderte kleine Zähne in seine Haut.

Ich stehe da wie gelähmt.

Schreie innerlich, ohne dass ein Laut aus meiner Kehle kommt.

Beweg dich, verdammt!

Plötzlich ist Indigo da, schiebt Timotheus beiseite und zieht an seiner statt an dem Sosuke. Ich sehe die furchtbaren Wunden, die die Zähne des Einhorns geschlagen haben, aber der Atlanter kümmert sich nicht darum. Seine gerade noch erloschenen Kräfte scheinen wieder aufzuleben, und anfangs sieht es tatsächlich so aus, als gelänge es ihm, den Krieger zu befreien. Mit einem wütenden Ruck kann er Palili ein gutes Stück herausziehen, doch noch ehe der Sosuke bis zur Hälfte befreit ist, geht ein Beben durch das Maul.

Und der Sog wird noch kräftiger.

Indigo keucht, der Blutverlust fordert seinen Tribut. Selbst als ich und Timotheus das Wams des Hünen packen und mitzerren, saugt ihn der Schlund unerbittlich in die Tiefe. Inzwischen tränkt stinkender Schleim Palilis Kleidung und lässt unsere Finger abrutschen. Der Bauch des Sosuke verschwindet wieder im Maul, dann seine Brust.

Palilis Schreie verwandeln sich in ein schrilles Kreischen. Ich blicke in seine weit aufgerissenen Augen und kann die Todesangst darin kaum ertragen. Seine Finger tasten hektisch über meine Arme, greifen nach mir und versuchen, sich festzuhalten. Irgendwo. Irgendwie.

»Nein!« Timotheus brüllt wie am Spieß. »Nein! Du wirst ihn nicht fressen! Nein! Nein! Du bekommst ihn nicht, du verdammtes Drecksvieh!«

Das Maul pulsiert schmatzend, als wolle es sagen: *Oh doch! Und wie ich ihn bekomme!*

Nein! So darf es nicht enden! Palili wird bei lebendigem Leib verdaut werden, gefangen in den Eingeweiden eines gigantischen Monsters. Niemand soll einen solch grausamen Tod sterben. Kein

Wesen! Ich schreie meine Wut hinaus, packe noch einmal zu und zerre gemeinsam mit Indigo und Timotheus, bis mir schwarz vor den Augen wird.

Vergeblich.

Das glitschige Maul rutscht über seine Schultern, schließt sich schmatzend um Palilis Hals und …

»Weg von ihm!«

Indigo stößt erst mich, dann den Zwerg beiseite. So heftig, dass Zilp kreischend aufflattert und ich selbst eine gute Pferdelänge entfernt in das Moos falle.

»Was zum Geier sollte das? Warum …« Ich verstumme, als ein greller Blitz die Nacht zerfrisst. Drei Herzschläge lang gibt es nur noch Helligkeit, in der hunderte geblendete Monster über- und untereinander purzeln. Die weiße Glut sticht in meine Augen, dann jagt eine glutheiße Druckwelle über mich hinweg und presst mir den Atem aus den Lungen.

So schnell, wie der Zauber über mich hinweggefegt ist, endet er auch wieder. Abrupt und dick wie ein Tuch, das über mich geworfen wird, kehrt die Dunkelheit zurück. Ein würgendes Geräusch erklingt, gefolgt von einem Spucken. Etwas Schweres fällt zu Boden, dann erzittert die Finsternis unter dem Wutgeheul unzähliger Kreaturen. Oder dem einer einzigen Kreatur, die aus hunderten von Mündern schreit.

»Oh nein!«, kreischt Timotheus. »Oh nein! Palili! Komm, sag etwas! Rede mit mir! Komm schon, komm schon!«

Ich stemme mich auf die Beine, blinzele in die Dunkelheit und sehe den leblosen Sosuke, blut- und schleimbedeckt, mit ausgebreiteten Armen und offen stehendem Mund auf dem Boden liegen. Kein Atem hebt und senkt seine Brust. Timotheus rüttelt an seinen Schultern, umfasst sein Gesicht, drückt Zeige- und Mittelfinger in seinen Hals.

Er ist tot. Palili ist tot.

Ich spüre, wie der Vogel wieder auf meiner Schulter landet. Sein Zwitschern klingt traurig.

»Komm zurück, du verdammter Idiot!« Das Kerlchen ist völlig außer sich. Mit aller Kraft schlägt es seine Fäuste gegen die Brust des

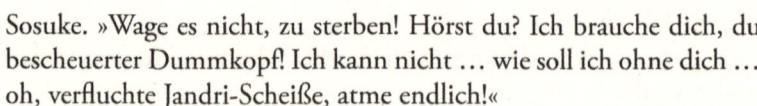

Sosuke. »Wage es nicht, zu sterben! Hörst du? Ich brauche dich, du bescheuerter Dummkopf! Ich kann nicht ... wie soll ich ohne dich ... oh, verfluchte Jandri-Scheiße, atme endlich!«

Der Zwerg bläst seinen Atem mehrere Male in den Mund des Hünen, richtet sich wieder auf und fährt damit fort, wie von Sinnen auf seinen Brustkorb einzudreschen.

Zu spät. Er ist tot.

Meine Beine zittern, alles beginnt sich zu drehen. Wo ist Indigo? Wie konnte er das Licht aussenden, wenn all seine Magie aufgebraucht ist? War es vielleicht kein atlantischer Zauber, sondern etwas anderes? Etwas, das uns nur scheinbar gerettet hat?

»Du Mistkerl!«, brüllt der Zwerg. »Du Käsehirn! Du dreimal verfluchter Aaswurm! Hör endlich auf zu sterben!«

Noch fünf Mal atmet er an seiner statt, noch fünf Mal schlägt er auf seine Brust ein. Schließlich stößt er einen markerschütternden Klagelaut aus, kippt zur Seite und krümmt sich zusammen, während der um seine Beute betrogene Schlund spuckend und würgend in sich zusammenfällt. Das Licht scheint ihn wortwörtlich gekocht zu haben. Blasen werfen sich auf und platzen, während das Maul erbärmlich zuckt.

Kann ein Jandri wütend genug werden, um dem Erdboden zu entsteigen? Falls ja, haben wir keine Chance. Nicht gegen ein Monster, das so groß ist wie ein ganzer Wald.

Ich warte auf das finale Erdbeben, als meine panischen Gedanken plötzlich auf etwas anderes gelenkt werden: Der tot geglaubte Sosuke schlägt die Augen auf. Er hebt die Hand, wischt über seine blutverschmierte Stirn, wirft mir einen verwirrten Blick zu und richtet sich auf. Eine Weile betrachtet er Timotheus' Leiden, dann fragt er mit heiserer Stimme: »Was machst du da, alter Knochensack? Weinst du etwa meinetwegen?«

Timotheus springt in die Höhe. Zuerst reißt er Augen und Mund auf, dann holt er aus und verpasst dem Hünen eine schallende Ohrfeige. Kaum hat Palili sich gefangen, schlägt Timotheus ihn ein zweites Mal.

»Du Sauhund!«, brüllt der Zwerg. »Du Sohn eines gesichtslosen Totengräbers! Du stinkende Kotkröte!«

»Schrei mir nicht ins Ohr.« Palili rappelt sich stöhnend auf. Noch immer tropft Blut von seinem Kopf, aber keine der Wunden scheint ernsthaft zu sein. »Wir müssen uns beeilen. Und zwar gewaltig. Seine Magie wird sie nicht lange fernhalten.«

»Magie?« Ich blicke ungläubig von einem zum anderen und versuche das Geschehen zu begreifen. »Aber ich dachte, seine Kräfte wären am Ende.«

»Das sind sie auch.« Timotheus wischt sich die Tränen von den Wangen und durchbohrt Palili mit funkelnden Blicken. »Was du da gesehen hast, war Indigos Lebensenergie. Er hat sich wortwörtlich selbst das Licht ausgeblasen.«

»Er hat was?«

»Er ist hinüber. Tot. Leblos. Ausgebrannt.«

Ich kneife die Augen zusammen. »Was?«

Palili geht ins Dunkel hinein, hebt etwas vom Boden auf und trägt es zum Karren. Es ist ein schlaffer Körper. Indigos Körper! Die Füchsin, die offenbar die ganze Zeit neben ihrem Herrn gewacht hat, folgt dem Sosuke. Als er den Atlanter auf den Wagen legt, springt sie hinterher und rollt sich an Indigos Seite zusammen.

»Er erholt sich doch wieder, oder?« Der Anblick seiner Leiche sticht tiefer in mein Herz, als ich es für möglich gehalten habe. Ich kann kaum mehr atmen, so heftig ist die Angst, die mich befällt. »In der nächsten Nacht ist Vollmond.«

»Ja. Aber wir müssen schnell sein.« Timotheus schubst mich in Richtung Karren. Das Pferd ist kurz davor, blindlings davonzustürmen. Es rollt mit den Augen, schüttelt seine Mähne und zerstampft mit seinen riesigen Hufen die Erde.

»Halt' sie fest«, befiehlt Palili dem Zwerg. »Sonst ist Amra gleich über alle Berge. Ich muss noch meine Messer holen.«

Der Zwerg packt die Stute am Geschirr, vergräbt sein Gesicht in ihrer Mähne und heult seine Erleichterung heraus. Ich begleite Palili zum Einhorn-Kadaver, ziehe meine Klingen heraus und stecke sie wieder in den Gürtel zurück. Zuletzt lasse ich meine Finger über das schwarze glitzernde Horn gleiten. Es ist so lang wie mein Arm und teilt sich an der Spitze in eine filigrane Krone auf, ähnlich wie bei einem Hirsch. Die Diebin in mir stellt ihre übliche Rechnung auf,

doch ich ignoriere sie. In erster Linie fühle ich Trauer. Und Wut darüber, dass selbst solch reine Wesen vom Jasmah-Isdar verseucht sind.

»Schlag es besser nicht ab«, rät Palili mir. »Früher hat in so einem
Horn vielleicht Zauberkraft gesteckt, aber jetzt nicht mehr.«

»Ich hatte nicht vor, es abzuschlagen.«

Der Sosuke sieht mich nachdenklich an, dann legt er seine Hand
auf meine Schulter. »Gut gemacht, Mädchen. Wirklich gut gemacht.
Die meisten gestandenen Männer hätten sich in die Hosen gemacht.
Los jetzt. Wir müssen uns beeilen.«

Die nächsten Sekunden verschwimmen vor meinen Augen. Plötzlich sitze ich zusammengekauert auf der Ladefläche und halte schon
wieder ein Messer griffbereit. Amra rast im gestreckten Galopp durch
den Wald, zwingt Zilp auf meiner Schulter zu wildem Geflatter und
lässt den Karren ohrenbetäubend scheppern. Timotheus krallt sich an
Palili fest, ich selbst ziehe Indigos Kopf in meinen Schoß und schütze
seinen leblosen Körper mit meinem. Ischme starrt mich aus großen
Augen an, aber die Füchsin knurrt nicht und versucht auch nicht,
nach mir zu schnappen. Stattdessen weicht sie sogar ein Stück zur
Seite, um mir mehr Raum zu verschaffen.

»Alles wird gut«, flüstere ich. Zu dem Tier, zu mir selbst und zu
Indigo. »Alles wird gut. Ganz sicher.«

Seine Haut wird kalt. Immer kälter. Er ist unzweifelhaft tot, und
selbst die Erinnerung an Timotheus' Erklärung, dass das Licht der
Vollmonde ihn wieder aufwecken wird, bewahrt mich nicht vor der
lähmenden Angst.

Angst um ihn? Angst um mich selbst? Der Atlanter ist unser einziger Schutz in dieser Welt. Er ist meine einzige Chance, Aaron und
die Schwestern zu befreien.

Ist es wirklich nur das?, fragt eine innere Stimme. *Nur das?*

Ja!, erwidere ich entschlossen. *Nur das!*

Ich beuge mich über ihn, hin und her geschüttelt von der wilden
Fahrt, schlinge meine Arme um seinen Oberkörper und halte ihn so
fest, wie es mir bei der wilden Fahrt möglich ist. Am Rücken spüre ich
Ischmes Wärme, am Oberkörper und den Schenkeln Indigos Kälte.

Ein Aufschrei lässt mich zusammenzucken, aber ich blicke nicht
auf. Nein, ich halte mich noch verzweifelter an dem leblosen Körper

fest und kneife die Augen zu. Etwas schmatzt, als durchstieße eine Klinge lebendiges Fleisch. Dann ertönt ein Kratzen, Kreischen und Rumpeln, gefolgt von feuchtem Knacken. Wenn ich die Geräusche richtig deute, ist irgendetwas vom Wagen gefallen und unter die Räder geraten. Entsetzt fahre ich hoch, doch Timotheus und Palili sitzen noch immer auf dem Kutschbock.

»Drecksviecher!«, knurrt der Zwerg. »Los, schneller! Wir haben es bald geschafft.«

»Ich kann nicht schneller«, fiept Palili.

»Versuch es. Verdammt, sie kommen!«

»Nimm die Zügel!«

»Ich …«

»Nimm sie!«

Alles besteht aus Geräuschen: Das Keuchen des Pferdes, das Scheppern, Klappern und Quietschen des Wagens, das Fluchen der Männer und das Heulen der Kreaturen, die neben unserem Wagen herrennen. Es werden immer mehr.

Bald übertönt ihr Hecheln und Geifern selbst den Lärm des Wagens. Hunderte Pfoten und Klauen scheinen den Boden aufzuwühlen. Körper prallen gegeneinander. Etwas rammt gegen den Wagen, stürzt und überschlägt sich.

»Duck dich, Jade!«, höre ich Palili brüllen. »Halt' den Kopf unten, hast du verstanden?«

Kaum habe ich genickt, sirren Klingen über mich hinweg. Jede einzelne findet ihr Ziel. Kreaturen heulen vor Schmerz, brechen zusammen, winseln und schreien.

Obwohl ich mich danach sehne, im Dunkeln zu bleiben, öffne ich die Augen und werfe in schneller Abfolge auch meine Messer. Eins nach dem anderen trifft sein Ziel, doch jedes Monster, das zusammenbricht, scheint durch drei neue ersetzt zu werden. Als ich erneut waffenlos bin, kauere ich mich wieder über Indigo zusammen und versuche, nichts anderes zu spüren als den Körper in meinen Armen. Das weiche Leder der Kleidung, die festen Muskeln und Sehnen darunter. Die glatte Haut über Indigos Schläfe, an die ich meine Lippen schmiegte. Verbissen vermeide ich es, einen Blick auf seine Schulter zu werfen. Es genügt, das Blut zu riechen und unter meinen Händen zu fühlen.

Etwas schlägt seine Pranken in den Karren. Ich rieche stinkenden Atem, Kiefer schlagen aufeinander. Zilp krallt sich so verzweifelt in meiner Schulter fest, dass seine Krallen meine Haut durchstechen.

Nicht hinsehen! Nicht hinsehen!

Das Sirren einer Klinge. Ein Brüllen. Und wieder das Geräusch eines stürzenden Körpers.

»Schneller!«, kreischt Timotheus. »Schneller, Amra! Schneller!«

Mir vergeht Hören und Sehen. Wir rasen über den Pfad, bis der Karren nicht mehr holpert und hüpft, sondern schier dahinfliegt. Atme ich noch? Schlägt mein Herz noch? Alles wirbelt um mich herum, löst sich auf und wird schwammig.

Als die Welt plötzlich stillsteht, bin ich lange nicht dazu fähig, den Kopf zu heben. Erst als jemand auf meine Schulter klopft, bewegt sich mein schlotternder Körper.

Sonnenlicht?

Tatsächlich!

Der ganze Wald strahlt. Und es ist ein wunderschöner Wald, der nichts mit dem finsteren Gestrüpp zu tun hat, aus dem wir gekommen sind. Schräge Säulen aus Licht fallen durch die Baumwipfel und bringen die sattgrünen Blätter zum Leuchten. Es gibt sogar Blumen. Kleine weiße Blumen inmitten von saftigem Gras.

Vor Verblüffung bringe ich kein Wort hervor.

»Die Zeit vergeht an diesem verfluchten Ort anders.« Timotheus wischt sich den Schweiß von der Stirn. »Genau genommen haben wir einen ganzen Tag verpasst, während da drin nur eine oder zwei Stunden vergangen sind. Ich denke, es dürfte etwa später Nachmittag sein.«

Gemeinsam werfen wir besorgte Blicke zum Himmel hinauf. Kein Arryx. Kein Schwarm kreischender Stymphalen. Dort oben segeln nur harmlose Wolken.

Gut zwanzig Pferdelängen entfernt sehe ich das Dickicht des Sgulgi-Waldes, in dem noch immer die Dunkelheit festhängt. Hier aber tanzen Insekten in sanften Lichtstrahlen, Vögel zwitschern und Grillen zirpen. Es ist, als wären wir erneut vom tiefsten Winter zurück in den Sommer gereist.

»Heute Nacht bekommt er seine Kraft zurück.« Timotheus blickt auf Indigo hinunter, dessen Kopf noch immer in meinem Schoß ruht.

Jetzt, im hellen Sonnenschein, kann ich seine böse zugerichtete Schulter nicht mehr ignorieren. Schon wieder wird mir übel. Ich beiße die Zähne zusammen und starre in den unwirklich schönen Wald hinaus. »Dann wird unser Weg leichter, versprochen. Mach dir keine Sorgen, Floh. In ein paar Stunden haben wir unseren Magier zurück. Und zwar im Vollbesitz seiner Kräfte.«

»Zeit wird's«, seufzt Palili, legt seinen Kopf in den Nacken und hält das Gesicht in die Sonne. Er ist von Kopf bis Fuß in Blut und Schleim gebadet, und sein Kopf bietet einen ähnlich hässlichen Anblick wie Indigos Schulter. »Bei den Göttern, ich dachte, das war's.«

»Allerdings!«, grollt der Zwerg. »Bei dem Aasgestank, den dein Mund verströmt, um ein Haar hättest du mich allein gelassen!«

»Als würde ich das jemals tun«, erwidert der Sosuke mit einem gequälten Grinsen. »Dich alten Sack kann man doch nicht alleine lassen. Ohne mich wärst du aufgeschmissen.«

Timotheus ringt die Arme gen Himmel, schüttelt sie ein paar Mal und lässt sie wieder fallen. »Den Göttern sei Dank, wir sind alle noch am Leben. Na ja, fast alle. Aber der Vollmond kriegt das schon wieder hingebogen. Wir sollten unser Lager aufschlagen und … oh, was ist das denn?«

Ein grün schillerndes Wesen surrt heran, bleibt flügelschlagend vor Palilis Gesicht stehen und scheint ihn in Augenschein zu nehmen. Es ist ein Kolibri, gerade mal so groß wie mein Daumen. Wie ein gefiedertes Juwel tanzt er in der Luft umher und kommt dem Sosuke immer näher, bis er fast seine Nase berührt.

»Srriiii!«, schimpft Zilp auf meiner Schulter. »Srrriiii!«

»Was hast du denn?« Ich kraule ihm mit dem Zeigefinger die Brust. »Es ist doch nur ein Kolibri. Ein kleiner, entzückender Kolibri.«

Timotheus beobachtet das bunte Wesen, das nun vor seinem Gesicht schwebt, mit einer Mischung aus Misstrauen und unfreiwilliger Faszination. Offenbar ist das Geschöpf im Gegensatz zu einem Raben oder einer Eule zu klein, um seine Abscheu zu wecken. Trotzdem zieht er die Nase kraus, als das Tierchen pfeilschnell herumschwirrt und seine fadendünne Zunge aus dem Schnabel schiebt.

»Ich bin keine Blume, du blödes Vieh.« Der Zwerg wackelt mit dem Finger hin und her, der Vogel folgt seiner Bewegung. »Aus mir bekommst du keinen … autsch!«

Timotheus zuckt zurück und reißt die Augen auf. »Das Biest hat mich gestochen. Mit seiner Zunge.«

»Blödsinn.« Palili schnaubt. »Seit wann stechen Vögel?«

Zwei weitere Kolibris tauchen auf und umtanzen den Sosuke. Vielfarbig reflektiert ihr glänzendes Gefieder die letzten Strahlen der Sonne.

»Dieser hat es getan!«, schimpft der Zwerg. »Autsch! Schon wieder! Hol mich doch der Teufel! Ich weiß schon, warum diese Federratten nicht mag.«

Ein vierter Vogel schwebt heran, dann ein fünfter und sechster. Ihr schwereloser Tanz besitzt eine spielerische Fröhlichkeit, sie hüpfen in der Luft auf und ab, drehen sich und taumeln, surren vor und zurück. Doch immer wieder, so schnell, dass mein Blick ihnen kaum folgen kann, stürzen sie sich auf den Zwerg oder den Sosuke, bohren ihre Zungen in deren Haut und sausen davon, ehe die zuschlagenden Hände sie treffen können.

Noch mehr Vögel tauchen aus dem hohen Gras aus, doch diesmal ignorieren sie Palili und Timotheus und tanzen auf mich zu. Aufgebracht schlägt Zilp mit seinen Flügeln. Als uns die Tierchen zu nahe kommen, beginnt er aus vollem Hals zu kreischen und hackt nach ihnen, doch die Bewegungen der Kolibris sind so schnell, dass sie immer wieder zu einem grün-goldenen Schillern verschwimmen. Plötzlich fühle ich einen scharfen Stich im Nacken. Ich schlage nach dem Tier, treffe nur Luft und werde gleich zweimal in die Stirn gestochen. Blitzschnell weichen die Kolibris meinen Schlägen und Zilps Schnabel aus, greifen erneut an und bohren ihre Zungen in meinen Arm. Mühelos durchdringen sie sogar den dicken Mantel und das Hemd, nehmen einen Schluck Blut und verschwinden wieder.

Immer mehr Stiche flammen auf. An meinen Beinen, meinem Rücken, meinem Kopf. Wie ein Wahnsinniger flattert Zilp umher, erwischt eines der Tierchen und schlägt ihm seine Krallen in den Leib. Kolibri und Perlenvogel kreischen um die Wette, ich werde in eine Wolke aus umherstiebenden grünen und perlmuttfarbenen Federn gehüllt.

Timotheus und Palili schlagen fluchend um sich, das Pferd steigt und zerteilt mit den Vorderhufen eine Wolke aus Kolibris. Immer

mehr Vögel schwirren heran, das Sirren ihrer Flügel wird zu einem wütenden Chor.

Als Amra blindlings losstürmt, greift Palili im letzten Moment nach den Zügeln. Der plötzlichen Geschwindigkeit können die meisten Tierchen nicht standhalten, eines nach dem anderen bleibt hinter uns zurück. Ein besonders hartnäckiger Kolibri hängt in meinem Haar fest und sticht mir seine Zunge in die Kopfhaut. Ich packe ihn, werfe ihn mit aller Kraft in die Luft und sehe, wie er von einer weißen Gestalt eingefangen wird. Zilp hackt so wutentbrannt auf seinen Gegner ein, dass es nur noch blutige Fetzen regnet. Mordlust funkelt in seinem Blick, als er sich nach getaner Arbeit auf Indigos Brust setzt und aufgeregt mit seiner Federhaube wippt. Ungläubig starre ich ihn an. Nie hätte ich gedacht, dass so viel Raubtier in ihm steckt. Zilp scheint sich regelrecht nach dem Kampf zu sehnen, und als es einem Kolibri trotz der rasanten Flucht gelingt, sich auf mich zu stürzen, schlägt mein Perlenvogel mit der Schnelligkeit einer zustoßenden Schlange zu. Sekundenschnell wird der Blutsauger in der Luft zerrissen. Als hätte er in seinem Leben schon tausende dieser Wesen erlegt, nimmt Zilp seinen Platz wieder ein, schüttelt sein blutiges Gefieder und sieht mich beifallheischend an.

»Gut gemacht, kleines Monster«, lobe ich ihn. »Wirklich beeindruckend.«

Zilp piepst geschmeichelt. Drei weitere Male verrichtet er sein tödliches Werk, dann lassen wir den Wald endlich hinter uns und fahren in eine weite Grasebene hinaus.

Palili zerrt an den Zügeln, bringt Amra zum Stehen und atmet geräuschvoll aus. »Es reicht! Und zwar endgültig. Selbst wenn der Jandri höchstpersönlich aus der Erde kriecht, ich bleibe hier!«

»Gleichfalls«, japst Timotheus. »Blutsaugende Kolibris! Das ist mir ja noch nie untergekommen!«

»Scyllas abscheuliche Hexerei steckt eine Rasse nach der anderen an«, seufzt Palili. »Was kommt als nächstes? Frösche mit Reißzähnen, die uns an die Kehle springen? Regenwürmer, die uns im Schlaf erdrosseln? Sich selbst in die Luft sprengende Kotkröten?«

»Haben wir es hinter uns?«, frage ich dazwischen. »Oder kommt da noch was?«

Der Sosuke sieht sich um. Sein Blick sieht keineswegs erleichtert aus. Natürlich. Mit Indigos Tod haben wir jeglichen Schutz verloren. »Das hier gehört zu Koresh«, sagt er dann. »Die Kreaturen aus dem Wald können uns nichts mehr tun, aber Scyllas Mistviecher sehr wohl.«

»Wenn bloß der Mond bald aufgeht«, grunzt Timotheus. »Verdammt noch mal, warum ist es noch so hell?«

Jeder von uns mustert sorgenvoll den Himmel. Jeden Augenblick kann ein kreischender Schwarm Stymphalen oder Harpyien am Horizont auftauchen. Oder die flammenden Silhouetten der Feuervögel.

»Lange dauert es nicht mehr.« Palili langt nach hinten und schnappt sich eine Amphore. »Die Dunkelheit kommt schnell.«

Mit lauten Schluckgeräuschen schüttet sich der Sosuke gut die Hälfte des Inhalts in den Schlund und reicht die Amphore schließlich an mich weiter. Es ist kalter, honiggesüßter Tee, der intensiv nach Kräutern schmeckt und meine betäubten Sinne wieder wachrüttelt. Ich überlege, wann die Männer ihn zubereitet haben, kann mich aber nicht daran entsinnen.

»Selbst eine halbe Stunde ist zu lang.« Todesangst liegt in Timotheus' Augen, als er als Letzter die Amphore in Empfang nimmt. Seine Hände zittern so heftig, dass die Hälfte des Tees beim Trinken verschüttet wird. »Wir haben keinen Schutz mehr. Gar keinen!«

»Ja, Indigo hat alle Magie verloren«, grübelt Palili. »Aber vielleicht ist das auch gut so.«

»Wie kann das denn gut sein?«, brüllt der Zwerg. »Das würde ich gerne mal wissen.«

»Überlege doch mal: Keine Magie bedeutet keine Leuchtspur. Es kann doch sein, dass sie uns einfach übersieht. Indigo ist im Moment ausgeschaltet, und wir sind nur normale Menschen.«

»Glaubst du daran? Scylla kennt unseren Geruch, sie verfolgt uns genauso wie ihn.«

»Aber vielleicht ist unsere Spur viel verwässerter als Indigos Fährte. Ich glaube nicht, dass Scylla ihr auf so weite Entfernung folgen kann. Sie müsste schon in unsere Nähe kommen, um uns zu erschnüffeln.«

»Hm«, schnaubt Timotheus, wenig überzeugt.

»Ich glaube«, fährt Palili unbeirrt fort, »dass sich die Gefahr in Grenzen hält, solange wir keinem Menschen über den Weg laufen. Und Koresh ist zum größten Teil verwaist.«

»Ach was!«, blökt der Zwerg. »Wahrscheinlich hechelt sie schon längst auf unserer Fährte. Der Jasmah-Isdar ist doch inzwischen überall. Wahrscheinlich verpfeifen uns gerade die Grashalme da drüben. Oder die Fledermaus, die eben über uns weggeflogen ist. Verdammt noch mal, wo bleibt der bescheuerte Vollmond?«

Wir tauschen panische Blicke aus. Niemand sagt mehr ein Wort, jeder sucht die Umgebung ab und kämpft mit seiner Panik.

Koresh sieht beinahe aus wie Amador, mit dem Unterschied, dass es sehr viel flacher ist und nur hier und da von sanften Hügeln unterbrochen wird. Das Licht der Dämmerung überhaucht das Land mit warmem Schimmer und bietet ein Bild von solch friedvoller Schönheit, dass mich der Zorn überkommt. Wie wunderbar könnte das Leben sein. Überall ist Schönheit, überall wartet der Frieden auf uns. Doch die Menschen können keine Ruhe geben. Immerzu müssen sie kämpfen, töten, foltern, verzweifeln und hassen. Die Starken knechten die Schwachen, die Schwachen opfern ihre Güte der Angst, und die Ängstlichen werden zu Hassenden, die das Werk der Starken fortsetzen. Immer weiter. Wie ein endloser Kreis der Hoffnungslosigkeit.

Ich kratze mir gerade den juckenden Kopf, als ich etwas Seltsames entdecke: In der Ferne scheinen die leuchtenden Farben des abendlichen Himmels an einem Fleck zu verblassen, ja geradezu zu verschwinden. Es ist merkwürdig, dort hineinzublicken. Als wären meine Augen an einem winzigen Punkt blind.

Timotheus sieht meine verwirrte Miene und klopft mir auf die Schulter. »Keine Sorge. Das ist nur Esnunna.«

»Esnunna? Du meinst die ewige Finsternis? Das Land des undurchdringlichen Nichts?«

»Genau das meine ich. Es ist ein Riss in unserer Wirklichkeit, deswegen fühlt es sich seltsam an, dorthin zu blicken. Ohne es zu sehen, spürst du, dass etwas hinter dem Horizont nicht stimmt. Dass dort irgendetwas ist, das nicht in diese Welt gehört. Aber Esnunna ist alles andere als ein Nichts. Wenn wir erst einmal dort sind, können wir aufatmen. Dann ist alles gut. Jedenfalls eine Weile.«

»Aber Esnunna ist doch absolut tödlich. Wer immer dort hineingerät, verliert sich darin, weil man in der Schwärze blind wird. Und
weil kein irdisches Licht sie erhellen kann.«

»Das ist wahr. Man verliert sofort die Orientierung und läuft in
seinen Tod. Es sei denn, man kennt die Sprache der blauen Pferde.«

Mir klappt der Mund auf. Das wird ja immer besser! »Die blauen
Pferde von Esnunna?«

»Du wirst sie sehen, Floh.« Das Lächeln des Zwerges ist kläglich,
aber es macht mir dennoch Mut. »Sobald Indigo wieder zu Kräften
gekommen ist. Los, hilf mir, Palili. Es wird dunkel.«

Tatsächlich beginnt das Abendlicht zu schwinden. Weit schneller,
als ich es gewohnt bin. Palili und Timotheus klettern vom Kutschbock auf die Ladefläche des Karrens, hocken sich neben mich und
beginnen, Indigo die Kleidung auszuziehen. Während die Dunkelheit schnell näher kommt, den Himmel überzieht und das funkelnde
Band der Milchstraße enthüllt, lösen die beiden Männer die Schnüre
des Reisemantels, wickeln den Schal ab, knöpfen das Wams auf und
streifen ihm das Hemd über den Kopf. Der erste Mond hängt bereits
über dem Wald, aber er ist noch nicht voll und sein Licht kraftlos.
Der zweite hingegen, der noch auf sich warten lässt, wird das Land
mit seiner Helligkeit überfluten und uns endlich wieder Sicherheit
schenken.

Ungläubig reiße ich die Augen auf, als ich auf Indigos entblößten
Oberkörper starre. Niemals zuvor habe ich derart helle Haut gesehen.
Sie gleicht kostbarer Seide, ist ganz und gar makellos und ohne jedes
Härchen. Zu allem Überfluss spannt sie sich auch noch über einen
Körper, der mich förmlich dazu zwingt, ihn mit Blicken zu verschlingen. Auch wenn es mir schwerfällt, die tiefen Wunden der Einhorn-
zähne zu ertragen. Unzählige Male habe ich Aaron nackt gesehen,
wenn wir im Sommer in den Fluss gesprungen sind. Auch die Ernte-
arbeiter haben damals nichts auf Scham gegeben und sind an heißen
Tagen unbekümmert schwimmen gegangen, ob sie nun beobachtet
wurden oder nicht. Keinem dieser Körper habe ich große Beachtung
geschenkt. Es war normal gewesen, unspektakulär und völlig uninter-
essant. Aber jetzt starre ich wie ein Glotzfisch und spüre, wie mir das
Blut in die Wangen schießt.

»Geh ein paar Schritte, Mädchen.« Timotheus verpasst mir einen Schubser und reißt mich aus meinen Gedanken. »Es wird ihm nicht gefallen, wenn du ihn so siehst.«

»Aber …«

»Ich weiß, was dir durch den Kopf geht. Aber du solltest trotzdem gehen. Auch wenn es dir schwerfällt. Na los, hopp hopp.«

Widerwillig gehorche ich, schlage den Kragen meines Mantels hoch und springe vom Wagen. Mit Zilp auf meiner Schulter marschiere ich ein Stück durch das Gras und beruhige mich, indem ich tief und langsam die klare Luft einatme.

»Geh nicht zu weit«, ruft Timotheus mir zu. »Noch ist er nicht bei Kräften, es könnte gefährlich werden.«

Ich nicke und lasse meinen Blick über die atemberaubende Weite Koreshs wandern. Mit der zunehmenden Dunkelheit kommt auch die Kälte. Knisternd kriecht der Frost über die Ebene, versilbert das Land und lässt die Sterne wie geschliffene Diamanten funkeln. Das Eislöwenfell leistet ganze Arbeit und lässt mich die Kälte nur an den Händen und im Gesicht spüren. Ich drehe mich im Kreis, puste eine weiße Atemwolke in das Firmament hinauf und fühle mich nach allem, was ich durchgestanden habe, wie eine erschöpfte, aber stolze Abenteurerin. Ich habe das Unmögliche geschafft. Ich habe zwei Wälder durchquert, die als absolut tödlich gelten. Ich reise mit einem Atlanter, einem Perlenvogel und einem Opalfuchs, trage das Fell eines Eislöwen und werde die legendären Wälder von Erusch sehen.

Sofern ich überlebe. Und das werde ich.

Oh ja!

Eine Weile starre ich in die Nacht hinaus und versuche mir vorzustellen, wie Indigo nackt aussieht. Unvorstellbar hell vermutlich. Wie der Vollmond, nach dem sein Körper hungert. Wie ein Geschöpf aus Eis und Sternenlicht. Kalt, unnahbar und verstörend.

Meine Hand tastet über die Scherbe in meiner Hosentasche. Ich ziehe sie hervor, blicke hinein und sehe alle drei am Feuer liegen. Sie haben sich eng aneinander gekuschelt, reden miteinander und naschen etwas, das wie getrocknete Früchte aussieht. Den Göttern sei Dank, es geht ihnen gut.

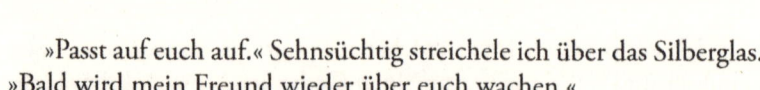

»Passt auf euch auf.« Sehnsüchtig streichele ich über das Silberglas. »Bald wird mein Freund wieder über euch wachen.«

Mein Freund? Habe ich gerade *mein Freund* gesagt? Ich seufze, stecke die Scherbe wieder ein und drehe mich zum Karren um. Gerade geht der Vollmond, auf den wir alle so verzweifelt warten, über dem Wald auf. Er ist doppelt so groß und so hell wie sein Vorgänger, schiebt sich langsam über die Wipfel und überstrahlt das Funkeln der Sterne.

Einen Augenblick lang geschieht nichts. Ich sehe Palilis und Timotheus' Silhouetten, die schweigend und reglos neben dem Karren stehen. Der Mond steigt höher, sein Schein kriecht über die Ebene, trifft den Karren, fließt darüber hinweg und flutet die Ebene mit strahlendem, silbernem Glanz.

Plötzlich glaube ich, ein Flimmern in der Luft zu erkennen. Genau über dem Wagen. Ischme springt auf, beginnt zu jaulen und wedelt hektisch mit dem Schweif. Amra spitzt die Ohren, Palili und Timotheus wenden sich geblendet ab. Denn das Strahlen der Monde wird zurückgeworfen und vervielfacht. Ein Bogen aus Licht spannt sich über den Karren, funkelnd und gleißend, unbeschreiblich schön und von einer Macht erfüllt, die meinen Körper mit Gänsehaut überzieht. Ich spüre das Knistern des Zaubers auf jedem feinen Härchen, spüre sein Vibrieren in der Luft und im Boden. Das ganze Land scheint plötzlich Magie zu atmen. Jeder Herzschlag, jedes Blinzeln fühlt sich entrückt an, wie die Facette einer anderen, fremdartigen Welt.

»Sieh nur«, flüstere ich zu dem Perlenvogel. »Das ist atlantische Magie. Der reinste Zauber, den es gibt.«

Ich schnappe nach Luft, als Indigo sich erhebt. Sein strahlend heller Körper besteht aus purem Glanz, brennt in meinen Augen und zwingt mich dazu, sie weit zu öffnen, um jedes Detail in mich aufzusaugen.

Geschmeidig steigt er vom Wagen. Selbst von hier aus sehe ich, dass all seine Wunden verschwunden sind. Sanft legt er seine Hände auf Palilis zerschundenen Kopf und hüllt ihn in sein Strahlen ein, während Timotheus daneben steht und wie ein Kind vor sich hin schluchzt.

Als der Sosuke geheilt ist, wendet sich Indigo ab und geht gemeinsam mit Ischme in die Ebene hinaus. Sein Körper scheint das Mond-

licht vielmehr aufzusaugen als zu reflektieren. Der Glanz, der die Ebene gerade noch erhellt hat, beginnt zu fließen wie zahllose Ströme, die sich zu einem Fluss vereinen und mit vereinter Macht einem einzigen Punkt entgegenstreben: dem Mann, der nackt durch das Gras läuft. Jeder Schritt, den Indigo tut, hinterlässt eine Spur aus Licht. Jede Bewegung ist pures Strahlen.

Weit gehen er und die Füchsin in die Nacht hinaus. So weit, bis sie die Spitze des höchsten Hügels erreichen. Dort setzen sie sich in das Gras, blicken in stummer Zwiesprache zum Horizont und bewegen sich nicht mehr.

Lange beobachte ich die beiden. Bis meine Augen trotz aller Faszination schwer werden. Irgendwann, als der erste Mond schon wieder untergegangen ist, krieche ich auf den Wagen, rolle mich neben Timotheus und Palili zusammen und schlafe fast augenblicklich ein. Endlich müssen wir keine Angst mehr haben.

8

Das Drachengrab

Indigo

Ekelhaft!, knurrt Ischme und zieht eine äußerst merkwürdige Grimasse. *Mir hängen immer noch Einhornbrocken zwischen den Zähnen.*

»Es hat dir wohl nicht geschmeckt?«

Überhaupt nicht! Es schmeckte wie pürierte Kotkröte. In ihren Augen funkelt blanke Mordlust. *Dieses stinkende Ungetüm! Dieses widerliche Dreckstück! Wären die Kalam-Duk nicht gekommen, hätte ich es in Stücke zerrissen.*

»Zweifellos hättest du das.« Lachend kraule ich ihren Kopf und blicke in das weite Land hinaus. Die Grenzenlosigkeit der Grasebene tut so gut, dass alle Sorgen wie Wasser durch mich hindurchfließen. Könnte ich diesen Zustand doch nur für immer behalten. Einen Moment lang ist alles perfekt. Der Nachthimmel mit seinen Sternen, der Wind auf meiner Haut, die Magie in meinem Körper.

Jades Blicke haben sich verändert. Ischme klemmt ihren Schweif zwischen die Vorderpfoten und bearbeitet ihn hingebungsvoll mit der Zunge. *Sie hat aufgehört, dich zu verabscheuen.*

»Bist du wieder eifersüchtig?«

Nein. Ich war es ein paar Tage lang. Aber das Alter brachte mir Weisheit. Ich habe akzeptiert, dass du mich niemals in eine Menschenfrau verwandeln wirst. Nicht einmal für eine Nacht.

»Ach komm, nicht das schon wieder.«

Du hättest es tun können. Die Stimme der Füchsin ist fast unverständlich, weil sie mit zusammengekniffenen Augen auf ihrem Schweif herumkaut und gleichzeitig spricht. *Von der Größe her hätte es perfekt gepasst. Oh … Mist! Verdammte Flöhe! Ich hatte gerade einen,*

der war so groß wie ein Kieselstein. Würgend spuckt sie aus und schüttelt sich. *Das müssen die Kalam-Duk gewesen sein. Dieses verlauste Pack! Wo waren wir gerade? Ah ja, bei der Tatsache, dass meine Körpergröße die perfekte Menschenfrau ergeben hätte.*

»Nein.« Ich schüttele den Kopf. »Definitiv nein!«

Aber ich wäre ein Mensch gewesen. Mit zwei Armen, zwei Beinen und einem Kopf. Wie es sich gehört. Mit ihrem frisch geputzten Schweif klopft sie mir auf den Rücken. *Ach komm schon, wir wären glücklich gewesen. Das musst du doch einsehen. Bei allem, was wir gemeinsam durchgemacht haben.*

»Nein, Ischme! Auch als Mensch wärst du immer noch ein Fuchs gewesen. Das wäre … ich hätte niemals … nein! Hör auf, auch nur darüber nachzudenken. Und behalte deinen nassgesabberten Schweif bei dir.«

Schade, schnurrt Ischme, legt ihren Kopf auf die ausgestreckten Vorderpfoten und schielt zu mir hoch. *Aber du sollst wissen, dass ich dem Mädchen das Glück deiner Aufmerksamkeit nicht missgönne. So langsam bekommt sie mit, was mit dir los ist.*

»Was soll mit mir los sein?«

Oh, die Dummheit der Atlanter unterscheidet sich nicht im Geringsten von der Dummheit der Menschen. Muss ich dir das wirklich auf die Nase binden? Immer, wenn ihr euch zufällig anseht, ist es vorbei mit deinem trägen, unsterblichen Herzschlag. Das Ding in deiner Brust fängt an zu hüpfen wie ein Frosch zur Paarungszeit. Du riechst anders, du wirst ganz warm und kriegst so einen komischen Gesichtsausdruck.

»Was für einen Gesichtsausdruck?«

Ischme hebt den Kopf, lässt ihre Zunge seitlich aus dem Maul hängen und setzt einen schmachtenden Blick auf.

»So ein Unsinn.«

»Oh doch! Du solltest dich mal selbst dabei sehen.«

»Machst du dich gerade über mich lustig?«

Gib es doch zu, dass sie dir gefällt. Selbst wenn du ein besserer Lügner wärst, würde ich es riechen. Dein Körper spricht immer die Wahrheit. Ischme hebt die Nase und schnuppert genüsslich. *Ja, du bist über beide Ohren voll mit …*

»Sei still!«

Du willst sie lächeln sehen.

»Ischme!«

Du siehst ihr beim Schlafen zu.

»Es reicht! Selbst wenn es so wäre, würde ich …«

Selbst wenn? Sie stößt ein bellendes Fuchslachen aus. *Es ist so!*

»Ja, vielleicht! Aber ich kann es nicht gebrauchen. Jade ist hier, um die Orchidee zu finden. Sobald wir sie haben, erfülle ich mein Versprechen und verschwinde aus dieser Welt. Endgültig.«

Ischme stößt einen betrübten Seufzer aus. Aber sie schweigt. Ich dränge meine Wut beiseite, werfe einen Blick zum Pferdekarren und lausche auf das dreistimmige Schnarchen. Timotheus klingt wie ein Drache, Palili wie ein Eichhorn und Jade wie Ischme, wenn sie so fest schläft, dass sie sich selbst nicht hört.

Dein Mädchen hat heute gar nicht in die Scherbe gestarrt, ergreift die Füchsin wieder das Wort. *Zum ersten Mal, seit der Sosuke sie ihr gegeben hat. Nein, es war viel aufregender, dich anzustarren. Ich glaube, sie findet langsam Gefallen an der Reise. Und an anderen Dingen.*

Langsam reißt mir der Geduldsfaden. »Noch ein Wort, und ich ziehe dir das Fell über die Ohren.«

Das wirst du nicht. Ich begreife langsam, wie besonders Jade ist. Sie hat einen Perlenvogel gerettet, anstatt ihn zu verkaufen. Sie hat kein Interesse an meinem Fell. Und sie würde auch dich gehen lassen, wenn wir morgen vor dem Portal stünden und ihr ein Wunder die Fähigkeit verleihen würde, es zu öffnen.

»Ja, weil sie eine reine Seele besitzt.«

Fast zweihundert Jahre lang hast du nach ihr gesucht. Das ist eine lange Zeit. Eine lange, vergebliche Suche nach etwas, das irgendwann einmal alltäglich war.

»Hm«, antworte ich gedankenversunken. »Irgendwann einmal.«

Und was ist dann passiert?

»Ich weiß es nicht.«

Tief atme ich den würzigen Duft des Grases ein und konzentriere mich auf die Magie, die mich von Kopf bis Fuß durchströmt. Endlich bereitet es mir keine Mühe mehr, den Schutzwall aufrechtzuerhalten. Endlich muss ich nicht mehr unter Schmerzen den letzten Rest Kraft zusammenkratzen, um uns für Scylla und ihre Häscher unsichtbar zu machen. Der Vollmond ist außergewöhnlich stark in dieser Nacht, und ich spüre, dass auch die beiden folgenden mehr als die übliche Energie liefern werden. Es ist, als hätte ich ein Brot erwartet, aber ein Festmahl mit mehreren Gängen bekommen. Etwas Besseres hätte uns für diese Reise nicht passieren können.

»Magst du sie etwa?«, frage ich Ischme nach einer Weile, als sie sich neben mir auf den Rücken rollt und alle viere von sich streckt. »Komm, sei ehrlich.«

Vielleicht. Ein bisschen möglicherweise. Sie weiß zumindest, wie unsereins gestreichelt werden will.

»Das hättest du ihr ruhig zeigen können. Stattdessen warst du steif wie ein Stockfisch und hast drei Tage lang nicht mit mir gesprochen.«

Hm, macht sie und wedelt mit den Vorderpfoten in der Luft herum. *Kann schon sein. Tut mir leid.*

»Mit deinem komischen Hin und Her würdest du eine gute Menschenfrau abgeben.«

Das sage ich doch die ganze Zeit. Aber du willst ja lieber diesen kleinen, dürren Straßenfloh.

»Lass es gut sein. Bitte.«

Von mir aus. Aber nur, wenn du mich kraulst. Na los, mach schon. Nicht so träge. Ja, genau so … noch ein bisschen weiter links. Ja, perfekt!

Ich rolle mit den Augen und lasse meine Finger durch den dicken Pelz gleiten. Währenddessen versuche ich vergeblich, Jade aus meinem Kopf zu verbannen. Die Füchsin hat recht. Ständig grübele ich darüber nach, wie das Mädchen mich ansieht. Was sie sagt. Wie sie es sagt und warum sie es sagt. Ich denke an das, was hinter uns liegt, und an das, was uns noch bevorsteht.

Ach übrigens, mischt sich Ischme wieder in meine Gedanken ein. *Wohin willst du die Kleine und ihre Menschenfreunde bringen, wenn euch tatsächlich das Kunststück gelingt, sie aus Jemeshar herauszuholen? Lass mich raten, du hast an die Araschnun gedacht?*

»Ich wüsste keinen Ort, der sicherer ist.«

Aber die Araschnun stinken.

»Das ist nur der Talg, mit dem sie sich vor der Kälte schützen.«

Sie stinken! Ischme streckt ihre Zunge heraus. *Bis zum Himmel.*

»Für dich stinken alle Menschen.«

Ja. Aber die Araschnun sind besonders schlimm.

»Hör auf, dich zu beschweren.«

Schon gut, schon gut. Was ist eigentlich mit dem Schutzwall? Er wird nicht ewig bestehen, wenn du erst einmal weg bist.

Ein Stich durchfährt mich. Ich ignoriere ihn. Nein, ich vergrabe ihn so tief wie möglich. »Morgen ist der nächste Mond voll, übermorgen der dritte. Ich werde meine Kräfte sammeln und sie nach und nach in den Wall fließen lassen. Wenn die nächste Vollmondphase beginnt, nehmen wir unsere Reise wieder auf.«

Du willst einen ganzen Monat lang bei den Araschnun bleiben? Einen Monat lang bei diesen Stinkern?

»Ja, das ist mein Plan. Ich will ihnen so viel Schutz zurücklassen, wie ich kann. Das haben sie sich verdient.«

Wunderbar. Ischme schnauft dramatisch. *Danach werde ich Wochen brauchen, ehe ich überhaupt wieder etwas rieche.*

»Wir brauchen ein wenig Ruhe. Vor allem muss Jade zaubern lernen, und das kann sie nicht, wenn wir Tag und Nacht auf der Flucht sind.«

Gibst du mir eines deiner Kleidungsstücke, damit ich es um meine Nase wickeln kann?

»Wenn dir das hilft.«

Oh ja, das wird es. Und wie lange wird der Wall anschließend halten?

»Zweihundert Jahre? Dreihundert oder vierhundert? Keine Ahnung. Je mehr die Welt vom Jasmah-Isdar beherrscht wird, umso kürzer wird seine Lebensdauer. Aber wie ich die Menschenvölker kenne, werden sie sich in absehbarer Zeit sowieso gegenseitig vernichten.«

In dem Fall wären deine hochgeschätzten Araschnun die letzten Überlebenden. Sie werden sich vermehren wie die Schmeißfliegen, sie werden dieselben Fehler machen und wieder genau dort landen, wo wir gerade stehen.

»Das glaube ich nicht, Ischme. Ihnen fehlt jedes Streben nach Macht. Sie sind seit jeher mit dem zufrieden, was sie haben. Aus ihnen könnte eine bessere Menschheit entstehen.«

Nach all der Zeit hast du immer noch Hoffnung. Wirklich erstaunlich. Aber eines musst du mir noch versprechen.

»Und das wäre?«

Dass du mich mitnimmst. Versprich es mir! Nein, schwöre es mir! Ich will nicht ohne dich zurückbleiben.

Ich zögere. Den Schwur zu leisten bedeutet, meine Freundin zu töten. Wenn alles vorbei ist, muss ich sie in meinen Armen einschlafen lassen, so, wie sie es schon bei unserem Wiedersehen von mir verlangt hat.

»Willst du das wirklich?«

Ja. Ich habe lange genug gelebt. Wenn du gehst, dann gehe auch ich. Das ist mein Wille, und daran wird sich nichts ändern.

»Dann schwöre ich es.«

Gut. Sie rollt sich auf die Seite, legt ihren Kopf auf meinen Oberschenkel und schließt die Augen. *Ja, dann ist alles gut.*

Von Sonnenaufgang bis Sonnenuntergang wandern wir in Richtung Süden. Stundenlang sagt niemand ein Wort, vielleicht, weil sich in der grenzenlosen Weite der Ebene jeder Gedanke verliert und wir alle ein wenig Leere im Kopf nötig haben. Ich verzichte darauf, mein Gesicht zu verdecken, trage die Haare offen und lasse mich von der Illusion der Freiheit einspinnen. Angesichts des weiten Himmels und der dahinjagenden Wolken fällt es mir leicht, Hoffnung zu fühlen, doch zugleich wünsche ich mir, mein Ziel niemals zu erreichen.

Grashalme streifen meine Handflächen, der kalte Wind zerrt an meinen Haaren. Immer wieder fühle ich kleine Splitter aus Lebendigkeit und genieße den Schmerz, mit dem sie sich in mich hineinbohren.

Jedes Mal, wenn ich die Augen schließe und mein Gesicht in die Sonne halte, beobachtet Jade mich. Ein Teil von mir genießt ihre Aufmerksamkeit, wie ich schon lange nichts mehr genossen habe. Der andere Teil baut unaufhörlich an der Mauer, die mich von ihr trennt. Sie wird mich befreien, ich werde sie befreien. Wir beide bringen uns für den anderen in Gefahr.

Eine Aufgabe für jeden von uns.

Mehr darf es niemals sein.

Aber warum gehe ich dann nicht abseits der drei? Warum mache ich es mir selbst so schwer? Die Antwort ist einfach und gefällt mir nicht: Ich will bei Jade sein. Ich will ihre Blicke und dieses süchtig machende Gefühl von Lebendigkeit spüren, das sie in mir weckt.

Es ist keineswegs die Ebene mit ihrem Wind und dem grenzenlosen Himmel, der mir diese herrliche und zugleich quälende Leichtigkeit schenkt. Es ist das Mädchen, das mich eine Welt, die ich schon unzählige Male durchquert habe, anders wahrnehmen lässt.

Immer, wenn sie sich zur Seite dreht, nutze ich die Gelegenheit und starre sie meinerseits an. Fast immer ist ihr Gesicht ernst, im besten Fall melancholisch. Doch als sie in der Ferne eine Herde Braunhörner sieht und angesichts der Tiere träumerisch lächelt, sehe ich endlich das Mädchen, das sie wirklich ist.

Ihre Seele ist rein und hell, sie bietet so viel Platz für Freude. Stattdessen hat Jade Angst. Angst vor ihren Erinnerungen. Angst vor der Zukunft und vor sich selbst.

Den ganzen Nachmittag lang überlege ich, wie ich sie davon ablenken kann, und schließlich, als wir in einer Senke unser Lager für die Nacht aufschlagen, entscheide ich, meinen Prinzipien untreu zu werden. Anstatt meine Magie gewissenhaft für den Notfall aufzusparen, verschwende ich ein wenig davon. Warum auch nicht? In weniger als eine Stunde wird der zweite, ungewöhnlich starke Vollmond aufgehen, morgen Abend der dritte. So schnell werden meine Kräfte diesmal nicht verlöschen.

Den Anfang macht ein Feuer, das ohne Holz auskommt und schillernd wie ein Nordlicht über dem Gras schwebt. Mit untergeschlagenen Beinen sitzt Jade auf einer Decke, bis zur Nase in ihren Eislöwenmantel eingekuschelt, und beobachtet das Tanzen der grünen Flammen mit offenem Mund. Timotheus und Palili scheinen zu wissen, was ich bezwecken will. Sie kriechen kommentarlos unter ihre Decken und beobachten das Geschehen, ohne an mein Gewissen zu appellieren. Die beiden mögen Jade. Nein, inzwischen ist es sogar mehr als das. Der Sosuke würde sein Leben für das Mädchen geben, dessen bin ich mir sicher. Und selbst der knurrige Zwerg kann sich ein väterliches Lächeln nicht verkneifen, wenn Jade mit ihm spricht.

Wie viel eine reine Seele doch verändern kann. Männer, die jahrzehntelang nur Traurigkeit und Ernst kannten, finden plötzlich wieder Gefallen an den kleinen, alltäglichen Dingen des Lebens. Sie

gewinnen ihr Lächeln zurück, treiben Späße und erinnern sich wieder an die Menschen, die sie einmal gewesen waren.

Mir ergeht es nicht anders. Ich bin süchtig danach, Jade lächeln zu sehen, und so kann ich nicht widerstehen, den Zauber ein wenig auszuweiten. Sie gibt verblüffte Ohs und Ahs von sich, als knisternde Flammen über meine Hände tanzen und in schneller Abfolge die Farbe wechseln. Als nächstes lasse ich Funken aufsteigen, die die Gestalt von Zilp annehmen, mit dem Unterschied, dass ihre Körper leuchtend gelb sind und ihre Schwänze aus lodernden Flämmchen bestehen.

Jade strahlt über das ganze Gesicht, als sich die Vögel auf ihre ausgestreckten Arme setzen. Nur Zilp gefällt das Spielchen nicht. Mit lautem Gezeter flattert er von ihrer Schulter auf und verschwindet im hohen Gras.

»Was kannst du noch alles?« Neugierig funkelt sie mich an. »Zeige mir noch mehr. Bitte!«

Ich lasse die Vögel verschwinden, schließe die Augen und sende einen stummen Ruf aus, den nur die Geschöpfe der stillen Sprache verstehen. Meine Hoffnung auf eine Antwort ist nicht groß, zu selten sind die Kreaturen der Alten Zeit geworden. Umso überraschter bin ich, als schon nach wenigen Augenblicken eine freudige Einladung durch meinen Kopf huscht.

»Bereit für ein Abenteuer?«, frage ich mit einem verschwörerischen Zwinkern.

»Oh ja.« Ihre Augen glitzern, dass es die reinste Freude ist. »Was für eins?«

»Komm mit. Ich will dir jemanden vorstellen.«

Neugierig starrt sie mich an, als ich aufstehe, Bogen und Köcher schultere und ihr meine Hand entgegenhalte. Röte schießt in ihre Wangen, doch sie greift danach und umschließt meine Finger mit ihren. Leider währt der Augenblick unserer Nähe nur kurz, denn kaum habe ich ihr hochgeholfen, zuckt sie zurück und tut so, als gäbe es jede Menge Dreck, den sie sich von der Hose klopfen muss.

»Wen willst du mir vorstellen?« Nachdem aller Schmutz abgeklopft ist, dreht sie sich ein paar Mal hin und her. »Hier ist weit und breit niemand außer uns.«

»Wir müssen ein Stück laufen, sonst wird er nicht kommen. Drei Menschen sind ihm schon zu viel, einer ist gerade noch vertretbar.«

»Wovon redest du?«

»Lass dich überraschen.«

Jade starrt mich an, murmelt ein verwirrtes »Aha« und folgt mir in die dunkle, nur vom Sternenlicht erhellte Ebene hinaus. Mit ihr durch das hohe Gras zu laufen und die stille Nacht zu genießen, fühlt sich beängstigend gut an.

»Warum nimmst du Bogen und Pfeile mit, wenn du deine Kräfte zurück hast?«, fragt sie mich nach einer Weile. »Ist das nicht überflüssig?«

»Reine Gewohnheit«, gebe ich zurück. »Ich fühle mich sicherer damit, auch wenn sie überflüssig sind.«

»Sind das atlantische Waffen?«

»Ja. Die Pfeilspitzen bestehen aus Meeressilber und durchschlagen sogar die unverwundbaren Kreaturen des Jasmah-Isdar. Ich glaube, ich schleppe das Zeug nicht nur aus Gewohnheit mit mir herum, sondern auch, weil es ... nun ja ...«

»Weil es ein Stück Heimat ist«, spricht Jade meinen Gedanken aus. »Eine Erinnerung.«

»So ist es.«

Schweigend gehen wir weiter, tief hinein in die rauschende, nächtliche Prärie. Bis unverkennbare Laute durch den Wind dringen. Fern am Horizont zeichnet sich eine dunkle Masse ab, die sich mit vielstimmigem Grunzen und Stöhnen vorwärtswälzt.

»Hast du schon einmal ein Braunhorn aus der Nähe gesehen?«, frage ich Jade. »Da vorne kommt eine Herde genau auf uns zu.«

»Was?« Erschrocken bleibt sie stehen und blinzelt in die Nacht hinaus. Der Vollmond beginnt gerade erst, über den Horizont zu kriechen, sein Licht scheint noch nicht hell genug für ihre menschlichen Augen.

»Wenn du möchtest, können wir zu ihnen gehen.«

»Sind das die Tiere, die du mir vorstellen wolltest?«

»Nein. Aber der, den ich dir vorstellen will, wird noch eine Zeit lang brauchen. Vertraust du mir?«

Jade beißt sich auf die Lippe und nickt.

354

»Gut.« Ohne nachzudenken, greife ich nach ihrer Hand und umschließe sie sanft. Jades Wärme vibriert so kraftvoll und wundersam in meinem Körper wie das Licht des aufsteigenden Vollmondes. Es ist, als wären unsere Energien geschaffen dafür, miteinander zu verschmelzen. »Ich verspreche dir, dass du sicher bist.«

Sie nickt und wirft einen Blick zurück. »Was ist mit dem Schutzwall? Können wir die beiden einfach so alleine lassen?«

»Du darfst dir den Wall nicht wie eine Käseglocke vorstellen, die ich über uns gestülpt habe. Vielmehr umhüllt er jeden von uns einzeln.«

»Aha.« Jade hebt einen Arm und mustert ihn kritisch. Dabei versucht sie mit rührender Verzweiflung, unsere Berührung zu ignorieren. »Warum sehe ich dann nichts? Und fühle nichts?«

»Auch wenn du ihn nicht wahrnehmen kannst, ist er trotzdem da. Nebenbei bemerkt ist er einer der stärksten Zauber, die ich wirken kann. Immerhin muss er uns vor einer ganzen Armee aus Hexenwesen verschleiern.«

»Kannst du Menschen in Tiere verwandeln?«, platzt es aus ihr heraus. »Oder umgekehrt?«

»Ja. Aber solche Zauber benutze ich nicht zum Spaß.«

»Das dachte ich mir schon. Aber du könntest es?«

»Sofern das Tier die richtige Größe besitzt, ja.«

»Wie meinst du das?«

»Nun ja, ich könnte mich oder einen Menschen nicht in ein Tier verwandeln, dessen Größe sich stark von der ursprünglichen Hülle unterscheidet. Bei solch einem Zauber wird im Prinzip der Körper verformt, daher muss das Verhältnis passen. Ich könnte dich nicht in eine Ameise verwandeln, es sei denn, sie wäre ungefähr menschengroß. Und ich könnte dir nicht die Gestalt eines Drachen geben, es sei denn, er wäre so groß, wie du es jetzt bist.«

»Das wäre kein sehr beeindruckender Drache.«

»Ach was. Ich müsste dir nur genug Stacheln, Zähne und Hörner verpassen.«

Sie hält sich eine Hand vor den Mund und kichert. Dieses Geräusch höre ich viel, viel zu selten. »Warum verwandelst du dich nicht in ein Tier und versteckst dich?«, fragt Jade als nächstes. »Du könntest als Vogel verschwinden. Oder als Delfin im Uferlosen Meer untertauchen.«

»Schön wäre es. Aber als Tier kann ich nichts gegen Scylla und ihre Jäger ausrichten. Einerseits ist es unmöglich, größere Zauber zu wirken, wenn ich in solch einer Gestalt bin, andererseits hinterlasse ich immer noch eine Spur aus Magie. Ich wäre leicht zu finden und gleichzeitig wehrlos.«

Sie runzelt verwirrt die Stirn. »Warum kannst du in Tiergestalt keine Magie wirken?«

»Weil ich bei solch einer Verwandlung nicht nur den Körper, sondern auch den Geist eines Tieres übernehme. Gerade größere Zauber erfordern jede Menge Konzentration, und die kann ich nur in meiner natürlichen Gestalt aufbringen. Es ist schwer zu beschreiben. Stell dir vor, alles würde auf einmal leicht und unbekümmert werden. Du existierst nur noch für den Moment. Du denkst nicht mehr über Gestern und Morgen nach. Es ist ein wunderschönes Gefühl. Als würden auf einmal alle Lasten von dir abfallen. Alle Sorgen. Alle Ängste. Du fliegst, rennst oder schwimmst drauflos und … lebst einfach nur.«

»Das klingt herrlich.«

»Das ist es. Leider muss ich darauf verzichten. Wenn du allerdings einen besonderen Wunsch hast …«

»Nein!« Entschlossen schüttelt Jade den Kopf, auch wenn ein leidenschaftliches Funkeln durch ihre Augen huscht. »Du solltest deine Kräfte nicht für Spielereien opfern. Was, wenn du mich in einen Adler verwandelst, und beim nächsten Angriff fehlt dir genau die Energie, die du für diesen Zauber aufgebraucht hast?«

Ich räuspere mich verlegen. Verlegen? Ja, bei allen Göttern, ihre Worte bringen mich aus der Fassung, sie verdrehen meine Gedanken und geben mir das Gefühl, ein unerfahrener Magieschüler zu sein, der noch nicht begriffen hat, dass man mit seinen Fähigkeiten nicht herumprotzt. Was mache ich hier nur? Habe ich ihr gerade angeboten, sie zu verwandeln? Aus purem Spaß an der Freude? War ich wirklich bereit, so viel Magie für etwas zu opfern, das nicht unserem Schutz dient?

Schweigend gehe ich an Jades Seite durch das Gras und versuche, meine Gedanken zu klären. Ihre Hand loszulassen, wäre eine gute Idee gewesen, stattdessen halte ich sie unnachgiebig fest. Nach und

nach nimmt der Lärm der Braunhorn-Herde zu, bis er in meinen Ohren schmerzt und den Boden unter unseren Füßen beben lässt. Jade verlangsamt ihre Schritte nicht, aber sie kommt mir Stück für Stück näher. Bis ihr Körper sich schutzsuchend an meinen drückt.

»Braunhörner sind Pflanzenfresser, nicht wahr?«

Ich verkneife mir ein Lachen. »Meistens. Außer, sie erwischen ein Sandwiesel.«

»Denkst du, sie werden mich mögen?«

»Sie werden gar nicht anders können.«

Jade grinst, holt tief Atem und presst ihre Finger noch ein wenig fester um meine Hand zusammen. Ich genieße ihre Nähe in vollen Zügen. Ich genieße sogar ihre Furcht, die dafür sorgt, dass sie sich mit jedem Schritt ein bisschen enger an mich drückt.

»Selbst wenn sie mich nicht mögen, habe ich immerhin einen mit Vollmond-Energie abgefüllten Magier an meiner Seite. Niemand kann mir was tun. Nichts und niemand. So ist es doch, oder?«

Mein Anflug von Glück erlischt. Es hat eine Zeit gegeben, in der ich ihre Frage ohne zu zögern bejaht hätte, doch jetzt, wo der Jasmah-Isdar das Land wie eine Pest überzieht, gibt es keine Sicherheit mehr.

»Indigo?«, hakt sie leise nach. »Ist es so oder nicht?«

»Ich stehe allein einer Armee gegenüber«, bringe ich hervor, obwohl ich lieber schweigen möchte. »Auch wenn ein Teil von mir dich jetzt anlügen will, kann ich dir keine Sicherheit garantieren. Vielleicht bin ich gerade stärker als fünfzig von Scyllas Jägern. Vielleicht auch stärker als hundert. Aber sie besitzt tausende Monster, Untote und Hexer. Dazu kommen all die Kreaturen, die sie versklavt und ihrem Willen unterworfen hat.«

Angst kehrt in Jades Augen zurück und löscht alle Freude aus, die gerade noch darin geleuchtet hat. Hätte ich doch nur gelogen. Hätte ich doch nur das gesagt, was sie sich erhofft hat.

»Tut mir leid«, bringt sie hervor. »Das war dumm von mir.«

»Das war es nicht. Hör zu, Jade. Ich verspreche dir, dass ich alles tun werde, um dich zu schützen. Die Vollmonde sind ungewöhnlich stark, für die nächste Zeit müssen wir uns keine Sorgen machen.«

»Für die nächste Zeit?«

»Ich will, dass du für ein paar Stunden alles vergisst. Heute Nacht sollst du vor nichts Angst haben. In Ordnung?«

Sie nickt mit zusammengepressten Lippen. Doch während wir weiter auf die Herde zulaufen, spüre ich, dass sich die Dunkelheit wieder um ihre Seele schließt. Jades Traurigkeit ist wie ein Dorn in meinem Herzen, und als sie auch noch gedankenverloren mit dem Daumen über mein Handgelenk streicht, will ich schreien vor Wut.

Die letzte Wegstrecke erscheint mir wie eine Ewigkeit. Als wir die Braunhörner endlich erreicht haben und sich Jades Aufmerksamkeit ganz den Tieren widmet, ist es, als würde eine erdrückende Last von mir abfallen. Unsere Hände lösen sich, dann läuft sie auf einen riesigen Bullen zu.

Ich beobachte ihre wiedererwachende Freude und fühle mich wie ein Sturm, den man in einen Körper eingesperrt hat. Im Mondlicht liegt auch in dieser Nacht wieder eine erstaunliche Kraft. Hat es jemals einen solch starken Mond gegeben? Ich kann mich nicht daran erinnern und frage mich, ob es etwas zu bedeuten hat. Wächst die weiße Magie gemeinsam mit der schwarzen? Ist es eine Art Gleichgewicht, das die Natur aufrechterhalten will? Oder will mir irgendeine höhere Macht tatsächlich helfen?

Für den Moment beschließe ich, die ungezügelte Energie willkommen zu heißen und nicht weiter über ihren Grund nachzudenken. Furchtlos streichelt Jade den zottigen Schädel des Bullen, umfasst seine bizarr geschwungenen Hörner und fährt sie bis zu ihrer scharfen Spitze nach. Ihr Mut beeindruckt mich, immerhin ist das Braunhorn doppelt so groß sind wie ein gewöhnlicher Stier und sein Kopfputz so gewaltig, dass er in keine Jägerhütte passen würde.

Nach einer Weile lässt Jade den Bullen hinter sich und wandert zwischen den friedlich grasenden Tieren umher. Wenigstens für den Moment scheint sie ihre Sorgen hinter sich gelassen zu haben.

Ich setze mich in das Gras und warte auf den Ruf unseres Besuchers, und als er schließlich durch die Nacht dröhnt, dunkel und furchteinflößend wie ein Gewitter, geht ein Ruck durch die Braunhorn-Herde.

Köpfe fliegen empor, Schweife stellen sich auf – dann galoppieren sie los wie eine Flutwelle, die sich über die Ebene ergießt. Jade rennt

zu mir, klammert sich an mir fest und starrt mit offenem Mund in das grunzende, stöhnende Chaos hinaus, das um uns herum strömt wie Wasser um einen Felsen. Die Schnelligkeit der riesigen Körper ist verblüffend. Ihre Hufe reißen die Erde auf, Staub tränkt die bebende Luft. Der Lärm ist so gewaltig, dass selbst das Brüllen der aus dem Himmel herabstürzenden Kreatur von ihm verschlungen wird. Ich halte Jade fest, bis die Herde an uns vorbei galoppiert ist, dann schiebe ich sie mit einer gewaltigen Willensanstrengung von mir und lasse ein Licht in meiner Hand aufglühen, damit unser Besucher weiß, wo er landen muss.

Jade

Ein Drache! Ich kann keinen Finger rühren. Mein Verstand streikt. Vor mir landet tatsächlich ein Drache!

»Aber … aber …«

»Ja?«, fragte Indigo leise.

»Es gibt keine Drachen mehr.«

»Es gibt keine magischen Drachen mehr«, korrigiert er mich. »Das hier ist ein Dornennacken. Sein Blut besitzt keinerlei Kräfte, deshalb wurde er nie so erbittert gejagt wie seine größeren Artgenossen.«

Ein Dornennacken. Bei allen Göttern! Nie werde ich das Gefühl vergessen, inmitten der riesigen Braunhörner zu stehen und ihre Wildheit und Kraft unter meinen Fingern zu spüren. Aber ein Drache? Ein Geschöpf der Alten Zeit?

Das ist unvorstellbar.

Ich starre auf den dunkelbraun geschuppten Körper, der aussieht, als wäre eine alte Zeichnung auf einer Pergamentrolle lebendig geworden. Seine scharfen Krallen graben sich in die Erde, jede davon ist länger als meine Hand. Und die drei Auswüchse, die dem Tier seinen Namen verliehen haben, sind sogar länger als mein ganzer Körper und ragen dicht hintereinander aus einer verknöcherten Stelle, die eine Armspanne vor den beiden Flügeln sitzt. Schwarze Adern überziehen die fledermausartigen Häute der Drachenschwingen, die überraschend dünn wirken. Genau genommen sieht es so aus, als könnte ein heftiger Windstoß sie wie dünnes Seidentuch zerreißen. Von dem

Unterkiefer des Drachen baumeln mehrere Barteln, die von innen heraus in einem tiefen Olivgrün zu leuchten scheinen, und auf seiner Nase trägt er ein dickes Horn, dem fünf deutlich kleinere folgen. Zwei weitere, gut drei Armspannen lange Hörner ragen links und rechts aus seinen Schläfen und besitzen seitliche Öffnungen, die vermuten lassen, dass es sich bei diesen Auswüchsen um Ohren handelt. Das Merkwürdigste aber ist die fischartige Rückenflosse, die sich von seiner Stirn bis zum Nacken zieht. Während der Dornennacken uns aus kleinen, wie Feuer glühenden Augen mustert, klappt er sie einige Male auf und zu, wobei die dünnen Membranen zwischen den scharfen Flossenstrahlen in demselben Olivgrün schillern wie die Barteln am Unterkiefer. Dampf steigt aus den weit geblähten Nüstern des Dornennacken auf, während er den Kopf vor Indigo neigt und auf irgendetwas zu warten scheint. Sprachlos sehe ich zu, wie der Atlanter eine Hand auf die Schnauze des Wesens legt und über seine Schuppen streicht.

Der Dornennacken ist groß. Nein, er ist riesig. Und doch erinnere ich mich an ein Buch, in dem es hieß, dass seine Rasse zu den kleinsten Drachenarten gehört.

»Ein Drache«, flüstere ich noch einmal, nur um es glauben zu können. »Ein richtiger, echter Drache.«

»Möchtest du auf ihm reiten?« Indigo dreht sich zu mir um und hebt fragend die Augenbrauen, als hätte er mich gerade auf einen gewöhnlichen Ausritt zu Pferde eingeladen. Die Art, wie der Wind sein offenes Haar zerzaust und es ihm in die diebisch funkelnden Augen weht, lässt meinen ohnehin ungesunden Herzschlag noch schneller rasen. »Er hat zugestimmt, uns beide zu tragen. Das ist eine große Ehre.«

»Äh, was?«

»Drachen nehmen niemals Befehle an und verlassen ihr Revier nicht. Ich kann ihm also nicht sagen, dass er uns auf schnellstem Weg nach Erusch bringen soll, falls das gerade in deinem Kopf herumgeistert.«

Tatsächlich war genau dieser Gedanke in genau diesem Moment durch meine Gedanken gehuscht. Ein Drache würde unsere monatelange Reise in einen Katzensprung verwandeln. »Und du könntest ihn auch nicht dazu zwingen?«

»Nein, Jade«, erwidert er mit einem kleinen, heimtückisch schönen Lächeln. »Meine Magie taugt nicht für solche Zauber. Das gehört zur schwarzen Hexerei, nicht zu meinen Fähigkeiten.«

»Es gibt etwas, das du nicht kannst?«

»Es gibt allerhand, das ich nicht kann. Aber jetzt komm. Sonst überlegt unser Freund es sich doch noch anders.«

Ich schlucke mühsam. »Ich soll auf einem … einem …«

»… Drachen reiten.« Kurzerhand greift Indigo nach dem hintersten Nackendorn und schwingt sich auf den Rücken der Kreatur, als wäre sie ein gewöhnliches Pferd. Dann streckt er mir einladend eine Hand entgegen. »Komm schon. Ich passe auf dich auf.«

»Ist das dein Ernst?«

»Ja. Nur zu.«

Zögernd gehe ich auf das Tier zu. Eine brodelnde Hitze entströmt seinem Leib, der mir mit jedem Schritt größer erscheint. Zweifellos könnten seine ausgestreckten Flügel einen ganzen Marktplatz beschatten.

Während ich nach Indigos Hand greife und mich nach oben ziehen lasse, legt der Dornennacken seinen pferdekarrengroßen Kopf auf den Boden ab, klappt die Halsflosse ein und schnauft wie ein monströser Hund.

Und plötzlich sitze ich auf seinem Rücken. Mit einem heißen, geschuppten Drachenleib unter und einem Atlanter vor mir.

»Bereit?«

»Ich denke schon.«

»Dann halte dich fest.«

Kurzerhand schlinge ich meine Arme um seine Taille, verwehre mir jeden weiteren Gedanken an unsere Nähe und beiße die Zähne zusammen.

Ich sitze auf einem Drachen. Auf einem Drachen!

Und … bei allen Göttern … er breitet seine Flügel aus!

Der plötzliche Ruck, der uns nach oben schleudert, presst mir die Luft aus den Lungen. Ehe ich überhaupt zum Kreischen komme, hat uns das Vieh bereits in die Luft katapultiert. Ein einziger Flügelschlag trägt uns fast bis zu den Wolken und lässt die Erde tief unter uns zurück. Meine Sinne umwölken sich mit Nebel. Ich spüre, wie sich Köcher und Bogen schmerzhaft in meine Brust drücken. Indigos Haar flattert mir ins Gesicht. Und mit einem Mal gleiten wir sanft dahin. Ich blinzele, verliere das Gleichgewicht und bleibe trotzdem aufrecht sitzen, während die Welt sich einfach weiterdreht.

Ich falle! Ich falle!

Aber mein Griff um Indigos Taille lockert sich nicht. Vermutlich verankert mich irgendein Zauber mit dem Drachenrücken, denn egal, wie schwindelig mir wird, beginne ich nicht einmal zu schwanken. Mein Körper ist mit Indigo und dem Drachen verwachsen, vermutlich könnte das Vieh einen Salto drehen, ohne dass ich hinunterstürze.

Alles gut, Jade. Entspann dich!

Die Flügelschläge des Dornennacken sind nicht mehr hastig und abrupt, sondern von sanfter Gleichmäßigkeit. Nach und nach rutscht mein Magen wieder dorthin, wo er hingehört. Ich wage es, meine Arme zu lösen, rücke Bogen und Köcher zurecht, bis ich eine einigermaßen bequeme Sitzposition einnehmen kann, und schlinge meine Arme wieder um Indigos Taille.

Ja, das fühlt sich gut an. Unerhört gut sogar.

Und dann, als ich mein Kinn auf seine Schulter lege und das Land unter mir hinwegziehen sehe, wird mir vollständig bewusst, wo ich bin.

Heilige Mütter der Götter!

Vor uns am Horizont tauchen bereits die Gipfel des Nebelwal-Gebirges auf, noch blass und fern, aber ich kann schon jetzt erahnen, welch gewaltige Welt aus Eis und Schnee uns dort erwartet.

»Alles in Ordnung?«, ruft Indigo mir durch das Heulen des Windes zu.

»Ja?«, brülle ich zurück. »Alles bestens.«

Plötzlich taucht der Drache abwärts und rast mitten durch eine dicke Wolke. Keine bauschige Watte schlägt mir ins Gesicht, so, wie ich es mir immer vorgestellt habe, sondern nasser, kalter Nebel.

Wolken sind also nicht fest. Wieder was dazugelernt.

Als nächstes fliegen wir über ein ganzes Feld dieser Gebilde hinweg, das mich an aneinandergedrängte wollige Schafe erinnert. Im Licht der aufgegangenen Monde glühen sie so blau wie das Meeresleuchten, das wir manchmal in besonders warmen Sommernächten beobachtet

haben. Ohne darüber nachzudenken, neige ich meinen Kopf zur Seite und spüre, wie sich Indigos glatte Wange an meine schmiegt. Hätte er den Bogen und den Köcher nicht mitgenommen, könnte ich mich jetzt an seinen Körper schmiegen.

Bei allen Göttern, wo ist mein Verstand? Etwa auf der Erde zurückgeblieben?

Allmählich sinkt der Drache in die Tiefe, streckt seine Schwingen zu voller Breite aus und bewegt sie nicht mehr. Sanft gleiten wir über die Ebene hinweg. Lautlos und still wie die Nacht. Bis der Dornennacken so dicht über das Gras hinwegstreicht, dass die Spitzen der höchsten Halme seine Flügel streifen. Sein ruhiges Dahingleiten und die eintönige Schwärze der Nacht lassen mich meine Erschöpfung spüren, hinzu kommt die angenehme Wärme unter dem dicken Flor meines Eislöwenmantels. Ich nicke ein, schrecke auf, blicke mit schläfrigem Staunen auf die nächtliche Ebene hinab und schlafe erneut ein. Bis mich Indigos Stimme weckt.

»Alles in Ordnung?«, fragt er mich ein zweites Mal.

»Klar«, nuschele ich an seinem Hals. Hm, seine Haut riecht köstlich. Und das, obwohl er sich ebenso lange nicht gewaschen hat wie ich. Wunderbar. Er duftet also und ich stinke zum Himmel. »Von mir aus können wir noch ein paar tausend Meilen weiter fliegen.«

»Dein Wunsch könnte sich erfüllen.«

»Wie meinst du das?«

»Er will nicht umkehren.«

Die Müdigkeit fällt augenblicklich von mir ab. »Was?«

»Ich meine damit, dass er sich weigert, umzukehren. Wenn ich seine Gefühle richtig verstehe, sollen wir uns etwas ansehen.«

»Gefühle? Ansehen? Was?«

Als ich nach vorne blicke, sind die Gipfel des Nebelwal-Gebirges vom Horizont verschwunden. Stattdessen sehe ich ein fernes weißes Schimmern, über dem bereits der Morgen dämmert. Ich muss lange geschlafen haben, offenbar ein paar Stunden. Und wir fliegen nicht mehr nach Süden, sondern nach Osten.

»Drachen sprechen die stille Sprache«, antwortet Indigo. »Sie verständigen sich mit Hilfe von Gefühlen. Das schließt Missverständnisse aus, ist aber gleichzeitig wenig präzise.«

»Wohin bringt er uns?«

»In die Knochenwüste. Siehst du das Schimmern da vorne? Das sind die ersten Dünen.«

»Was? Die Knochenwüste? Die Wüste mit den kochend heißen Tagen und den eiskalten Nächten, in der nicht einmal die Beduinen leben können?«

»Ja, aber mach dir keine Sorgen.« Indigos Stimme klingt völlig entspannt. Also gut. Solange er sich nicht sorgt, werde auch ich mich nicht sorgen. Als Magier mit einem gewaltigen Schatz an Lebenserfahrung wird er vermutlich wissen, was er tut. »Sollte ich das Gefühl bekommen, dass uns Gefahr droht, verschwinden wir.«

»Aber hast du nicht gesagt, dass Drachen ihr Revier niemals verlassen?«

»Das tun sie normalerweise auch nicht. Ich habe keine Ahnung, was ihn dazu treibt.«

»Und was sollen wir uns ansehen?«

»Keine Ahnung. Aber wenn wir dort sind, wo er uns haben will, werden wir es hoffentlich erkennen.«

Ein Blitzen am Horizont lässt mich herumfahren. Dort, wo das weiße Schimmern der Wüste in südlicher Richtung endet und in schroffe Klippen übergeht, erkenne ich ein fernes Gleißen.

»Das ist Scharzad«, beantwortet Indigo meine unausgesprochene Frage. »Die Stadt aus Wüstenglas.«

Bei tausend heulenden Dämonen, niemals hätte ich gedacht, diesen Ort jemals mit eigenen Augen zu sehen. Scharzad. Ich erinnere mich an den Tag, an dem Aaron mir auf den Klippen die Karte erklärt hat. Und ich erinnere mich an das sehnsüchtige Funkeln in seinen Augen, während die exotischen Namen auf seiner Zunge zergingen. Was würde er nur sagen, wenn er mich jetzt sähe? Reitend auf einem Drachen, mit Blick auf die älteste Stadt des Menschenreiches?

»Hat man sie wirklich aus Wüstenglas gebaut?«, frage ich Indigo. »Oder ist das nur ein Märchen?«

»Nein, das ist kein Märchen Sie besteht tatsächlich aus Glas. Nur die kleineren Häuser am Rand sind aus gewöhnlichem Sandstein.«

»Und wurde dieses Glas von Drachen aus dem Sand der Knochenwüste geschmolzen?«

»Ja, zumindest, als es noch Wüstendrachen gab. Jetzt schmelzen die Scharzaner ihr Glas mit gewöhnlichen Brennöfen. Es ist nicht mehr so rein wie früher, aber immer noch kostbar genug, um Scylla zufriedenzustellen.«

»Der Jasmah-Isdar hat die magischen Drachen ausgerottet, nicht wahr?«

Indigo nickt. »Ihr Blut wurde als Energiequelle genutzt. Genauso wie die Gefäße am Seelenbaum. Der Jasmah-Isdar gedeiht auch durch Hass und Schmerz, aber größere Hexereien benötigen größere Kräfte. Wüstendrachenblut war eine vorzügliche Energiequelle. Nimmt man noch die Tatsache hinzu, dass sie seit jeher selten waren und sich nur einmal alle fünfhundert Jahre fortpflanzen, hatten sie wohl nie eine Chance.«

»Das ist traurig.«

»Ja, das ist es.«

Im Licht der aufgehenden Sonne erblüht Scharzad zu märchenhafter Pracht. Ich kann bereits die Kuppeln und Zinnen der Stadt sehen, glitzernde Bögen und Brücken, Palmen mit silbernen Stämmen und weißen Wedeln, gläserne Türme und schillernde Mauern, in denen sich die ersten Sonnenstrahlen in tausend Farben brechen. Ich hoffe, der Stadt noch ein wenig näher zu kommen, doch plötzlich kippt der Drache zur Seite und dreht in einer scharfen Kurve Richtung Norden ab. Ein paar kräftige Flügelschläge, und Scharzad verschwindet hinter dem Horizont, ehe ich seinen Anblick ganz in mich aufgenommen habe.

Stattdessen umringen uns jetzt die schneeweißen Dünen der Knochenwüste. Trotz des pfeifenden Windes spüre ich die Hitze, die mit der Sonne über das Land kriecht, ihre scharfen Klauen ausfährt und hungrig nach allem greift, was lebendig ist. Auch dem Drachen scheint die zunehmende Wärme unangenehm zu sein, er beschleunigt seinen Flug und hechelt durch das weit geöffnete Maul, was mir Gelegenheit gibt, seine mächtigen Zähne zu bestaunen.

Bei allen Göttern, wenn das hier ein kleiner Drache ist, wie muss dann einer der Wüstendrachen ausgesehen haben, die als Könige unter ihresgleichen galten?

Ich komme nicht dazu, weiter darüber nachzudenken, denn unser Flug wird immer rasanter. Wie ein dunkler Blitz jagt der Dornennacken über seidig weiche Dünen, die im Sonnenlicht glitzern, als bestünden sie aus Schnee. Hier und da wachsen jene weißen Palmen in geschützten Senken, die ich zuvor in Scharzad bewundern konnte, doch hier draußen in der Wüste sind sie noch schöner. Ihre fedrigen Wedel besitzen die dieselbe Farbe wie der Sand, während der Stamm abblätterndem Mondsilber gleicht.

Und dann, als wir bereits tief in die Wüste vorgedrungen sind, erkenne ich, warum man diesem Landstrich seinen Namen gegeben hat. Monströse Gerippe ragen aus dem Sand auf. Rechts von mir formt ein gigantischer Rippenbogen ein Gebilde, das an eine Kathedrale erinnert, vor uns wachsen knöcherne Rückenwirbel aus einer Düne und ähneln einem gespenstischen Wald.

Einem Wald des Todes.

Der Drache wird langsamer, als wir über die Gebeine hinwegfliegen. Vielleicht will er uns Gelegenheit geben, sie anzusehen. Vielleicht ist es auch eine Form von Respekt, den er seinen vom Wind zerfressenen Ahnen erweist.

»Waren das Wüstendrachen?«, frage ich Indigo.

»Ja«, antwortet er. »Aber die beiden dort unten waren schon tot, als meinesgleichen in die Menschenwelt kam. Wüstendrachen vertrugen keine Kälte, also gruben sie sich am Abend tief in den Sand ein, um den eisigen Nächten zu entkommen. Wenn sie eines natürlichen Todes starben und nicht etwa von schwarzen Hexern abgeschlachtet wurden, geschah es, während sie schliefen. Es dauerte mehrere tausend Jahre, bis der Wind sie wieder zum Vorschein gebracht hat.«

Sprachlos blicke ich auf die titanischen Überreste hinab. Wie gewaltig diese Wesen gewesen sein müssen, entzieht sich meiner Vorstellungskraft. Schweigend fliegen wir weiter, immer tiefer und tiefer in die Glut der Knochenwüste hinein.

Bis in der Ferne eine Ruine auftaucht.

Ein Gebäude mitten in der tödlichsten aller Wüsten? Wie kann das sein? Seiner Größe nach zu urteilen, ist das keine verlassene Beduinenhütte. Vielmehr gleicht seine massige Bauweise einer Trutzburg.

Ist das etwa unser Ziel?

Tatsächlich hält der Drache mit ungeduldigen Flügelschlägen auf die Ruine zu, vollführt einen sanften Halbkreis, geht in den Sinkflug über und landet mit verblüffender Geschmeidigkeit keine zehn Schritte vom Gebäude entfernt.

»Hm«, macht Indigo, betrachtet das Geröllfeld mit argwöhnischem Blick und lässt sich schließlich vom Rücken des Dornennacken gleiten. Mir gelingt das Absteigen weit weniger elegant. Ich komme ins Rutschen, greife nach einem Dorn und hänge sekundenlang wie ein nasser Sack an der Seite des Drachen, ehe Indigo zupackt und mir auf den Boden hilft. Ich spüre, wie seine Hände meine Hüften umfassen und wie mein Körper aufreizend langsam an seinem entlang rutscht, dann ist endlich weicher Sand unter meinen Füßen.

»Verflucht!« Sekunden später frisst sich die Glut durch meine Schuhsohlen. Ich springe japsend von einem Bein auf das andere und nehme kaum wahr, dass ein blaues Licht um Indigos Hände tanzt.

»Du kannst wieder stillstehen«, sagt er ruhig.

»Wirklich?«

»Wirklich.«

Ich verharre, warte auf die brennende Hitze und spüre nichts. Der Sand ist ausgekühlt. Selbst als ich mich bücke und meine Hände hinein grabe, spüre ich nicht einmal einen Hauch von Wärme. Wie fein dieser Sand ist! Er rinnt pudrig wie Mehl durch meine Finger, glitzert in der Sonne und hinterlässt eine feine Staubschicht auf meinen Fingern.

Der Sand ist kühl, doch die Sonne brennt unverändert heiß vom Himmel. Ich stehe auf, schäle mich aus dem Mantel und wische mir die schweißnasse Stirn. Wenn das der kühle Morgen ist, will ich nicht den Mittag erleben.

»Timotheus und Palili werden sterben vor Sorge.« Kurzerhand lasse ich den Eislöwenmantel in den Sand fallen und strecke meine müden Glieder. »Kannst du ihnen nicht mitteilen, dass es uns gut geht?«

»Schon passiert.« Mit schief gelegtem Kopf und nachdenklicher Miene betrachtet er das zerfallene Gebäude. Offenbar hat ihm der Drache noch immer nicht verraten, was unsere Aufgabe ist. Mit weit aufgerissenen, regentonnengroßen Augen starrt das Tier auf den Eingang der Burg und gibt ein mürrisches Knurren von sich.

»Ja«, knurrt Indigo ebenso mürrisch zurück. »Wir gehen ja schon.«

»Vertraust du ihm?«

»Er ist ein Drache.«

»Ja und?«

»Drachen sind keine Menschen.«

»Verstehe. Das bedeutet, dass sie kein Interesse am Lügen und Betrügen haben?«

»Genau das bedeutet es. Wir sollten trotzdem vorsichtig sein. Komm, bleib am besten ganz nah bei mir.« Er nimmt meine Hand und geht mit mir zu dem Portal, das zersplittert in den Angeln hängt und den Eindruck erweckt, als wäre es von einem Dutzend Äxten zerschlagen worden. Hinter dem Eingang herrscht undurchdringliche Schwärze. Offenbar hielten die Bewohner der Wüstenburg nichts von Licht, denn es gibt keinerlei Fenster. Noch nicht einmal Luken. Indigo streckt seine freie Hand aus, lässt silbriges Licht aus seinen Fingern fließen und formt damit eine knisternde, tanzende Kugel, die über seiner nach oben gedrehten Handfläche schwebt. Ihr Licht erhellt schwarzes, poröses Gestein, das an erstarrte Lava erinnert.

»Hier müssen vor langer Zeit fünf Jasmah-Isdar-Hexer gelebt haben«, flüstert Indigo. »Ihr Gestank hängt immer noch in der Luft.«

»Ich rieche gar nichts.«

»Es ist mehr die Bosheit, die stinkt.«

»Aha.« Ich strecke eine Hand aus und berühre das schroffe Gestein, aus dem die Burg erbaut wurde. Es fühlt sich eiskalt an. Die kochende Hitze der Wüste scheint es nicht im Geringsten zu berühren. »Woher weißt du so genau, dass es fünf waren?«

»Jeder von ihnen stinkt anders. Aber sie sind schon lange tot. Wahrscheinlich haben sie sich gegenseitig geköpft und gehäutet.«

»In der Reihenfolge?«

Indigo lacht und wirft mir einen Blick zu, der meine Wangen glühen lässt. Wie fest meine Finger mit seinen verschlungen sind. Als wären unsere Hände zwei Magnete, die sich perfekt aneinander schmiegen. »Ich habe einen Hexer gesehen, der mit abgeschlagenem Kopf versuchte, einen Zauber zu sprechen.«

»Mit seinem abgeschlagenen Kopf?«

Wieder lacht er. Diesmal noch ein wenig lauter. »Ja. Der Kopf sprach den Zauber, während seine Hände mehr oder weniger präzise

die Gesten dazu vollführten. Fast wäre es ihm gelungen, seinen Schädel wieder auf den Hals zu hexen. Aber Jamashree hat es verhindert. Natürlich, nachdem sie sich eine Weile über seine Bemühungen amüsiert hat.«

»Das ist krank.«

»Es ist bei weitem nicht das Kränkste, das sie getan hat.«

Übelkeit steigt meinen Hals hinauf. Ich kann mir nur ansatzweise vorstellen, wie es in jemandem aussieht, der jahrhundertelang den Fantasien einer Wahnsinnigen ausgeliefert war, ihren Befehlen gehorcht und alle Scheußlichkeiten aus nächster Nähe erlebt hat.

»Weißt du schon, wonach wir suchen?« Es ist so schrecklich still in diesen Ruinen. Allein das feine Knistern des magischen Lichts durchdringt das erstickende Tuch aus Alter und Schweigen. »Wo sollen wir hin? Bitte sage nicht, dass wir diese Treppe hinunter müssen«

Indigo folgt meinem Blick in die gähnende Tiefe, die unvermittelt vor uns aufklafft. Das Licht seiner Kugel reicht nicht aus, um bis zum Ende der Treppe zu gelangen. Er denkt nach, runzelt ein paar Mal die Stirn und blickt schließlich nach rechts, wo ein Gang zu einer massiven, mit schwarzem Leder überzogenen Tür führt.

Wüstendrachenhaut. Dasselbe Material wie in Scyllas Palast. Nur Indigos Hand, die sich tröstend um meine schließt, bewahrt mich vor der aufkeimenden Panik.

»Wir müssen in den Keller«, stellt er schließlich fest.

»Dort hinunter?«

»Ja.«

»War ja klar. Und was ist dort unten?«

Wieder schweigt er und scheint in die düstere Stille hinein zu lauschen. Das Feuer in seiner Hand wechselt von Silber zu Blau, knistert aufgeregt und spuckt Funken aus. Dann ist es auf einmal purpurrot.

»Was ist mit deiner Kugel los?«

»Ich denke nach«, murmelt er geistesabwesend.

»Das passiert mit deinem Licht immer, wenn du nachdenkst?«

»Ja.«

Einsilbigkeit. Aha. Die unmissverständliche Botschaft der Männer, dass es besser ist, den Mund zu halten. Ich seufze und enthalte mich jedes weiteren Kommentars, während sein Gesichtsausdruck von konzentriertem Ernst zu Verwirrung wechselt und schließlich in unübersehbarem Staunen endet. Sein Feuerball reagiert auf die wechselnden Gefühle mit immer neuen Farbnuancen. Er verströmt erneut tiefes Purpur, springt zu Blau über, huscht eine Sekunde lang zu sonnigem Orange und entscheidet sich zuletzt, als Indigo mit einem ungläubigen »Das kann nicht sein!« zu mir aufblickt, für ein grelles Nordlichtgrün.

»Was kann nicht sein?«, hake ich nach.

»Willst du wirklich wissen, was dort unten ist?«

Ich rolle nur vielsagend mit den Augen.

»Gut, ich sage es dir. Aber du musst mir vertrauen, in Ordnung?«

»Das tue ich schon die ganze Zeit.«

»Es ist ein Wüstendrache.«

Meine Augen fliegen auf. Ich habe mit allem gerechnet. Mit einem Goldschatz, einem vergessenen Harpyien-Harem, eingesperrten Dämonen und Stymphalennestern. Aber ein Wüstendrache? Nein. Ausgeschlossen.

»Hör auf, mich zu veralbern.«

»Es ist ein Wüstendrache«, wiederholt er.

»Aber das ist unmöglich.«

»So unmöglich, wie von einem atlantischen Magier gerettet zu werden und einen Opalfuchs zu treffen? Ich sage die Wahrheit, Jade. Die Hexer haben einen Wüstendrachen gefangen und ihn dort unten angekettet. Sein Körper ist tot, aber seine Seele noch immer darin gefangen.«

»Und das bedeutet was?«

Das Grün seines Feuers verblasst und wird wieder zu dem üblichen silbrigen Weiß. Offenbar gewinnt er schnell seine Fassung zurück. Selbst im Angesicht einer titanisch großen Unmöglichkeit in Form eines eingesperrten Wüstendrachens.

»Das bedeutet, dass ich ihn wieder zum Leben erwecken kann.«

»Was?« Mir fällt die Kinnlade nach unten. »Du willst was?«

»Er hat uns gerufen, Jade. Alle Drachen sind dank der stillen Sprache miteinander verbunden, und als wir auf unserem Freund dort draußen geritten sind, hat er es gespürt.«

»Er hat dich um Hilfe gerufen?«

»Nicht direkt. Er hat den Dornennacken gebeten, uns hierher zu bringen.« Seine Finger schließen sich noch eine Spur fester um meine

Hand. Sanft, aber unnachgiebig beginnt er, mich die Treppe hinunterzuziehen.

»Ein Wüstendrache!«, zische ich. »Ein gewaltiger, seit Jahrhunderten gefesselter und schrecklich wütender Drachenkönig! Bei den Göttern, das ist doch Wahnsinn!«

»Vertrau mir«, flüstert Indigo, wie schon so oft in letzter Zeit. »Er wird uns nichts tun.«

»Wie du meinst.« Ich presse die Lippen zusammen und nicke. Stufe für Stufe steigen wir in die Finsternis hinunter, und Stufe für Stufe wird es kälter. Bald strömt mein Atem als weiße Wolke aus meinem Mund, während sich die schwarzen Wände um uns herum mit glitzerndem Frost überziehen.

Es fühlt sich an, als stiege ich hinab in den Schlund eines Ungeheuers. Als könnten sich die Wände jeden Augenblick um mich zusammenziehen wie die Muskeln in einem Jandri-Maul.

»Die Kälte hat ihn gelähmt.« Indigos ruhige Stimme legt sich um meine Angst und lässt mich weitergehen. Stück für Stück. Tiefer und tiefer. »So groß und mächtig Wüstendrachen auch sein mögen, sind sie nicht unverwundbar. In kalten Nächten können sie kaum eine Klaue bewegen.«

»Wie lange mag er schon hier unten sein?«

»Höchstens ein paar hundert Jahre. Vor Jamashrees Bann hätte ich seine Schmerzen gespürt. Also muss es danach passiert sein.«

»Warum folgst du seinem Ruf erst jetzt?«

»Weil ich sonst nie auf einem Drachen geritten bin. Drachen sind keine Reittiere, ich habe ihn nur darum gebeten, weil ich dir eine Freude machen wollte. Und wäre er nicht mit uns geflogen, hätte die Kreatur dort unten niemals von uns erfahren.«

Weil ich dir eine Freude machen wollte …

Er hat es also getan, um mir eine Freude zu machen? Nur deshalb? Für den Rest des Weges ist meine Kehle wie zugeschnürt. Der Gang scheint endlos in die Tiefe zu führen. Er nimmt kein Ende, führt schnurgerade immer weiter in die Eingeweide der Wüste hinein, bis ich das Gefühl habe, unter der Last der Tiefe zu ersticken. Wie viel Sand mag über uns liegen? Vierhundert Meter? Fünfhundert Meter?

»Wir sind da«, sagt Indigo endlich. »Irgendwo da vorne muss er sein.«

Meine Erleichterung ist unbeschreiblich. Endlich endet die verfluchte Treppe und öffnet sich zu einer Art Halle, deren Weite die Last von meinem Brustkorb nimmt. Indigo lässt seine Kugel wachsen, bis ihr Licht bis in die äußersten Winkel des Gewölbes dringt.

»Bei den Göttern!«

Meine Stimme hallt in einem gewaltigen Raum wider. Niemals zuvor habe ich ein erstaunlicheres Bauwerk gesehen. Ich zähle mehr als fünfzig Säulen, jede einzelne davon ist so dick wie der Turm einer Kriegsburg und ebenso hoch. Dicke Staubschichten bedecken die Steinplatten des Bodens, an den eisernen Kerzenleuchtern, die schon lange kein Licht mehr verbreitet haben, baumelnd dicke Spinnweben.

»Da vorne«, flüstert Indigo und deutet in die Mitte der Halle. »Siehst du die schwarze Mauer?«

»Ja.«

»Das ist keine Mauer, das ist ein Schwanz.«

»Ein Schwanz? Aber der ist doch mindestens …« Ich atme tief ein. Langsam, immer schön langsam. »Der ist mindestens dreißig Meter lang.«

»Vom Kopf bis zur Schwanzspitze misst ein ausgewachsener Wüstendrache gut einhundert Meter.«

»Aaswurmdreck!«

»Keine Angst. Wir sind ihm sowieso viel zu klein. Es würde ihm nichts bringen, uns zu fressen.«

»Weiß er das auch?«

»Bestimmt.«

Hand in Hand gehen wir weiter, während nach und nach immer mehr Details zu erkennen sind. Die Mauer bekommt Schuppen und Dornen, läuft zu einer keilförmigen Spitze von der Größe unseres Pferdekarrens aus und endet in der äußersten Ecke des Gewölbes.

Ich sehe staubbedeckte, umgestürzte Kupferkessel, deren Inneres schwarz verkrustet ist, mehrere Amphoren, Glasbehälter und verrostete Klingen, die verstreut auf dem Boden liegen.

All das erinnert auf schreckliche Weise an ein Schlachthaus. Ich habe keine Zweifel daran, dass all die schwarzen Krusten und Flecken einst Blut gewesen waren.

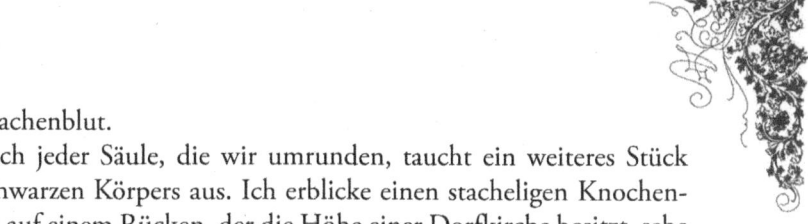

Drachenblut.

Nach jeder Säule, die wir umrunden, taucht ein weiteres Stück des schwarzen Körpers aus. Ich erblicke einen stacheligen Knochenkamm auf einem Rücken, der die Höhe einer Dorfkirche besitzt, sehe einen ganzen Wald aus Hörnern auf einem Echsenschädel, von denen jedes einzelne so lang ist wie der Drache, auf dem wir hierher geritten sind. Teichgroße Augen sind mit schuppigen Lidern bedeckt, und aus einer anmutigen, an ein Krokodil erinnernden Schnauze ragen Zähne, deren furchteinflößender Anblick nur noch von den Klauen übertroffen wird, die doppelt so lang sind wie mein Körper und tiefe Gräben in den Steinboden gerissen haben.

Indigo Gesicht ist starr vor Hass, als er die grausamen Fesseln mustert: Dicke Eisenringe sind durch die Schnauze, den Schwanz und jedes einzelne Bein des Drachen getrieben worden, verbunden mit mächtigen Ketten, die ihn an den Boden fesseln. Dutzende kleinere Ringe stecken tief in seiner gepanzerten Haut.

Wir umrunden den Leichnam und sehen auf der anderen Seite ein verrostetes Rohr, das im Hals des Tieres steckt. Der Korken, der seine Öffnung verschließt, ist mit altem Blut verkrustet.

»Was haben sie ihm nur angetan?« Ich löse mich aus Indigos Griff, trete vor und berühre die Schuppen des Drachen. Seine Haut fühlt sich an wie mit Lack überzogener Stein. »Wer weiß, wie lange es gedauert hat, bis er gestorben ist.«

»Sehr lange.« Indigo atmet tief ein, lässt die Feuerkugel wieder mit seiner Hand verschmelzen und geht zur Schnauze des Drachen. Seine noch immer leuchtenden Finger legen sich auf den Eisenring im Fleisch des Tieres. Es ist nur eine zarte, flüchtige Berührung, die kaum länger als zwei Herzschläge dauert, doch sie genügt, um das rostige Metall zu Staub zerfallen zu lassen.

Als nächstes zerstört er den Ring im rechten Vorderbein, geht zum linken hinüber und lässt auch dort die Fessel zerbröseln. Unter seinem Zauber zerfällt das dicke Metall mit solcher Leichtigkeit, dass mir ein Schauer über den Rücken läuft. Welche zerstörerischen Kräfte muss er freigesetzt haben, als er noch Jamashrees Willen gehorcht hat? So, wie diese Ketten durch eine kleine Berührung zu Asche zerfallen, sind vermutlich ganze Armeen zerfallen. Vielleicht hat ein geflüstertes Wort

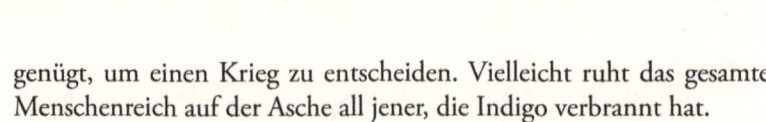

genügt, um einen Krieg zu entscheiden. Vielleicht ruht das gesamte Menschenreich auf der Asche all jener, die Indigo verbrannt hat.

Nach und nach löst er jeden einzelnen Ring auf, bis der letzte zu Boden rieselt. Zuletzt zieht er das Rohr aus dem Hals des Drachen, legt beide Hände flach auf die Schuppen und lässt den Glanz aus seinen Fingern strömen. Blendend hell fließt der Zauber um den gesamten Leib und knüpft ein zartes Netz aus Licht. Ein paar fadendünne Ausläufer des Netzes knistern über den Boden und kommen auf mich zu. Wie lebendige Wesen tasten sie sich Stück für Stück voran, berühren meine Stiefelspitze und züngeln an meinem Bein empor. Diese Magie fühlt sich anders an. Nicht wie eine Explosion aus Feuer und Sturm, sondern wunderbar sanft.

Vielleicht, weil sie Leben schenkt und nicht zerstört.

Mein ganzer Körper atmet unter diesem Zauber auf, fühlt sich befreit und von Wärme erfüllt. Gebannt blicke ich auf den Drachen und warte auf seinen ersten Atemzug. Wird Indigo überhaupt noch Kraft übrig haben, wenn das hier vorbei ist? Was, wenn Scylla die Energie der Heilung spürt und ihre Jäger losschickt? Wird er uns dann noch schützen können?

Ich will den Mund öffnen und ihn danach fragen, doch der tanzende, knisternde Zauber flutet mein Gehirn mit solcher Glückseligkeit, dass ich keinen Laut hervorbringe.

Im nächsten Augenblick steht Indigo vor mir und schnappt sich meine Hand. »Schnell. Wir sollten draußen sein, ehe er aufwacht.«

Mein Körper reagiert reibungsloser als mein betrunkenes Gehirn. Als ich wieder klar denken kann, rennen wir auch schon die Treppe hinauf und werden von einer Feuerkugel geleitet, die hektisch zwischen allen Farben des Regenbogens hin und her springt. Kam mir der Weg in die Eingeweide der Burg zuvor endlos lang vor, sind wir plötzlich im Handumdrehen draußen. Hat Indigo uns vorwärtsgezaubert? Oder sind wir tatsächlich den ganzen Weg gerannt? Ein letzter Sprint durch einen dämmerigen Gang, dann stolpern wir in die Wüste hinaus. Beißende Helligkeit brennt mir fast die Augen aus dem Kopf. Instinktiv vergrabe ich mein Gesicht in Indigos Reisemantel und begreife erst, dass ich mein Gesicht an seine Brust drücke, als er schon die Arme um mich gelegt hat.

Es ist heiß. Unvorstellbar heiß.

Innerhalb von Sekunden rinnt mir der Schweiß aus allen Poren. Die zuvor weiche Wolle fühlt sich plötzlich kratzig an, und als ich mich in Indigos Umarmung zurücklehne und zu ihm aufblicke, sehe ich, dass auch seine Stirn schweißnass ist. Es fühlt sich an, als würde ich Feuer atmen. Die Glut verbrennt meine Kehle und trocknet meine Augen aus.

»Es hört gleich auf«, sagt er zu mir, raunt ein paar unverständliche Worte und hüllt uns in einen blauen Kranz aus Licht. Der Glanz verschwindet innerhalb weniger Sekunden, doch er lässt eine herrliche Kühle zurück, die die Sonne nicht durchdringen kann. Offenbar besteht diese Kälte nur aus einer dünnen Schicht, denn um uns herum flimmert noch immer die glutheiße Luft.

»Wann wacht der Drache auf?«, frage ich Indigo, und erhalte als Antwort ein ohrenbetäubendes Krachen und Grollen, das tief aus der Erde dringt.

»Jetzt, wie es aussieht.« Er schließt seine Arme noch fester um mich und weicht mit mir zusammen ein paar Schritte zurück. »Wahrscheinlich wird es gleich Steine regnen. Aber keine Sorge, ich habe uns mit einem Zauber geschützt.«

Der Lärm schwillt an. Ein Beben geht durch die Wüste, lässt den Sand erzittern und die Mauern der Ruine bröckeln. Ich höre ein Knurren, das so dunkel ist wie die Finsternis in den Tiefen der Erde, dann kratzt eine titanische Klaue mit infernalischem Kreischen über Lavagestein.

»Er kommt«, flüstert Indigo.

Und im nächsten Moment fliegt uns die Burg um die Ohren.

Ein Regen aus Steinquadern geht auf uns nieder, Splitter und Sand verdunkeln den Himmel. Ich schreie aus vollem Hals, aber der Lärm übertönt jedes Geräusch. Das Wissen um den Schutzzauber verhindert nicht, dass ich angesichts der heranrasenden Steinbrocken mit meinem Leben abschließe. Einer fliegt genau auf uns zu, kommt näher und näher, wird größer und größer … und zersplittert mit einem gewaltigen Krachen keine Handbreit über uns.

Der Zauber flimmert unbeeindruckt, nachdem er den Quader zerlegt hat, und lässt einen Wimpernschlag später zwei weitere Brocken zerbersten, die es auf uns abgesehen haben.

Kurz darauf begräbt ein besonders großer Brocken den Eislöwenmantel unter sich.

»Hm,« macht Indigo. »Den habe ich wohl vergessen.«

Mir bleibt keine Zeit, meinem geliebten Kleidungsstück hinterher-
zutrauen, denn der Drache bricht aus dem Trümmerfeld hervor. Zuerst
schiebt sich ein monströser gehörnter Kopf aus dem Boden, gefolgt von
einem Körper, der wie ein Titanengott über uns in die Höhe wächst.
Klauen graben sich in die herumliegenden Steine und wuchten ihren
Besitzer höher und höher hinauf, bis sein Leib den gesamten Himmel
verdunkelt. Ich sehe nur noch einen schwarzen, schuppigen Berg, der
seine Schwingen ausstreckt und jedes Sonnenlicht auslöscht.

Heilige Mütter der Götter!

Teiche aus flüssigem Eis blicken auf uns hinab, als der Drache
die Augen öffnet. Sie sind nicht glutrot wie die des Dornennacken,
sondern gletscherblau.

Und dann fällt der Schutzwall mit einem leisen Klirren in sich
zusammen. Kurz sehe ich das Rieseln hauchfeiner Splitter, als hätte
der Wall nicht aus Magie, sondern aus hauchdünnem Glas bestanden.
Dann löst er sich in Luft auf.

Kurz spüre ich die Hitze, doch ehe sie unangenehm werden kann,
fächelt ein kalter Wind über meine Haut. Es ist der Atem des Drachen! Er ist nicht heiß, sondern eiskalt, und wölkt wie weißer Dampf
aus den höhlengroßen Nüstern.

Die Gewaltigkeit dieses Wesens übertrifft meine Vorstellungskraft.
Allein seine Schwingen besitzen von Spitze zu Spitze die Spannweite
einer Stadt.

»Komm.« Plötzlich zieht Indigo mich vorwärts. Hin zu dem
atmenden Gebirge, das seelenruhig vor uns aufragt und jede unserer
Bewegungen verfolgt.

»Was hast du vor?«

»Er bringt uns zurück.«

»Wie bitte?«

»Der Dornennacken hat das Weite gesucht. Ich könnte uns natürlich zurückzaubern, aber das würde jede Menge Magie kosten, die
ich lieber sparen möchte. Vor allem, weil sehr viel für seine Heilung
draufgegangen ist.«

»Also hast du dir gedacht, dass wir genauso gut auf einem Wüstendrachen zurückreiten können?«

»Ja.«

Auf einmal stehen wir direkt vor dem Tier. Eine einzelne seiner Schuppen ist so groß wie unser Haus am Meer. Um überhaupt sein oberes Ende zu sehen, muss ich meinen Kopf weit in den Nacken lehnen. Dort hinauf soll ich klettern? Ernsthaft? Die Dornen auf den Drachenschuppen sind groß genug, um mit Füßen und Händen Halt zu finden, aber die sind derart glatt, dass man vermutlich …

Mir wird schwindelig. Ich kippe, werde aufgefangen und spüre einen heißen, fauchenden Wind, der mir die Zöpfe über die Schulter bläst.

»Nicht erschrecken«, raunt es dicht an meinem Ohr. »Ich habe uns hochgezaubert.«

Verflucht! Ich sitze gut dreißig Meter über dem Boden, und das Vieh ist noch nicht einmal aufgestanden, sondern hockt auf allen vieren wie ein Hund. Unter meinem Hintern vibrieren schwarze, metallharte Schuppen, während sich gut vierzig Meter vor mir ein riesiger Kopf mit gletscherblauen Augen herumdreht, um mir einen prüfenden Blick zuzuwerfen.

Das ist nicht wahr. Das kann nicht wahr sein.

Allmächtige Götter!

Arme schlingen sich von hinten um mich. Dann spüre ich Indigos Körper an meinem Rücken.

»Bereit?«, fragt er mich.

Ich bin wahnsinnig genug, mit einem Nicken zu antworten.

Und dann schnalzt er auch schon mit der Zunge.

»Das hier ist doch kein …«

Pferd, will ich sagen, doch da brüllt der Drache, dass mir die Ohren klingeln, hebt die Schwingen und stößt sich vom Boden ab. Wie eine berggroße Kanonenkugel schießen wir in den Himmel hinauf. Heulender Wind beißt in meine Haut, und nur wegen meiner brennenden Kehle wird mir klar, dass ich wie am Spieß kreische.

Mund halten, Jade! Sofort!

Aber ich kann nicht.

Die Wüste rast wie eine Fata Morgana an uns vorbei. Als das Zerren des Windes schmerzhaft wird, schließt uns wieder dieser zarte, blau schimmernde Kokon ein und schirmt uns vom beißenden Sturm ab. Ich sehe den gewaltigen Schatten, den unser Reittier wirft, während Scharzad wie ein heller Blitz am Horizont vorbeihuscht. Ein paar Flügelschläge genügen, und wir gleiten bereits über Koreshs Ebene hinweg.

Jeder Flügelschlag pfeift wie ein Orkan über das Land und drückt das Gras unter uns flach. Bleibt nur zu hoffen, dass Indigo unsere Freunde vorgewarnt hat, anderenfalls werden sie bei unserem Anblick mit ihrem Leben abschließen.

In einer Senke vor uns sehe ich bereits das grüne Leuchten des magischen Lagerfeuers. Und ich sehe zwei schwarze Punkte, die sich in das Gras werfen.

»Hast du ihnen nicht gesagt, dass wir mit einem Wüstendrachen zurückkommen?«, rufe ich Indigo zu.

»Doch«, schreit er zurück. »Das habe ich.«

Überraschend sanft landet unser Reittier im Gras, nur ein weiches Beben geht durch seinen gewaltigen Leib, als er die Pranken in den Boden schlägt. Der Drache schüttelt seinen Kopf, faltet die Schwingen zusammen und stößt ein Grollen aus, das die gesamte Ebene erschüttert. Wieder spüre ich den vertrauten Schwindel, und im nächsten Moment stehe ich mit beiden Füßen auf der Erde.

»Heilige Götter!« Mit beiden Händen greife ich in meine völlig verfilzten Zöpfe. »Tausend heulende Dämonen und dreimal verflucht!«

»Geht es dir gut?« Indigo zupft seinen Reisemantel zurecht, als wäre er gerade von einem Spaziergang heimgekehrt. »Ist alles noch heil und in einem Stück?«

»Na klar.« Ich lege den Kopf in den Nacken und blicke dem Drachen in die eisblauen Augen. Er nickt uns zu, stößt noch einmal ein heiseres Grollen aus und katapultiert sich so abrupt in den Himmel hinauf, dass ich vom aufgewirbelten Wind von den Füßen gerissen werde. Kichernd liege ich im Gras. Und ich kichere noch lauter, als ich sehe, dass Indigo neben mir liegt. Ein paar Grashalme stecken in seinen Haaren. Er sieht überrascht aus, runzelt die Stirn und wirft mir einen Blick zu, den ich in meinem ganzen Leben nicht mehr vergessen werde.

»Was ist?«, japse ich atemlos. »Warum schaust du so?«

Er sieht mich schweigend an. Seine Augen werden groß, als ich kurzerhand zu ihm krieche und die Halme aus seinen Haaren zupfe. Einen nach dem anderen.

»Du bist es nicht gewöhnt, das Gleichgewicht zu verlieren«, versuche ich mich an einer Interpretation seines Gesichtsausdrucks. »Habe ich recht?«

»Ja«, sagt er nur.

»Wie kommt es dann, dass du hier herumliegst? Hast du nicht aufgepasst?«

»Ja«, murmelt er ein zweites Mal.

»Und warum?«

Diesmal schüttelt er statt einer einsilbigen Antwort nur den Kopf.

»Wie auch immer: Willkommen in meiner Welt.« Ich lache noch lauter und rolle mich wie eine Blödsinnige am Boden herum. »So ist das bei uns Menschen. Wir werden überrascht, wir stolpern, wir fallen hin und sehen dämlich dabei aus. Nicht, dass du dämlich aussiehst, aber … ach verdammt, halt einfach die Klappe, Jade.«

Ich ringe nach Luft und blicke dem Drachen nach, der fast schon am östlichen Horizont verschwunden ist. Wo er sich wohl verstecken wird? Seine Größe macht ein Untertauchen nicht einfach. Vielleicht wird er sich im Sand der Knochenwüste vergraben und ein paar hundert Jahre schlafen. Ich an seiner Stelle hätte es so gemacht.

»Ein Wüstendrache!«, höre ich Timotheus keuchen. »Ein echter Wüstendrache! Bei Palilis Spatzenhirn, ich dachte, du würdest uns verarschen.«

»Warum sollte ich euch verarschen?« Die Art, wie Indigo das letzte Wort ausspricht, verrät mir, was er von derlei vulgären Ausdrücken hält. Er rappelt sich auf, fährt sich durch das zerzauste Haar – verflucht, ich liebe es, wenn es so aussieht – und hält mir seine Hand entgegen. Noch immer kann ich nicht aufhören zu lachen. Nicht, als er mich auf die Beine zieht, und nicht, als ich zum Feuer taumele und mich auf einer Decke zusammenrolle.

Nur schwammig bekomme ich mit, wie Indigo von unseren Erlebnissen berichtet. Als mein Anfall endlich verebbt, starre ich benommen in die magisch grünen Flammen und versuche, Ordnung in meine Gedanken zu bringen. Immer wieder kichere ich vor mich hin und frage mich, was Aaron sagen wird, wenn ich ihm all das erzähle.

Jade, du verarschst mich doch.

Nein, tue ich nicht. Ich bin auf einem Dornennacken in die Knochenwüste geflogen. Ich habe gemeinsam mit einem atlantischen Magier einen toten Wüstendrachen wiederbelebt und bin sogar auf ihm geritten. Auf dem Drachen, meine ich. Nicht auf ... oh Mann.

Ach, komm schon. Das hast du bloß geträumt.

Doch! Ehrlich! Ich schwöre es dir.

Kannst du es beweisen?

Hm ...

»Willst du nicht deinen Mantel zurück?« Ohne Vorwarnung taucht Indigo neben mir auf. Angesichts seines verschwörerischen Lächelns schießt mir das Blut ins Gesicht.

»W-w-was?«

»Der Mantel. Ich hätte ihn fast vergessen. Aber auch nur fast.«

Ich sehe mein geliebtes Kleidungsstück in seinen Händen und nehme es mit einem nervösen Schlucken entgegen. Er kann keine Gedanken lesen. Ganz sicher kann er das nicht.

Oder doch?

Meine schweißnassen Finger kneten den weißen Pelz. Er sieht aus, als habe er niemals Bekanntschaft mit einem Felsbrocken geschlossen.

»Danke«, murmele ich, krieche hinein und ziehe den Mantel bis zu meiner Nase hoch. Warum fühle ich mich, als würden auf meiner Stirn rot leuchtende schlüpfrige Worte stehen? Weithin sichtbar für jeden? Was ist los mit mir? Das bin doch nicht ich.

Dieser Kerl wirkt mit jedem Tag ein wenig menschlicher. Das ist los. Es sind all die kleinen Verletzlichkeiten, die dir gefallen. Das Hinfallen vorhin. Seine Ratlosigkeit in der Ruine. Seine Wut. Sein Hass. Sein verwirrter Blick, als du ihm das Gras aus dem Haar gezupft hast.

»Wo wird der Drache jetzt bleiben?« Gnädigerweise lenkt Palili die Aufmerksamkeit des Atlanters von mir ab. »Wo soll sich so ein großes Tier verstecken?«

»Er will über das Uferlose Meer«, antwortet Indigo. »Vielleicht gibt es im großen Unbekannten eine neue Heimat für ihn.«

»Was?« Der Sosuke scheint allein den Gedanken grauenvoll zu finden. »Das Uferlose Meer heißt nicht umsonst Uferloses Meer. Dort gibt es kein Land. Er wird irgendwann vom Himmel fallen und ertrinken.«

»Wenn es welches gibt, wird er es finden. Hier kann er jedenfalls nicht bleiben. Der Jasmah-Isdar würde ihn in kürzester Zeit aufspüren, und ich kann so ein großes magisches Wesen nicht länger als ein paar Stunden verschleiern.«

»Er fliegt also hinaus auf das Uferlose Meer«, murmelt Timotheus träumerisch. »Über die Grenze der Welt hinweg in eine unbekannte Ferne, die vielleicht vom Gift der Menschheit verschont geblieben ist.«

Eine Weile ist es still. Der Wind raschelt im Gras, die Sonne steigt höher und höher. Wir trinken kalten Tee und gönnen uns ein langes Frühstück, bis Indigo schließlich aufsteht, das magische Feuer mit einer Handbewegung verlöschen lässt und Bogen und Köcher schultert.

»Es wird Zeit«, verkündet er. »Wir sollten weiter.«

Diese Schwärze gleicht nichts, was ich jemals zuvor erblickt habe. Sie klebt wie Pech zwischen mehreren großen Felsen und bewegt sich, als wäre sie lebendig.

All meine Instinkte befehlen mir, ihr fernzubleiben, während Indigo kurzerhand seinen Arm hineintaucht. Nein, nicht nur seinen Arm. Zu meinem Schrecken lässt er zu, dass sich die Schwärze wie Teer um seine Schulter schließt, sein Bein verschlingt, sein Gesicht und schließlich seine gesamte Gestalt.

Ungläubig werfe ich einen Blick auf Timotheus und Palili. Die beiden sehen in keiner Weise beunruhigt aus. Offenbar ist hier gerade nichts Besorgniserregendes geschehen.

»Keine Angst«, brummt der Zwerg. »Er kommt gleich wieder zurück.«

»Was macht er da?«

»Die Pferde rufen.«

»Die Pferde?« Fasziniert starre ich auf die fließende, atmende Finsternis. Sie jagt mir Angst ein, aber ihre Oberfläche wirkt derart glatt und geschmeidig, dass ich plötzlich das Bedürfnis empfinde, darüberzustreichen. »Sie sind dort drinnen? In diesem Zeug?«

»Dieses Zeug ist nur eine Weltenhaut«, antwortet der Zwerg. »Sie trennt eine Welt von der anderen. Dort drinnen liegen unvorstellbare Weiten. Ganze Gebirge und Meere, Wiesen und Wälder. Aber alles ist anders, als du es kennst. Sehr viel anders.«

»Da drin ist eine ganze Welt?«

»Ja.«

»Und wir werden dort hineinreiten?«

»Das werden wir.« Timotheus grinst wie ein Junge, der sein heiß ersehntes Abenteuer erleben darf. »Wir waren schon viel zu lange nicht mehr dort. Nichts und niemand wagt sich in Esnunnas ewige Nacht. Deswegen ist dieses Reich der einzige Ort, an dem Indigo sicher ist. Jedenfalls eine Zeit lang. Auf Dauer erträgt weder ein Mensch noch ein Atlanter den Zauber dieser Welt. Aber sie ist der kürzeste Weg in den Süden. Durch die Ebene von Koresh zu laufen, würde Wochen dauern.«

Ich werfe einen Blick an der wabernden Schwärze vorbei. Hinter der Ansammlung aus Felsen, die wie ein vergessenes Würfelspiel mitten in der Ebene liegt, erheben sich am Horizont die schneebedeckten Gipfel des Nebelwal-Gebirges und schweben wie eine Luftspiegelung über dem golden schimmernden Grasland.

»Die Berge sehen aber recht nah aus.«

»Das täuscht. Zwischen uns und dem Gebirge liegen ein paar hundert Meilen. Es ist mit Abstand das größte und höchste im Menschenreich.«

Ich staune und nicke. Nach allem, was ich erlebt habe, sollte ich mich an das Unglaubliche gewöhnen, doch das ist nicht der Fall. Seit der Sache mit dem Wüstendrachen bin ich nicht mehr das Mädchen, das ich kenne. Auf irgendeine Weise hat sich alles verändert, und diese Weise fühlt sich gut an.

Erschreckend gut.

Gebannt warte ich auf das, was geschehen wird, und als Indigo wieder auftaucht, glänzen seine Augen. Er sieht als Erstes mich an. Nicht Palili, nicht Timotheus. Nein, mich. Ich blicke zurück und betrinke mich an seinem Lächeln.

Hufschläge erklingen. Dann ein Schnauben.

Und plötzlich teilt sich die ewige Nacht. Wie schwarzes Wasser fließt die Finsternis um die Leiber dreier strahlend weißer Pferde. Eine weitere Legende wird vor meinen Augen Wirklichkeit. Nach dem Dornennacken und dem Wüstendrachen sehe ich nun auch noch die blauen Pferde von Esnunna. Atmend, lebendig und mit seidigem Fell, das in der kalten Morgenluft dampft. Sie sind nicht so groß und stämmig wie die Tiere, die ich aus Jemeshar kenne, sondern von zierlicher Gestalt. Ihre Beine sind lang und schlank, ihre Hälse anmutig gebogen. Die welligen Mähnen berühren fast den Boden, und in den großen schwarzen Augen der Tiere funkelt eine beängstigende Intelligenz.

»Hier!« Timotheus drückt zuerst Palili, dann Indigo und mir eine Tasche in die Hand. »Wir nehmen nur das Nötigste mit. Alles andere besorgen wir uns unterwegs.«

»Gibt es in Esnunna Menschen?«, frage ich.

»Nein, Floh. Aber jede Menge Essbares. Esnunnas Ausgang liegt übrigens mitten im Nebelwal-Gebirge. Dort werden wir uns eine Weile bei den Araschnun ausruhen.«

»Wir gehen ins Nebelwal-Gebirge? Zu den Araschnun?«

»Ja. Hast du etwas dagegen?«

»Nein. Ich meine …« Plötzlich schießen mir die Tränen in die Augen. Ich kann sie nicht kontrollieren und fange an, haltlos zu schluchzen.

»Was ist los?« Indigo greift nach meiner Schulter. Ihn zu spüren und in sein unverhülltes Gesicht zu sehen, ist zu viel für mich. Alles war einfacher, als er sich noch von mir ferngehalten hat. Zitternd weiche ich vor ihm zurück und hebe gleichzeitig entschuldigend die Arme.

»Tut mir leid«, stammele ich. »Es ist nur … es ist unglaublich, dass ich all das mit eigenen Augen sehe. Unglaublich, versteht ihr? Das sind Legenden. Geschichten für das Lagerfeuer. Und ich erlebe sie hautnah. Das ist … ich weiß nicht, wie …«

Verdammt, Jade, schwärmst du gerade von deiner Reise? Ergötzt du dich an deinen Abenteuern, während sich Aaron und die Mädchen um dich sorgen?

Indigos Blick dringt in meinen und zeigt mir, wie verblüfft er ist. Habe ich überhaupt das Recht, das zu fühlen, was ich fühle? Dieses

aufregende Kribbeln in meinem Bauch, dieses Herzklopfen und die weichen Knie   all das fühlt sich zu gut an. Wenn Indigo jetzt meine Stirn berühren und mich zurück zu Aaron, Metena und Aja zaubern würde, wäre ein Teil von mir enttäuscht.

Verflucht, Jade! Das hier ist kein Spaß! Hör sofort auf damit!

Aber ich kann nicht. Ich will wissen, was hinter der Schwärze liegt. Ich will einen Nebelwal sehen. Ich will die Araschnun und die Wälder von Erusch sehen. Und ich will noch einmal mit Indigo auf einem Dornennacken reiten.

»Ist sie zu schwer?«, bricht Timotheus das Schweigen und deutet auf meine Tasche. »Ich habe nur leichte Sachen rein getan.«

Langsam gewinne ich wieder die Kontrolle über mich selbst zurück. Ich atme tief durch, schultere das Gepäckstück und bemerke, dass es kaum mehr wiegt als ein Stapel Papier. »Ist das ein Scherz?«

Der Zwerg zuckt die Schultern und grinst. »Einmal Wechselsachen sind drin, mehr nicht. Nahrung finden wir unterwegs, den Rest bekommen wir von den Araschnun.«

Eines der Pferde läuft wie selbstverständlich zu ihm, knickt mit den Vorderbeinen ein und wartet, bis der Zwerg und der Sosuke aufgestiegen sind. Dann richtet es sich wieder auf, schüttelt seine schneeweiße Mähne und trottet zurück in die Schwärze. Das Gewicht der beiden Männer, von denen einer immerhin den Umfang eines Ochsen besitzt, scheint ihm nicht das Geringste auszumachen.

»Was ist mit Amra?« Ich werfe einen Blick auf die Stute, die abgeschirrt neben dem Karren steht und zufrieden am Gras zupft. »Wird sie zurechtkommen?«

»Mach dir um das Pferd keine Sorgen.« Indigo sieht mich schon wieder auf diese seltsame Weise an. Auf eine viel zu intensive Weise. Was denkt er über mich? Was fühlt er? »Kein Geschöpf des Jasmah-Isdar wagt sich so nahe an die Grenze Esnunnas heran. Und selbst wenn, ich habe sie und den Karren mit einem Zauber belegt, der bis zu unserer Rückkehr andauern wird.«

»Einen Unsichtbar-Zauber?«

Indigo nickt. »Tiere zu verschleiern, ist weitaus einfacher als Menschen. Ihre Seelen sind reiner als unsere. Und bei Gegenständen ist es das reinste Kinderspiel.«

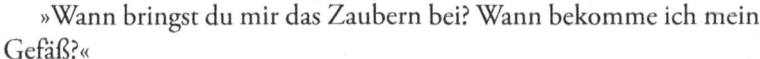

»Wann bringst du mir das Zaubern bei? Wann bekomme ich mein Gefäß?«

Er lächelt über meine Ungeduld. »Wenn wir bei den Araschnun sind. Dort sind wir sicher und haben die nötige Ruhe für unseren Unterricht.«

»Weil niemand damit rechnet, dass Menschen im Nebelwal-Gebirge leben?«

»Ja. Aber es ist nicht nur das. Ich habe das Dorf vor langer Zeit mit einem Schutzwall umgeben. Es ist unsichtbar für alle Wesen jenseits des Walls. Als ich damals vor Jamashree geflohen bin, haben die Araschnun mir geholfen. Sie haben sich niemals dem Jasmah-Isdar verschrieben.«

»Ein Schutzwall? Für ein ganzes Dorf?«

»Ich wollte mich bei ihnen bedanken. Sie sind das letzte unberührte Volk der Menschenwelt, und ich will, dass das so bleibt.«

»Aber wenn der Wall aus weißer Magie besteht, muss Scylla ihn doch spüren, oder nicht?«

»Es ist derselbe Zauber, der uns für sie unsichtbar macht, nur in größerem Umfang«, antwortet er. »Gefährlich ist nur der Moment, in dem ich ihn wirke. Aber das Nebelwal-Gebirge ist vollkommen menschenleer, nicht einmal schwarze Hexer betreten es. Wozu auch? Jeder glaubt, es wäre für Menschen absolut tödlich. Alles, was darin lebt, sind Nebelwale, Eislöwen und Frosttrosse.«

»Frosttrosse?«

»Große Vögel. Sie sehen aus wie die Albatrosse des Meeres.«

Ich grinse über den merkwürdigen Klang des Namens. »Nur deswegen konntest du es wagen, einen solch großen Zauber zu wirken, stimmt's? In einer weniger einsamen Gegend hätte Scylla es sofort gespürt.«

Indigo nickt, legt den Kopf schief und blickt mich staunend an. Bitte was? Staunend? Was an mir bringt ihn denn zum Staunen?

»Wenn du und deine Freunde befreit sind«, sagt er leise, »würde ich euch gerne dorthin bringen.«

Ich blinzele. »Zu den Araschnun?«

»Es wäre ein sicherer Ort. Der sicherste, den ich kenne.«

»Wir würden im Nebelwal-Gebirge leben?«

»Es ist nicht so, wie du denkst. Mein Schutzwall hält Kälte und Schnee ab, im Dorf wachsen sogar Blumen. Du wirst es lieben. Und ihr wärt vor Krankheiten beschützt. Euer Leben wäre wahrscheinlich lang und friedlich.«

»Sag das noch einmal.«

»Euer Leben wäre lang und friedlich. Wahrscheinlich.«

Ich höre die Worte, ich sehe das Versprechen in seinen Augen und kann doch nicht daran glauben. Gibt es so etwas in dieser Welt noch? Ein langes und friedliches Leben?

»Warum sagst du mir das erst jetzt?« Es ist wunderbar, über Aaron, Metena und Aja zu reden, als stünde unsere gemeinsame Befreiung bereits fest. Ich liebe es, Pläne zu schmieden, in denen die drei mit mir gemeinsam glücklich werden. Aber wenn etwas zu schön klingt, um wahr zu sein, dann ist es das auch.

»Das Leben bei den Araschnun ist … nun ja, anders.« Er greift nach dem Riemen meiner Tasche, der sich auf meiner Schulter verdreht hat. Mit schnellen, sanften Griffen dreht er ihn wieder gerade, und ich beiße mir fast die Lippe blutig. »Entscheide dich, wenn wir dort sind, Jade. Sieh dir alles an. Frage dich, ob du dort dein Leben verbringen willst. Und ob deine Freunde dort glücklich werden können.«

»Alles, was ich will, ist Sicherheit.«

»Das Dorf wird euch so viel Sicherheit geben, wie es in einer Welt des Jasmah-Isdar möglich ist. Das Nebelwal-Gebirge ist der letzte Ort, an dem man eine menschliche Siedlung vermuten würde. Es gilt als noch tödlicher als die Knochenwüste. Aber ich kann dir nicht versprechen, dass Scylla es niemals entdecken wird. Ebenso wenig kann ich dir versprechen, dass ihr für den Rest eures Lebens in Frieden leben könnt. Aber dort ist die Chance, dass es so ist, am größten.«

Ich nicke, drehe ihm den Rücken zu und lege eine Hand auf den Hals der Stute, die mich durch Esnunnas Schwärze tragen wird. Jenes legendäre Reich der ewigen Finsternis, in dem ein Mensch unweigerlich verlorengeht. Es sei denn, er reitet auf Pferden, deren Fellmusterung umso heller leuchtet, je tiefer die Dunkelheit ist. Noch erkennt man nichts von den Flecken und Streifen, die sich laut der Legende auf ihren Körpern verbergen. In der hellen Wintersonne ist ihr Fell so weiß wie Schnee.

»Warum gibst du mir ein eigenes Pferd?« Ich lasse meine Hand langsam kreisen. Der Stute scheint es zu gefallen. Wie ein gewöhnliches Pferd macht sie den Hals lang und grunzt wohlig. »Ich könnte fliehen. Diese Tiere sind schnell, habe ich gehört.«

Indigo tritt hinter mich. Ich spüre seinen Atem in meinem Nacken, und plötzlich sind da zwei Hände, die sich um meine Taille legen. Ich erstarre und halte den Atem an. Es ist wie in jener Nacht, in der wir auf den Drachen geritten sind, nur noch schlimmer. Noch aufregender und verwirrender.

»Ich habe dich beobachtet.« Seine Stimme ist ganz nah an meinem Ohr. Wenn er noch ein wenig näher kommt, nur ein winziges Stück näher, werden sich unsere Körper berühren. »Als du Amra gestreichelt hast. Du hast dich daran erinnert, wie schön es ist, auf dem Rücken eines Pferdes zu sitzen. Abgesehen davon, glaube ich nicht, dass du noch immer fliehen willst.«

Mein Atem geht zu schnell. Mein Herz klopft zu verräterisch. Er wird es spüren. Es wittern. Und sich diebisch darüber freuen, dass er mich so wirkungsvoll aus der Fassung bringt.

Ruhig, Jade! Atme einfach weiter.

Ein und aus. Ein und aus.

»Dann tust du das aus reiner Freundlichkeit?« Meine Stimme ist nur noch ein heiseres Krächzen. Oh verdammt, ich verliere die Kontrolle, und er weiß genau, warum das so ist.

»Erstaunt dich das so?« Plötzlich packt er fester zu, hebt mich hoch und wartet, bis ich ein Bein über den Rücken des Tieres geschwungen habe. Erst dann lässt er mich frei. Vergeblich versuche ich, tief und ruhig zu atmen. Bei allen heulenden Dämonen, mein Herz rast wie von Sinnen. Ich spüre die Hitze in meinen Wangen pochen und kann meine Finger kaum in die Mähne krallen, so heftig zittern sie.

Was ist los mit dir? Denk über etwas anderes nach. Na los. Du sitzt auf einem Esnunna-Pferd! Einem echten nachtleuchtenden Pferd! Und du ... bei allen Göttern, du bist drauf und dran, in die ewige Nacht zu reiten.

Ich kneife die Augen zusammen und schüttele den Kopf.

»Geht es dir gut?«, höre ich Indigo fragen. Hölle noch mal, seine sanfte Stimme macht es nicht besser. Ich will, dass er mich anknurrt, dass er garstig zu mir ist, mich wütend macht und mir unhöfliche Dinge an den Kopf wirft. Damit kann ich umgehen, aber nicht mit dem Mann, der er jetzt ist. Dem Mann, der sich um mich sorgt. Der meinen Bruder beschützt und mit mir auf Drachen reitet. Der sterbende Kreaturen rettet und mir seinen warmen Atem in den Nacken haucht, während er mir auf's Pferd hilft.

In meinem Kopf toben verwirrende Gefühle und hinterlassen ein Chaos, in dem es keine Ordnung mehr gibt. Ich atme ein paar Mal tief durch, balle meine Hände zu Fäusten und öffne die Augen. Vor mir pulsiert die Finsternis und wirft träge Wellen. Dort hinein soll ich reiten?

»Du musst keine Angst haben.« Indigo führt sein Pferd direkt neben meines und zieht sich auf dessen Rücken. Natürlich in einer anmutigen Bewegung, die ich mit Blicken verschlinge.

»Habe ich nicht«, knurre ich ruppig zurück.

»Dir kann nichts passieren.«

»Ich weiß. Dafür habe ich ja dich.«

Warum habe ich das gerade gesagt? Und warum, bei allen Göttern, drehe ich mir fast die Augen aus dem Kopf, um ihn möglichst unauffällig anzustarren? Das irisierende Grün-Gold seiner Augen leuchtet im Licht des Wintertages noch intensiver. Und erst seine Art, auf dem Pferderücken zu sitzen: Leicht nach hinten gelehnt, eine Hand auf dem Knie abgelegt, die andere in der Mähne vergraben. Oh, und dann ist da noch dieses zerzauste schulterlange Haar. Und das weiche schwarze Hirschleder, das sich wie eine zweite Haut um seine Schenkel schmiegt.

Verdammt, Jade! Augen geradeaus!

»Bereit?«, fragt er leise.

Ich zögere. Das hier ist der perfekte Moment, um zu fliehen. Ich sitze auf einem schnellen Pferd und bin wieder im Besitz meines Gürtels. Warum ist die Verlockung nicht größer? Ist es nur die Gewissheit, dass ich es alleine niemals schaffen würde? Oder will ich ganz einfach nicht mehr zurück?

Er ist immer noch ein Mistkerl. Er beschützt dich nur, weil er dich braucht. Nichts anderes steckt dahinter. Für ihn bist du ein dahergelaufenes Straßenmädchen. Das hat er selbst gesagt. Ein Ballast, den er nur mit sich herumschleppt, weil er nützlich ist.

Ernsthaft, Jade? Und warum hat er für dich den Drachen gerufen? Warum hat er dich mit Zaubereien aufgemuntert, obwohl er sonst jeden Tropfen Magie aufspart? Warum lächelt er jedes Mal, wenn du lächelst? Und warum sieht er traurig aus, wenn du traurig bist?

»Wir haben beide ein Versprechen zu erfüllen, Menschenmädchen«, sagt er zu mir. »Ich wünschte, es gäbe einen anderen Weg. Aber den gibt es nicht. Die Dunkelheit frisst an mir. Sie wird von Tag zu Tag stärker. Wenn ich die Orchidee nicht bald finde, wird der Moment kommen, in dem ich aufgebe.«

»Was?« Ich kann nicht glauben, was ich da höre. Aufgeben? Ist das sein Ernst? »Das darfst du nicht! Du kannst sie nicht gewinnen lassen. Niemals!«

Indigo schüttelt müde den Kopf. »Der Jasmah-Isdar ist ein langsam wirkendes Gift. Ich ertrage ihn schon seit vielen hundert Jahren. Viel Zeit bleibt mir nicht mehr.«

»Und dann?«

»Dann?« Er seufzt resigniert. »Nun, dann wird Scylla siegen. Ich werde ihr dienen und die Welt zerstören.«

Ich sehe ihn an und weiß nicht, was ich darauf antworten soll. An meiner Spürnase für Blumen hängt also das Schicksal der Menschheit? Ich entscheide, ob eine neue Finsternis aufersteht oder nicht?

Nein, ich kann nicht darüber nachdenken. Ich will es nicht. Mein Ziel ist unsere Freiheit, Indigos Ziel ist die weiße Orchidee. Nur diese beiden Gedanken dürfen mich beherrschen. Ich blicke in die wogende Dunkelheit, die nur darauf zu warten scheint, mich zu umschließen. Mein Blut gefriert, jedes Härchen auf meiner Haut sträubt sich.

»Bereit«, flüstere ich schließlich.

9

Esnunna

Alles, was von der Weltenhaut zu spüren ist, besteht aus einem warmen, angenehmen Kribbeln. Zuerst versinkt der Kopf des Pferdes in der Schwärze, dann sein Hals und schließlich meine Knie. Kurz zucke ich davor zurück, doch dann sehe ich, wie sanft die Finsternis über meine Beine gleitet und wie gleichmütig Indigo auf seinem Hengst und der Opalfuchs sich von ihr verschlucken lassen. Ehe Ischme in Esnunna verschwindet, tut sie etwas Merkwürdiges: Wie ein dressierter Zirkushund huscht sie unter den Bauch des Pferdes, macht sich klein und schleicht im Rhythmus seiner Schritte mit. Obwohl die Füchsin so groß ist, dass ihre Rückenhaare den Bauch des Hengstes streifen, stört er sich nicht im Geringsten daran.

Allen ist dieser Weg vertraut. Nur mir selbst verkrampft sich vor Unsicherheit der Magen, weil ich nicht im Geringsten weiß, was hinter der pulsierenden Schwärze liegt.

Der Übergang fühlt sich an, als tauche man in zähes, warmes Wasser ein. Die Weltenhaut gleitet über mein Gesicht, und als ich mit fest zusammengekniffenen Augen den nächsten Atemzug tue, ist die Luft heiß und feucht und verströmt einen intensiven Geruch.

Einige Male atme ich tief ein, ohne die Augen zu öffnen. Ich studiere die seltsamen Aromen, versuche sie einzuordnen und suche nach Vergleichen. Genau so muss es im Dschungel riechen. Fäulnis und Orchideen, Tod und Leben, nasse Erde und süßer Regen. Es ist ein betäubender Duft. Wie Samt, der sich auf mein Gesicht legt und das Atmen erschwert, aber auf eine Weise, die angenehm ist.

Ich schlage die Augen auf.

Und sehe nichts.

Es gibt nur das Schimmern meines Pferdes, das zunehmend heller wird. Schmale, ineinander verschlungene Streifen ziehen sich über das blau schimmernde Fell und verströmen ein sanftes Licht, das augenblicklich von Esnunnas Schwärze verschlungen wird und nichts jenseits des Felles erhellt. Schon eine Handbreit über dem Muster gibt es nur noch das Nichts. Selbst meine Beine sehe ich nur schemenhaft, während der Rest meines Körpers und der Rest der ganzen Welt in Teer versunken ist. Deshalb hat sich Ischme unter dem Bauch des Pferdes verkrochen. Ein einziger Schritt zur Seite, und sie wäre verloren gewesen.

Um mich herum herrscht eine Finsternis von solcher Tiefe, dass meine Augen den Anblick nicht ertragen. Es gibt Dunkelheit, und es gibt das hier. Beides ist nicht miteinander zu vergleichen. Sobald ich länger als einen Herzschlag dort hinausblicke, stürzen meine Sinne in eine schwindelerregende Tiefe und finden keinen Halt mehr. Es gibt kein Oben und kein Unten, kein Diesseits und kein Jenseits. Ohne das Pferd wäre es, als schwebe ich inmitten eines endlosen, schwarzen Universums.

Angst rieselt über meinen Rücken, als mir klar wird, wie es einem ahnungslosen Abenteurer ergehen muss, der sich ohne den Schutz der Pferde hinter die Weltenhaut wagt. Obwohl ich die Grenze gerade erst durchschritten habe, weiß ich nicht mehr, wo ich mich befinde. In welche Richtung oder wie weit ich gehen müsste. Die absolute Schwärze ist Gift für meine Sinne und raubt mir jeglichen Orientierungssinn. Selbst die Hufe der Stute treten ins Leere. Kein Geräusch ist zu hören. Nur eine Stille, die ebenso undurchdringlich wie die Finsternis ist.

So muss es zwischen den Sternen sein.

In all dem endlosen, leeren Raum.

Wo ist Indigo? Wo Timotheus und Palili? Was, wenn ich die Männer verliere? Was, wenn ich auf immer und ewig in diesem Nichts herumirren muss?

Erst als von meiner Schulter her ein Zwitschern erklingt, erinnere ich mich wieder an Zilp. Der Vogel hat die seltsame Eigenart, derart still und unauffällig zu sein, dass ich ihn völlig vergesse. Bis er den Schnabel aufmacht oder seine Krallen in meine Haut gräbt. Ich tröste mich mit dem Wissen um seine Anwesenheit und versuche, der Leere zu widerstehen.

Schau mich an, scheint die Finsternis zu säuseln. *Sieh in mich hinein. Verliere dich. Ertrinke in mir. Komm schon, wage einen Blick.*

Ein Teil in mir will dem nachgeben. Vermutlich ist es dasselbe idiotische Ich, das auch für andere Dummheiten verantwortlich ist: Die Finger in einen blauen Fleck zu drücken, nur um herauszufinden, ob es wehtut. Mit der Zunge einen wunden Zahn zu malträtieren oder den frischen Schorf von Wunden abzureißen, obwohl einem klar ist, dass es die Heilung nur verzögert.

Es dauert lange, ehe ich ein ängstliches »Wo seid ihr?« hervorbringe. Zu groß ist meine Furcht davor, nur Schweigen zu hören. Gespenstisch hallen die drei Worte in der Leere wider.

»Ich bin hier«, erklingt Indigos Stimme nach einer gefühlten Ewigkeit, die vermutlich aus zwei Sekunden bestanden hat. Oh ihr Götter, er ist bei mir! Ich bin nicht alleine. »Keine Angst, gleich ist es vorbei.«

»Ist das Esnunna?«

»Nein. Es ist die Leere zwischen den Welten.«

Die Erleichterung gibt mir das Gefühl, federleicht zu sein. Nichts könnte in dieser verschlingenden Dunkelheit schöner klingen als die Stimme meines Geistes. Ihr sanfter Hall inmitten der Endlosigkeit mildert meine Angst und weckt den Drang, meine Hand nach Indigo auszustrecken.

Nein! Untersteh dich! Du wirst nicht nach ihm greifen!

Aber das Wissen um seine Krankheit macht es noch schwerer, ihm die kalte Schulter zu zeigen. Daher rühren also diese Momente, in denen er trotz seiner Magie so schrecklich verwundbar und verloren wirkt. Selbst jetzt, da seine Kräfte wieder aufgefüllt sind, erinnert er mich an ein hauchdünnes Gefäß aus Kristall, das jede unbedachte Bewegung zersplittern lassen kann.

Stunde um Stunde, Sekunde um Sekunde frisst der Fluch an ihm. Er höhlt seinen Willen aus und zerstört ihn mit jedem Tag ein wenig mehr. Ist der Tod wirklich die einzige Lösung? Gibt es sonst keinen Ausweg? Scylla muss doch eine Schwäche haben, irgendeinen Angriffspunkt, den man nutzen kann.

Aber welchen?

Komm schon, Jade. Er hat Jahrhunderte im Palast verbracht. Er kämpft schon seit einer Ewigkeit gegen den Jasmah-Isdar. Wenn es eine Schwäche gäbe, würde er sie kennen.

Ich hefte meinen Blick auf das schimmernde Fell der Stute. Die Mähne des Tieres bewegt sich wie schwerelose Spinnenseide in einem Wind, der sich anfühlt, als hauche mir das Nichts seinen Atem entgegen. Warme Muskeln bewegen sich unter meinen Schenkeln. Hitze entströmt dem geschmeidigen Pferdekörper. Das Tier dreht den Kopf, blickt mich aus schwarzen Augen an und scheint eine stumme Frage zu stellen.

»Schau nach unten«, raunt Indigo. »Alles, was uns noch von Esnunna trennt, ist ein wenig Sternenstaub. Wenn du dich anstrengst, kannst du die andere Welt schon sehen.«

»Sternenstaub?«

»Die Essenz, aus der wir alle bestehen.«

Ich höre ein Lächeln in seinen Worten. So? Ich bestehe also aus Sternenstaub? Der Gedanke entbehrt nicht einer gewissen Poesie, trotzdem muss ich grinsen. Na klar doch. Meine Kleidung stinkt zum Himmel, meine Haut ist schmutzig, mein Haar seit Wochen nicht gewaschen. Und das alles basiert auf dem Staub der funkelnden, diamantenen Sterne?

»Alles Leben kommt aus den Sternen«, fügt er hinzu, vermutlich, weil er meine Belustigung spürt. »Am Anfang war reine Energie, und am Ende wird reine Energie sein. Es ist ein ewiger Kreis. Ein Atmen. Alles kehrt zu seinem Ursprung zurück und beginnt einen neuen Zyklus.«

Ich blinzele. Was redet er da? Energie? Zyklus? Anfang und Ende? Das klingt nicht nach den Märchen, die Menschen sich erzählen. Es klingt nicht nach einer Legende, sondern nach Wissen. Einem Wissen, das ich noch nicht begreife, aber immerhin seine Bedeutung erahne. Nun ja, mehr oder weniger.

»Sieh nach unten«, wiederholt er sanft.

Ich gehorche. Es kostet Überwindung, den Blick in das Nichts gleiten zu lassen. Doch als ich es wage, erkenne ich, dass das Nichts keines mehr ist. Etwas beginnt darin zu wachsen, ganz langsam und zaghaft. Pflanzen, die Licht in unzähligen Grüntönen verströmen, kriechen über den Boden, treiben Blätter, Knospen und Blüten. Die Hufe der Stute treten nicht mehr ins Leere, sondern versinken in smaragdgrünem Moos und blau leuchtenden Blütenteppichen. Farne in

Violett und Purpur recken ihre fedrigen Wedel in die Nacht, fremdartige Blüten öffnen sich zu Dutzenden, dann zu Hunderten. Sie füllen die Schwärze mit nebligem Licht und enthüllen eine Welt, die sich zuvor vor uns verborgen hat.

»Bei allen Göttern!«, flüstere ich atemlos, und dann sage ich eine ganze Weile gar nichts mehr. Denn ein Himmel taucht über mir auf.

Oh, was für ein Himmel!

Dort oben funkeln nicht die Sterne des mir vertrauten Firmaments, es gibt nicht drei Monde, die blass in der Schwärze schweben. Nein, hier nimmt ein gewaltiger Planet die Hälfte des Himmels ein, schillernd wie ein Juwel in Blau- und Violetttönen und durchzogen von hellen Strudeln und Flecken, die unendlich langsam ineinander zu fließen scheinen. In der Umlaufbahn dieses Planeten leuchten sage und schreibe sieben Monde und wirken so nahe, als könnte ich sie hier und jetzt vom Himmel pflücken.

»Die Welt dort oben ist unvorstellbar weit entfernt«, höre ich Indigo sagen. »Dass der Planet so nah wirkt, liegt allein an seiner Größe. Genau genommen ist er gigantisch.«

Nur zwei Armlängen entfernt sitzt er auf seinem nachtleuchtenden Pferd. Ein warmer Wind weht ihm die Haare ins Gesicht, sodass ich von seinem verwirrenden Anblick verschont bleibe.

»Wie kann das sein?«, frage ich. »Wo sind wir? Warum ist dieser Himmel so anders?«

»Weil wir nicht mehr in der Menschenwelt sind.«

»Wo dann?«

»Die Finsternis, durch die wir geritten sind, ist ein Portal.« Ischme streckt den Kopf nach oben und gurrt wie eine Taube, als Indigo ihren pelzigen Schädel krault. Das erinnert mich wieder an Zilp, den ich bei all dem Staunen schon wieder vergessen habe. Behutsam streichele ich mit dem Zeigefinger über das Köpfchen des Vogels und erhalte ein Zirpen als Dankeschön.

»Ein Portal?«, hake ich nach. »In eine andere Welt?«

»Ja. Es ähnelt dem, das einst mein Reich mit dem euren verbunden hat. Normalerweise liegen unvorstellbare Entfernungen zwischen den Welten, manchmal ganze Universen. Aber hin und wieder, an einigen wenigen Orten mit besonders starken Energieströmen, verschmelzen

die Welten ein Stück weit miteinander und bekommen Risse. Diese Störungen können flüchtig sein und nur Sekundenbruchteile bestehen, oder sie bleiben dauerhaft. Im Menschenreich existieren zwei feste Portale. Das, durch das ich gekommen bin, und Esnunna.«

»Ich habe gehört, dass es für einen Menschen tödlich ist, die Welten zu wechseln.«

Indigo nickt. »Das ist auch so. Alle Portale, die ich kennengelernt habe, waren Orte des Todes. Zu groß sind die Kräfte, die eine Weltenhaut aufrechterhalten. Jeder Körper, der dort hineingerät, wird unweigerlich in seine Bestandteile aufgelöst. Esnunna ist eine Ausnahme. Ihre Opfer fordert allein die Finsternis, das Nichts zwischen dem Diesseits und dem Jenseits. Kein Geschöpf erträgt die absolute Leere. Ausgenommen diese Pferde. Aber frage mich nicht, warum das so ist. Das wissen nicht einmal sie selbst. Ihresgleichen wechselt seit undenklichen Zeiten zwischen der einen und der anderen Welt.«

Ich denke eine Weile darüber nach. Dann fällt mir etwas Unlogisches auf: »Was ist mit dem Portal, durch das ihr damals gekommen seid? Warum wurdet ihr nicht aufgelöst?«

»Damals gab es besondere Frauen, die die Fähigkeit besaßen, ein Portal offen zu halten.« Ein Schatten huscht über sein Gesicht, das mit einem Mal nicht mehr entspannt wirkt. »Es war eine äußerst seltene Gabe, eine Laune der Natur, die längst im Fluss der Zeit verlorengegangen ist. Als mich Jamashrees Amme verfluchte, wurde die letzte Hüterin getötet. Ihr Name war Alsara. Sie starb, ohne ihr Erbe an eine Tochter weitergeben zu können, und das Tor wurde für die Bewohner beider Seiten wieder unpassierbar.«

»Davon habe ich noch nie gehört.« Ich spüre den Schmerz in Indigos Stimme. Alsara ist für ihn nicht nur ein Name. Er ist eine Erinnerung. Ein geliebter und verlorener Teil seines Lebens.

»Viele Geschichten sind gestorben«, sagt er leise. »So viele, dass ganze Königreiche darauf erbaut wurden. Ihr lebt auf toten Träumen, Menschenmädchen.«

Tote Träume.

Besteht nicht unsere ganze Existenz daraus?

Ich schweige, denke darüber nach und lasse meinen Blick schweifen. Das Wuchern nimmt zu, bildet bald einen dichten Dschungel

mit schimmernden Palmen, Farnen und Blumen. Immer wieder tauchen darin Farben auf, die ich noch nie zuvor gesehen habe. Meine Sinne kämpfen mit den fremdartigen Eindrücken, verarbeiten sie nur schleppend und bereiten mir Kopfschmerzen.

»Was ist an Esnunnas Portal so anders?«, stelle ich eine weitere Frage, und Indigo antwortete auch diesmal bereitwillig.

»Wir dachten zuerst, dass diese Welt und die der Menschen nahe beieinanderliegen und deshalb die Energien dazwischen schwach sind. Aber das Gegenteil ist der Fall. Du bist in diesem Augenblick so weit von deinesgleichen entfernt, dass es jede Vorstellungskraft sprengt. Zwischen uns und den Menschen liegen Ewigkeiten.«

»Ewigkeiten?« Mir entfährt ein Kichern. Ich fühle mich leicht und schwindelig. Ein wenig so, als hätte ich zu oft einen Schluck aus Aarons geheimer Flasche stibitzt. »Wie lang dauert denn die Ewigkeit?«

»Darüber gibt es eine Geschichte.« Noch immer verbergen die Haare sein Gesicht. Teufel auch! Kann dieser verdammte Wind nicht endlich drehen? »Kennst du sie nicht, Menschenmädchen? Die Geschichte von dem Vogel und dem Diamantberg?«

»Nein. Erzähle sie mir.«

»Hm«, macht er. »Muss ich dir tatsächlich die Legenden deines eigenen Volkes in Erinnerung rufen?«

»Ja, das musst du wohl.«

»Also gut. Es war einmal ein Hirtenjunge, der eines Tages auf den Herrn der Zeit traf. Er stellte ihm dieselbe Frage, die du mir gestellt hast.«

»Wie lang ist die Ewigkeit?«

»Ja, genau das fragte der Bursche. Wie lang ist die Ewigkeit? Und der Herr der Zeit antwortete: In einem fernen Land steht ein gewaltiger Berg aus purem Diamant. Alle hundert Jahre kommt ein Vogel und wetzt seinen Schnabel an diesem Berg. Wenn der gesamte Berg abgewetzt ist, ist eine Sekunde der Ewigkeit verstrichen.«

»Eine Sekunde der Ewigkeit«, wiederhole ich. »Wie lange dauert es, bis ein kleiner Vogel einen ganzen Berg abgeschliffen hat?«

»Wer weiß das schon?«

»Wenn, dann ja wohl ihr. Gegen euch sehen selbst Schildkröten blass aus.«

Er schnaubt belustigt. »Trotzdem weiß ich nicht, wie lange der Vogel braucht.«

»Schade.«

»Aber jetzt hast du ansatzweise eine Vorstellung davon, wie weit wir von den Menschen entfernt sind.«

Wieder kichere ich. Die Hitze des Dschungels steigt mir zu Kopf, Schweißtropfen rinnen an meiner Schläfe hinab. Ächzend ziehe ich den Eislöwenmantel aus, rolle ihn zusammen und lege ihn über meinen Schoß. Und dann – endlich – dreht der Wind und streicht Indigo das Haar aus dem Gesicht.

Mein Kopf schmerzt noch mehr, als ich versuche, ihn aus dem Augenwinkel heraus anzustarren. Völlig entspannt und mit locker herabhängenden Armen sitzt er auf dem Pferderücken und hat die Augen geschlossen. Spürt er, dass ich ihn mustere? Ärgert es ihn? Oder gibt er mir mit voller Absicht die Gelegenheit, ihn anzusehen?

Ich wage einen genaueren Blick, betrachte die geraden schwarzen Brauen, die einen scharfen Kontrast zu seiner Haut bilden, und die ebenso schwarzen langen Wimpern, die hauchfeine Schatten auf seine Wangenknochen werfen. Dann starre ich auf seine leicht geöffneten Lippen, die einen sündigen Wunsch durch meine Gedanken huschen lassen.

Hör auf, du Idiotin! Denke nicht einmal dran!

Verdammt, zu spät.

Weder Esnunnas Wald noch der grandiose Himmel fesseln mich so sehr wie das wechselnde Spiel aus farbigen Schatten, das seine Gesichtszüge umschmeichelt. Ihn anzusehen, tut weh. Und zugleich wärmt es mein Herz.

Was tust du da, bei allen winselnden Dämonen? Starrst du ihn wirklich wie ein liebestrunkener Glotzfisch an? Hör auf damit. Sieh dir was anderes an. Los! Sofort!

Aber ich kann nicht. Vielleicht hat er einen Zauber über mich gelegt, vielleicht ist es die Nähe von etwas Magischem, die meinen Geist durcheinander bringt. Während ich ihn ansehe, weicht die letzte Anspannung aus seinem Körper. Er atmet auf, greift nach dem flüchtigen Frieden und weiß wie ich, dass die Tage und Nächte der Angst allzu schnell zurückkehren werden.

397

Wie ähnlich wir uns manchmal sind. Wir beide wollen uns verstecken. Wir beide wollen endlich unsere Ruhe haben und irgendwo ankommen, wo wir sicher sind.

Ich will ihn fragen, wie er Jamashree damals entkommen ist, doch mein Instinkt sagt mir, dass es keinen schlechteren Moment dafür gibt. Soll er seine kostbare Ruhe genießen. Soll er Frieden finden und Kraft schöpfen, ehe wir in die Menschenwelt zurückkehren müssen.

Je tiefer wir in den Dschungel reiten, umso spürbarer fließt eine sonderbare Freude in mein Herz. Jeder dunkle Gedanke und jede Sorge erlischt in einem betäubenden Nebel. An einem Punkt, an dem ich gedacht habe, mein Leben könnte nicht noch seltsamer und aufregender werden, hat sich das Schicksal noch einmal selbst übertroffen. Ist das zu fassen? Ich reite gerade durch das Leuchten und Glimmen einer fernen Galaxie, betrinke mich an den Farben des Dschungels, am Anblick des gewaltigen Planeten und seiner Monde, am samtigen Aroma der Düfte und an den singenden Geräuschen. Tropfen fallen, Blätter rascheln, unsichtbare Insekten zirpen. Dumpf trommeln die Hufe der Pferde auf dem weichen Moosboden. Moos wie in der Menschenwelt, und doch vollkommen anders. Jeder Schritt lässt es in einem feurigen Grün-blau aufleuchten und brennt eine Explosion aus Licht in eine Dämmerung, die sich niemals zu verändern scheint. Die Monde wandern, doch der Planet selbst bleibt unbewegt. Ich sehe, wie die Strudel und Flecken auf seiner Oberfläche ganz wie Flüsse aus Wasser strömen, sich ineinander verschlingen und wieder auseinanderlaufen.

»Gibt es hier etwas, das uns gefährlich werden kann?«, frage ich irgendwann, die Augen halb geschlossen und dümmlich vor mich hin grinsend. Vor mir reiten Timotheus und Palili und sehen so selig aus, wie ich mich fühle.

»Nein«, erwidert Indigo. »Nichts.«

Noch immer öffnet er die Augen nicht. Seine Stimme klingt, als spräche er im Halbschlaf, und ich sehe, wie sehr er den Luxus der Unaufmerksamkeit genießt. Oh ihr Götter, wie fühlt es sich wohl an, ihn zu küssen? Einfach so. Hier und jetzt. Ich grinse noch breiter und starre auf seine Lippen. Sie sehen weich aus. Verlockend weich und … hm, wirklich köstlich.

»Keine Monster?«, hake ich nach und habe Mühe, meine Zunge zu kontrollieren. Himmel, lalle ich etwa? »Keine Fleischfresser, keine Blutsauger, keine Parasiten und keine Brechspinnen, nach deren Biss man sich drei Wochen lang übergeben muss?«

»Nein.« Seine Schläfrigkeit lässt ihn noch verführerischer wirken. Ich schaffe es nicht mehr, meine Gedanken zu kontrollieren. Sie driften in eine Richtung, die mich von Kopf bis Fuß glühen lässt und meinen Mund wässrig macht. »Wir sind vollkommen sicher, solange wir nicht allzu lange bleiben.«

»Und wir sind auch sicher vor Scylla?«

Ich beiße mir auf die Lippe, als eine sichtbare Anspannung durch Indigos Körper geht. Er öffnet die Augen nicht, aber seine Miene wird hart vor Abscheu. Ein Stück weit holt mich seine Reaktion in die Wirklichkeit zurück.

»Es gibt nicht viel, vor dem Scylla zurückschreckt«, knurrt er gepresst. »Aber diese Welt gehört dazu.«

»Sie fürchtet sich vor Esnunna?«

»Die Kräfte des Jasmah-Isdar und die Energien dieser Welt bekämpfen einander. Jedes Geschöpf, das aus dem schwarzen Zauber entstanden ist, muss hinter Esnunnas Grenze sterben.«

»Woher weißt du das?«

»Scyllas Jäger hetzten mir einmal eine Horde Kalam-Duk auf den Hals. Ich flüchtete mich hierher und hoffte, im Dschungel untertauchen zu können. Zwei Kalam-Duk folgten mir und brannten lichterloh, kaum dass sie die Weltenhaut überschritten hatten.«

»Warum bleibst du dann nicht hier?«

»Timotheus hat dir davon erzählt.«

»Ja, irgendein Zauber, den weder Menschen noch Atlanter auf Dauer ertragen. Aber ich spüre nichts davon. Es geht mir gut. Sogar sehr gut. Es ist, als ob … keine Ahnung.«

»Als ob dich ein herrlicher Duft betäubt? Als ob alle Sorgen verwehen und nur noch Frieden zurückbleibt?«

»Ja.«

»Genau das ist der Zauber, Menschenmädchen. Auch das Schöne kann dich zerstören, und Esnunnas Tod ist atemberaubend schön. Du lächelst, während er dich verschlingt.«

»Ich verstehe nicht.«

»Du wirst verstehen.«

Verwirrt schüttele ich den Kopf. In dieser berauschenden Luft überhaupt nachzudenken, grenzt an übermenschliche Anstrengung. »Aber du suchst nach einer Blume, die dich umbringt. Du nimmst dafür eine weite, gefährliche Reise auf dich und bürdest uns dasselbe auf. Warum bleibst du nicht einfach in Esnunna, wenn diese Welt deinen Wunsch genauso erfüllen kann?«

»Esnunnas Tod wäre endgültig«, antwortet er müde. »Nichts ist meinem Volk heiliger als die Seele, denn sie ist das, was uns ausmacht. Wenn ich hier sterbe, wird meine Seele endlos umherirren, sich vielleicht sogar auflösen. Diese Welt löscht jeden klaren Gedanken aus, bis nichts mehr übrig ist.«

»Und was ist mit dem Feuer?«

»Dem Feuer?«

»Timotheus hat mir erzählt, dass es Menschen gibt, die dich … nun ja, verbrennen würden. Und er sagte, sie würden deine Asche ins Uferlose Meer streuen.«

Jetzt schlägt Indigo die Augen auf. Er mustert mich mit einem Blick, der mir durch Mark und Bein geht. »Du fragst dich, warum ich nicht ins Feuer gehe, wenn ich so dringend sterben will?«

»Nun ja …«

»Ich bin unsterblich. Was glaubst du, was ein Feuer anrichten würde? Es würde tagelang, vielleicht sogar wochenlang dauern, bis sie einen Haufen Asche haben, den sie verstreuen können. Mein Körper würde gegen den Tod ankämpfen. Er würde immer wieder heilen, immer wieder und wieder, bis der letzte Tropfen Kraft vernichtet ist. Ihr habt Glück mit euren Seelen. Sie verlassen euren Körper so leicht wie ein Atemhauch, wenn es mit euch zu Ende geht. Aber unsere sind fest mit dem Fleisch verankert. Weißt du, wie ein Atlanter stirbt, wenn er nicht mehr leben will?«

Ich schüttelte betroffen den Kopf.

»Er zieht sich an einen einsamen Ort zurück, verlangsamt seinen Kreislauf, stellt nach und nach alle Körperfunktionen ein und bereitet sich darauf vor, aus freiem Willen seine Hülle zu verlassen. Es ist ein Akt, der sich über Jahre hinziehen kann. Irgendwann löst sich

die Seele aus dem Fleisch, steigt auf und verliert sich im Äther. Dort ruhen wir uns aus, bis wir neue Kraft geschöpft haben. Sobald wir bereit sind, wieder eine fleischliche Hülle anzunehmen, kehren wir zurück. Unsere Familie spürt unsere Anwesenheit, erschafft einen neuen Körper und nimmt uns wieder in ihrem Kreis auf.«

»Erschafft einen neuen Körper? Du meinst …«

»Ein Kind wird gezeugt und geboren.«

»Und dort hinein geht eure Seele?«

»Ja. So kann die Mutter zur Tochter werden. Und die Großmutter selbst zur Enkelin.«

Meine Kehle ist wie zugeschnürt. Der Gedanke überwältigt mich, er macht mich unsagbar traurig und fühlt sich zugleich wunderschön an. Mühsam unterdrücke ich die Tränen, denke über seine Worte nach und frage schließlich: »Kehren auch wir zurück?«

»Ja. Aber bei euch geschieht es unbewusst. Ihr ruht euch aus und werdet neu geboren. Ohne Erinnerung an das, was gewesen ist. Ihr könnt nicht beeinflussen, wo ihr landet. An welchem Ort und in welchem Körper. Aber ihr kehrt zurück.«

Ich schniefe und wische mir die nassen Wangen ab. Meine Eltern könnten also längst wieder leben. Irgendwo. In den hilflosen Körpern zweier Babys. Irgendetwas an dem Gedanken erschreckt mich, aber ich weiß nicht, was es ist.

»Dann ist die Blume also der einzige Weg?«, frage ich. »Esnunna würde deine Seele genauso auslöschen wie das Feuer?«

»In Esnunna wäre es der Rausch, der alles vernichtet. Im Feuer ist es der Schmerz, der die Seele verbrennt. Ich weiß von Atlantern, die sich den Tod wünschten, es aber nicht schafften, ihre Seele aus dem Körper zu lösen. Irgendwann stürzten sie sich aus purer Verzweiflung ins Feuer. Ihre Körper verbrannten in endloser Qual, und am Ende gab es keine Seele mehr, die neu geboren werden konnte. Sie wurden ausgelöscht. Alles, was sie je ausgemacht hat, zerfiel zu Asche. Deswegen fürchtet mein Volk das Feuer. In ganz Atlantis gibt es seit jenen Vorfällen nur noch magische Flammen, die wärmen, aber nicht verbrennen.«

»Aber du benutzt trotzdem normales Feuer.«

»Ja, weil ich meine Magie sparen will. Die Menschenwelt ist zu gefährlich, um auch nur einen Tropfen davon zu vergeuden.«

»Aber für mich hast du gleich mehrere Tropfen vergeudet. Warum?«

Indigo runzelt die Stirn. Er weicht meinem Blick aus und – Teufel auch – wird er etwa rot? Es ist nur ein Hauch von Farbe auf seinen Wangen, aber … bei allen Göttern! Er wird ernsthaft rot! Meinetwegen!

»Weil du viel zu selten lächelst«, gibt er irgendwann zu. »Ich wollte einfach, dass du … verflucht, nimm es einfach hin, in Ordnung?«

»Du hast deine Magie verschwendet, um mich zum Lächeln zu bringen? Das war der einzige Grund?«

Er wirft mir einen wütenden Blick zu, wird noch eine Spur röter und wendet sich schließlich kopfschüttelnd ab. Mir verschlägt es die Sprache. Meine Gedanken wirbeln durcheinander, verzweifelt suche ich nach Worten. Schließlich entscheide ich mich dafür, sein Geständnis einfach zu übergehen.

»Und die weiße Orchidee?«, frage ich bemüht beiläufig. »Sie tötet nur eure Körper, aber nicht eure Seelen?«

»Ja«, höre ich ihn grummeln.

»Was macht dich da so sicher?«

»Zwei von uns hat sie umgebracht, beide sind in neue Körper zurückgekehrt.« Er presst die Lippen aufeinander, windet sich hin und her und wagt es schließlich, mich anzusehen. Mein Herzschlag beschleunigt sich. Umso mehr, da seine Überlegenheit und Selbstsicherheit bröckelt und einen verwundbaren Mann entblößt. »Ich will meine Heimat wiedersehen, Jade. Das ist mein einziger Wunsch. Scylla kommt mir mit jedem Tag näher, vielleicht sollte ich lieber heute als morgen meine Seele opfern und in Esnunna bleiben, damit ich niemals wieder der Diener der Königin werde. Aber das werde ich nicht tun. Nicht, solange ich noch Hoffnung habe. So viel Selbstsucht erlaube ich mir.«

Ich kann nur schweigend nicken, während meine Gedanken um tausend Dinge gleichzeitig kreisen: Völlige Auslöschung. Das endgültige Nichts. Indigos glühende Wangen, verlegene Blicke, wochenlange Qualen im Feuer, Erlösung, Heimweh, Verlorensein, warme Haut, Aaron, Metena, Aja und Wüstendrachen.

Meine Sinne sind plötzlich wieder klar, saubergefegt von all den Gefühlen, die mich überwältigen. Doch je tiefer wir in den Dschungel vordringen, umso intensiver wird sein Zauber. Irgendwann beginnt er, mich erneut einzuspinnen, und ich lasse es geschehen.

Hin und wieder erhasche ich eine Bewegung in dem wuchernden Dickicht. Bunte Eidechsen, winzige Vögel, Insekten in den absonderlichsten Formen und Farben. Kunstvolle Nester, gewoben aus silbernen Fäden, hängen an einigen Ästen. Doch es nisten keine Vögel darin, sondern schwarz-weiß gestreifte, eichhörnchenartige Tierchen, die nur aus Augen und Ohren zu bestehen scheinen.

Als wir schließlich eine kleine Lichtung erreichen, verharren die Pferde, warten, bis wir abgestiegen sind, und trotten in das Dickicht hinaus. Weder Indigo noch Timotheus und Palili sind über ihr Verschwinden beunruhigt. Also beschließe ich, es ihnen gleichzutun.

Ischme schüttelt ihr Fell, in dem all die betörenden Farben des Dschungels opaleszieren. Mit einem zufriedenen Grunzen steckt sie ihre Nase in das Moos und schnüffelt den Lagerplatz ab, ehe sie mit einem freudigen Satz im Gebüsch verschwindet. Auch Zilp entschließt sich zu einer Entdeckungstour, flattert von meiner Schulter und taucht im weißen Blütenmeer eines Baumes unter.

Während ich dastehe und meine Umgebung bestaune, beginnen der Zwerg und der Hüne in wortloser Übereinkunft ihre Vorbereitungen. Sie packen ihre Taschen aus, breiten mehrere Decken aus und ziehen zuletzt zwei zusammengefaltete Säcke hervor, mit denen sie im Wald verschwinden, um Holz zu sammeln.

»Wenn du etwa hundert Pferdelängen in diese Richtung gehst«, Indigo deutet in den Wald zu meiner Linken, »kommst du zu einem Teich. Dort kannst du baden, wenn dir danach ist. Niemand von uns wird dich stören.«

»Baden?« Allein der Gedanke an frisches Wasser lässt mich wohlig seufzen. »Bei den Göttern, und wie mir danach ist.«

»Dann geh.«

Wieder lächelt er mich an und tut mir weh. Durch seine pure Existenz. Sein Anblick füllt mein Herz mit Frost und Hitze, bis ich nicht mehr weiß, was ich tue. Ich stammele irgendetwas Sinnloses, verheddere mich im Riemen meiner Tasche und brauche drei Anläufe, um sie abzulegen.

Verfluchter Aaswurmdreck!

»Ich sorge dafür, dass du ungestört bleibst.« Er zieht seine Handschuhe aus, lässt sie achtlos zu Boden fallen und löst die silberne

Schließe seines Reisemantels. Auch dieses Stück Stoff landet im Moos, als wäre es zu einer lästigen Haut geworden, die er loswerden will. Ich mustere die eng anliegende Kriegerkleidung, die ich zum ersten Mal im Ganzen sehe. Allein das abgetragene, aber immer noch samtweiche Leder muss ein Vermögen gekostet haben. Die Knöpfe des Wamses sind zweifellos aus Mondsilber, und das schwarze, dünne Hemd aus der kostbaren Baumwolle der östlichen Reiche.

Hallo? Jade? Mach den Mund zu!

Erschrocken klappe ich meine Kiefer zusammen, aber Indigo scheint nichts bemerkt zu haben. Er gähnt entzückend menschlich, fährt sich durch die zerzausten Haare und rollt ein paar Mal mit den Schultern. Aha. Also leiden auch Atlanter unter steifen Muskeln. Gut zu wissen. Ob alles andere auch wie bei einem Menschen funktioniert?

Oh Mann, fang endlich an, wieder klar zu denken.

Ich reibe mir mit den Fingerspitzen die Schläfen. Meine Augen wandern zu seiner Körpermitte und kleben auf der …

Stop! Schau irgendwo anders hin. Na los doch, du schaffst das. Augen geradeaus, Gedanken ordnen, weitermachen. Du kennst seinen Plan. Da ist kein Platz für … ja, für was?

Ach, komm schon, Jade.

Aus dem Augenwinkel sehe ich, wie Indigo zu Palilis Tasche geht, eine Weile darin herumkramt und schließlich eine Holzschale herauszieht. Mit funkelnden Augen und einem diebischen Lächeln reicht er mir das Gefäß.

Augen geradeaus, Gedanken ordnen, weitermachen!

Oh Himmel, dieser Dschungel bekommt mir nicht. Ich rufe mir in Erinnerung, was geschehen wird. Ich denke an das schreckliche Nichts, an lodernde Feuer, tödliche Orchideen und den unvermeidlichen Abschied.

»Am Rand des Teiches wachsen blaue Pflanzen mit dicken, gestreiften Blättern«, sagt er zu mir. »Nimm ein paar Blätter, quetsche den Saft heraus und vermische ihn in der Schale mit Wasser. Damit kannst du dich und deine Kleidung waschen.«

Ich nehme die Holzschale entgegen, ohne ihn anzusehen. Stattdessen mustere ich seine kostbar gearbeiteten, mit silbernen Schnallen

besetzten Stiefel. Wahrscheinlich haben die Dinger so viel gekostet wie der gesamte Inhalt von Emeralds Adelsapotheke.

»Was wirst du tun?«, presse ich hervor.

»Wie ich schon sagte: dafür sorgen, dass du ungestört bleibst. Genauer gesagt, gehe ich Timotheus und Palili zur Hand und achte darauf, dass sie deinem Teich nicht zu nahe kommen. Ich habe deine Zurechtweisung nicht vergessen, Menschenmädchen.«

Überrascht blicke ich auf. Und bereue es augenblicklich. Mit diesem unsicheren Lächeln auf seinen Lippen wirkt er nicht älter als zwanzig, obwohl ich für sein wahres Alter vermutlich ein paar Nullen dranhängen muss.

»Ernsthaft?«, gebe ich zurück. »Du lässt dir von mir etwas sagen?«

»Von wem denn sonst?«

Jetzt lacht er auch noch. Nicht spöttisch. Nicht sarkastisch. Sondern mit einem vergnügten Strahlen in den Augen. Das ist zu viel. Eindeutig zu viel!

Ich gehe in die Hocke, fokussiere meine Sinne auf den Inhalt meiner Tasche und überschütte Indigo, der immer noch untätig vor mir steht und wahrscheinlich seine Schlüsse aus meinem hochroten Schädel zieht, im Geiste mit sämtlichen Gossenflüchen.

Meine tastenden Hände finden eine knielange Hose, ein ärmelloses Hemd und einen Gürtel, dazu flache Schuhe aus weichem Leder. Der Größe nach zu urteilen, gehören all diese Sachen zu Timotheus' Besitz. Ich klemme mir alles unter den Arm, murmele ein »Ich bin dann mal weg« und stapfe in den Dschungel hinein.

Das vielfarbige Leuchten der Pflanzen spiegelt sich in glattem Wasser. Es ist klar wie Glas, nicht allzu tief und schmiegt sich um moosige Felsen. Farne in allen Grüntönen und violette Orchideen beugen sich über den Rand des Teiches, Schlingpflanzen wuchern in sein Wasser hinein und öffnen ihre weißen, seerosenartigen Blüten erst unter der Oberfläche.

An einer geschützten Stelle zwischen zwei Felsen entdecke ich die blau schimmernden Pflanzen, von denen Indigo erzählt hat. Statt hübscher Blüten besteht ihr Schmuck aus den silbrigen, schwarz gestreiften Blättern, die so dick sind wie mein Daumen und so weich wie Pudding. Kaum pflücke ich eines davon ab und drücke sanft, quillt auch schon farbloser dicker Saft in die Schale und beginnt zu schäumen, sobald ich etwas Wasser dazugebe.

Ich schnuppere daran – der kaum wahrnehmbare, an frisch gemähtes Gras erinnernde Geruch ist im Vergleich zu den anderen Düften des Dschungels etwas enttäuschend – und stelle die Schale auf einen der Felsen. Nachdem ich mich vergewissert habe, dass ich allein bin, ziehe ich meine Kleidung aus, knülle die stinkenden Lumpen zusammen und werfe sie in das Moos.

Seit dem verhängnisvollen Abend, an dem ich kopflos einem Perlenvogel hinterhergerannt bin, trage ich dieses stinkende Zeug. Wenn man um sein Leben kämpft, werden viele Dinge unwichtig. Auch in Jemeshar habe ich mich nur von Kopf bis Fuß gewaschen, wenn mir der nächtliche Einbruch in ein Badehaus gelungen war. Oder wenn es geregnet hat. An allen anderen Tagen hat eine Handvoll Wasser aus dem Eimer genügt, wenn überhaupt, und all die kleinen Zöpfchen habe ich mir im Grunde nur flechten lassen, damit es nicht auffällt, wie selten ich zum Haare waschen komme.

Irgendwo Nahrung zu ergattern, ist im Leben eines Straßenkindes wichtiger als saubere Haut. Ich muss den Häschern entkommen, daran hat sich auch jetzt nichts geändert. Ich muss die Nacht überleben und den Tag überleben. So vieles, was ich für alltäglich gehalten habe, ist aus meinem Leben verschwunden.

Eine Weile sitze ich untätig im Moos, spiele mit meinen Zöpfen herum und denke an Aja.

Tu es! Es sind doch nur Haare. Ein paar Federn und Perlen. Dir juckt doch schon der ganze Kopf. Na los! Stell dich nicht so an.

Als ich den ersten Zopf auflöse, fühlt es sich wie Verrat an. Der zweite ist eine zerstörte Erinnerung. Der dritte ein Kampf gegen mich selbst. Der vierte eine endgültige Entscheidung.

Ich löse den Schmuck aus den Strähnen, häufe all die Federchen, Perlen und Lederbänder fein säuberlich neben der Schale auf und arbeite mich weiter voran. Ein Zopf nach dem anderen. Dutzende. Achtunddreißig, um genau zu sein.

Als endlich alle Flechten gelöst sind, fahre ich mir durch die verfilzte Masse. Ekelhaft! Es wird wirklich Zeit für ein Bad.

Als ich in das warme, seidenweiche Wasser eintauche, entringt sich mir ein seliges Stöhnen. Himmel, ist das wunderbar! Ich lasse mich nach vorne kippen, werde sanft aufgefangen und gleite im nächsten Moment durch den glasklaren Spiegel des Teiches. Über mir schwebt der riesige Planet. So schön und weit entfernt. All seine Farben finden sich im Wald wieder. Blau und Violett, Flieder und Malve, Purpur und Weiß.

Ich weiß nicht, wie viel Zeit vergeht. Es ist mir auch gleichgültig. Irgendwann wasche ich mir am Rand des Teiches die Haare, tauche wieder ab und fahre damit fort, mich um nichts zu kümmern. Manchmal drehe ich mich auf den Rücken und starre in den Himmel hinauf, oder ich studiere die prächtigen Orchideen, die zwischen dem wuchernden Grün leuchten. Einige duften so betörend, dass mir schwindelig wird, andere riechen nach nichts. Manche Blätter verströmen ein intensives Aroma nach Gewürzen, wenn man sie zwischen den Fingern zerreibt, und die Schlingpflanzenblüten, die nur unter Wasser wachsen, zerfließen wie Quecksilber in meinen Fingern, sobald ich sie an die Luft hole.

Esnunnas Nacht scheint endlos zu währen. Es gibt keinen Morgen, keinen Sonnenaufgang und keinen Sonnenuntergang. Nur die samtig leuchtende Dämmerung, die sich wie ein Kokon um meine Seele schließt.

Irgendwann setze ich mich nackt an das Ufer und wasche meine Kleidung. Jeder Handgriff, jede noch so kleine Bewegung fühlt sich wie ein Traum an, geschieht ganz langsam und in tiefer, wohliger Entspannung. Es ist, als würde ich schlafen und gleichzeitig wach sein, eingelullt von den Farben und Düften und dem Gefühl, weit weg von allem zu sein.

Hier wird mich niemand finden.

Nicht einmal Scylla.

Als alle Kleidungsstücke gewaschen sind, schlage ich sie über einen niedrigen Ast, schlüpfe in die trockenen Sachen, die Timotheus mir zugesteckt hat, und widme mich als Letztes meinen Haaren. Vermutlich sind Stunden vergangen, seit ich hierhergekommen bin. Müsste ich nicht Hunger verspüren? Müdigkeit? Erschöpfung? Aber da ist nichts. Nur sorgloser Frieden.

Wie kann solch ein Gefühl töten? Was ist daran gefährlich? Ich fühle mich wunderbar. Befreit von allen Sorgen und unbekümmert. Ja, genau das habe ich in meinem Leben vermisst. Die Unbekümmertheit meiner Kindheit. Sie ist fort. Ausgelöscht von den Erinnerungen und von meiner Angst vor dem Jetzt und vor dem Morgen.

Was ist, wenn ich in die Menschenwelt zurückgehe? Ist dann alles wieder so wie vorher? Habe ich dann wieder jeden Tag Angst und sorge mich?

Unschlüssig kämme ich mit den Fingern durch meine Haare. Soll ich mir wieder Zöpfe flechten? Achtunddreißig Stück? Oder nur zwei? Vielleicht auch nur einen?

Ist doch egal. Wieso denkst du überhaupt über so etwas nach?

Ich lasse meine Hände in den Schoß fallen und beobachte mit halb geschlossen Lidern das Leuchten des Waldes. Indigos Warnung geistert in meinem Kopf herum, und doch ist der Gedanke unendlich verlockend: Was, wenn wir einfach hierbleiben? Jedenfalls für ein paar Monate? Hier sind wir sicher. Hier gibt es nur uns und die ewige, friedvolle Dämmerung. In Esnunna gibt es keine Monster, ganz im Gegensatz zu der Welt, aus der wir gekommen sind. Warum wieder fliehen? Warum sich wieder fürchten? Ich will ausruhen. Einfach nur ausruhen.

Wenigstens ein Weilchen.

Jade, verdammt! Ist das dein Ernst? Was ist mit Aaron, Metena und Aja? Hast du sie schon vergessen? Sind sie dir egal?

Der Schreck fährt mir in die Glieder. Habe ich wirklich jene Menschen vergessen, die mir mehr als alles andere bedeuteten? Habe ich sie einfach ausgeklammert, weil sie meinen Frieden stören?

Das ist es, wovon Indigo gesprochen hat. Esnunna vernebelt mir das Gehirn. Alles wird gleichgültig.

Schon wieder spüre ich, wie meine Gedanken abdriften. Sie treiben wie Blätter auf einem Fluss davon und lassen eine schläfrige Leere zurück, die mir viel zu gut gefällt.

Etwas Pelziges plumpst in meinen Schoß. Ich kreische, springe in die Höhe und sehe, wie eines dieser schwarz-weißen Tierchen in das Gebüsch huscht. Es keckert wütend, wedelt noch einmal mit seinem buschigen Schweif und verschwindet unter einem Blätterhaufen.

Bei allen Göttern, mein Herz!

»Jade?«, höre ich Indigo rufen. »Bist du in Ordnung?«

»Ja«, schreie ich zurück. »Es war nur … ähm … irgendein Tier.«

Ich reibe mir die Stirn und setze mich wieder. Mein benommener Körper straft die abrupte Bewegung mit heftigem Schwindel. Seit wann bin ich so schreckhaft? Und seit wann kreische ich wie ein kleines Mädchen? Verdammt, Indigo muss mich für ein hysterisches Weibsstück halten.

»Brauchst du etwas?« Wieder höre ich seine Stimme. Es gefällt mir, dass er sich um mich sorgt. Es gefällt mir sogar sehr.

»Nein«, antworte ich. »Oder doch?«

»Was denn nun?«

»Könntest du mal kurz herkommen?«

Was soll das werden?, protestiert mein halbwacher Verstand. *Was hast du vor? Doch nicht etwa …*

Ach was, ich will nur reden. Wirklich. Nur reden!

Mein Herz hämmert, als ich wieder beginne, durch meine Haare zu kämmen. Wann habe ich mich das letzte Mal so gefühlt? So lebendig und leicht, so furchtlos und zuversichtlich?

Noch nie. Na gut, vielleicht als Kind. Im Winter vor dem Kamin. Wenn Vater eine besonders gute Geschichte erzählt hat und draußen der Schnee fiel.

Als Indigos Schritte näher kommen, gerät mein Körper außer Kontrolle. Hitze brennt auf meinen Wangen, sickert in meinen Bauch und noch ein gutes Stück tiefer. Ich glühe und zittere, streiche mit fahrigen Gesten durch mein Haar und warte, bis er sich hinter mich setzt. Erst dann drehe ich mich um.

Und erstarre mit offenem Mund.

Sein Anblick überrumpelt mich. Er macht mich wieder zu einem stammelnden Kind, das den Mund auf- und zuklappt wie ein an Land geworfener Fisch. Er trägt keine Kriegerkluft mehr, kein Leder, kein Silber, keinen Waffengürtel. Sondern nur ein dünnes, schwarzes Hemd, dessen obere Knöpfe offen stehen und viel von seiner blassen Haut entblößen. Dazu eine weite Hose aus demselben fließenden Stoff. Seine Füße und Hände sind nackt, Wassertropfen glitzern in der Vertiefung seiner Kehle und über seinem Schlüsselbein. Offenbar hat auch er sich ein Bad gegönnt, denn sein sonst glattes Haar ist nass und lockig und fällt ihm offen ins Gesicht. Vermutlich gibt es in diesem Dschungel Dutzende Teiche und Bäche.

»Soll ich dir helfen?« Er deutet auf das Federn- und Perlenhäufchen, doch ich glotze ihn nur sprachlos an. Nicht Angst lähmt meine Zunge. Sondern Freude. Freude auf das, was ich mir nehmen werde. Einfach so. Weil ich es will. Und weil es nur noch das Jetzt gibt.

Tief sauge ich seinen Geruch in mich hinein – er riecht so wunderbar nach sauberer Haut und nach Wald –, nicke mit einem kecken Lächeln und drehe ihm den Rücken zu.

Als er mein Haar zusammenfasst, jagt ein Wonneschauer durch meinen Körper. Augenblicklich ist jeder Zoll von Gänsehaut überzogen. Ich seufze, und es ist mir noch nicht einmal peinlich. Dafür fühlt es sich zu gut an.

Zu richtig.

Vorsichtig teilt er die Strähnen mit seinen Fingern und kämmt hindurch. Gebannt lausche ich seinem Atem. Geht er nicht trügerisch schleppend? Wird er nicht immer schwerer und schwerer?

Schließlich beginnt Indigo, die abgeteilten Haarsträhnen zu einem Zopf zu flechten. Er tut es quälend langsam, vergisst hin und wieder zu atmen und streift wie zufällig mit den Fingerspitzen die Haut meines Nackens. Jedes Mal, wenn das geschieht, rast ein erregendes Prickeln durch meinen Leib. Wir sind uns so nah, dass ich seine Hitze an meinem Rücken spüre. Und als ich mich ein wenig nach hinten lehne und mit den Schultern seine Brust berühre, geht ein spürbares Zittern durch seinen Körper.

Was tust du da?, flüstert eine schwache Stimme. *Jade, bist du verrückt? Bist du wahnsinnig geworden?*

Ja. Bin ich. Und verdammt, es fühlt sich gut an.

Zu hastig greift er nach einem der Lederbänder, wickelt es um das Ende meines Zopfes und nimmt eine Handvoll Federn und Perlen. Während er den Schmuck in meinem Haar befestigt und leise Worte dazu murmelt, drehe ich fast durch. Heißes Knistern läuft über meine Haut. Ein Gefühl uralter, wilder und ungezügelter Macht.

»Verzauberst du gerade mein Haar?«

Er schnaubt leise. »Ich sorge nur dafür, dass du dich in nächster Zeit nicht mehr darum kümmern musst. Unser Weg ist noch weit. Du wirst nicht viel Gelegenheit haben, um …«

»Du verzauberst mein Haar!« Ich fahre herum und starre ihn an. Bei den Göttern, seine Haut schimmert wie das Perlmutt einer Sternenmuschel. Das Grün-Gold seiner Augen ist so dunkel wie die Schatten dieses Waldes und sein Mund das Verführerischste, das ich je erblickt habe. Ich starre auf seine Unterlippe, die von einer zarten Falte geteilt wird. Die weiche Haut glänzt, als hätte er sie gerade eben mit der Zunge befeuchtet.

Unwillkürlich stöhne ich auf.

Was, bei allen Göttern, tust du hier bloß?

»Entschuldige.« Mein Lachen klingt zu laut und tölpelhaft. Und dann knuffe ich ihn auch noch kumpelhaft mit der Faust in die Rippen.

»Ich … ich … ach, verfluchter Mist!« Sein konfuses Gesicht lässt mich nur noch lauter gackern. »Hör nicht hin! Hör nicht auf das, was ich sage. Ich bin … ich habe …«

»Schschsch!« Ohne Vorwarnung umfangen seine Hände mein Gesicht. Er beugt sich vor, schließt die Augen, neigt den Kopf und küsst mich.

Bei allen Göttern! Er küsst mich!

Spätestens jetzt bin ich verloren.

Mit Haut und Haar.

Indigo

Was tust du? Hör auf! Sofort!

Alle Instinkte in mir schreien, aber ich ignoriere sie. Ich kann nicht. Ich will nicht. Esnunnas Zauber ist überwältigend stark. Liegt es an ihr? An Jades Nähe, an ihrem Geruch und ihrer blendend hellen Seele?

Die Haut ist so weich unter meinen Lippen. So zart wie eine Blüte, die gerade erst aufgesprungen ist. Einen Moment lang erstarrt ihr Körper vor Überraschung, als ich ihren Redeschwall mit einem Kuss ersticke. Doch dann wird er weich. Sehnsüchtig. Anschmiegsam. Sie fließt mir förmlich entgegen, öffnet ihre Lippen und verschlingt die

411

meinen. Jade trinkt meinen Atem, bis ich ungläubig nach Luft ringe und die Fingerspitzen auf ihren Mund lege. Es ist ein jämmerliches Aufbegehren gegen das Unvermeidliche. Ein kraftloser Versuch, mich gegen eine Naturgewalt zu stellen.

Das Menschenmädchen sieht mich mit ihren großen, vom Rausch verschleierten Augen an, die nebligen Abgründen gleichen. Ich stürze haltlos hinein. Ihre Haut duftet, ihre Lippen sind vom Kuss feucht und geschwollen.

Nein!, begehrt mein Verstand auf. *Sie ist nicht sie selbst. Du bist nicht du selbst. Es wäre eine Lüge.*

Ach ja, wirklich? Wäre es das?

Ich bewege ganz sacht die Finger und spüre ihre Zartheit. Ihre volle Weichheit. Der Geschmack unserer kleinen Vereinigung zergeht auf meiner Zunge.

Widerstehe! Widerstehe.

Wider…

Ach, verdammt!

Ich verliere mich im Anblick ihres Gesichtes. Mit ihren neunzehn Jahren ist Jade im menschlichen Ermessen schon eine Frau, aber sie sieht immer noch kindlich aus. Nur langsam gewinnt ihr ausgemergelter Körper wieder an Rundungen. Inzwischen stechen die Knochen nicht mehr aus ihrer Haut hervor und ihre eingefallenen Wangen haben sich gefüllt. Dieses Mädchen wird von Tag zu Tag schöner.

»Esnunnas Zauber«, flüstere ich gegen ihre Lippen. Ich will sie schmecken, riechen und meine Finger in ihrem Haar vergraben. »Er vernebelt unseren Geist. Du bist nicht mehr du selbst. Und ich bin es auch nicht.«

Jade schließt die Augen, beugt sich vor und schnuppert an meinem Hals. Genüsslich atmet sie ein, stößt ein gurrendes Geräusch aus und murmelt etwas, das ich nicht verstehe.

Dann streichelt sie über mein Haar. Ich zittere unter dem erregenden Kitzeln, das einen Schauer nach dem anderen durch meinen Körper laufen lässt. Ich weiß, dass ich fliehen sollte, weg von dem Netz, das Esnunna um uns spinnt. Aber ich kann nicht. Ich halte still und verliere mich in ihren Berührungen.

Die Narben … sie wird sie finden.

Soll sie doch. Ist mir egal.
Egal? Ist das dein Ernst?

Alle Kraft weicht aus meinen Gliedern. Ich schwanke. Schaffe es nicht einmal, meine Arme zu heben und Jade damit zu umschließen. Sie rutscht auf meinen Schoß, presst ihren Körper an mich und greift in mein Haar. Sacht, aber fordernd, zieht sie meinen Kopf in den Nacken. Und blickt aus glänzenden Augen auf mich hinunter.

»Es ist mir egal, wer ich gerade bin.« Jedes ihrer Worte ist ein Kuss. Eine Wolke aus weiblichen Lockstoffen. Sie ist schon jetzt bereit für mich. Ihr ganzer Leib ist eine einzige, ungeduldige Einladung. »Es gefällt mir. Ich will nie wieder anders sein.«

Sie umfasst meine Wangen und küsst mich. Dabei streichen ihre Daumen sanft über meine Wangenknochen. Es fühlt sich gut an. Nicht besitzergreifend. Nicht selbstsüchtig. Nein. Immer wieder hält sie inne und sieht mich an, um herauszufinden, ob ich ihre Berührungen auch wirklich will.

Und dann huscht Staunen durch ihre Augen. Ihre Küsse werden zarter, ihre Fingerspitzen streichen über meine Schläfen und meine Stirn, als befürchtet sie, ich sei nur einer ihrer Träume. Noch immer hat sie meine Existenz nicht ganz begriffen. Kein Wunder. Sie kennt meinesgleichen aus Legenden. Aus Gutenacht-Geschichten, die man schlaflosen Kindern erzählt. Entweder, um ihnen schöne Gedanken zu schenken oder um ihnen Angst einzujagen.

Bis vor kurzem hat Jades Leben nur aus Schlafen, Essen stehlen und Überleben bestanden. Dann bin ich gekommen und habe sie in ein Chaos aus Monstern, Verfolgung und Einsamkeit gezerrt.

Esnunna lässt sie all das vergessen. Hier überleben nur die Urinstinkte. Mit jedem Herzschlag verlieren wir mehr von unserem Verstand, während der Strom unserer fleischlichen Begierden reißender wird.

Das hier ist nicht wirklich!, begehrt etwas in mir auf. *Es wird sein, als hätten wir geträumt. Es ist nicht echt. Es ist nur ein Traum.*

Ja, nur ein Traum. Also lass dich fallen.

Aber was, wenn …

Falle!

Und ich falle.

Jades Hände zittern, ihre Küsse werden hungriger. Als es mir endlich gelingt, meine Arme um ihre Taille zu legen, presst sich ihr Becken gegen meinen Unterleib und gibt mir unmissverständlich zu verstehen, was sie will. Ihre Hände wandern tiefer. Gleiten über meinen Hals, meine Schultern und … tiefer.

Plötzlich stutzt sie. Ihre Finger tasten über das Mal meiner Unfreiheit. Ein feiner, angenehmer Schmerz zieht durch meine Wirbelsäule.

»Was ist das?« Sie beugt sich vor, fährt die eingebrannten Linien mit der Fingerspitze nach und stößt einen erschrockenen Laut aus, als ihr klar wird, um was es sich handelt.

»Ein S über einem J«, flüstert Jade. »Bedeutet es das, was ich denke?«

»Jamashree und Scylla.« Ich inhaliere Esnunnas Zauber und hoffe, dass er möglichst schnell den letzten Rest meines Verstandes auslöscht. »Das ist es, was ich bin. Ihr Eigentum. Ein Sklave mit einem Brandzeichen, das nicht einmal atlantische Magie beseitigen kann.«

Jade schlingt ihre Arme um mich und hält mich eine Weile einfach nur fest. Ich spüre so viel Mitgefühl und Wut, die sich gegen die richtet, die mir das angetan haben. Sie wünscht sich, alle bösen Erinnerungen aus mir heraussaugen zu können und einen unzerstörbaren Kokon um mich zu spinnen.

Nein. Um uns.

Hätte ich sie nicht längst geliebt, wäre es spätestens jetzt um mich geschehen. Tränen steigen mir in die Augen. Mein Verstand ist benebelt, aber immer noch zu klar. Ich kann mich erinnern. Kann immer noch über Vergangenheit und Zukunft nachdenken.

Aufhören!

Falle!

Falle endlich!

Jade

Ich sehe, wie der Schatten der Vergangenheit seine Augen verdunkelt. Sein Körper versteift sich unter der Berührung meiner Finger, aber ich kann sie nicht fortnehmen. Ganz vorsichtig streiche ich über die spinnwebenzarte, aufgewölbte Haut, unter der noch immer der

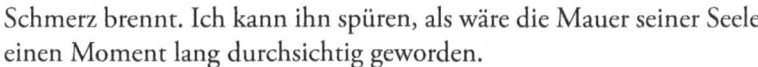

Schmerz brennt. Ich kann ihn spüren, als wäre die Mauer seiner Seele einen Moment lang durchsichtig geworden.

»Ein S über einem J«, flüstere ich. »Steht das für ...«

»Jamashree und Scylla«, antwortet er schleppend. »Das ist es, was ich bin. Ihr Eigentum. Ein Sklave mit einem Brandzeichen, das nicht einmal atlantische Magie beseitigen kann.«

Eine Weile halte ich ihn einfach nur fest. Ich wünsche mir, alles Dunkle fortküssen zu können. Ich wünsche mir, ihn mit jeder sanften Berührung ein wenig mehr vergessen zu lassen. Gleichzeitig brennt mein Zorn auf Scylla und Jamashree so heftig, dass ich die Zähne zusammenbeißen muss, um nicht laut zu knurren.

Ihr Götter, bestraft sie endlich! Lasst sie damit nicht durchkommen. Tut irgendetwas, wenn wir es schon nicht können.

»Es ist ein Bann, nicht wahr?«, frage ich irgendwann. Die Narbe schimmert sogar noch heller als seine Haut. Er schaudert, als ich meine Fingerspitze über die Rundungen des S gleiten lasse. »Es steckt schwarzer Zauber dahinter.«

»Das J ist ein Bann. Es entstand, als Jamashrees Amme mich an ihre Herrin fesselte. Das S ist nur eine Narbe, die es überlagert. So wurden beide unzerstörbar.«

Ich rufe mir in Erinnerung, was seine Worte bedeuten. Noch immer ist er Scyllas Monster. Noch immer lauert in ihm eine Gefahr, die Timotheus, Palili und mich jederzeit zu Asche verbrennen könnte. Ich will mir bewusst machen, was das bedeutet, doch Esnunnas Betäubung nimmt zu. Jeder Gedanke, nach dem ich greife, entzieht sich mir.

Er ist gefährlich!

Na und? Das macht es aufregend.

Du presst dich an ihn. Du zeigst ihm deine Lust. Du tust Dinge, die du niemals tun würdest, wenn du bei klarem Verstand wärst.

Oh ja. Ich wünsche mir, niemals wieder bei klarem Verstand zu sein.

»Sie ist weit weg«, flüstere ich zärtlich. »Niemand kann uns finden. Es gibt nur uns. Nur uns. Sonst nichts.«

Wieder nehme ich sein Gesicht zwischen meine Hände und vermische meinen Atem mit seinem. Sein Beben verrät mir, dass er noch kämpft, aber jede Bewegung meiner Lippen und jedes Streicheln meiner Finger reißen seinen Widerstand ein Stückchen mehr ein.

Nein!, zischt eine leise, ferne Stimme. *Hör auf! Du bist nicht besser als die, die ihn gebrandmarkt haben.*

Aber ich will vergessen! Und er will vergessen. Daran ist nichts falsch.

Meine Hände gleiten tiefer. Während er unter meinen Küssen seufzt, greife ich nach seinem Hemd und ziehe es ihm über den Kopf. Willig hebt er die Arme und schlingt sie wieder um meine Taille, kaum dass ich den Stoff beiseite geworfen habe.

»Wir sollten das nicht tun«, haucht er zwischen zwei Küssen, zieht mir aber gleichzeitig das Oberteil aus und drückt mich mit einem verlangenden Stöhnen wieder an sich. Spätestens jetzt, da meine Brüste seine nackte Haut berühren, ist mir alles jenseits dieses Augenblickes gleichgültig. »Wir sollten nicht nachgeben.«

»Warum nicht?« Ich bekomme nicht genug von der seidigen Glätte seiner Haut. Meine Finger sind überall, streicheln und tasten, meine Lippen hauchen Küsse auf die Beuge seines Halses, auf seine Schulter und seine Wangen. Er fühlt sich so unglaublich gut an. Er riecht so gut. Schmeckt so gut.

Ich werfe den Kopf zurück und seufze, als seine Hand meine Brust umfasst. Er hebt sie an und schließt Daumen und Zeigefinger zu einem Kreis, sodass nur noch meine harte Brustwarze hervorschaut. Meine Seele zerspringt in tausend Splitter, als er mich dort küsst. Seine Zunge berührt mich, zuerst sanft, dann mit festem Druck und kreisenden Bewegungen.

Der letzte Rest Verstand verbrennt in meinem Kopf. Um uns herum leuchtet und glüht der Dschungel, tropft und singt, raschelt und flüstert. Als Indigo meine Brustspitze zwischen seine Lippen saugt, streckte ich meine Arme empor und berühre den Himmel. Die Monde und die grenzenlose, sternengesprenkelte Schwärze dahinter. Mein Körper biegt sich wie ein Schilfhalm. Seine Finger graben sich in meinen Rücken und halten mich, während er wieder und wieder meinen Geschmack einsaugt. So unverhohlen hungrig, dass sich meine Lust wie eine Springflut aufbäumt und alles überflutet.

Unsere Hände agieren losgelöst von jeder Entscheidung. Wir zerren an dem kläglichen Rest unserer Kleidung. Reißen am Stoff, streifen ihn uns gegenseitig von den Beinen, werfen ihn ins Gebüsch und pressen unsere nackten Körper aneinander.

Knurrend vergrabe ich meine Nase in seinem Haar, wühle meine Finger hinein und trinke seinen Duft, während er meine Hüften packt, sich gegen mich drängt und die letzte Grenze zwischen uns durchstößt.

Der Schmerz ist kurz und unbedeutend. Mein Leib heißt seinen Leib willkommen, öffnet sich ihm und lässt ihn sanft hineingleiten. Es fühlt sich so gut an, dass ich den Kopf zurückwerfe und haltlos stöhne. Endlich ist er in mir. Endlich sind unsere Körper eins.

Durch Indigos Leib läuft ein Zittern. Sein Atem geht schwer und keuchend, er gräbt seine Fingernägel so fest in meinen Rücken, dass er meine Haut durchdringt. Es ist mir egal. Die Gefühle überwältigen uns beide, lassen unsere Seelen und unser Fleisch glühen, bis wir uns nur noch japsend und seufzend aneinanderpressen, mit den Hüften zucken und verzweifelt versuchen, uns noch näherzukommen. Noch tiefer zu verschmelzen. Noch mehr zu spüren.

Ich weiß nicht, wo ich ihn zuerst berühren soll. Haltlos tasten meine Finger über seinen bebenden Körper, wühlen sich durch sein Haar und gleiten durch den Schweiß, der seine zuckenden Muskeln bedeckt. In einer quälend langsamen Bewegung hebt er mich an und zieht mich wieder hinab, lässt mich jeden Zoll unserer Verschmelzung spüren und hält mich, als ich ihn nicht mehr tiefer in mich aufnehmen kann, atemlos umklammert.

Dann, nach einem Moment der quälenden Bewegungslosigkeit, kippen wir plötzlich zur Seite. Ich ächze überrascht, als sein Körper mich in das dicke, feuchte Moos drückt und mir mit einem gierigen Stoß den Atem raubt. Der Boden unter mir gibt seinem Drängen nach, ich fühle mich wie in einer Wiege, während er sein Gesicht in meine Halsbeuge presst und sich in mich gräbt. Nicht mehr sanft, sondern mit einer Rohheit, die mich schreien und stöhnen lässt. Ich komme ihm entgegen, öffnete meine Beine so weit ich nur kann und bekomme doch nie genug. Meine Lust wird nicht weniger, sie brennt immer heißer. Ich will ihn verschlingen, ihn in mich hineinsaugen, mich und ihn in dem Feuer unserer Körper verbrennen lassen. Wir stöhnen und keuchen, als wären unsere Stimmen eins. Unsere nass geschwitzten Körper zucken und stoßen, reiben sich wie besinnungslos aneinander. Ich schlinge meine Beine um seine Hüften, er greift unter meinen Po und hebt mein Becken an, um noch ein kleines Stück tiefer zu kommen.

Ein kleines Stück …

Und es genügt immer noch nicht.

Unsere Lust wird zur Raserei.

Ich verbrenne. Ich werde zu gieriger, alles verschlingender Lava. Als er kraftlos zusammensinkt und seine Tränen meine Wange benetzen, weiß ich, dass auch seine Seele zersplittert ist. Ihre Scherben vermischen sich mit meinen. Keinem wird es gelingen, sie jemals wieder zu trennen.

Es ist wie ein kleiner Tod. Und während wir einander festhalten, hört mein Herz auf zu schlagen.

Indigo

Jade atmet nicht mehr. Mit dieser Erkenntnis stürzt die Wirklichkeit auf mich ein. Esnunnas Zauber fällt von mir ab, meine Gedanken werden wieder klar.

»Nein!« Ich lege eine Hand auf ihre nackte, nass geschwitzte Brust. Ein kleiner Zauber, ein wenig Lebensenergie, und ihr totes Herz beginnt wieder zu schlagen. »Was haben wir getan?«

Vollkommenes Glück. Der Moment, in dem die Seele geht. Welcher Mensch weiß schon, dass der Augenblick der höchsten Seligkeit und des tiefsten Friedens zugleich der Augenblick des Sterbens ist?

Selbst ohne Esnunnas Magie durchzuckt mich eine Welle heißen Begehrens, als ich ihren nackten Körper an mich ziehe und festhalte. So zart und zerbrechlich liegt Jade in meinen Armen. So sterblich. So ahnungslos.

Das, was ich am meisten fürchte, ist geschehen.

Ich begreife, dass ich das Menschenmädchen liebe.

Hilflos küsse ich ihre Stirn. Bereuen kann ich nichts. Ja, ich hasse mich für meine Schwäche und für alles, was ich auf Jades Schultern geladen habe. Aber bereuen?

Dann hätte ich bereuen müssen, mich zum ersten Mal seit einer Ewigkeit wieder lebendig gefühlt zu haben. Ich hätte bereuen müssen,

sie geküsst, geschmeckt, berührt und meine Seele mit ihrer verflochten zu haben. Wenigstens für die Dauer weniger Herzschläge.

Nichts hat mich je so erfüllt. Nichts hat mich je so überwältigt. Auch Alsara habe ich geliebt, aber auf eine andere Weise. Eine Weise, die mich nicht in den Wahnsinn getrieben hat, die sich nicht wie Krankheit und Medizin gleichzeitig angefühlt hat. Es liegt nicht nur an Esnunna, dass ich alles um mich herum vergessen habe. Ich kenne den Rausch des Dschungels. Hunderte Male bin ich ihm schon verfallen. Aber die Betäubung dieser Welt ist nichts im Vergleich zu dem, was Jades Nähe mit mir anstellt. Es tut weh. Es macht süchtig. Ich fühle mich stark und krank zugleich, und ich weiß, dass es für mein Fieber keine Heilung gibt.

Nicht mehr.

»Was machst du nur? Was machst du mit mir, Menschenmädchen?« Ich streichele ihr Haar, bis sie aus ihrer Benommenheit aufwacht. Als Jade mich ansieht, trunken und schläfrig von Esnunnas Zauber, dringt ihr Blick ungehindert in mich ein. Es gibt keinen Schutz mehr. Alle Gefühle, die sie in mir geweckt hat, kratzen an meiner wunden Seele, verschaffen sich Eintritt und flüstern ein Versprechen.

Wir bleiben für immer. Auch wenn du von hier verschwindest. Auch wenn du sie alleine lässt. Deine Schuld wird nie enden.

Eine unbändige Wut lodert in mir auf. Ich würge sie hinunter, lasse Jade vorsichtig in das Moos sinken und suche ihre Kleidung zusammen. Eine Hose hängt in einem Farn, die zweite liegt am Ufer des Teiches. Beide Oberteile befinden sich zerknüllt im Geäst eines Busches, die Schuhe des Mädchens inmitten einer Ansammlung purpurner Orchideen.

»Wir müssen fort. Heute noch.« Ich reiche ihr die Kleidung, und zu meiner großen Überraschung beginnt Jade sofort damit, sie überzustreifen. Ihre Haut verfärbt sich rot. Schweißtropfen glänzen auf ihrer Stirn und in dem Grübchen über ihrer Oberlippe. Meine Magie hat ihr neue Kraft gegeben, aber Esnunnas Ausdünstungen werden sie ihr in kürzester Zeit wieder nehmen. Es wird Zeit, den Ausgang zu suchen und das süße Vergessen gegen die Folter des klaren Verstandes auszutauschen.

Verflucht, ahnt Jade auch nur im Geringsten, wie schön sie ist? Gerade die faszinierenden Eigenwilligkeiten ihrer Gestalt machen sie so begehrenswert und lassen mich nie müde werden, sie anzusehen. Ihr zartes, kleines Gesicht. Ihre Sommersprossen. Ihr Schmollmund. Die ungewöhnlich dichten Augenbrauen und die winzige Nase, der man ansieht, dass sie schon einmal gebrochen worden war.

In einem lächerlichen Anfall von Trotz versuche ich, mich vor ihr zu verschließen. Vergeblich. Jade hat meine Schutzmauern bis auf die Grundfesten niedergerissen und fesselt mir auch noch die Hände, damit ich sie nicht wiederaufbauen kann. Wenn Scylla sie jemals in ihre Fänge bekommt, bin ich tot. Dieses Mädchen ist das Beste, das ihr passieren konnte. Ich hätte es nie zulassen dürfen. Niemals! Dass ich nächtelang wie ein verliebter Narr in die Scherbe gestarrt habe, hätte mir schon damals zu denken geben müssen. Und jetzt? Jetzt habe ich mir das Messer höchstpersönlich auf die Brust gesetzt.

Vielleicht hat Scylla von unserer Verbindung gewusst und mir eine Falle gestellt. Ist es nicht seltsam, dass Jade nach ihrem missglückten Diebstahl nicht hingerichtet, sondern in den Wald geworfen wurde? Dorthin, wo ich die Möglichkeit hatte, sie zu retten? So viele Tage und Nächte lang habe ich gewartet und auf irgendeinen Wink des Schicksals gehofft, habe Pläne geschmiedet und wieder verworfen, während mich die Hilflosigkeit fast in den Wahnsinn getrieben hat und wir ständig der Gefahr der Entdeckung ausgeliefert gewesen waren, weil sich unser Lager viel zu nahe an Jemeshars Grenze befunden hatte. Und plötzlich, wie durch ein Wunder, hat mir das Schicksal das Mädchen vor die Füße geworfen. Einfach so. Als wäre es Bestimmung.

Oh ja, Bestimmung. Ein weiterer Faden im Giftspinnennetz. Ein weiterer Grund, mich um das letzte bisschen Schlaf zu grübeln. Ein weiterer Grund für Sorgen. Ich muss das hier zu Ende bringen. So schnell wie möglich. Ich darf nicht zurückblicken, und schon gar nicht zögern. Meine Liebe zu diesem Menschenmädchen ist das Letzte, das ich gebrauchen kann.

Ich will nach ihrer Hand greifen, doch in dem Moment geschieht es. Zuerst ist es nur ein Anflug von Kälte. Ein unbestimmbares Summen und Stechen wie von einem Wespenschwarm, das ich nicht

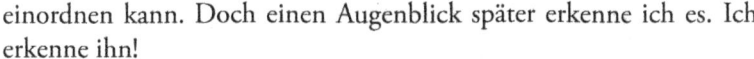

einordnen kann. Doch einen Augenblick später erkenne ich es. Ich erkenne ihn!

Tief in meiner Seele beginnt sein schwarzes Herz erneut zu schlagen. Es pumpt sein Gift in meine Adern und lässt ein Geflecht aus eiskalten Dornen um meine Gedanken wachsen.

Nein! Es kann nicht sein!

Es darf nicht sein!

Jade stößt einen Schrei aus, als ich ihr Handgelenk packe. Ich laufe los, zerre sie hinter mir her und ignoriere alles, was sie mir an den Kopf wirft.

Die Dornen wachsen. Das Gift brennt. Jeder Schritt ist mühsamer als der nächste. Der Fluch schläft nicht länger.

Er ist wieder erwacht.

~ Ende Teil 1 ~

Britta Strauss
Schnee und Orchideen (Band 2)
ISBN: 978-3-931989-94-1, kartoniert, EUR 14,90

Die Liebe eines Magiers ist das hellste Licht und die tiefste Dunkelheit.

Wüstendrachen, tödliche Orchideenwälder, Nebelwale und Feuervögel. Ihre Reise an Indigos Seite führt Jade durch legendäre Reiche und zeigt ihr Wunder, die all ihre Träume übersteigen. Doch unerbittlich neigt sich ihre gemeinsame Reise den Ende entgegen. Von Tag zu Tag wird der Gedanke an Indigos Verlust unerträglicher. Wird sie in der Lage sein, den Preis für seine Erlösung zu zahlen? Wird ihr das Unmögliche gelingen? Plötzlich steht Jade vor der schwersten Entscheidung ihres Lebens. Und während die Liebe das Band zwischen ihr und Indigo unerbittlich fester webt, ergreift Königin Scylla die Chance, auf die sie lange gewartet hat.

Britta Strauss
Der Smaragddrache – Gemmas Reise
ISBN: 978-3-95991-052-1, Klappenbroschur, EUR 16,90

Zwei verfeindete Völker. Eine verbotene Liebe.
Und ein Schicksal, so alt wie die Sterne.
Gemma ist die wohlbehütete Prinzessin des Reiches der Grauen Küste. Ihr Leben verbringt sie in einem goldenen Käfig, doch eines kalten Wintertages nimmt ihr Schicksal eine folgenschwere Wendung. Sie wird von ihrem eigenen Vater an Antares, den grausamen König des Südens, verkauft. Fern ihrer Heimat wird sie zu einer Schachfigur im Spiel der Mächtigen. Denn ein magischer Spiegel prophezeit, dass allein sie in der Lage ist, Antares' Todfeind in eine Falle zu locken: Tarek, der Prinz eines geheimnisumwitterten Dschungelvolkes, bietet der Armee des Königs unbeugsam die Stirn. Zahllose Legenden ranken sich um seine Macht. Selbst die tödlichsten Kreaturen des Waldes beugen sich seinem Willen. Es heißt, in seiner Brust schlägt ein Herz aus Smaragd. Es heißt, in seinen Adern fließt das Blut eines Drachen.

Christian Handel (Hrsg.)
Von Fuchsgeistern und Wunderlampen
ISBN: 978-3-95991-800-8, Klappenbroschur, EUR 14,90

Drei Wünsche erfüllt ein Dschinn.
Drei Prüfungen müssen Helden in Märchen bestehen.
Zum dritten Mal laden wir euch ein in das magische Reich
der Hexen und Lampengeister.
Durch klirrendkalte Winternächte wirbeln Schneefrauen,
auf Sommerweiden treiben Windsbräute ihr gefährliches Spiel
und tief unter dem Meeresspiegel verbergen sich ganze Königreiche.
Taucht ein in schillernde Welten voller Wunder und magischer Gefahren.

Die dritte märchenhafte Anthologie

Britta Strauss
Hunter's Moon
ISBN: 978-3-95991-052-1, kartoniert, EUR 14,90

Die Rocky Mountains im Winter des Jahres 1795
Eine Handvoll Siedler kämpfen in der tief verschneiten Wildnis um ihr Überleben. Furchterregende Kreaturen streifen durch die Finsternis der Wälder und holen sich einen nach dem anderen. Die einzige Rettung für die verzweifelten Männer: ein Bündnis mit dem sagenumwobenen Jäger Kainah, der nicht weniger gefährlicher ist als die Bestien, die er verfolgt. Durch einen Hinterhalt wird Kainah dazu gezwungen, die Siedler des Forts zu beschützen, doch sein schwelender Hass droht den Männern zum Verhängnis zu werden. Nur Kate, die einzige Frau des Forts, durchbricht die eiskalte Mauer des Jägers. Ist ihre Liebe stark genug, um Kainahs tödliches Erbe zu bezwingen?

Du brauchst Lesenachschub und möchtest dich überraschen lassen
oder wünschst Empfehlungen? Da können wir helfen!
Wir stellen für dich ganz individuell gepackte Buchpakete zusammen – unsere

DRACHENPOST

Du wählst, wie groß dein Paket sein soll, wir sorgen für den Rest.

Du sagst uns, welche Bücher du schon hast oder kennst und zu welchem Anlass es sein soll.
Bekommst du es zum Geburtstag #birthday
oder schenkst du es jemandem? #withlove
Belohnst du dich selber damit #mytime
oder hast du dir eine Aufmunterung verdient? #savemyday
Je mehr wir wissen, umso passender können wir dein Drachenmond-Care-Paket schnüren.
Du wirst nicht nur Bücher und Drachenmondstaubglitzer vorfinden, sondern auch Beigaben,
die deine Seele streicheln. Was genau das sein wird, bleibt unser Geheimnis …

Die Wahrscheinlichkeit ist groß,
dass sich das ein oder andere signierte Exemplar in deiner Box befinden wird. :)

Wir liefern die Box in einer Umverpackung, damit der schöne Karton heil bei dir ankommt und
als Geschenk nicht schon verrät, worum es sich handelt.

Lisan bringt das kleinste Drachenpaket zu dir, wobei *klein* bei Drachen ja relativ ist. € 49,90
Djiwar schleppt dir in ihren Klauen einen seitenstarken Gruß aus der Drachenhöhle bis vor die Tür. € 79,90
Xorjum hütet dein Paket wie seinen persönlichen Schatz und sorgt dafür, dass es heil bei dir ankommt –
und wenn er sich den Weg freibrennt! € 99,90

Zu bestellen unter www.drachenmond.de